Das Buch

An einem Dezembertag im Jahre 1991 brach in einem Haus in einem kleinen Ort unweit von New York ein Feuer aus, bei dem ein drei Monate altes Baby ums Leben kam. Die Polizei kam zu dem Schluß, daß es sich um Brandstiftung handelte. Das zwanzigjährige Au-pair-Mädchen Olivia Riner wurde festgenommen, der Brandstiftung und des Mordes angeklagt, aber nach einem aufsehenerregenden Prozeß in allen Anklagepunkten freigesprochen. Von der Unschuld Olivias war jedoch selbst der Richter nicht überzeugt, denn er erklärte: »Es geht mir nur selten so, daß ich am Ende eines Verfahrens nicht das starke Gefühl habe, daß die betreffende Person entweder schuldig oder unschuldig ist. Diesmal wußte ich es nicht.« Der Mordfall blieb bisher ungelöst.

Auf gründliche journalistische Detektivarbeit spezialisiert, hat Joyce Egginton nach jahrelangen ausführlichen Recherchen und zahlreichen Interviews mit Betroffenen und Zeugen das vorliegende Buch geschrieben. Dabei ist sie auf erstaunliche Erkenntnisse gestoßen, die ein neues Licht auf dieses rätselhafte Verbrechen werfen.

Die Autorin

Joyce Egginton ist bekannt geworden durch ihren Bestseller *Es geschah nebenan* (Heyne-Taschenbuch Nr. 01/8572), der ebenfalls auf einem wahren Kriminalfall beruhte. 20 Jahre lang war sie als Korrespondentin für *The Observer*, London, tätig. Die Autorin lebt in New York.

JOYCE EGGINTON

ES GESCHAH IM KINDERZIMMER

Warum mußte Kristie sterben?

Die Geschichte eines rätselhaften Verbrechens

Aus dem Amerikanischen von Tina Bienert und Dirk Muelder

WILHELM HEYNE VERLAG
MÜNCHEN

HEYNE ALLGEMEINE REIHE
Nr. 01/8582

Titel der Originalausgabe
CIRCLE OF FIRE.
Murder and Betrayal in the »Swiss Nanny« Case
erschienen 1994 bei William Morrow & Company, Inc., New York

Umwelthinweis:
Das Buch wurde auf
chlor- und säurefreiem Papier gedruckt

2. Auflage

Printed in Germany 1996
Umschlaggestaltung: Atelier Ingrid Schütz, München
Satz: Leingärtner, Nabburg
Druck und Bindung: Ebner Ulm

ISBN 3-453-10834-5

Inhalt

Für die von mir hochgeschätzten Menschen
in meinem Leben, die mich von der Konzipierung
bis zur Vollendung dieses Buches ermutigt,
unterstützt und ertragen haben:

Stephen-Paul, Shirley, John und Stephen

Anmerkung der Autorin

Mit den Recherchen zu diesem Buch begann ich in dem Glauben, daß es sich um eine Geschichte ganz anderer Art handele. Den Medien zufolge ging es hier um den klassischen Fall, daß jemand in einem fremden Land in etwas Schreckliches hineingezogen und von Menschen eines Verbrechens angeklagt wird, die das Böse in ihren eigenen Reihen nicht wahrhaben wollen.

Die Zeitungen und die Talkshows des Fernsehens hatten sich des Themas schon frühzeitig dankbar bemächtigt. Bücher schreiben dauert etwas länger, und als ich mich darum bemühte, den Dingen auf den Grund zu gehen, stieß ich auf eine Reihe von Widersprüchen. Was folgt, ist das Ergebnis meiner Recherchen über den Fall Olivia Riner. Daraus ergeben sich beunruhigende Fragen, was die Beeinflussung des Verlaufs von Strafprozessen durch gewisse Medien betrifft, und die Frage, ob der Ausgang eines Prozesses nicht davon abhängt, eine wie teure Verteidigung der oder die Angeklagte sich leisten kann. Zugleich handelt diese Geschichte von einer anständigen und gesetzestreuen amerikanischen Familie, die durch eine Tragödie tief erschüttert wird, annimmt, daß Justiz und Medien sie fair behandeln werden, aber grausam enttäuscht wird.

Ich kann diese Geschichte nur deshalb so ausführlich erzählen, weil die Angehörigen der Familie Fischer sich mir anvertraut und mir ihr Herz ausgeschüttet haben. Ich bin ihnen allen zu tiefem Dank verpflichtet. Außerdem danke ich Jan Menting für seine unermüdliche Unterstützung beim Schreiben dieses Buches und für die Zeichnungen und Fotos des von ihm erbauten Hauses – sie sind die wichtigsten, aber vom Gericht nicht akzeptierten Beweismittel des Falles, die die Geschworenen nie zu Gesicht bekamen.

Danken möchte ich auch Alexandra Chciuk-Celt für ihre Übersetzung der medizinischen Doktorarbeit von Karl Jaspers, *Heimweh und Verbrechen*. Und allen damaligen und jetzigen Mitarbeitern der Polizei von Mount Pleasant, die ich in diesem

Buch genannt habe, sowie jenen journalistischen Kolleginnen und Kollegen, die großzügig ihre Erkenntnisse und Informationen an mich weitergegeben haben, insbesondere Marlene Aig, Patrice Johnson, Mary Meehan, Alex Philipiddas und George Simor. Dank auch meiner Agentin Jane Cushman, die von Anfang an von meiner Arbeit überzeugt war, und meinem Lektor Robert Shuman für seine freundliche Unterstützung, Ermutigung und Beratung.

Eine weitere Dimension erhielt das Buch durch die Erkenntnisse und Hinweise der New Yorker Psychologen und Psychotherapeuten Dr. Herry O. Teltscher und Dr. Stephen Paul, Direktor des Incarnatus Institute. Ich danke ihnen sehr für ihre bereitwillige Auskunft und dafür, daß sie so viel Verständnis und Zeit für diesen Fall aufgebracht haben. Beide haben mir sehr geholfen, die Teile dieses Puzzles zusammenzusetzen.

Die Passagen aus Olivia Riners Tagebuch sind amerikanischen Medien entnommen und sorgfältig ins Deutsche zurückübersetzt, da ich keinen Zugang zum Tagebuch selbst hatte. Sowohl persönlich als auch über ihre Anwältin habe ich mich mehrfach um ein Gespräch mit Olivia Riner bemüht, aber keine Antwort erhalten.

Ich möchte vorweg noch darauf hinweisen, daß Olivia Riner von allen Punkten der Anklage freigesprochen wurde.

J. E.

Erster Teil

DAS FEUER

I

Bill Fischer fuhr mittags zum Lunch meist nach Hause. Als Seniorchef des Familienbetriebs konnte er sich die Zeit aussuchen, und gewöhnlich nahm er seine Pause erst, wenn die Angestellten bereits gegessen hatten. Es war ungefähr halb zwei an diesem feuchten, grauen Nachmittag, dem 2. Dezember 1991, als er um seine Autoreparaturwerkstatt herumging, in den Chevrolet Blazer stieg und die fünf Meilen von North White Plains nach Thornwood fuhr: auf der Route 22 nach links, den Hügel hinauf, dann wieder links auf den West Lake Drive und über die lange steinerne Brücke, die das Staubecken überspannt. Auf diesem Weg gelangte er in den kleinen Ort Valhalla. Eine Besonderheit dieser Strecke – was am Nachmittag von entscheidender Bedeutung sein sollte – war, daß der West Lake Drive, die lange, gewundene Straße, an der er wohnte, bald darauf zu verschwinden und in die Columbus Avenue überzugehen schien. Deshalb fand man sie nur schwer wieder, man mußte nämlich sofort wieder rechts abbiegen. Zum Haus der Familie Fischer allerdings kam man am besten, indem man weiter die Columbus Avenue hinunterfuhr und erst hinter dem Rose-Hill-Shopping-Center zwei scharfe Kehrtwendungen nach rechts machte. Diese führten einen wieder auf den West Lake Drive, der sich seinerseits quer durch Valhalla in das benachbarte Thornwood geschlängelt hatte.

Bill Fischer, siebenundvierzig, hatte den größten Teil seines Lebens in diesem Teil von Westchester verbracht. Er hatte gesehen, wie es sich, ohne seinen ländlichen Charakter ganz zu verlieren, aus einem abgelegenen County mit ein paar verstreuten Weilern in ein Zentrum der Leichtindustrie im Vorfeld von New York entwickelt hatte. Er war in dem alten Haus aufgewachsen, das neben seiner Reparaturwerkstatt stand. In diesem hölzernen, im Kolonialstil errichteten Gebäude lebten nun noch sein Vater und seine Schwester Barbara.

Das Haus war weiß gestrichen, hatte vorne eine Veranda, und in der großen Küche fand die ganze Familie Fischer mit ihren vier Generationen Platz, wenn sie sich aus freudigem, traurigem oder einem anderen Anlaß versammelte. An diesem Küchentisch wurden alle schwerwiegenden Familienentscheidungen getroffen.

Mit dem Haus am West Lake Drive, in dem Bill jetzt wohnte, hatte es eine andere Bewandtnis. Das hatte Bills vormaliger Schwiegervater Jan Menting, ein Künstler und Designer mit einer zeitgemäßen Vorliebe für großzügige Flächen und lichtdurchflutete Räume, errichtet. Durch große Fensterscheiben – sogar im Dach – sollte die Natur direkt ins Wohnzimmer gelangen.

Das Haus stand genau in der Mitte des viertausend Quadratmeter umfassenden Grundstücks. Es lag weiter von der Straße ab als die Nachbarhäuser und war von einem großzügig mit Büschen und Bäumen geschmückten Garten umgeben, wodurch es friedlich und auch ein wenig einsam wirkte. Bill kam immer wieder gern dorthin zurück. An schönen Tagen setzte er sich mit einem Sandwich auf die Terrasse und genoß die Stille der Natur.

Mit den Jahren hatte er allerlei Verbesserungen an dem Haus vorgenommen – die Fenster im Dach erneuert, oben eine Sonnenterrasse gebaut, die eingebauten Wandschränke vertieft. In seiner Freizeit war er immerzu als Zimmermann oder Elektriker um die Vervollkommnung seines Heims bemüht. Auch während der Mittagspause pusselte er gern zu Hause herum. In dem Mordprozeß, in dem er später als wichtiger Zeuge aussagen sollte – in jenem Verfahren, das jetzt noch jenseits seiner Vorstellungskraft lag –, stellte ihn der Staatsanwalt als einen stets sorgfältigen Handwerker vor, der immer die Übersicht über sein Werkzeug und Material behielt und der genau wußte, wo er es aufbewahrte.

Während dieser letzten Wochen hatte es ihn mittags noch stärker als sonst nach Hause gezogen. Seit seine erste Frau ihn verlassen hatte, hatte er sich oft mutterseelenallein gefühlt. Dieser Zustand dauerte drei Jahre. Sein Sohn Troy und seine Tochter Leah, die beide schon erwachsen waren, wohnten zwar noch bei ihm, befanden sich aber meistens im College oder an ihrer Arbeitsstelle.

Plötzlich, und das war nun schon ein gutes Jahr her, hatte Bill Fischer, normalerweise ein völlig berechenbarer Mann, der nur wenig Worte machte, die Familie damit überrascht, daß er ihr eine schlanke, hübsche Frau namens Denise vorstellte und sie ohne große Umstände zu sich nahm.

Denise liebte es ebenso wie er, im Wald spazieren zu gehen, zu radeln und zu zelten. Im Winter liefen sie zusammen Ski. Sie war genauso still wie er, scheute sich aber nicht, mit einer entwaffnenden Direktheit ihre Meinung zu sagen, was ihm offenbar gefiel. Bill ließ es die anderen spüren, daß sie von nun an einen wichtigen Platz in seinem Leben einnehmen würde. Kennengelernt hatte er sie in seiner Werkstatt, wo sie eines Tages als Kundin erschienen war. Sie war acht Jahre jünger als er, hatte beide Eltern verloren und war seit vielen Jahren geschieden. Ihre Ehe, in jungen Jahren geschlossen, war kinderlos geblieben. Offenbar stand sie ganz allein in der Welt. Sie lebte ein paar Meilen entfernt und arbeitete als Buchhalterin in einem Betrieb in Stamford, Connecticut.

Die Hochzeit fand in aller Stille statt, so daß noch nicht einmal Bills jüngerer Bruder Bob, mit dem zusammen er die Werkstatt leitete, davon erfuhr. Erst als er und Denise nach einem gemeinsam verbrachten Wochenende wieder auftauchten, stellte es sich heraus, daß sie in Nantucket gewesen waren und dort geheiratet hatten. Bald darauf renovierte Bill die große Rumpelkammer im ersten Stock und verwandelte sie in ein Schlafzimmer für Denise und sich selbst. Und als Troy dann auszog, kam ein Kinderzimmer hinzu, denn es war ein Baby unterwegs.

Gerade an dem Tag, an dem seine Tochter Leah – sein jüngstes Kind aus erster Ehe – ihren zweiundzwanzigsten Geburtstag feierte, wurde Bill Fischer zur Verwunderung seiner Verwandten erneut Vater. Und so wollte er, als er an diesem 2. Dezember mittags nach Hause eilte, nicht nur seinen Lunch dort einnehmen, sondern auch nach seinem Baby sehen.

Er wollte sicher sein, daß Olivia Riner, das Schweizer Au-pair-Mädchen, das seit fast sechs Wochen bei ihnen lebte, nun, da Denise wieder ihre Arbeit aufgenommen hatte, auch allein mit dem Kind zurechtkam. Sorgen glaubte er sich in dieser Beziehung allerdings nicht machen zu müssen. Olivia hatte sich bereits als ein derart pflichtbewußtes und sorgsames Kindermädchen erwiesen, daß er und Denise sich zu dieser zwanzigjährigen Perle beglückwünscht hatten.

Nein, wegen Olivia machte er sich keine Sorgen. Er wollte Kristie sehen.

Kristie Rebecca Fischer war am 11. September 1991 in der Klinik von White Plains geboren worden. Auf einem frühen Foto von ihr sieht man ein niedliches kleines Mädchen mit einer zarten, hellen Haut, den lebhaften blauen Augen seiner beiden Eltern, Denises hübschem Stupsnäschen und den typischen Gesichtszügen eines Neugeborenen, das gerade seine traumatische Reise durch den Geburtskanal überstanden hat. Denises Schwangerschaft war kompliziert gewesen. Jahre zuvor hatte sie mehrere Fehlgeburten erlitten, und im vierzigsten Lebensjahr nun doch noch ein Kind zur Welt zu bringen, war keine leichte Angelegenheit. Ihre Angst war aber noch größer, als sie erwartet hatte. Obwohl kerngesund, ging ihr Blutdruck in die Höhe. Sie mußte viel im Bett liegen, und bei der Geburt ließ sich ein Kaiserschnitt nicht vermeiden. Sie wünschte sich, daß Bill ihr bei den Wehen und der Geburt zur Seite stand. Bill, der bei der Geburt seiner beiden älteren Kinder diese Erfahrung versäumt hatte, tat alles für sie. Acht Jahre zuvor hatte Bills Schwester Barbara, auch schon Ende dreißig, ihr drittes Kind bekommen, und ihr Mann, Jim Donnelly, hatte Bill erzählt, wie eindrucksvoll dieses Geburtserlebnis für ihn gewesen war.

Bill ließ sich von seinem Entschluß auch dann nicht abbringen, als er durch die Ärzte erfuhr, daß eine Operation unumgänglich sein werde, und in einer Art Rollenumkehrung, die ihn tief berührte, gab man ihm nach der Geburt das Baby als erstem.

»Ich war zu schwach, also legten sie sie ihm in die Arme«, erinnerte sich Denise.

Sie bat Bill, einen Namen für das Töchterchen auszusuchen, und er schlug Kristie vor. Denise fügte Rebecca hinzu.

An diesem Dezembernachmittag, fast drei Monate später, betrat Bill sein Haus und ging geradewegs zum Kinderzimmer. Tagsüber pflegte er die Haustür nicht zu verschließen. So hätte zwar jeder hineingehen können, aber ein Fremder hatte das noch nie getan, noch nie in den zweiundzwanzig Jahren, die er hier wohnte. Von der Haustür kam man direkt in das sogenannte Familienzimmer. An seinem Ende befand sich ein kurzer, schmaler Gang, an dessen linker Seite drei Türen lagen. Die erste dieser Türen führte in die Waschküche, in der die Waschmaschine stand. Die zweite führte in das Bad und die dritte ins Kinderzimmer. Rechts von diesem Gang lagen ebenfalls drei Räume: der Geräteraum mit der Heizung, den elektrischen Sicherungsanlagen und so weiter; dann kamen Olivias und schließlich Leahs Zimmer. Das eigentliche Wohnzimmer, die Küche und das Elternschlafzimmer befanden sich im ersten Stock.

Als Bill an der offenen Tür zum Kinderzimmer stehenblieb, wurde er Zeuge einer häuslichen Szene von Frieden und Unschuld. Olivia saß am Boden und wandte ihm den Rücken zu. Sie faltete gerade frisch gewaschene Babykleidung zusammen. Neben ihr auf der Wolldecke lag Kristie. Sie sah rosig, sauber und glücklich aus und spielte mit den beweglichen Teilen eines Baby-Klettergerüsts. Bills plötzliches Erscheinen schien Olivia nicht zu erschrecken. Sie hatte wohl das Öffnen und Schließen der Haustür und Bills Schritte auf dem Vinylfußbodenbelag des Ganges vor dem Kinderzimmer gehört. Diese Vinylschicht, die direkt auf dem Beton lag, verursachte einen solchen Hall, daß man die Schritte eines jeden Menschen, der hier unten herumlief, fast im ganzen Haus vernahm.

Olivia hob den Kopf, als er das Zimmer betrat. »Hi«, begrüßte Bill das Kindermädchen und seine kleine Tochter.

Er bückte sich und sprach mit Kristie. Ein Gefühl der Zärtlichkeit überkam ihn, als sie seine Stimme erkannte. Sie lächelte ihn an. Es war ein breites, strahlendes Lächeln, das er nie mehr vergessen sollte, und wenn er sich später daran erinnerte, traten ihm Tränen in die Augen. Sie war so ein kostbares Geschenk, dieses kleine Wesen, das mit jedem Tag lebhafter, zugänglicher, aufmerksamer und immer mehr zu einer eigenen Persönlichkeit wurde. Vor ihrer Geburt hatte er sich nicht vorstellen können, welche wunderbaren, eigenartigen Gefühle diese neuerliche Vaterschaft in ihm wecken würde. Mit seiner ersten Frau, Grada, hatte er eine freundschaftliche Beziehung aufrechterhalten.

Ohne sie mit dieser Bemerkung verletzen zu wollen, hatte er ihr kürzlich sogar anvertraut, daß er sich über dieses Baby, Kristie, viel mehr freute, als er sich über die beiden anderen gefreut hatte. Nicht, daß er sie weniger geliebt hätte, aber damals, Anfang, Mitte zwanzig, hatte er die Kinder wie etwas Selbstverständliches angenommen, hatte noch dazu schwer arbeiten müssen, um das Geld für sie zusammenzubringen. Damals war er noch nicht reif genug gewesen, um das Wunder dieser neuen Leben richtig zu schätzen. Jetzt vermochte er diesem Kind so viel mehr zu geben: finanzielle Sicherheit, Zeit und Liebe. Das einzige, was ihm nun fehlte, war seine Jugend.

Manchmal rechnete er sich aus, daß er siebzig sein würde, wenn Kristie so alt war wie Leah jetzt. Es schmerzte ihn der Gedanke, daß dann eine Zeit kommen würde, in der sie immer noch jung, er aber vielleicht nicht mehr für sie da sein konnte. Und so nahm er sich vor, jeden Tag voll zu nutzen und sein Bestes zu geben.

Er lächelte Kristie zu. Dann ging er hinauf in die Küche.

Während er aß und nebenbei in der Zeitung blätterte, hörte er Kristie greinen. Olivia wurde aber offenbar gut mit ihr fertig, denn das Gewimmer hörte bald auf. Diese junge Schweizerin hatte ihn und Denise sehr beeindruckt. Sie widmete sich hingebungsvoll dem Baby, ohne sich je darüber zu beklagen, daß sie den ganzen Tag mit ihm allein in einem Haus zubringen mußte, das eine halbe Meile vom nächsten Einkaufszentrum entfernt lag und von dem aus man zu Fuß auch sonst nirgendwohin kam. Mit ihrem Haar, das sie glatt nach hinten gekämmt trug, wo es ihr über ihre Schultern hing, und ihrem sauberen, hellen Gesicht sah sie jünger aus, als sie war. Sie war immer wie ein Teenager gekleidet und trug nie etwas anderes als Jeans, Turnschuhe und irgendein Sweatshirt. Sie schien ein großes Verantwortungsgefühl zu besitzen und wirkte ungemein selbständig und genügsam.

Bevor sie sich entschlossen hatten, ihr den einjährigen Aufenthalt in den Vereinigten Staaten zu finanzieren, hatte Denise sich Sorgen darüber gemacht, daß das Mädchen es vor Langeweile und Heimweh womöglich nicht bei ihnen aushalten würde. Sie hatte deshalb mit ihr in Wettingen, dem kleinen Ort bei Zürich, in dem sie lebte, telefoniert – um sie vor dieser Möglichkeit zu warnen: »Wir wohnen hier wirklich auf dem Land. Von hier aus kommt man zu Fuß in keine Stadt. Sie werden hier fast nie einem Menschen begegnen, und wir werden den ganzen Tag auf der Arbeit sein. Es ist sehr ruhig hier. Was werden Sie tun, wenn Sie ganz allein im Haus zusammen mit dem Baby sind?«

»Ich werde mit dem Baby reden«, erwiderte Olivia in ihrem Englisch mit sanftem Akzent. Diese Antwort hatte Denise gefallen.

Seither hatte Olivia den Fischers keinen Grund gegeben, ihre Sorgfalt oder Ehrlichkeit anzuzweifeln. »Wir hatten das Gefühl, das perfekte Kindermädchen gefunden zu haben«, sagte Denise.

Etwa um Viertel vor drei brach Bill wieder zur Werkstatt auf. Als er am Kinderzimmer vorbeikam, sah er, daß Kristie friedlich schlummerte. Sie lag in dem Autokindersitz mit der zurückgeklappten Lehne, in dem sie tagsüber meist schlief. Er war gut gepolstert und stand fest auf dem Boden, so daß Olivia, die sich in ihrem Zimmer gegenüber dem Kinderzimmer ausruhte, sie bequem im Auge behalten konnte. Jetzt saß Olivia gerade am Schreibtisch unter ihrem Fenster und las.

Bill zögerte an der offenen Tür des Kinderzimmers und überlegte, ob er noch einmal kurz zu seiner Tochter hineingehen sollte. Aber da er sie zu wecken befürchtete, wandte er sich zu Olivia um.

»Ich gehe jetzt«, sagte er. »Bis später.«

Sie erwiderte irgend etwas und blickte wieder in ihr Buch.

Später sagte Bill Fischer immer wieder, wenn ihm damals auch nur die geringste Unstimmigkeit aufgefallen wäre, dann hätte er das Haus an jenem Nachmittag bestimmt nicht verlassen.

2

Es läßt sich schwer sagen, ob Olivia glücklich war. Sie wirkte wie ein pflichtbewußtes, ernstes Kind, das in einer eigenen Welt lebte. Sie unterschied sich sehr von Bills älterer Tochter Leah, die damals noch bei ihm lebte und die laut, fröhlich und schwungvoll war. Leah war mit ihren zweiundzwanzig Jahren von einer Gewitztheit, die Olivia nicht im mindesten besaß und wahrscheinlich auch niemals besitzen würde. Zwar waren sie dem Alter nach nicht weit voneinander entfernt, aber davon abgesehen hätten sie von verschiedenen Planeten stammen können.

Denise hatte es beruhigend gefunden, daß Olivia »nicht die Art Babysitter war, die schon den Mantel anhat, wenn man nach Hause kommt, und nur daran denkt, schnell wegzukommen«. Olivia durfte dann und wann das Familienauto benutzen; trotzdem hätte man nur schwer sagen können, wohin ein Mädchen wie Olivia in der Gegend um Thornwood fahren könnte. Sicherlich nicht zu der Bar am Bahnhof oder zu den McDonalds, die in der Nähe lagen und wo sich die jungen Leute aus der Nachbarschaft trafen. Damit Olivia einmal etwas anderes sah, lud Leah sie mehrmals ein, mit ihr zum Einkaufen in die nahegelegene Stadt White Plain zu fahren, oder ins Kino, doch Olivias Antwort war jedesmal ein einsilbiges *No*. Sie gab keine Erklärungen dafür. Sie deutete auch nicht an, daß sie sich über eine erneute, eine andere Einladung freuen würde. Sie sagte nur *No*. Leah verstand es als kategorische Ablehnung und fragte nicht wieder.

Soweit Bill und Denise es beurteilen konnten, war Olivia damit zufrieden, ihre Abende zu Hause zu verbringen, mit der Familie am Abendbrottisch eine höfliche Konversation zu pflegen und sich dann in ihr makelloses kleines Zimmer zurückzuziehen. Sie waren begeistert darüber, wie sauber und ordentlich sie es hielt, ganz anders als Leah, die, mit den besten Absichten, immer nur aufzuräumen versprach. Die Unordnung in Leahs Zimmer störte Denise. Die Fischers fragten Olivia über ihr Leben in der Schweiz aus und erfuhren, daß sie ein Einzelkind war. Sie schien ihren Vater anzuhimmeln, ihrer Mutter allerdings etwas kritisch gegenüberzustehen. Ihre Mutter war eine Zigarettenraucherin, Olivia verabscheute diese Gewohnheit. Ihre Mutter fuhr gern in die Stadt, um sich Kleider zu kaufen, Olivia zog ein einfaches Leben auf dem Lande vor. Sie sagte, sie liebe Tiere und bewies das aufs nachdrücklichste, indem sie zärtlich mit Bills Hund Snuffy und den vier Katzen der Familie Fischer spielte. Alle Tiere waren sofort zutraulich zu ihr, wie zu einer alten Freundin, was natürlich auch zu ihren Gunsten gewertet wurde. In einem Haushalt mit so vielen vierbeinigen Lieblingen gelten Tiere als ausgezeichnete Menschenkenner, die sich instinktiv zu solchen Personen hingezogen fühlen, die lieb, gut und zuverlässig sind.

In ihrer Freizeit las Olivia gern Thriller. Gegenwärtig war sie in eine deutsche Ausgabe des Bestsellers *Das Schweigen der Lämmer* vertieft. Sie besaß auch ein Tagebuch, ein dickes Ding mit einem Kunstledereinband und einem Schloß. Nicht, daß sie sich Sorgen hätte machen müssen, daß jemand darin las. Niemand in diesem Haus konnte Deutsch.

Daß sie sich so isolierte, schien nicht so recht zu ihrer erklärten Absicht zu passen, etwas von den USA kennenzulernen, einem Land, in dem sie schon zweimal als Touristin gewesen war, und zwar in New York und in DisneyWorld. Thornwood hatte ja nun leider gar nichts zu bieten, aber die Fischers trösteten sich mit dem Gedanken, daß die Agentur, die ihnen das Mädchen geschickt hatte, für sie und die anderen Au-pair-Mädchen in der Gegend schon noch irgend etwas organisieren würde, so daß auch Olivia Freunde fände und etwas mehr aus sich herausginge.

Olivia war ziemlich klein. Sie hatte dunkelblondes Haar, und ihr Gesicht war eher interessant als hübsch. Ihre Nase war ein wenig zu lang und scharf, ihr Kinn etwas zu spitz ausgeprägt für ihr Gesicht, als daß man es als typisch weiblich hätte bezeichnen mögen; wenn sie sich das lange, strähnige Haar hinter die Ohren zog, hätte es das Gesicht eines empfindsamen Knaben sein können. Und doch, wenn sie, was nicht oft geschah, plötzlich unwillkürlich lächelte, blitzten ihre Augen, dann konnte sie ganz munter und fast erstaunlich heiter aussehen. Aber meistens sah sie etwas niedergeschlagen aus, ihr Blick war nach unten gerichtet, und wenn man sie ansprach, dann sah sie hoch, hob jedoch nicht ihre Augenlider, sondern sah einen von unten her an wie ein Kind, das man gescholten hat und das nicht weiß, ob es ihm schon erlaubt ist zu sprechen. Das Haar ihrer Ponyfrisur, das ihr fast bis zu den dichten, dunklen Augenbrauen reichte, verstärkte diesen Eindruck noch.

Sie war von Natur aus schüchtern, um so mehr, als sie es immer noch als peinlich empfand, sich auf englisch ausdrücken zu müssen. Ihr Satzbau war zwar bisweilen etwas sonderbar, aber sie beherrschte die englische Sprache ganz gut und hatte keine Schwierigkeiten, sich verständlich zu machen. Verwendete jemand in der Familie ein Wort oder eine Redensart, die ihr neu war, so unterbrach sie den Sprecher immer, um die Bedeutung zu erfahren. Sie war von einer Direktheit, die in manchen Augenblicken erfrischend, in anderen wiederum hart und eigensinnig wirkte.

Da sie nicht nachfühlen konnte, was Eltern in bezug auf das einzige Kind empfanden, das sie hatten – Eltern in so fortgeschrittenen Jahren, daß sie wahrscheinlich kein weiteres Kind mehr bekommen würden –, war Olivias erster Eindruck der, daß sie sich übermäßig um Kristie bemühten, daß sie die Kleine verwöhnten. Manchmal, wenn Denise schon beim leisesten Wimmern des Babys loslief, um es aufzuheben, machte Olivia ein fast spöttisches und etwas mißbilligendes Gesicht. Aber nachdem sie Denise ein paar Wochen lang bei der Kinderpflege geholfen hatte, schien auch Olivia ein zärtliches und mütterlich beschützendes Verhältnis zu dem kleinen Lebewesen zu entwickeln. Bill und Denise hatten das Gefühl, daß sie sich nun wirklich rührend um das Baby kümmerte.

Was mochte sonst noch in ihrem Leben eine Rolle spielen? Zu Haus in Wettingen hatte sie keinen Freund, der auf sie wartete. Mit ihrer prüden Haltung wirkte sie auf Männer gewiß wenig einladend. Leah hatte einen festen Freund, John Gallagher, er besuchte sie fast täglich und liebte sie offensichtlich. Leah hatte auch einen eigenen Wagen und einen Schrank voller Kleider – einige hatte sie sich selbst gekauft, andere hatte ihr ihre modebewußte Mutter geschenkt –, sie besaß mehr Kleider, als manche Mädchen sich zu erträumen wagen, so neckten sie ihr Vater und John, ihr Freund. War Olivia eifersüchtig? Kam sie sich wie ein Aschenputtel vor, wenn die drei Erwachsenen in ihren drei eigenen Wagen zur Arbeit fuhren und sie ohne Transportmittel und mit nur einem Baby als Gesprächspartner zu Hause zurückließen? Denise machte sich deswegen Sorgen. Während der ersten Woche, die Olivia bei ihnen verbrachte, war Denise noch zu Hause geblieben, um ihr Gesellschaft zu leisten, um ihr Mut zu machen, und auch damit Olivia vormittags etwas unternehmen konnte, während Denise bei dem Baby blieb. Letzte Woche jedoch, nach dem Ende ihres Mutterschaftsurlaubs, war sie für drei volle Arbeitstage wieder in ihren Betrieb zurückgekehrt. Dann, am Donnerstag, dem Erntedankfest, hatte sie frei gehabt und sich gleich noch den Freitag dazu freigenommen. Heute, an dem darauffolgenden Montag, am 2. Dezember, begann für Olivia die erste Woche, in der sie mit Kristie ganz allein war. Wenn die Aussicht auf all die vielen einsamen Tage, die nun – immer fünf Tage hintereinander – für elf Monate vor ihr lagen, auf Olivia beängstigend wirkte, ließ sie es sich jedenfalls nicht anmerken. Sie schien ruhig und zuversichtlich, als man das Baby ihrer Obhut überließ.

Nachdem Bill an jenem Nachmittag zur Werkstatt zurückgekehrt war, kam noch jemand zu dem Haus am West Lake Drive, in dem Olivia mit dem Baby allein zurückgeblieben war. Es handelte sich um einen Mann mit einem Propangas-Tankwagen, der den außerhalb des Hauses gelegenen Behälter auffüllen sollte. Diese Lieferung war Olivia angekündigt worden. Bill hatte zu Olivia gesagt: Wenn ein großer Lastwagen rückwärts die Einfahrt hinaufführe, brauche sie keine Angst zu haben. Alles verlief wie erwartet. Als der Mann seine Arbeit erledigt hatte, hielt er kurz am Hauseingang an und legte den Lieferschein vor die Tür. Er klopfte nicht an, sondern warf einen Blick durch die Glasscheibe und sah im Innern des Hauses das flackernde Licht eines Fernsehschirms. Draußen nieselte es, und da es schon zu dämmern begann, konnte er nicht erkennen, ob jemand in dem Familienzimmer vor dem Fernseher saß. Irgend etwas Ungewöhnliches fiel ihm nicht auf. Er notierte die Zeit der Lieferung, 16.20 Uhr, und fuhr weg.

Kurz nach 17.00 Uhr nachmittags läutete in Fischers Reparaturwerkstatt das Telefon. Dennis Spinelli, ein älterer Mechaniker, hob den Hörer ab.

»Mista Fischa, Mista Fischa.« Es war die aufgeregte Stimme einer Ausländerin. Dennis glaubte die Stimme zu kennen. Es gab da eine Spanierin, die seit Jahren bei ihnen Kundin war, und ganz gleich wer den Telefonhörer abhob, immer verlangte sie in diesem drängenden Ton Mr. Fischer zu sprechen. Es gab drei Mr. Fischers, zwei Williams und einen Robert: Bill, seinen Bruder Bob und deren Vater Willie, der, obwohl schon seit langem im Ruhestand, oft von seinem Haus nebenan herüber in die Werkstatt kam und sich nützlich zu machen versuchte. Normalerweise hätte Dennis selbst mit der Anruferin verhandelt und keinen der Fischers mit der Sache belästigt, aber es war eine solche Panik in dieser Stimme, daß er Bill herbeirief.

»Ich glaube, Sie sollten sich lieber mal selbst darum kümmern«, sagte er.

Bill legte sein Werkzeug hin und ging ins Büro, um dort den Hörer abzunehmen.

Olivia war am anderen Ende der Leitung; hysterisch. »Feuer, Feuer!« schrie sie.

Bill wußte nicht, ob sie von einem kleinen Mißgeschick oder einer größeren Explosion sprach. Er vergeudete keine Zeit damit, sie so zu beruhigen, daß er es von ihr hätte erfahren können. Es ging ihm der Gedanke durch den Kopf: Da sie es ja bis zu einem Telefon – vielleicht dem eines Nachbarn – geschafft hatte, war sie wohl in Sicherheit und hatte Kristie bei sich.

»Ich bin gleich da«, versprach er ihr. »Haben Sie die Feuerwehr angerufen?« Er dachte an die Liste mit den Nummern für verschiedene Notfälle, die Denise neben dem Telefon in der Küche an die Wand geheftet hatte.

In diesem Augenblick schaltete sich die Vermittlung ein und sagte ihm: Ja, die Feuerwehr sei benachrichtigt. Hilfe sei unterwegs.

Bill hastete durch die Werkstatt hinaus zu seinem Transporter. »Ich muß weg«, rief er Dennis zu. Und fuhr los.

Dennis arbeitete schon so lange für die Familie, zuerst für den Vater, jetzt für dessen Söhne, daß er eines wußte: Die Fischers machten selten viele Worte. Er stellte keine Fragen, sondern kehrte an seine Arbeit zurück. Bob Fischer hatte an diesem Tag schon Feierabend gemacht, also führte Dennis noch die von Bill begonnene Arbeit zu Ende, schloß die Werkstatt ab und fuhr nach Hause.

Im Nachbarhaus wartete Barbara Donelly. Sie wunderte sich, warum ihr Vater so lange brauchte, um zum Abendbrot zu kommen. Er war drüben in der Werkstatt, ungefähr um fünf hatte sie dort angerufen und Bill gebeten, er solle seinem Vater ausrichten, daß das Essen fertig sei. Als Willie Fischer schließlich kam, erklärte er ihr: »Billy hat mir kein Wort gesagt. Er hat von zu Hause einen Anruf gekriegt. Ein Notfall. Er mußte heimfahren.«

»Was für ein Notfall?« fragte sie besorgt.

»Das weiß ich nicht«, sagte er und setzte sich an den Tisch.

Bill fuhr so schnell er konnte nach Hause. Unterwegs fragte er sich immer wieder, wie an einem so regnerischen Tag ein Feuer ausbrechen konnte. Es mußte sich im Innern des Hauses entzündet haben, vielleicht ein Kurzschluß in einem elektrischen Kabel. Er hatte gerade erst vor ein paar Tagen an der Lichtleitung im Erdgeschoß gearbeitet. Er war immer so vorsichtig, aber vielleicht hatte er diesmal geschlampt und irgendeine Vorsichtsmaßregel mißachtet. Dieser Gedanke entsetzte ihn.

Der erste Feuerwehrwagen war schon da, als er ankam. Auch John Gallaghers alter Ford Pickup stand da. John war wie er Automechaniker. Er arbeitete bei dem nahegelegenen Jaguarhändler und an den Abenden, an denen Leah keinen Unterricht hatte, fuhr er gewöhnlich direkt von der Arbeit zu dem Haus der Fischers und verbrachte den Abend bei ihr. An diesem Abend war er vor Leah und wenige Sekunden nach Olivias Anruf bei Bill da. Als Bill aus dem Transporter stieg, kam John vom Haus her auf ihn zugerannt. Aus seinen Augen strömten Tränen, er sah aus, als ob er jeden Augenblick zusammenbrechen würde.

»Mr. Fischer, gehen Sie schnell dorthin«, keuchte er.

Olivia stand vor dem Hauseingang, auf dem Vorplatz, und schluchzte. Im Hintergrund sah Bill seinen Nachbarn George

Fries stehen. In dessen Haus ging gerade allerhand vor. Bill hoffte, daß man Kristie dorthin gebracht hatte. Wahrscheinlich kümmerte sich Kathryn Fries um die Kleine. Kitty war eine freundliche ältere Frau, bereits Großmutter, bei ihr war das Baby sicher gut aufgehoben. Sein eigenes Haus sah intakt aus. Auf den ersten Blick waren keine Flammen zu erkennen, nur Rauch drang heraus, und Feuerwehrleute gingen ein und aus, also konnte er wohl auch hinein. Er lief die Auffahrt hinauf, aber nahe dem Eingang hielt ihn ein Feuerwehrmann an.

»Gehen Sie lieber nicht hinein«, sagte der Mann.

Er sagte es in einem so ernsten Ton, daß Bill, plötzlich voller Angst, sich an ihm vorbeidrängen und ins Haus stürzen wollte.

»Gehen Sie lieber nicht hinein«, wiederholte der Feuerwehrmann und wich nicht vom Fleck.

Bill blieb stehen und versuchte zu begreifen. Plötzlich verstand er, weshalb John Gallagher so entsetzt und niedergeschlagen war. Und weshalb Olivia noch immer allein dastand und weinte. Kristie mußte sich noch in dem Haus befinden und niemand bemühte sich, sie zu retten. Sie mußte tot sein. In diesem furchtbaren Augenblick hatte er nur einen Gedanken: daß er an diesem Feuer, daß er an allem schuld war. Das Feuer war sicher durch einen Kurzschluß entstanden, in den Leitungen, an denen er gearbeitet hatte.

»O mein Gott«, sagte er zu sich selbst. »Ich habe meine eigene Tochter umgebracht.«

3

»Was ist geschehen?«

Bill stand neben Olivia auf dem Vorplatz und versuchte, das Grauenhafte zu begreifen. Ihre Antwort auf diese Frage unterschied sich von der Geschichte, die sie später der Polizei erzählte. Doch soweit er sich erinnerte – und er glaubte sich richtig zu erinnern, denn Leah hatte es auch so gehört –, sagte Olivia, daß sie am späten Nachmittag, während Kristie noch schlief, angefangen hätte, die Katzen zu füttern. Bei schlechtem Wetter wie diesem fütterte man sie im Haus, mittels dreier kleiner Schalen, die in die Waschküche gestellt wurden, die sich neben dem Kinderzimmer befand. Olivia sagte, bevor sie ihnen das Fressen hingestellt hätte, habe sie die Kinderzimmertür geschlossen, damit die Katzen nicht zum Baby hineinliefen. Ein paar Minuten später roch sie Rauch, sie stürzte los und entdeckte, als sie über den Gang hinweg in ihr Zimmer sah, auf ihrem Bett ein Feuer. Dann, sagte sie, habe sie bemerkt, daß im Kinderzimmer ein weiteres Feuer war, doch sie konnte die Tür nicht öffnen …

»Was sie dann noch gesagt hat, weiß ich nicht mehr«, sagte Bill später. Die emotionale Belastung war zu groß für ihn. Er habe plötzlich gesehen, daß Leah angekommen war und neben ihm stand und sich auch Olivias Geschichte anhörte.

Ein Polizist versuchte, sie alle aus dem Weg zu schaffen, damit die Feuerwehrmänner Platz bekamen. Bill weigerte sich, den Vorplatz zu räumen, und Leah bestand darauf, bei ihrem Vater zu bleiben. Der Polizist wollte, daß sie zu den Fries hinübergingen. Aber da Denise bald von der Arbeit nach Hause kommen würde, wollte Bill dableiben, um sie trösten zu können. Er bewegte sich langsam zur Seite hin, ihren Wagen erwartend. Während er das tat, ging John Gallagher – rußgeschwärzt und am ganzen Leibe zitternd – zu Olivia hinüber, die immer noch auf dem Vorplatz vor dem Eingang stand. Seine Gefühle ihr gegenüber waren nicht sonderlich freundlich.

»Haben Sie es Herrn Fischer gesagt?« fragte er.

»Yes, yes, yes«, schluchzte sie. Er wandte ihr den Rücken zu und ging fort. Er konnte nicht begreifen, wieso es ihr nicht gelungen war, das Baby zu retten.

Rund drei Monate zuvor hatte John als einer der ersten Kristie sehen dürfen. Wenige Minuten nach ihrer Geburt. Er hatte an jenem Septembernachmittag extra früher mit der Arbeit aufgehört und war losgerast, um Leah abzuholen, so daß sie zu dem großen Ereignis rechtzeitig im White Plains Hospital waren. Sie trafen kurz nach fünf ein und betraten fünf Minuten, nachdem Kristie zur Welt gekommen war, die Entbindungsstation. Nach einer Weile kam Bill zu ihnen heraus ins Wartezimmer und strahlte, er trug seine neugeborene Tochter in den Armen. Er gab sie Leah, die sie ungeschickt hielt, als hätte sie Angst, das Baby könnte zerbrechen. Es war ein erregender Augenblick für sie. Sie schwärmte für Babys, und während Denises Schwangerschaft hatten sich viele Spannungen und Ressentiments Leahs, die sie gegenüber ihrer Stiefmutter empfunden hatte, verflüchtigt. Sowohl Leah als auch ihr Bruder Troy waren über die Aussicht auf ein winziges Geschwisterlein begeistert. Er kam an jenem Abend – etwas später – ebenfalls in die Klinik. Es war typisch für Leahs freudige Erwartung dieser Geburt, daß sie in den Wochen davor verschiedene Babysachen gekauft und Denise mit diesen Geschenken überrascht hatte, obwohl Denise bereits mehr davon hatte, als ein Kind brauchen konnte.

»Bevor dieses Baby geboren wurde, hat Leah von nichts anderem mehr geredet«, erinnerte sich John Gallagher.

Nachdem John als Leahs fester Freund nun schon seit vier Jahren bei den Fischers ein- und ausging, gehörte er fast zur Familie. In der Klinik fragte Bill ihn, ob er das Baby auch mal halten wolle.

»Kommt nicht in Frage«, erwiderte John lächelnd. »Sie sieht mir viel zu zerbrechlich aus. Ich werde warten, bis sie älter ist.«

Als er seiner Mutter an diesem Abend telefonisch die Neuigkeit mitteilte, hatte seine Stimme aufgeregt geklungen. »Mom, sie ist sehr niedlich. Und sie hat ganz winzig kleine Füße.«

Während der folgenden Wochen beobachtete John, wenn er die Fischers besuchte, Kristies Entwicklung mit kindlichem Entzücken. Er hatte seit der Geburt seiner beiden jüngeren Brüder und seiner Schwester kein Baby mehr aus der Nähe gesehen. An seine kleinen Geschwister erinnerte er sich nicht mehr, es war schon zu lange her, und Kristies Säuglingskörper und ihre suchenden, die Umgebung erkundenden Bewegungen faszinierten ihn. Nach ihrem Tod überkamen ihn immer wieder Erinnerungen an diese Besuche und taten ihm weh. »Einmal lag sie im Wohnzimmer auf dem Fußboden und spielte mit diesem Mobile, und sie schlug immer nach diesen kleinen Dingern, dann schlug ich nach welchen und dann wollte sie nach denselben schlagen. Sie hatte so winzige Beine, die nicht zu ihrem Körper paßten. Und ich hab' dagesessen und mit ihren Füßen und Fingern gespielt. Sie hatte Denises Hände, nur ganz klein. Und ich kann mich auch erinnern, daß ich einmal in der Küche war und sie schreien hörte – nichts Schlimmes, nur so ein bißchen Gezeter. Sie war ein sehr liebes Baby.«

An dem Abend, an dem das Feuer ausbrach, verließ er gegen 17.00 Uhr völlig geschafft die Jaguar-Werkstatt in White Plains. Er und ein Kollege führten manchmal noch in ihrer Freizeit auf eigene Rechnung eine Reparatur aus, und sie hatten sich gerade wegen irgendeines Auftrags, den sie an diesem Abend ausführen wollten, gestritten. John hatte diese Verabredung verschoben, weil er gerade Ärger mit dem Motor seines Pickups, seines einzigen Transportmittels hatte, und den zuerst reparieren mußte. Der Job mußte bis morgen warten. Sein Freund war darüber gar nicht erfreut gewesen. John hatte nun eigentlich sein Fahrzeug in Ordnung bringen und danach mit Leah zusammen seine Mutter besuchen wollen. Carol Gallagher mußte am nächsten Morgen wegen einer Halsoperation ins Krankenhaus, und deswegen wollten sie mit ihr diesen Abend verbringen und ihr alles Gute wünschen. Leah hatte ihn daran erinnert, als sie während des Tages miteinander telefoniert hatten. Also verabredeten sie, daß sie sich bei Leah treffen und später, höchstwahrscheinlich in Leahs Toyota, zu seiner Mutter fahren wollten, die weiter nördlich in dem kleinen Ort Mahopac wohnte.

Leah, die als Sekretärin in White Plains arbeitete, traf gewöhnlich ein paar Minuten vor John bei sich zu Hause ein, kurz vor

Viertel nach fünf, aber an diesem Tag wurde sie in ihrem Büro zehn Minuten länger aufgehalten. Als John bei seinem Eintreffen sah, daß Leahs Wagen noch nicht da war, parkte er wie gewöhnlich am Ende der langen Einfahrt, und zwar zum Teil auf dem Rasen, damit die Familienmitglieder an seinem Auto vorbeifahren konnten.

Er wollte nicht ins Haus, solange nur Olivia darin war. Während seiner Besuche hatte er zwar ein paar Worte mit ihr gewechselt, aber es war eine Art Verlegenheit zwischen ihnen, und er fühlte sich nicht in der Stimmung, mit ihr eine gestelzte Unterhaltung zu führen. Es war angenehmer, in seinem Fahrzeug zu warten. Vielleicht würde er eine Zigarette rauchen. Nach dem Streit mit dem Kollegen mußte er sich beruhigen, und im Haus der Fischers durfte man nicht rauchen. Sowohl Bill als auch Denise waren entschiedene Nichtraucher.

Er traf ungefähr zu der Zeit am West Lake Drive ein, als Bill auf Olivias dringenden Anruf hin die Autowerkstatt verließ. John, der nichts von dem Brand ahnte, hätte vielleicht einige Minuten da draußen gesessen, bevor er sich bewußt geworden wäre, daß etwas Schreckliches im Haus vor sich ging. Aber auf dem Beifahrersitz neben ihm hatte eine Tasche mit Autoteilen für die Reparatur gelegen, die er an diesem Abend hatte vornehmen wollen, und als er in die scharfe Rechtskurve vom West Lake Drive in die Auffahrt zu Fischers Haus eingebogen war, war die Tasche zu Boden gefallen. Er bückte sich, um sie aufzuheben, und sah aus seinem linken Augenwinkel heraus etwas, das ein Feuerstoß orangefarbener Flammen zu sein schien, die aus dem anderen Ende des Hauses kamen, wo das Kinderzimmer war. Er hob den Kopf, sah über das Armaturenbrett hinweg noch einmal genau hin und merkte, daß es wirklich Flammen waren. Er rannte zum Haus und dachte: »Hoffentlich hat sie das Baby herausgebracht.«

Olivia öffnete die Haustür, als er diese eben erreichte, und schrie: »Feuer, Feuer!« Durch die Tür, die fast ganz aus Glas war, hatte er sie mit einem Feuerlöscher in der Hand in dem Familienzimmer herumhuschen sehen. Jetzt hing ihr der Feuerlöscher an den Fingern, während sie bewegungslos im Eingang stand.

»Wo ist Kristie?« schrie er. Er schrie laut, damit sie seine Stimme hörte, während im Erdgeschoß des Hauses der Rauchdetektor Alarm gab.

»Sie ist im Zimmer.«

»In welchem Zimmer? Im Kinderzimmer?«

»Ja.« Ihre Stimme war voller Panik, und sie zitterte heftig. Auf seine Fragen hin sagte sie ihm, daß sie die Feuerwehr angerufen habe, auch Bill in seiner Werkstatt.

John entriß ihr den Feuerlöscher, rannte durch das Familienzimmer und den Gang hinunter zum Kinderzimmer. Die Tür war zu. Er drehte den Knopf nach rechts und links, aber sie öffnete sich nicht. Er versuchte es noch einmal. Sie war nicht nur verklemmt, sie war verriegelt. Durch den Spalt unter der Tür sah er auf eine knapp dreißig Zentimeter breite Fläche aus Vinylplatten, dieselben braunen Platten wie im Gang, bevor der Teppichboden anfing. Auf diesen Platten spiegelten sich die Flammen, die im Kinderzimmer wüteten.

Außer sich vor Zorn, schrie er Olivia an: »Warum hast du die Tür abgeschlossen?« Er konnte sich nicht vorstellen, daß irgend jemand anderes das getan haben könnte. Doch er bekam keine Antwort, denn Olivia war ihm nicht zum Kinderzimmer gefolgt, sie stand draußen auf dem Vorplatz.

»Warum zum Teufel hast du abgeschlossen?« brüllte er. Keine Antwort.

Es war eine neue Tür. Mit einem Hohlraum im Innern – Massenproduktion. Bill Fischer hatte sie eingesetzt, es war eine seiner zahlreichen Neuerungen im Haus. Sie befand sich seit etwa zehn Tagen dort, und Bill war mit seiner Arbeit nicht ganz zufrieden gewesen. Er hatte die Tür bei einem Holzhändler in der Gegend gekauft, sie etwas abgehobelt und ein Loch hineingeschnitten, um die Schließvorrichtung anzubringen. Dabei hatte er die alte Tür als Schablone benutzt. Die Türangeln aber waren ein wenig zu kurz, so daß der Riegel nur gerade eben das Schließblech erreichte. So konnte man die Tür zwar verriegeln, doch das Schloß griff nicht völlig.

Nachdem Bill die neue Tür eingesetzt hatte, lackierte er sie mit Polyurethan und reinigte dann die Pinsel mit Farbverdünner, den er einem Kanister im Wandschrank des Geräteraums hinter dem Familienzimmer entnahm. Dort bewahrte er den größten Teil seiner Materialien auf, darunter auch andere brennbare Flüssigkeiten wie etwa die, mit der er draußen bei Grillfesten die Holzkohle anzündete. Alle Behälter waren fest verschlossen und standen ordentlich aufgereiht in dem Regal. Olivia hatte ihm bei der Arbeit an der Tür zugesehen. Sie hatte die Nase gerümpft und »Uh!« gemurmelt, als sie die Chemikalien roch.

Als Bill die Tür lackiert hatte, zögerte er und überlegte, ob er den Fehler mit dem Schließmechanismus nicht doch noch korrigieren sollte. Er hatte sich aber anders entschieden, da er sich nicht vorstellen konnte, daß irgend jemand das Kinderzimmer abschließen mußte.

Es war ein Schloß ohne Schlüssel, wie man es oft bei Badezimmern hat: Man verriegelt die Tür von innen, indem man einen kleinen, mit einem Spalt versehenen Knopf in der Mitte des Türknopfs herumdreht. Wenn die Tür unverschlossen ist, befindet sich der Spalt in waagerechter, wenn sie verschlossen ist, in senkrechter Position. Der Nachteil dieser Schlösser ist: Wenn jemand, während die Tür offen ist, den Knopf herumdreht, so daß der Schlitz senkrecht steht, und dann, während er den Raum verläßt, die Tür hinter sich schließt, kann niemand mehr von außen hinein. So erging es John Gallagher, als er in das Kinderzimmer wollte.

Er war sechsundzwanzig Jahre alt, einsfünfundachtzig groß, und er war mit seinen siebzig Kilo etwas zu schlank, als daß er Bärenkräfte hätte entwickeln können. Aber er lehnte sich mit dem Rücken an die gegenüberliegende Wand des schmalen Korridors, versetzte der Tür in der Nähe des Schlosses einen heftigen Tritt, und der schlecht sitzende Riegel gab augenblicklich nach. Es bedurfte keines großen Kraftaufwandes. Wie er es ausdrückte: »Die Tür klackte sofort auf.« Es splitterte nicht einmal das Holz.

Was er im Kinderzimmer sah, hatte auf ihn eine so traumatische Wirkung, daß er an diesem Abend kaum darüber zu sprechen vermochte. Nicht einmal, als die Polizei ihn vernahm, und schon gar nicht Leah gegenüber, als sie ihn zu beruhigen versuchte. Kristie lag in ihrem Kindersitz auf dem Teppich. Sie stand in Flammen. Das Feuer hatte sie bereits so furchtbar zugerichtet, daß er zuerst nicht sicher war, ob es sich bei dem, was er sah, um einen Menschen handelte.

Er hoffte, daß die verkohlte und verunstaltete Figur mit den Fetzen eines versengten Unterhemdes und einer Baumwollwindel nur der Überrest einer Puppe war, und warf einen Blick hinüber in das Kinderbettchen, in der Hoffnung, Kristie dort zu finden – wußte aber schon, bevor er es tat, daß es leer sein würde. Wenn sie in dem Bettchen gelegen hätte, hätte er sie vielleicht retten können.

Obwohl der Rauch überwältigend war und das Feuer sich schon die eine Wand hinauffraß, sah er in dem Kinderzimmer doch nur dieses eine Feuer und von den Möbeln war noch nichts beschädigt. Die einzige Quelle der Flammen, die er von seinem Pickup aus gesehen hatte, war dieses unerklärliche Feuer auf dem Teppich: ein fast vollkommener Feuerkreis und Kristie in der Mitte, als handelte es sich um ein rituelles Opfer.

Der Sicherungsstift des Feuerlöschers war schon entfernt. John sprühte den Schaum in kurzen Stößen um das Baby herum. So nahe, wie er es wagte, ohne daß das Pulver sie berührte. Er besprühte den Teppich, die Vorhänge und die Wände. Es war zwar nur noch für weniger als zehn Sekunden Löschmaterial in dem Löscher, doch es reichte, das Feuer um das Baby herum zu ersticken. Als die Flammen erstarben, kniete er sich neben sie hin und hoffte wider jede Logik, daß sie noch lebte. Die Hitze war so stark gewesen, daß die Plastikschale ihres Autositzes geschmolzen war und fest am Teppich klebte.

»Ich sah sie an. Ich sah ihre Verbrennungen und wußte, daß ich zu spät gekommen war«, sagte er, als er Monate später die Szene beschrieb. »Sie war schon tot. Es war grausam. Ich werde dieses Bild nicht los. Ich kam mir vor, als wäre ich in irgendeinen Alptraum hineingeraten. Und ich werde den Geruch nicht mehr vergessen. Es war nicht der Geruch der Flüssigkeit, mit der das Feuer entzündet worden war. Auch nicht der des geschmolzenen Plastiks des Kindersitzes. Es war der Geruch verbrannten Fleisches. Mir wurde so schlecht, daß ich mich fast übergeben hätte. Ich mußte raus – ich konnte den Atem nicht so lange anhalten. Und mein einziger Gedanke war: Was werden die Fischers empfinden, wenn sie das sehen?«

Im Nachbarhaus bei George Fries heulte der Funkrufempfänger das Notsignal. George gehörte zu Thornwoods freiwilliger Feuerwehr, und er war zu Hause bei seiner Frau Kitty, als die Meldung herausging: Ein Haus – 5 West Lake Drive, Thornwood – Feuer! Normalerweise raste er in so einem Fall zur Wache, zog die Montur über und sprang mit den anderen aufs Fahrzeug. Aber hier handelte es sich um das Haus direkt nebenan, und er kannte dessen Besitzer seit mehr als zwanzig Jahren. Ohne sich die Schutzkleidung anzuziehen, griff er sich eine Stabtaschenlampe und rannte hinaus. Er sprang zwischen den Büschen durch, die die beiden Grundstücke voneinander trennten. Kitty, die das Abendessen kochte, sah ihm ängstlich durch das Küchenfenster nach und erblickte John Gallagher, der gerade aus dem Haus der Fischers kam und etwas zu ihrem Mann sagte, bevor George hineinging. Sie sah auch eine junge Frau allein auf dem Vorplatz stehen. Sie beobachtete dieses Mädchen ein paar Minuten lang und wunderte sich. Das Mädchen schien gar nicht zu reagieren: Sie versuchte weder zu helfen noch wegzulaufen. Sie wirkte bewegungsunfähig, als stände sie unter einem Schock. Aber es war kalt da draußen, und das Mädchen trug nur ein Sweatshirt, Hosen und Turnschuhe. Kitty zog eine Jacke an und eilte hinaus, um zu sehen, ob sie helfen konnte. Sie hatte Olivia noch nie gesehen, nahm aber an, daß sie die Babysitterin war.

»Wo ist das Baby?« schrie sie dem Mädchen zu.

Olivia reagierte nicht. Sie zitterte heftig.

»Wo ist das Baby?« fragte Kitty noch einmal. Wieder keine Antwort.

Die ältere Frau zog ihre Jacke aus und hängte sie dem Mädchen um. Da George in dem brennenden Haus war, machte sie sich große Sorgen um ihn und betete, daß der Feuerwehrwagen aus Thornwood endlich käme. Er schien ewig zu brauchen. Inzwischen wiederholte sie ihre Frage, diesmal in einem sanfteren Ton: »Wo ist das Baby?«

Schließlich gab ihr das Mädchen eine Art Antwort. Wortlos hob sie die Hand und deutete auf das Haus.

George Fries stand vor John Gallagher, als dieser hustend und keuchend aus dem Haus stolperte. Er riß sich das Arbeitshemd vom Leib und wischte sich damit Ruß und Schweiß vom Gesicht. Tränen liefen ihm die Wangen hinunter.

»Was ist passiert?« fragte George.

»Im Kinderzimmer ist ein Feuer, und mit dem Baby, das ist schrecklich«, antwortete John. Er brachte es nicht über sich, das Wort »tot« auszusprechen.

»Ist sie noch drin? In welchem Zimmer?«

»Dritte Tür links.«

Als George Fries das Kinderzimmer betrat – ungefähr zwei Minuten, nachdem John es verlassen hatte –, waren die Flammen erstickt. Nun hing darin eine dichte Qualmwolke; das einzige Licht kam von einer kleinen Nachtlampe am Fenster, die Olivia einige Zeit zuvor eingeschaltet hatte – als sie Kristie das letztemal zum Schlafen hingesetzt hatte. Nicht einmal der Lichtkegel seiner Taschenlampe vermochte den Rauchvorhang zu durchdringen. George ging in die Hocke und tastete herum. Er suchte das Kinderbett und glaubte, das Baby darin finden zu können. Vorsichtig strich er mit den Händen die Innenseiten entlang und merkte, daß es leer war. Immer noch in geduckter Haltung, drehte er sich um und wollte das Zimmer verlassen. Da stolperte er und wäre fast in die verkohlte Figur am Boden hineingetreten, die im Mittelpunkt des Infernos gewesen war.

Dieses Erlebnis erschütterte ihn so – er dachte an seine eigenen kleinen Enkelkinder –, daß auch er zunächst kein Wort herausbrachte, als er John Gallagher vor dem Haus wiedersah.

»Haben Sie das Baby gesehen?« wollte John wissen.

»Ja, schrecklich.« Nach einer Pause fragte er: »Ob die Katzen wohl auch im Haus waren?«

»Wahrscheinlich.«

»Tja, eine von denen hat es erwischt.«

John war es, als träfe ihn eine Lawine. O Gott, das nicht auch noch, dachte er. Leah hing mehr als alle anderen Mitglieder der Familie Fischer an diesen Katzen. Er hoffte, daß es nicht O. J., die Marmeladenkatze, ihr ganz besonderer Liebling, war. Später war er erleichtert, als sich herausstellte, daß das, was George Fries für ein verbranntes Tier gehalten hatte, der Überrest eines

Teddybären war, der früher Leah gehört und den sie Kristie geschenkt hatte. Es war eine Liebesgabe gewesen, denn Leah hatte diesen Schatz eigentlich für immer behalten wollen. Als das Feuer ausbrach, mußte der Bär in der Nähe des Babys auf dem Teppich gelegen haben.

»Ich war im Schock«, erzählte John später. »Ich war nicht mehr da. Was um mich her vor sich ging, habe ich nicht mehr kapiert. Ich dachte: O Gott, was ist hier passiert? War das ein Kurzschluß? Brandstiftung? In meinem Kopf drehte es sich.«

George Fries warf ihm einen mitfühlenden Blick zu: »Setzen Sie sich ein bißchen hin.«

Als er das sagte, kam ein zweiter Mann der freiwilligen Feuerwehr, Frank Yerks, die Auffahrt heraufgerannt. Er war auch direkt von zu Hause gekommen, er wohnte nur eineinhalb Querstraßen von den Fischers entfernt. Der Löschzug war unterwegs, aber George Fries hatte Angst, daß das Haus explodieren könnte, bevor er eintraf. Dennoch war es wichtig, daß sich noch jemand das Kinderzimmer ansah. Später würde man Zeugenaussagen brauchen.

»Komm mit hinein«, sagte er zu Yerks. »Es ist ein totes Baby da drin. Ich möchte, daß du das bestätigst, bevor das ganze Haus in die Luft fliegt.«

Sekunden später hastete Yerks aus dem Haus.

»O mein Gott«, war alles, was er herausbrachte.

Innerhalb der nächsten Minuten traf der Feuerwehrchef von Thornwood in seinem Wagen ein, gefolgt vom ersten Löschzug. Nach ihnen kamen Bill Fischer und Leah.

Nachdem Olivia Bill stockend ihre unvollständige Geschichte erzählt hatte, führte man sie in das Haus der Familie Fries hinüber. Dann war ein Krankenwagen da, und ein Mann sagte, sie solle sich hinsetzen, und gab ihr Sauerstoff. Sie sah ihn stumm, mit großen Augen an, als ob sie in Wirklichkeit nicht an diesen Ort gehörte und nicht verstand, weshalb sie hier war. Sie war nicht mehr hysterisch und rang nicht mehr nach Luft wie zuvor noch, als der Sanitäter sie vor dem Haus entdeckt hatte. Kitty Fries wunderte sich, wie selbstbeherrscht das Mädchen wirkte, das, immer noch in der geliehenen grauen Wattejacke, schüchtern an ihrem Küchentisch saß, gelegentlich leise Wimmerlaute von sich gab, aber weder zu sprechen noch sich zu bewegen versuchte.

John ging inzwischen zu seinem Pickup zurück, ließ hinten die Ladeklappe herunter. Und da saßen er, Bill und Leah nebeneinander in der Kälte und der zunehmenden Dunkelheit und warteten auf Denise.

4

Als damals das Feuer ausbrach, gab es in dieser Gegend keinen Notruf 911. Denise hatte Olivia erklärt, was sie in einem Notfall tun mußte. Sie mußte entweder direkt die Nummer 769-1998 der Polizei von Mount Pleasant oder, wenn diese Nummer nicht zur Hand war, die Vermittlung anrufen und ihr erklären, worum es sich handelte. In dem zweiten Fall würde sie zwangsläufig länger brauchen. Damit es dazu nicht kam, kopierte Denise das Blatt mit der Notrufnummer, die neben dem Telefon in der Küche hing, und legte diese Kopie auf Olivias Schreibtisch. Sie hatten einen zweiten Apparat mit einer eigenen Nummer für sie anschließen lassen, der in ihrem Zimmer stand. Im Telefonbuch von Westchester war diese Nummer unter dem Namen Kristie Fischer eingetragen.

Ungefähr um zehn nach fünf, während das Feuer im Kinderzimmer wütete, versuchte Olivia, von dem Telefon in ihrem Zimmer aus die Polizei zu erreichen. Doch sie bekam die Lampe auf ihrem Schreibtisch nicht an. Und ohne Licht konnte sie dort nichts mehr genau erkennen. Gerade in dem Augenblick, in dem sie das Licht dringend gebraucht hätte, war die Glühbirne durchgebrannt. Sie lief mit der Nummer in der Hand zum Familientelefon, war aber so in Panik, daß sie das Blatt fallen ließ. Sie gab es auf und wählte die Nummer Null – die Vermittlung.

Sie nannte der Vermittlung die richtige Adresse in Thornwood. Thornwood war einer von mehreren kleinen Orten im Polizeibezirk von Mount Pleasant. Die Meldung ging aber statt dessen an die Polizei in der Nachbarstadt Pleasantville. Das war nicht ungewöhnlich, weil sich die Vermittlung der Telefongesellschaft für dieses Gebiet in Pleasantville befand. Olivias Anruf wurde aufgezeichnet.

Polizeibeamter in Pleasantville: »Polizeiwache.«

Olivia: »Hi. Feuer.«

»Wo ist das, Ma'am?«

»Five West Lake Drive.«

»Wo?«
»In Thornwood.«
»Wie heißt die Adresse?«
»West Lake Drive.«
»West Lake Drive. Welche Nummer?«
»Fünf.«
»Fünf. West Lake Drive. Sie haben ein Feuer?«
»Ja.«
»Okay, ich schicke sofort die Feuerwehr. Wie heißen Sie?« Er nahm an, daß sie die Hausbesitzerin war.
»Riner.« Sie sprach es schweizerdeutsch aus. Der Polizist verstand etwas anderes.
»Leland?« fragte er.
»Riner«, wiederholte sie. Inzwischen weinte sie, und schluchzend verschluckte sie die Worte.
»Welche Telefonnummer haben Sie?«
Die Vermittlung hörte, wie verzweifelt sie war, und schaltete sich ein: »769-5939.«
Der Beamte merkte jetzt, daß es eine Nummer in Thornwood war und wiederholte: »5939. Fünf West Lake Drive. Okay, ich schicke die Feuerwehr.«
Olivia: »Ja.«
»Okay. Bye.«
»Bye«, antwortete Olivia. In diesem ganzen Gespräch hatte sie nicht einmal erwähnt, daß ein Baby in Gefahr war. Auch Bill hatte sie nichts gesagt, nachdem die Vermittlung sich wieder eingeschaltet und sie gefragt hatte, ob sie noch irgendwo anders anrufen wolle, und sie mit Fischers Autowerkstatt verband. Keiner von denen, mit denen sie sprach, wußte, ob sie nicht nur vielleicht wegen einer Bagatelle anrief – von Zeit zu Zeit gab es Feuer in Abfalleimern, auf Müllkippen oder in halbverfallenen Scheunen. Menschenleben gefährdende Feuer waren im ländlichen Westchester selten.

Während der Polizeibeamte in Pleasantville sich von Olivia die wesentlichen Informationen geben ließ, rief sein Kollege die Polizei in Mount Pleasant an. Dieser Beamte gab die Information mit der korrekten Adresse, aber dem verstümmelten Namen Leland weiter.

»Das ist euer Bezirk, nicht wahr?« fragte er.

»Ich glaube, ja«, erwiderte der Beamte in Mount Pleasant. »Ich sehe nach.«

Der Sergeant war vorsichtig. Um die Feuerwehrleute einer Ortschaft in der Gegend zu alarmieren, brauchte er eigentlich nur die drei betreffenden Tasten des Polizeiencoders zu drücken, und schon würden bei den Leuten zu Hause die Funkrufempfänger aufheulen. Der Code von Thornton war 69 P, und sobald er diese Ziffern drückte, würden bei allen Feuerwehrleuten in Thornwood die Signale ertönen, gefolgt von seiner Funkmeldung mit der Ortsangabe, wo sich das Feuer befand.

Aber die Adresse, die man ihm gegeben hatte, klang unwahrscheinlich. Das eine Ende des West Lake Drive traf T-förmig mit der Nannyhagen Road in Thornwood zusammen. Das andere Ende lief etwa vier Meilen weiter südlich bei der Brücke, die über das Staubecken führte, in der Ortschaft Valhalla aus. Was das Ende in Thornwood anging, bezweifelte er, daß es dort eine Nummer 5 gab. Er hatte Freunde, die genau gegenüber dem Haus von George und Kathryn Fries wohnten, deren Haus das dritte auf der linken Seite mit der Nummer 27 war. Es leuchtete ihm nicht ein, daß es dort auch noch eine Nummer 5 geben konnte, und er fragte sich, ob er nicht statt dessen die Feuerwehr in Valhalla benachrichtigen mußte.

Er suchte im Telefonbuch und in seiner Rolodex-Kartei nach dem Namen Leland am West Lake Drive, aber es war kein solcher Name eingetragen. Wertvolle Minuten verstrichen, und nun beschloß er, noch einmal unter der Telefonnummer nachzufragen, die ihm die Vermittlung gegeben hatte, und die Adresse zu prüfen. Olivia hob den Hörer ab.

»Yes?« fragte sie nervös.

»All right«, fing der Sergeant an. »Wie lautet Ihre Adresse?«

»Fünf West Lake Drive«, sagte sie zum drittenmal, wußte aber nicht, daß sie es nun mit einer anderen Polizeiwache zu tun hatte.

»Fünf West Lake Drive«, wiederholte er. »Welche Straße ist da in der Nähe?«

»Nannyhagen Road.«

»Sie sind nahe bei Nannyhagen?« Es klang so, als ob er daran zweifelte.

»Nannyhagen, ja.« Es war eine bekannte Straße in dem Ort. Das seltsame Wort war eine Ableitung von Nannahagen, dem ehemaligen Namen von Thornwood. Dieser Ursprung war so weit vergessen, daß man den Namen manchmal in zwei Worten, Nanny Hagen, schrieb, als ob er an eine Person erinnern sollte.

»Wie weit weg von Nannyhagen?« fragte er.

»Was?« Ihre Stimme klang allmählich verzweifelt.

»Wie weit sind Sie von Nannyhagen entfernt?«

»Es ist die nächste Straße, und dann kommen Sie –« (die nächsten Worte waren nicht zu verstehen) »– nach Nannyhagen, und West Lake Drive liegt rechts, stimmt's?«

Er wußte, was sie meinte. Sie versuchte den Weg zu beschreiben, wie man von der Polizei in der Columbus Avenue in Mount Pleasant hinkam, aber das vermochte seine Zweifel hinsichtlich der Nummer 5 nicht zu zerstreuen.

»Ja. Wie weit rein am West Lake?« fragte er. Er fragte sich immer noch, ob sie wirklich Valhalla meinte, oder ob es sich um einen Ulk handelte mit einer falschen Adresse.

»Was?« fragte sie.

»Wie weit rein am West Lake?«

»Fünf.«

Meinte sie fünf Häuser? »Das erste Haus?« fragte er, und da er ihre Antwort nicht verstand, wiederholte er seine Frage. »Das erste Haus?«

Er verstand sie jetzt immer schlechter, während sie in ihrer Panik lauter wurde. »Das erste, die Ecke und dann das zweite«, sagte sie. Und dann kam noch ein Satz, den er nicht verstand.

»Ist es ganz in der Nähe von Nannyhagen?« fragte er noch einmal, um sicherzugehen.

»Ja –« Dann kamen ein paar Worte, die in Schluchzen erstickten. »Nannyhagen.«

Jetzt machte sich auch in seiner Stimme eine Art Verzweiflung bemerkbar. »Ah boy«, sagte er. »Haben Sie Rauch im Haus?«

»Ja«, schrie, kreischte sie beinahe.

Wieder konnte er ihre Antwort nicht verstehen. Er versuchte es noch einmal. »Ist Rauch im Haus?«

»Ja«, wiederholte sie.

»Okay.«

Sie muß gedacht haben, daß sie endlich zu ihm durchgedrungen war. Seine nächste Frage trieb sie an den Rand der Hysterie.

»Ma'am, ich habe keine Nummer 5 West Lake Drive. Können Sie mir genau sagen, wo das Haus ist?«

»Das Baby ist in dem Zimmer!« schrie sie, inzwischen außer sich. Es war das erste Mal, daß sie es erwähnte: Jemand befand sich in einer Feuerfalle. Das trieb ihn an.

»All right«, sagte er. Jetzt erst drückte er den Code, der den Funkrufempfänger bei George Fries und in den anderen Häusern der Männer von der freiwilligen Feuerwehr überall in Thornwood aktivierte. Inzwischen war John Gallagher wahrscheinlich bereits in der Einfahrt des Hauses, lief vielleicht schon darauf zu.

Nachdem sie den Telefonhörer aufgelegt hatte, bewies Olivia eine ungeheure Geistesgegenwart. Sie ging in den ersten Stock hinauf und schaltete sämtliche Lampen an, um den Löschfahrzeugen den Weg zu weisen. Nach Einbruch der Dunkelheit war das Haus, wenn kein Licht darin brannte, schwer zu finden, da es abseits der Straße lag und von Büschen und Bäumen umgeben war. Als aber das Licht durch die großen Fenster im Dach und im ersten Stock nach draußen fiel, leuchtete es wie kein anderes Haus in der Nachbarschaft – wie ein Kristall, ein Fanal in der Nacht.

Die meisten Leute in Olivias Situation, mit einem Kind, das in einem von Rauch erfüllten Raum gefangen war, hätten sich nicht den Kopf darüber zerbrochen, wie sie der Feuerwehr am besten den Weg weisen können.

Sie hätten nur daran gedacht, das Baby zu retten. Alles, was darüber hinausgeht, deutet auf mehr Gelassenheit, als Menschen in einer solchen Krisensituation im allgemeinen aufbringen.

Zwei Wege, in das Kinderzimmer zu gelangen, hätte es gegeben. Erstens durch die Tür, die nicht so fest verschlossen war, daß man sie nicht mit einem Tritt aufstoßen konnte. Zweitens von außen durchs Fenster, das nur einen halben Meter über dem Erdboden lag. Man hätte nur die Fensterscheibe einzuschlagen brauchen. Olivia versuchte nichts von beidem.

Das Einschalten des Lichts war in Anbetracht ihrer Panik eine um so erstaunlichere Handlung, die sich, wenigstens teilweise, erst viele Monate später erklären ließ.

Es stellte sich nämlich heraus, daß Olivia Riner die Tochter eines Feuerwehrmannes war.

Das Haus, in dem Kristie starb, hatte die unwahrscheinliche Nummer 5 von dem Mann erhalten, der es erbaut hatte, von Bills früherem Schwiegervater, Jan Menting. 1955 hatten Menting und ein Freund zwei Morgen Farmland am West Lake Drive gekauft, und zwar zwischen der Fries'schen Grundstücksgrenze und der Ecke der Nannyhagen Road. Das Fries'sche Haus, ein Standard-Holzhaus im Cape-Cod-Stil, wie man es in Neuengland häufig sieht, stand bereits da. Es trug die Nummer 27, und somit waren noch alle ungeraden Nummern von 27 abwärts frei, jedoch für mehr Häuser, als dann tatsächlich an diesem Stück des West Lake Drive bis zur Nannyhagen Road erbaut worden sind.

Damals, als es noch kaum Flächennutzungspläne gab und man die Entwicklung mehr oder weniger dem Zufall überließ, konnte Menting sich aussuchen, welche Hausnummer von eins bis fünfundzwanzig er haben wollte. Er wählte die 5, weil ihm der Zusammenklang von Five und West Lake Drive gefiel. So bekam sein Haus die einzige einstellige Hausnummer in diesem Teil des West Lake Drive. Diese Sonderbarkeit fiel an der langen, gewundenen Straße mit der verwirrenden Lücke in der Mitte kaum auf. Und so entging den meisten diese Methode der Hausnumerierung, die den Gesetzen der arithmetischen Progression auf den ersten Blick widersprach.

Hätte die Polizei von Mount Pleasant die Adressen in einem Computer gehabt, hätte der diensttuende Sergeant seine Zweifel innerhalb von Sekunden beseitigen können. Zwar hatte man schon seit Jahren ein solches Gerät verlangt, der Stadtrat hatte das Ersuchen aber stets mit der Begründung abgelehnt, daß es zu viel koste. Es schien nie genug Geld vorhanden zu sein, die Polizei mit neuerem Gerät auszustatten, manchmal fehlte es sogar an Mitteln für die Anschaffung einfachster Büroartikel. Daß der Polizeichef und der Stadtdirektor sich des öfteren, sogar öffentlich, stritten, half auch nicht. Häufig schien die Polizei von Mount Pleasant eine Art Bauer in einem Schachspiel zu sein, das den Charakter einer persönlichen Vendetta angenommen hatte, und wenn sie überhaupt noch arbeitete, schien das trotz der

Stadtregierung und nicht mit ihrer Unterstützung und Billigung zu geschehen.

Aber selbst wenn es damals einen solchen Adressencomputer gegeben hätte, Kristies Leben hätte auch er nicht mehr gerettet. Sie war von dem Augenblick an verloren, als um sie herum die Flammen zu züngeln anfingen. Das muß gewesen sein, als Olivia den Telefonhörer abnahm. Ein schnelleres Eingreifen der Polizei hätte jedoch den Brandschaden am Haus verringert und der Sicherung weiterer Beweismittel gedient, um möglicherweise die Tatsache einer Brandstiftung aufzuzeigen.

Aber wichtiger noch: John Gallagher wäre dann nicht als erster am Unglücksort erschienen. George Fries, Frank Yerks und wahrscheinlich die meisten Feuerwehrleute aus Thornwood wären dort vor ihm eingetroffen; danach hätten sie niemanden mehr in das Haus hineingelassen. John wäre der Anblick, den er nie mehr vergessen würde, und noch vieles mehr erspart geblieben.

In jener Nacht, als er wegen des schrecklichen Erlebnisses nicht schlafen konnte, dachte er, daß ihm Schlimmeres als an diesem Abend nicht zustoßen könnte. Doch was ihn erwartete, war noch viel grausamer.

5

Mount Pleasant ist keine Stadt im herkömmlichen Sinne, sondern ein Gebiet von 28 Quadratmeilen mit einer einzigen Verwaltung. Die drei ineinander übergehenden Orte Thornwood, Valhalla und Hawthorne in dessen Mitte sind so abhängig voneinander, daß sie im Grunde eine einzige Gemeinde bilden. Thornwood besitzt die beiden Einkaufszentren der Gegend, Valhalla das Rathaus und die Polizei und Hawthorne den Bahnhof für die Nahverkehrszüge nach New York City. Alle drei Orte haben gemeinsam eine öffentliche Highschool. Es findet ein ruhiger, aber ständiger Verkehr zwischen den drei Ortschaften statt, und die Gemeinde ist eine derartige Einheit, daß fast jeder jeden kennt. Vor allem in derselben Generation. Oft hat man zusammen dieselbe Schule besucht.

So war es auch nicht ungewöhnlich, daß sowohl der erste Polizeibeamte, der am Brandort erschien, als auch der diensthabende Lieutenant an diesem Abend John Gallagher kannten. Scott Carpenter, der erst seit relativ kurzer Zeit den Streifendienst versah und zum Nachwuchs zählte, hatte früher bei derselben Baugesellschaft wie Johns Bruder Michael gearbeitet. John war vormals bei demselben Abschleppdienst wie Scotts Bruder Jeff tätig gewesen. Das lag nun vier Jahre zurück. Damals hatte John Gallagher Scotts Bruder Jeff oft im Auto bis zum Haus der Familie Carpenter mitgenommen, und man begrüßte sich mit irgendwelchen Redensarten. »Was macht der Job?« »Wie geht es Mike?«

Der Lieutenant, Louis Alagno, war der beliebte Schwimmtrainer in einem Sommerprogramm für die jungen Leute in Mount Pleasant. Als Teenager hatte John auch zu seinem Team gehört. Sie kannten und mochten einander, aber es war eine eher beiläufige Bekanntschaft. Mit der Zeit kam es bei einigen der jungen Leute zu Gesetzesverletzungen. John Gallagher kassierte einige Strafmandate wegen zu schnellen Fahrens, mehr als die meisten anderen. Im übrigen war er aber in Alagnos Augen ein anständiger junger Mann, der hart arbeitete. »Das einzig Negative an John Gallagher«, bemerkte er, »ist sein Fahrstil. Er hat einen Bleifuß.«

Die drei trafen am Brandort zusammen, mitten im Wirrwarr der Schläuche und Scheinwerfer und Löschwagen auf dem Rasen vor dem Haus. Scott Carpenter war in seinem Streifenwagen in der Gegend herumgekreuzt, als sich der diensthabende Sergeant im Büro, der so große Schwierigkeiten damit hatte, das Feuer zu lokalisieren, über Sprechfunk an alle Polizisten in dem Gebiet gewandt hatte. Carpenter, einer der jüngsten Streifendienstbeamten in diesem Abschnitt, war etwa zwei Autominuten von dem Haus der Familie Fischer entfernt, als er den Funkruf hörte. Er traf dort kurz nach George Wind, dem Feuerwehrchef von Thornwood, und vor dem ersten Löschzug ein. Fries und Gallagher hatten gerade das Haus verlassen, und Wind war sofort nach ihnen hineingegangen.

»Ich sah den Wagen des Chefs, den Blazer, in der Einfahrt stehen«, erinnerte sich Carpenter. »Ich parkte am Straßenrand, um die Löschzüge nicht zu behindern, die hineinwollten. Auf dem Platz vor dem Haus erblickte ich Greg Wind. Er sah so bestürzt aus, daß er fast wie ein Zombie wirkte. Irgendwas hatte ihn sehr verwirrt. Er sagte zu mir: ›Da ist ein totes Baby im Haus.‹

Ich lief zum Haus und dann hinein. Es war so viel Rauch da drin, daß ich nichts sehen konnte. Ich schaffte es ungefähr vier Meter weit hinein, ich hoffte das Zimmer zu finden, in dem das Baby war, aber ich konnte noch nicht mal eine Tür finden, also mußte ich umdrehen und wieder hinaus. Da kam mir John Gallagher entgegen. Er war nervös und bleich und sah aus, als wäre ihm schlecht.

›Da ist ein totes Baby im Haus‹, sagte er. Ich bat ihn, in der Nähe zu bleiben, und das tat er auch. Er hat ungefähr eineinhalb Stunden gewartet, bevor ich seine Aussage zu Protokoll nehmen konnte. Später sah ich ihn mit den Fischers zusammen und wie er und Leah sich mehrmals in den Armen lagen.«

Carpenter versuchte, mit seinem tragbaren Funksprechgerät die Polizeiwache zu erreichen, aber Sergeant Gardiner, der Dienst im Büro hatte, konnte ihn nicht verstehen. An dem

Abend gab es eine Menge Schwierigkeiten mit der Funkverbindung zum Büro.

»Sie kommen nur gebrochen hier an«, beklagte sich Gardiner.

Carpenter rannte zum Haus an der Ecke und benutzte das Autotelefon des Nachbarn. »Es wurde ein Baby bei Ankunft tot aufgefunden, wir brauchen Kriminalpolizei«, berichtete er. Auf dem Rückweg war er erleichtert, auf dem Platz vor dem Haus der Fischers einen weiteren Polizeibeamten, Robert Miliambro, zu sehen. Er war auch in einem Funkwagen in der Gegend unterwegs gewesen. Dann bemerkte Carpenter Olivia. Sie stand vor dem Haus und weinte laut. Er fragte sie, was geschehen sei, und sie antwortete mit einer längeren Rede in einer Sprache, die er nicht verstand. Das einzige Wort, das er begriff, war »cats«, sie sagte es mehrmals hintereinander. Wahrscheinlich sprach sie deutsch und sagte Katzen oder Katze, aber er beherrschte keine Fremdsprache. Er fragte sich, was sie mit diesem Hinweis auf Katzen sagen wollte. Sie schluchzte andauernd, und dazwischen sagte sie dieses Wort.

Mit Miliambro ging er noch einmal in das Haus. Sie trennten sich, tasteten sich durch Rauchwolken und suchten nach dem Baby. Miliambro fand das Kinderzimmer und rief Carpenter herbei. Die Tür stand weit offen, so wie John Gallagher sie zurückgelassen hatte, und der Teppich um Kristie herum schwelte immer noch. Auch die Reste ihrer Kleidung glommen noch immer. Das Muster, das der Brand in den Teppich gefressen hatte, war ein geschlossener Kreis, mit dem geschmolzenen Kindersitz in der Mitte. Es sah aus, als hätte jemand sorgfältig eine brennbare Flüssigkeit ausgeschüttet, um das Baby in die Flammen einzuschließen. Dieses Feuer war kein Zufall.

»Laß uns genau feststellen, was wir hier haben«, sagte Miliambro und hoffte verzweifelt, daß es sich bei den brüchigen Resten im Kindersitz nicht um die eines Menschen handelte. »Laß uns nachschauen, ob es nicht eine Puppe ist.«

Zögernd näherten sie sich etwas.

»Ich sah keine Anzeichen, daß das Baby noch am Leben war, aber ich beugte mich darüber, um nach Lebenszeichen zu suchen«, berichtete Carpenter. »Man möchte das Leben eines Babys retten, und wenn sich herausstellt, daß man das nicht kann ...« Er beendete diesen Satz nicht. »Es war lausig, gelinde gesagt. Ich hätte nie gedacht, je im Leben so etwas zu sehen.«

Miliambro schloß die Kinderzimmertür wieder, ohne zu merken, daß der Riegel noch immer waagerecht stand, so wie John Gallagher ihn vorgefunden hatte. Draußen vor dem Haus sprach er mit dem Feuerwehrchef Greg Wind, der den Einsatz der ankommenden Löschmannschaften leitete.

»Da drinnen ist ein Verbrechen geschehen«, sagte Miliambro. »Das Feuer in dem Zimmer ist völlig gelöscht, also behalten Sie Ihre Leute draußen, wenn irgend möglich.« Diese Warnung war kaum nötig. Immer noch erschüttert von dem, was er im Kinderzimmer gesehen hatte, war Wind nicht darauf erpicht, seine Leute diesem Anblick auszusetzen.

Vor dem Haus hatte jemand von der Ambulanz Olivia Sauerstoff gegeben. Sie schien ihn nicht mehr zu brauchen und hatte ganz zu weinen aufgehört. Fünfzehn Minuten zuvor hatte sie hysterisch auf deutsch vor sich hingeredet. Jetzt war sie still und beherrscht.

Carpenter wunderte sich, wie schnell sie sich verändert hatte. Wieder fragte er sie, was geschehen wäre, und rechnete nicht damit, daß sie ihn verstand. »Aber sie sprach Englisch. Gott soll mich totschlagen, wenn ich lüge, aber sie sprach Englisch. Das hat mich wirklich erstaunt. Und ich fand es merkwürdig, daß sie jetzt nicht mehr weinte. Plötzlich wirkte sie normal.«

Er befragte sie kurz. »Sie sagte, sie hätte gerade die Katzen gefüttert, und eine von ihnen sei weggelaufen. Dann sagte sie, sie hätte ein kleines Feuer auf ihrem Bett entdeckt. Sie merkte, daß die Tür des Kinderzimmers verschlossen war, schien sich deswegen aber keine Sorgen zu machen. Sie fragte nicht ein einziges Mal nach dem Baby. Die Katzen schienen sie mehr zu beschäftigen.«

Auf Miliambros Vorschlag hin führte Carpenter sie über den Rasen zum Haus der Fries und bat sie, dort zu warten. Soweit die beiden Polizisten wußten, war sie die einzige Zeugin dessen, was im Kinderzimmer geschehen war, und sie wollten nicht, daß sie mit irgend jemandem sonst sprach, bis ein Kriminalbeamter eintraf, der sie vernehmen konnte. Sie hätten sich keine Sorgen zu machen brauchen, daß sie verschwand. Sie konnte nirgendwohin.

Mehrere Polizeibeamte von Mount Pleasant waren auch bei der freiwilligen Feuerwehr. Der erfahrenste war Sergeant Brian Dwyer. Er war seit 25 Jahren dabei und seit 22 Jahren Polizeibeamter. In seiner Familie waren vier Generationen von Feuerwehrleuten vertreten. Sein Großvater und sein Vater hatten als Chef bei Thornwoods Feuerwehr gedient, er desgleichen. Jetzt war sein Sohn ebenfalls in den freiwilligen Dienst getreten. Was die Feuerwehr anging, gab es sehr wenig, was Brian Dwyer nicht wußte oder kannte.

Als Polizeisergeant war er in diesem Augenblick nicht im Dienst, als Feuerwehrmann war er jedoch einsatzbereit, als das Alarmsignal in seinem Haus in Thornwood ertönte. Er eilte zur örtlichen Feuerwache, zog sich seine Stiefel und die wasserdichte Kleidung an, setzte den Helm auf und war der Zugführer auf dem ersten Löschzug, der das Haus der Fischers erreichte. Während der nächsten Stunde arbeitete er in seiner doppelten Eigenschaft, mal als Feuerwehrmann, mal als Polizeibeamter und manchmal als beides zugleich, bis Polizeileutnant Louis Alagno, der inzwischen die Einsatzleitung übernommen hatte, ihm den Auftrag gab, Beweismittel zu sammeln. »Von jetzt an sind Sie im Dienst«, sagte Alagno zu ihm.

In Wirklichkeit hatte Dwyer aber von Anfang an Polizeiarbeit geleistet. Sobald er vom Löschzug der Thornwood-Feuerwehr heruntersprang, nahm Robert Miliambro ihn beiseite, brachte ihn in das Haus, damit er sich das tote Baby ansah; wenn es sich bei Dwyer um irgendeinen beliebigen anderen Feuerwehrmann gehandelt hätte, hätte Miliambro ihn nicht geholt.

Mit Dwyer zusammen ging Miliambro wieder zum Kinderzimmer, dessen Tür er ein paar Minuten zuvor, als er es mit Scott Carpenter verließ, verschlossen hatte. Er war überrascht, sie verschlossen zu finden. Als er sich die Art der Verriegelung ansah, begriff er, was geschehen war. An einer Badezimmertür bei sich zu Hause hatte er einen ähnlichen Mechanismus – und einen vierjährigen Sohn, der sich manchmal einschloß und derart in Panik kam, daß er es nicht mehr fertigbrachte, den kleinen Knopf zu drehen und die Tür wieder zu öffnen. Miliambro kannte aber den Trick, wie man den Riegel von außen öffnen konnte, indem man einen langen, dünnen Nagel in das kleine

Loch in der Mitte des Türknaufs steckte. Er holte die metallene Mine aus seinem Kugelschreiber heraus, stocherte damit in dem Loch herum und öffnete die Kinderzimmertür, um Dwyer hineinzulassen.

Als sie eintraten, fiel beiden noch eine zweite, kleinere Brandstelle in dem Teppich nahe der Tür des Kinderzimmers auf. Nahe dabei, etwa fünfzehn Zentimeter von dem Fuß des Babys entfernt, fand sich eine Einliter-Plastik-Mineralwasserflasche der Marke Vintage Seltzer. Sie war halbleer und zur Hälfte geschmolzen. Daneben lag eine verkohlte hölzerne Streichholzschachtel der Marke Diamond Kitchen Matches. Sie rührten diese Dinge nicht an, damit man sie als Beweismittel fotografieren konnte.

In Olivias Zimmer sahen sie die Reste eines weiteren seltsamen Feuers. In der Mitte ihres Bettes fand sich ein etwa fünfzig mal fünfzig Zentimeter großer quadratischer Brandfleck, zum Teil war das Feuer durch die Bettdecken hindurch bis zur Matratze gebrannt. Jemand hatte diesen Brand mit einem Feuerlöscher erstickt, um die Brandstelle herum fand sich deshalb ein Rückstand des chemischen Schaums. Sonst war nichts in dem Zimmer beschädigt. Obwohl auch dieses Feuer absichtlich gelegt zu sein schien, wies nichts auf einen Eindringling hin. Wie im Kinderzimmer, war auch in Olivias Zimmer das Fenster geschlossen und verriegelt. Genauso wie die anderen Schlafzimmerfenster im Erdgeschoß bestand es aus zwei durchsichtigen Glasscheiben, von denen die rechte unbeweglich war, die linke aber in einer langen kerbenartigen Vertiefung saß, in der sie sich nach rechts schieben ließ. Sowohl im Kinderzimmer als auch in Olivias Zimmer befand sich die zentrale Befestigung in der geschlossenen Position.

Später bemerkte Dwyer ein beträchtliches Loch in dem Kinderzimmerfenster, das durch einen Bruch infolge der Hitzeeinwirkung entstanden sein mußte – nicht nur wegen des geschlossenen Riegels, sondern auch deshalb, weil die Scherben außerhalb des Hauses lagen. Wäre jemand eingebrochen, hätte man die Scherben im Zimmer gefunden. Zu dieser Explosion kam es im Kinderzimmer wahrscheinlich einige Sekunden vor dem Eintreffen John Gallaghers auf dem Grundstück, und die orangefarbene Flamme, die er in seinem Fahrzeug sitzend bemerkt hatte, rührte wohl von dem Feuer her, das um das Baby herum loderte und nun aus dem Loch im Fenster hinausschoß.

Leahs Tür am Ende des Ganges war geschlossen. Eine der ersten Obliegenheiten von Feuerwehrmännern, sobald es ihnen gelingt, in ein Gebäude einzudringen, ist die Aufgabe, zu suchen und zu retten, die darin besteht, daß sie jedes Zimmer öffnen und prüfen, um sicherzustellen, daß niemand darin gefangen ist und daß keine weiteren Feuer hinter Möbeln oder in Wandschränken brennen. Routinemäßig zerschmettern die Feuerwehrleute Fenster, um schwelende Teile der Einrichtung hinauszuwerfen. Sie ziehen die Handschuhe aus und tasten die Wände nach heißen Stellen ab. Sie schaffen gründlich Durchzug und treiben den Rauch hinaus. Leahs geschlossene Tür erregte zwar bei den ersten Feuerwehrleuten, die das Haus betraten, Verdacht, aber ihre Aufmerksamkeit wurde dann von dem Leichnam im Kinderzimmer in Anspruch genommen, und für eine Weile war alles andere von geringerer Bedeutung.

Angehörige der freiwilligen Feuerwehr in einer Kleinstadt sehen selten einen verbrannten Leichnam, und in diesem Fall verstärkten die winzige Gestalt und Hilflosigkeit des umgekommenen Wesens den Schock. Ob sie Kristie selbst sahen oder nicht, und mehrere von ihnen kamen nicht umhin, sie zu sehen: Das Wissen von dem, was da im Kinderzimmer lag und nicht bewegt werden durfte, bis der Leichenbeschauer eintraf, beherrschte die Gedanken aller Feuerwehrleute, die an diesem Abend dort waren, wozu noch ein Gefühl der Hilflosigkeit kam, weil sie allesamt zu spät eingetroffen waren, um das Baby zu retten. Als der Feuerwehrchef Greg Wind sein Gleichgewicht zurückgewonnen hatte, war er sehr um die Männer in seinem Team besorgt.

»Ich habe eine Menge junge Burschen dabei, achtzehn und älter«, sagte er. »Ich habe mir Gedanken um ihr Wohlergehen gemacht, aber am meisten hat es die Väter aufgewühlt.« Er war einer von ihnen, mit einer kleinen Tochter, deren Name dem des toten Babys sehr ähnelte – seine Tochter hieß Krista.

Dem Ausmaß nach schien dies kein großes Feuer zu sein. Den größten Schaden richteten drei Schläuche an, mit denen man das

Erdgeschoß unter Wasser setzte. Das Feuer auf Olivias Bett und der verhängnisvolle Brand im Kinderzimmer waren bereits gelöscht, bevor die ersten Feuerwehrleute eintrafen. Was noch zu tun blieb, war, so schien es jedenfalls damals: mit dem mächtigen Qualm und den schwelenden Materialien fertig zu werden, indem sie sie mit Wasser bespritzten, sowie Fenster zu öffnen und Ventilatoren hineinzubringen.

Bei einem ersten kurzen Rundblick im Haus versuchte ein Feuerwehrmann, James Lawrence, Leahs Tür zu öffnen, fand sie verschlossen und merkte sich diesen Umstand. Später, bei einer gründlicheren Durchsuchung müßte man da noch einmal nachsehen. Er hatte gerade den Leichnam des Babys erblickt und stand noch unter Schock. Damals beachtete niemand, daß das Schloß an Leahs Tür dem der Kinderzimmertür ähnelte und daß da etwas nicht stimmen konnte, wenn es verriegelt war, ohne daß sich jemand in diesem Raum befand. Leah schloß ihre Tür tagsüber niemals ab, ja sie ließ sie üblicherweise offenstehen, damit die Katzen hinein und wieder heraus konnten.

Während Jim Lawrence im Eingang des Hauses stand, ging Thornwoods zweiter stellvertretender Feuerwehreinsatzleiter, Joseph Rod, den Gang hinunter zu Leahs Tür und versuchte, sie zu öffnen, indem er den Knauf hin und her bewegte. Rod waren oben an der Tür schwarze Brandflecke aufgefallen, sie hatten ihn stutzig gemacht.

»Abgeschlossen«, sagte Lawrence.

Joe Rod reagierte genauso, wie etwa vierzig Minuten zuvor John Gallagher reagiert hatte: Ohne nachzudenken, welche Gefahr dahinter lauern mochte, trat er die Tür ein. Sie gab sofort nach, diesmal aber nicht wegen eines Fehlers der Verriegelung, sondern weil die Tür an der ihm nicht sichtbaren Innenseite zum Teil bereits verbrannt war.

Beide Männer wurden von einer brüllenden, fauchenden Flamme überrascht, die aus der Tür schoß und sie den Gang hinunter zurück zum Hauseingang jagte. Sie packten einander beim Arm und rannten um ihr Leben. Keiner hatte auch nur geahnt, daß in Leahs Zimmer die ganze Zeit ein drittes Feuer brannte. Es hatte nach etwa vierzig Minuten sämtlichen in dem Raum vorhandenen Sauerstoff verbraucht und sich in eine Masse schwelender Reste und Rückstände zurückgezogen, bereit, in ein Inferno auszubrechen, sobald jemand frische Luft hineinließ.

Im Gegensatz zu der des Kinderzimmers, paßte Leahs Tür genau in den Rahmen und schloß ihr Zimmer nahezu luftdicht zum Gang hin ab. Hätte die Tür oder ihr Fenster auch nur ein wenig offengestanden, dann hätte sich das Feuer anders entwickelt, hätte sich zur frischen Luft hin bewegt und wäre so früher entdeckt worden. Auf der Suche nach mehr Sauerstoff wären Flammen in den Gang oder aus dem Haus hinausgeschossen, genau wie die Feuerzunge, die durch das Loch im Kinderzimmerfenster geschlagen war.

Ein so blitzartig aufloderndes Feuer, wie es Joe Rod und Jim Lawrence den Gang hinunterjagte, bricht nur dann aus, wenn aller Sauerstoff in einem Raum verbraucht ist, die verbleibenden Gase sich übermäßig erhitzt haben und plötzlich neuer Sauerstoff hineinströmt. In Leahs Zimmer war die Explosivkraft dieser chemischen Reaktion so stark, daß sie ein Fenster aufsprengte und in breiter Front Flammen die Hauswand hinauf bis zum Dach schießen ließ.

Einen Augenblick lang herrschte allgemeine Verwirrung, bevor man sämtliche Schläuche auf dieses neue Feuer richtete. Ein Schlauch, den man schon vom Löschfahrzeug herunter bis mitten in das Haus hinein gezogen hatte, erwies sich als zu kurz. Er reichte nicht bis zu Leahs Zimmer. Hektisch rennend, tauschte man ihn gegen einen längeren aus. Dann trieb der plötzlich hereinbrechende starke Wasserschwall die Flammen zurück in Leahs großen, begehbaren Wandschrank, an den sich auf der anderen Seite, nur durch eine dünne Holzwand getrennt, der des Kinderzimmers anschloß. Von Leahs Kleidung genährt, raste das Feuer durch diese Trennwand, brach zur Türöffnung des Kinderzimmerwandschranks wieder heraus und entzündete dort einen zweiten Brand. Sobald die Feuerwehrleute ihre Schläuche darauf richteten, ergossen sich aus jedem hundert Liter pro Minute in den Raum und auf den Schauplatz des Verbrechens, den unberührt zu lassen die Polizei so sehr bemüht gewesen war. Nun fegte die Gewalt des Wassers einige kleinere Gegenstände, zum Beispiel die leere Plastikflasche und die Streichholzschachtel, von dem Platz fort, an dem sie sich befunden hatten, türmte Trümmerhaufen auf und wusch alle Fuß- oder Fingerabdrücke ab, die ein Brandstifter hinterlassen haben mochte.

Auch der Umstand, daß das Kinderzimmerfenster in der Hitze des Feuers geplatzt war, geriet etwas in Vergessenheit, als Brian Dwyer das neuerliche Feuer im Kinderzimmer von außen zu bekämpfen sich anschickte und mit dem einen Ende seiner Klappleiter den Rest der zerbrochenen Scheibe herausschlug, um Platz für den Einsatz eines weiteren Schlauches von dieser Seite her zu schaffen. Als er dies tat, fiel eine Vorhangstange auf den Fußboden hinunter. Nun lagen Glasscherben sowohl auf dem Teppich des Kinderzimmers als auch draußen im Garten, und Dwyer behielt einen visuellen Eindruck in seinem Gedächtnis, der ihm und der Staatsanwaltschaft später große Schwierigkeiten bereiten sollte.

Nur Kristies jämmerliche Überreste wurden sorgfältig ausgespart.

Vor dem Haus, in einigem Abstand von dem ganzen Trubel, saß Leah hinten auf der Ladefläche von John Gallaghers Pickup und weinte um das Baby, das ihre Schwester gewesen war. In diesem Augenblick wußte sie nicht, daß alle Erinnerungsstücke ihrer zweiundzwanzig Jahre soeben in Rauch aufgingen und daß von ihrer beträchtlichen Garderobe buchstäblich nichts übrigbleiben sollte als das, was sie am Leibe trug.

6

An diesem Abend fehlte es der Polizei von Mount Pleasant an Mitarbeitern. Von ihren beiden Lieutenants war der eine nicht in der Stadt. Der andere, Louis Alagno, hatte sich durch eine Achtstundenschicht gequält und fühlte sich unwohl. So war er denn um vier Uhr nachmittags zu Hause sofort zu Bett gegangen. Zu diesem Zeitpunkt wußte er noch nicht, daß er eine Lungenentzündung hatte. Von den drei Kriminalbeamten war der eine krank, der andere wollte gerade seinen Urlaub antreten und der dritte, Bruce Johnson, hatte an diesem Tag um vier Uhr dreißig Feierabend gemacht. Als George Fries die Polizei anrief, um zu berichten, was er in dem Kinderzimmer gesehen hatte, mußte der diensthabende Beamte, Robert Gardiner, Lou Alagno und Bruce Johnson zu Hause anrufen und sie bitten, sofort zurück zum Dienst zu kommen.

Aus Rücksicht auf sich selbst hätte Alagno das ablehnen sollen. Er hatte 39,8 Grad Fieber, und die Nässe dieses Dezembertages entwickelte sich zu einem Dauerregen, der während des Abends stärker wurde. Es war ein Regen, der alle bis auf die Haut durchweichte. So war es eine Tollkühnheit, daß er bei so einem Wetter wieder hinausging. Aber es gehörte zu seinem Job, am Schauplatz des Verbrechens zu erscheinen, und sein Stolz verbot es ihm, in diesem Augenblick das Bett zu hüten. So stand er auf, zog sich in aller Eile an und ging zu Fuß zur Nummer 5 am West Lake Drive; er wohnte gleich um die Ecke.

Bruce Johnson hatte sich gerade, wieder daheim in seinem Haus in Valhalla, bequeme Kleidung, Turnschuhe und ein Flanellhemd übergezogen, das er lose über seinen Blue Jeans trug, um mit seiner Frau und den beiden schulpflichtigen Töchtern zusammen einen ruhigen Abend zu verbringen. Gardiners Anruf kam, bevor er Gelegenheit hatte, etwas zu essen. Er schlüpfte in eine Jacke und band sich den Gürtel mit der Pistole um, die er aber unter seinem Hemd versteckte. Er stieg in seinen Wagen, hielt kurz beim Polizeirevier, holte Videorecorder und eine Kamera heraus und setzte seinen Weg in Richtung Tatort fort. Er wußte genau, wie er fahren mußte. Er war sieben Häuser von dem Bauwerk entfernt aufgewachsen, das man damals das Menting-Haus genannt hatte. In Johnsons Augen war es ein auffälliges Gebäude, das zu modern war und nicht zu den traditionellen Bauten in dieser Gegend – den Cape Cods und Colonials und Halbgeschoßhäusern – paßte. Hinter dem Grundstück befand sich ein Teich, auf dem er als Kind mit Dick Menting zusammen, der etwa in seinem Alter – inzwischen vierzig – war, Schlittschuhlaufen gelernt hatte. Auch erinnerte er sich an Dicks ältere Schwester Grada, die später Bill Fischer geheiratet hatte. Es war ein seltsames Gefühl, nach all den Jahren jetzt plötzlich als Kriminalbeamter dorthin zurückzukehren

Lou Alagno war schon etwa zehn Minuten vor ihm da und hatte bereits entschieden, daß zwei Zeugen vernommen werden mußten: John Gallagher und Olivia Riner. Alagno erinnerte sich an Gallagher von der Schwimmmannschaft her und den Strafanzeigen wegen zu schnellen Fahrens und trug Scott Carpenter auf, Gallagher dürfe sich nicht entfernen, bevor er eine schriftliche Aussage von ihm hatte. Das war das Standardverfahren. Alagno wußte, daß das Feuer bereits gewütet hatte, als Gallagher ankam, während Olivia schon dort gewesen war, als es begann. Er entschied, daß sie von einem Kriminalbeamten verhört werden mußte.

»Zu diesem Zeitpunkt war sie keine Tatverdächtige, sondern die beste Zeugin, die wir hatten«, sagte er.

Als Bruce Johnson gegen 5 Uhr 40 nachmittags eintraf, führte Brian Dwyer ihn, wie schon zuvor Louis Alagno, um das Haus herum zum zerbrochenen Kinderzimmerfenster und forderte ihn auf, einen Blick hineinzuwerfen. Das Feuer in Leahs Zimmer war noch nicht nach draußen hin explodiert, war noch nicht entdeckt, und so sah auch das Loch in der Kinderzimmerfensterscheibe noch genauso aus, wie Dwyer es vorgefunden hatte: etwa dreißig Zentimeter im Durchmesser und an den Rändern ausgezackt. Johnson, der groß und untersetzt war, bückte sich und steckte vorsichtig den Kopf hindurch. Er richtete den Lichtkegel seiner Taschenlampe auf das Innere des Kinderzimmers.

Das Licht fiel auf den verbrannten Kindersitz, den verkohlten Körper, der sich darin befand und ein in der Nähe liegendes Plastikspielzeug, das zu einem gestaltlosen Klumpen zerschmolzen war, der an der Wand zu kleben schien.

Als Kriminalbeamter hatte er gelernt, so viele Details wie möglich wahrzunehmen und in seinem Gedächtnis zu speichern. Als Vater wünschte er sich dann später, er hätte das nicht getan. Seine stärkste Erinnerung an diesen Anblick – die er später auch nicht mehr loswerden konnte, so sehr er sich darum bemühte – betraf die Haltung der Arme des Babys. Sie waren ausgestreckt und die winzigen Finger in hilfloser Angst zusammengeballt. Er hoffte, daß es nicht mehr gelitten, daß der Rauch es bereits betäubt und getötet hatte, bevor das Feuer es verbrannte. Er wich zurück, richtete sich auf und suchte auf der Fensterbank sowie in dem Erdreich davor nach Fußspuren. Es waren keine da. Aber nahe bei seinen Füßen lagen Glasscherben von der durch die Hitze geplatzten Fensterscheibe, und er stellte fest, daß das Fenster verriegelt war. Es überstieg seine Vorstellungskraft, wie jemand hätte einbrechen können, ohne Spuren zu hinterlassen, und um ein derart abscheuliches Verbrechen zu begehen.

»Brian übernimmt den Tatort und die Beweismittelsicherung, und du kannst die Zeugen vernehmen«, sagte Alagno zu Johnson. »Den Babysitter findest du in dem Haus nebenan.«

Wieder bewegte sich Johnson auf bekanntem Territorium. Kathryn Fries war die Standesbeamtin von Mount Pleasant. Er kannte sie gut. Er überquerte den Rasen vor Fischers Haus und gelangte um die Mauer herum in das Fries'sche Haus, wo er Olivia vorfand. Sie saß still am Eßtisch. Scott Carpenter war bei ihr und paßte auf. Außerdem waren dort mindestens drei Sanitäter in orangefarbenen Jacken, die Sauerstoffflaschen und Schläuche trugen und gerade fort wollten. Olivia hatte immer noch ein paar Tränen in den Augen, war aber im wesentlichen ruhig.

Johnson setzte sich zu ihr und zog sein Notizbuch heraus. »Ich bin Police Detective und möchte Ihnen gern ein paar Fragen stellen«, sagte er ihr, als Carpenter gegangen war.

Sie antwortete ruhig, nannte ihm ihren Namen, ihre Heimatanschrift in Wettingen und erklärte ihm, daß sie am 1. November, vor etwas mehr als fünf Wochen in die Vereinigten Staaten gekommen war, um bei den Fischers zu wohnen. Das war vier Tage vor ihrem zwanzigsten Geburtstag gewesen. Er fand ihr Englisch wunderlich, konnte sie aber verstehen, und sie schien auch keine Schwierigkeiten damit zu haben, seine Worte zu begreifen.

Er bat sie, ihm zu erzählen, was geschehen sei, und sie erzählte ihm folgendes:

Von dem Augenblick an, als Bill seine Lunchpause beendet hatte, war sie allein im Haus mit dem Baby und den vier Katzen (den Hund nahm er morgens immer zur Arbeit mit – damit er seinem Vater Gesellschaft leistete). Ungefähr um fünf Uhr nachmittags fütterte sie die Katzen in der Waschküche. Dann lief Oliver, der schwarze Kater in ihr Zimmer, wo er gern auf dem Bett schlief. Nach ein paar Minuten kam er heraus in den Gang gelaufen, »sehr wütend«. Sie ging, um nachzusehen, was ihn so geärgert hatte, und sah einen Kreis aus hellem orangefarbenem Feuer, das wie wild mitten auf ihrem Bett brannte. Sie deutete mit einer Handbewegung an, daß die Flammen zwischen 30 und 40 Zentimeter hoch waren. Oben in der Küche gab es einen Feuerlöscher – im ganzen gab es drei im Haus. Sie rannte hinauf, um ihn zu holen, und riß den Sicherungsstift mit einiger Mühe los. Es gelang ihr, das Feuer zu löschen, bevor es sich über ihr Bett hinaus ausbreiten konnte. Sie bemerkte, daß ihr Schlafzimmerfenster etwa 25 Zentimeter weit geöffnet war, dabei war es geschlossen gewesen, als sie das Zimmer verlassen hatte. Dann ging sie, um nachzusehen, was mit dem Baby war, und stellte fest, daß die Kinderzimmertür nicht nur zu, sondern auch abgeschlossen war. Sie war sicher, daß sie sie offengelassen hatte. Johnson erfuhr das zwar erst später, aber diese wichtige Einzelheit unterschied sich von dem, was sie zuvor Bill Fischer erzählt hatte: Sie selbst habe die Kinderzimmertür geschlossen, damit die Katzen nicht hineinliefen. Sie erzählte Johnson dann, daß sie Rauch unter der Tür hervorkommen sah und telefoniert habe, um Hilfe anzufordern. Sie konnte sich nicht erklären, wie die Feuer entstanden waren oder wieso die Tür plötzlich abgeschlossen war. Sie hatte aber, bevor Oliver wegen des Feuers auf ihrem Bett fauchend aus ihrem Zimmer gekommen war, nichts Verdächtiges gehört oder gesehen.

Es war eine unglaubliche Geschichte. Vor allem fiel ihm auf, daß sie offenbar nichts unternommen hatte, um das Baby zu retten. Sie hatte weder die Tür aufzudrücken versucht, noch war sie hinausgegangen und hatte die Fensterscheibe des Kinderzimmers zertrümmert. Das Fenster lag gerade einen halben Meter über dem Erdboden, wie er sich erinnerte: Um den Kopf durch das Loch in der Scheibe zu stecken, hatte er sich bücken müssen. War sie so von dem Feuer auf ihrem Bett traumatisiert gewesen, daß sie, nachdem sie es gelöscht hatte, nicht mehr fähig war, das zweite zu bekämpfen? Aber, so dachte er, jemand, dem man ein Kind anvertraut hatte, würde doch instinktiv darum bemüht sein, dieses Kind vor dem sicheren Tod zu retten. Kam es dann nicht zu einem Adrenalinstoß, der den erwachsenen Menschen zwang, ungeachtet der persönlichen Gefahr etwas zu unternehmen? So ein Versuch konnte mißlingen, aber dieses Mädchen hatte ihn gar nicht erst unternommen.

Olivia fragte Bruce Johnson nicht, ob Kristie gerettet worden sei. Sie erwähnte auch nicht, daß sie sie schreien oder röcheln gehört hätte, obwohl, wie Johnson später feststellte, ein funktionierendes Babyfon im Zimmer des Kindes und der dazugehörige Empfänger bei ihr installiert waren. Er dachte: Wenn Kristie eine Gefahr gespürt hätte, hätte es Olivia sicherlich auch gemerkt. In den engen Räumlichkeiten im Erdgeschoß konnte sie die Schreie des Babys unmöglich überhört haben. Johnson beschloß, wieder in das Haus nebenan hinüberzugehen und es sich noch einmal ganz genau anzusehen. Er fragte sich, ob sie ihm die Wahrheit erzählte, als sie ihm sagte, daß sie ganz allein im Haus gewesen wäre. Oder ob sie vielleicht jemanden deckte, von dem niemand wissen sollte, daß er dort war.

Gegen sieben Uhr abends kam Brian Dwyer, um nach ihm zu sehen. Während der Zeit von sechs bis sieben Uhr war in dem Fries'schen Haus so viel vor sich gegangen, daß man Dwyers Ankunft kaum beachtet hatte. »Es war ein sehr aufregender Abend«, erinnerte sich Kathryn Fries. »Ich bin dauernd hin und her gelaufen, und viele Feuerwehrleute kamen, um mit ihren

Frauen zu telefonieren. Es herrschte ein ständiges Kommen und Gehen.«

Während sie herumlief, hatte sie manches von dem gehört, was Olivia erzählt hatte, und auch sie war über Olivias Bericht verwundert. »Sie sprach von den Katzen, wie sie sie in der Waschküche gefüttert hätte und wie der Kater angerannt gekommen sei. Aber sie hat überhaupt nicht von dem Baby gesprochen. Das fand ich merkwürdig.«

Dwyers Ankunft unterbrach die Spannung. Noch immer als Feuerwehrmann gekleidet, befand er sich jetzt als Polizist offiziell im Dienst.

»Joe Butler ist da«, sagte er zu Johnson. »Ich glaube, Sie sollten mal hinübergehen und mit ihm reden.«

Joseph Butler war der für Brandstiftung zuständige Untersuchungsbeamte von der Bezirksstaatsanwaltschaft des Westchester County, und wo ein Feuer war, freute man sich, wenn er kam. Seine Kenntnisse waren, was die Ursachen und das Verhalten von Feuer anging, enzyklopädischer Art. Er liebte seine Arbeit so sehr, daß es ein Verbrechen gewesen wäre, in seiner Gegenwart das Wort *Ruhestand* in den Mund zu nehmen. In welchem Alter er auch sein mochte, und das war irgendwo in den Siebzigern, besaß er trotzdem noch die Energie und den Enthusiasmus eines Mannes, der halb dazugehörte. Seine vertraute untersetzte Gestalt, in die Uniform eines Feuerwehrhauptmanns gekleidet und unverwüstlich wie ein Fels, flößte allen Polizisten und Feuerwehrmännern in Westchester County Respekt ein. Die meisten nahmen an, daß er so eine Art Unsterblichkeit besaß.

In der nächsten halben Stunde brachte Bruce Johnson an der Brandstätte mehrere interessante Einzelheiten in Erfahrung. Er hörte von Joe Butler, daß alle drei Feuer getrennt voneinander, absichtlich und mittels einer leicht brennbaren Flüssigkeit entzündet worden waren. Der Spur der ausgegossenen Flüssigkeit entnahm Butler, daß der Brandstifter im Haus gearbeitet und sich von einem Raum zum anderen bewegt hatte. Mit der Verachtung des gewieften Fachmanns nannte er den Verbrecher einen Amateur. Ein geübter Brandstifter, sagte er, hätte sich eines einzigen, möglichst flüchtigen, spurlosen Mittels bedient und es von außerhalb des Hauses eingesetzt, um die Gefahr des Gefaßtwerdens zu minimieren.

Als Butler eintraf, war das Feuer in Leahs Zimmer bereits gelöscht. Zurück blieb eine Masse aus verkohltem und schwelendem Grus mit Klumpen geschmolzenen Schaumstoffs von ihrer Matratze. Er zeigte auf die ellipsenförmige Spur des ausgegossenen Brennstoffs auf dem Teppich rund um das Bett, ähnlich der, die auf dem Boden des Kinderzimmers den Kindersitz kreisförmig umgab. In Leahs Zimmer hatte der Täter mehr Flüssigkeit ausgegossen als irgendwo sonst, und das daraus entstandene Feuer hatte fast nichts übriggelassen, das aufzulesen sich noch lohnte.

Ganz anders das kleinere, eng begrenzte Feuer in Olivias Zimmer. Mitten in der großen, runden Brandstelle auf ihrem Bett sah man eine kleinere, etwas über dreißig Zentimeter im Quadrat messende Fläche, wo das Feuer nicht so tief eingedrungen war, als hätte sich auf der Bettdecke ein schützender Gegenstand befunden. Im Laufe des Abends entwickelte Butler eine Theorie, von der er sich dann auch während der folgenden, langen Untersuchung nicht abbringen ließ: Auf Olivias Bett hätte der Kindersitz mit dem Baby darin gestanden. Dann sei Kristie etwas zugestoßen. Daraufhin hätte die Babysitterin das Kind im Kindersitz ins Kinderzimmer getragen und ein größeres Feuer angezündet, um alle Spuren von dem, was da auch immer geschehen sein mochte, zu vernichten.

Bruce Johnson ging in das Kinderzimmer und sah die zum Teil geschmolzene Plastikflasche, in der Soda gewesen war, und die verkohlte Streichholzschachtel. Er nahm den Leichnam mit der Videokamera von verschiedenen Seiten auf. Dabei arbeitete er mit einer gewissen Routine, mechanisch, vermied es, bei den winzigen ausgestreckten Armen zu verweilen. Wie viele Kleinstadtpolizisten hatte er in seiner Freizeit noch einen zweiten Job. Seiner war der etwas ungewöhnliche eines Leichenbestatters. So war er es gewohnt, mit Toten umzugehen. Aber mit so einem Fall hatte er noch nie zu tun gehabt.

»Das Schlimmste, was man überhaupt zu sehen bekommen kann, ist ein verbranntes Opfer, und das Allerschlimmste, wenn es sich um ein Kind handelt«, erklärte er. »Auch wenn ich sonst bei meiner anderen Tätigkeit ein totes Kind sehe, tut es im Herzen weh.«

In der Waschküche fand er bestätigt, daß Olivia in der Tat die Katzen gefüttert hatte. Ihre Freßnäpfe waren leer, aber im Ausguß, vom Ruß des Feuers bedeckt, fand sich eine leere Katzenfutterdose, die jemand vor kurzem ausgewaschen hatte. Die Fischers gaben sich große Mühe, Behälter für das städtische Recyclingprogramm zu sammeln, und Johnson entdeckte eine blaue Plastiktonne, in der sich etwa achtzehn leere Ein-Liter-Sodaflaschen, durchsichtiges Plastik mit undurchsichtigen blauen Böden, ähnlich der teilweise geschmolzenen Plastikflasche auf dem Fußboden des Kinderzimmers, befanden. Ein nahe dabei stehender, für Abfall bestimmter Plastikkorb enthielt noch weitere leere Sodaflaschen. Johnson prägte sich diese Bilder ein, ohne zu wissen, ob er sie später noch einmal gebrauchen konnte.

Draußen hatte es heftig zu regnen angefangen. Unter den Männern der freiwilligen Feuerwehr sah er seinen Bruder Brian, der den Löschzug von dem Nachbarort Valhalla hergefahren hatte. Er entdeckte auch seine Mutter, Phyllis Johnson, seit zwanzig Jahren Feuerwehrbeauftragte von Thornwood, die erste Frau, die man je im County von Westchester auf einen solchen Posten gewählt hatte. Sie war als Beobachterin erschienen. Johnson fand kaum Zeit, den beiden hallo zu sagen.

Während er im Haus herumging, fiel ihm auf, daß die Fenster im Kinderzimmer und in Leahs Zimmer zwar verriegelt waren, eine der beiden Scheiben in Olivias Schlafzimmer aber bis zum Haltepunkt aufgeschoben war. Zuerst sah das wie ein Beweis für das Eindringen eines Fremden aus, wie ihre Geschichte es andeutete. Aber dann erzählten ihm ein paar Feuerwehrleute, daß sie das Fenster ursprünglich geschlossen vorgefunden und es geöffnet hätten.

Er blieb stehen, um mit Scott Carpenter zu sprechen. Der wiederholte, was John Gallagher ihm gesagt hatte: Die Kinderzimmertür sei verschlossen gewesen, und um das Baby herum hätte das Feuer gebrannt. Carpenter hatte mit Gallagher, der ein Freund seines Bruders war, zusammen im geparkten Streifenwagen gesessen, eine von dessen Zigaretten geraucht und ihm die

Geschichte in allen gräßlichen Einzelheiten entlockt. Gallagher hatte furchtbar würgen müssen, als er es erzählte, und Carpenter hatte sich Sorgen um ihn gemacht, weil er so bleich und verwirrt aussah.

Sobald Gallaghers Aussage niedergeschrieben und unterzeichnet war, ließ Carpenter ihn mit einer gewissen Erleichterung zu Leah zurückkehren. Dann übertrug ihm Alagno eine noch heiklere Aufgabe.

»Ich mußte die Fischers um Informationen über die Tote bitten«, erinnerte sich Carpenter. »Wer ihr Arzt war, wie ihr voller Name lautete und wann sie geboren war. Das war schrecklich. Das habe ich überhaupt nicht gern gemacht.«

Als Bruce Johnson ins Nachbarhaus zurückkam, saß Olivia immer noch an dem Eßtisch. Er hatte sie gebeten, dort zu warten, und sie hatte diese Bitte wörtlich genommen. In der halben Stunde hatte sie sich nicht geregt. Er wiederholte seine Frage: welche Ereignisse dem Feuer vorausgegangen wären. Und sie wiederholte ihre Geschichte in derselben Reihenfolge. Nur ein Unterschied fiel ihm auf. Diesmal befand sie sich nicht in der Waschküche, als Oliver entsetzt aus ihrem Schlafzimmer gerannt kam. Sondern sie saß im Wohnzimmer und spielte mit O. J., der Marmeladenkatze. Der Rest ihrer Geschichte war Wiederholung. Nun, da Johnson sich die Örtlichkeiten bei den Fischers eingeprägt hatte, konnte er sich nicht vorstellen, wie jemand, der in der Waschküche war, einen Eindringling, der sich zwischen Olivias sowie Leahs Zimmer und dem Kinderzimmer umherbewegte, übersehen oder überhören konnte. Diese Waschküche hatte eine Lamellentür und stand wegen der Katzen zweifellos offen. Sie lag an demselben schmalen, kurzen Gang wie die anderen drei Zimmer. Niemand konnte dort herumschleichen, ohne daß man ihn hörte und sah. Olivias letzter Bericht, daß sie im Wohnzimmer gesessen hätte, war etwas glaubwürdiger. Wenn sie dort beschäftigt oder abgelenkt oder in Gedanken vertieft, vielleicht bei laufendem Fernseher gesessen hatte, womöglich auch eingeschlummert war, hatte sie die Anwesenheit eines Eindringlings vielleicht nicht bemerkt – das war denkbar. Es war unwahrscheinlich, aber nicht völlig auszuschließen. Er fragte sich, ob sie sich das während seiner Abwesenheit ausgedacht hatte, damit ihre Geschichte einleuchtender wirkte.

Sie waren gerade etwa fünfzehn Minuten in dieses zweite Gespräch miteinander vertieft, als Johnson durch den Anblick des Lieutenant Louis Alagno abgelenkt wurde, der durch die rückseitige Tür ins Fries'sche Haus trat und ein sehr verzweifeltes Paar einzutreten bat. Er brauchte Johnson nicht zu erklären, um wen es sich handelte.

»Olivia sah sie nicht«, erinnerte sich Johnson. »Sie saß mit dem Rücken zu ihnen. Ich wußte, daß ich sie schnell hinausbringen mußte, weil ich eine Konfrontation um jeden Preis vermeiden wollte. Ich wollte nicht, daß einer der beiden sie anschrie: ›Warum haben Sie nicht unser Baby gerettet?‹ Obwohl es vielleicht interessant gewesen wäre zu sehen, wie sie darauf reagiert hätte. Aber sie war jetzt ruhig und beherrscht, wir hatten unser Gespräch begonnen, und ich wollte keine Unterbrechung.«

Er brachte sie nach vorn zur Haustür und erklärte ihr, daß er die Unterhaltung mit ihr gern in seinem Büro fortsetzen würde. Sie hatte nichts dagegen. Er hatte von Anfang an ruhig und freundlich mit ihr gesprochen, das war seine Art, und er gab sich Mühe, ihr Vertrauen zu gewinnen. Er schätzte sie als eine willige, aber zögerliche Zeugin ein, die mehr wußte, als sie erzählte, die aber vielleicht noch mehr aus sich herausgehen würde, vorausgesetzt, daß sie keine Angst hatte.

Er nahm sie beim Ellbogen und führte sie zu seinem Wagen. Er hatte Carpenter gebeten mitzukommen. Die beiden Polizeibeamten saßen vorn, Olivia saß hinten, allein. Auf der kurzen Fahrt zur Wache sprach keiner von ihnen. Carpenter fragte sich, warum Johnson das Mädchen zu einer weiteren Vernehmung mit ins Büro nahm, nachdem er ihm gesagt hatte, er solle John Gallagher entlassen, aber es war nicht die richtige Zeit für solche Fragen.

Es war inzwischen acht Uhr abends, als Johnson das Mädchen bat, sich in dem Büro der Detectives, in das sie eintraten, an seinen Schreibtisch zu setzen, und mit seiner jetzt etwas gründlicheren Vernehmung begann. Die Widersprüche in ihrer Geschichte machten ihn immer mißtrauischer, und je mehr Zeit er mit ihr verbrachte, um so mehr änderte sich das Bild, das er von ihr hatte. Um halb neun etwa glaubte er nicht mehr daran, daß sie eine unschuldige Zeugin war, und während er sie immer noch höflich mit Miss Riner anredete, fing er an, ihr jene Art von Fragen zu stellen, mit denen er eine tatverdächtige Person in die Enge zu treiben gelernt hatte.

7

Joe Butlers Ansicht nach war alles, was schiefgehen konnte, an diesem Abend auch tatsächlich schiefgegangen. »Ein perfektes Beispiel für Murphys Gesetz«, faßte er zusammen.

Wenn er kein Feuer besichtigen mußte, arbeitete er während der üblichen Bürozeit in der Bezirksstaatsanwaltschaft von Westchester County in White Plains. An diesem Montag, dem 2. Dezember hatte er pünktlich um 5.00 Uhr den Griffel aus der Hand gelegt. Er fuhr sofort nach Hause – in die Kleinstadt Peekskill – und nahm dort gerade sein Abendessen zu sich, als das Telefon klingelte.

»Es war die Feuerleitstelle im Fire Training Center in Valhalla. Sie sagten mir, sie brauchten mich für ein Feuer in der Stadt Mount Pleasant«, erinnerte er sich. Früher – während des größten Teils seiner langen Berufstätigkeit – wäre er innerhalb von Minuten aus dem Haus und auf dem Weg zum Arbeitsplatz gewesen, aber in letzter Zeit hatten sich die Regeln geändert. »Aus finanziellen Gründen, die mit dem Budget zu tun hatten, galt bei der Bezirksstaatsanwaltschaft eine neue Richtlinie, die meine Bewegungsmöglichkeiten sehr stark einengte. Außer während der normalen Bürozeit zwischen neun und fünf durfte ich bei einem Feuer nur dann hinaus, wenn es dort entweder einen Toten gab oder ein Sachschaden im Wert von über einer Million Dollar entstanden war. Bis zu dem Jahr davor hatte ich zu jeder Tages- und Nachtzeit, sieben Tage in der Woche auf jeden Notruf reagiert. Aber ich arbeite im Rahmen eines Vertrags, den die Gewerkschaft abgesegnet hat, und hier geht's um Überstunden. Als ich also diesen Anruf bekam, mußte ich halt sagen, stop! Worum geht es denn?«

»Wir glauben, es ist ein Toter da, aber wir sind nicht sicher«, sagte ihm der Dispatcher von der Feuerleitstelle.

»Was meinen Sie damit, Sie sind nicht sicher?«

»Uns liegt nur ein Bericht über einen möglichen Toten vor.«

Das half Joe Butler nicht, eine Entscheidung zu treffen, aber er war die Umständlichkeit der Bürokratie gewöhnt.

»Ich kann Ihnen gleich jetzt sagen: Solange nicht feststeht, daß es einen Toten gegeben hat oder ein beträchtlicher Sachschaden vorliegt, darf ich nicht losfahren«, erklärte er dem Dispatcher. »Aber ich will Ihnen sagen, was ich tun werde«, fügte er freundlicherweise hinzu. »Ich setze mich jetzt mit meinem Büro in Verbindung, mal sehen, was die von der Situation halten, und dann rufe ich Sie wieder an.«

Er rief John Keating, den Chief Criminal Investigator im Büro der Bezirksstaatsanwaltschaft an, der nicht sonderlich erfreut war.

»Ist da nun ein Todesfall, oder ist da kein Todesfall?« wollte Keating wissen.

»Ich weiß nicht. Ich bin nicht am Ort des Feuers«, erklärte ihm Butler. Obwohl er etwas gereizt war, konnte er die Unsicherheit bei der Feuerleitstelle verstehen. Er hatte es oft genug erlebt, daß das Opfer eines Feuers zu tief unter den Trümmern verschüttet oder zu sehr verstümmelt gewesen war, als daß man es noch als menschlich erkennen hätte können.

»Nein, Sie können nur dann hin, wenn bekannt ist, daß es einen Todesfall gegeben hat«, erinnerte ihn Keating.

Butler kehrte zu seiner Mahlzeit zurück. Er versuchte sie immer noch zu beenden, als ihn der Dispatcher von der Feuerleitstelle wieder anrief. »Wir haben nun die Bestätigung, daß es da einen Toten gibt.«

»Okay, ich werde sofort dem Ruf folgen.« Nach über fünfzig Jahren in dem Beruf war ihm die Formelsprache der Polizei zur zweiten Natur geworden.

Bevor Butler aufbrach, mußte er allerdings noch seinen Vorgesetzten unterrichten. Als er aber wieder beim Bezirksstaatsanwalt anrief, hatte Keating das Büro bereits verlassen. Ängstlich bemüht, nicht noch mehr Zeit zu verlieren, fuhr Butler jetzt los, erreichte nach zwanzig Meilen Thornwood und traf kurz vor sieben Uhr abends am Brandort ein. Im Kofferraum seines Wagens führte er ständig seine weiße, wasserdichte Uniform mit den gelben, fluoreszierenden Hosen mit. Nebst Helm. Er rüstete sich für die Aufgabe, indem er eilig den Anzug über seine anderen Sachen zog, bevor er das Haus der Fischers betrat. Seine unmittelbare Aufgabe war es, festzustellen, ob Brandstiftung vorlag, und wenn ja, ob es in direkter Folge einer verbrecherischen Handlung oder unabhängig davon zu dem Verlust eines Lebens gekommen war. Anders als die Männer von der freiwilligen Feuerwehr und auch die abgebrühteren Polizisten konnte er in dem Kinderzimmer umhergehen, ohne zusammenzuzucken. Zwar beunruhigte der Anblick auch ihn, aber in seinem Leben hatte er Tausende von Feuern gesehen und noch viel Schlimmeres. Zwecks vorläufiger Identifikation berührte er das Baby sogar, indem er vorsichtig einen Stift zwischen dessen Bauch und den Rand der Windel zu schieben versuchte. Er hoffte festzustellen, daß es sich hier tatsächlich um ein Mädchen handelte – ein Mädchen wurde ja vermißt. An den Tatorten mancher Verbrechen waren schon die sonderbarsten Dinge vorgekommen. Doch die Windel saß zu fest, es gelang ihm nicht, sie beiseite zu schieben. Er konnte nicht verstehen, wieso die Feuerwehrleute daran zweifelten, daß es sich hier in der Tat um ein menschliches Wesen handelte, aber gefühlsmäßig verstand er sie: Sie hatten nicht glauben wollen, was sie sahen. Deshalb der Bericht eines »vermutlichen d.o.a.«, eines »dead on arrival«, so die übliche Abkürzung für einen bei Eintreffen der Polizei oder der Feuerwehr vorgefundenen Toten. Er ging mit professioneller Neugier in dem Zimmer umher und merkte sich die Einzelheiten. Es war nicht seine Art, Notizen anzufertigen. Am folgenden Tag würde er seinen Bericht aus dem Gedächtnis schreiben, so wie er es immer tat.

Was er sah, war ein klarerer Beweis für Brandstiftung, als er erwartet hatte.

»Auf dem Teppich fand ich Spuren einer deutlich plazierten entflammbaren Flüssigkeit, die ich einem Ausgießen und nicht einem Hineinwerfen zuordnen würde«, stellte er fest. »Die maximale Verbrennung des Babys war an der rechten Seite des Leichnams, wo die Flüssigkeit eine Pfütze gebildet hatte. Aus dem Wandschrank war noch ein weiteres Feuer gekommen, das oben an der Wand nahe dem Fenster Spuren hinterließ, aber außer im nahen Umkreis des Babys war in dem Raum nicht viel verbrannt.«

Das hieß, daß jemand ins Zimmer gekommen sein mußte und buchstäblich um das Baby herumgegangen war und in einem Kreis um es herum brennbare Flüssigkeit vergossen hatte, während es in dem Kindersitz auf dem Teppich saß. Es war eine sorgfältig ausgeführte, vorsätzliche Tat. Da hatte sich niemand zum Fenster hereingebeugt oder an der Tür gestanden, um aus einer Flasche die Flüssigkeit hineinzugießen, ständig darauf gefaßt, die Flucht zu ergreifen. So wäre dieses Resultat nicht zu erreichen gewesen. Wer auch immer das Feuer im Kinderzimmer entzündet hatte, wollte Kristie töten oder aber vielleicht auch alle Beweise von etwas, das Kristie bereits vorher zugestoßen sein mochte, vernichten.

Nachdem Joe Butler die Schäden in den anderen beiden Räumen eingeschätzt hatte, gelangte er zu einer für ihn unumstößlichen Schlußfolgerung: Olivia hatte das Baby zuerst in ihrem eigenen Zimmer verbrannt oder angebrannt, während Kristie sich in den Kindersitz geschnallt auf Olivias Bett befand. Butler fand zufällig in der Nähe noch einen zweiten solchen Kindersitz. Ihn stellte er mitten auf Olivias Bett, über das Brandloch, und sah dann, daß er fast genau in das relativ unbeschädigte Rechteck inmitten der Brandfläche paßte.

»Ich glaube nicht, daß das Baby in der Position gestorben ist, in der man es fand«, sagte Butler. »Ich glaube daß das, was in dem Zimmer des Au-pair-Mädchens geschah – was es auch immer gewesen sein mag –, entscheidend war. Und daß es sich bei der wahrscheinlichen Todesursache um etwas handelte, das zufällig geschah und nicht geplant war. Und nachdem dies geschehen war, wurde das Baby in das Kinderzimmer gebracht und das Feuer im Kinderzimmer entzündet. Die Polizei und ich dachten sofort an die Möglichkeit eines plötzlichen Kindstodes, Sudden Infant Death Syndrome. Oder daß das Kind zum Beispiel fallen gelassen wurde.«

In diesem Szenario nahm er an, daß das Feuer in Leahs Zimmer mit der Absicht entzündet wurde, einen derartig großen Schaden anzurichten, daß man den Tod des Babys als einen Zufall infolge eines größeren Unglücks betrachten mußte. »Jemand könnte sich vorgestellt haben, daß das ganze Haus niederbrennen würde und daß es dann vielleicht unmöglich wäre, genau festzustellen, wie das Baby ums Leben gekommen ist«, erklärte Butler.

Er war entsetzt, daß es so lange gedauert hatte, das dritte Feuer zu entdecken. »Es ist für mich unerfindlich, weshalb niemand früher Leahs Zimmer untersucht hat. Feuerwehrleute sind gehalten, sobald sie ein Haus betreten, alle Türen zu öffnen. Aber dies war eine Notsituation, und hier handelte es sich um Freiwillige.«

»Freiwillige sollten bei Mordfällen nicht hinzugezogen werden«, fügte er hinzu.

Und trotzdem, in einer ländlichen Gemeinde mußte es so kommen. Die Polizei konnte den Tatort des Verbrechens nicht übernehmen, bevor die Feuerwehrleute ihn nicht für sicher erklärt hatten; bis dahin mußten die Feuerwehrleute notwendigerweise den alleinigen, freien Zutritt zu dem brennenden Gebäude haben.

Professionelle Feuerwehrleute waren ausgebildet, auf Details zu achten, die für eine polizeiliche Untersuchung wichtig sein konnten: Waren Fenster offen oder geschlossen? Lagen Riegel vor oder nicht? Das stellten die Profis zuerst fest, bevor sie anfingen, den Schauplatz durch das Herausschlagen von Fenstern und Niederbrechen von Türen zu verändern. Mitglieder freiwilliger Feuerwehren aber waren darauf trainiert, in erster Linie das Feuer zu löschen.

Oder wie der Fire Coordinator von Westchester County, Paul Chrystal, es später erklärte: »Die meisten Männer der freiwilligen Feuerwehr lernen nie den Tatort eines Verbrechens kennen. In einem Fall wie diesem sehen sie ihre Aufgabe wie folgt: Sie müssen das Feuer vollständig löschen und alles tun, was erforderlich ist, um an die Wände heranzukommen, hinter diesen suchen und alle glimmenden und schwelenden Einrichtungsgegenstände hinauswerfen, auf den Hauptbrandherd Wasser spritzen, beschädigte Decken und Wände abreißen und allen verbrannten Schutt nach draußen schaffen. Wenn das nicht geschieht, kann das Feuer das Haus vernichten.«

In der Tat wurde das Haus im wesentlichen gerettet. Und zwar aufgrund eines Einsatzes, der sich über fast zwei Stunden hinzog. Aber infolge dieser gründlichen Arbeit blieben der Polizei sehr wenige Beweismittel erhalten, die nicht auf irgendeine Art und Weise in ihrem Wert vermindert oder unbrauchbar geworden waren.

Joe Butler brauchte knapp eine Stunde, um – später in seinem Bericht – folgendes festzustellen: »Es hat keine plausible mechanische, elektrische oder zufallsbedingte Brandursache für dieses Feuer gegeben, das absichtlich unter Verwendung einer brennbaren Flüssigkeit als Brandbeschleuniger gelegt worden ist.« Außerdem hatte er das bestimmte Gefühl, daß es sich bei Kristies Tod um einen Mord handelte. Er schätzte, daß der Täter ungefähr drei Liter einer leicht flüchtigen Flüssigkeit benutzt hatte – das meiste davon in Leahs Zimmer, eine kleine Menge auf Olivias Bett und den Inhalt der Sodaflasche aus Plastik im Kinderzimmer. Er roch an der verkrümmten, leeren Flasche und stellte fest, daß sie ein auf Petroleum basierendes Destillat enthalten hatte, zu dessen Identifikation es eines Labortests bedurfte.

Die Polizei hatte bereits einen Leichenbeschauer angefordert. Butler war entsetzt zu erfahren, daß dieser, statt selbst zum Tatort zu kommen, einen seiner Prüfer, William Fazzalaro, mit einem Transporter geschickt hatte, der den Leichnam ins Labor bringen sollte. Als Butler eintraf, stand Fazzalaro schon da und wartete ungeduldig darauf, den Job hinter sich zu bringen.

»Bewegen Sie diesen Leichnam nicht vom Fleck«, sagte Joe Butler zu ihm. »Bevor Sie ihn anrühren, muß ich mein Büro informieren und hören, was sie damit tun wollen.«

Fazzalaro machte ein unglückliches Gesicht. »Ich hab' da ein Problem«, sagte er. »Ich muß heute abend noch zwei abholen. In verschiedenen Gegenden von Westchester.«

»Könnten Sie vielleicht einen von denen zuerst holen und dann wieder herkommen?« fragte Butler. Er rechnete mit einer Verzögerung, dachte aber nicht im Traum, daß es so lange dauern würde, wie es schließlich dauern sollte.

»Ich glaube, es wäre praktischer für mich, wenn ich warte«, erwiderte Fazzalaro.

Butler erzählte dann später: »Ich dachte, ich würde sofort die Freigabe bekommen. Aber ich konnte das Telefon im Haus nicht benutzen, weil es nicht funktionierte, also ging ich zu einem Nachbarn über die Straße. Ich rief John Keating an, aber er war nicht zu Hause. Ich hätte ihn per Cityfunk suchen können, aber dann hätte ich bei dem Telefonapparat ausharren müssen, bis er sich bei mir meldete, und das hätte zu viel Zeit gekostet. So rief ich den diensthabenden stellvertretenden Bezirksstaatsanwalt an, aber der war auch nicht zu Hause, also mußte ich einen Funkruf nach ihm aussenden lassen. Inzwischen versuchte ich, drei andere Stellvertretende an die Strippe zu kriegen. Dann rief ich die Feuerleitstelle an und erklärte ihnen meine Situation. Ich habe mindestens eine Stunde am Telefon zugebracht. Es war schrecklich. Ein Stellvertreter rief ziemlich bald zurück, und ich sagte ihm, wie es bei mir aussah. Daß der Mann, den der Leichenbeschauer geschickt hatte, den Leichnam abholen wollte. Der Stellvertreter sagte: ›Ja, ich weiß nicht, was ich Ihnen sagen soll. Ich muß einen meiner Vorgesetzten anrufen und ihn um Rat bitten.‹

Dann riet man mir, ich solle den stellvertretenden Bezirksstaatsanwalt James McCarty anrufen. Ich konnte ihn nicht sofort erreichen, mußte den Pieper wählen, und als er zurückrief, schilderte ich ihm die Lage – daß da ein totes Baby war und daß es sich um Brandstiftung handelte. McCarty sagte: ›Bleiben Sie, wo Sie sind. Ich rufe zurück.‹ Es war zum Verrücktwerden. Die Polizei dachte, ich wäre fort, und ich hatte ihnen gesagt, sie dürften nichts bewegen. Die Feuerwehrleute knirschten mit den Zähnen vor Ungeduld, weil ich sie vom Aufräumen abhielt, und es waren ja alle nur Freiwillige. Und wenn sie endlich mit der Arbeit an der Brandstätte fertig waren, mußten sie ja zuerst noch einmal zurück zur Feuerwache und ihre Geräte abwaschen.

McCarty rief mich zurück und sagte: ›Ich komme. Aber lassen Sie niemanden den Leichnam bewegen. Ich möchte ihn mir vorher ansehen.‹

Also dauerte es noch länger. Inzwischen versuchte ich, wieder meinen Boß zu erreichen, um ihn endlich von allem in Kenntnis zu setzen. Ich kam zwischen neun und zehn Uhr abends zur Brandstätte zurück, nachdem ich mindestens eine Stunde vergeudet hatte. Der Mann des Leichenbeschauers wartete immer noch, und ich mußte ihm sagen, daß er die Leiche nicht mitnehmen durfte, bevor der stellvertretende Bezirksstaatsanwalt sie gesehen hatte. McCarty kam ungefähr um zehn Uhr mit einer Frau. Einer stellvertretenden Bezirksstaatsanwältin von der Spezialgruppe Häusliche Gewalt, weil jemand die Frage einer möglichen Kindesmißhandlung aufgebracht hatte. Ich führte sie durchs Haus, und sie waren schließlich der Ansicht, daß der Leichnam entfernt werden sollte.«

Inzwischen war der mit dem Fall beauftragte Polizeioffizier, Lieutenant Louis Alagno, ebenso verzweifelt. Auch er hätte sich gewünscht, daß der Leichenbeschauer selbst gekommen wäre. Denn wenn der Leichnam bewegt wurde, bevor ein Leichenbeschauer ihn zu Gesicht bekam, konnten wichtige Beweismittel verlorengehen. Vor der kürzlich in Gang gesetzten Einsparungswelle wäre ohne jede Frage ein Gerichtsmediziner am Tatort erschienen, aber nun befand man sich in einer schwierigen Situation. Der Pathologe traf selbst die Entscheidung, ob er kommen wollte oder nicht. Die Polizei konnte empfehlen und verlangen, aber nicht darauf bestehen, daß er erschien.

Alagno bat Fazzalaro, sein Büro anzurufen. »Richten Sie dort bitte aus: Ich möchte, daß der Gerichtsmediziner herkommt«, drängte er ihn.

Einige Minuten darauf kam Fazzalaro zurück. Der Gerichtsmediziner hatte gesagt, er käme nicht. Fazzalaro selbst hatte kein sehr klares Bild davon, worum es sich bei diesem Fall handelte. Er hatte vor dem Haus gewartet und dabei dies und das gehört und reimte sich so die Geschichte zusammen. Er sprach kurz mit Bill und Denise Fischer, sagte ihnen, wer er war und warum er da war, aber sonst blieb er im Hintergrund. In solchen Augenblicken konnte sein Job sehr einsam sein. Er versuchte die Trauer der Leute nicht noch größer zu machen und machte sich deshalb am liebsten unsichtbar.

Nachdem er drei Stunden in der Kälte gewartet hatte, erledigte er schließlich seine gräßliche Aufgabe unter extrem schwierigen Bedingungen. Er arbeitete in fast völliger Dunkelheit, manchmal bis zu den Fußknöcheln im Wasser, bei der Kälte nicht ausreichend angezogen, bis auf die wasserdichten Stiefel, an die er zum Glück gedacht hat. So fertigte er seine Diagramme an, machte seine fotografischen Aufnahmen und prüfte, so gut er konnte, ob er an dem Leichnam Verletzungen festzustellen vermochte. Es ist fraglich, ob ein Pathologe es viel besser gemacht hätte, aber Louis Alagno sollte sich später vorwerfen, daß er nicht hartnäckiger gewesen war.

Während Fazzalaro mit peinlicher Gewissenhaftigkeit seiner Arbeit nachging, sah Alagno ungeduldig zu, und das Fieber, das in ihm wütete, bereitete ihm Übelkeit. Er empfand es fast als persönlichen Affront, als Fazzalaro einen kleinen Holzkasten hervorholte, mit einem Handgriff oben dran – etwas, das einem Werkzeugkasten nicht unähnlich war –, und sich daran machte, das tote Baby in ein Tuch zu wickeln, bevor er es hineinlegte. Alagno ging der Gedanke durch den Kopf, wie furchtbar traurig, wie ungeheuer tragisch es doch war, daß ein Kind, das vor so kurzer Zeit noch voller Freude und Zukunftsaussichten gewesen war, nun in diesen winzigen Kasten getan wurde. Er dachte: Warum hat dieser Mann denn nicht einen Leichensack für Erwachsene mitgebracht? Dann könnte er den Leichnam zusammen mit dem Kindersitz hineintun. Vielleicht sind an diesem Sitz Hinweise vorhanden: Wie er gebrannt hat, wie das Baby darin saß.

Aber man hatte Fazzalaro nur gesagt, er solle da ein totes Kind abholen.

Joe Butler teilte Lou Alagnos stille Wut. »Ich hatte noch nie einen so kleinen Kasten zum Transportieren einer Leiche gesehen«, sagte er später. »Normalerweise bringen sie eine Trage oder einen Leichensack, und dann nehmen sie alles mit, was mit dem Leichnam zusammenhängt. Ich habe es gar nicht glauben können, daß so ein entscheidender Beweisgegenstand wie dieser Sitz zurückgelassen wurde.«

Als Bill Fazzalaro Kristies Leiche vorsichtig von dem Kindersitz hochhob, fiel ein Teil ihrer Stoffwindel herunter. Es war ein Stück Gaze, das dem Feuer entronnen war, weil sie darauf gelegen hatte. Infolge des Drucks ihres Körpers gegen die Lehne des Sitzes war dieser Stoffrest im wesentlichen intakt geblieben. Sergeant Brian Dwyer, der mit ein paar anderen Polizisten zusammen in dem Zimmer stand, hob es auf und bemerkte sogleich einen zwar unerwarteten, aber bekannten Geruch. Er reichte das Stück Officer Robert Miliambro.

»Wonach findest du, daß das riecht?« fragte er.

»Farbverdünner«, erwiderte Miliambro prompt.

Dwyer nickte. Farbverdünner war genau das, was auch er gerochen hatte.

Joe Butler hatte noch eine interessante Beobachtung mitzuteilen. Was auch immer in der Windel sein mochte, es war nicht dieselbe brennbare Flüssigkeit, die in der Plastikflasche auf dem Kinderzimmerboden gewesen war. Beide Flüssigkeiten unterschieden sich deutlich in ihrem Geruch. Butlers Erfahrung besagte, daß Brandstifter sich nicht mit mehr als einem Brennstoff belasten, um etwas anzustecken. Jedenfalls nicht, wenn sie es von außen in ein Gebäude mitbringen.

Nachdem Bill Fazzalaro mit seiner kleinen Holzkiste verschwunden war, gingen Dwyer und Miliambro zusammen durchs Haus, fotografierten, machten Videoaufnahmen und suchten nach Beweismitteln.

Es war ein unheimliches Bild. Strom war nicht mehr in dem Haus vorhanden. Die Scheinwerfer der Feuerwehrmänner warfen helle Lichtstrahlen und lange Schatten durch das verwüstete Gebäude, als diese sich von einem Raum zum anderen bewegten und einen Weg über aufgeweichtes Gerümpel suchten. Draußen regnete es immer noch heftig, und es war bitterkalt. Zwischen dem Gerümpel des Familienzimmers fanden die beiden Männer an der Treppe bald den Wandschrank, in dem Fischer einen Teil seines Materials aufbewahrte. Die Ordnung darin beeindruckte sie. Sinnvoll nebeneinander aufgereiht und mit säuberlichen Etiketten versehen, standen dort die Behälter mit den Ölen, Farben und Lacken. Es sah alles so ordentlich aus, daß es fast wie ein Schock wirkte, eine weiße Zwei-Liter-

Plastikflasche von rechteckiger Form am Boden des Schranks auf der Seite liegen zu sehen. Sie enthielt noch einen Rest Farbverdünner.

Auf einem Regalbrett darüber befanden sich zwei Behälter mit anderen brennbaren Flüssigkeiten. Der eine war eine weiße Plastikflasche für den flüssigen Holzkohlenanzünder von A & P, den die Fischers bei ihren Barbecues zum Grillen benutzten. Der andere eine Ein-Liter-Blechbüchse mit Coleman Appliance Fluid für Campingkocher. Beide waren praktisch leer. Mit einer Sorglosigkeit, die Bill und Denise Fischer fremd war, hatte die letzte Person, die die Coleman-Flüssigkeit benutzt hatte, vergessen, den Verschluß wieder draufzuschrauben. Sie hatte ihn nur lose oben auf die Büchse gesetzt, als wäre sie zu sehr in Eile gewesen.

Die beiden Polizisten nahmen die Behälter und stellten sie vorsichtig in ihre zylindrischen, metallenen Beweismittelbüchsen, Hohlmaß viereinhalb Liter, für Laboruntersuchungen. Die verbrannte Schachtel für Küchenstreichhölzer und die zum Teil geschmolzene Sodaflasche wurden in gesonderte Büchsen getan.

Unentschlossen betrachteten sie den Kindersitz, den Bill Fazzalaro zurückgelassen hatte. »Was ist mit dem Babysitz?« fragten sie Joe Butler, der als Vertreter der Bezirksstaatsanwaltschaft nominell die Verantwortung trug. Natürlich war er zu groß für eine Beweismittelbüchse. Außerdem müßte man ihn von dem Teppich losschneiden, mit dem er verschmolzen war.

»Den brauchen wir nicht«, erwiderte er, womit er meinte: Da Fazzalaro ihn nicht mit dem Baby zusammen mitgenommen hatte, sah er keinen Grund, ihn für eine separate Analyse ins Labor zu schicken. Da er aus Plastik war, würde er keine Spuren einer leicht flüchtigen Substanz aufweisen. So etwas konnte man, wenn man Glück hatte, in einem porösen Material wie einem Tuch entdecken. Seiner Ansicht nach bot hierfür der Fetzen von der Windel die größten Chancen, weil die brennbare Flüssigkeit, die über oder in den Sitz gegossen worden war, sich dort, wo das Baby lag, gesammelt haben mußte.

Trotzdem nahm Butler an, daß die Polizei den Kindersitz für ihre eigene Beweismittelsammlung mitnehmen würde. Aber Dwyer und Miliambro verstanden ihn anders. Sie dachten, er meinte, sie sollten den Sitz dalassen. Sie hatten dabei zwar ein ungutes Gefühl, aber sie respektierten seine Fachkenntnis zu sehr, um das in Frage zu stellen, was sie als seine Entscheidung interpretierten. Vom Standpunkt des Spezialisten für Brandstiftung aus betrachtet, war diese richtig. Aber Mord war nicht Butlers Gebiet, und die anwesenden Polizisten begriffen nicht, daß er die Beurteilung dieses Aspektes ihnen überließ. Später war Butler entsetzt, daß der Kindersitz an diesem Abend am Brandort zurückgelassen wurde.

»Es ist doch normale Polizeiarbeit, ihn mitzunehmen«, sagte er später.

»Als ich sie im Kinderzimmer Beweisstücke fürs Labor aufsammeln sah, dachte ich, daß sie auch das mitnehmen würden, was sie für sich selbst brauchten. Ich hätte mir nicht träumen lassen, daß sie den Kindersitz vergessen würden. Offenbar habe ich mich ihnen gegenüber nicht klar genug ausgedrückt, aber ich kam nicht darauf, daß ich erfahrene Polizisten bei der Hand nehmen und ihnen sagen sollte, was für Beweismittel sie sichern müssen.«

Butler konzentrierte sich auf seinen eigenen Job, ohne zu ahnen, welche Verehrung er bei den Polizisten von Westchester genoß. Dieser stämmige Gnom mit dem schimmernden Kahlkopf und den funkelnden blauen Augen war unter den Gesetzeshütern von Westchester County eine legendäre Gestalt. Er war gründlich, energisch, ein bißchen schwerfällig und so kenntnisreich, daß kein Polizist oder Feuerwehrmann je sein Urteil in Frage stellte. Was sie ihn an diesem Abend sagen hörten, wurde für sie unwiderlegbare Wahrheit. Auch als zwei Polizeibeamte am folgenden Morgen noch einmal den Brandort nach verwertbaren Indizien durchsuchten und der eine vorschlug, den Kindersitz mitzunehmen, erwiderte der andere: »Joe Butler hat gesagt: Nein.«

Und damit war die Diskussion beendet. Später sollten sie es bedauern, daß sie den Sitz, an die verkohlten Reste des Kinderzimmerteppichs geklebt, zurückgelassen hatten, wo Denise und Bill Fischer ihn weinend fanden, als sie zurückkehrten, um das, was von ihrer Habe übrig war, zu retten. So blieb der Kindersitz dort bis gegen Ende der Woche, bis man wußte, daß es wohl einen Mordprozeß geben und daß es dann wichtig sein würde, den Geschworenen diesen von der Hitze schrecklich deformierten Gegenstand zu zeigen, in dem ein Kind sterben mußte.

8

Mount Pleasants Polizeichef Paul J. Oliva war entschlossen, in den Ruhestand zu treten. Schon seit drei Jahren hatte er sich mit diesem Gedanken getragen, seit dem unerwarteten Herzanfall damals. Oliva hatte sich zwar ausgezeichnet davon erholt und war so vital wie immer, aber er war in seinem Job allerlei Pressionen ausgesetzt und wollte das Schicksal nicht herausfordern. Der Zeitpunkt stand bereits fest. Im November war er fünfundsechzig geworden. Wenn er noch bis Ende März in seiner Position aushielt, bekam er eine höhere Pension. Inzwischen meinte er gut vorgesorgt zu haben: Er hatte seine beiden Lieutenants, Louis Alagno und Michael Mahoney, die New York State Civil Service Examination machen lassen, so daß sie beide Polizeichef werden konnten. Seiner Meinung nach waren sie beide die einzigen in seinem Polizeirevier, die qualifiziert waren, seinen Job zu übernehmen. Nachdem er somit alles getan hatte, um die Aufrechterhaltung seiner hohen Maßstäbe zu sichern, konnte er gefaßt dem Augenblick entgegensehen, in dem der Stadtrat sich für einen der beiden Kandidaten entschied.

Öffentlich bekanntgemacht hatte er seine Entscheidung allerdings noch nicht. Nächste Woche wollte er es dem Stadtdirektor Robert F. Meehan mitteilen, wenn sie sich zu der Verhandlung über die Gehaltsverträge für die Polizeibeamten zusammensetzten. Er mochte Meehan nicht besonders. Meehan war eine Generation jünger, Rechtsanwalt und Republikaner. Das Mißtrauen beruhte auf Gegenseitigkeit, und manchmal stritten sie sich coram publico. Oliva hatte Angst, daß Meehan versuchen könnte, als neuen Polizeichef irgendeinen eigenen, ganz anderen Kandidaten durchzudrücken. Deshalb mußte sich Oliva strikt an die politische Etikette halten. Um Meehan keinen Vorwand zu liefern.

Paul Oliva – über vierzig Jahre bei der Polizei von Mount Pleasant, davon fünfundzwanzig Jahre in führender Position – hatte sich einen ausgezeichneten Ruf erworben. Er war bekannt dafür, daß er keine krummen Wege ging und von seinen Leuten ordentliche Arbeit verlangte. Solche Qualitätsmaßstäbe stachen in einer Gegend hervor, in der manche Polizeibezirke, wie es hieß, zur Korruption neigten. Oliva genoß weit und breit die Achtung seiner Kollegen. Er war stur, traute keiner Autorität als seiner eigenen und leitete seinen Bezirk nach Lehnsherrenart. Einflüsse von außen haßte er, und wenn er für seine Männer eintreten zu müssen glaubte, um sie zu verteidigen, weil er sie im Recht wähnte, dann stellte er sich furchtlos vor sie. Aber wenn sie sich irrten oder einen Fehler machten, verzieh er es ihnen nie.

Wie viele von ihnen war auch er in dieser Gegend aufgewachsen und tief in der Gemeinde verwurzelt. Persönliche Bindungen gingen bis in die Schulzeit zurück. Im Grunde war er ein Arbeiterkind und stolz darauf. Den markanten Kopf hatte er von seinen italienischen Vorfahren geerbt. Seine Ausdrucksweise war lakonisch, aber mit milden Kraftausdrücken gepfeffert. Was den Verwaltungsbereich anging, hatte er Kritiker, aber auf einem Gebiet war er nicht zu schlagen:

»Er ist ein hervorragender, ein ausgezeichneter Bulle«, sagte Bruce Johnson, der bei ihm gelernt hatte. »Er stammt noch aus der alten Schule. Alles selbst beigebracht. Plattfuß mit einer Nase für Anrüchiges. Gesunde Urteilskraft.«

Bruce Johnson hatte in den zwanzig Jahren seines Polizeidienstes in Mount Pleasant allerlei Geschichten gesammelt, in denen Oliva die Hauptrolle spielte. Die besten hatten mit irgendwelchen Mordfällen zu tun. »Im Juni 86 wurde in einem Haus gegenüber der Methodistenkirche eine Frau erstochen – im Auftrag, wie sich herausstellen sollte. Ein ungarischer Dachdecker hatte sich jahrelang mit seiner Frau herumgezankt. Dann fand er einen Mann aus der Bronx, einen Puertoricaner, zahlte ihm 3000 Dollar, damit der sie umbrachte. Der Kerl sticht achtzehnmal hintereinander zu. Währenddessen sitzt der Ehemann hinten im Haus im Familienzimmer und ißt eine Schweinshaxe. Nachdem dieser ungefähr einen Meter fünfzig große Puertoricaner fertig ist, rennt er los, quer durch den Wald. Das Auto, das ihn abholen soll, taucht nicht auf. Unten an der Straße geht er in die Wache der freiwilligen Feuerwehr. Er fragt, ob er mal den Waschraum benutzen kann. Er habe eine Reifenpanne, sagt er, müsse ein Rad wechseln. Aber er hat keinen Wagen dabei. Dafür eine geladene Waffe. Das Messer hatte er im Wald weggeworfen, später hat man es gefunden. Wir nehmen beide fest. Am nächsten Tag sind wir in dem Haus, Tatortbesichtigung. Wir sind gerade in der Garage, da taucht Paul Oliva auf. Sagt, er wolle mal nach dem Rechten sehen. Wäre so schönes Wetter. Ich stehe da und rede mit ihm. Es fällt ihm ein kleines Loch in der Decke auf. Gipsplatten. ›Runter damit‹, sagt er. Also fängt der Kollege an, die Gipsplatten runterzureißen und ein Bündel mit ungefähr 50.000 Dollar fällt heraus. Eingepackt in eine braune Papiertüte, lauter kleine, mittlere und größere Scheine – ein Dollar, zehn Dollar, Zwanziger, Fünfziger, Hunderter. Der Ungar hat nebenbei ein bißchen gedealt und geklaut. Jetzt sitzen er und der Puertoricaner im Knast. 25 Jahre bis lebenslänglich.

Ein anderes Mal befand sich Oliva in seinem Ferienhäuschen in Connecticut, draußen an der Küste. Da sieht er einen Schwarzen. Der wirft eine braune Papiertüte mit irgendwas drin in den Fluß. Paul hat so ein Gefühl: Da stimmt was nicht. Er guckt sich den Kerl genau an. Am nächsten Tag liest er in der Zeitung: Ein Mordfall in Bridgeport. Er wendet sich an die Kollegen dort. Sie sehen sich den Fluß an. Fischen die Kanone raus. Oliva beschreibt ihnen haargenau, wie der Kerl ausgesehen hat, und sie nehmen ihn wegen Mordes fest. Es ist so, als hätte er einen sechsten Sinn.«

Wenn Louis Alagno sich an dem Abend, an dem es in Fischers Haus brannte, krank gemeldet hätte, hätte Paul Oliva selbst den Fall übernommen. Es war nicht seine Art, sich seiner Mannschaft gegenüber hinter einem riesigen Schreibtisch zu verstecken. Ermittlungen zu führen, das hatte ihn von Anfang an gereizt, deshalb war er zur Polizei gegangen, und er tat es immer noch gern.

Zu Anfang war die Polizeidienststelle in Mount Pleasant noch klein. Einen Beamten mit dem Titel eines Detective gab es nicht. Wenn ein Kriminalfall auftauchte, übernahm ihn der Polizist, der gerade im Dienst war. Oliva hatte das dann geändert. Er hatte Bruce Johnson und andere Kollegen in alle Kurse geschickt, die es gab – von der County-Ebene bis zum F.B.I. Seine Detectives sollten sich in sämtlichen Verbrechensarten auskennen, vom Gelegenheitsdiebstahl bis zum Mord. Doch wenn ein komplizierter Fall zu lösen war, lag Paul Oliva mit seinem Scharfsinn und seiner Intuition meistens genau richtig. Manchmal riefen ihn sogar die kleineren Dienststellen im County an und baten um Rat.

Am Abend des 2. Dezember 1991 ging Lieutenant Louis Alagno zu Fuß den halben Kilometer von dem Haus der Fischers in seine eigene Wohnung zurück. Zum nächsten verfügbaren Telefon. Von dort aus rief er Paul Oliva zu Hause an. Der Polizeichef hatte schon Feierabend gemacht, als Olivia Riners Notruf kam. Oliva war im Begriff, einen ruhigen Abend mit seiner Frau in ihrem gepflegten alten Farmhaus in Valhalla zu verbringen. Wenige Minuten nach Alagnos Anruf war Oliva bereits im Büro.

Bruce Johnson saß im Detectives' Room weiter unten am Korridor und vernahm Olivia. Es war ein spartanisch eingerichteter Raum mit vier paarweise Rückseite an Rückseite zusammengestellten Metallschreibtischen und einem Fußboden mit Kunststoffbelag. Die Atmosphäre war trostlos und monoton. Im Gegensatz zu den anderen Büroräumen in demselben Gebäude, die der Stadtverwaltung gehörten, war bei denen der Polizei der Sparwille der Politiker deutlich zu erkennen.

Johnson saß an seinem Schreibtisch, in einem Drehstuhl, und Olivia saß seitlich von ihm auf einem Stuhl mit einer geraden Rückenlehne. Er schwenkte etwas herum, um ihr ins Gesicht zu sehen. In dem hellen Licht der kürzlich installierten Neonröhren fielen ihm plötzlich ihre angesengten Wimpern auf und daß die rechte etwas mehr angesengt war als die linke. In der gedämpften Beleuchtung bei der Familie Fries hatte er das nicht bemerkt. Sofort kam ihm eine Erinnerung: Als er bei sich zu Hause hinten im Garten ein Barbecue vorbereitet hatte, war er unvorsichtig gewesen. Er selbst drückte es so aus: »Wie oft habe ich schon diesen blöden Gasgrill angezündet, und dann ist mir das Gas ins Gesicht gepufft und hat mir die Augenlider und den Schnurrbart versengt.« Danach hatte er sich sofort die Augen gerieben. Olivias Augen, sah er, waren ziemlich rot.

Der Vorgang, bei dem Wimpern versengt werden, ist völlig anders als der des Versengens durch Flammen. Zu letzterem hätte es kommen können, als Olivia das Feuer auf ihrem Bett zu löschen versuchte. Dabei hätte sie sich wahrscheinlich ih Haar, vielleicht auch die Augenbrauen und den Pony au Stirn versengt. Aber nicht allein die Wimpern. In Johnsons Augen konnten ihre versengten Wimpern nur eines bedeuten: Sie hatte sich über eine brennbare Flüssigkeit gebeugt, die Dämpfe waren aufgestiegen und hatten sich automatisch in ihren Augenhöhlen gesammelt. Dessen war sie sich jedoch nicht bewußt gewesen. Danach hatte eine Flamme, zum Beispiel die eines Streichholzes, die Dämpfe entzündet, und diese hatten dann ihre Wimpern versengt. Versengte Wimpern bedeuteten, daß jemand ein explosives Material entzündet hatte. Damit, daß jemand einen Feuerlöscher auf eine Flamme richtete, hatten sie nichts zu tun.

Bruce Johnson wollte Olivia jetzt aber nicht deswegen befragen. Vor allem, weil sie diese Versengung selbst noch nicht bemerkt zu haben schien. Irgendwann wollte er sie natürlich fotografisch festhalten, aber er mußte genau überlegen, wann er es tat. Wenn er die Kamera jetzt herausholte, würde sie merken, daß er sie verdächtigte. Aber wenn er zu lange wartete, konnte es sein, daß sie sich die Augen rieb und das Beweismittel zerstörte. Sein Eindruck, daß sie an dem Verbrechen schuldig – oder mitschuldig – war, verstärkte sich. Sie wußte sehr wohl etwas. Wenn er ihr weiter freundlich Fragen stellte, würde sie ihm vielleicht erzählen, was wirklich vorgefallen war. Die meisten jungen Leute, vor allem, wenn es sich um ihre erste Straftat handelte, platzten schließlich mit einem Geständnis heraus, wenn man lange genug mit ihnen redete und wie ein Vater zu ihnen sprach. Er beschloß, das Risiko einzugehen, daß der Beweis der versengten Wimpern verlorenging, und die Frage danach auf später zu verschieben.

Noch einmal bat er sie, die Ereignisse, die dem Feuer vorausgegangen waren, zu beschreiben. Diesmal ließ er sie mit dem Eintreffen Bill Fischers zum Lunch beginnen, dann ging es Schritt für Schritt weiter durch den Nachmittag. Manches schien belanglos zu sein – wie oft sie Kristies Windeln wechselte, was das Baby anhatte –, aber er entlockte ihr so viele Details wie irgend möglich. Jedes konnte von Bedeutung sein. Das war die übliche Methode, wie man einen Zeugen vernahm. Man ließ ihn über jeden Augenblick der fraglichen Zeit Rechenschaft ablegen. Man achtete auf Lücken und Widersprüche. Er fand es erstaunlich, wie genau sie berichtete. Sie konnte ihm fast auf die Minute sagen, wann Bill Fischer eingetroffen war und wann der »Propanmann«, wie sie ihn nannte, vor dem Haus gestanden hatte, obwohl sie nicht an die Tür gegangen war, als er dort seinen Lieferschein hinterließ.

Sie erinnerte sich, kurz vor Bill Fischers Eintreffen, ungefähr um Viertel vor zwei Uhr, in die Küche hinaufgegangen zu sein und dort das Fläschchen für das Baby zubereitet zu haben. Der Inhalt hätte etwa 250 Gramm betragen. Sie hätte dann das Fläschchen in das Kinderzimmer hinuntergebracht und sich auf den Fußboden gesetzt, um Kristie zu füttern. Bill Fischer befand sich währenddessen oben in der Küche bei seinem Lunch. Das Baby nahm etwa 180 Gramm zu sich und rülpste, wie es sich gehörte. Olivia legte die Kleine dann in den Kindersitz, der auf dem Teppich stand. Damit Kristies Kopf beim Schlafen nicht herunterfiel, stopfte sie ihr eine zusammengerollte Stoffwindel seitlich unter den Kopf. Bald war das Baby eingeschlafen. Später, auf dem Weg hinaus, kam Bill Fischer vorbei und warf noch einen Blick auf seine Tochter, die aber weiterschlief.

Als er wieder fort war, setzte sich Olivia in ihr Zimmer, las und schrieb bis um drei Uhr oder kurz danach, als das Baby aufwachte. Sie gab ihm den Rest der Flasche zu trinken, und Kristie trank nun fast alles aus. Olivia wechselte die Windel des Babys, zog ihr den Strampelanzug aber wieder an. Er war grün und aus einem Stück, an den Handgelenken waren Rüschen und weiße Streifen. Darunter trug Kristie ein weißes Unterhemd.

»Die Sachen waren nicht schmutzig, also ließ ich sie dran«, sagte sie.

Dann trug sie das Baby hinauf und setzte es in eine kleine Spielzeugschaukel, während sie eine kleinere Flasche mit Babynahrung aus dem Kühlschrank nahm und aufwärmte. Diese Flasche enthielt etwa 125 Gramm. Nach einer Weile ging sie mit Kristie im Arm wieder hinunter und setzte sich mit ihr in den Fernsehsessel im Familienzimmer. Sie fütterte sie mit dem Inhalt des kleineren Fläschchens. Während sie das tat, hörte sie den »Propangasmann« mit dem Lastwagen vorfahren. Er kam kurz nach vier. Kristie schlief bald ein. Gegen halb fünf setzte Olivia sie wieder in ihren Kindersitz nahe dem Kinderzimmerfenster. Sie ließ die Tür des Kinderzimmers offen, dessen war sie sich jetzt sicher.

Bruce Johnsons von Natur aus gutmütiger Gesichtsausdruck verriet nicht, wie unglaubwürdig er ihre Geschichte fand. Er erinnerte sich an die Babyzeit seiner Töchter und dachte: Um Himmels willen! Wie kann denn ein drei Monate alter Säugling in weniger als zweieinhalb Stunden 370 Gramm Babynahrung zu sich nehmen? Hatte Kristie sich nach dieser Überfütterung erbrochen, war sie an dem Erbrochenen erstickt? Hatte Olivia dann das Feuer im Kinderzimmer gelegt, um die Spuren ihrer Nachlässigkeit oder Unfähigkeit zu vernichten, weil sie sich vor den Folgen ihres Versagens fürchtete? Er konnte sich nicht vorstellen, daß irgend jemand – geschweige denn dieses schüchterne, junge Mädchen – mit Absicht ein lebendes Baby in Brand steckte. Es mußte zuvor etwas geschehen sein. Etwas, das sie vor ihm verbarg. Er fuhr mit seinen Fragen fort.

Olivia reagierte anders als alle jungen Leute, mit denen er bisher zu tun gehabt hatte. Natürlich mußte er berücksichtigen, daß sie sich als Ausländerin in diesem fremden Haus gefürchtet hatte. Daß sie ganz allein gewesen war. Daß sie nach dem Erlebnis mit dem Feuer an einem Trauma litt. Und sich jetzt in einer in jeder Hinsicht fremden Verhörsituation befand. Die Gesetze des Landes waren ihr unbekannt. Und trotzdem verhielt sie sich völlig ungewöhnlich. Wenn man junge Leute wegen einer Tat verhörte, die sie leugneten, dann reagierten sie beleidigt. Trotzig. Mit einer Haltung, die ausdrückte: ›Wie können Sie es wagen, mir so etwas zu unterstellen!‹ Aber Olivia saß nur still und passiv da. Abgesehen davon, daß ihre Hände im Schoß unablässig herumzappelten und -zupften.

Kinderhände, die ein feuchtes Papiertaschentuch betasteten. Irgendwie tat sie ihm leid. Mit einer Kinderstimme, die sich steigerte, protestierte sie: Sie hätte keine Ahnung, wie die Feuer ausgebrochen seien oder wieso die Kinderzimmertür dann verschlossen war. Trotzdem erklärte sie, sie wäre mit dem Baby allein gewesen. »Falls noch jemand anders in dem Haus gewesen wäre, hätte ich ihn unten ja gesehen und gehört«, erklärte sie

Johnson. Er merkte sich ihre Worte. Was geschehen war, blieb ihr Geheimnis.

Johnson machte sich während ihrer langen Unterhaltung kaum Notizen. Paul Oliva war nicht dafür, daß man mitschrieb, während man verhörte.

»Ein geübter Polizeibeamter beobachtet genau und merkt sich, was er gehört hat. Aufschreiben tut er es später. Wenn er während des Verhörs mitschreibt, kann die andere Seite die Herausgabe der Notizen verlangen. Akteneinsicht. Jeder Polizist soll ein Notizbuch benutzen. Heißt es. Kaum einer tut es. Ein Polizist verläßt sich auf sein Gedächtnis. Und das ist meistens verdammt gut.«

Johnson arbeitete so, wie er es von Oliva gelernt hatte. Er hörte zu und beobachtete scharf. Olivia Riners Englischkenntnisse gingen zwar im allgemeinen über den Gebrauch des Präsens nicht hinaus, und vieles, was sie sagte, war eine wörtliche Übersetzung aus dem Deutschen, aber Johnson fand nicht, daß er einen Dolmetscher brauchte. Sie verstand ihn hinreichend, und wenn sie ein Wort nicht kannte, traute sie sich sehr wohl, Johnson nach dessen Bedeutung zu fragen.

Während des ganzen Gesprächs saß eine Zivilbeamtin mit im Zimmer. Das war Vorschrift, wenn eine weibliche Person verhört wurde. Johnson unterbrach seine Befragung im Laufe der Zeit mehrmals, um Olivia zu fragen, ob sie etwas zu essen oder zu trinken wolle oder ob Betsy Hoagland, die Beamtin, sie zur Toilette begleiten solle. Olivia lehnte das alles ab. Johnson wunderte sich. Ihre völlige Bedürfnislosigkeit erstaunte ihn. Und er hatte nur selten erlebt, daß ein Verdächtiger nicht jede Gelegenheit zu einer Unterbrechung des Verhörs nutzte. Aber so konnte er die Fotoaufnahme noch etwas hinausschieben. Sie aus dem Zimmer gehen zu lassen, so daß sie dann unterwegs vielleicht ihre versengten Wimpern im Spiegel sah, wäre zu riskant gewesen. Dann hätte er sie zuerst fotografieren müssen.

Er ließ sie ihre Geschichte immer wieder erzählen, und all ihre Versionen stimmten miteinander überein. Jedenfalls bis zu der Stelle, wo sie von den Katzen sprach: Sie habe Kristie die zweite Flasche gegeben und sie in ihren Kindersitz auf dem Teppich im Kinderzimmer gesetzt, dann sei sie in das Wäschezimmer gegangen, um die Katzen zu füttern. Sie sagte, die Katzen hätten zuerst laut gekratzt. Aber nachdem sie gefüttert waren, miauten Kabuki und Fleetwood und wollten hinaus. Oliver aber ging zu seinem Lieblingsplatz in ihr Schlafzimmer. Von da an bewegte sich die Erzählung wie schon früher hin und her, aber ohne eine zufriedenstellende Erklärung, was sich in der halben Stunde zugetragen hatte, bevor das Feuer entstand.

Es gab zwei Versionen. In der einen befand sie sich in der Waschküche, als Oliver wie der Blitz aus ihrem Zimmer geschossen kam, um sie vor dem Feuer auf ihrem Bett zu warnen. In ihrer anderen Version erzählte sie, sie hätte oben im Wohnzimmer gesessen, mit O. J. gespielt und den Fernseher eingeschaltet gehabt. Und da wäre Oliver hereingekommen. Johnson war erstaunt, wieviel Zeit sie in dieser Waschküche verbracht haben wollte, obwohl sie doch keine Wäsche außer der des Babys und ihrer eigenen zu waschen brauchte.

Von dem Augenblick an, in dem sie das Feuer auf ihrem Bett entdeckte, das sie dann löschte, wurde aus den beiden Versionen wieder eine einzige Geschichte: Sie hörte die beiden Rauchmelder im Erdgeschoß schrillen und stellte fest, daß sie die Kinderzimmertür nicht mehr öffnen konnte. Johnson fragte sie, ob sie versucht hätte, durch Stoßen oder Treten hineinzugelangen, oder ob sie daran gedacht hätte, hinauszugehen und von draußen das Fenster einzudrücken.

»Die Tür war abgeschlossen«, sagte sie, als ob damit jede Rettung unmöglich gewesen wäre.

Er erinnerte sich an den schweren metallenen Feuerlöscher, den sie in der Hand gehabt hatte, und fragte sie, ob ihr nicht der Gedanke gekommen wäre, sich damit einen Weg ins Kinderzimmer zu bahnen.

»Die Tür war abgeschlossen«, wiederholte sie.

Aber hinter dieser leicht einzudrückenden Tür brannte es, und ein Baby befand sich in dem Zimmer, dachte er. Ein kleines Kind, für das sie verantwortlich war. Er würde diese winzigen geballten Fäuste und bittenden Ärmchen wohl nie mehr vergessen. Er versuchte den Gedanken, daß Olivia das lebendige Kind verbrannt haben könnte, aus seinem Kopf zu verbannen. Dieser Gedanke war zu schrecklich. Er wartete eigentlich ständig darauf, daß Olivia ihn fragte, was aus Kristie geworden wäre, aber entweder wußte sie das schon, oder sie wollte es nicht wissen. Er beobachtete sie genau, und es fiel ihm auf: Wenn er ihr eine harmlose Frage nach dem Baby stellte, antwortete sie immer direkt, ging sogar auf Einzelheiten ein, als ob sie ihm zu helfen versuchte. Aber wenn er sie im Zusammenhang mit dem Feuer nach dem Baby fragte, wich sie innerlich zurück, vermied eine Antwort und wirkte geistesabwesend. Ihre Stimme wurde zu einem Flüstern. Ihr Kopf neigte sich so weit vorwärts, daß ihr Gesicht hinter dem glatten, strähnigen Haar wie hinter einem Vorhang zu verschwinden drohte. Mehrmals hob Johnson dann mit der Hand ihr Kinn an, nicht nur, um sie besser zu hören, sondern auch, weil er wollte, daß sie ihn ansah. Selbst dann blickte sie in eine andere Richtung, als ob sie geistig auf einem anderen Planeten wäre.

»Sie hat den Kilometerblick«, sagte Lou Alagno, der später noch einmal nach ihr sah.

»Während unseres ganzen Gesprächs habe ich keinerlei Gefühl entdecken können, keinen Augenkontakt, und der Ausdruck ihres Körpers besagte, daß sie log«, erinnerte sich Johnson.

»Sie saß einfach da, mit diesem stoisch starren Blick. Die meiste Zeit kam es mir vor, als ob sie nicht wirklich da war, als ob jemand anderes in ihr steckte. Sie zeigte keinerlei Panik oder Schock oder Angst. Sie redete von Anfang bis Ende monoton. Sie hat wohl nicht geglaubt, daß ich sie verdächtigte. Damals noch nicht. Ich hatte John Gallaghers Aussage gelesen, und das hieß für mich, daß er als Täter nicht in Frage kam. Dasselbe galt für die anderen Familienmitglieder. Aus einem einfachen Grund: Das Haus war zu klein. Es hätte niemand, überhaupt niemand in dieses Haus hineinkommen können, ohne daß Olivia es merkte. Und sie selbst gab in ihrem gebrochenen Englisch zu, daß sie es gesehen hätte, wenn irgend jemand unten gewesen wäre. In dem Punkt war sie ganz sicher.

Ich fragte sie dann, was ihrer Meinung nach geschehen war. Sie sagte, das wüßte sie nicht. Ich fragte sie, ob da vielleicht jemand wäre, von dem sie mir nichts erzählt hätte. Ob sie jemanden deckte. Und sie sagte nein. Ich saß da und überlegte: Vielleicht hatte sie einen Freund, der bei ihr war. Aber dann dachte ich: Sie ist erst seit einem Monat hier. Wie zum Teufel soll sie in einem Monat so eine Beziehung entwickelt haben? Es war sehr wichtig für mich zu erfahren, wo sie war, als das Feuer begann, aber eine definitive Antwort habe ich nicht bekommen. Entweder fütterte sie die Katzen gerade in dem einen Zimmer, oder sie spielte mit ihnen in dem anderen Zimmer. Ich wußte, daß sie mir etwas vorenthielt.«

Johnson saß seit ungefähr einer Stunde mit Olivia zusammen und versuchte, von ihr etwas zu erfahren, als der Polizeichef eintraf. Paul Oliva ging schnurstracks in sein Büro, das sich in demselben Korridor im Erdgeschoß wie der Detectives' Room befand, um dort zu warten, bis die Beamten, die an der Brandstätte gewesen waren, ihre Berichte bei ihm ablieferten. Die Vorschriften gestatteten es ihm nicht, in den Detectives' Room zu gehen und die Vernehmung mitanzuhören, aber nach einer Weile kam Bruce Johnson herein und lieferte ihm eine Zusammenfassung. Währenddessen blieb Olivia unter Aufsicht von Betsy Hoagland zurück. Johnson beschrieb dem Chef, was Olivia ihm erzählt hatte und was ihm an ihr aufgefallen war. Als er die versengten Wimpern erwähnte, horchte Paul Oliva auf. Er wußte sofort, worum es ging, weil er sich mit Bränden auskannte.

»Bruce, das könnte der entscheidende Beweis in diesem Fall sein«, rief er erregt.

Wieder im Verhörzimmer, fragte Johnson Olivia, wo sie gestanden hätte, als sie das Feuer in ihrem Zimmer löschte. Stand sie an der Seite des Bettes oder am Fußende? Am Fußende, erwiderte sie. Johnson überlegte: Aber das Fußbrett des Bettes geht ihr ja bis zur Taille. Sie ist doch ziemlich klein. Dann konnte sie sich nicht so weit vorbeugen, daß sie sich dabei ihre Wimpern versengt hat. Völlig unmöglich. Außerdem würde sich niemand, der einen Feuerlöscher in der Hand hat, über so ein Feuer beugen, während er den chemischen Schaum daraufsprüht. In so einem Fall wendet man instinktiv den Kopf und das Gesicht ab. Er warf einen Blick auf ihre Hände und sah dort keine Brandmale.

»Hätte sie gesagt, daß sie am Bettrand gestanden hat, als sie das Feuer löschte, dann wäre es mir vielleicht möglich gewesen, ihr zu glauben. Und anzunehmen, daß sie sich dabei die Wimpern versengt hat«, erzählte er stockend. »Aber ich habe sie immer wieder gefragt, wo sie gestanden hat. Und sie war sich todsicher.«

Sie erzählte ihm, daß ein Feuer in ihrem Zimmer war, hätte sie kurz nach fünf bemerkt. Johnson versuchte immer wieder von ihr zu erfahren, was sie in der halben Stunde davor getan hatte, nachdem sie Kristie schlafen gelegt hatte. Ihre Darstellungen variierten nach wie vor. Erst mit der Beschreibung des Feuers auf ihrem Bett und der verschlossenen Kinderzimmertür begann wieder die einheitliche Geschichte. Sie lieferte einen akkuraten Bericht über ihr Telefongespräch mit dem diensthabenden Sergeant in der Polizeidienststelle von Mount Pleasant, der behauptete, daß es Fünf West Lake Drive nicht gäbe.

Sie berichtete ihm von John Gallaghers Ankunft, und wie er »mit den Füßen« die Kinderzimmertür aufgebrochen hätte. Sie sah, daß die Tür zu Leahs Zimmer zu war, aber das beunruhigte sie nicht, weil Leah die Tür gewöhnlich schloß. Sie sagte, sie kenne sich nicht in Leahs Zimmer aus. Sie sei nur einmal drin gewesen, um sich von Leah ein Bügeleisen zu leihen. Offenbar ahnte sie nicht, daß in diesem Zimmer ein weiteres Feuer wütete. Bei dem Kinderzimmer fiel ihr allerdings auf, daß unter der Tür Rauch hervorkam.

Inzwischen hatte sich in dem Zimmer des Polizeichefs eine kleine Schar versammelt. Louis Alagno und Joe Butler waren vom Brandort kommend eingetroffen und mit ihnen die beiden stellvertretenden Bezirksstaatsanwälte. Butler erklärte ihnen, wieso er davon überzeugt sei, daß es sich um eine Brandstiftung handelte. Er beschrieb, wie die Feuer wahrscheinlich gelegt worden waren. Bruce Johnson kam vorbei, nachdem er sich im Lunchraum eine Dose Sodawasser geholt hatte. Er trank und erzählte ihnen Olivias Geschichte.

»Sie streitet nach wie vor ab, daß sie irgend etwas über das Feuer weiß«, berichtete er.

Sie alle nahmen an, daß Kristie bereits tot war, bevor das Feuer entstand. Der Gedanke, daß ein lebendiges Baby absichtlich in Brand gesteckt worden sei, war für alle in dem Zimmer so grauenhaft, daß sie ihn nicht akzeptieren konnten.

»Es war uns unmöglich zu glauben, daß irgend jemand so etwas tun könnte«, erzählte Paul Oliva.

»Wir nahmen an, daß, bevor das Feuer ausbrach, etwas mit dem Baby passiert war. Wir nahmen an, daß das Mädchen das Baby nicht töten wollte. Wir hörten Joe Butlers Theorie, daß der Kindersitz auf dem Bett des Mädchens gestanden hätte, als das Feuer entzündet wurde, aber das leuchtete mir nicht ein. Dann hätte sie sich die Hände verbrennen müssen, als sie ihn aufhob und in das Kinderzimmer brachte.

Wir diskutierten hin und her. Wir versuchten uns vorzustellen, was da zum Teufel vor sich gegangen war. Da war diese Zwanzigjährige. Fast noch ein Kind. Wir haben das nachgeprüft: Der Vater kam zum Lunch nach Hause. Dann kam der Mann mit dem Gas. Aber dann folgte eine längere Zeit, für die es keine weiteren Zeugen gab. Wir haben uns gefragt, ob sie Besuch gehabt haben könnte, einen Mann. Es war sogar möglich, daß jemand sie vergewaltigt hatte, und sie traute sich nicht, es zu sagen. Ich sagte Bruce, er solle ihre Kleidung untersuchen lassen.

Dann haben wir überlegt, welche Fakten wir hatten: die Streichhölzer, die dort lagen. Sie gab zu, daß sie allein im Haus war. Ihre Aussage, daß sie dem Kind 370 Gramm zu trinken gegeben hatte, was mehr wie eine Ausrede klang, weil sie nicht wußte, wie sie erklären sollte, was sie die ganze Zeit getan hatte. Ihre widersprüchlichen Aussagen, wo sie in dem Augenblick war, als das Feuer anfing. Aber vor allen Dingen ihre angesengten Wimpern.«

Oliva, wieder in seiner Lieblingsrolle des Detective, machte die anderen auf einen weiteren Widerspruch aufmerksam, der ihnen allen bisher entgangen war. »Das Mädchen ruft die Polizei an und schreit: ›Feuer!‹ Aber sie hat das Feuer auf ihrem Bett schon gelöscht. Woher weiß sie denn, zum Teufel, daß ein Feuer hinter einer geschlossenen Tür in einem anderen Zimmer wütet?«

»Weil sie Rauch unter der Tür hervorkommen sah«, schlug jemand vor.

»Das Feuer war nahe dem Fenster«, konterte Oliva. »Und Rauch steigt auf. Er kommt nicht unter einer Tür durch, außer wenn der ganze Raum voller Rauch ist. Und wenn ein Feuer wirklich wütet, ist der Rauch minimal.« Der Polizeichef hatte noch nicht John Gallaghers Aussage gehört, der keinen Rauch, sondern Flammen gesehen hatte – oder vielmehr ihren Widerschein auf den Fußbodenfliesen unter der Kinderzimmertür –, nachdem Olivia ihren Telefonnotruf ausgesandt hatte.

All das ergab zusammen eine eindrucksvolle Indizienkette. Dazu kam der direkte Beweis der angesengten Wimpern. Das Gefühl, daß sie schuldig war, stand überzeugend im Raum.

Louis Alagno gab seinen Kommentar dazu ab: »Wenn sie gesagt hätte, sie wäre vor dem Fernseher eingeschlafen und die Rauchmelder im Gang unten hätten sie aufgeweckt, könnte man daran zweifeln, daß sie etwas damit zu tun hat. Aber sie hat gesagt, sie wäre wach und im Haus beschäftigt gewesen. Dann aber hätte sie einen Eindringling hören müssen.«

Paul Oliva mußte eine Entscheidung treffen. Die hätte vielleicht bis zum nächsten Morgen warten können, wenn Olivia Riner nicht eine Schweizer Staatsbürgerin gewesen wäre. Wäre sie Amerikanerin gewesen, dann hätte er sie vielleicht auf freien Fuß gesetzt – und natürlich sorgfältig überwachen lassen, während er sich um weitere Beweismittel bemüht hätte. Es mußte ja in der Asche dieses Feuers noch welche geben. Aber die Suche konnte erst bei Tageslicht beginnen. Mit Olivia wagte er das Risiko nicht einzugehen. Ohne Beschuldigung konnte er sie aber nicht über Nacht festhalten. Damit blieb ihm keine Wahl: Er mußte sie verhaften lassen. Wer wußte schon, was für Freunde sie hatte, die sie vielleicht zum Kennedy Airport bringen und dann ins nächste Flugzeug in die Schweiz setzen würden?

Bruce Johnson saß unten am Korridor in seinem Büro und versuchte noch immer, ihr ein Geständnis zu entlocken, als kurz nach zehn Uhr abends sein privater Telefonapparat läutete. Es war Brian Dwyer. Er rief vom Brandort an, um ihm von dem Geruch des Farbenverdünners zu erzählen, den er und Robert Miliambro gerade an dem Fragment von Kristies Windel gerochen hatten. Dwyer meinte, daß die Windel vielleicht damit getränkt worden wäre. Johnson murmelte ein schnelles Dankeschön und legte auf, er wollte nicht, daß Olivia von dieser dramatischen Entdeckung hörte. Er ging zu einem weiteren kurzen Gespräch in das Büro des Chefs zurück, kam dann wieder in den Detectives' Room, setzte Olivia von ihren gesetzlichen Rechten in Kenntnis und teilte ihr um 10.30 Uhr mit, daß sie hiermit wegen Brandstiftung festgenommen wäre.

9

Seit fünfundzwanzig Jahren gehörte es nun schon zur unumgänglichen polizeilichen Routine, daß der Verhaftete im Augenblick seiner Verhaftung von seinen gesetzlichen Rechten in Kenntnis zu setzen war. Das war die Miranda Warning. Wie die meisten Detectives kannte Bruce Johnson diese Sätze auswendig. Sie standen auch aufgedruckt auf einer weißen Karte, die er seiner Schreibtischschublade entnahm und Olivia reichte:

You have the right to remain silent and refuse to answer questions. Anything you say may be used against you in a court of law. You have the right to consult a lawyer before speaking to the police, and to have a lawyer present during any questioning now or in the future. If you cannot afford to hire an attorney, one will be provided for you without cost.

*You can decide to stop answering questions at any time. Do you understand each of these rights that I have explained to you?**

»Nicht alle«, sagte sie zu ihm.

»Was verstehen Sie nicht?«

»Manche Worte.«

»Welche Worte verstehen Sie nicht?«

»Was heißt remain silent?«

»Schweigen, Sie können einfach still sein.«

»Was ist court of law?«

»Das ist, eh, das amerikanische Gericht.«

---

* Sie haben das Recht zu schweigen und die Beantwortung von Fragen zu verweigern. Alles, was Sie sagen, kann vor Gericht gegen Sie verwendet werden. Sie haben das Recht, einen Anwalt zu sprechen, bevor sie mit der Polizei reden, und bei jedem Verhör jetzt und in Zukunft einen Anwalt dabei zu haben. Wenn Sie sich keinen Anwalt leisten können, wird man Ihnen kostenlos einen zur Verfügung stellen.
Sie können jederzeit aufhören, Fragen zu beantworten. Verstehen Sie jedes dieser Rechte, die ich Ihnen erklärt habe?

»Und lawyer?«

»Ein lawyer ist jemand, der Sie rechtlich vertreten kann. Nachdem Sie das jetzt gelesen haben, verstehen Sie das jetzt?«

»Kann ich –?«

»Klar.«

»Was ist afford to hire?«

»Wenn Sie kein Geld haben, wird das Gericht Ihnen einen Anwalt stellen.«

»Oh.«

»Wenn Sie Geld haben und Ihren eigenen Anwalt beauftragen wollen –«

»Ja.«

»Dann können Sie das tun.«

»Oh. Decide?«

»Decide?«

»Ja.«

»Das heißt ja oder nein. Es ist Ihre Sache, ob Sie, ob Sie beschließen, die Aussage zu verweigern oder … oder die Fragen zu beantworten, oder auch die Fragen nicht zu beantworten.«

»Das ist alles?«

»Ja.« Er drehte die Karte herum. »Auf dieser Seite, verstehen Sie das alles?«

»Ja, ich glaube. Ja.«

»Okay.« Er fuhr nun mit der Formal Warning fort: »Nachdem ich Ihnen all diese Rechte erklärt habe, wollen Sie noch weiter mit mir reden? Ich werde Ihnen die gleichen Fragen stellen, die ich Ihnen gestellt habe, seit ich begonnen habe, Sie zu befragen.«

»Ich kann nichts anderes sagen.«

»Sie können nichts anderes sagen?«

»Nein.«

»Also wollen Sie immer noch mit mir sprechen?«

»Ich kann reden, aber ich kann nichts anderes sagen.«

»Okay, okay. Sie können reden, aber Sie werden nichts anderes sagen, richtig?«

»Ja.«

Monate später fragte man sich, ob sie, die aus einer disziplinierten Gesellschaft kam, die zur Zusammenarbeit mit der Polizei aufforderte, wirklich begriffen hatte, daß sie kein Wort mehr zu sagen brauchte. Eine erfahrenere Reisende hätte darauf bestanden, mit dem nächsten Schweizer Konsulat verbunden zu werden, aber sie blieb gefügig und protestierte nicht. Nachdem er sie formell beschuldigt hatte, fragte Bruce Johnson sie wiederum, ob sie essen, trinken oder eine Toilette aufsuchen wollte, und wieder lehnte sie ab. Es überstieg seine Vorstellungskraft, wie sie es so lange aushalten konnte. Er selbst brauchte von Zeit zu Zeit eine Pause.

Auf der Fensterbank hinter seinem Schreibtisch stand der Kassettenrecorder, den er gerade eingeschaltet hatte. Da er nahe bei ihm stand, nahm er Johnsons Stimme lauter auf als ihre, so daß einige ihrer Antworten unhörbar waren, als man das Band später abspielte. Während der nächsten 57 Minuten mußte er die Ereignisse des Nachmittags noch einmal mit ihr durchgehen. Was sie von nun an sagte, konnte als ihre offizielle Aussage gewertet werden.

Sie schien richtig gierig darauf zu sein, ihm die häuslichen Einzelheiten ihres Tagesablaufs zu erzählen, zum Beispiel Bill Fischers Rückkehr nach Hause zum Lunch: »Er kommt in Kristies Zimmer und redet mit ihr ... Dann geht er nach oben, und sie fängt an, schlimm zu sabbeln, aber nicht sehr, sehr viel ... Manchmal macht sie Laute, und dann nimmst du das Mobile weg« [sie sprach von einem Spielmobil] »und versuchst, sie auf den Bauch zu legen, manchmal mag sie das, und manchmal nicht. Und dann lege ich sie wieder auf den Rücken, und sie wird still. Sie sieht rum. Sie saugt an ihrem Finger ...«

Und als sie die ersten der beiden Flaschen für das Baby zubereitete: »Ich nehme die Flasche mit 250 Gramm, und sie trinkt ungefähr 150, 180 Gramm. Dann macht sie ... zwei große Rülpser. Dann spielte sie ein bißchen. Dann wollte sie wieder ein bißchen essen. Ich gebe ihr noch ein wenig, dann schläft sie, und ich tue sie in ihren Sitz ... Dann gebe ich ihr den Schnuller ... Und dann gehe ich in mein Zimmer. Und die Tür ist offen ... Ich kann von meinem Zimmer sehen, ob alles in Ordnung ist. Sie schläft, wo ich sie sehen kann. Wenn man ins Zimmer kommt, wacht sie manchmal auf. Bill guckt ins Zimmer und sieht, daß sie schläft. Er wartet einen Moment und sagt dann leise: ›Bis später.‹«

Sie erinnerte sich genau, daß Kristie an jenem Nachmittag aufwachte und eine zweite Flasche bekam: »Ich gehe nach oben und setze sie in die Schaukel, weil ich ihr noch eine Flasche machen will ... Und dann ist sie auf der Schaukel, und sie ist glücklich auf der Schaukel, und ... ich nehme die Flasche mit nach unten ... und ich gehe hinauf und nehme sie von der Schaukel, und ich gehe wieder hinunter ins Wohnzimmer. Und ich mache das Fernsehen an, weil sie das mag, sie mag den Ton ... und dann ist sie wieder ein bißchen hungrig, da gebe ich ihr eine Flasche. Aber sie will gar nicht trinken. Sie will auf die Schulter, da nehme ich sie auf meine Schulter. Und dann war sie wieder ein bißchen hungrig, und ich gebe ihr die Flasche ...und dann spiele ich mit ihr, rede mit ihr, und dann schläft sie in meinen Armen.«

Es klang so unschuldig und pflichtbewußt. In Beantwortung von Johnsons Fragen fuhr Olivia mit ihrer Erzählung fort: wie sie Kristie wieder in den Kindersitz auf dem Kinderzimmerteppich setzte, bevor sie die Katzen in der Waschküche fütterte. In dieser endgültigen Fassung hatte sie zwei der vier Katzen aus dem Haus gelassen, war im Wohnzimmer, spielte mit O. J. und sah fern: »Da sehe ich Oliver aus meinem Zimmer rennen, und ich gehe nachsehen warum, und ich sehe Feuer auf meinem Bett.«

Sie beschrieb, daß sie hinauf in die Küche lief, um einen Feuerlöscher zu holen, versuchte einen Eindruck von der Panik zu vermitteln, in der sie war, als es ihr nicht sofort gelang, ihn in Gang zu bringen. »Ich zieh' den Ring raus. Ich weiß nicht, was wo funktioniert. Wie wo was. Ich nahm, ich nahm ihn raus, versuche es das erste Mal. Es geht nicht. Ich weiß nicht, warum. Zuerst geht's nicht, dann geht's ...«

Nachdem sie das Feuer gelöscht hatte: »Ich versuche das Licht anzumachen, weil es dunkel ist in meinem Zimmer ... Das Licht ging nicht, und dann ... Ich sehe, daß die Tür von Kristies Zimmer abgeschlossen ist, zu. Und ich versuch' es. Sie ist abgeschlossen. Ich versuch's noch einmal. Sie ist abgeschlossen.« Mit jedem »abgeschlossen« wurde ihre Stimme ein wenig lauter. »Dann laufe ich und sehe den Rauch. Den Rauch. Und ich laufe in mein Zimmer und suche die Telefonnummer. Einen kleinen Zettel mit den Telefonnummern. Und dann laufe ich im Wohnzimmer herum, Telefon, ich will anrufen, Vermittlung und ihm Feuer sagen. Und dann sage ich einem anderen Mann und sage ihm Feuer und gebe ihm die Adresse. Und er fragt mich immer wieder …

Und dann läutet das Telefon. Der Mann sagt, er hat keine Adresse 5 West Lake Drive. Verstehe ich nicht, und ich muß ihm sagen, wo die andern sind. Wo das Haus ist, und ich sage ihm, nahe Nannyhagen Road. Das erste Haus. Dann lege ich auf. Und dann, damit sie es finden können vielleicht, es ist dunkel, laufe ich die Treppe rauf und mache Licht. Alle Lichter an.«

Sobald sie wieder unten war, öffnete sie die Tür, um Oliver hinauszulassen. Dann kam bereits John Gallagher, und O. J. rannte aus dem Haus, während John hereingelaufen kam.

»Was hat er zu Ihnen gesagt?« fragte Johnson.

»Oh, ich weiß nicht, was er gesagt hat. Ich war durcheinander. Ich weiß nicht, was John gesagt hat.«

»Haben Sie ihm gesagt, daß da ein Feuer ist?«

»Ja. Ich sage Feuer, und er, er sagt, er sieht den Rauch, er läuft und sagt Feuer, und ich sage, Kristie ist in dem Zimmer, in ihrem Zimmer. Und er läuft hinein …«

Olivia erinnerte sich an die folgenden Sekunden anders als John. Er hatte gesagt, daß er in dem Augenblick, in dem er die Tür mit einem Tritt öffnete, das Baby von Feuer umgeben sah. Olivia hingegen erklärte, er sei sofort wieder aus dem Kinderzimmer herausgekommen und habe gefragt, ob Kristie in ihrem Kinderbett sei. »Und ich sage nein, in dem Kindersitz. Und er geht wieder rein.« Ihrer Aussage nach tastete John in einem von Rauch erfüllten Zimmer herum. Nach dem, was John erklärt hatte, gab es gar keinen Zweifel, wo das Baby war. Der Rauch sei erst dadurch entstanden, daß er mit dem Löschgerät das Feuer erstickte. Johnson gab zu, daß das kein entscheidend wichtiger Widerspruch war, doch er trug zur allseitigen Verwirrung bei.

»Bevor John die Zufahrt heraufkam, war da niemand bei Ihnen im Haus?« fragte Johnson.

»Ich hatte keinen Besuch. Ich habe nie Besuch.«

»War niemand da zum Kaffee oder Tee oder –«

»Nein.«

»Es war niemand im Haus.«

»Nein.«

Er wiederholte diese Frage noch mehrmals, ihre Antwort war immer nein.

»Dann wissen Sie nicht, wie das Feuer auf Ihrem Bett entstanden ist?«

»Nein.«

»Und Sie wissen nicht, wie in Kristies Zimmer ein Feuer entstehen konnte?«

»Nein.«

»Und wie es kam, daß ihre Tür verschlossen war?«

»Nein, weiß ich nicht.«

»Und der Rauch, der unter Kristies Tür hervorkam?«

»Ja, ich sah nur Rauch.«

»Was hatte der Rauch für eine Farbe?«

»Es war dunkel. Ich, ich glaube, er hatte genau dieselbe Farbe wie bei mir im Zimmer, weil es dunkel war. Ich mache das Licht nicht an. Ich weiß nicht.«

Die Vernehmung mit Tonbandaufzeichnung endete um 11.37 Uhr abends. Betsy Hoaglands Schicht hörte schon etwas früher auf. Eine andere Zivilbeamtin, Marie Solimando, übernahm ihre Aufgabe im Detectives' Room. Sie war mittleren Alters, ein mütterlicher Typ. Normalerweise tat sie nur Schreibtischdienst als Dispatcherin, so daß sie mit der häßlichen Seite der Polizeiarbeit nicht in Berührung kam. Jetzt plötzlich hatte sie damit zu tun, eigentlich hätte sie gerade einen freien Tag gehabt.

»Sie riefen mich spät abends an und sagten, sie brauchten mich, weil sie eine Gefangene hätten. Wir haben nur eine Polizeibeamtin, und die befand sich in Urlaub. Ich wohne gleich oben am Berg, und wenn ich Überstunden machen kann, bin ich da. Ich hatte keine Vorstellung, worauf ich mich einließ, und ich war sehr unglücklich, als ich hörte, was mit dem Baby geschehen war. Ich habe im Detectives' Room gesessen, gezittert und versucht, die Tränen zurückzuhalten. Aber dieses Mädchen hat nicht geweint. Sie war nur sehr still und hielt den Kopf meistens gesenkt. Bruce hatte sehr viel Geduld mit ihr, seine Stimme war sanft. Er hat sie nicht angeschrien, ihr nur Fragen gestellt. Ich fand ihr ganzes Verhalten sonderbar, weil sie nicht sehr unglücklich wirkte. Mein Gott, ich beaufsichtige ein Kind, und dem Kind stößt etwas zu, da wäre ich doch außer mir vor Schmerz.«

Nachdem er das Tonband abgestellt hatte, wagte Bruce Johnson die Frage, die ihm seit über drei Stunden im Kopf herumging: Wie sei es dazu gekommen, daß sie sich ihre Wimpern versengte? Olivia wirkte überrascht, dachte einen Augenblick nach. Dann sagte sie, das sei wohl geschehen, als sie das Feuer in ihrem Zimmer gelöscht hätte. Noch einmal fragte er sie, wo sie gestanden hätte, und sie sagte wiederum, sie habe das Feuer auf ihrem Bett vom Fußende aus gelöscht. Marie Solimando ging zu ihr, um es sich anzusehen, und stellte fest, daß die angesengten Spitzen ihrer Wimpern aschig weiß waren. Johnson holte seine Polaroid-Kamera heraus, machte eine Aufnahme von Olivias Gesicht, wartete auf das Ergebnis, war nicht damit zufrieden und fotografierte sie daraufhin noch einige Male mit seiner Kleinbildkamera.

Olivias Martyrium war noch längst nicht vorbei. Als nächstes sagte er, sie solle sich ausziehen, und ließ sie mit Marie allein. Man hatte Scott Carpenter schon zum Haus der Fischers zurückgeschickt, damit er Olivia Kleidung zum Wechseln mitbrachte, und was er da aussuchte – mit groben Flicken versehene Blue Jeans und ein schwarzes Sweatshirt mit einem bizarren Logo vorne drauf –, verbesserte Olivias Erscheinung nicht. Sie sah niedergeschlagen und fast mürrisch auf dem Foto aus, das man am nächsten Tag bei der Vernehmung zur Anklage von ihr machte.

»Wenn das Outfit nicht zusammenpaßt, tut's mir leid«, sagte Carpenter mit bitterem Ton. Er hatte einfach das genommen, was ihm aus ihrer beträchtlichen Sammlung an Hosen und zwanglosen Tops als erstes in die Hände fiel. Als Bruce Johnson am nächsten Tag in das Haus der Fischers zurückkam, war er überrascht, in ihrer Garderobe etwa fünfundzwanzig Paar Jeans zu finden, aber nicht einen Rock. Davon abgesehen, hatte Olivia offensichtlich doch einige Gedanken auf die Zusammenstellung ihrer betont anspruchslosen Garderobe verwandt. Nachdem Marie Solimando in dem Detectives' Room die Rollos heruntergelassen hatte, entledigte sich Olivia ihrer schwarzen Hosen, des mit einer Kapuze versehenen purpurroten Hemdes und der purpurroten Turnschuhe, was zusammen eine interessante Kombination ergab. Dann zog sie ihre Unterwäsche aus. Marie faltete die Kleidung zusammen und tat sie in eine braune Papiertüte. Bei späteren Laboranalysen wurden nirgendwo in ihrer Kleidung Spuren einer brennbaren Flüssigkeit oder sexuellen Betätigung entdeckt; die Analysen in bezug auf die brennbaren Flüssigkeiten wurden nicht als beweiskräftig angesehen, weil sie erst einige Tage später vorgenommen wurden.

Während Olivia sich anzog, führte Johnson ein weiteres Gespräch mit seinem Chef. Ihnen schloß sich Sergeant Brian Dwyer an, der gerade vom Brandort zurückkam. Er berichtete von der Entdeckung der unordentlich hineingestellten und leeren Dosen mit Farbverdünner und der anderen feuergefährlichen Flüssigkeiten in Fischers Wandschrank. Alles deutete darauf hin, daß ein mit den Gegebenheiten Vertrauter diese Feuer gelegt hatte und daß Olivia Riner die Täterin war. Bruce Johnson hatte die Hoffnung, an diesem Abend ein Geständnis zu bekommen, noch nicht aufgegeben. Bekanntlich hielten nur die abgebrühtesten Verbrecher eine stundenlange Vernehmung aus, ohne sich zu offenbaren. Gewöhnlich gaben die Schuldigen auf, wenn sie erschöpft waren.

»Lassen Sie mich mal versuchen«, bot Paul Oliva an. Er hatte schon den ganzen Abend auf diese Gelegenheit gelauert.

Sie gingen in den Detectives' Room zurück und nahmen die Gefangene gemeinsam in die Zange. Bruce Johnson spielte den bösen Kriminalbeamten und Paul Oliva den guten Onkel. Mit dieser Strategie hofften sie zu erreichen, daß Olivia sich, von dem plötzlich so unwirschen Johnson gemartert, dem Chef anvertraute. Auch Brian Dwyer kam noch hinzu. Und zu dritt hämmerten die drei starken Männer mit ihren Worten auf das schüchterne junge Mädchen ein, das nur über eine beschränkte Kenntnis ihrer Sprache und Gesetze verfügte. Sie antwortete auch jetzt wieder unumwunden auf alle Fragen, bis das Verhör sich dem Feuer im Kinderzimmer näherte. Da sah sie wieder in ihren Schoß hinunter, ihr Haar fiel nach vorn und verdeckte ihr Gesicht.

»Ich habe sie sechs Stunden lang verhört«, erzählte Johnson. »Vier Stunden lang war ich sehr freundlich zu ihr, und zwei

Stunden lang benahm ich mich wie ein Hundesohn. Aber nichts hat gewirkt.«

Noch nie hatte er einen Menschen erlebt, der sich so wie sie verhielt. »Ich habe sie genau beobachtet. Manchmal schien sie fast in einer Art Trance zu sein. Ich stellte ihr eine Frage. Sie war irgendwie geistesabwesend. Also wiederholte ich die Frage. Aber sie hatte immer eine Antwort.«

Dwyer stimmte ihm zu: »Es war, als ob das Feuer gar nicht stattgefunden hätte und mit dem Baby nichts geschehen wäre.« Er fügte hinzu: »Was mich in dieser Nacht verrückt gemacht hat, war, daß das Baby sie kein bißchen kümmerte. Man sollte doch annehmen, daß sie, sobald sie das Feuer sah, das Baby genommen hätte und schreiend zu einem Nachbarn gerannt wäre, anstatt nach einem Feuerlöscher und einem Telefon zu suchen.«

Kurz nach Mitternacht teilte Bruce Johnson ihr mit, daß Kristie tot war. Nicht mit diesen Worten, sondern indem er ihr barsch und direkt die Frage stellte: »Haben Sie das Baby getötet?« Paul Oliva sagte mit Recht, so eine Frage könne man nicht sanft und freundlich formulieren.

Sie bestritt das vehement, Trauer oder Schock waren ihr nicht anzumerken. Johnson drängte sie weiter. Zählte die verschiedenen Möglichkeiten auf, wie Kristie ums Leben gekommen sein mochte. Er nahm an, daß sie bereits tot war, als das Feuer entzündet wurde.

»Haben Sie das Baby hinfallen lassen? Haben Sie das Baby geschlagen? Ist das Baby erstickt?«

Die Antwort war stets ein heftiges Nein. Trotzdem kam Johnson immer wieder zu denselben Fragen zurück. Mehrmals fragte er sie, ob das Baby erstickt wäre, wobei er an die ungewöhnlich große Nahrungsmenge dachte, die Olivia ihr gegeben hatte.

Er fragte, ob sie sich zu irgendeinem Mitglied der Familie Fischer sexuell hingezogen fühlte. Oder zu John Gallagher. Ob sie auf Leah eifersüchtig wäre. Oder auf irgend jemanden sonst. All diese Fragen beantwortete Olivia mit einem entschiedenen Nein. Er beschuldigte sie direkt, Feuer in dem Haus gelegt zu haben, und sie protestierte: »Ich habe kein Feuer gelegt.« Das sagte sie immer wieder in ihrem gebrochenen Englisch – »I didn't light no fire.« –, das ihre Verneinung betonte. Deckte sie jemanden? Vielleicht sogar (und er stellte ihr diese Frage, die er später bedauern sollte) John Gallagher? Nein, nein, sagte sie zu ihm. Sie hätte kein Feuer gelegt. Und sie wüßte auch nicht, wer es getan hatte. In einem Haus, in dem sie sich zusammen mit einem Baby und vier Katzen allein glaubte, wurden Schlafzimmer in Brand gesteckt und Türen zugeschlossen – wie durch irgendeine übernatürliche Macht. Da sie sich als gewissenhaftes Kindermädchen beschrieb, das weder der Müdigkeit nachgab und einschlief, noch der Versuchung erlag, aus dem Haus zu schleichen und ihr Schutzbefohlenes allein zu lassen, durfte sie auch nicht die Möglichkeit einräumen, daß sie einen eindringenden Verbrecher überhört und übersehen haben könnte.

Im Laufe des Abends hatte Bruce Johnson ein wenig über Olivias Herkunft erfahren, aber nichts, das auf ein Motiv hätte hindeuten oder ihren emotionalen Zustand hätte erklären können. Sie erzählte ihm von ihrem früheren Job in der Schweiz als Bürohilfe bei einem Kinderarzt. Sie sagte, es hätte ihr Spaß gemacht, sich um Babys zu kümmern. Und daß sie Kristie sehr gern gemocht habe. Trotzdem schien der Tod des kleinen Kindes sie überhaupt nicht zu berühren. Johnson fand, daß sie viel zu munter war, als daß man ihr einen Schockzustand hätte zubilligen können.

Von Mitternacht an versuchte es Johnson mit einer anderen Taktik. Er verhörte Olivia fünfzehn oder zwanzig Minuten lang. Dann ließ er sie eine Zeitlang mit Marie allein und ging in einen anderen Raum, wo sie zu dritt beratschlagten. Dann kehrte er zurück und setzte die Vernehmung fort. Damit erreichte er nur sehr wenig. Sie erklärte ihm immer wieder, daß sie nichts anderes sagen könne. Und das tat sie auch nicht.

Nach einer Weile gaben die anderen auf und ließen ihn das Verhör allein fortsetzen. Es ging ihm langsam die Kraft aus, aber sie wirkte immer noch so munter, als ob sie die ganze Nacht durchhalten könnte. Um drei Uhr früh gab er endlich auf. Trotz des stundenlangen Verhörs war es ihm nicht gelungen, ihre Abkapselung zu durchdringen. Daß Paul Oliva auch nichts bei ihr erreicht hatte, war ihm ein gewisser Trost.

»Keiner von uns ist an sie herangekommen«, stellte Johnson

Monate später fest. »Aber daß sie schuldig war, daran habe ich nicht gezweifelt. Sie oder jemand anders in ihr.«

Seine letzten Worte an sie waren – etwa um halb vier Uhr morgens: »Olivia, Sie brauchen Hilfe.« Dann fuhr er völlig erschöpft heim nach Valhalla.

Olivia verbrachte den Rest der Nacht in der Frauenzelle des Polizeigewahrsams am Ende des Ganges hinter dem Detectives' Office. Diese war sehr eng, an drei Seiten von kahlen Wänden und an der vierten von einem Eisengitter umschlossen. Hinter einem Wandschirm befanden sich ein Abort und ein Waschbecken. Außerdem war eine nackte Holzbank vorhanden. Sie war kaum breit genug, daß jemand darauf schlafen konnte. Es gab weder Decken noch ein Kissen. Das New York State Department of Corrections sieht dergleichen für über Nacht bleibende Gefangene nicht vor.

Olivia zeigte sich weder empört noch erschrocken, ängstlich oder verzweifelt darüber, daß man sie dort eingesperrt hatte – zeigte keines der Gefühle, mit denen jene, die unschuldig zu sein behaupten, auf eine Gefangenschaft reagieren. Sie streckte sich auf der Bank aus und lag still auf dem Bauch. Ihren Kopf hatte sie von Marie Solimando abgewandt, die draußen vor dem Gitter saß und mit gemischten Gefühlen Wache hielt.

Es war fast vier Uhr früh, als Paula Johnson den Wagen ihres Mannes in die Zufahrt einbiegen hörte. Die Garagentür rumpelte, und dann vernahm sie seine Schritte, wie er die Treppe heraufkam: ein schwergewichtiger Mann, der leise sein wollte. Sie hatte unruhig geschlafen wie immer, wenn er in einem schwierigen Fall unterwegs war. Nicht nur um ihn und seine Sicherheit war sie besorgt, sondern es bekümmerte sie auch die Tragödie, die ihn fast elf Stunden zuvor zurück zur Arbeit gerufen hatte. Er hatte ihr nicht mehr sagen können, als er selbst wußte: daß in einem Haus in Thornwood Feuer ausgebrochen und ein kleines Kind darin umgekommen war. Den ganzen Abend über hatte Paula gebetet: »Bitte laß es nicht eine Familie sein, die ich kenne.« Sie wohnte seit ihrem zwölften Lebensjahr in der Gegend und hatte viele Bekannte. Manche Ehefrau eines Polizisten wäre zum Brandort gefahren, um sich selbst einen Eindruck zu verschaffen. Aber sie wollte ihrem Mann nicht die Peinlichkeit bereiten, daß er sie dort herumstehen sah. Ihre Ehe war gut, sie liebten und respektierten einander. Jeder von ihnen brauchte einen gewissen Freiraum.

Als er ins Schlafzimmer kam, stieg ihr der Brandgeruch seiner Kleidung in die Nase. Da erinnerte sie sich an ein Haus, das vor Jahren neben ihrem damaligen eigenen Haus gebrannt hatte. Die Kleidung ihres Nachbarn hatte denselben Geruch ausgeströmt, und sie hatte ihn nicht vergessen. Sie hoffte, daß Bruce seine Sachen noch in die Waschkammer werfen würde, bevor er ins Bett kam. Sie behielt diesen Gedanken für sich und fragte ihn nach dem Feuer und dem Namen der Familie. Er sagte, Fischer. Sie kannte den Namen nicht und war erleichtert.

»Es war ein Baby«, sagte er. »Und es sieht immer mehr nach Brandstiftung aus.«

Als sie um 7.00 Uhr früh wieder aufwachte, lag er still da und starrte an die Decke.

»Hast du geschlafen?« fragte sie.

»Nein. Ich weiß nicht mal, warum ich überhaupt nach Hause gekommen bin.« Er stand auf und fing an, sich auf einen weiteren langen Arbeitstag vorzubereiten. Er wußte, daß die Untersuchung erst begonnen hatte.

10

Schlechte Nachrichten verbreiten sich schnell, vor allem in einer Gesellschaft, in der junge Leute Pieper oder Cityruf-Geräte bei sich haben. Ungefähr um 18.30 Uhr am 2. Dezember meldete sich Jennifer, die ganz in der Nähe der Fischers lebte, bei ihrem Freund Michael Gallagher. Sie erzählte ihm von dem Feuer und daß sein Bruder John das Baby zu retten versucht hatte. John war gerade zu ihrem Haus herübergekommen und hatte so geweint, daß er kaum ein Wort hervorbrachte. Michael, der gerade zu Besuch bei einem Freund in dem Nachbarort Hawthorne war, fuhr schnell nach Thornwood und traf seinen Bruder, der immer noch schluchzte, dort an. Leah war in demselben Zustand, sie saßen beide hinten auf Johns geparktem Pickup, dessen Ladeklappe herunterhing.

Die Nachricht wurde rasch nach Mahopac weitergeleitet, wo Carol Gallagher ihren Sohn John und Leah zum Essen erwartete. Augenblicklich verdrängte ihre Sorge um die beiden die nagende Angst wegen der Halsoperation, der sie sich am folgenden Tag unterziehen mußte.

»Johnny hat das Baby zu retten versucht, aber es war schon tot«, erklärte ihr Mike am Telefon.

»Wie geht's ihm?« fragte sie.

»Nicht gut. Er ruft dich heute abend an.«

Ängstlich erwartete sie dann das Läuten des Telefons. Bei den Fischers anrufen wollte sie nicht. Falls das Telefon dort überhaupt noch funktionierte – der Wirrwarr und das Leid waren zu groß.

Als Mutter von vier erwachsenen Kindern, die alle noch zu Hause lebten und deren Freunde und Freundinnen bei ihr ein und aus gingen, war Carol an kleinere Wirren und Krisen gewöhnt. Nicht nur ihr Mann, der ebenfalls John hieß, sondern auch ihre drei Söhne waren Automechaniker, und das bedeutete, daß ständig Männer in dreckigen Overalls in ihrer tipptopp gepflegten Küche herumtappten, im Kühlschrank nach einem Bier suchten oder sich ein Sandwich machten. An den meisten Tagen sah die breite Einfahrt vor Gallaghers relativ kleinem Farmhaus wie ein Drive-In aus, es standen Wagen da, die hierher gehörten, und andere, an denen gerade gearbeitet wurde. Frühmorgens mußten verschiedene Fahrzeuge oft erst einmal aus dem Weg manövriert werden, bevor Carol mit ihrem Wagen hinaus und zu ihrer Arbeit als Lohnbuchhalterin fahren konnte.

In Anbetracht all dieser Umstände war sie buchstäblich von nichts mehr zu erschüttern, aber an diesem Abend fiel es ihr schwer, die Ruhe zu bewahren. John, ihr Ältester, hatte ihr in all den 26 Jahren immer sehr nahegestanden. Seine Empfindlichkeit, die er unter Flapsigkeit und einer gewissen Kühnheit zu verbergen suchte, war ihr kein Geheimnis. Sie konnte sich vorstellen, wie sehr ihn dieses Erlebnis getroffen haben mußte. Gegen 23.30 Uhr rief er an.

»Mom.« Das war der Ton, in dem er als Kind mit ihr gesprochen hatte, wenn er ihr etwas Schwieriges erklären mußte und nicht wußte, wie er es anfangen sollte.

»Ja, Johnny, bist du okay?«

»Ja, schon.« Es klang nicht sehr überzeugend.

»Wirklich?«

»Ja.«

»Was ist geschehen?«

»Mom, sie hat das Baby angesteckt. Olivia hat das Baby angezündet.«

Carol war schockiert. »Das kann ich mir nicht vorstellen«, sagte sie. »Das glaube ich nicht. Niemand würde so etwas tun.«

Jetzt schluchzte er wieder. »Mom, das winzige Baby. Ich war da, als es zur Welt kam.«

»Bist du sicher, daß Olivia es getan hat?«

»Sie muß es gewesen sein. Es war sonst niemand im Haus. Leahs ganzes Zimmer ist auch verbrannt.«

»Wo ist Olivia jetzt?«

»Bei der Polizei. Mom, ich habe das Feuer zu löschen versucht, aber es ist mir nicht gelungen.«

Er sagte ihr, sie solle an diesem Abend nicht mehr mit ihm rechnen. Er wolle bei Leah bleiben, die zusammen mit Bill und Denise bei Bills Schwester Barbara und deren Mann Jim Donnelly in dem Haus der Familie neben Fischers Werkstatt untergekommen war. Es war logisch, daß sie dorthin geflüchtet waren, nicht nur weil sie sich in so einer Situation auf Barbara und Jim verlassen konnten, sondern auch aus einem seelischen Grund: Für die Fischers war dieser schäbige alte Bau, in dem sie ihre Kindheit verbracht hatten, noch immer ihr eigentliches Zuhause.

»Bitte tu mir einen Gefallen«, sagte Carol zu ihrem Sohn. »Ruf mich morgen früh noch einmal an, bevor ich ins Krankenhaus fahre.«

Später erinnerte sie sich: »Am schwersten fiel es mir während unseres Gesprächs, in meiner Küche zu sitzen, ihn weinen zu hören und ihn nicht in die Arme nehmen zu können.«

Als er sie morgens anrief, war es zu spät. Sie hatte gerade zusammen mit ihrer zweiundzwanzigjährigen Tochter Renee das Haus verlassen und befand sich auf dem Weg zum Hospital. Sie machte sich mehr Sorgen um John, als sie zugeben wollte. Die operative Entfernung der Polypen von ihren Stimmbändern war eine unangenehme Sache, und der Zeitpunkt hätte nicht schlechter gewählt sein können. Gerade in dem Augenblick, in dem ihr Sohn sie am meisten gebraucht hätte, durfte sie nicht mit ihm sprechen – und das zwei Wochen lang. Eigentlich wollte man, daß sie die folgende Nacht noch im Hospital blieb, aber sie bestand darauf, noch abends nach Hause zurückzukehren, denn sie meinte, daß sie selbst stumm noch helfen könnte. Renee hatte ihr eine Schreibtafel geschenkt, damit sie sich auf diese Weise mitteilen konnte.

Am Morgen darauf, am Mittwoch, lag sie im Wohnzimmer auf der Couch, als John und Leah hereinkamen. John sah mitgenommen aus. Leahs Gesicht war leichenblaß. Zusammen hatten sie den Schutt in Fischers Haus durchsucht, um ein paar Sachen zu retten. Es stand noch, aber was das Feuer nicht verzehrt hatte, hatte durch den Rauch Schaden genommen und vor allem in Leahs Zimmer war kaum etwas übrig, das sich aufzuheben lohnte.

»Wie fühlst du dich?« fragte John seine Mutter.

Carol schrieb auf die Tafel: »Ich bin okay. Wie geht es dir?«

Da war er wieder wie ein kleiner Junge und sagte: »Mom, halt mich fest.«

Sie stand auf, nahm ihn in die Arme und versuchte etwas Tröstliches zu sagen, doch sie konnte nicht sprechen. So formte sie mit dem Mund die stumme Frage, die Leah galt: »Bist du okay?«

»Ja«, erwiderte Leah unsicher.

Carol nahm wieder die Schreibtafel in die Hand und schrieb: »Kann ich etwas für dich tun?«

»Nein«, antwortete Leah.

Carol erinnerte sich: »Es war ungefähr drei Wochen, vielleicht einen Monat später. Eines Abends saßen wir alle herum und redeten, mein Mann, die Kinder und ich. Ich glaube nicht, daß Leah dabei war. Johnny saß auf der Couch. Irgendwie kamen wir auf Olivia zu sprechen, ich weiß nicht mehr, wie. Und da hat er beschrieben, was geschehen war. Er sagte: ›Ich ging in das Zimmer und bückte mich, um das Baby zu nehmen, und, Mom, ich sah Flammen aus ihren Augen schlagen.‹«

Zweiter Teil

DIE FAMILIE

II

Barbara Donnelly hatte sich bereits, bevor sie von dem Feuer erfuhr, vor dieser Woche gefürchtet. Der Brand war am Montag gewesen, und am Mittwoch war Kim Marie ein Jahr tot. Der Schmerz darüber war so sehr ein Teil ihrer selbst geworden, daß sie fast vergessen hatte, wie das Leben ohne diesen Schmerz gewesen war. Und irgendwie wollte sie diesen Schmerz auch nicht loslassen. Sie und Jim hingen an dieser Erinnerung.

Ein anderes Kind würden sie nicht mehr bekommen. Kimmy war das letzte von ihren dreien gewesen, ein spätes Kind. Kurz bevor sie zu alt wurden. Und ihr war es so kostbar gewesen, weil es so überraschend gekommen war. Ein Geschenk Gottes, hatte Schwester Laura bei der Beerdigung gesagt. An diesem grauen Montag im Dezember, ein Jahr nach Kimmys Tod, schien es unglaublich und wie ein grausamer Schmerz des Schicksals, daß eine ähnliche Tragödie das Leben von Barbaras Bruder Bill und seiner Frau Denise zerstören sollte.

Im Wohnzimmer der Donnellys, das an jenem Abend nach dem Feuer Bill, Denise, Leah und John aufgenommen hatte, stand oben auf dem großen Fernsehapparat ein Foto von Kimmy. Ein professionelles Studio-Portrait eines blassen, zarten kleinen Mädchens, das ein blauweißes ärmelloses Schürzenkleidchen und einen kleinen rosa Turban trug, den es sich selbst gebunden hatte. Die Fotografin hatte den wehmütigen Ausdruck und das süße, unsichere Lächeln festgehalten und eine so dauerhafte Gegenwart geschaffen, daß Kimmy, wenn die Familie fernsah, noch immer dazugehörte. Kimmy war da – sie lächelte bei den Talkshows, bei den Baseballmeisterschaften, bei den Abendnachrichten. Kimmy lächelte auch dann noch, wenn das Programm vorbei war.

»Man sieht, wo ihr Haar wieder zu sprießen angefangen hat«, pflegte Jim Besuchern zu erklären und deutete auf ein braunes Büschel unter dem Turban. Es wirkte um so quälender, daß sie zu sterben angefangen hatte, während ein Teil ihres Körpers noch wuchs.

Sie war von ihrem dritten Lebensjahr an immer wieder krank gewesen. Zuerst dachte man, ihre Anämie ginge auf einen Virus zurück, oder sie litte an einer Mononucleosis. Während der folgenden vier Jahre war sie oft in der Klinik, in der letzten Zeit dann fast nur noch. Zu Hause, wo Barbara sie behandelte, lernte ihre Mutter eine Menge über Blutplättchen und Blutkörperchenzählung und die Wirkungen der Chemotherapie. Und die ganze Zeit stellte sie sich die Frage: Warum Kimmy? Hätte man sie heilen können, wenn gleich zu Anfang die richtige Diagnose gestellt worden wäre? Und war es nur eine statistische Abnormität, daß die Zahl der Kinder mit Leukämie in diesem Teil von Westchester ungewöhnlich hoch war? Gab es in der Umwelt eine Gefahrenquelle? Etwas, das man hätte wissen und wogegen man etwas hätte unternehmen müssen? Oder war es eine Laune des Allmächtigen? Barbara nahm das manchmal an und machte kein Hehl aus ihrer Bitterkeit. Aber Jim hing sehr an seiner Kirche, und deshalb hatte sie ihr Versprechen gehalten und die Kinder römisch-katholisch aufwachsen lassen. Während der letzten Phase von Kimmys Krankheit war sie sehr dankbar für den Trost gewesen, den die Kirche ihr gespendet hatte. Vor allem, was Schwester Laura anging, die Tag für Tag bei dem Kind saß und ihr half, sich über das bißchen Leben, das noch in ihr war, zu freuen, und die sie, als es mit ihr zu Ende ging, darauf vorbereitete, ohne Angst zu sterben. Der Tod war kein Thema, das man in einer Kinderkrebsstation vermeiden konnte.

Diese Nonne erfüllte ihre Aufgabe so gut, daß Kimmy eines Tages ein paar Schmetterlinge malte und ihrer Mutter fröhlich erklärte, die wären vorher haarige Würmer gewesen. Nachdem sie gestorben waren, hatten sie sich in herrlich bunte Schmetterlinge verwandelt, waren freier und hübsch. Bald darauf besuchte Barbara mit ihrer Tochter zusammen einen Spielwarenladen. Ihr siebter Geburtstag stand bevor, und ihre Mutter sagte, sie solle sich ein Geschenk aussuchen. Kimmy wählte einen kleinen rosa Plastikkoffer. Ob ihr das denn wirklich als

Geschenk genüge? Kimmy nickte und sagte ja. Was sie denn da gern hineintun würde? Das Kind erwiderte, dort, wohin sie ginge, brauche sie gar nichts in ihrem Koffer. Neun Wochen später, während ihre Eltern im Krankenhaus an ihrem Bett saßen, schlief sie still für immer ein.

Es überstieg Barbaras Verständnis, daß Gott sie sterben ließ, obwohl so viele Menschen für sie beteten: alle in der Kirche Holy Name of Jesus in Valhalla und in Kimmys Schule und all die vielen Freunde und Nachbarn. Während Barbaras Glaube ins Wanken geraten war, hatte Jim wieder angefangen, regelmäßig zur Kirche zu gehen. Er wurde wütend auf Gott, so ein hilfloser Zorn packte ihn, daß er Ihn anzuschreien anfing. Dann besuchte er Tag für Tag allein die Frühmesse und hoffte, Heilung und Frieden zu finden. Barbara unterdrückte ihren Zorn und hielt an ihrem Schmerz fest.

Wie alle Fischers zeigte sie ihre Gefühle nicht. Von den dreien in ihrer Generation war sie das mittlere Kind, Bill der Älteste und Bob das Baby. Die geschwisterliche Beziehung fiel auf. Alle drei waren sie körperlich wohlproportioniert, nicht besonders muskulös, hatten aber eine frische Gesichtsfarbe und blaue Augen von seltener Intensität. Ihre Gesichter sahen aus wie mit Pastellfarben gemalt, an den Rändern sanft verwischt, aber ihre Augen waren mit fester Hand und einem leuchtenden Stift aus Aquamarin gezeichnet. An diese Augen erinnerten sich die Leute, lange nachdem sie die Gesichter vergessen hatten. Der alte Willie Fischer, ihr Vater, hatte diese Augen, und Kimmy hatte sie geerbt. »Die leuchtendsten blauen Augen auch, die man je gesehen hat«, wie Schwester Laura es ausdrückte.

Als Kimmy noch klein war und später, wenn es ihr vorübergehend wieder besser ging, hatte ihr Großvater sich gern mit ihr beschäftigt. Er war bereits über siebzig und lebte allein, seit seine Frau im mittleren Alter gestorben war. Barbara hatte ihre Mutter, die an Krebs gelitten hatte, in der letzten Zeit gepflegt, und beide Generationen hatten zusammen in dem geräumigen alten Haus gelebt, in das sie mit Jim kurz nach ihrer Eheschließung gezogen war. Willie war nach dem Tode seiner Frau ins Erdgeschoß gezogen, damit Barbaras wachsende Familie mehr Platz bekam. Willie Fischer war ein ruhiger, freundlicher, stolzer und selbstgenügsamer Mann; diese Eigenschaften besaßen offensichtlich auch seine Kinder. Sie nannten ihn Dad oder Poppy, für alle anderen Leute war er Willie, und dieser Name war auch auf die Arbeitshemden derer gestickt, die in Fischers Autowerkstatt ihr Brot verdienten, er selbst trug diese Montur noch jeden Tag, obwohl er sich eigentlich längst im Ruhestand befand.

Solange sie noch nicht allzu krank war, lebte Kimmy in seinem Schatten. Denn schon in der Mitte ihres ersten Schuljahrs hatte sie aus Krankheitsgründen zu Hause bleiben müssen, sofern sie nicht in der Klinik war, und keine Freundschaften mit anderen Kindern schließen können. In der Familie gab es auch kein Kind, mit dem sie hätte spielen können. Ihr Großvater Willie füllte die Lücke gern. Kimmy schloß sich ihm an und folgte ihm durch die Werkstatt, in der er herumpusselte und hier und da etwas reparierte, und im Garten half sie ihm bei der Arbeit. An schönen Tagen nahm er sie nach Mamaroneck mit, zum Ankerplatz, wo sein altes Fischerboot, *Billy Boy II,* lag, und zusammen fuhren sie auf den Long Island Sund hinaus. Er besaß auch ein kleines Ruderboot und bereitete ihr eine Freude damit, daß er es *Kimmy* nannte.

Als Barbara und Jim sich immer intensiver um Kimmy kümmern mußten, wurden die älteren Kinder natürlich etwas vernachlässigt. In dem Augenblick, in dem Kimmy erkrankte, befand sich Jimmy, der das Baby der Familie gewesen war, in einer schwierigen pubertären Phase. Als kleiner Junge war er, der zarte, etwas zu früh Geborene, das Sorgenkind gewesen und hatte im Mittelpunkt des Interesses gestanden. Nun, als strammer Teenager, hätte er einer anderen Art von Unterstützung und Anleitung bedurft, aber sie hatten nun kaum noch Zeit für ihn, weil sie abwechselnd in der Klinik bei der kranken Kimmy schliefen. Ein Verwandter nannte Jimmy »eine verlorene Seele auf der Suche nach jemandem«.

Debora, die Älteste, wurde besser mit der Belastung fertig. Mutig meldete sie sich freiwillig für eine Knochenmarktransplantation, in der Hoffnung, ihrer Schwester damit zu helfen. Ihre Blutgruppe paßte zu der von Kimmy, die Barbaras, der Mutter, dagegen nicht. Barbara empfand es als demütigend, daß sie nicht spenden durfte, sie wollte ihrem Kind alles geben und gab ihr auch viel. Endlose Wochen hindurch wachte sie im Krankenhaus an Kimmys Bett. Jim kam sie am Wochenende ablösen, damit sie wieder einmal frische Luft atmen konnte. Aber sogar dann fürchtete sie, sich zu weit von Kimmy zu entfernen, stand auf dem Fußweg vor dem Krankenhaus und rauchte nervös eine Zigarette, nach der sie all die Stunden gelechzt hatte. Sie bereitete ihr nicht den geringsten Genuß. Jim sorgte auch dafür, daß er Mittwochnachmittags frei bekam und sie im Krankenhaus bei Kimmy vertreten konnte, weil der Mittwochabend ihr Bingoabend war. Dann konnte sie nach Hause und ihre Freundinnen zu einem Spiel empfangen, während er die Nacht zum Donnerstag im Krankenhaus verbrachte. Das einzig Gute, das bei alledem herauskam, war ein beiderseitiger Respekt davor, wieviel ihre Ehe aushielt.

»In der Kinderkrebsstation haben wir es mit eigenen Augen gesehen, wie Ehen dabei in die Brüche gingen«, erinnerte sich Jim.

»Es fanden Gruppentreffen statt, weil man den Familien helfen wollte, und meistens waren es die Ehemänner, die nicht damit fertig wurden. In der einen Familie mußte einem kleinen Mädchen das Bein amputiert werden, und ihr Vater hatte sie seit fünf Monaten nicht mehr besucht.«

Willie Fischer konnte sich auch nicht überwinden, Kimmy im Krankenhaus zu besuchen, aber Jim hatte dafür Verständnis.

»Mein Schwiegervater erträgt keine Krankenhäuser. Er hat seinen Bruder ins Krankenhaus gebracht, und sein Bruder ist gestorben. Er hat seine Frau ins Krankenhaus gebracht, und sie starb. Er hat kein gutes Verhältnis zu Krankenhäusern. Einmal ist er doch gekommen, um Kimmy zu besuchen, das war ein Ereignis. Daß er sonst nie kam, hatte nichts mit Kimmy zu tun. Der Grund war, daß er Krankenhäuser haßte.«

Nach der Knochenmarktransplantation erholte sich Kimmy. Elf Monate lang machte die Krankheit Pause. Aber gerade als sie alle Hoffnung faßten, stellten sich die Symptome wieder ein. Barbara fragte sich manchmal, was Debby dabei empfand, daß auch ihre Opferbereitschaft nichts nützte. Aber es gab nun so viele Dinge, über die die Menschen in dieser Familie nicht zu sprechen vermochten. So viele Schmerzen, für die sie keine Worte mehr fanden. Wenn man nicht davon redete, schien man es leichter ertragen zu können. Wenn man es in Worte gefaßt hätte, hätte man vielleicht zugeben müssen, daß man den Schmerz nicht aushielt. Alle litten sie mit, wenn dieses empfindliche kleine Wesen mit Strahlen und Chemikalien gequält wurde und eine Spritze nach der anderen bekam, weil man die Schmerzen lindern mußte. Manche Erinnerungen würden sie ihr Leben lang verfolgen.

Zwei Tage lang konnte sie nichts mehr sehen und schrie vor Angst: »Mommy, sie haben mir meine Augen weggenommen!«

Dann schlug man ihnen zögernd eine neue Behandlung vor.

»Der Arzt sagte, es könne sein, daß es ihr hilft. Es könne auch sein, daß es sie umbringt. Denn ihr Herz war sehr schwach«, erinnerte sich Jim. »Ach Gott. Vor was für eine Entscheidung wird man da gestellt?«

Es gab auch ein paar tröstliche Erinnerungen. Als den Donnellys das Geld ausging, fanden sich Wohltätigkeitsorganisationen, die Spenden beschafften. Es war erstaunlich und rührend, wie viele Menschen etwas für Kimmy tun wollten. Eine Institution schickte die Familie auf eine Ferienreise nach Florida, damit Kimmys Wunsch, Disneyworld zu sehen, in Erfüllung ging. Sie war gern dort und wünschte sich später nach Florida zurück, war aber nie mehr gesund genug, daß man ihr diese Freude noch einmal bereiten konnte. Eine Gruppe, Friends of Kim Marie, bildete sich mit dem Ziel, einen Teil der Behandlungskosten zu übernehmen. Andere Freunde veranstalteten ein Benefizkonzert, und einer fuhr mit einem Schild an seinem Auto in der Gegend herum, auf dem die Worte standen: WE LOVE YOU, KIM. Alles mögliche wurde getan, um das Leben dieses Kindes zu erleichtern und ihm noch etwas Freude zu bereiten, weil man gegen seine Krankheit so gut wie machtlos war.

Als Debby Edward (Rick) Huntington heiratete, wurde die Hochzeit so gelegt, daß ihr Vater die sechs Jahre alte Kimmy für ein paar Stunden aus der Klinik holen konnte: Kimmy sollte ihrer Schwester Blumen streuen. Zuerst verweigerte der Arzt an diesem Tag wegen Kimmys niedriger Blutkörperchenzahl seine Zustimmung, aber mit irischer Hartnäckigkeit gelang es Jim schließlich doch, ein zögerndes Okay zu erbetteln. Unterdessen saß Debbie zu Hause in ihrem weißen Brautkleid und wartete. Großvater Willie war zum Fischen. In der Aufregung und unter der Anspannung hatten sie vergessen, ihm das Datum der Hochzeit mitzuteilen.

Jemand fuhr hinaus zum Hafen, um ihn zu holen. Mühsam fand Kimmy in das Brautjungferngewand. Auf dem Kopf trug sie eine braune Perücke, die man für diesen Anlaß frisiert hatte, in die Locken hatte man Seidenkämme und Federnelken mit winzigen, zarten weißen und rosa Blüten gesteckt. Kimmy war so aufgeregt, und alle waren so stolz auf sie, daß es ihr gelang, allein den Mittelgang in der Kirche hinunterzugehen. Ein Freund der Familie ging neben ihr her, nur für den Fall, daß sie es doch nicht schaffte. Die Donnellys wußten es damals noch nicht, aber gerade hatte der letzte, tödliche Schub ihrer Krankheit begonnen. Der Krebs hatte sich bis in ihre Knie ausgebreitet. Bald nach der Hochzeit verloren ihre Beine die Kraft, die sie jetzt noch besaßen, und dann ging sie nie wieder.

Bei Debbys Hochzeit begegneten sich auch zum erstenmal die beiden Frauen in Bill Fischers Leben: Grada Fischer und Denise Verrant, was beiden natürlich etwas peinlich war. Sie mußten einander aber wohl einmal kennenlernen, und in einer solchen Menschenmenge, unter Leuten, die sich bemühten, froh zu sein, fiel es ihnen wahrscheinlich relativ leicht. Gradas Ehe mit Bill hatte zweiundzwanzig Jahre gehalten, und Barbara war sehr überrascht gewesen, als ihr Bruder zu ihr kam und sagte, daß es zu Ende ging. Soweit die Großfamilie Fischer das beurteilen konnte, waren Bill und Grada gut miteinander ausgekommen. Kein Hinweis auf ein Zerwürfnis, keine Liebesaffäre, die sie einander entfremdet hätte. Die Verwandten erschütterte es zu erkennen, daß Grada nur darauf gewartet hatte, daß das jüngere ihrer beiden Kinder, Leah, das achtzehnte Lebensjahr vollendet hatte. Nun plötzlich wollte Grada ihr eigenes Leben führen. Sie überraschte alle, indem sie aus dem Haus in Thornwood auszog, ein Studioapartment in New York City mietete und für eine kleine Vortragsagentur arbeitete, in der sie sich so gut bewährte, daß sie bald deren Leitung übernahm.

Sie hatte keinen Streit mit Bill.

»Er ist ein sehr netter Mensch«, sagte sie. »Aber wir haben uns auseinanderentwickelt. Ich habe mich immer mehr für geschäftliche und kulturelle Dinge zu interessieren begonnen. Bill ist ein Einzelgänger und verbringt seine Zeit am liebsten draußen in der freien Natur. Als die Kinder erwachsen waren, hatten wir schließlich keine gemeinsamen Interessen mehr. Wir haben uns so freundschaftlich voneinander getrennt, wie das bei einem Paar überhaupt möglich ist.« Es war eine leicht zu arrangierende Scheidung. Bill kaufte Grada den ihr gehörenden halben Anteil am Haus ab.

Nachdem sie fortgezogen war, blieben Leah und Troy bei ihrem Vater. Zwei Jahre später erschien Denise in Bills Leben und zog zu ihm in das Haus. Sie lebten zusammen, aber von einer Heirat war noch nicht die Rede. Reibungen mit Bills Kindern waren unvermeidlich. Troy zog aus, aber Leah entschloß sich zu bleiben. Und hier waren sie alle bei Debbies Hochzeit versammelt, und Denise ertastete sich mühsam ihren Weg in diese Großfamilie, die immer noch Grada liebte. Barbara und Jim standen ihr in jener Zeit besonders nahe, weil sie ihnen mit typischer Großzügigkeit ihr Apartment in Manhattan überließ, wann immer Kimmy in einem nahegelegenen Krankenhaus zur Behandlung war.

Kimmy konnte noch ein gesellschaftliches Ereignis miterleben, bevor sie starb. Im Schoß ihrer Familie wurde ihr das Abendmahl gereicht. Eine größere Gemeinde feierte mit ihr ihren siebten Geburtstag, und zwar in den Ambulance Headquarters in Valhalla, denn eine Zeremonie in der Kirche wäre für ein Kind in einem Rollstuhl zu anstrengend gewesen. Barbara, die immer noch ihre persönlichen Zweifel hatte, was Gott betraf, war dankbar für das Sakrament, weil es Kimmy so viel bedeutete. Und unerwarteterweise auch ihr selbst.

Debby konnte nicht dabei sein. Sie befand sich in der Klinik im Kreißsaal, um ihr erstes Kind zu gebären. »Kimmy war wütend auf mich, weil ich nicht bei ihrer Kommunion war«, erinnerte sich Debby.

Das erste Enkelkind von Barbara und Jim, ein Junge, kam am Abend jenes 30. September 1990 um 20 Minuten nach neun zur Welt. Nach der Feier fuhren sie hin, um ihn sich anzusehen. Es war eine Ironie des Schicksals und ein Segen, daß ein neues Leben in die Familie kam, während Kimmy mit ihrem rosa Geburtstagskoffer sich anschickte, sie zu verlassen. Das Baby nannten sie Edward James, was bald zu E. J. abgekürzt wurde. Kimmy starb am 4. Dezember. Jim und Barbara empfanden eine trostlose Art von Erleichterung darüber, daß ihre Anordnung »Bitte keinen Wiederbelebungsversuch«, wegen deren Unterzeichnung sie sich herumgequält hatten, nicht gebraucht wurde. »Wie es sich herausstellte, tat sie es auf ihre Art«, sagte Jim mit offensichtlichem Stolz. »Nach der Show ging sie einfach schlafen.«

Willie traf der Tod der kleinen Enkelin sehr hart. Zwei Tage lang schloß er sich in seinem Zimmer ein. Bis man ihn daran erinnerte, daß er sich zum Begräbnis vorbereiten mußte. Er zog sich an, wohnte dem Leichenbegängnis bei, dann entschuldigte er sich schnell mit schlimmen Kopfschmerzen. Während der folgenden Wochen magerte er ab. Er alterte sichtlich. Niemals sprach er mehr von Kimmy. »Er hatte sie nicht im Krankenhaus besuchen wollen, und nun war er völlig vernichtet«, sagte Grada.

Bei der Beerdigung sah man einen offenen Sarg. Kimmy lag in ihrem weißen Kommunionkleid darin, und ihr Lieblingsstofftier, der Hund Petey, saß ihr gegenüber und sah sie an. Ihr Onkel Bill, der Blut für sie gespendet hatte bei einem Versuch, ihr Leben zu retten, fühlte sich innerlich zerstört, als er sie im Sarg erblickte. Debby fand einen Trost darin, daß ihre kleine

Schwester besser aussah als seit Monaten. Barbara wollte sie berühren, brachte es jedoch nicht über sich. Sie hatte immer so einen großen Widerwillen gegen den Tod gehabt. Sie ging wie betäubt durch den Tag, starrte stumm geradeaus, als die Freunde und Nachbarn in einer Schlange an ihr vorbeidefilierten, um ihr zu sagen, wie leid es ihnen täte. Danach erinnerte sie sich nur noch an eine Menge gesichtsloser Menschen, wußte weder, wie viele es gewesen waren, noch was sie gesagt hatten. Jim mußte feststellen: »Wenn du ein Kind verlierst, machen sich alle Sorgen um die Mutter und haben dem Vater nichts zu sagen.« Er fügte hinzu: »Das ist mir passiert.«

Auf dem Gate-of-Heaven-Friedhof in Hawthorne hatten er und Barbara schon eine Grabstätte in einem stillen Tal ausgesucht. Da gab es Blumen und Bäume. Kimmy hätte es gefallen, sie hätte gerne dort gespielt. Wenn nicht all diese Gräber gewesen wären. In der Nähe stand eine Bank, auf der sie sitzen und ihre Nähe spüren konnten.

Der Tag der Beerdigung war bitter. Ein schneidender Wind wehte, Leah fröstelte, als sie die Grabstätte verließ.

»Es ist so kalt hier«, sagte sie zu Bobs Frau Betsy. »Und wir müssen sie hier lassen.«

»Sie ist nicht hier«, sagte Betsy mit fester Stimme. »Sie ist bei Gott.«

Dennoch gingen sie alle niedergeschlagen zurück zu ihren Wagen, um bei Barbara und John zu Hause noch eine Familienversammlung abzuhalten. Die Atmosphäre dort war von tiefer Trauer und unersetzlichem Verlust geprägt. Barbara war sehr still. Genau wie ihr Vater behielt sie ihren Kummer für sich. Jim beschäftigte sich irgendwie, fand immer etwas zu tun.

»Die Gefühlsanspannung war sehr groß«, erinnerte sich Debby. »Damals lebte ich noch zu Hause, aber ich war 23, hatte ein drei Monate altes Kind, und mein Vater sagte mir, ich solle in mein Zimmer gehen, weil ich mich mit meiner Kusine Teresa gestritten hatte.«

Während der nächsten Monate half es Barbara sehr, daß ihr neuer Enkel bei ihr im Haus lebte. E. J. erinnerte als Kind so sehr an Kimmy, daß es schwerfiel, ihre Babyfotos auseinanderzuhalten. Er fing sogar auf dieselbe lustige Art zu laufen an wie sie, wippte, schaukelte auf den Zehen hin und her. Diese Ähnlichkeit war fast unheimlich.

Im folgenden Frühsommer war in der Familie erneut die Rede davon, daß ein Kind kommen würde. Bill teilte es allen mit: »Denise ist schwanger, und wir werden heiraten.« Er hatte nie viele Worte gemacht. Der Fischer-Clan war überrascht, daß Bill nach 22 Jahren wieder Vater wurde. Barbara konnte es nicht lassen, sie mußte ihren Bruder ein bißchen sticheln, genau wie er sie gestichelt hatte, als sie plötzlich mit 38 noch einmal schwanger geworden war und dann Kimmy zur Welt brachte. »Also, wer ist denn jetzt der Dummkopf?« fragte sie ihn.

Als Kristie drei Tage alt war, besuchten sie und Jim Denise in der Klinik in White Plains. Es war Samstagnachmittag, und verschiedene Freunde hatten sich versammelt, alle wollten einmal das Baby halten. Als Jim an der Reihe war, standen die anderen um Denises Bett herum und unterhielten sich. Jemand fragte, wer Pate sein würde. Denise, die sich schon vor langer Zeit von ihrer römisch-katholischen Religion abgewandt hatte, sagte, sie halte nichts davon, einem Kind eine Religion aufzuerlegen. Kristie würde genug Zeit haben, sich selbst zu entscheiden, wenn sie älter war.

Jim stand abseits von ihnen mit dem Baby in den Armen. Aus seiner eigenen bitteren Erfahrung heraus wußte er, daß nicht immer genug Zeit blieb. Daß Kinder sterben können. Denise, die nach der Geburt einer schönen, gesunden Tochter in einer Art Ekstase war, sah eine lange Zukunft vor sich. Darin lernte Kristie laufen und sprechen, Kristie ging zur Schule, besuchte das College. Dieses Kind sollte nur das Beste bekommen. Dafür wollte Denise sorgen. Schon vor Kristies Geburt hatte sie eine prächtige Babyausstattung zusammengetragen. Manches hatte sie gekauft, andere liebevoll aufbewahrte Babysachen stammten aus ihrer eigenen Familie, dazu kam dann Leahs großzügiges Überraschungsgeschenk: wiederum eine komplette Garnitur.

Auf Denises Wochenbettisch stand ein Pappbecher mit Wasser. Einer plötzlichen zwanghaften Eingebung folgend, die er selbst nicht ganz verstand, wandte sich Jim von den anderen ab, tauchte seinen Finger in den Becher, machte das Kreuzzeichen auf die Stirn des Babys und sagte leise die Worte des einzigen Sakraments, das eine Laienperson erteilen kann.

»Ich weiß nicht, warum ich es getan habe«, erinnerte sich Jim. »Aber ich wußte, daß ich das Baby nicht aus meinen Armen lassen konnte, bevor ich es nicht getauft hatte. Dann fing ich an, mir Vorwürfe zu machen, weil ich etwas hinter dem Rücken der Eltern getan hatte, das sie vielleicht nicht gutheißen würden. Ich ging zu meinem Priester und fragte ihn, und er sagte, das wäre okay.«

Als er mit Barbara von der Klinik zurück nach Hause fuhr, erzählte er ihr von der Taufe. Er dachte, sie würde das kritisieren, und war angenehm überrascht, als sie sagte, sie hätte ein Gefühl der Erleichterung verspürt, als sie es gehört habe.

Im folgenden Frühjahr zogen Debby und Rick aus dem Haus der Eltern fort in eine eigene Wohnung in der nahegelegenen Stadt Ossining. Barbara nahm eine Teilzeitarbeit in einem Büro an, um etwas Geld hinzuzuverdienen. Kimmys Arztkosten hatten ihre Ersparnisse aufgezehrt, und ohne E. J. im Haus war sie froh, etwas anderes zu finden, das ihre Zeit ausfüllte. Sie dachte immer noch an Kimmy, vor allem, als der Tag heranrückte, an dem ihr Tod sich jährte, und alle Gedanken an Weihnachten verdrängte. Früher hatte sie sich auf Weihnachten gefreut und auf all die Dinge, die man vorbereiten mußte, damit die Kinder sich später noch daran erinnerten. Jetzt graute ihr davor.

Nachdem sie ihrem Vater am Abend des 2. Dezember das Essen serviert hatte, fuhr sie ein paar Stunden arbeiten. Sie kam gegen acht Uhr abends wieder heim und war überrascht, Jim vor der Haustür zu sehen, wo er sie ängstlich erwartete.

»Was ist los?« fragte sie.

»Das Haus deines Bruders brennt«, berichtete er ihr.

Ihre Gedanken machten einen Sprung – zurück zu dem Augenblick, als ihr Vater zum Essen hereingekommen war und gesagt hatte, Bill hätte wegen eines Notfalls plötzlich die Arbeit liegenlassen müssen. In jenem Augenblick hatte sie sich Sorgen gemacht, aber nicht ernsthaft, weil ihr Vater nicht anzunehmen schien, daß es Grund dazu gab.

»Wie bitte?« fragte sie fassungslos.

»Das Haus deines Bruders brennt«, wiederholte Jim. »Und das Baby ist tot.«

12

Als Barbara und Jim den West Lake Drive erreichten, war der Brand gelöscht, aber die Feuerwehrwagen standen noch da, und es blieb noch eine Menge zu tun. Sie parkten in der Nähe und fragten einen Feuerwehrmann, wo sie die Familie finden könnten. Man verwies sie zum Haus von George und Kathryn Fries, sie gingen die Straße entlang, vorn vorbei an Bills Grundstück, zum Haus nebenan. Unter anderen Umständen hätte Barbara sicherlich den Rasen vor dem Haus ihres Bruders überquert, um zu sehen, wie schwer sein Haus beschädigt war. Aber an diesem Abend brachte sie es nicht über sich. In ihren Gedanken war sie bei dem toten Baby.

Sie fand Bill, Denise, Leah und John Gallagher in dem Fries'schen Familienzimmer im Untergeschoß. Kathryn Fries war damit beschäftigt, Kaffee und Snacks zu reichen. Irgendwie gelang es ihr, etwas zu essen aus einer Küche zu zaubern, die der ständige Strom der Feuerwehrleute, die hereinkamen, um zu telefonieren, die Toilette, das Badezimmer zu benutzen oder um ein Glas Wasser zu bitten, in ein Chaos verwandelt hatte.

»Was ist geschehen?« fragte Barbara ihren Bruder.

»Ich weiß nicht, ob es ein Kurzschluß war oder was«, antwortete er ihr.

Sie hatte so viele Fragen an ihn. »Wo ist Olivia?«

»Im Polizeirevier.«

»Warum?«

»Sie haben sie mitgenommen, um mit ihr zu reden.«

»Warum?«

»Barbara, ich weiß es nicht. Ich weiß nicht, was geschehen ist.« Er sah wie betäubt aus. Völlig verwirrt und trauriger, als sie ihn je erlebt hatte.

Denise war so still und starr, daß die anderen sich Sorgen um sie machten und einen der Sanitäter baten, nach ihr zu sehen. Er tat es und fand nichts, woran er etwas hätte ändern können, ging stumm wieder hinaus. Denise weinte etwas, aber die meiste Zeit saß sie da und starrte ins Leere. Niemandem fiel etwas ein, womit man sie hätte trösten können. Es wurden allerlei Mutmaßungen über die mögliche Brandursache angestellt. Bill machte sich immer noch Vorwürfe: Er hätte bei den elektrischen Installationen vorsichtiger sein müssen. Jemand deutete an, daß Olivia womöglich heimlich rauchte. Oder daß ihr im Umgang mit Streichhölzern ein Mißgeschick passiert war. Keiner der Verwandten hatte sie kennengelernt, und so fiel es ihnen leichter, sich eine unvorsichtige Person statt des gewissenhaften jungen Mädchens vorzustellen, das Bill und Denise engagiert zu haben glaubten. Der Gedanke an eine Brandstiftung war ihnen noch nicht gekommen.

Als alle Möglichkeiten, die sie sahen, erörtert worden waren, trat ein etwas peinliches Schweigen ein. Dann kamen die bohrenden Fragen: Warum hatte Olivia nicht versucht, das Baby aus dem Haus zu schaffen? Was tat sie, als das Feuer ausbrach? Sollte sie nicht auf Kristie aufpassen? Bill wußte keine Antworten darauf. »Aber sie war immer so gut zu dem Baby«, wiederholte er.

In den beiden folgenden Jahren versuchten die Mitglieder der Familie Fischer sich immer wieder klarzumachen, wo sie sich in dem Augenblick befunden haben und was sie gerade taten, als sie von dem Feuer hörten. Leah fuhr gerade in ihrem Auto von White Plains nach Hause, bog in die Nannyhagen Road ein und erschrak, als sie auf der stillen, sich schlängelnden ländlichen Straße Löschzüge auf sich zukommen sah. Sie wich ihnen aus, um an der Böschung zu halten und sie vorbeizulassen, aber bevor sie sie erreichten, schwenkten sie mit Sirenengeheul in den West Lake Drive ein, und die Unruhe, die sie gepackt hatte, verwandelte sich in Entsetzen, als sie ihnen um die Ecke herum folgte und die roten Ungetüme in ihre eigene Zufahrt einbiegen sah.

Barbara erfuhr es an ihrer Haustür, während sie in ihren Gedanken mit Kimmys Todestag beschäftigt war. Bob, ihr Bruder, kam gerade nach Hause zurück, er hatte seinen kleinen Sohn Christopher vom Kindergarten abgeholt, und als er die Tür aufschloß, hörte er das Telefon läuten. Es war ein Freund von Bill am Apparat, der von einem Nachbarn in Thornwood die Nachricht gehört hatte, daß da ein Feuer war. Während Bobs Frau, Betsy, allein in ihrer Wohnung in Greenwich, Connecticut, saß, weil eine Vorahnung ihr sagte, daß sie dort sein mußte, obwohl sie am Montagabend eigentlich stets mit ihren Freundinnen kegeln ging.

Obwohl Bob und Betsy sich getrennt hatten, pflegten sie ein freundschaftliches Verhältnis zueinander. Bob kümmerte sich immer um Christopher, wenn Betsy an ihren Kegelabenden nicht zu Hause war. Er hatte Angst, daß sie jetzt nicht mehr da war, und als sie abnahm, rief er erleichtert aus: »Du mußt mir helfen. Das Haus brennt, und das Baby ist tot.«

Sie hörte die Panik in seiner Stimme. »Setze Christopher in den Wagen und bringe ihn zu meiner Mom. Ich rufe bei ihr an und sage ihr, daß du unterwegs bist. Wir beide treffen uns dann bei Bills Haus.«

Auf ihrem Weg nach Thornwood fuhr sie zuerst zu dem Haus ihrer Eltern in North White Plains. Bob war noch nicht da. Statt auf ihn zu warten, fuhr Betsy zusammen mit ihrem Vater, William Skelly, zum Brandort. Es nieselte immer noch und war windstill. Die ganze Gegend roch nach Rauch. Draußen vor Bills Haus hielt sie ein Feuerwehrmann an.

»Sie können nach Hause gehen«, sagte er. »Da gibt es nichts zu sehen.«

»Es ist das Haus meines Schwagers«, erklärte Betsy.

»Ach Gott. Tut mir leid«, sagte er zu ihr.

»Sind alle rausgekommen?« fragte sie. Sie hoffte, daß die Geschichte, die Bob gehört hatte, nicht stimmte und daß Kristie in Sicherheit war.

Seine Antwort war ausweichend. »Wir wissen es nicht. Die Familie ist nebenan.«

Betsy erinnerte sich: »Als ich eintrat, fingen alle an zu weinen. Ich setzte mich hin und nahm Leah in die Arme. John war in diesem Augenblick nicht da, weil die Polizei ihn befragte. Als er zurückkam, wollte Bill von ihm wissen: ›Was ist geschehen? Was hast du gesehen?‹ Aber er konnte nicht antworten. Er schüttelte nur den Kopf und weinte. Er zitterte. Wir wußten alle, daß er etwas so Schreckliches erblickt hatte, daß er keine Worte dafür fand.«

Dann kam Bob. Er stellte ihm dieselbe Frage.

»John sah entgeistert aus. Weiß wie ein Gespenst«, erzählte Bob. »Er sagte, an der Tür sei ihm Olivia mit dem Feuerlöscher in der Hand entgegengekommen. Dann sei er den Gang hinuntergerannt, hätte gehört, wie die Rauchmelder losgeheult hätten. Er habe die Tür des Zimmers eingetreten, in dem sich das Baby befand. Aber dann konnte er nicht mehr weitererzählen.«

Bills Sohn Troy war das letzte Familienmitglied, das sich einfand. Er arbeitete als Industriedesigner bei einer Firma in Mount Vernon – ungefähr auf halbem Weg zwischen Thornwood und seinem Junggesellenapartment in Manhattan. Er arbeitete abends oft länger und war immer noch in seinem Büro, als seine Großmutter, Ann Scheller, Gradas Mutter, ihn gegen 6.30 Uhr abends anrief.

»Es hat ein Feuer in dem Haus gegeben, und das Baby ist tot«, stieß sie hervor.

»Wo sind die Eltern?« fragte er.

»Ich weiß nicht.«

»Ich habe herumtelefoniert«, berichtete Troy. »Ich habe in dem Haus angerufen. Das Telefon läutete, aber niemand nahm ab. Ich rief Barbara an. Keine Antwort. Dann die Werkstatt. Sie war geschlossen. Also setzte ich mich hin und wartete. Ungefähr um sieben Uhr rief Leah an. Sie sagte, sie sei bei den Fries im Haus, und sie fragte: ›Kannst du kommen?‹

Ich nahm den Zug. Bob und Betsy holten mich vom Bahnhof ab. Als ich ankam, saßen alle herum und niemand sprach. Denise ging andauernd in die Küche und telefonierte von dort aus. Wir merkten, daß das ihr Versuch war, mit dem Geschehen fertig zu werden, und daß wir sie in Ruhe lassen mußten. Mein Vater war da, und als ich hineinkam, nahm ich ihn in den Arm. Er schluchzte, und das war ein Schock für mich. Ich hatte ihn bis dahin nur ein einziges Mal weinen sehen.«

Die Tränen des Vaters erinnerten Troy an den schmerzlichen Augenblick, als er sich entschlossen hatte, aus dem Haus in Thornwood auszuziehen, nachdem Denise eingezogen war. Eigentlich war er zweimal ausgezogen, das erste Mal schon ein paar Wochen, bevor sie ankam. Doch dann waren nach ein paar

Monaten seine Ersparnisse aufgebraucht gewesen, und er hatte im Sommer 1991 wieder zurückkommen müssen. Inzwischen aber hatte sich sein einstiges Schlafzimmer in einen Lagerraum für Denises Fahrräder verwandelt, und so mußte er auf der Klappcouch im Wohnzimmer nächtigen. Einige Zeit später teilte sein Vater ihm mit, daß Denise schwanger war und daß sie heiraten wollten. Er sagte es ihm in der Küche, während er sich ein Sandwich zurechtmachte, und es schien ihm peinlich zu sein. Er lud weder Troy noch Leah zur Hochzeit ein.

Kurz darauf wurden die Fahrräder woanders untergebracht, und Bill machte sich daran, Troys Zimmer in ein Kinderzimmer umzuwandeln. Er riß die Regale heraus, in denen Troy seine Kindheitsschätze aufbewahrte. Die Erinnerungen an vierundzwanzig Jahre – Bücher, Kunstmaterialien, Flaschen und Farben, Leder- und Borkenstücke für die Projekte, an denen er arbeitete – wanderten in Kartons, um im Keller des alten Familiensitzes gelagert zu werden. Troy kam sich hilflos und enteignet vor.

Ein paar Wochen vor Kristies Geburt nahm Troy zornig Abschied. Als er dann noch einmal zurückkam, um seine letzten Habseligkeiten abzuholen, führte er ein freimütiges Gespräch mit seinem Vater, und Troy wunderte sich, als Bill die Tränen kamen.

»Ich wußte nicht, daß er so tief sitzende Gefühle hatte, daß ihm so viel an mir lag«, sagte Troy. »Das war etwas, das ich nie in dieser Familie verstanden hatte, es gab so viele Dinge, über die man nicht redete.«

So fing eine bessere Beziehung zwischen Vater und Sohn an. Obwohl Troy viele typisch Fischersche Eigenschaften besaß, insbesondere die, daß er ein Einzelgänger war, waren seine und Bills Interessen sehr verschieden. Troy wollte die väterliche Werkstatt nicht übernehmen. Wie Jan Menting, sein Großvater mütterlicherseits, war Troy seinem Wesen nach ein Künstler. Er trug sein Haar lang, liebte Musik und Malerei und hatte in der Highschool für die Clique, zu der John Gallagher gehörte, nicht das geringste Verständnis aufgebracht. Johns Freunde tummelten sich vorwiegend in Autowerkstätten, sammelten Teile, um Motoren zusammenzusetzen und schließlich einen kleinen

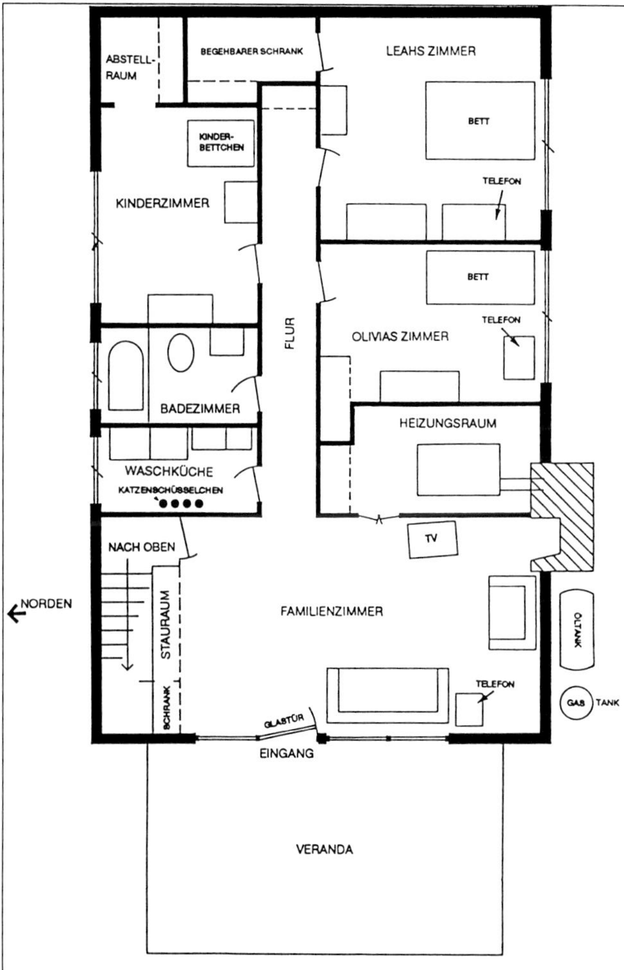

Das Erdgeschoß im Haus der Fischers. Der Maßstab beträgt etwa 1:84.
(ZEICHNUNG: JAN MENTING)

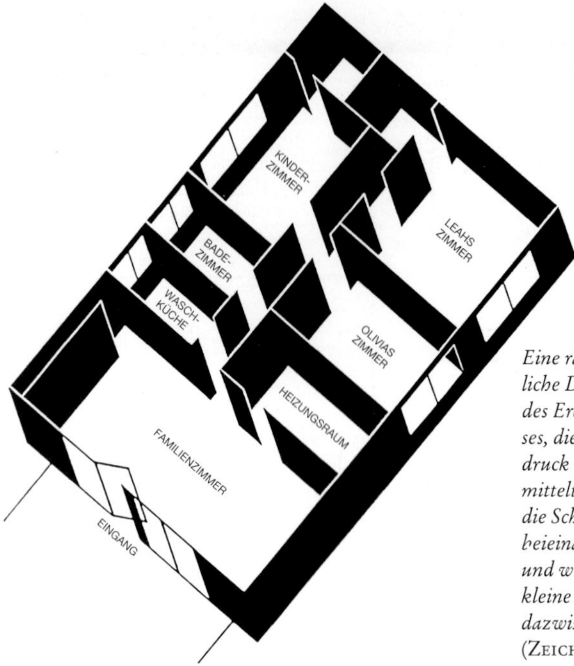

Eine räumliche Darstellung des Erdgeschosses, die einen Eindruck davon vermittelt, wie nahe die Schlafzimmer beieinanderliegen und wie eng der kleine Flur dazwischen ist (ZEICHNUNG: JAN MENTING).

Das Haus der Fischers am West Lake Drive 5 in Thornwood (JAN MENTING)

Seitenansicht des Hauses, die das ebenerdige Kinderzimmerfenster zeigt. Die Fenster zu den Schlafzimmern Leahs und Olivias waren baugleich, beide hatten jeweils einen festen und einen seitlich verschiebbaren Fensterrahmen (JAN MENTING)

Flammen schlagen aus einer Seite des Hauses, die von der Verpuffung in Leahs Schlafzimmer herrühren (»GANNETT SUBURBAN NEWSPAPERS«, ARCHIVFOTO).

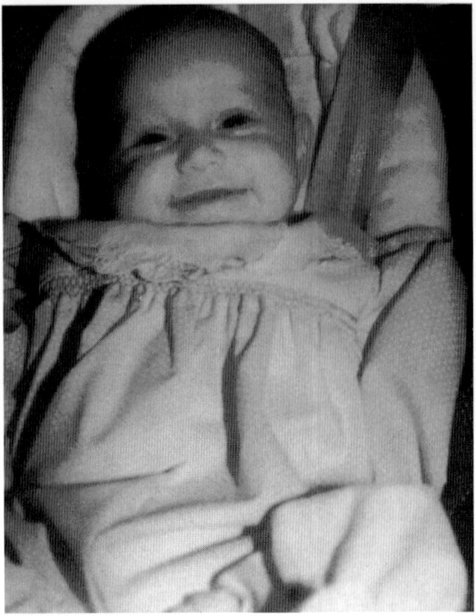

Kristie Rebecca Fischer, in ihrem Kindertragesitz aufgenommen (FAMILIENFOTO).

Olivia Riner beim Verlassen des Gerichts von Mount Pleasant, nachdem sie formell wegen Brandstiftung und Mordes angeklagt worden war. Im Hintergrund Lieutenant Louis Alagno (»GANNETT SUBURBAN NEWSPAPERS«, ARCHIVFOTO).

Buggy zustandezubringen. John eignete sich viel mehr als Troy für das Autogeschäft.

Troy hatte allerdings den Verdacht, daß auch sein Vater, so gewissenhaft und gründlich er in seiner Arbeit war, von sich aus nicht diesen Mechanikerberuf ergriffen hätte, wenn er nicht durch *seinen* Vater, dessen Erbe er war, dazu gezwungen worden wäre. Vielleicht waren er und Bill also doch nicht so verschieden.

Troy war ein paar Stunden nach Kristies Geburt, spätabends, in der Klinik in White Plains erschienen, Leah und John waren schon fort, und das Gefühl der Familienzusammengehörigkeit war in diesem Augenblick stärker gewesen als jemals seit der Scheidung seiner Eltern. Kristie sah nicht anders aus als andere Babys, aber der Gedanke, daß dieses neue Leben mit ihm blutsverwandt war, bewegte ihn sehr. Er sah es durch die Glasscheibe in der Säuglingsstation an, da fragte ihn ein Unbekannter, ob er der Onkel des Babys sei. »Nein, ihr Bruder«, erwiderte er stolz. An diesem Abend, nachdem sie sie verloren hatten, kam es ihm vor, als hätte er ein Stück seiner eigenen Identität verloren: Plötzlich war er nicht mehr Kristies Bruder. Als er sich mit diesem Gedanken herumquälte, ahnte er, wie groß der Kummer und Verlust für seinen Vater war. Er nahm den Vater aus einer plötzlichen Anwandlung heraus in die Arme und versuchte, ihn zu trösten.

Als das Telefon frei war, rief er seine Mutter in Manhattan an. Sie hatte vor kurzem wieder geheiratet, den Kontakt mit ihren Kindern aber aufrechterhalten.

»Wie geht es dir? Wie geht es Leah?« fragte Grada besorgt.

»Uns geht es gut«, sagte er. »Aber das Baby ist tot.«

Grada erinnerte sich später: »Mein Mann mußte mich beruhigen. Es war so ein Schock. Troys Stimme klang ganz anders als sonst. Schrecklich traurig.«

Sie fragte nach den Einzelheiten, und er erzählte ihr, was er wußte. Sie hatte das Baby oder Olivia nie gesehen, fühlte sich aber trotzdem zugehörig, sie hatte mit Leah zusammen die Babysachen eingekauft. Ihre nächste Frage hatte mit ihrer Erinnerung an das Haus zu tun, in dem sie so lange gelebt hatte. »Wenn Olivia die Tür nicht aufbekommen konnte, warum hat sie das

Baby dann nicht durch das Fenster herausgeholt? Warum ist sie nicht hinausgegangen und hat die Fensterscheibe eingeschlagen?«

Am selben Abend kam Lieutenant Louis Alagno vorbei und teilte der Familie mit: »Möglicherweise war es Brandstiftung.«

»Glauben Sie?« fragte Leah überrascht.

Alagno vermied eine direkte Antwort. »Es ist möglich«, wiederholte er.

Nachdem Alagno fort war, fingen sie an zu spekulieren. Wenn jemand den Brand gelegt hatte, dann mußte es John Gallaghers Ansicht nach Olivia getan haben. John hatte niemanden sonst im Haus gesehen. Bill Fischer konnte nicht glauben, daß dieses junge Mädchen eine Brandstifterin war, aber er warf ihr vor, daß sie Kristie nicht zu retten versucht hatte. Er und Denise waren ganz sicher gewesen, daß sie in einem Notfall richtig handeln würde.

»Wieso hat sie das Baby nicht rausgeholt?« fragte Denise wütend. »Das ist doch das erste, was man tut, wenn ein Feuer ausbricht – daß man alle aus dem Gebäude rausbringt.«

Betsys Vater, bis zu seiner kürzlichen Pensionierung Lieutenant bei der Feuerwehr von White Plains, gab zu bedenken: »Ich habe Leute erlebt, die bei Feuer sehr sonderbar reagiert haben. Sie sind derart in Panik geraten – Kinder sind in Wandschränke gekrochen, um sich darin zu verstecken. Erwachsene in Duschkabinen. Vielleicht ist bei diesem Mädchen auch so etwas passiert. Es könnte sein, daß sie in Panik war.«

Leah fragte, wo Olivia jetzt wäre und wo sie die Nacht verbringen würde.

»Das ist mir gleich«, erwiderte Bill. Er nannte die Agentur, durch die er sie bekommen hatte, und fügte hinzu: »Die kann sich darum kümmern.«

Er nahm an, daß der örtliche Vertreter der Agentur sie von der Polizeidienststelle abholen würde. Der Gedanke, daß sie die Nacht in einer Gefängniszelle verbringen könnte, war bisher weder ihm noch irgend jemandem sonst in der Familie gekommen.

Während sie miteinander sprachen, schaffte man Kristies Leichnam diskret aus dem Unglückshaus fort und entdeckte dabei die brennbare Flüssigkeit in ihrer Windel. Davon erfuhren die Fischers in dieser Nacht noch nichts, und nachdem die Feuerwehrleute nach Hause gefahren waren und einen Polizisten zurückgelassen hatten, der das Haus bewachte, schien es für sie keinen Grund mehr zu geben, länger an diesem Ort auszuharren. Zwar machten sie sich Gedanken darüber, daß ein Wasserrohr einfrieren und es in das Haus hereinregnen konnte, aber daran ließ sich bis zum nächsten Morgen nichts ändern. Gegen elf Uhr abends fuhren sie zum alten Familiensitz in North White Plains. »Wir haben drei Schlafzimmer frei, und ihr könnt bleiben, solange ihr wollt«, sagte Barbara zu ihrem Bruder.

Niemand mochte zu Bett gehen. Denise wollte nicht glauben, daß sie kein Baby mehr hatte. Sie lehnte sich in ihrem Schmerz dagegen auf. Bevor sie an diesem Morgen zur Arbeit gefahren war, hatte sie sich von einer gesunden Tochter verabschiedet, es überstieg ihre Kräfte, sich mit diesem Verlust abzufinden. Sie wiederholte immer wieder, bevor sie die Leiche von Kristie nicht gesehen habe, würde sie an ihren Tod nicht glauben können. Die anderen blickten einander an, und der Gedanke machte ihnen Angst.

John war nicht in dem Zustand, daß er nach Mahopac hätte heimfahren können, und niemand verlangte es von ihm. Alle Fischers rührte es, daß er sein Leben eingesetzt hatte, um Kristie zu retten.

Jim beobachtete ihn aufmerksam. »Sein Gesicht war aschfahl und ausdruckslos. Er saß da, als ob er nicht ganz bei sich wäre«, erinnerte sich Jim. »Er sagte fast nichts. Es war, als ob ihm etwas auf der Seele lag, das er nicht loswurde.«

Bei Fries hatte ihm jemand einen Whisky angeboten. Er schluckte ihn hinunter und dann noch einen. »Er hat vier Whiskys heruntergekippt und nichts davon gespürt«, sagte Jim. »Er war stocknüchtern. Wenn jemand in einem Schockzustand ist, kann er so viel trinken, wie er will, und es tritt keinerlei Wirkung ein.«

Jim ahnte vielleicht, was John gesehen hatte. Ein paar Jahre vorher, als er als Mitglied der freiwilligen Feuerwehr in ein Haus gerufen worden war, in dem ein Mann verbrannt war, weil er über die brennende Treppe nicht mehr hinauskam, hatte er ein ähnliches Erlebnis gehabt. »Ich weiß noch, daß ich beinahe auf diesen Leichnam getreten bin, als ob es ein Stück Holz wäre. Ich wußte erst nicht, daß es ein Mensch war. Den Anblick werde ich nie mehr los. John muß etwas Ähnliches gesehen haben. Ich wollte die Einzelheiten gar nicht wissen.«

Aber eine wichtige Einzelheit gab es, für die Betsy sich interessierte.

»Vielleicht hatte sich die Kinderzimmertür wegen der Hitze gedehnt«, gab sie zu bedenken. »Und sie war gar nicht abgeschlossen.«

»Doch, das war sie«, versicherte ihr John. »Die Tür war von innen abgeschlossen.«

Der ganze Vorgang spottete jeder logischen Erklärung. Sie redeten bis nach drei Uhr früh und versuchten, den Schock zu bewältigen und das Leid miteinander zu teilen. Plötzlich erinnerte sich Jim an den einen nahen Verwandten, der noch nichts von dem Feuer wußte. Mit trauriger, müder Stimme fragte er: »Wer sagt es Willie diesmal?«

»Ich«, antwortete Bill. »Sie war meine Tochter. Aber laß ihn jetzt schlafen. Ich werde es ihm morgen früh sagen.«

13

Es war eine ungewöhnliche Familie. Es gab da die geborenen Fischers und die durch Heirat hinzugekommenen. Bereits nach einiger Zeit fiel es schwer, sie auseinanderzuhalten. Jim Donnelly, ein freundlicher, korpulenter Mann, der in guten Zeiten munter, extrovertiert und gesellig war, sah nicht im entferntesten wie ein Fischer aus und benahm sich auch nicht im geringsten wie einer von ihnen. Und doch war er völlig assimiliert und fühlte sich in der Gesellschaft seiner angeheirateten Familie wohler als in der mancher seiner eigenen Verwandten. Wie er es ausdrückte: »Sie können jeden in dieser Stadt nach Willie Fischer oder nach jedem anderen meiner angeheirateten Verwandtschaft fragen, und Sie werden kein einziges schlechtes Wort über sie hören. Sie haben nie etwas gestohlen, nie jemanden betrogen. Es sind allesamt gute Leute.«

Willies Vater, Jacob Philip Fischer, war aus Deutschland eingewandert und hatte sich in St. Louis niedergelassen. Dort wurde Willie geboren. Ein paar Jahre später zog die Familie nach Westchester und betrieb eine kleine Reparaturwerkstatt in North White Plains. 1929 baute Jacob Philip den Laden aus und eröffnete Fischer's Garage an einer Durchfahrtsstraße, die die Stadt White Plains mit den sich entwickelnden Dörfern nördlich davon verband. Das Geschäft blühte mit der zunehmenden Motorisierung auf. Neben den neuen hochmodernen, von Neonzeichen erleuchteten Tankstellen entlang dem Highway, die einander wie ein Ei dem anderen glichen, nahm sich Fischer's Garage jetzt altertümlich und fast unbedeutend aus. Aber sie war größer und besser ausgerüstet, als es von außen betrachtet den Anschein hatte, und die höfliche und zuverlässige Bedienung war in der Gegend berühmt. In den Tankstellen fand man so etwas nicht. Fischer's Garage hatte natürlich auch ein paar Benzinzapfstellen, aber ihre Spezialität war die Autoreparatur, und was das anging, brauchte sie keine Reklame. Genauso wie der Betrieb schon in der dritten Generation derselben Familie war, so sah es auch bei

Kunden aus – Enkel bedienten Enkelinnen und Enkel. Auch Denise und Betsy waren erst zufriedene Kundinnen gewesen und hatten ihre Autos zur Generalüberholung gebracht, ehe sie die jetzigen Eigentümer kennengelernt und geheiratet hatten.

Jakob Fischer – Jake , wie man ihn nannte – hatte das große Holzhaus neben der Autowerkstatt gekauft, als Willie (der erste William Philip Fischer) noch ein kleiner Junge war. Willie hatte schon früh Lust, Motoren zu reparieren, und wurde selbstverständlich seines Vaters Nachfolger. Auch jetzt, im Ruhestand, freute er sich über nichts so sehr, wie wenn ein Kunde mit irgendeinem alten Gerät zu ihm kam, das niemand sonst mehr reparieren konnte, ganz gleich, ob es eine wacklige Lampe oder ein verrosteter Rasenmäher war; am liebsten war ihm aber natürlich ein Oldtimer aus dem Pionierzeitalter des Automobilismus.

»Lassen Sie mich mal sehen, ob ich den wieder hinkriege«, pflegte er dann zu sagen. So eine Herausforderung munterte ihn auf, und wenn irgend jemand es schaffte, war es Willie.

Er lebte noch immer in dem Haus, in dem er als Junge aufgewachsen war. Seine Frau Edith, die deutscher und irischer Abstammung war, brachte 1943 ihr erstes Kind, William Philip Fischer jr. (Bill) zur Welt. Barbara Ann folgte 1945 und Robert Carl (Bob) 1951. Edith starb 1972, und seither hatte Willie allein in der einen oder der anderen der beiden Wohnungen des Hauses gelebt, immer in der Nähe seiner Kinder. Sich als Patriarch zu fühlen, dazu war er nicht anmaßend genug, aber alle in der großen Familie liebten ihn wegen seines freundlichen Wesens.

Diese Familie wuchs, als die Kinder heirateten, weil alle Angeheirateten sich dem Clan anschlossen und so sehr ein Teil davon wurden, daß nicht einmal eine Ehescheidung etwas daran änderte. Auch die geschiedenen Partner von Familienmitgliedern blieben der Familie verbunden. Die Namen mochten sich ändern, aber wer einmal ein Fischer gewesen war, blieb es. Typisch, daß Bill weiterhin ein ausgezeichnetes Verhältnis zu Grada und ihren Verwandten behielt, nachdem sie sich von ihm getrennt hatte, und daß sie und ihre engeren Angehörigen auch in den Augen der anderen Fischers weiterhin zu ihnen gehörten. »Für mich wird sie immer Tante Grada sein«, sagte Debby, womit sie Denise keineswegs kränken oder herabsetzen wollte.

Man rechnete sogar Gradas geschiedene Eltern und deren neue Partner zum Clan. Deshalb war es für Bill und Denise selbstverständlich, Gradas Mutter, Ann Scheller, einzuladen, damit sie die Rolle von Kristies Großmutter übernahm, denn Ann war schon Großmutter von Troy und Leah, und Bills und Denises Mutter waren beide tot. Und Grada freute sich darüber.

»Wir sind eine Familie, in der es neue Mitglieder leicht haben«, sagte Betsy. »Hier zeigt niemand mit dem Finger auf andere.« Obwohl selbst nur angeheiratet und am Rande der Scheidung, betrachtete sie sich trotzdem noch immer als eine Fischer.

Die Bindungen gingen tiefer, als die meisten von ihnen ahnten, weil sie so zurückhaltend waren. Wie einer der Angeheirateten es ausdrückte: Normalerweise waren die Familientreffen langweilig. Man saß herum, scherzte und sah heimlich auf die Armbanduhr. Und John Gallagher beschrieb es so: »Wenn man in einen Saal kommt mit fünfhundert Leuten, fallen einem die Fischers darunter sofort auf, weil das die sind, die am wenigsten reden.«

Und trotzdem, in Zeiten der Not waren sie alle sofort füreinander da. Ohne zu zögern, nahmen sich die meisten von ihnen sofort frei, um Bill und Denise nach dem Feuer zu helfen. Jim Donnelly, der damals eine Tankstelle leitete, opferte eine ganze Woche, um seinen Schwager herumzufahren – zur Polizei, zum Leichenbestatter und zu verschiedenen Friedhöfen –, denn er wußte aus eigener Erfahrung vom Jahr zuvor, daß ein Vater, der gerade ein Kind verloren hat, nicht zum Autofahren taugt.

»Die Zeit damals ist zu einem großen Klumpen geronnen«, sagte Jim. »Ich wußte kaum mehr, welcher Tag es war.«

Die meisten Verwandten erfuhren am Dienstag aus dem Radio von Olivias Verhaftung wegen Brandstiftung. Die Nachrichten brachten die Meldung gleich frühmorgens. Erneut versammelte sich die Familie bei den Donnellys, um Bill und Denise zu helfen. Barbaras und Jims Tochter Debby erschien als eine der ersten. Sie brachte zwei Säcke mit Kleidung mit, die Leah ihr kürzlich geschenkt hatte und die Leah jetzt froh war zurückzuerhalten. Debbys Ehemann Rick blieb an diesem Tag bei E. J. zu Hause. Rick und Debby wußten, daß Denise und Bill die Anwesenheit eines Babys nicht ertragen könnten.

Kurz nach neun Uhr früh brachen Debby, Leah und John Gallagher zum Haus der Fischers auf, um die Katzen zu suchen. Ein Polizist, der das Grundstück bewachte, wollte wissen, wer sie waren, und ließ sie nicht ins Haus hinein, weil die Untersuchung noch nicht abgeschlossen wäre. Leah erschrak, als sie einige der ruinierten Möbel aus ihrem Zimmer auf dem Rasen wiederfand. Noch mehr bekümmerte es sie, von jemandem aus der Nachbarschaft zu hören, daß in der Gegend eine tote Katze gefunden worden war.

»Das gab ihr den Rest«, erzählte Debby später.

Auch die Polizei war daran interessiert, die Katzen zu finden. Polizeichef Paul Oliva, nach ein paar Stunden Schlaf schon wieder auf seinem Posten, entwickelte eine spezielle Theorie: Olivia Riner hätte Katzen gehaßt. Sie hätte deshalb die brennbare Flüssigkeit über den Kater gegossen, als dieser auf ihrem Bett schlief und dadurch den Brand des Hauses ausgelöst. Das wäre eine Erklärung dafür gewesen, daß sie wie unter einem Zwang stehend ständig von Katzen, aber nicht von dem Baby sprach, und für das kleine Feuer, das durch ihre Bettdecke gebrannt war. Der Fachmann für Brandstiftungen aber, Joe Butler, blieb bei seiner Meinung: Auf dem kaum angesengten Fleck in der Mitte der Brandstelle von Olivias Bett habe keine Katze gelegen, sondern es hätte dort der Kindersitz mit Kristie gestanden. Der Polizeichef widersprach beharrlich: Wenn das Baby auf Olivias Bett mit der Flüssigkeit übergossen worden wäre, hätte Olivia sich die Hände verbrannt, als sie den schwelenden Kindersitz in das Kinderzimmer trug. Jedenfalls müsse man die vier Katzen der Fischers finden und auf das Vorhandensein von Brandstellen und brennbaren Flüssigkeiten hin untersuchen.

Leah, die von alledem nichts wußte, ging in dem Wald hinter dem Grundstück umher, hielt eine geöffnete Dose Thunfisch in der Hand und rief die Namen der Katzen. In der Nähe des Einstellplatzes der Fischers stand ein aus Schlackensteinen errichteter Schuppen, und nach einer Weile kam O. J. verschreckt und durchnäßt darunter hervorgekrochen. Leah, Debby und John sahen dann darunter nach und entdeckten ganz hinten, außer Reichweite ihrer Arme, Fleetwood und Kabuki, die so verängstigt waren, daß sie nicht einmal auf die vertraute Stimme Leahs und den Geruch des Futters reagierten. Leah wickelte O. J. in ein Handtuch. Dann setzten sich alle drei mit der Katze in Leahs Wagen und fuhren zu den Donnellys, wo sie O. J. abtrockneten und in einer Kiste im Spielzimmer ließen.

Sie kehrten schnurstracks zurück, und nach etwa einer Dreiviertelstunde gelang es ihnen, Fleetwood und Kabuki unter dem Schuppen hervorzulocken. Aber von Oliver, dem schwarzen Kater, den Denise mitgebracht hatte, als sie zu Bill ins Haus gezogen war, war nichts zu sehen. Oliver hatte, so Olivia, auf ihrem Bett gelegen, kurz bevor das Feuer in ihrem Zimmer entstanden war. Er war dann »sehr wütend« in den Gang hinausgelaufen und hatte sie damit gewarnt, daß etwas nicht stimmte.

Alle drei Tiere wurden von der Polizei untersucht, bevor Leah sie wieder mitnehmen durfte. Debby verstand nicht, warum die Polizei an ihnen herumroch. »Sie rochen doch nur nach nasser Katze«, bemerkte sie.

Aber Paul Oliva, der Polizeichef, wurde ungeduldig. »Uns fehlt eine Katze«, murmelte er. »Ich möchte wissen, was auf dem Bett des Mädchens gebrannt hat. Also finden Sie mir jetzt umgehend diesen verdammten Kater, und sehen Sie nach, ob sie ihn mit Farbenverdünner begossen hat.«

Inzwischen hatte Detective Bruce Johnson Bill und Denise vernommen. Er war erschüttert, sie so verändert zu sehen, als sie in der Polizeidienststelle eintrafen.

»Ich erkannte Denise Fischer nicht wieder, die ich ja am Abend zuvor gesehen hatte«, sagte er. »Sie sah aus, als hätte sie geweint, bis sie nicht mehr weinen konnte. Ihre Augen waren schwarz gerändert. Ich habe niemals jemanden gesehen, der so schlecht aussah. Bill sah auch schrecklich aus. Sie waren beide hysterisch, als sie hereinkamen.«

Johnson mußte sein Mitgefühl überwinden, um die Untersuchung fortzusetzen. Eines der wichtigsten Indizien war die verkohlte Streichholzschachtel, die man nahe bei Kristies Leichnam auf dem Fußboden des Kinderzimmers gefunden hatte. Es war wichtig zu erfahren, ob sie zum Haushalt gehörte oder ob jemand von außerhalb sie mitgebracht hatte. Fast beiläufig fragte er Bill, ob er Streichhölzer im Haus hätte.

»Ja«, sagte Bill. »In dem Bücherschrank oben im Wohnzimmer waren zwei Schachteln Diamond-Streichhölzer und zwei Schachteln mit langen Streichhölzern zum Kaminanzünden.«

Johnson erzählte: »Als sie sich beruhigt hatten, nahm ich sie zum Haus mit. Oben im Wohnzimmer öffnete ich die Schranktür, und da lag nur eine Schachtel Diamond-Streichhölzer, aber mit demselben Strichcode wie die Schachtel, die wir im Kinderzimmer gefunden hatten.« Die beiden Schachteln mit den langen Kamin-Streichhölzern waren ebenfalls noch dort.

In dem Materialschrank im Erdgeschoß fanden sich weitere Anzeichen dafür, daß jemand aus dem Haus das Feuer gelegt hatte. Als penibler Handwerker wußte Bill noch genau, wieviel Flüssigkeit in den verschiedenen Behältern gewesen war. Sofort stellte er fest, daß eine beträchtliche Menge brennbarer Flüssigkeit fehlte. Er sagte Johnson, der Plastikbehälter, der Farbverdünner enthalten hatte und nun fast leer war und auf der Seite lag, wäre voll gewesen und hätte aufrecht gestanden. Er erinnerte sich sehr gut daran, weil er ihn erst kürzlich, nach dem Streichen der neuen Kinderzimmertür, zum Reinigen der Pinsel benutzt hatte. Die leere Büchse mit dem Coleman Appliance Fuel für Campingkocher wäre noch viertelvoll, der jetzt lose daraufsitzende Verschluß darauf festgeschraubt gewesen. Und die Vierliterflasche mit dem Holzkohlenanzünder, die jetzt ebenfalls so gut wie leer war, hätte noch gut einen Liter enthalten.

Als Polizeichef Oliva davon erfuhr, sagte er: »Es ist möglich, daß jemand anders in das Haus gekommen ist und eines dieser Feuer gelegt hat. Aber nicht alle drei. Und jemand anders hätte seine eigene brennbare Flüssigkeit und seine eigenen Streichhölzer mitgebracht.«

An dem Morgen nach dem Feuer kehrte Troy mit seiner Mutter Grada und deren Vater Jan Menting zusammen zu dem Haus zurück, das Menting 36 Jahre zuvor erbaut hatte. Da sie alle drei in Manhattan lebten, fuhren sie zusammen nach Westchester. Jan, ein ruhiger, nachdenklicher Mann, der in den fünfziger Jahren aus Holland eingewandert war, hatte nicht schlafen können, nachdem Grada ihn angerufen und ihm mitgeteilt hatte, was geschehen war. Er mochte seinen Ex-Schwiegersohn immer noch gern. Als Grada dreizehn gewesen war und er sich von ihrer Mutter hatte scheiden lassen, hatte er zugleich das Interesse an diesem Haus verloren, eine andere Frau geheiratet und ein neues Leben in New York City begonnen. Aber obwohl er persönlich nichts mehr mit dem Haus zu tun hatte, war es doch immer noch ein wichtiger Bestandteil seines vergangenen Lebens. Er hatte es seinen Träumen entsprechend selbst am Zeichenbrett entworfen, hatte es weitgehend mit seinen eigenen Händen erbaut und kannte es in- und auswendig. Jetzt war es beschädigt worden, und er mußte wissen, wie, wo und warum.

Hineinzukommen war leicht, das hatte er immer gewußt. Trotzdem war die ungewöhnliche Offenheit des Hauses eine wirksame Abschreckung gegenüber Eindringlingen. Es war so gebaut, daß ein solcher Störenfried sich unmöglich von einem Raum zum nächsten bewegen konnte, ohne daß jemand, der sich im gleichen Stockwerk befand, ihn sah oder hörte. Und selbst wenn ein Einbrecher zu einem Zeitpunkt eindringen sollte, in dem niemand dort war, bedeuteten die großen Fenster für ihn eine Gefahr: daß man ihn von draußen sah. So ein Risiko würden nur wenige Einbrecher eingehen. Und während der sechsunddreißig Jahre, die das Haus nun stand, war es nur einmal zu einem derartigen Vorfall gekommen: Als Troy ungefähr sechzehn gewesen war, war ein Junge aus seiner Highschool in sein Fenster gestiegen und hatte seine Gitarre gestohlen. Es war dasselbe Fenster gewesen, dessen Scheibe Olivia nur hätte einzudrücken brauchen, um das Baby herauszuholen.

Troy und Grada fanden Bill und Denise im Haus eines Nachbarn, wo man sie mit Kaffee zu beruhigen versuchte. Grada tat es im Herzen weh, Bill so verzweifelt zu sehen. Sie wußte, wie schwer es ihm fiel, seine Gefühle auszudrücken. Wie tief sein

Schmerz ging, sah sie daran, daß er ihnen jetzt ungehemmt nachgab. In diesem Augenblick schien Denise sich besser in der Gewalt zu haben als er.

»Wir haben sie einfach reden lassen«, erinnerte sich Grada. »Es gab nichts, das wir hätten sagen können, außer daß sie nicht allein wären und daß wir mit ihnen trauerten.« Sie umarmte beide, Bill und Denise. Es war eine spontane Geste, mit der sie das peinliche Gefühl, das zwischen Denise und Grada immer noch vorhanden war, überwand.

Inzwischen war es fast zwölf Uhr mittags. Die Polizei hatte die Untersuchung des Hauses abgeschlossen, so daß die Familie es wieder in Besitz nehmen konnte. Grada ging zusammen mit ihrem Vater, ihrem Sohn und ihrer Tochter hinein, und die Erinnerungen an das Leben, das sie dort einstmals geführt hatte, wurden von dem Eindruck der brutalen Zerstörung überschattet. Grada war Leahs wegen gekommen. Um sie zu trösten und ihr bei der Suche nach noch brauchbaren Gegenständen in ihrem verwüsteten Zimmer zu helfen.

»Das Zimmer war völlig ausgebrannt«, erzählte sie. »Leah litt schon unter dem Verlust ihrer kleinen Schwester, und jetzt sah sie, daß sie auch alles andere verloren hatte: ihre gesamte Kleidung und ihre persönlichen Habseligkeiten, die ihr viel bedeuteten. So etwas Furchtbares war ihr noch nicht zugestoßen. Es war weit schlimmer für sie als die Scheidung zwischen Bill und mir. Und trotzdem ging noch so viel anderes vor sich, daß ihre Trauer zurücktreten mußte.

Ich begriff nicht, daß ihre Tür von innen abgeschlossen gewesen war. Und auch nicht, daß jemand in das Haus hineingekommen sein könnte, ohne daß Olivia es gemerkt hätte. Alle Fenster im Erdgeschoß knarren sehr laut, wenn man sie öffnet, das heißt in ihren Schienen hin- und herschiebt. Es hört sich an, als ob sie über Sand hinwegkratzen.«

Jan Menting ging durch die Räume und schätzte den Schaden ein. Zu seiner Erleichterung stellte er fest, daß man das Gebäude wieder herrichten konnte. Was ihn aber erschreckte, war der Anblick, den das Kinderzimmer bot.

Der verkohlte Kindersitz war noch dort, in der Mitte einer kreisrunden Brandspur im Teppich, die wie eine tief eingekerbte

Narbe aussah. Sie kam ihm vor wie das Zeichen eines bösartigen Kultes, als ob ein Feuerring um ein Menschenopfer herum entzündet worden wäre.

»Es sieht aus wie ein Ritualmord«, sagte er zu Grada.

Als Betsy an jenem Morgen kam, um zu helfen, war auch bei ihr der Eindruck stark, daß etwas Böses geschehen war. Debby nahm sie beiseite, um sie zu fragen, ob Kristie ihrer Meinung nach gelitten hätte. Alle in der Familie vermieden den Gedanken, daß das Baby noch gelebt haben könnte, als die Flammen es erreichten.

»Das würde man fühlen«, sagte Debby zu Betsy. »Kannst du in dem Zimmer des Babys irgend etwas spüren?«

Betsy schüttelte den Kopf. »Nein. Sie hat ihren Frieden.«

»Woher weißt du das?«

»Wenn sie gelitten hätte, würde ich noch ihre Schreie hören.«

Später stellte Leah Betsy dieselbe Frage. Leah und Debby, beide fanden sie Betsys Instinkt für unsichtbare Dinge unheimlich. Sie war so herzlich und freimütig. Sie behauptete immer, ihre speziellen Erkenntnisse oder Einsichten seien nichts Besonderes. Genau vor einem Jahr hatte sie gewußt, daß Kimmy einen Tag darauf sterben würde und hatte recht gehabt. »Wir alle wußten, daß es für Kimmy keine Hoffnung mehr gab, daß es nur eine Frage der Zeit war«, erklärte Betsy. »Aber eines Tages wußte ich: Morgen wird es geschehen. Und so war es. Es war genau wie an dem Abend, als ich dachte, ich sollte nicht kegeln gehen, obwohl ich nicht wußte, warum. Und genau dann brach das Feuer aus. Und als ich am nächsten Tag in Kristies Zimmer kam, wußte ich, daß sie nicht mehr gelitten hatte – trotz des Feuerrings. Ich wußte, daß sie gut aufgehoben war. Daß sie irgendwo wieder als Kind existierte und glücklich war. Ich glaube, die meisten Menschen haben diese Kraft, so etwas zu spüren. Sie merken es bloß nicht.«

Sie schloß sich den anderen an und half Leah zu retten, was aus ihrem Zimmer noch zu retten war, aber es war fast alles völlig unbrauchbar geworden. Leahs Raum war das frühere große, eheliche Schlafzimmer gewesen, das ihr Vater ihr erst zwei Monate zuvor überlassen hatte. Damals hatte er für Denise und sich aus der Rumpelkammer im ersten Stock ein Schlafzimmer gemacht. Bald nachdem Troys altes Zimmer zum neuen Kinderzimmer geworden war, richtete er Leahs altes Zimmer für das Au-pair-Mädchen Olivia her. Leah hatte sich sehr darüber gefreut, jetzt ein großes Zimmer mit einem begehbaren Wandschrank zu haben, und füllte ihn mit ihren eigenen Sachen und allerlei Zeug, das John gehörte. Seinen Ausgehanzug bewahrte sie zum Beispiel dort auf, denn wenn er schon einmal ausging, dann mit Leah. Normalerweise fuhr er direkt nach der Arbeit zu ihr, und sie trafen sich hier. Auch seine Kleidung war nun vernichtet. Was sie aber am meisten vermißte, waren die Erinnerungsstücke: alte Fotos, Briefe, ihr Highschool-Jahrbuch mit den Unterschriften all ihrer Klassenkameradinnen und -kameraden, der Schmuck, den John ihr geschenkt hatte, sein Highschool-Ring, die beiden goldenen Nadeln, die er als Anerkennung von seinen Arbeitgebern bekommen hatte. Auf einem Korbtisch hatte in Leahs Zimmer neben einem Plastikradio ein Schmuckkasten gestanden. Der Kasten war in das Radio hineingeschmolzen und der Schmuck in das Plastikmaterial. Leah suchte in dem Unrat herum, versuchte, noch ein paar Stücke zu retten, als hinter ihrer Tür ein Berg verkohlten Zeugs herunterfiel.

»Was ist das?« fragte Betsy.

»Das waren deine Weihnachtsgeschenke«, erwiderte Leah. Sie schüttelte den Kopf und lachte. »Man sollte Geschenke nicht zu früh einkaufen.« Doch bald wurde daraus ein hysterisches Lachen, und dann brach sie in Weinen aus.

Die Polizei hatte ihre Arbeit schon getan. Aus Leahs und Kristies Tür waren die Schlösser herausgesägt. Man hoffte, Fingerabdrücke zu entdecken: Die letzte Person, die die Türknäufe von innen berührt hatte, um den Schließmechanismus zu betätigen, mußte der Brandstifter sein. Bei den anschließenden Labortests fand man aber gar nichts.

Bruce Johnson hatte Olivias Zimmer abgesucht. Es war das am wenigsten beschädigte von allen. Von ihrem angekohlten Bett abgesehen, war alles intakt. Außer ihrer umfangreichen, auf Jeans und zwanglose Tops beschränkten Garderobe fand er verschiedene persönliche Dinge, die vielleicht ein Licht auf ihren

Charakter werfen konnten. In dem mit einem Schloß versehenen Band hatte sie Tagebuch geführt. Die Schrift war hübsch und ordentlich, in Druckbuchstaben. An Lesematerial fanden sich Thomas Harris' Thriller *Das Schweigen der Lämmer* und mehrere andere Paperbacks, ebenfalls in deutscher Sprache, sonst nichts.

Auf einem Regalbrett in ihrem Wandschrank entdeckte er einen Stapel ordentlich gefalteter Babykleidung. Olivia hatte den Fischers erzählt, ihre Kusine in der Schweiz hätte ein Baby bekommen, und sie wolle ihr ein Geschenk senden. Denise hatte erwidert, sie wäre gern bereit, mit Kristies Babysachen dazu beizutragen, sobald sie aus ihnen herausgewachsen war. Aber vorläufig kam das, wie Denise meinte, noch nicht in Frage. Als Johnson ihr die Sachen aus Olivias Schrank zeigte, erkannte Denise sofort Pullover, Höschen und Strampelanzüge wieder, die Kristie nie getragen hatte. Denise erklärte: »Es war mir zwar aufgefallen, daß weniger Sachen in der Schublade lagen, aber ich hatte nicht weiter darüber nachgedacht. Denn ich hatte so eine riesige Menge Babysachen von anderen Leuten bekommen.«

In der obersten Schublade von Olivias Kommode fand Johnson Junk food: Schokoladenriegel, Kartoffelchips und eine große Menge Marshmallows – eine mit Puderzucker bestreute, weiche, schwammartige Spezialität aus Zucker, Stärke, Maissirup und Gelatine. Die Marshmallows waren aber aus ihren Originalpackungen herausgenommen und steckten in vier Reißverschlußsäckchen. Als Johnson diese Anzeichen für eine mögliche Eßstörung entdeckte, fragte er sich, ob sie wohl durch Heimweh ausgelöst sein mochte oder durch ein weiter zurückliegendes Unglück, das Olivia durch ihre Reise nach Amerika zu überwinden gehofft hatte.

Er konfiszierte auch ihre Kamera. Als man den Film entwickelte, fand sich unter den verschiedenen Schnappschüssen eine überraschende Aufnahme. Die ersten Bilder auf dem Film waren Familienfotos aus der Schweiz, darunter auch einige von ihr selbst. Dann kamen die amerikanischen. Die hatte sie wahrscheinlich ihren Eltern schicken wollen. Sie zeigten das Haus am West Lake Drive, das Baby, ihr Schlafzimmer mit der hübschen Tagesdecke aus Chintz und den dazu passenden Vorhängen.

Aber erstaunlich war die Nahaufnahme des gelb und silbern lackierten Feuerhydranten vor Fischers Haus, der breit und stumpfnasig mitten im herabgefallenen Laub aufragte. Olivia hatte den Schärfebereich genau auf den Hydranten eingestellt und die Umgebung außer acht gelassen. Was interessierte sie denn so daran? Das war ein weiteres Stück des Puzzles, das Johnson nicht zusammenzufügen vermochte, so daß er nachts im Bett wachlag und sich den Kopf darüber zerbrach.

Als er diese Ergebnisse seinem unmittelbaren Vorgesetzten, Louis Alagno, mitteilte, kam dieser auf einen Mordfall zu sprechen, von dem er kürzlich gelesen hatte. Der Verteidiger hatte die Zurechnungsfähigkeit seines Mandanten bestritten, weil dieser so viel Zucker zu sich genommen hätte, daß er nicht mehr wußte, was er tat. Man müsse daher von einem durch Junk food herbeigeführten Mord beziehungsweise Totschlag sprechen. Alagno sah sich die Fotos an, ergänzte sie um den Eindruck, den Olivia in der vorangegangenen Nacht auf ihn gemacht hatte, und schätzte, daß sie in den zurückliegenden sechs Wochen an die zehn Kilo zugenommen haben mußte. Auf den Bildern aus der Schweiz hatte sie den straffen, schlanken Körper eines Kindes, jetzt aber sah ihr Gesicht aufgedunsen aus und der Anfang eines Doppelkinns war zu erkennen. Welch innerer Aufruhr mochte sie dazu veranlaßt haben, sich in ihr Zimmer zu verkriechen und Essen in sich hineinzustopfen?

Am Nachmittag desselben Dienstags läutete in Barbaras Haus das Telefon. Bill nahm den Hörer ab. Es war der Autopsiebericht: Kristies Tod sei infolge ihrer schweren Verbrennungen und einer Rauchvergiftung eingetreten, hörte Bill mit Entsetzen. Anzeichen für ein Ersticken hatten sich nicht gefunden, auch keine Quetschungen oder Knochenbrüche. Sie war also nicht, wie die Polizei ursprünglich angenommen hatte, Opfer eines Unfalls gewesen, dessen Anzeichen der Täter dann durch Entzünden eines Feuers hatte unkenntlich machen wollen. Kristie war dem Feuer zum Opfer gefallen und vorher offenbar bei lebendigem Leib mit einer brennbaren Flüssigkeit übergossen worden. In ihren Lungen fand sich eine tödliche Menge Kohlenmonoxyd – die sie, wenn sie schon tot gewesen wäre, als das

Feuer entstand, nicht mehr hätte einatmen können. Und da man Olivia Riner bereits der Brandstiftung beschuldigte, zog Bill daraus den unvermeidlichen Schluß. Er brach schluchzend in Barbaras Armen zusammen. Es war das erste Mal, daß sie ihren älteren Bruder weinen sah.

»Sie hat mein Baby ermordet!«

14

Vormittags, an demselben Dienstag, dem 3. Dezember, war im Büro des Schweizer Konsulats in New York City ein ungewöhnlicher Anruf eingegangen. Der Anrufer war Kurt Riner, unter anderem Zivilschutzstellenleiter aus dem Städtchen Wettingen bei Zürich. Seine Aufgabe war es, Leute für Katastropheneinsätze – von Bränden und Stürmen bis hin zu einem möglichen atomaren Angriff – auszubilden. Es war eine respektgebietende Tätigkeit. Jemand, der eine solche Verpflichtung übernahm, mußte ein verantwortungsbewußter, am Wohl der Allgemeinheit interessierter Staatsbürger sein.

Einen solchen Eindruck vermittelte Kurt Riner auch am Telefon. Seinen Anruf nahm der stellvertretende Leiter der Kanzlei, Denis Charrière, entgegen. Er war froh, daß Riner hochdeutsch und nicht schwiytzerdütsch sprach, das der aus der französischen Schweiz stammende Charrière nicht so gut verstand. Da in der Schweiz drei Sprachen und zahlreiche Dialekte gesprochen werden, gibt es in den Behörden dieses Landes viel zu übersetzen.

Riner wirkte erregt. Er erklärte, daß seine Tochter als Au-pair-Mädchen in einem amerikanischen Haushalt beschäftigt sei, in dem am Abend zuvor ein Baby in einem Feuer umgekommen sei. Man hätte sie der Brandstiftung beschuldigt, und sie befinde sich in Polizeigewahrsam. Das hatte er aus dem Züricher Büro der Agentur E. F. Au Pair erfahren, die diesen Auslandsaufenthalt vermittelt hatte. Weitere Einzelheiten waren ihm nicht bekannt. Ob das Konsulat helfen könne?

Charrière fragte Riner, ob seine Tochter irgendwelche psychologischen Probleme habe. Ob er es für möglich halte, daß sie das Feuer entzündet hätte? Nein, erwiderte der Vater kategorisch.

»Ich sagte ihm, ich würde mich mit seiner Tochter in Verbindung setzen, und bat ihn, mich eine halbe Stunde später wieder anzurufen«, berichtete Charrière. »Ich rief die Polizeidienststelle in Mount Pleasant an, die er mir gegeben hatte, und sagte, daß ich vom Konsulat sei. Man holte Olivia ans Telefon. Sie sprach so leise, daß ich sie kaum verstehen konnte, und ich mußte sie bitten, lauter zu reden. Sie erklärte mir, daß sie allein in dem Haus gewesen wäre, als sie plötzlich ein Feuer gesehen hätte. Daraufhin habe sie die Feuerwehr angerufen. An ihrer Stimme merkte ich, daß sie etwas sehr Schweres durchgemacht hatte.«

Charrière erfuhr mehr über sie, als Riner ihn wieder anrief.

»Ihr Vater sagte mir, daß sie sehr schüchtern und still sei. Er sagte, wenn man sie eines Verbrechens beschuldigte, würde sie nicht den Mut haben, sich zu verteidigen. Er sagte, wenn sie Angst hätte, neigte sie dazu, sich in sich selbst zu verkriechen und gar nichts mehr zu sagen. Man würde ihr Schweigen dann vielleicht als ein Schuldbekenntnis verstehen. Ich merkte, daß es sich um eine Familie handelte, die sehr eng zusammenhielt, mit Eltern, die ihre Tochter gut kannten. Ich spürte die furchtbare Situation, in der sie sich befanden. Er sagte mir, er käme mit seiner Frau am nächsten Tag nach New York und würde Hilfe benötigen, weil sie nicht englisch sprächen. Ich versprach ihm zu tun, was in unserer Macht stand.«

Es war – selbst für ein Überseekonsulat – ein ungewöhnlicher Fall. Die Schweizer sind international als gesetzestreue Bürger bekannt. Pro Jahr werden nur etwa 400 Schweizer Bürger im Ausland verhaftet. Bei den meisten dieser Verhaftungen geht es um geringfügige Verstöße gegen örtliche Gesetze, die Ausländern oft gar nicht bekannt und die mit einer kleinen Geldstrafe oder ein paar Tagen Gefängnis abgegolten sind. Eine Beschuldigung wegen Brandstiftung gegenüber einem jungen Schweizer Mädchen kam den Schweizer Konsulatsbeamten daher wie eine Ungeheuerlichkeit vor. Naheliegender schien es zu sein, daß jemand einen Fehler gemacht hatte. Daß es sich hier um den klassischen Fall eines unschuldigen Menschen handelte, der im Ausland in irgendeine Falle geraten war: Alptraum eines jeden Reisenden.

Kurt Riner (oder, wie ich vermute, eher ein Englisch sprechender Freund von ihm, der sich als Herr Riner ausgab) rief die

Polizeidienststelle in Mount Pleasant an und sprach in einem akzentreichen, aber fließenden Englisch mit Bruce Johnson.

»Er wollte wissen, was geschehen war, und ich sagte ihm, seine Tochter sei der Brandstiftung beschuldigt«, erzählte Johnson. »Ich fragte ihn, ob sie irgendwelche seelischen Probleme hätte, ob sie schon früher einmal gezündelt hätte. Er wehrte das alles strikt ab und beantwortete all meine Fragen mit nein.«

Man holte Olivia aus ihrer Zelle, damit sie in Louis Alagnos Büro den Anruf entgegennehmen konnte. Bruce Johnson stand in der offenen Tür Wache und war überrascht, sie in Tränen ausbrechen zu sehen, als sie mit ihrem Vater sprach (diesmal war offensichtlich ihr Vater selbst am Apparat), und zwar in einer Sprache, die Johnson gern verstanden hätte. Er selbst hörte nur immer wieder den schluchzenden Protest »Nein ... nein ... nein« heraus. Es war ein ungehemmter Gefühlsausbruch, der erste, den er bei ihr erlebte.

Einige Stunden später, um vier Uhr nachmittags, wurde Olivia in den kleinen Gerichtssaal von Mount Pleasant geführt. Er befand sich in demselben Gebäude wie die Polizeidienststelle. Dort sollte sie die Anklage vernehmen, die auf *first degree arson* (vorsätzliche und bösartige Inbrandsetzung des Wohnhauses eines anderen) und *second degree murder* (ungesetzliches Töten eines anderen mit bösem Vorgedanken, aber ohne Überlegung und Vorsatz) lautete. Die Mordanklage hatte man noch hinzugefügt, nachdem man den Bericht des Gerichtsmediziners gelesen hatte. Die Polizei von Mount Pleasant war nicht wenig schockiert zu erfahren, daß Kristie zur Zeit der Brandstiftung im Kinderzimmer noch gelebt hatte. Alle an der Untersuchung beteiligten Beamten, unter ihnen auch der in seinem Dienst ziemlich abgehärtete Polizeichef Paul Oliva, hatten angenommen, daß Olivia das Feuer gelegt hatte, um die Spuren eines Unglücksfalles zu verwischen, durch den das Baby zuvor ungewollt ums Leben gekommen war. Aber das Ergebnis der Autopsie veränderte dieses Bild schlagartig. Nicht durch einen Unglücksfall, sondern infolge böser Vorgedanken – ja sogar durch bösen Vorsatz – war dieses Baby ums Leben gekommen. Wer auch immer Kristie Fischer getötet hatte, hatte gewollt, daß sie starb.

Olivia wirkte nicht ängstlich, als man sie in den Gerichtssaal führte. Sie hatte ihre Gefühle wieder unter Kontrolle – und hatte sich auch wieder in sich selbst verkrochen, so wie ihr Vater es an ihr kannte, womit sie aber alle anderen Menschen, die ihr begegneten, irritierte.

»Ich hätte erwartet, sie in Tränen aufgelöst und furchtsam zu sehen, mitten unter diesen fremden Leuten, die sie beschuldigten und deren Sprache sie nicht sprach«, bemerkte Teresa Signorelli, eine Gerichtsangestellte. »Ich habe Mädchen ihres Alters, die wegen eines kleinen Diebstahls oder irgendeiner Übertretung vor Gericht standen, zittern sehen. Aber hier, in dem Gesicht dieses Mädchens, war überhaupt kein Ausdruck, keinerlei Gefühl. Ihre ganze Persönlichkeit war ... leer. Ich hatte das Gefühl, daß sie sich von allem, was um sie herum vor sich ging, zurückgezogen hatte, als ginge sie das alles gar nichts an.«

Nach der kurzen Anklageerhebung brachte man sie, die nicht protestierte, in das County-Gefängnis des nahegelegenen Ortes Valhalla, wo sie verbleiben sollte. Eine Freilassung gegen Kaution war nicht vorgesehen.

Rückblickend sagte Polizeilieutenant Louis Alagno, es wäre vielleicht doch besser gewesen, noch einen zweiten Detective hinzuzuziehen. »Das war für Bruce allein zuviel.« Aber diese kleine Polizeidienststelle hatte insgesamt nur drei Detectives, von denen einer krank geschrieben war. Und die vorliegenden Beweismittel schienen für eine Verurteilung auszureichen. Polizeichef Paul Oliva betrachtete Olivias angesengte Wimpern als unumstößliches Indiz dafür, daß sie sich sehr nahe an der Quelle, die den Brand entfacht hatte, befunden haben mußte. Außerdem gab sie zu, mit dem Baby zusammen allein im Haus gewesen zu sein. Sie selbst erklärte, niemand sonst hätte ohne ihr Wissen das Haus betreten können. Die Streichhölzer und die brennbaren Flüssigkeiten, die anscheinend zum Legen der Feuer benutzt wurden, stammten aus Fischers Schränken. Sogar die verschlossene Kinderzimmertür schien in dieses Szenario zu passen. Chief Olivas Ansicht nach »war es logisch, sie abzuschließen; sie drückte damit aus, daß sie sich mit dem, was auf der anderen Seite der Tür geschah, nicht zu beschäftigen brauchte.«

Beide, Oliva und Johnson, erinnerten sich an den ungarischen Dachdecker, der ruhig in seiner Küche saß und eine Schweinshaxe verzehrte, während seine Ehefrau oben in einem Zimmer verblutete. Auch in jenem Fall hatte man nur über Indizienbeweise verfügt, aber die Polizei von Mount Pleasant hatte vor Gericht eine Verurteilung erreicht. Was aber in diesem Fall fehlte, war das Motiv.

Paul Oliva war aber deswegen nicht beunruhigt. »Soweit ich sehe, hatten wir genügend Beweismittel, um sie zu beschuldigen«, sagte er. »Für den Rest mußte die Staatsanwaltschaft sorgen.«

Obwohl er den Fall als höchst ungewöhnlich betrachtete, sah er doch keineswegs das öffentliche Aufsehen voraus, das dieser Fall seines starken emotionalen Inhalts und seiner Bedeutung für berufstätige Mütter wegen erregen würde. Insgesamt gab es zu dieser Zeit in den Vereinigten Staaten zehn Millionen Frauen mit Kindern unter sechs Jahren, die in Arbeitsverhältnissen standen und allesamt von irgendwelchen Hilfen oder »Tagesmüttern« abhängig waren – ein Zustand, der in den meisten von ihnen zumindest hin und wieder Angst auslöste. Der Mord an Kristie Fischer beschäftigte und entsetzte sie – damit war einer ihrer schrecklichsten Alpträume wahr geworden.

Gründlicher wohl noch als die meisten arbeitenden Mütter hatte Denise Fischer alle Möglichkeiten geprüft, wie und wo Kristie während ihrer Abwesenheit gehütet und versorgt werden könnte. Von Natur aus und ihrer Ausbildung nach war sie ein Mensch, der zuerst alle Aspekte eines Problems genau bedachte, bevor er sich für eine sorgfältig abgewogene Lösung entschied.

»Ich habe alle einschlägigen Zeitschriftenartikel und Bücher in der Bibliothek zu diesem Thema gelesen«, sagte sie. »Wir hatten keine Großmutter, die uns hätte helfen können, und ich wollte keine Tagesmutter engagieren, weil das bedeutet hätte, daß ich das Baby anderswo hätte hinbringen müssen.« Damit entfiel auch die Möglichkeit, das Kind tagsüber zu Barbara zu bringen, die angeboten hatte, sich während Denises Abwesenheit in ihrem eigenen Haus um Kristie zu kümmern – eine Entscheidung, die beide noch bedauern sollten. »Ich habe überlegt, ob ich ein amerikanisches Au-pair-Mädchen einstellen sollte, aber nach den Erfahrungen, die unsere Freunde gemacht hatten, schien es, daß Europäerinnen gewissenhafter waren.«

Denise überlegte auch, ob sie ihre Arbeit aufgeben und selbst für ihr Baby sorgen sollte, aber wenn sie die finanzielle Einbuße gegen die Lebensqualität abwog, die sie für ihre Familie wollte, dann schien es ihr doch vernünftiger zu sein, eine zuverlässige Hilfe zu suchen. Mit ihren neununddreißig Jahren war sie in ihrem Beruf als Steuerberaterin eine erfahrene Kraft, und Bill Fischer hatte in seiner ersten Ehe gelernt, wie närrisch es war, von einer intelligenten, ehrgeizigen Frau zu erwarten, daß sie sich mit der traditionellen Rolle einer Nur-Hausfrau, eines Heimchens am Herd zufriedengab.

Im Laufe ihrer Suche nach der perfekten Haushaltshilfe nahm Denise mit mehreren privaten Agenturen Kontakt auf. Die Ergebnisse waren enttäuschend. Gegen Ende ihrer Schwangerschaft meldete sie sich auf eine Anzeige in einer Zeitschrift hin bei E. F. Au Pair, einer der acht vom Immigration and Naturalization Service zugelassenen Agenturen, die junge europäische Frauen in amerikanische Haushalte vermittelten. Sie bekam auch prompt ausführliche Informationen aus der Zentrale dieser Agentur in Cambridge, Massachusetts, über ein Programm, das offiziell unter dem Begriff kultureller Austausch lief. In Wirklichkeit handelte es sich um eine von der Regierung genehmigte Vermittlung von Haushaltshilfen für Mütter. Diese Haushaltshilfen waren europäische Mädchen aus der Mittelschicht, die, im Tausch gegen die Erfahrung eines Lebens in einer amerikanischen Familie, bereit waren, sich um deren Kinder zu kümmern. Dieses Programm war einige Jahre zuvor entworfen worden, um den Zufluß illegaler Einwanderinnen zu stoppen, die in die USA kamen, um im Haushalt zu arbeiten. Im Rahmen dieses Programms dürfen einige Au-pair-Agenturen amerikanische Familien mit einigen tausend qualifizierten jungen Frauen aus Übersee versorgen. Aber diese Au-pair-Aufenthalte waren durch nur ein Jahr gültige Cultural Exchange Visa zeitlich begrenzt, und die betreffende Person durfte auch keinerlei andere Arbeit ausüben. Wenn ein Au-pair-Mädchen mit der häuslichen Situation, in die man es vermittelte, nicht zufrieden war, blieb ihm nichts anderes übrig, als den Aufenthalt abzubrechen und nach Hause zurückzukehren, eine andere Arbeit suchen durfte es nicht.

Auch die Entlohnung und die Arbeitsbedingungen waren durch amtliche Bestimmungen reguliert. Zu Konflikten kam es nur zwischen dem Immigration and Naturalization Service und dem amerikanischen Finanzamt, dem Internal Revenue Service, wegen der Frage, ob die 100 Dollar, die eine Gastfamilie seinem Au-pair-Mädchen pro Woche zahlen mußte, ein steuerfreies Taschengeld oder eine steuerpflichtige Entlohnung darstellten. Die Gastfamilie mußte auch für die Flugkosten seines Au-pair-Mädchens und für die Agenturgebühr aufkommen, so daß die Kosten sich aufs Jahr umgerechnet auf 170 Dollar pro Woche beliefen. Das war eine erschwingliche Summe für viele Doppelverdienerfamilien der amerikanischen Mittelklasse, und die Nachfrage nach europäischen Mädchen überstieg im allgemeinen das Angebot.

Es war eine Illusion, sie als Kindermädchen zu bezeichnen. Viele Mütter taten das allerdings. Aber ein examiniertes, erfahrenes Kindermädchen konnte mehr als doppelt so viel Geld verlangen. Was E. F. Au Pair und konkurrierende Agenturen versprachen, war eine sorgfältig beurteilte, englisch sprechende junge Frau zwischen 18 und 25 Jahren, die etwas praktische Erfahrung in bezug auf Kinderbetreuung vorweisen konnte. Im wesentlichen war das eine kompetente Babysitterin, die als ein Mitglied der Familie im selben Haus lebte. Von einem Au-pair-Mädchen durfte man nicht mehr als 45 Arbeitsstunden pro Woche verlangen, und die Arbeit mußte auf Kinderhüten beschränkt bleiben. Das Mädchen mußte auch Gelegenheit erhalten, an einer Schule oder an einem College am Ort einen Kursus für Erwachsene zu besuchen, um seine Englischkenntnisse zu verbessern. Manche europäischen Mädchen betrieben fleißig ihre Sprachstudien, andere erfüllten die Vorschriften der Weiterbildung dadurch, daß sie sich einem Hobby wie zum Beispiel der Fotografie widmeten. Alle sollten sie mit einem in der Gegend ansässigen Berater der Agentur in regelmäßigem Kontakt bleiben.

Der Gedanke, daß noch eine andere Sprache in ihrem Haus gesprochen würde, gefiel Denise. Wichtiger noch war ihr, daß

Kristie in einer Art und Weise aufwuchs, die sie allein bestimmte. Wie jede eifrige junge Mutter hatte sie ihre ganz eigenen Vorstellungen, was Kindererziehung anging. Daß sie das Baby zum Beispiel tagsüber nicht in seinem Bettchen, sondern in einem Infant Carrier – einem Babysitz aus Plastik mit rückklappbarer Lehne – schlafen ließ, hatte mit ihrer festen Überzeugung zu tun, daß ein solcher Tragesitz ähnlich dem warm und friedlich das Baby umhüllenden Mutterleib diesem ein Gefühl der Sicherheit vermittle. Sie hatte sehr viel über Kinderpflege gelesen und brannte darauf, alles richtig zu machen.

Es war typisch für ihr Verhältnis zu Bill, daß sie die Nachforschungen betrieb und er sich ihren Entscheidungen anschloß. Nur wenn er gänzlich andere Ansichten hatte, widersprach er ihr. Ein Au-pair-Mädchen einzustellen, überstieg den Erfahrungshorizont der meisten Leute in der Familie Fischer. Untereinander fragte man sich, wieso Denise ihr Kind denn einem fremden jungen Mädchen, sogar noch einer Ausländerin, anvertrauen wollte. In diesen Kreisen überließen viele Mütter ihre Kinder Nachbarinnen, die sie bei sich zu Hause betreuten, und drückten diesen dafür ein paar Dollar in die Hand. Andere gaben ihre Jobs auf, blieben zu Hause, und ihre Männer nahmen einen Zweitjob an. Ein Au-pair-Mädchen war nach Ansicht der meisten Fischers eine zweifelhafte und exotische Lösung des Problems.

Entsprechend dem standardisierten Verfahren bat E. F. Au Pair Denise um Informationen. Über ihre Familie, ihr Haus, ihre Interessen und ihre speziellen Anforderungen an das gewünschte Au-pair-Mädchen. Die Agentur gab an, über einen »einzigartigen Matching process« zu verfügen, mit dem sie die richtigen Pairs mit den richtigen Gastfamilien zusammenbrachte.

»Sie sagten, sie würden uns so viele Lebensläufe schicken, wie wir wollten, aber immer nur einen auf einmal«, erinnerte sich Denise. »Olivias war ausgezeichnet, also verlangten wir keine weiteren mehr. Sie hatte bei einem Kinderarzt gearbeitet und wollte einen Beruf ergreifen, der mit Kindern zu tun hatte. Wir dachten darüber nach, diskutierten, telefonierten mit ihr und fanden, daß wir eine gute Wahl getroffen hatten.«

Man versicherte ihnen, Olivias Referenzen seien sorgfältig überprüft worden, und bevor sie die Schweiz verließe, erhielte sie Unterricht in Kinderbetreuung, erster Hilfe und Maßnahmen, die in Notfällen zu treffen waren. In den USA würde ein Berater der Agentur sie mit den anderen Au-pair-Mädchen in der Gegend bekannt machen und stünde, falls Probleme aufträten, dem Mädchen und der Gastfamilie jederzeit zur Verfügung. Die Hochglanzbroschüre von E. F. Au Pair deutete an, daß solche Probleme selten vorkämen. Das Büchlein war mit großzügigen Illustrationen versehen, auf denen fröhliche junge Frauen mit frischen Gesichtern glückliche Kinder fütterten – ihnen vorlasen, mit ihnen spielten und ihnen zeigten, wie man köstliche europäische Backwerke herstellte.

Kristie war sieben Wochen alt, als Olivia in einem Flugzeug voller Au-pair-Mädchen aus Europa auf dem Kennedy Airport in New York eintraf. Bill und Denise erkannten sie sofort an Hand der Fotografie. Sie fanden es beruhigend, daß sie so freundlich und sensibel aussah und daß sie das Baby sogleich drückte und herzte. Sie hatten es mitgebracht, damit die beiden einander augenblicklich kennenlernten.

Sie war eine der letzten, die durch den Zoll an die Schranke kamen, an der Bill und Denise mit dem Baby warteten. Sie näherte sich ihnen mit peinlicher Bedachtsamkeit. »Sie hatte vier große Koffer dabei und konnte immer nur zwei von ihnen tragen«, erinnerte sich Bill. »Also ging sie immer drei Meter vor, kehrte zu den anderen beiden zurück und ging dann wieder drei Meter vor. Sie ließ niemals einen ihrer Koffer aus den Augen. Sie war sehr, sehr vorsichtig. Ich fragte mich, ob man ihr gesagt hatte, daß sie in New York leicht beraubt werden konnte.«

Während der nächsten vier Wochen war Denise, die immer noch Mutterschaftsurlaub hatte, Tag für Tag mit Olivia zusammen. Sie zeigte ihr, wie sie es sich vorstellte, daß für Kristie gesorgt werden mußte. Außerdem zeigte sie ihr die nähere Umgebung. In dieser ganzen Zeit bemerkte sie nichts, das sie an der Klugheit ihrer Wahl zweifeln ließ.

Zu Anfang der vierten Woche ihres Aufenthalts besuchte Olivia eines der monatlichen E.-F.-Au-pair-Treffen für europäische

Mädchen in der Gegend und schien erfreut zu entdecken, daß ihr Job leichter als die der meisten anderen war. Sie berichtete den Fischers, daß manche der anderen Mädchen sehr schwer arbeiten und auf mehrere Kinder im Vorschulalter aufpassen müßten. Ein Au-pair-Mädchen fühlte sich überlastet, weil die Mutter in ihrer Gastfamilie jeden Abend fort war und arbeitete.

»Du mußt uns sagen, wenn dich irgend etwas in diesem Haushalt unglücklich oder unzufrieden macht«, sagte Bill ihr. Olivia schüttelte den Kopf und lächelte, womit sie anzeigte, daß da nichts war. Das Au-pair-Treffen hatte im Haus eines Beraters der Agentur stattgefunden, und Olivia war mit einem deutschsprachigen Mädchen namens Helga hingefahren, das bei einer Familie in der nahegelegenen Stadt Greenburgh arbeitete. Helga war charmant und lebhaft, und die Fischers hofften, daß sich hieraus eine Freundschaft entwickeln würde.

Viele Monate später lasen sie eine Kopie des Berichts, den der örtliche Berater von Au Pair Olivia bei jenem Treffen zu schreiben gebeten hatte. Was darin für Gefühle zum Ausdruck kamen, entsprach genau den Erwartungen, die man in einen Menschen setzte, dem man sein kleines Kind anvertrauen würde.

Über ihre Gedanken oder Probleme befragt, die sie seit ihrer Ankunft in Thornwood bewegt hätten, schrieb sie: »Ich habe keine Probleme mit meiner Gastfamilie, und wenn ich doch welche habe, spreche ich mit ihr darüber.«

Auf die Frage »Wie ist das, wenn man ein Au Pair ist?« schrieb sie diese begeisterte Antwort: »Für mich ist es eine Erfahrung, das Baby in seinem ersten Lebensjahr zu erleben. Alle Fehler, der Spaß, wie das Baby lernt, zu verstehen, was ein Baby denkt, sieht, wie es spricht. Im Augenblick guckt das Baby, ißt, schläft, macht eine Windel schmutzig und ißt noch mehr. Aber jeden Tag kann ich etwas Neues oder anderes sehen. Kleine Dinge nur, aber sie sind für das Baby wichtig. Das Baby sieht im Spiegel ein anderes Baby und macht komische kleine Laute oder will das Fläschchen halten. Das Fläschchen ist aber zu schwer und zu groß für die Hände. Vielleicht ist das Fläschchen in ein paar Wochen nicht mehr zu schwer, und das Baby kann dann allein trinken. Es ist eine Kunst, ein Baby zu baden. Die erste Minute schreit und tritt das Baby. Es strampelt und wehrt sich dagegen.

Wenn es aber wieder aus dem Wasser muß, weint es. Was will es denn? Ich freue mich über jeden Augenblick, den ich mit dem Baby zusammen sein kann. Es ist einfach das Beste auf der Welt, einem kleinen Kind zuzusehen!«

Die Elternrolle, die die Agentur spielte und die Denise so beruhigend gefunden hatte, sollte sich in dem Augenblick der Krise zu etwas entwickeln, das gegen die Fischers arbeitete: Die Agentur nahm Olivia bedingungslos in Schutz. E. F. Au Pair war nicht nur eine amerikanische Arbeitsvermittlung mit Verbindungen zur Schweiz, sondern der Zweig einer großen internationalen Organisation namens Educational Foundation (daher E. F. Au Pair) for Foreign Study mit Sitz in Stockholm, die studentische Austauschprogramme und Sprachschulen überall in Europa und den Vereinigten Staaten betrieb. Die Zukunft von alledem stand auf dem Spiel, falls eines ihrer Au-pair-Mädchen wegen Mordes an einem ihm anvertrauten Kind verurteilt wurde. Und so scheint man schon gleich zu Anfang dieses Falles die Entscheidung getroffen zu haben, für Olivia Riner den besten Strafverteidiger zu engagieren, den man für Geld bekommen konnte. Unterdessen sprach die Agentur den Fischers ihr Beileid aus.

Diese Entscheidung war für Olivia von großer Bedeutung. Wenn sie so, wie europäische Haushaltshilfen früher anzureisen pflegten – auf Kosten einer Gastfamilie oder aus eigenen Mitteln –, in die USA gekommen wäre, wäre sie, was ihre Verteidigung anbetraf, wahrscheinlich auf einen Pflichtanwalt angewiesen gewesen, der nur wenig Zeit für sie gehabt hätte, weil er ja auch nur wenig an ihr verdiente. So aber wandte sich E. F. Au Pair an die angesehene Anwaltsfirma Morrison, Coher, Singer and Weinstein und engagierte Laura Brevetti, eine erfahrene und aggressive Strafverteidigerin, die unter anderem neun Jahre lang im Staate New York die Organized Crime Strike Force der Bundesbehörde geleitet hatte.

In diesem für eine junge Frau ungewöhnlichen Job hatte sie eine ganz beträchtliche Kampfeslust und Sachkenntnis entwickelt. Jetzt hatte sie sich aus dem Staatsdienst zurückgezogen und arbeitete selbständig, konnte sich nun als Anwältin ihrer Kenntnisse der Strafverfolgungstechnik zu dem Zweck bedienen, eine unangreifbare Verteidigung aufzubauen. Von ihr hieß es, daß sie sich ihrer Arbeit mit ganzer Kraft widmete. Sie war nie verheiratet gewesen und arbeitete oft bis spät nachts in ihrem Büro, lebte von Adrenalin und konzentrierte sich auf den Sieg. Vor Gericht war sie beredt. Was sie anpackte, hatte Hand und Fuß und traf ins Ziel. E. F. Au Pair, mit einer so existenzbedrohenden Anklage konfrontiert, hätte wohl kaum eine bessere Anwältin finden können.

Sie tauchte am Dienstagnachmittag, dem 3. Dezember, einen Tag nach dem Feuer, in der Polizeistation von Mount Pleasant auf. Gerade rechtzeitig, denn man brachte Olivia soeben in den Gerichtssaal, um förmlich Anklage gegen sie zu erheben. Die makellose Erscheinung der großen, schlanken, vierzigjährigen Anwältin mit dem gekräuselten blondgetönten Haar, dem rosigen Teint und dem sicheren Auftreten bildete einen scharfen Kontrast zu dem verwahrlost wirkenden Wesen in den geflickten Jeans, das bleich, übernächtigt und depprimiert aussah, als man es in Handschellen vor den Haftrichter führte.

Die gerichtliche Vernehmung wurde für den 6. Dezember am selben Ort anberaumt, und wieder war Laura Brevetti zur Stelle. Bruce Johnson fiel die sorgfältige Stilisierung ihrer Ausstattung auf. Am Dienstag, den 3. Dezember, stimmte das Karmesin ihrer Brillenfassung genau mit dem ihres tadellos sitzenden Schneiderkostüms überein. Am Freitag, den 6. Dezember, war beides blau. Ihr Auftreten verblüffte, denn eine so modebewußte, anspruchsvolle, teuer gekleidete Anwältin sah man normalerweise in diesen abgelegenen Vororten nicht.

Sie hatte bereits eine Vereinbarung mit der Bezirksstaatsanwaltschaft getroffen: Ihre Mandantin verzichtete auf die Vernehmung zur Anklage vor dem Richter und war bereit, sofort vor die Grand Jury zu treten. Damit wollte die Anwältin die Zeit verkürzen, die ihre Mandantin noch im Gefängnis zubringen mußte. Falls die Grand Jury keinen überzeugenden Grund zu einer Anklage sah, würde man Olivia sofort freilassen. Wenn sie eine Anklage erhob, konnte man vielleicht eine Freilassung gegen eine Kaution erreichen. Die Sitzung am Freitag war also nur eine kurze Formalität.

Inzwischen waren Kurt und Marlies Riner aus der Schweiz eingetroffen: Ein stilles, bescheiden wirkendes Ehepaar, das noch unter dem Jet lag litt – eine Welle von Ereignissen, die ihre Kräfte überstieg, hatte sie an Land gespült. Kurt Riner ähnelte ein wenig Bill Fischer, nur daß seine Gesichtszüge herber wirkten und sein Ausdruck verkniffen. Aber das kurzgeschnittene goldbraune Haar, der helle Schnurrbart und die gut proportionierte, muskulöse Gestalt des Schweizers stimmte mit dem Haar, dem Schnurrbart und der Gestalt des Amerikaners Bill Fischer überein. In ihrer Persönlichkeit unterschieden sie sich jedoch voneinander. Bruce Johnson versuchte, mit Kurt Riner zu reden, weil er annahm, daß sein Englisch so gut war, wie es am Telefon geklungen hatte. Aber nun bedeutete ihm Riner, daß er kein Englisch sprach. Johnson fand das verwirrend. Denn der Mann, der ihn drei Tage zuvor aus der Schweiz angerufen hatte, hatte gesagt, daß er sich gern sofort nach seiner Ankunft persönlich mit ihm unterhalten würde.

Marlies wirkte jünger als ihr Ehegatte. Nicht nur ihrem Alter nach, sondern auch, was ihre Erfahrenheit betraf. In der Tat hatte sie Olivia mit neunzehn Jahren zur Welt gebracht. Und nun, zwanzig Jahre später, wirkte sie immer noch so schlaksig wie ein Teenager. Olivia, ihr einziges Kind, wies eine starke Ähnlichkeit mit beiden Eltern auf: Von ihrem Vater hatte sie den Teint und die Haarfarbe, von ihrer Mutter die schmale Oberlippe und die lange, spitze Nase geerbt. Die Gesichter der beiden Frauen drückten im entspannten Zustand eine leichte Unzufriedenheit aus.

In dem kleinen Gerichtssaal in Mount Pleasant nahmen die Riners in einer der vorderen Reihen Platz. Die Unheimlichkeit des Ganzen war ihnen immer noch anzumerken, aber sie bemühten sich, zuversichtlich zu wirken. Sie verbargen ihre Gefühle – genauso wie die Tochter. Aber als Olivia in das Gefängnis zurückgeführt wurde, lächelte Marlies ihr zu und reckte ihren Daumen empor. Kopf hoch, es wird schon, wollte sie ihr sagen.

15

Nachdem die Fischers jene Dinge, die zu retten sich lohnte, aus den Trümmern ihres Hauses geborgen hatten, versammelten sie sich wieder in ihrem alten Familiensitz. Dort hielten sie sich die ganze Woche über auf. Essen wurde gekauft, man tröstete einander, wollte unbedingt irgend etwas tun, irgendwie helfen. Nur Großvater Willie Fischer fehlte. Seit er an jenem Morgen des 3. Dezember von Bill erfahren hatte, was geschehen war, hatte man ihn nicht mehr gesehen. Sein Kummer war zu groß, als daß er ihn mit den anderen hätte teilen können. Am nächsten Tage jährte sich Kimmys Tod. Nun hatte er noch eine Enkelin verloren und wollte niemanden mehr sehen. Er behielt seine Gefühle für sich. Erst sechs Monate später sagte er bei einem Essen zu Bill und Jim unvermittelt: »Zwei meiner Enkelinnen tot ... Warum hat Gott denn statt dessen nicht mich genommen?« Diesen Ausspruch zitierte man in der Familie als Zeichen für seinen stillen Schmerz.

Während er in der Einsamkeit seines Zimmers trauerte, saßen seine Nachkommen oben in Barbaras und Jims Wohnzimmer herum, besprachen die Ereignisse der zurückliegenden vierundzwanzig Stunden und das, was nun zu tun war. Es war der späte Dienstagnachmittag, der Tag nach dem Feuer. Der Gerichtsmediziner hatte gerade Kristies Leichnam freigegeben. Denise sprach immer noch davon: erst müsse sie sich mit eigenen Augen vom Tode ihres kleinen Mädchens überzeugen. Vorher sei sie nicht bereit, über eine Beerdigung zu reden.

»Sie wollte unbedingt noch am selben Abend hinfahren«, erinnerte sich Betsy. »Bill war nicht besonders erpicht darauf, die Leiche zu sehen, aber wenn es Denise half, sich mit Kristies Tod abzufinden, war er bereit, sie dorthin zu begleiten.

Wir waren alle in Barbaras Küche gegangen. Denise stand da. Sie schaukelte hin und her, wie Menschen es tun, wenn sie nervös sind. Schließlich gingen sie und Bill zusammen ins Wohnzimmer, um miteinander allein zu sein.

Ich sagte zu Bob: ›Sie sollte es nicht tun.‹

Er sagte: ›Wenn sie es tun muß, sollten wir sie nicht daran hindern.‹

Ich sagte: ›Nein, da bin ich ganz anderer Ansicht. Denise sollte sich an das lächelnde Gesicht ihres Babys erinnern. An das letzte Mal, als sie es lebend gesehen hat. Sonst wird sich die Erinnerung an diesen kleinen, verbrannten Leichnam für eine Ewigkeit in ihr Gedächtnis einprägen.‹

Ich fing an, mich mit Bob darüber zu streiten. Jim sah Barbara an, und Barbara sagte kein Wort. Ich wandte mich an Jim. Er sagte zu mir: ›Ich bin deiner Meinung.‹ Leah fand auch, Denise solle sich den Anblick des verbrannten Kindes ersparen und sich an das lebendige erinnern. John sagte: ›Sie sollte auf keinen Fall mehr das Baby sehen.‹«

Dann schwiegen sie eine Zeitlang. Jim fiel ein Mann ein, den er einmal gesehen hatte und der im Feuer umgekommen und verbrannt war. Er hatte diesen Anblick nie vergessen können. Kristies Leichnam sah wohl auch so aus, dachte er, und man sollte ihn ihr nicht zeigen. John war in seinen Gedanken noch bei dem Alptraum des vorigen Tages. Er versuchte zu akzeptieren, daß das, was er in dem Kinderzimmer gesehen hatte, Wirklichkeit war. Barbara wußte, daß ein solcher Anblick sie traumatisiert, ihr einen Schock versetzt hätte. Sie erinnerte sich noch, wie unheimlich ihr der Leichnam ihres eigenen Kindes gewesen war. Sie dachte unablässig an Kimmy, deren Tod sich am folgenden Tag, dem 4. Dezember, jähren würde. Nun, nachdem dieser neue Todesfall die Familie getroffen hatte, würden wohl nur noch sie und ihr Mann Jim Zeit finden, Kimmys zu gedenken. Sie war sehr niedergeschlagen.

Vormittags hatte sie mit den anderen zusammen den Schutt in Bills Haus durchsucht. Am Montagabend nach dem Brand hatte sie das Haus bewußt gemieden, und sie mied es auch in den folgenden Monaten, bis es vollkommen wiederhergestellt war. Es schreckte sie ab, weil dort ein Kind gestorben war. Als sie von dem verkohlten und zum Teil mit dem Kinderzimmerteppich verschmolzenen Tragesitz hörte, wußte sie, daß es richtig von ihr gewesen war, nicht dort hinzugehen. »Ich hätte mir vorgestellt, wie Kristie darin umgekommen ist, und dann hätte ich mich noch schlechter gefühlt.«

»Wir konnten uns von Kimmy verabschieden«, sagte Jim. »Und wir waren auf ihren Tod vorbereitet. Obwohl wir es dann doch nicht waren, als der Augenblick kam. Aber daß ein gesundes Kind plötzlich stirbt, ist etwas anderes.« Er erinnerte sich daran, wie friedlich Kimmy aussah, bevor man sie zu Grabe trug. Abgemagert, aber noch erkennbar, hatte sie in ihrem weißen Kommunionkleidchen im Sarg gelegen. Daran, wie ein stark verbranntes Baby aussehen mochte, das man aus einem Kühlfach in dem Leichenschauhaus zog, wollte er nicht denken. Leise verließ er das Zimmer und ging zum Telefon.

Kurz darauf erklärte er den anderen: »Macht euch keine Sorgen. Bill und Denise werden sich die Leiche nicht ansehen.«

Sie verstanden. Jim hatte die Sache geregelt. Er war in der Gemeinde ein bekannter Mann – in seiner Kirche, als Vorsitzender des Ausschusses für soziale Belange, als Komiteemitglied in der Republikanischen Partei, als populärer Schiedsrichter bei Baseballspielen der Schule und des College. Offenbar hatte er mit jemandem im Büro des Gerichtsmediziners gesprochen. Oder mit dem Leichenbestatter. Die Fischers wollten das gar nicht so genau wissen.

Einer von ihnen stellte die Frage: »Wenn die Überreste des Babys nicht richtig identifiziert wurden, wie können wir dann sicher sein, daß es Kristie war?«

Dieser Zweifel weckte in Bill, Barbara und Betsy Hoffnungen, an die sie sich sofort zu klammern suchten. Angenommen, so meinte Barbara, es war eine Frau mit einem todkranken Kind dort draußen unterwegs. Vielleicht hat sie Olivia Geld gegeben. Olivia gibt ihr Kristie heraus, nimmt das vielleicht schon gestorbene Kind und verbrennt es, um alle Spuren zu verwischen. Manche Frauen bringen alles fertig, um ein gesundes Kind zu bekommen. Vielleicht war Kristie jetzt irgendwo noch am Leben.

Diese Theorie klang unwahrscheinlich. Trotzdem bat Bill den Pathologen, einen genetischen Test vorzunehmen. Mittlerweile webten die Fischers um Olivia herum eine Geschichte, die sich auf Fakten und Mutmaßungen gründete. Die Lücken füllten sie mit allerlei Spekulationen aus. Als sie über die letzten Tage vor dem schrecklichen Geschehen nachdachten, fiel ihnen vor allen Dingen eine Einzelheit wieder ein: Olivia war am Tag nach dem

Erntedankfest ein oder zwei Stunden lang verschwunden, und sie hatten auch nicht erfahren, was sie in dieser Zeit getrieben hatte.

Genau eine Woche vor dem Feuer, am Montag, den 25. November, hatte Denise ihre Arbeit wieder aufgenommen. Am Donnerstag, den 28. November, dem Erntedankfest, war sie zu Hause, und der Freitag danach, der 29. November, war ein weiterer Feiertag. Denise wollte an diesem typisch amerikanischen Festtag Olivia zuliebe ihr etwas Besonderes bieten. Sie hatte sich nämlich auf eine Anzeige in einer Lokalzeitung hin gemeldet und eine deutschsprachige Studentin zum Truthahn eingeladen. Zufällig hatte ein Zweigunternehmen der Au-pair-Agentur, die E. F. Language School, deren Sitz sich im Marymount College in Tarrytown, zwanzig Kilometer von Thornwood entfernt, befand, diese Anzeige aufgegeben. Die Schule wollte ihre europäischen Schüler mit amerikanischen Bräuchen vertraut machen. Dazu sollten amerikanische Familien sie zu sich nach Hause einladen. Die Schule wählte auf Denises Erntedankfest-Einladung hin eine ostdeutsche Schülerin namens Iris aus. Bill fuhr zum College, um sie abzuholen.

Wie sich herausstellte, war Iris ein fröhliches, freundliches junges Mädchen mit geringen Englischkenntnissen. Olivia plauderte munter mit ihr auf deutsch und schien sich in ihrer Gesellschaft so wohl zu fühlen, daß ihr Selbstbewußtsein am Abend sichtlich zugenommen hatte. Denise bereitete den Truthahn zu und kümmerte sich um Kristie, denn an diesem Tag hatte Olivia frei. Normalerweise hätte Olivia dann auch wieder am Sonnabend frei gehabt, aber an diesem Tag wollten Bill und Denise mit Freunden zusammen wandern. Also hatten sie Olivia gebeten, sich statt am Sonnabend am Freitag frei zu nehmen. Während des Truthahnessens schmiedeten Olivia und Iris Pläne, wie sie diesen nächsten Tag, den Freitag, zusammen verbringen wollten. In der Hoffnung, daß dies der Anfang einer Entwicklung war, die Olivia aus ihrer Isolierung herausbringen würde, bot Denise Olivia an, ihren Wagen zu benutzen.

Zu diesem Erntedankfest-Essen hatten sich Bill und Denise etwas einfallen lassen: Es waren vier Generationen vertreten –

fast ein ganzes Jahrhundert war präsent. Leah fehlte, sie verbrachte den Feiertag in New York bei ihrer Mutter, Grada. Aber Gradas Mutter, Ann Scheller, erschien zum Essen in dem Haus, das ihres gewesen war, bevor sie es Bill und Grada überlassen hatte – ehe es dann wiederum von Bill und Denise bewohnt wurde. Ann Scheller erschien in Begleitung ihres (zweiten) Ehemanns George, und George brachte seine 96 Jahre alte Mutter mit. Die Großfamilie Fischer war so nahtlos ineinander verwoben, daß es keinerlei Spannungen gab.

Nanna Ann, wie Denise sie liebevoll nannte, saß mit Kristie auf dem Schoß da, als wäre es die natürlichste Sache auf der Welt, daß die Ex-Schwiegermutter eines Mannes bei dem Kind, das er mit einer anderen Frau gezeugt hatte, die Großmutterrolle übernahm.

Bill erklärte: »Meine Ex-Ehefrau, ihr neuer Ehemann, meine Ex-Schwiegermutter, ihr neuer Ehemann, mein Ex-Schwiegervater und seine zweite Frau – alle kommen wir gut miteinander aus. Wir haben zu viele bittere Scheidungen in anderen Familien gesehen.«

Ann war genauso pragmatisch. »Bill wird immer mein Schwiegersohn bleiben«, erklärte sie. »Ich mag ihn sehr gern. Daß er und meine Tochter sich getrennt haben, ist für mich kein Grund, unsere freundschaftliche Beziehung zu beenden.«

Sie war eine schlanke, attraktive Frau, die, ebenso wie Gradas Vater (ihr Ex-Ehemann) Jan Menting, in den Niederlanden geboren und aufgewachsen war. Aus geographischen Gründen mag es ihr deshalb leichter gefallen sein als den anderen, Olivia richtig zu beurteilen, und was sie sah, hinterließ bei ihr ein beunruhigendes Gefühl.

»Es war etwas Seltsames an ihr, etwas Sonderbares in ihren Augen«, sagte sie später. »Ein junges Mädchen dieser Art war mir noch nie im Leben begegnet. Es stimmte etwas nicht, aber ich weiß immer noch nicht, was es war. Mein Mann hatte dasselbe Gefühl, seine Mutter desgleichen. Wir sprachen darüber, als wir nach Hause kamen. George sagte: ›Das andere Mädchen gefällt mir viel besser‹, womit er Iris meinte. Aber ich habe Denise oder Billy gegenüber nichts davon gesagt, weil sie so zufrieden mit Olivia zu sein schienen.«

Sie waren die einzigen Verwandten der Fischers, die Olivia gesehen haben, bevor sie sie dann alle im folgenden Sommer bei dem Prozeß wegen des Mordes an Kristie im Gerichtssaal erblickten.

Am Tag nach dem Erntedankfest – es war Freitag, der 29. November – fuhr Olivia also gegen elf Uhr morgens in Denises Wagen los, um Iris abzuholen. Aber zwei Stunden später kam ein besorgter Anruf vom Marymount College: Iris wartete immer noch. Von Olivia keine Spur.

Spätestens um halb zwölf Uhr hätte Olivia im College eintreffen müssen. Bill war nämlich am Tag zuvor mit Olivia zusammen nach Marymount gefahren, damit sie sich den Weg einprägte, und hatte ihr außerdem eine Straßenkarte gegeben. Aber es war dies das erste Mal, daß sie allein im Auto fuhr, seit sie bei den Fischers eingetroffen war. Denise machte sich große Sorgen. Sie rief die Polizei in Tarrytown und die Parkway Police an – letztere war für die Landstraßen zuständig – und fragte, ob sie zwischen Thornwood und Marymount College einen Honda Civic gesehen hätte, der eine Panne hatte oder in einen Unfall verwickelt worden war. Die Antwort lautete nein. Bill fuhr daraufhin selbst zum Marymount College und suchte nach Olivia. Vergeblich.

Olivia kehrte um halb vier Uhr unbekümmert nach Hause zurück.

»Wo warst du?« fragte Denise.

Olivia machte ein überraschtes Gesicht. »Was meinst du?«

»Iris hat von der Schule aus angerufen und gesagt, du wärest nicht erschienen.«

»Ich war da«, erklärte Olivia. Sie erzählte ihnen, sie wäre schnurstracks zum College gefahren, hätte aber dort ihre neue Bekannte nicht gefunden. Sie hätte beim Pförtner gefragt und sich auch bei anderen Schülerinnen in der Halle erkundigt, aber offensichtlich hätte niemand gewußt, wo Iris war. Deshalb wäre sie dann nach White Plains gefahren, hätte den Wagen geparkt und wäre dort herumgelaufen. Auf der Mamaroneck Avenue, der Hauptgeschäftsstraße der Stadt, traf sie plötzlich Helga. Das war das Mädchen, das sie drei Tage zuvor zu dem Au-pair-Treffen mitgenommen hatte. Olivia erzählte, Helga hätte die Kinder ihrer Gastfamilie dabeigehabt, und sie hätten eine Weile miteinander geplaudert. Dann sei sie nach Hause gefahren. Da sie sich nicht so genau in der Gegend auskannte, hätte sie sich einmal verfahren und die Straßenkarte zu Rate ziehen müssen.

Denise kam diese Geschichte irgendwie seltsam vor. Aber sie zweifelte sie trotzdem nicht an. Sie ärgerte sich nur darüber, daß sie sich diesen Tag durch unnütze Angst und Sorgen verpatzt hatte.

»Ich fand es rücksichtslos von Olivia, für so lange Zeit einfach zu verschwinden«, sagte sie. »Sie hätte anrufen sollen.«

Vier Tage später, nachdem das Feuer gebrannt hatte und das Baby tot war, kamen einigen Mitgliedern der Familie Fischer Zweifel, ob Olivia wirklich zum Marymount College gefahren war. Und sie fragten sich, was sie in White Plains getan hatte, außer daß sie dort zufällig Helga traf. Olivia war insgesamt viereinhalb Stunden fort gewesen. Die Versuchung war groß, hinter diesem Rätsel eine Erklärung zu suchen, die irgendwie mit dem ungeheuerlichen Verbrechen in Einklang zu bringen war, dessen man sie nun beschuldigte. Sie diskutierten immer noch über entführte und vertauschte Babys und Geld, das jemand Olivia gezahlt haben mochte, als das Ergebnis des Gentests vom Pathologen kam und keinen Zweifel mehr daran ließ, daß es sich bei dem toten Baby tatsächlich um Kristie Fischer handelte.

Jetzt erst konnten sie Denise dazu bewegen, über die Beerdigung zu sprechen. Sie und Bill standen unter einem solchen Schock, daß Jim sie immer wieder daran erinnern mußte, was zu tun war: Man mußte eine Grabstätte suchen und einen Leichenbestatter beauftragen. Dadurch, daß er sich hierbei nützlich machte, kam Jim besser über die Woche hinweg, die auf Kimmys Todestag folgte. Während Barbara mit ihrem Schmerz allein sein mußte, half ihm sinnvolle Betätigung.

Wichtig war es unter anderem, das Leichenbegängnis zu planen. Denise betrachtete sich als nicht mehr der römisch-katholischen Kirche zugehörig, Bill war als Methodist erzogen worden, und keiner von beiden hatte seit Jahren eine Kirche besucht. Sie wollten eine christliche Beerdigung, aber kannten niemanden, den sie bitten konnten, die Grabrede zu halten.

Betsy schlug ihnen vor: »Wenn es euch nichts ausmacht, welches Bekenntnis, dann laßt mich das machen.«

Sie dachte an den Pfarrer der Episkopalkirche ihrer Schwester, der Christopher getauft hatte. Sie hatte diesen Pfarrer noch als einen liebevollen und sensiblen Mann in Erinnerung. Er selbst war Vater von kleinen Kindern. Und sie wußte, daß die Fischers nicht nur einfach einen Prediger brauchten, der den Begräbnisritus zelebrierte. Sie brauchten einen Menschen, der auf ihren Schmerz einging.

Früh am Morgen des 4. Dezember, es war der Mittwoch, schlüpften Barbara und Jim aus dem Haus, ohne jemandem zu sagen, wohin sie fuhren. Sie besuchten den nahegelegenen Friedhof Gate of Heaven, wo sie Blumen auf Kimmys Grab legten. Sie hatten noch keinen Grabstein aufgestellt, aber auf diesem riesigen Friedhof fanden sie das Grab immer ganz leicht: hinter dem schmiedeeisernen Tor nach links, am St. Francis Mausoleum vorbei, dann eine baumbestandene Allee entlang bis zu einer Reihe von Gräbern nahe einer Gruppe von Trauerweiden. Fast alle anderen Grabstätten in dieser Gegend waren belegt. Aber neben Kimmys Grab fand sich noch eine freie Stelle. Sie dachten: Wie gut und richtig wäre es doch, wenn Kristie dort bestattet würde, so daß diese beiden Kusinen, die einander im Leben niemals begegnet waren, im Tod vereint würden.

Als sie wieder zu Hause waren, sagte Jim etwas in dieser Art zu Denise. Er hoffte, sie damit zu trösten.

»Jetzt, da Kristie im Himmel ist, hat sie Kimmy und Großmutter Fischer, die sich um sie kümmern.«

»Ich glaube an nichts von alledem«, widersprach ihm Denise.

Der Zorn in ihrer Stimme überraschte Jim und ließ ihn verstummen. Sie war so neu in der Familie, daß er nicht wußte, in welchen Dingen sie empfindlich war. Wieder fiel ihm sein schlechtes Gewissen wegen Kristies Taufe ein. Er war froh, daß er diese Nottaufe vorgenommen hatte, aber er fragte sich, ob er es ihr gegenüber jemals würde erwähnen können.

Während dieses Tages gab es Stunden, in denen die Familie einfach nur herumsaß. Sie saßen zusammen, um beieinander zu sein und einander zu helfen, aber sie sprachen kaum miteinander.

Sogar Jim mit seinem Fischer-untypischen Redebedürfnis brachte kaum noch ein Wort heraus. »Da fiel einem nichts mehr ein, was man noch hätte sagen können«, erinnerte er sich. »Man saß einfach da. Gegen so etwas ist man wehrlos.«

Sie machten sich wegen Großvater Willie Sorgen, der immer noch in seinem Zimmer saß und das Essen, das Barbara ihm brachte, nicht anrührte. Ein Mann von 78, der einen solchen Schock erlitt, konnte einen Herzanfall bekommen.

»Wir hätten es nicht gewagt, einen Arzt zu rufen, um Gottes willen«, erzählte Jim. Statt dessen bat er eine Sanitäterin vom Ambulance Corps (wieder eine seiner Beziehungen), doch einmal unter dem Vorwand, sie wolle ihm ihr Beileid aussprechen, nach Großvater Willie zu sehen. »Ich ließ sie mit ihm allein. Sie hielt seine Hand, nahm sein Handgelenk, fühlte den Puls und redete zehn oder fünfzehn Minuten lang mit ihm. Dann teilte sie uns mit, es fehle ihm nichts, und er versuche, so gut er es könne, mit diesem Unglück fertig zu werden. Und nach ein paar Tagen war er bereit zu tun, worum wir ihn baten: sich anzuziehen und zum Leichenbestatter zu gehen, genau wie er es bei Kimmy getan hatte. Er ist nicht zusammengebrochen. Genau wie Bill ist auch sein Vater Willie ein ganz eigener Mensch. Wenn die Fischers trauern, tun sie es allein und auf ihre Art.«

Das war Barbaras Problem. Sie brauchte Platz und Stille am Jahrestag von Kimmys Tod, sie mußte allein sein, statt dessen war ihr Haus voller Menschen, die an einem anderen Kummer litten. Von Haus aus abstinent, saß sie dennoch einen Abend lang mit einer Flasche Rotwein da und trank mehrere Gläser davon.

»Die ganze Woche lang war das Haus voll von Leuten«, sagte Jim. »Bills Freunde, Denises Freunde, die Verwandten der Fischers, meine Schwester und ihre beiden erwachsenen Kinder, viele Nachbarn. Es gab Leute, die etwas zu essen mitbrachten, Leute, die bis halb zwei, zwei Uhr morgens blieben. Bill sagte, sie wollten keine Totenwache, aber jede Nacht wurde eine Totenwache in unserem Wohnzimmer abgehalten.«

Und dann waren da die Katzen. Barbara verabscheute Katzen, wollte nichts mit Katzen zu tun haben, fühlte sich unwohl, wenn diese Tiere irgendwo in ihrer Nähe waren, und jetzt lebten vier von diesen Bestien in ihrem Haus. Denises alter Lieblingskater

Oliver hatte sich schließlich doch wiedergefunden, verschreckt, durchnäßt und halb verhungert war er unter dem Schuppen hervorgekrochen, unter dem Leah bereits die drei anderen Katzen hervorgelockt hatte. Sein schwarzes Fell hatte ihn praktisch unsichtbar gemacht, so daß er beim erstenmal der Entdeckung entgangen war. Stunden später sah noch einmal jemand nach, und da funkelte ein Paar Katzenaugen in der Dunkelheit. Trotzdem weigerte sich Oliver immer noch hervorzukommen. Man mußte Denise holen. Dann erst reagierte er vorsichtig, mißtrauisch auf ihren Lockruf. Ein Polizist untersuchte ihn, fand aber keine Spur einer brennbaren Flüssigkeit in seinem Fell. Damit fiel die Theorie des Polizeichefs, daß der Kater auf Olivias Bett mit Farbenverdünner übergossen worden war, in sich zusammen.

In dem Teil des alten Hauses, den Barbara und Jim bewohnten, befand sich das Elternschlafzimmer im Erdgeschoß. Im ersten Stock lagen drei weitere Schlafzimmer und ein Badezimmer – dort wohnten Bill, Denise und Leah während des größten Teils des Monats Dezember. John Gallagher blieb bei ihnen. Er schloß sich jetzt noch enger als vorher der Familie Fischer an. Leah brauchte seine Nähe, und er brauchte ihre. Er schlief im Gästezimmer, Bill und Denise hatten das Zimmer, das früher Kimmy gehört hatte. Aus Rücksicht auf Barbara wurden die Katzen in Jimmys ehemaliges Zimmer gesperrt, in dem jetzt Leah untergebracht war. Sie kümmerte sich gern um die Tiere, fühlte sich sogar für sie verantwortlich, aber da die Katzen diesen unbekannten, engen Raum nicht gewöhnt waren, miauten sie Nacht für Nacht. Barbara, die unten schlief, blieb dieser Lärm erspart, aber Leah mußte sich, um schlafen zu können, die Ohrenschützer leihen, die ihr Onkel beim Scheibenschießen trug.

»Es war hart für uns alle«, sagte Leah. »Wir lebten zusammengedrängt in dem Haus, wir hatten nichts mehr von unseren Habseligkeiten und fühlten uns hilflos.«

Betsy sagte: »Leah träumte immer wieder davon, daß das alles doch nicht geschehen – daß das Geschehene nur ein Alptraum war. Sie hatte ihr Leben lang in dem Haus in Thornwood gelebt und liebte es sehr. Jetzt hatte sie alles verloren und konnte sich nirgendwohin verkriechen. Im Haus ihrer Tante waren sie alle

Displaced People, Flüchtlinge. Und wenn jemand die Nachrichten einschaltete, war von ihrer Geschichte die Rede. Es war unmöglich, diesem Unglück zu entkommen.«

Wider Willen fasziniert von dem Geschehen, stellten sie immer wieder den Lokalsender an, um zu erfahren, ob die Reporter schon mehr herausbekommen hatten, als sie selbst wußten. Es war ein sonderbares Gefühl, an dem ersten Jahrestag von Kimmys Tod vor diesem Fernsehgerät zu sitzen, auf dem das Foto des kleinen Mädchens stand, und gewissermaßen in ihrem Beisein mitanzusehen, wie fremden Leuten die Zerstörung ihres Hauses und der Ruin ihres Lebens vorgeführt wurde. Einerseits fanden sie diese Zudringlichkeit abscheulich, fühlten sich aber andererseits davon magisch angezogen.

Ihre Geschichte war in den Morgenzeitungen mit Schlagzeilen auf der ersten Seite erschienen. *Baby-Tod im Feuer – Au Pair angeklagt. Babysitter der Brandstiftung beschuldigt. Kindermädchen zündete Feuer, sagt Polizei.* Und das war erst der Anfang.

Den Medien gegenüber war Polizeichef Paul Oliva ausgesprochen vorsichtig. Er traute Reportern nicht, das hatte er nie getan. Sein Gefühl, auf das er sich verließ, sagte ihm, daß er so wenig wie möglich ausplaudern sollte. Er gab eine knappe Erklärung ab: Die Polizei verfüge über Beweismittel, die auf eine direkte Verbindung zwischen Olivia Riner und dem Entstehen des Feuers hindeute, aber er weigere sich zu sagen, worum es sich dabei handele. Gefragt, ob es irgendwelche Zeugen gäbe, räumte er ein: Kurz nach Ausbruch des Feuers sei ein Freund der 22 Jahre alten Halbschwester in dem Haus der Fischers eingetroffen. Oliva weigerte sich, den Namen dieses Mannes zu nennen, betonte aber, er stehe nicht unter Verdacht. Darüber hinaus war Oliva nicht bereit, sich zu äußern.

Diese Zurückhaltung war für Bills Verwandte eine Erleichterung, denn allmählich hatten sie das Gefühl, belagert zu werden. Frühmorgens hatten sich einigen von ihnen, als sie vor dem ausgebrannten Haus standen, Reporter genähert. Jetzt erschienen andere Reporter in Fischers Autowerkstatt und versuchten, die Arbeitskräfte auszuhorchen. Sie wollten wissen, wo Bill und Denise wären, aber keiner sagte es ihnen. Von den Medienleuten kam niemand auf den Gedanken, daß die Werkstatt in North White Plains und das Haus nebenan etwas miteinander zu tun haben könnten – denn ein Fischer stand unter dieser Anschrift nicht im Telefonbuch. Willie Fischer brauchte selbst kein Telefon. Und so konnten Bill, Denise, Leah und John unbemerkt durch die Hintertür von Donnellys Haus ein- und ausgehen und hinter der Werkstatt in ihre dort geparkten Wagen steigen, während nur ein paar Meter von ihnen entfernt die Reporter den Eingang der Werkstatt bewachten.

16

Reverend Steven Jay Yagerman fuhr seine drei kleinen Töchter zur Schule, das Autoradio war auf den lokalen Nachrichtensender eingestellt. Er hörte den Anfang eines Berichts über eine Babysitterin, die beschuldigt wurde, ein Haus in Brand gesteckt zu haben, in dem sich ein kleines Kind befand. Er schaltete sofort einen anderen Sender ein. So etwas sollten seine Kinder nicht hören. Sie waren fünf, sieben und zehn und hatten alle drei mit Babysittern Bekanntschaft gemacht.

Nachdem er sie an ihrer Schule abgesetzt hatte, ging er noch in einen Gymnastikklub gleich nebenan, um sich körperlich ein wenig fit zu machen, bevor er seinen Tag als Pfarrer der All Saints Church in der kleinen Ortschaft Briarcliff Manor in Westchester County antrat. Gegen 8.50 Uhr traf er im Club Fit von Pamela Knoll, einem Mitglied seiner Gemeinde, ein. Sie war erfreut, ihn zu sehen, denn sie hatte ihn schon telefonisch zu erreichen versucht. Sie hatte im Auftrag ihrer Schwester Betsy Fischer angerufen. Mit Tränen in den Augen begann sie ihm von eben jenem Vorkommnis zu berichten, von dem er gerade im Radio gehört hatte. Betsy, erklärte sie ihm, war die Tante des toten Babys. Er kenne sie bereits von Christophers Taufe her.

»Die Familie Fischer hat keinen Pfarrer. Können Sie ihr helfen?« fragte Pam. Sie wußte, daß er es nicht ablehnen würde.

Später an diesem Tag rief ihn dann Betsy selbst an. Sie erzählte ihm die Geschichte ausführlicher – daß es der Jahrestag des Todes eines anderen Kindes war, der die Familie betroffen hatte.

»Sie kommen in ein Haus voll von Leuten, die viel Zuspruch brauchen«, warnte sie ihn.

Er versprach ihr, abends dort zu sein.

Im Laufe des Tages telefonierte er mit dem Pfarrer einer Nachbargemeinde, der kürzlich ein zweijähriges Kind beerdigt hatte. »Ich bat ihn um Rat. Ich erklärte ihm, daß ich nicht wüßte, wie ich das Ganze machen sollte. Ich wollte ihnen helfen, wie ein

Pfarrer das eben tut, hatte aber gleichzeitig Angst, einen Fehler zu machen.

›Es gibt da keine Regeln‹, sagte mir der Kollege. ›Wichtig ist, daß Sie hingehen. Und daß Sie zuhören. Lassen Sie sich einfach von Ihrem Gefühl leiten.‹

Er sagte, er würde für mich beten.«

Als Reverend Yagerman ein paar Stunden später das Haus der Donnellys betrat, kam er in ein Wohnzimmer voll von Menschen. Man bat ihn hinauf in den ersten Stock, in Kimmys früheres Zimmer. Dort setzte er sich zu Bill, Denise, Leah und John.

»Ich wußte nicht, was ich sagen sollte, also beschloß ich, meine Verletzlichkeit einzugestehen. Ich erklärte ihnen, daß dies auch für mich eine neue, leidvolle Erfahrung war.«

Er brauchte eine Weile, bis er erfuhr, inwieweit John zur Familie gehörte. Er traute sich nicht, ihn zu fragen, weil dieser junge Mann so still und niedergeschlagen aussah. John fing an zu sprechen, dann stockte er mitten im Satz und verbarg sein Gesicht in den Händen. Schließlich gelang es ihm, so viel herauszubringen, daß Father Steve, wie seine Gemeinde ihn nannte, zu seinem Entsetzen begriff, daß John das Baby in Flammen stehen gesehen hatte.

»Jeder erzählte seine Geschichte«, berichtete Father Steve. »Obwohl ich sie nicht kannte, sprachen sie sehr ehrlich über ihre Gefühle. Bill tat mir so leid – er machte sich Vorwürfe, nach der Lunchpause wieder zu seiner Arbeit zurückgefahren zu sein. Sie waren alle völlig verstört. Und als sie einer nach dem anderen ihre Geschichten erzählten, herrschte ein ganz starkes Gefühl in dem kleinen Zimmer, und mir war klar, daß ich etwas sehr Ungewöhnliches, sehr Eigentümliches erlebte, denn nur in so einem Augenblick verstehen die Menschen einander. Es war mir, als ob sie die Prediger wären und ich ein Mitglied ihrer Gemeinde.«

Nachdem er ihnen über eine Stunde lang zugehört hatte, bot er ihnen zunächst nur sehr vorsichtig ein Gebet an. Er fürchtete nämlich, daß sie einen solchen Vorschlag ablehnen könnten. Aber sie schienen nichts dagegen zu haben. Es war klar: Sie wollten, daß er das Begräbnis übernahm. Er versprach ihnen, am folgenden Abend wiederzukommen, um die Einzelheiten zu besprechen. Er wußte jetzt, welche Form diese kleine Zeremonie annehmen sollte. Denise machte ihm sehr deutlich: Sie wollte weder von ihm hören, daß Kristies Tod von Gott gewollt noch daß ihr Baby an einen glücklicheren Ort gelangt wäre. Statt dessen wollte sie ihren Zorn, ihren Kummer und ihren Schmerz ausdrücken können.

Er versicherte ihnen, daß es richtig war, wenn sie zornig waren. Und er spürte, daß sie das auch hören wollten.

Bevor eine Beerdigung stattfinden konnte, mußten Bill und Denise eine Grabstelle kaufen. Jim fuhr sie zu den verschiedenen Friedhöfen in Westchester County und achtete sorgfältig darauf, sie in ihrer Entscheidung nicht zu beeinflussen.

»Ihr müßt auf den Friedhof gehen und euch umsehen. Wenn ihr den richtigen Platz gefunden habt, werdet ihr es wissen«, sagte er.

Er fuhr sie zum Friedhof Gate of Heaven, wo sie sich die Grabstelle neben der von Kimmy ansahen. Bill dachte bei sich, wie gut er es doch fände, wenn Kristie hier beerdigt würde, zögerte aber, es zu sagen. Möglicherweise empfanden sie es als bedrückend, die beiden Kindergräber nebeneinander zu sehen. So etwas konnte ein zurückhaltender Mensch wie Bill nicht so leicht äußern. Jim war sich nicht sicher, was die Gefühle seines Schwagers betraf, als sie zu dritt zum Friedhofsbüro gingen.

In dem Raum dort stand ein langer Tisch . Bill, Denise und der Verwalter setzten sich an das eine Ende. Jim nahm an dem entfernten anderen Ende Platz. Er mischte sich nicht in ihr Gespräch ein.

»War das Baby getauft?« fragte der Verwalter.

»Nein«, erwiderte Denise prompt.

Als Katholik auf einem katholischen Friedhof ahnte Jim, wohin die Diskussion führen würde. Er versuchte, den Verwalter auf sich aufmerksam zu machen. Aber der Verwalter sah nicht in seine Richtung, und es war nicht der richtige Moment, sein Geheimnis preiszugeben. Bill versuchte zu erklären, daß die beiden Familien miteinander verwandt waren, und hatte aus ihm unerfindlichen Gründen den Eindruck, daß der Verwalter ihn und

Denise nicht akzeptierte. Sie gingen fort, ohne eine Entscheidung zu treffen, und sahen sich dann den nicht-konfessionellen Mount Pleasant Cemetery auf der anderen Seite des Bronx River Parkway an. Er war kleiner, hübsch gestaltet und lag etwas näher bei ihrem Haus. Man zeigte ihnen einen Platz nahe einer Hügelkuppe. Denise gefiel es, daß man, wenn man dort stand, über eine weite Landschaft hinweg bis zu einem bewaldeten Horizont sah. Genauso, wie es den Donnellys gefiel, daß Kimmy in einem von Bäumen gesäumten Tal begraben lag, fanden die Fischers den Gedanken tröstlich, daß man von Kristies Grab aus einen schönen Blick hatte.

Denise war für eine Einäscherung vor der Bestattung, und Bill stimmte zu. Er hätte sich in jener Woche zu allem bereit gefunden.

»Warum Einäscherung?« fragte ihn Leah mit bedenklichem Gesicht.

»Was spielt es denn für eine Rolle?« antwortete ihr Vater. »Leah, was von ihr übrig war, war nur noch ein halber Mensch. Sie ist ja schon einmal verbrannt.«

Er wußte, er würde es sich niemals verzeihen, daß er an dem Tag, an dem das Feuer sie verbrannt hatte, nach dem Lunch wieder zur Arbeit gefahren war und Kristie mit Olivia allein gelassen hatte. Ein Bild verfolgte ihn, und wahrscheinlich würde es ihn sein Leben lang verfolgen: Er hielt sein Baby in den Armen und flüsterte ihm zärtlich ins Ohr, er verspräche dafür zu sorgen, daß ihm niemals, niemals etwas zustoßen würde.

Die Bestattung wurde für Freitagmorgen anberaumt. Zu derselben Zeit, als Olivia in Begleitung ihrer Eltern und ihrer Anwältin Laura Brevetti zum zweitenmal vor Gericht erschien. Jim hatte auch das arrangiert: So würden die Trauernden nicht von Reportern belästigt, die sich dann ja im Gericht befanden. Inzwischen war die »Kindermädchen-Story« der Aspekt, der sie interessierte. Die Familie hatte auch bewußt auf eine Anzeige in Westchesters Tageszeitung, *The Reporter Dispatch*, verzichtet.

Am Donnerstagabend kam wie versprochen Steven Yagerman wieder zu den Donnellys. Er bat Denise, ihm bei der Planung der

Beerdigung zu helfen. Er wußte es nicht, aber dies war die Woche, in der sie ihr vierzigstes Lebensjahr vollendete. Yagerman stellte fest, daß es sie beschäftigte und besänftigte, wenn sie etwas hinsichtlich der Trauerfeier bestimmen konnte. Es linderte ein wenig den Schmerz darüber, daß man ihr alles so grausam entrissen hatte. Bill ließ die beiden die Vorbereitungen allein treffen, als er sah, wie sie auf Yagermans Anerbieten reagierte. Denise redete den Pfarrer (das Wort *Father* schien ihr schwerzufallen) mit dem Vornamen Steve an und setzte ihm klar und deutlich auseinander, daß die vorgeschriebenen Texte der episkopalischen Zeremonie ihr keinen Trost bedeuteten. Sie wollte nichts davon hören, daß die Seelen der Gerechten in der Hand Gottes wären oder daß der Tod besiegt wäre. Mit einer offenen Bibel, die zwischen ihnen lag, suchten sie Textstellen, die ihr mehr bedeuteten. Schließlich entschied sie sich für eine ausgesprochen grimmige englische Übersetzung einiger Verse aus dem Psalm 55, in denen die Bitterkeit eines Mannes zum Ausdruck kommt, der von Freunden betrogen wurde, denen er vertraut hatte. Die Textpassage endete mit einem Ruf nach Vergeltung: »Aber, Gott, du wirst sie hinunterstoßen in die tiefe Grube: Die Blutgierigen und Falschen werden ihr Leben nicht zur Hälfte bringen.«*

Steven Yagerman bemerkte dazu: »Denise verglich verschiedene Übersetzungen miteinander wie eine Bibelforscherin und wählte dann die kräftigste und schärfste, weil diese ihrem Schmerz und ihrer Verzweiflung entsprach. Ich war beeindruckt davon, wie sie die verschiedenen Passagen las.«

Er bot ihr an, statt der Verse, die sie gewählt hatte, einen der Standardtexte zu nehmen, gab dann aber nach: »Es ist ungewöhnlich. Doch eine Mutter zu haben, deren Baby ermordet wurde, ist ebenso ungewöhnlich.«

Später an diesem Abend, als er in seinem Pfarrbüro, das er sich mit Zeichnungen seiner Kinder heimelig gemacht hatte, an seinem Schreibcomputer saß, quälte er sich mit der Grabrede ab. Er versuchte, die Gefühle auszudrücken, die Denise ihm vermittelt hatte. Gleichzeitig wollte er aber auch Hoffnung wecken.

---

* Dieses Zitat stammt aus der deutschen Übersetzung Martin Luthers.

Die Tiefe des Leidens, das die gesamte Familie Fischer in dem einen Jahr durchlebt hatte, überwältigte ihn. Es lag eine sonderbare Kontinuität darin. Das fiel ihm auf. Kristie mußte etwa zu der Zeit gezeugt worden sein, als Kim Marie starb. Die Namen gingen ihm durch den Kopf – Kimmy, Kristie, Christos – wie Abwandlungen eines einzigen Namens. Der Gedanke führte ihn zu einem weiteren Gleichnis, einer weiteren Ähnlichkeit: Kristie im Feuer, Christus am Kreuz. Und so begann er seine Grabrede zu formulieren.

Am folgenden Morgen trug er sie vor fast zweihundert Menschen vor, die dichtgedrängt in den beiden großen angrenzenden Räumen des Begräbnisinstituts in White Plains – des Ballard-Durand Funeral Home – standen. Manche mußten draußen vor dem Gebäude bleiben. Es waren Freunde, Nachbarn, Geschäftspartner und Bekannte. Viele waren sehr zeitig gekommen, saßen und warteten in ehrfürchtigem Schweigen. Ihr Blick fiel auf ein strahlendes Babyfoto von Kristie, das neben der marmorierten Urne stand, die ihre Asche enthielt. Die Familie hatte in dem vom Brand verwüsteten Kinderzimmer nach dem vielgeliebten Teddybär gesucht, den Leah ihr geschenkt hatte. Sie hatten ihn vor der Einäscherung auf den Sarg stellen wollen. Aber er war bereits zu Asche geworden. Es gab nur wenige Erinnerungen, die von diesem Baby blieben.

»O, wenn doch Worte heilen könnten ...«, begann Steven Yagerman seine Predigt. Er entwickelte die Gedanken, die ihm in der vergangenen Nacht gekommen waren, über die mutwillige Vernichtung eines unschuldigen Lebens, und er versuchte, einen Sinn darin zu finden, indem er darauf hinwies, daß aus einer solchen Tragödie Kraft und Gnade und Heilung kommen könnte. Er sprach von dem neuen Verständnis der Menschlichkeit Gottes, das der Kreuzigung folgte, und von der engeren Beziehung zwischen Christen und Juden, die sich aus dem Holocaust entwickelt habe. Und er ordnete den Mord an Kristie Fischer in dieselbe Kategorie ein wie eben jene grausamen Ereignisse, »denn schließlich ist ein Baby Gottes Botschaft der Hoffnung, daß die Welt weiterbestehen wird.«

»Und wenn wir die tiefe Enttäuschung durchschritten haben, gelangen wir zu einem neuen Wissen, das uns eine Verpflichtung auferlegt«, schloß Steven Yagerman. »Die Verpflichtung, anderen mitzuteilen, wie es gewesen ist, als wir dies haben durchmachen müssen, und was wir unterwegs gelernt haben. Ich versichere Ihnen, andere wissen zu lassen, wie Sie es geschafft haben, wird ein Teil Ihrer Heilung sein. Und ich bitte Sie, jenen anderen zu helfen, dem Unfaßbaren nicht auszuweichen …«

Einige der Fischers merkten sich seine Sätze, weil sie ihnen in der Zukunft vielleicht Trost bedeuten konnten. Jetzt aber brachten sie es nur gerade eben fertig, den Tag zu überstehen. Nach der kurzen Feierlichkeit im Funeral Home fuhren sie in einer kleinen Wagenkolonne zum Friedhof hinter dem Station Wagon des Bestatters Carlton Odell her.

»Sie wollten keinen großen Leichenwagen für so eine kleine Urne«, erklärte er. Blumen waren nur wenige da. Denise hatte statt dessen darum gebeten, Spenden an einen örtlichen Fonds für mißhandelte Kinder zu leisten. Nach außen hin sah das Ganze kaum wie ein Begräbnis aus.

Unterwegs sagte Odell zu seinem einzigen Passagier, dem Pfarrer: »Ich glaube, ich werde zu alt für das hier.« Er kannte die Fischers schon so lange. Seit Jahrzehnten wurden seine Leichenwagen in Fischers Autowerkstatt gewartet und repariert. Er erinnerte sich noch daran, daß Bill und Bob als kleine Jungen bei der Werkstatt ihres Vaters gespielt hatten. Und vor neunzehn Jahren hatte er ihnen bei der Beerdigung ihrer Mutter geholfen. In seinen Augen war es gegen die Natur, daß er jetzt Bills Kind beerdigen mußte.

Es war ein strahlend heller, kalter Tag. Schneeflocken fielen vom Himmel, und der Wind, der über den hohen Kamm des Mount Pleasant Cemetery blies, war eisig. Sie alle hatten so ein Gefühl, als wären sie schon einmal dort gewesen. Zu Kimmys Beerdigung. Nur der Ort war ein anderer.

Die Urne hatte der Bestatter zur Beerdigung in einen kleinen weißen Sarg gelegt. Alle weinten, als Father Steve sagte, daß er Kristie nun der Erde übergebe. Denise schluchzte untröstlich. Leah klammerte sich an John, damit er sie festhielt. Und Troy hielt seinen Vater in den Armen, um ihn zu trösten.

Von dieser zarten Versöhnung des Vaters mit dem Sohn bewegt, flüsterte ein Verwandter: »Wenn man sich vorstellt, daß erst ein Baby sterben mußte, damit es dazu kam …«

Später, als sie wieder im Haus der Donnellys waren, unterschied sich die Stimmung der Anwesenden sehr von der am Tage von Kimmys Beerdigung. Damals hatte man den Tod des kranken Kindes traurig akzeptiert. Jetzt aber herrschten Zorn und Verwirrung.

17

Detective Bruce Johnson versuchte herauszubekommen, was Olivia an den Tagen vor dem Feuer getan und mit wem sie zusammengekommen war. Selbst die scheinbar belangloseste Information konnte von Bedeutung sein. Auf sein Verlangen hin erschien Iris zu einer Vernehmung im Polizeirevier von Mount Pleasant, begleitet von dem Leiter der studentischen Tätigkeiten der E. F. Language School, einem jungen Engländer namens Richard Polley. Sie war zu unsicher in ihrem Englisch, als daß sie allein hätte kommen können, und Polley sprach fließend Deutsch.

Mit ihm als Dolmetscher erklärte sie Johnson, sie wäre sicher, daß Olivia zu ihrem vereinbarten Treffen an dem vergangenen Freitag nicht erschienen wäre. Die Sprachenschule befand sich in einem der kleineren Gebäude des College, und am Eingang konnte man einander gar nicht verfehlen. Dort hatte Iris eine Zeitlang gewartet, aber Olivia nicht gesehen. Polley, dessen Büro unweit davon im Erdgeschoß lag, bestätigte ihre Angaben.

Da er Polley als hilfsbereit empfand, bat Johnson ihn um einen Gefallen. Würde er ihm bitte die neueren Eintragungen aus Olivias Tagebuch übersetzen? Der Detective reichte ihm den Band, an einer Stelle aufgeschlagen, die in ihrer akkuraten Handschrift beschrieben war. Er wußte schon, daß der Inhalt harmlos war, da die einzige deutsch sprechende Polizeibeamtin in Mount Pleasant, Claudia Bolwell, ihm bereits einen Teil davon übersetzt vorgetragen hatte.

Dennoch wollte er sicher sein, daß seine Kollegin nicht irgendeine Nuance der Ausdrucksweise übersehen hatte. Offensichtlich war das nicht der Fall. Während des letzten Monats – seit sie bei den Fischers war – hatte Olivia fast täglich etwas hineingeschrieben. Im ganzen gesehen war es – wie zu erwarten – die Geschichte eines jungen Mädchens, das sich auf ihr Jahr in den Vereinigten Staaten gefreut hatte, dem es nun aber schwerfiel, sich an das neue Leben zu gewöhnen.

»Die betreffende Phase fing damit an, daß sie mehrere Tage lang sehr an Heimweh litt«, faßte Johnson das Ergebnis zusammen. »Sie schrieb, sie wolle nach Hause zurückkehren, könne es aber nicht, weil ihr Vater es nicht akzeptieren werde, wenn sie ihre Verpflichtung, ein Jahr lang zu bleiben, nicht erfüllte. Nachts weinte sie, aber sie wollte nicht, daß jemand es sah. Sie behielt ihre Gefühle für sich.

Ihr Großvater war gerade gestorben. Sie wollte mit ihrer Großmutter telefonieren, was sie dann schließlich auch tat. Danach besserten sich ihre Gefühle. Bald nach ihrer Ankunft hatte sie Geburtstag. Sie wurde zwanzig. Mit der Zeit wünschte sie sich, daß Denise wieder zu arbeiten anfinge, damit sie mit dem Baby allein sein und es so aufziehen konnte, wie sie es sich vorstellte. Was Kindererziehung anging, hatte sie offenbar ihre ganz eigenen Vorstellungen. Eines Tages schrieb sie, daß die Eltern das Baby zum Kinderarzt gebracht hätten, damit er es impfte. In der folgenden Nacht hatten Denise und Bill es zu sich ins Schlafzimmer genommen, weil es quengelte. Olivia fand das nicht richtig. Diese Eltern benahmen sich, als ob ihr Kind das erste gewesen wäre, das je geimpft worden war, schrieb sie. Wenn man das Tagebuch las, hatte man den Eindruck, daß sie das Baby am liebsten ganz für sich gehabt hätte und daß sie es bedauerte, daß das nicht möglich war.

Allmählich schien es aber, als ob ihre Unzufriedenheit wich. Sie schrieb, daß sie Kristie gern mochte und daß das Baby sie schon wiedererkannte. Gegen Ende der Eintragungen meinte sie, das Jahr werde wohl doch nicht so schlimm, wie sie befürchtet hatte.«

Johnson forschte weiter nach, was sie in der fraglichen Zeit vor dem Brandungück getrieben hatte und stieß dabei auf Helga. Sie lebte bei einer Familie in der Kleinstadt Greenburgh in Westchester County. Wie er feststellen konnte, war sie freundlich und hilfsbereit, genau wie das andere Mädchen, Iris. Olivias Behauptung, sie wären einander in White Plains auf der Straße begegnet, fand sie erstaunlich und bestritt sie ganz entschieden. Sie sagte, sie wäre an jenem vergangenen Freitag nicht in White Plains gewesen, sondern den ganzen Tag über in Greenburgh, was ihre Hausmutter bestätigte.

Johnson wunderte sich, daß Olivia solche komplizierten Lügen ersonnen hatte. Vielleicht hatte sie sich auf dem Weg nach Marymount verfahren, und es war ihr peinlich gewesen, es zuzugeben. Oder sie hatte keine Lust dazu verspürt, den Tag mit einem Mädchen zusammen zu verbringen, das sie kaum kannte. Da ihr für ein paar Stunden Denises Auto zur Verfügung stand, hatte sie es vielleicht vorgezogen, sich allein ihrer Freiheit zu erfreuen. Die Geschichte, daß sie Iris nicht angetroffen hätte, mochte sie sich ausgedacht haben, weil sie die Wahrheit nicht verraten wollte. All das konnte er verstehen. Was ihm nicht einleuchtete war, daß sie diese zufällige Begegnung mit Helga erfunden hatte. So ein Zusammentreffen war in einer betriebsamen Stadt von 50.000 Einwohnern nicht sehr wahrscheinlich. Warum hatte sie sich so etwas ausgedacht?

In den ersten Tagen nach dem Feuer sah Bruce Johnson sich das Unglückshaus am West Lake Drive noch mehrmals an. Das Gebäude wirkte von außen größer, als es innen war. Je mehr Johnson im Erdgeschoß herumging, um so unwahrscheinlicher fand er es, daß ein Eindringling sich von einem Raum zum anderen bewegt haben könnte, ohne daß Olivia ihn bemerkt hätte. Der Gang, der zu den drei Schlafzimmern, dem Bad und der Waschküche führte, war nur sechs Meter lang und so schmal, daß jemand, der in der Mitte stand, die Wände links und rechts mit den Händen berühren konnte. Schritte hallten auf den Vinylfliesen. Die seitlich beweglichen Schiebefenster ließen sich nur mit einem laut kratzenden Geräusch öffnen.

»Ich bin sicher: Sie hat genau gewußt, was mit dem Baby geschehen ist«, lautete seine Schlußfolgerung.

Er überprüfte noch einmal das, was sie ihm in bezug auf den Ausbruch des Feuers erzählt hatte. Er nahm sogar eine neue Glühbirne mit in das Haus und schraubte sie in die Fassung der Lampe in ihrem Schlafzimmer, um festzustellen, ob die alte Birne wirklich durchgebrannt war, als sie die Lampe auf ihrem Schreibtisch einschalten wollte, um die Telefonnummer der Feuerwehr zu lesen. Er fand Denises handschriftliche Liste mit den Telefonnummern für Notfälle genau dort, wo Olivia sie in ihrer Panik hatte fallen lassen – an dem Telefon im Familienzimmer, von wo aus sie die Feuerwehr benachrichtigt hatte. Er prüfte auch genau die Brandspuren auf den Betten und Teppichen und schätzte, daß die betreffende Person »eine unglaubliche Menge brennbarer Flüssigkeit«, wahrscheinlich etwa acht Liter, ausgegossen hatte, davon etwa zwei Liter in einem Kreis um das Baby herum.

»Ich glaube, sie hat erst Lösungsmittel in Leahs Zimmer gegossen«, sagte Johnson, »weil dort der Sachschaden am größten ist.« Die hufeisenförmige Brandspur um das breite, flache Bett herum verblüffte ihn. »In den Lehrbüchern heißt es, wenn jemand das Bett von jemand anderem verbrennt, geschieht es aus Eifersucht. Und ich glaube, dieses Mädchen war wahnsinnig wütend auf Leah. Ihrem Tagebuch ist zu entnehmen, daß sie sie für eine typische, verwöhnte junge Amerikanerin hielt.

Von Leahs Zimmer aus ist sie dann, glaube ich, in das Zimmer des Babys gegangen, wo sie noch einmal eine große Menge Flüssigkeit ausgegossen hat, und dann in ihr eigenes Zimmer. Dort, nehme ich an, war die Flüssigkeit alle. Die Brandspur auf ihrem Bett war nur eine Art Halbkreis. Danach hat sie die Behälter wohl wieder in Bills Vorratsschrank zurückgebracht, die Feuer in derselben Reihenfolge entzündet und die Türen hinter sich verschlossen. Die einzige Tür, die nicht verschlossen war, war die zu ihrem Zimmer, und das Feuer auf ihrem Bett war das einzige, das sie gelöscht hat.«

Ebenso wie Polizeichef Paul Oliva glaubte auch Detective Bruce Johnson nicht, daß Butler mit seiner Theorie, beim Ausbrechen des Feuers hätte der Kindertragesitz auf Olivias Bett gestanden, recht hatte. Johnson konnte auf der Bettdecke keinen Abdruck eines solchen Gestells entdecken. Deshalb vermutete er, daß auf der nicht verbrannten Stelle ein leichteres Objekt, wie ein Handtuch oder ein Kleidungsstück gelegen habe, fand allerdings in Olivias Zimmer nichts, das seine These hätte unterstützen können.

Als er die Waschküche untersuchte, sah er, daß sich das Fenster ebenso wie jenes im Badezimmer nur mittels eines Hebels nach außen hin aufkippen ließ. Somit war es unmöglich, daß jemand auf diesem Wege hätte eindringen können, ohne die Scheiben einzudrücken. Die Feuerwehrleute hatten ihm gesagt, sie hätten diese Fenster intakt und verschlossen vorgefunden. Also blieben nur die Fenster in den drei Schlafzimmern als mögliche Stellen eines gewaltsamen Eindringens übrig, und die hatte er, so meinte er, bereits ausgeschlossen.

Es war nicht leicht, an alles zu denken. Später machte er sich Vorwürfe, daß er nicht das Rohr unter dem Ausgußbecken in der Waschküche abgeschraubt und die im Knie stehende Flüssigkeit geprüft hatte. Angenommen, die vom Feuer deformierte Plastikflasche, die am Boden des Kinderzimmers gelegen hatte, stammte aus der Recyclingtonne in der Waschküche, und die betreffende Person hatte sie mit einem Lösungsmittel aus Bills Materialschrank gefüllt, dann wäre der Ort, an dem ein Brandstifter die Flüssigkeit wahrscheinlich in die Plastikflasche gegossen hätte, das Ausgußbecken in der Waschküche gewesen. Falls sich im Knie darunter Spuren des Lösungsmittels gefunden hätten, wäre das ein weiteres Indiz dafür gewesen, daß die Brandstiftung das Werk von jemandem war, der zum Haus gehörte.

Auch hätte er von dem verbrannten Teppich und dem Bett in Leahs Zimmer mehr Proben sicherstellen sollen, wie er später einsah. Die forensische Untersuchung bestätigte nämlich, daß Kristies Windel in der Tat Rückstände eines Farbverdünners enthielt und daß es sich mit neunundneunzigprozentiger Wahrscheinlichkeit um denjenigen gehandelt hatte, von dem man einen Rest in einem der Behälter in Bill Fischers Materialschrank fand.

»Aber so etwas kann man im Gericht nicht vorbringen«, erklärte Johnson. »Neunundneunzigprozentig – so etwas genügt bei der Beweisaufnahme nicht. Es muß hundertprozentig sein. Wenn wir hätten beweisen können, daß das Feuer in Leahs Zimmer oder das auf Olivias Bett mit einer der anderen brennbaren Flüssigkeiten – der aus der weißen Plastikflasche mit dem Holzkohlenanzünder von A & P, die Bill Fischer zum Grillen benutzte, oder der aus der Ein-Liter-Blechbüchse mit dem Coleman Appliance Fluid für Campingkocher – entzündet worden ist, wäre das ein wichtiges Indiz gewesen. Aber eine solche Verbindung konnten wir nicht belegen. Und sonst gab es eigentlich nicht mehr viel, was wir hätten tun können. Das Haus war so voll Ruß und Wasser, daß die Beweismittel zum größten Teil vernichtet waren.«

Johnson bedauerte, daß man es versäumt hatte, Kristies Tragesitz gleich in der Nacht nach dem Feuer mitzunehmen. Er bezweifelte, daß er als Beweismittel viel taugte, aber sicherlich war er wegen seines emotionalen Eindrucks auf die Geschworenen von einem gewissen Wert. Die Fischers taten ihm leid. Vor allem Bill, in dessen seelischen Zustand er sich hineinversetzen konnte. Johnson sollte später erkennen, daß er von dem Augenblick an, als Bill und Denise an jenem Montag, dem 2. Dezember gegen 7.45 Uhr abends durch die Hintertür in das Fries'sche Haus geführt worden waren, während er, Johnson, eilig Olivia nach vorn hinausgebracht hatte, eine unausgesprochene Art von Freundschaft mit Bill geschlossen hatte. Für Johnson war es nicht nur Polizeiarbeit. Er empfand Mitgefühl für diese Leute, die Fischers, und er spürte, wie tief ihr Schmerz ging.

Er und Bill gehörten zu derselben Generation. Sie waren in derselben Gemeinde aufgewachsen. Dasselbe Arbeitsethos, dasselbe Gefühl für familiäre Zusammengehörigkeit hatte sie geformt. Mit diesem Mann und mit dieser Frau konnte er sich identifizieren, bevor er auch nur ein Wort mit ihnen gewechselt hatte.

An dem Donnerstag nach dem Feuer war er mit ihnen zusammen wieder am Brandort. Es war der Tag vor Kristies Beerdigung. Johnson nahm die Szenerie mit seiner Videokamera auf. Es war das dritte Mal, daß er Aufnahmen machte. Einige Bilder hatte er bereits am Montagabend festgehalten, als die Feuerwehr mit den Löscharbeiten beschäftigt gewesen war. Weitere Aufnahmen fertigte er am Dienstag von den Räumen im Inneren an, während der Schutt herausgeräumt wurde. Und nun, am Donnerstag, als Bill, Denise, Leah, John, Jim, Bob und Betsy in dem Haus waren, um letzte Habseligkeiten zu retten, folgten die abschließenden Video-Aufnahmen.

Bei denen vom Montagabend war es ihm gelungen, eine Szenerie aufzuzeichnen, kurz bevor die Feuerwehrleute sie zerstörten. Sie waren gerade dabei, Olivias Fenster herauszubrechen und somit alle Spuren der Position zu vernichten, in der es sich im Augenblick des Brandes befunden hatte, als Johnson rasch noch dieses Bild einschließlich des Geräusches der splitternden Glasscheiben auf sein Band bannen konnte. Andere Hinweise gingen unwiederbringlich verloren, bevor er Gelegenheit fand, sie aufzunehmen.

Während des Aufzeichnens am Dienstag war er fast durchgehend allein im Haus und schaffte dabei kaum mehr als die Aufnahmen von Leahs Zimmer, ehe die Batterie der Kamera erschöpft war. Am Donnerstag kehrte er gegen 11.30 Uhr vormittags in das Haus zurück, während die Mitglieder der Familie in dem Schutt nach persönlichen Habseligkeiten suchten. Während sie sich in dem Haus umherbewegten, nahm das Mikrofon Bruchstücke ihrer Unterhaltung auf, so auch eine Bemerkung Leahs: »Das ist mein Zimmer, und es ist am schlimmsten von allen zugerichtet.«

»Sie war am Boden zerstört«, erinnerte sich ihr Onkel Jim. Jim, der die Rolle eines Trösters übernommen hatte, versuchte Denise mit einem Scherz über den Haufen verkohlten Holzes in Leahs Zimmer aufzumuntern. Er sagte, dort liege ja genügend Holzkohle zum Mitnachhausenehmen. Damit ließe sich für die gesamte Familie ein Barbecue veranstalten, und das sei wohl überhaupt die beste Verwendung. Es war für ihn leichter, einen Scherz über die Situation zu machen, als mit ihr fertig zu werden.

»Ich habe es gesagt, damit die Spannung etwas nachließ«, erzählte Jim. »Ich wollte sie wieder lächeln sehen. Zwei Tage lang hatte sie nur geweint.«

Johnson nahm Leahs Zimmer auf, als diese Worte fielen, auf der Tonspur seines Videobandes sind Jims Bemerkungen über das Barbecue und Denises nervöses Lachen festgehalten.

In diesem Augenblick befanden sich Leah und John nicht mehr in dem Haus. Johnson war sich dessen sicher. Er nahm draußen vor der Tür dann noch eine Szene mit ihnen auf, während sie in den Möbeln, die die Feuerwehrleute aus dem Fenster geworfen hatten, nach noch Brauchbarem suchten. Leah suchte ihre Ohrringe, die John ihr geschenkt hatte und die ihr deshalb besonders teuer waren.

Details dieser Art aber schienen damals nicht von Bedeutung zu sein. Das Eintreffen eines Boten vom Federal Express war wichtiger. Er überbrachte den Fischers einen Brief von einer Talkshow – The Maury Povich Show. Bill und Denise sollten Gelegenheit erhalten, ihre Geschichte in der Sendung zu erzählen, die in den gesamten Vereinigten Staaten zu sehen war. Bill, in dem diese Aufdringlichkeit Übelkeit erregte, warf den Brief beiseite. Und nahm an, daß er nun nichts mehr mit dem Fernsehen zu tun haben würde.

Doch darin irrte er sich. Keine sechs Wochen später ging eine Fernsehversion der Geschichte der Fischers durch den Äther und erreichte Zuschauer überall in den USA. Eine Zustimmung der Familie lag allerdings nicht vor. Und mit der Wahrheit, wie sie sie sah, hatte diese Aufbereitung wenig zu tun. Die Show verwendete die polizeilichen Videobänder, die Bruce Johnson aufgenommen hatte. Bänder, die niemals für eine Veröffentlichung vorgesehen gewesen waren. Den Dialogfetzen, die darauf zu hören waren, gab man nun einen völlig falschen Sinn. Und die Frage, wer Kristie Fischer warum ermordet hatte, fand eine neue, überraschende Antwort.

18

Vom Haus der Fischers bis zum nächsten Laden war es knapp ein Kilometer. Zu weit, um zu Fuß hinzugelangen. Den größten Teil ging es die Nannyhagen Road entlang. Das war eine schmale Landstraße mit nur zwei Fahrspuren und ohne Fußweg am Rand. Sie wand sich einen steilen Hügel hinab. Entgegenkommenden Verkehr übersah man leicht wegen der zahlreichen Bäume, Hecken und Biegungen der Straße. Und trotzdem war es für ein Mädchen wie Olivia – einsam und auf der Suche nach Anschluß – offenbar der einzige Weg, den sie einschlagen konnte. Die meisten Straßen in der unmittelbaren Umgebung waren dem West Lake Drive ähnlich. Es war eine ländliche Gegend, die Häuser lagen weit auseinander, Fußwege gab es nicht, weil in diesen entlegenen Vororten in Westchester County fast jeder überallhin mit dem Auto fährt.

Es ist ein Paradox der amerikanischen Landschaft, das europäische Besucher immer wieder erstaunt: Obwohl es so viel Landschaft gibt, kann man nur sehr wenig davon bequem zu Fuß durchqueren. Als Denise Olivia warnte, sie komme bei den Fischers in eine ländliche Gegend, stellte sich Olivia unter Thornwood wahrscheinlich etwas Ähnliches wie eines der pittoresken Schweizer Dörfer vor, die sie kannte: Gemeinden mit einem erkennbaren Zentrum, verlockenden Winkeln, in denen man spazierengehen kann, und Ladenbesitzern, die einen zum Plausch einladen. Was sie statt dessen am Ende der Nannyhagen Road vorfand, war das Rose Hill Shopping Center, ein funktionaler Streifen von Läden hinter einem riesigen Parkplatz. Das war kein Ort, der zum Verweilen einlud.

In der Schweiz war sie gern geritten. Nach ihrer Ankunft in Thornwood war dies eine ihrer ersten Fragen gewesen: Ob es in der Gegend eine Möglichkeit zum Reiten gäbe. Denise konnte ihr keine großen Hoffnungen machen. Sie warnte sie: Reiten war ein sehr teurer Sport. »Ich weiß allerdings nicht, was sie mit teuer meint«, schrieb Olivia in ihr Tagebuch.

Zehn Tage später, am 12. November, schrieb sie folgendes: »Heute war ich den ganzen Nachmittag lang mit Kristie allein, und es war einfach wunderbar. Wir verstanden einander wirklich gut.

Trotzdem, langsam aber sicher möchte ich hier weg und etwas von den Vereinigten Staaten sehen. Ich kenne jetzt das Haus, aber der Rest der Vereinigten Staaten fehlt mir. Ich möchte sie auf eigene Faust erkunden und sehen, was wo ist und was hier vor sich geht. Vor allen Dingen möchte ich etwas finden, wo ich reiten kann. Das fehlt mir sehr, obwohl mich Ganges während der letzten Reitstunde unsanft auf der Erde, das heißt auf dem Boden der Reitschule abgesetzt hat. Es tut schon lange nicht mehr weh, und ich möchte unbedingt wieder reiten.«

Eine solche Gelegenheit hat sie nie bekommen. Während ihrer ersten drei Wochen bei den Fischers, bevor Denise wieder arbeiten ging, hatte Olivia jeden Tag mehrere freie Stunden. Aber ohne Auto kam sie nicht weit.

In der Nähe gab es nichts außer dem Rose Hill Shopping Center. Dorthin konnte sie zu Fuß gelangen. Nach ihrer Verhaftung, als die Zeitungen ihr Bild veröffentlichten, meldete sich die Besitzerin des Zigaretten- und Süßwarenladens in Rose Hill. Sie hatte Olivia zweimal in dem Shopping-Center gesehen und erinnerte sich wegen ihres ungewöhnlichen Benehmens noch genau an sie.

Das erstemal sah sie die junge Frau, von der sie sicher war, daß es sich um Olivia gehandelt hatte, spätvormittags allein in ihren Laden kommen. Mehrere Minuten lang hing sie in der Nähe des Eingangs herum, als ob sie sich nicht entscheiden könnte, was sie kaufen wollte. Dann nahm sie nervös eine Packung Zigaretten von einem Werbeständer mit einem handgeschriebenen Preisschild. Ohne ein Wort legte sie das Geld abgezählt auf den Tresen und verließ den Laden. Jenes Schweigen ist erklärlich. Olivia, wenn sie es denn war, litt wegen ihrer beschränkten Englischkenntnisse an Hemmungen. Aber es war noch etwas anderes, Seltsames an ihr, das die Ladenbesitzerin nicht vergessen konnte. Später fragte sie ihre Angestellte: »Bilde ich mir das nur ein, oder stimmt irgend etwas nicht mit dem Mädchen?«

»Das bilden Sie sich nicht nur ein«, erwiderte die Angestellte. »Sie hat völlig weggetreten ausgesehen.«

Bruce Johnson hätte die Aussage über diese Begebenheit vielleicht als Fehlidentifizierung bezeichnet und vergessen, denn Olivia hatte gesagt, sie rauche nicht, und es fanden sich unter ihren Habseligkeiten keine Zigaretten. Doch die Ladenbesitzerin berichtete ihm von noch einer Erinnerung. Und nun schien es Bruce Johnson, daß Olivia Riner tatsächlich jene Kundin gewesen war.

Sie erzählte Bruce Johnson, sie hätte dasselbe Mädchen zum zweitenmal am Sonnabend, dem 30. November gesehen, zwei Tage vor dem Feuer. Das war der Tag nach Olivias rätselhaftem Ausflug mit Denises Wagen. Der Tag, an dem sie Kristie hütete, während Bill und Denise zum Wandern waren. Als die Ladenbesitzerin an diesem Morgen auf den Parkplatz fuhr, kam sie an Olivia vorbei, die am Straßenrand entlang zum Shopping-Center ging und ein Baby trug. Es war ein Anblick, bei dem einem die Haare zu Berge stehen konnten. Keine Frau mit einem kleinen Kind in den Armen ging an so einer vielbefahrenen Straße entlang. Das war viel zu gefährlich. Und dann war das Baby auch nur in eine dünne Decke gewickelt und hatte nichts auf dem Kopf.

»Es war bitterkalt. Das Mädchen war genauso dünn angezogen wie das Baby. Sie trug nur eine Jacke und Jeans. Und sie hat das Baby die gefährliche Nannyhagen Road hinuntergetragen.«

Ein paar Minuten später sah man ein Mädchen mit einem Baby, das ebenso beschrieben wird, in dem A&P-Sav-A-Center, dem Supermarkt, der den Rose Hill Shopping Strip beherrscht. Eine Frau, die dort arbeitete, glaubte, es sei eine arme junge Mutter, und war versucht, ihr zu sagen: ›Ich habe eine warme Babydecke und einen Sportkinderwagen zu Hause, den ich Ihnen gerne schenken würde.‹ Aber das Mädchen wirkte so in sich gekehrt und geistig abwesend. Unansprechbar. So ließ sie es sein.

»Ich mische mich nicht gerne ein«, sagte die Frau später. »Man weiß nie, ob man es richtig macht.«

Etwa eine halbe Stunde später sah die Besitzerin des Zigarettenladens durch das Schaufenster hinaus und erblickte Olivia wieder. Olivia kam aus dem Shopping-Center. Sie trug das Baby über den Parkplatz in Richtung Nannyhagen Road. Die Ladenbesitzerin hätte gerne etwas getan, aber sie wußte nicht, was.

»An so einem kalten Tag!« sagte sie zu ihrem Mann. »Warum hat das Baby nichts auf dem Kopf?«

Für Bill und Denise war dieser Sonnabend ein glücklicher Tag draußen in der freien Natur. Keine böse Ahnung, ihr Baby könnte vernachlässigt werden, trübte ihre Stimmung. Bald würde das Wetter richtig für einen Skilanglauf sein. Dann wollten sie Kristie mitnehmen. Sie hatten schon alles geplant. Sie wollten sie in einen der mollig warmen Anzüge hüllen, die (zusammen mit einem Babywagen) an jenem Tag auch Olivia zur Verfügung standen, und Bill wollte sich Kristie auf den Rücken schnallen. An diesem Wochenende vor dem Feuer fuhren sie einkaufen, um ein Rucksack-Tragegestell für Kristie zu erstehen, fanden auch eines, das ihnen gefiel, beschlossen aber, den Einkauf bis zur folgenden Woche zu verschieben, weil dann im Winterschlußverkauf der Preis herabgesetzt sein würde.

In ihrer Eintragung ins Tagebuch erwähnt Olivia an diesem Sonnabend keinen Spaziergang zum Shopping-Center. »Heute war ein schrecklich normaler Arbeitstag, würde ich sagen. Ich habe das kleine Mädchen gehütet«, schrieb sie.

»Mit jedem Tag, an dem ich mich um sie kümmere, fühle ich mich ihr näher. Als ob sie meine Schwester oder mein Baby wäre. Ich liebe sie wirklich. Ich verstehe auch ihre Gesten und Laute mit jedem Tag besser. Wenn sie hungrig ist, wenn ihre Windel schmutzig ist oder wenn sie spielen möchte. Wenn man bedenkt, wie wir geschaffen sind und wie schnell wir uns in den ersten Jahren unseres Lebens entwickeln! Das Leben ist das Schönste, was diese Welt je hervorgebracht hat. Es ist etwas, das jeder Mensch erhält und das wir so gut wie möglich schützen sollten.«

Am folgenden Tag, dem Tag, bevor Kristie umkam, fuhr sie in diesem philosophischen Ton fort. »Jetzt bin ich seit einem Monat hier! Wie schnell doch die Zeit vergeht, wenn man sich an einem Ort wirklich wohl fühlt und etwas zu tun hat. Ich habe den Eindruck, daß die restlichen elf Arbeitsmonate sogar noch schneller vergehen werden, und dann muß oder kann ich wieder nach Hause. Ich habe den festen Entschluss gefaßt, hier alles voll auszukosten, weil man eine solche Gelegenheit nur einmal im Leben bekommt und sie ergreifen muß, sonst verpaßt man sie und bedauert es sein ganzes restliches Leben lang. Ich habe die Gelegenheit beim Schopf ergriffen, und es tut mir keine einzige Sekunde leid, daß ich hergekommen bin!«

Bruce Johnson versuchte sich einen Reim auf diese Widersprüche zu machen, als ein neues Detail das Rätsel noch vergrößerte. Die Reporterin Lisa Foderaro von der *New York Times*, die über die Brandstiftung berichtet hatte, rief bei der Polizei in Mount Pleasant an. Sie berichtete, eine Leserin in New Jersey hätte sich auf ihre Zeitungsgeschichte hin gemeldet und auf eine frappierende Ähnlichkeit zwischen den Umständen des Feuers in Thornwood und einer Kurzgeschichte mit dem Titel *Die Heldin* hingewiesen, die die amerikanische Autorin Patricia Highsmith vor mehr als zwanzig Jahren verfaßt hat.

Der Informantin in New Jersey zufolge war ein Buch von Highsmith mit dem Titel *Die Schneckenforscher*, das eine Sammlung ihrer Kurzgeschichten enthielt, zu denen auch *Die Heldin* gehörte, zu jener Zeit in der Schweiz im Handel. Sie hätte gerade bei einer Reise dorthin ein Exemplar erworben. Es handele sich um eine in Paris gedruckte zweisprachige Ausgabe mit dem englischen Text auf der einen und einer deutschen Übersetzung auf der jeweils gegenüberliegenden Seite.

Johnson besorgte sich ein Exemplar dieser Geschichte und las sie mehrmals hintereinander mit wachsender Verwunderung. Es war eine unheimliche Erzählung, deren Inhalt dem Fall, an dem er gerade arbeitete, in der Tat verteufelt ähnelte. So sehr, daß er sich wie in einer Zeitkrümmung vorkam – als wäre diese Phantasievorstellung der Autorin von vor einer Generation plötzlich wirklich geworden und als hätte es ihn mitten hineingeschleudert. Es war wie dieses unerklärliche Gefühl, das einem suggeriert, man wäre schon einmal an einem Ort gewesen, den man gerade erst kennenlernt, nur, daß diese frühere Geschichte, mit ein paar Veränderungen der Details, jetzt zu einer Tatsache geworden war. Von nun an ließ ihn der Gedanke nicht mehr los, daß Olivia diese Geschichte gelesen und sie – bewußt oder unbewußt – verwirklicht hatte.

Die Heldin fängt damit an, daß sich eine zwanzig Jahre alte Frau namens Lucille Smith bei einer Familie in Westchester als Kindermädchen bewirbt. Sie ist so begeistert und darauf bedacht zu gefallen, daß ihre neue Arbeitgeberin sie auf der Stelle engagiert. Die beiden kleinen Kinder, die man ihr anvertraut, Nicky und Heloise Christiansen, sind sehr von ihr angetan.

In ihrem Bestreben, einen guten Eindruck zu machen, ist Lucille bereit, länger zu arbeiten, und zwar für weniger Geld, als man ihr angeboten hat. Die Mutter der Kinder meint, eine Perle entdeckt zu haben. Der Leser der Geschichte erfährt aber ein Geheimnis, von dem die Christiansens nichts ahnen. Lucilles Mutter ist kurz zuvor in einer Heilanstalt für Geisteskranke verstorben. Und Lucille könnte etwas von ihrer Labilität geerbt haben. Der Psychiater der Mutter hat ihr zum Abschied geraten, sie solle versuchen, ihre häßliche Vergangenheit zu vergessen, die Stadt verlassen und sich draußen auf dem Land einen Job suchen. Und da ist sie jetzt also in Westchester und paßt auf die Kinder auf.

Verzweifelt darum bemüht, Liebe und Zutrauen zu wecken, arbeitet sie Tag für Tag ungewöhnlich lange. Sie möchte den Eindruck vermitteln, daß sie das perfekte Kindermädchen ist. Aber nichts, was sie tut, genügt ihrem eigenen Bedürfnis nach Anerkennung.

Als sie mit den Kindern ein Abenteuerspiel beginnt, versetzt sie sich in die Rolle der Retterin. Die Autorin erzählt: »Lucille wünschte sich jetzt eine richtige Katastrophe. Etwas Gefährliches, Schreckliches mußte Heloise zustoßen, so daß sie sich zwischen sie und den Angreifer werfen und ihren großen Mut und ihre Hingabe beweisen konnte … Sie selbst würde vielleicht mit einer Kugel oder einem Messer schwer verwundet, aber sie würde den Angreifer abwehren. Dann müßten die Christiansens sie lieben und für immer bei sich behalten.«

Allein in ihrem Zimmer, malt sie sich eines Abends ihre Phantasie aus. Obwohl sie Mrs. Christiansen erzählt hat, daß sie Nichtraucherin ist, raucht sie drei Zigaretten aus einem geheimen Versteck. Sie wirken anregend auf sie, »genug, um ihr Blut in prickelnde Erregung zu versetzen, ihren Geist zu entspannen und heroische Träume in ihr zu wecken.« Sie stellt sich vor, daß sie die Kinder vor dem Ertrinken oder vor einem Erdbeben rettet. Müßig entzündet sie ein kleines Feuer in ihrem Aschenbecher, und dadurch kommt sie auf einen anderen Gedanken: daß in dem Haus ein Feuer ausbrechen könnte, das die Kinder gefährdet.

»Ein Feuer konnte überall entstehen. Feuer kamen häufig vor, und einer zornigen Heimsuchung aus der Welt da oben bedurfte es nicht. Es konnte ganz einfach ein furchtbares Feuer dadurch ausbrechen, daß das Benzin in der Garage mit einem brennenden Streichholz zusammentraf.«

Mittlerweile ist es spät geworden. Die Lichter im Haus sind gelöscht. Sie geht hinunter zur Garage, rollt den schweren Benzintank heraus, schraubt den Verschluß ab und schüttet den Inhalt ringsum an die Wände des Hauses.

»Dann«, erzählt die Autorin, »zündete sie ihr Streichholz an und ging den Weg zurück, den sie gekommen war. Dorthin, wo es naß war, hielt sie das Streichholz. Ohne zurückzublicken, stellte sie sich vor die Tür des Dienstbotenhauses und sah zu.« Während sie es tat, »floß die ganze Spannung, die noch in ihr, in ihrem Geist und ihrem Körper war, gleichmäßig empor, und sie war für immer davon befreit ... Sie ließ die Flammen hoch aufschießen, sogar bis zum Fenster des Kinderzimmers, bevor sie hineinstürzte, damit die Gefahr ihren Höhepunkt erreichte ...

Sie hatte an fünf verschiedenen Stellen Feuer gelegt, und die Flammen krochen jetzt wie die Finger einer Hand warm und flackernd, sanft und liebevoll an dem Haus hinauf. Lucille lächelte und hielt sich zurück. Dann explodierte plötzlich der Benzintank, der zu warm geworden war, mit einem Knall wie eine Kanone und erleuchtete für einen Augenblick die Szenerie.

Als wäre dies das Signal, auf das sie gewartet hatte, ging Lucilla zuversichtlich vorwärts.«

So endet die Geschichte. Der Rest bleibt der Phantasie des Lesers überlassen.

Polizeichef Paul Oliva war so von dieser Geschichte fasziniert, daß er einen Bericht darüber schrieb, so wie er es in der High School gelernt hatte. Dann breitete er Notizen, die er bei der Lektüre angefertigt hatte, vor sich aus und bemühte sich zu ergründen, ob Olivia vielleicht diese Phantasiehandlung zu durchleben versucht hatte.

»Die Hauptfigur ist eine Gouvernante, die nach Westchester kommt«, schrieb er. »Hat bei ihrer vorigen Arbeitsstelle Enttäuschung erlebt und leidet unter dem Tod ihrer Mutter.« Hierzu notierte er, daß Olivia unter dem kürzlichen Tod ihres Großvaters gelitten hatte.

»Ihr psychologisches Problem ist ein unterbewußtes Pflichtversäumnis, beruhend auf anzunehmendem negativem Erbfaktor mütterlicherseits ... stellt sich in ihrer Einsamkeit verschiedene Heldentaten vor ... Zündet an fünf Stellen mit Benzin Herrenhaus an und verschiebt Heldentat, bis sie sicher ist, daß Gefahr Höhepunkt erreicht hat.«

Er war nicht sicher, was er davon halten sollte. Als Beweismittel war so etwas nicht zulässig und nicht alle Details paßten, aber die, die paßten, schienen auf mehr als nur einem Zufall zu beruhen. Vor allem erstaunte ihn, daß in beiden Fällen mehrere Feuer mit einer brennbaren Flüssigkeit – ob Benzin oder Farbenverdünner – entzündet wurden, die in einer kreisförmigen Bewegung, einmal außen herum um ein Gebäude, ein andermal im Innern, aus einem Behälter gegossen wurde, in beiden Fällen aber gegen ein bewohntes Kinderzimmer gerichtet war. Noch weitere Ähnlichkeiten fielen ihm auf: Die Mädchen waren im selben Alter, erst seit kurzem in einem Haushalt beschäftigt, in dem man sich auf sie verließ, beide schienen sie die ihnen anvertrauten Kinder beziehungsweise das ihnen anvertraute Kind gern zu haben, waren aber trotzdem innerlich unzufrieden und im Grunde einsam.

Sogar das verwirrende Detail des Zigarettenrauchens schien übereinzustimmen. Zuerst hatte Bruce Johnson hier gewisse Zweifel. Er fragte sich, ob die Ladenbesitzerin in Rose Hill nicht in dem, was sie Olivia verkauft hatte, einem Irrtum erlegen war. Soweit er dieses Mädchen kannte, lag es näher, auf Süßigkeiten zu tippen. Und doch ... War die Vorstellung zu weit hergeholt, daß sich Olivia, bevor sie aus der Schweiz abgereist war, um ihre Au-pair-Stellung in Westchester anzutreten, diese Kurzgeschichtensammlung gekauft hatte und sich von dieser einen Geschichte angesprochen fühlte, die von einem Mädchen in ihrem Alter handelte, das dieselbe Art von Job in demselben amerikanischen County antrat? Und daß sie daraufhin Lucille nachahmte, indem sie gelegentlich eine Zigarette rauchte, sich eine oder auch zwei ansteckte, als Stimulans und Abenteuer, und dann ein größeres Feuer, um sich als Heldin beweisen zu können? Jetzt, da seine anfängliche Hypothese – daß das Feuer entzündet worden war, um zu verbergen, daß das Baby bereits tot gewesen war – sich nicht bewahrheitet hatte, fand Johnson die Heldinnentheorie überzeugend. Er wollte immer noch nicht glauben, daß Olivia vorsätzlich ein lebendiges Baby angesteckt hatte.

Er meinte, daß diese Kurzgeschichte ihrer Vorliebe für Makabres entsprach. Ihre jüngste Lektüre, Thomas Harris' Bestseller *Das Schweigen der Lämmer*, war eine Studie über einen Serienmörder, der seine Opfer häutete. Patricia Highsmith, die Autorin von *Die Heldin*, spann unheimliche Geschichten, von denen viele ebenso grausam waren. Von Highsmith zu Harris schien ein logischer Schritt zu sein. Aber hatte Olivia *Die Heldin* gelesen?

Johnson durchsuchte ihre Habe, konnte aber keine Spur davon entdecken. Und er konnte Olivia nicht nach dem Buch fragen, weil sie jetzt im County-Gefängnis saß, von einer Anwältin vertreten wurde und sich unabänderlich außerhalb des Bereichs polizeilicher Vernehmungen befand.

Er rief die Polizei in Wettingen, ihrer Heimatstadt an. Die Beamtin Claudia Bolwell saß an einem Nebenanschluß für den Fall, daß sie als Dolmetscherin gebraucht würde. Während der nächsten Tage fanden mehrere solche Gespräche statt. Anfänglich sprach er mit einem Polizeibeamten mit dem Nachnamen Suter, der sehr hilfsbereit war. Johnson fragte ihn, ob das Buch von Patricia Highsmith derzeit in Wettingen erhältlich wäre. Suter erzählte ihm, sehr nahe bei Olivias Wohnung sei ein Kiosk, der populäre Romane verkaufe. Er bot Johnson an, die Frau anzurufen, der der Kiosk gehörte. Während Johnson am Telefon wartete, konnte Claudia Bolwell hören, daß er an einem anderen Apparat mit der Frau sprach. Er meldete sich mit der Antwort zurück, in ihrem Sortimentsverzeichnis seien zwei Exemplare des Buches von Patricia Highsmith eingetragen, von denen sie das eine im Oktober verkauft hätte. Das zweite Exemplar sei noch da.

»Weiß sie, wer es gekauft hat?« fragte Johnson. Er spürte eine Erregung, als ob er kurz vor einer Entdeckung stände. Der Oktober war eine Zeit, die genau paßte, wenn sich Olivia vor ihrem Flug in die Staaten am 1. November noch einen Vorrat an deutschsprachiger Lektüre hatte anlegen wollen.

Die Kioskbesitzerin konnte diese Frage nicht sofort beantworten. Aber sie werde versuchen, sich zu erinnern.

Johnson bat Suter darum, ihm das andere Exemplar des Highsmith-Buches zu schicken. »Schicken Sie es per Übernachtexpreß, ich erstatte Ihnen die Kosten«, versprach er. Aber das Päckchen kam nie an. Und das nächstemal, als er ihn anrief, wurde er an einen anderen Beamten namens Suter verwiesen, der nichts von dieser Untersuchung zu wissen schien.

»Es war, als ob sie alle miteinander verwandt wären, aber nicht miteinander sprächen«, murmelte Johnson. Er wußte nicht, daß der Name Suter in der deutschsprachigen Schweiz häufig vorkam.

»Ich bat die Polizei in Wettingen, für uns ein wenig den Hintergrund von Olivia Riner zu erforschen und mit Leuten zu reden, die sie kannten. Sie sagten, sie würden mich wieder anrufen, aber das taten sie nicht. Ich rief noch mehrmals bei ihnen an. Einmal nannten sie mir den Namen eines Mannes, an den ich mich wenden sollte, aber immer wenn ich nach ihm fragte, war er unterwegs und nicht zu erreichen. Ich kam auch bis zu dem Büro des Arztes durch, bei dem Olivia gearbeitet hatte, aber er rief ebenfalls nicht zurück. Sobald diese Leute begriffen, was auf dem Spiel stand, wurden sie stumm wie die Fische.«

Bei seinem letzten Anruf im Wettinger Polizeirevier stellte man ihn zum Chef durch. Er erklärte Johnson, wenn die Polizei von Mount Pleasant irgendwelche weitere Hilfe wünsche, müsse sie sich an Interpol wenden.

Johnson rief das Büro von Interpol in Washington an und bat um einen Hintergrundbericht über Olivia Riner. Er bekam ein Fernschreiben: »No previous arrests.« Außerdem empfahl man ihm, sich mit dem Büro des Federal Bureau of Investigation in Bern in Verbindung zu setzen.

»Ich hoffte wirklich, daß jemand vom FBI-Büro helfen würde«, sagte er. »Ich rief Bern an, und zuerst klang der Mann dort aufgeregt, weil er mal etwas anderes zu tun bekam. Er sagte, er werde nachprüfen, wie viele Highsmith-Bücher in der Schweiz verkauft worden wären, aber das hat er nie getan. Ich fragte ihn, ob er die Dame von dem Kiosk befragen könne, aber auch darüber bekam ich nie eine Auskunft, obwohl ich mehrmals mit ihm geredet habe. Ich ließ meinen Chef mit ihm sprechen. Ich ließ die Bezirksstaatsanwaltschaft mit ihm sprechen. Schließlich sagten die FBI-Leute, es gäbe nichts, was sie tun könnten. Offenbar hatte jemand mit der Frau gesprochen, der der Kiosk gehörte, und ihr gesagt, sie solle mit niemandem reden. Und inzwischen wollte auch niemand von der Wettinger Polizei mehr etwas sagen.«

Ein paar Tage später kam Johnson ins Büro, und man sagte ihm, es hätte eine Frau aus der Schweiz für ihn angerufen. Sie hätte ihre private Telefonnummer hinterlassen. Er konnte sein Glück nicht fassen. Das mußte die Kioskbesitzerin sein, die ihm etwas mitteilen wollte, ohne daß die Schweizer Behörden davon erfuhren. Jeder andere hätte eine Büronummer hinterlassen.

Er versuchte, sie anzurufen, aber die Nummer stimmte nicht. Dann begriff er: »Wer auch immer die Nummer bei uns aufgeschrieben hatte, hatte eine der Ziffern falsch verstanden. Ich wußte weder den Namen der Frau noch den Namen des Kiosks. Und sie rief nie wieder an.«

In den USA war über Olivia so gut wie nichts zu erfahren. Johnson rief das Büro von E. F. Au Pair in Boston an und sprach mit der Leiterin der Agentur, Louise Jakobsson. Sie hatte bereits der *New York Times* mitgeteilt, Olivia Riner hätte »eine makellose

Vergangenheit und ausgezeichnete Empfehlungen, aus denen hervorging, daß Kinder sie sehr gern mochten, weil sie so nett und reif war«. Sie hatte dem nichts hinzuzufügen und verwies ihn an die Rechtsabteilung der Agentur. An Olivias Referenzen kam er weder heran, noch erfuhr er, von wem sie stammten.

Am 5. Dezember, drei Tage nach dem Feuer, schickte Louise Jakobsson einen aufmunternden Brief an 1200 amerikanische Gastfamilien, denen ihre Agentur Au-pair-Mädchen vermittelt hatte. »Wir möchten Ihnen versichern, daß unser Auslese- und Schulungsprozeß gründlich und umfassend ist«, schrieb sie. »E. F. Au Pair unternimmt alles Erdenkliche, um allen Teilnehmerinnen unseres Programms eine angemessene Unterstützung zukommen zu lassen.«

Danach war sie telefonisch nicht mehr zu erreichen. Alle Presseanfragen, die an E. F. Au Pair gerichtet wurden, leitete man an eine New Yorker Public-Relations-Agentur weiter, deren Vertreter es ablehnte, sich zu dem Fall zu äußern.

Johnson wollte unbedingt in die Schweiz fliegen. Das war ein kühnes Vorhaben für ein Kleinstadtpolizeirevier, dessen finanzielle Mittel kaum für den laufenden Betrieb ausreichten.

»Ich fand aber, daß es außerordentlich wichtig war«, sagte er. »Wenn man einen Mordfall untersucht, überprüft man zuerst immer den Hintergrund. Das zahlt sich aus. Hier hatten wir kaum etwas über sie, aber in der Stadt, aus der sie stammte, hätten wir, glaube ich, eine ganze Menge mehr über sie erfahren. Es hätte gleich zu Anfang jemand hinfliegen sollen, bevor die Schweizer Behörden verstummten. Wir hätten mit den Nachbarn reden können, mit Leuten, die mit ihr in derselben Schule waren und mit denen sie gearbeitet hat. Man hätte sich dort ein paar Tage lang aufhalten müssen, aber was hätte das gekostet? Ein paar tausend Dollar? Das ist gar nichts bei so einer Untersuchung.«

Paul Oliva war der Ansicht, wenn jemand in die Schweiz flöge, dann sollte es jemand von der Bezirksstaatsanwaltschaft von Westchester County sein. Aber er drängte nicht darauf.

»Als ich mir die Beweismittel ansah, die wir bereits hatten, fand ich, daß wir ganz gut auf einen Prozeß vorbereitet waren«, sagte er. »Und ich weiß nicht, wie gut Bruce sprachlich mit den Schweizern zurechtgekommen wäre. Er sprach die Sprache nicht, und sie mauerten ja jetzt schon gegen ihn.«

Oliva gab zu: »Normalerweise sollte man annehmen, daß jemand, der eines solchen Verbrechens beschuldigt wird, bereits eine Vorgeschichte hat. Aber ausnahmslos kann man das nicht unterstellen. Vielleicht war sie einfach zu jung und unschuldig, um zu verstehen, was zum Teufel sie da getan hat.«

Es gab noch einen anderen, unerwähnten Faktor. Wenn der Polizeichef einen Flug in die Schweiz genehmigte, war anzunehmen, daß das einen bösen Streit bei der nächsten monatlichen Versammlung des Stadtrats von Mount Pleasant auslösen würde. Die Feindseligkeit zwischen Paul Oliva und dem Stadtdirektor Robert Meehan war unter einer dünnen Schicht von Höflichkeit ständig am Sieden, und ein Ausbruch mußte vermieden werden. Die beiden waren noch immer miteinander verfeindet, seit Meehan seinen umstrittenen Plan vorgetragen hatte, gegen Olivas Protest die Hilfspolizei zu reorganisieren. Jene Runde hatte Meehan gewonnen, und wenn es um öffentliche Mittel ging, würde er wahrscheinlich wieder gewinnen. In diesem County mit seiner in sich zerstrittenen Verwaltung war Paul Oliva nicht immer frei in seinen Entscheidungen, wie die ihm unterstellte Polizei arbeiten sollte. Die früheren Verwaltungen hatten sich auf seine Sachkenntnis verlassen, die gegenwärtige tat es nicht. Meehans Verwaltung war in sich zerrissen, und wenn der Streit bei Ratssitzungen ausbrach, ging es oft um Kleinigkeiten, was um so peinlicher war. Die Qualität mancher Äußerungen in diesen öffentlichen Sitzungen verwandelte das Bürgerforum bisweilen in ein absurdes Possenspiel. Oliva wußte schon, was man ihm vorwerfen würde, wenn er auf Kosten des Steuerzahlers einen Detective in die Schweiz schickte (und zwar auch noch ausgerechnet in der Wintersportsaison!).

Da er selbst nicht absolut von der Notwendigkeit einer solchen Reise überzeugt war, hielt er es für klüger, die Entscheidung der Bezirksstaatsanwaltschaft anheimzustellen.

Bezirksstaatsanwalt Carl Vergari hatte seinem Oberstaatsanwalt George Bolen diesen Fall übertragen, und Bolen hatte angefangen, täglich mehrere Stunden mit der Polizei von Mount Pleasant daran zu arbeiten. Unter den insgesamt dreißig stellvertretenden Bezirksstaatsanwälten galt er als der beste Strafverfolger. Er war fleißig, sorgfältig, emsig und juristisch korrekt. Sein berühmtester Fall, der ihn weithin bekannt gemacht hatte, hatte zehn Jahre zuvor in der Verurteilung von Jean Harris gegipfelt. Jean Harris, Leiterin eines Eliteinternats für Mädchen in Virginia, war des Mordes an ihrem Geliebten Dr. Herman Tarnower in dessen Haus in Westchester schuldig gesprochen worden. Nach diesem durch die Presse weithin publizierten Sieg war Bolen dem verführerischen Angebot einer Anwaltssozietät gefolgt, für sie zu arbeiten, dann aber, in seinem Herzen doch ein Staatsanwalt, bald wieder in das Büro der Bezirksstaatsanwaltschaft zurückgekehrt. Er tat dort seine Arbeit, die so gut auf ihn zugeschnitten schien, wie es seine konservativ grauen Anzüge waren, die er gewöhnlich bei Gericht trug. Er glaubte ehrlich daran, daß die aggressive Art von Strafverfolgung eine erhabene Form öffentlichen Dienstes sei.

Vergari mußte mit stark gekürzten Mitteln auskommen. (Diese Kürzungen hatten bereits das Eintreffen seines Brandstiftungsexperten am Tatort verzögert.) Er war ebensowenig wie Paul Oliva bereit, einen Ermittler in die Schweiz zu schicken.

»Es kommt nichts dabei heraus«, erklärte er. »Die Schweizer Behörden lassen uns nicht ran.«

In den Schweizer Zeitungen erschienen Artikel, die ebenso eine abwehrende Haltung an den Tag legten. Die Schweizer Presse hielt Olivia von Anfang an für unschuldig. Das deutschsprachige Massenblatt *Blick* veröffentlichte ein Interview mit der Leiterin der Berufsschule, in der Olivia ihre Ausbildung als Arzthelferin erhalten hatte. Diese Frau erinnerte sich an sie: Olivia sei eine ausgezeichnete Schülerin gewesen. Sie weigerte sich zu glauben, daß sie zu einem Mord fähig sein könnte. Dieselbe Zeitung zitierte einen ungenannten Nachbarn der Riners. Er sagte: »Die Familie ist tadellos und arbeitet fleißig. Olivia war immer freundlich und hilfsbereit. Es ist einfach unmöglich, daß dieses Mädchen etwas so Grausames tun könnte.« Und der Kinderarzt, der Johnsons Anruf nicht beantwortet hatte, erzählte Schweizer Reportern, es sei eine Ungeheuerlichkeit zu behaupten, daß Olivia einem Baby ein Leid antun könnte.

Bruce Johnson glaubte immer noch, daß es anderswo in Wettingen Leute geben könnte, die eine dunklere Seite von ihr kannten. Er war wütend und enttäuscht darüber, daß man ihm keine Gelegenheit gab, sie zu suchen.

19

Linda Sawyer, eine freiberufliche Fernsehreporterin und Produzentin, war eine der ersten Journalistinnen, die die Geschichte aufgriffen. Jung, lebendig, energisch, verkörperte sie genau das Idealbild einer Reporterin, das den Lesern beliebter Unterhaltungsromane und Zuschauern von Fernsehdramen liegt. Die Tatsache, daß sie sehr groß und schlank, sehr blond und attraktiv war und, was ihre Kleidung anging, einen Hang zu hellen, leuchtenden Farben hatte, verlieh ihr eine beinahe unwirkliche Größe. In einer Menge war sie kaum zu übersehen, und wenn sie gegangen war, erinnerte man sich an sie und ihren menschenfreundlichen, liebevollen Enthusiasmus. Ihre klaren blauen Augen sahen einen voller Zuversicht an, und die Leute trieb es, sich ihr gegenüber zu erklären und ihre Persönlichkeit offen vor ihr auszubreiten – wovon dann auch Millionen von Fernsehzuschauern überall in Amerika etwas hatten. Sie vermochte eine Story schnell zu erfassen, zu präsentieren und schon zum nächsten Thema überzugehen.

Die Lebensweise, die mit ihrem Job verbunden war, war anstrengend. Sie mußte dauernd Flugzeuge und Taxis erwischen, aus Koffern leben, sich in Städten aufhalten, die sie kaum zu sehen bekam, und geschickt die Spuren der Erschöpfung verstecken. Und wirklich, immer wenn gesendet wurde, wirkte sie strahlend, klug, leidenschaftlich und engagiert.

Anfang Dezember 1991 beendete sie gerade eine sechsteilige Fernsehserie über Aileen Wuornos, eine in Florida lebende Prostituierte, die den Mord an sieben ihrer männlichen Kunden zugegeben hatte – »Amerikas erste Serienmörderin«, wie Linda sie nannte. Die Übertreibung war ein wichtiges Instrument ihres Berufs.

Und jetzt arbeitete sie für eine in den ganzen USA ausgestrahlte Sendung, *Now It Can Be Told*, die von dem beliebten Talkshow-Gastgeber Geraldo Rivera präsentiert wurde. In dieser nachts ausgestrahlten Serie sollten jeweils neue Informationen zu einer Vielzahl von emotional ansprechenden Nachrichtengeschichten enthüllt werden. Im wesentlichen war es eine Mischung aus geradliniger Reportage, Spekulation und Voyeurismus. Im Raum New York brachte man diese Sendung am frühen Abend. Zwischen den 6.00-Uhr-Nachrichten und den Unterhaltungsshows. In jener Lücke, in die sie genau hineinpaßte.

An dem Morgen nach der Anklageerhebung gegen Olivia Riner flog Linda Sawyer gerade von New York nach Florida, um letzte Hand an die Wuornos-Reportage zu legen. Ihren üblichen Spurt durch die Abflughalle von La Guardia unterbrach sie kurz, um sich mit Zeitungen zu versorgen, und zwanghaft, wie Journalistinnen nun einmal sind, entfaltete sie sie im Flugzeug und begann zu lesen, während ihr Atem noch stoßweise ging.

Was sie über Kristie Fischers schrecklichen Tod und Olivias angebliche Verwicklung in den Fall las, erregte ihre Aufmerksamkeit – nicht nur als Story, die vielleicht Material für ihr Programm liefern konnte, sondern auch, weil sie sie persönlich ansprach. Die andere Seite von Linda Sawyers Leben war weniger glamourös, aber für sie bedeutsamer als das Bild, das von ihr auf den Fernsehschirm projiziert wurde. Sie war eine alleinstehende Mutter mit sechzehn Monate alten Zwillingstöchtern, die sie anbetete und viel zu selten sah. Als einzige Geldverdienerin der Familie war sie in einem Kreislauf gefangen. Sie mußte genug Geld verdienen, um die Hilfe zu bezahlen, die es ihr ermöglichte, genug Geld zu verdienen, um die Zwillinge, die Hilfe und sich selbst zu finanzieren.

Die Hilfe war in diesem Fall Annie McKee, eine tadellos ausgebildete junge Frau aus einer namhaften und anerkannten Kindermädchenschule. Linda hatte sich enorm Mühe gegeben, sie auszuwählen, wußte sie doch, daß ihre teuren Töchter im Babyalter, wann immer sie außer Haus arbeitete, völlig von ihrem Kindermädchen abhängig sein würden. Sie hatte sie engagiert, als die Zwillinge elf Wochen alt gewesen waren, hatte bei der Agentur eine hohe Vermittlungsgebühr entrichtet und zahlte Annie ein großzügiges Gehalt. Als ihre Kinder größer wurden – glücklich, gut genährt und gut erzogen – wußte sie, daß sich der Aufwand gelohnt hatte.

»Ich brauchte die beste und weigerte mich, meine Ansprüche in irgendeiner Weise zu reduzieren«, erklärte sie. »Ich brauchte Mary Poppins für die Erziehung meiner Kinder, darunter tat ich's nicht, und ich habe sie gefunden. Annie ist 21 und so klug wie 41 ... Sie ist wunderbar, liebevoll und sehr verantwortungsbewußt. Sie wußte, seit sie zehn war, daß sie einmal für Kinder sorgen wollte, und sie hat eine sehr sorgfältige Ausbildung für diesen Job genossen.«

Aufgrund ihres festen Vertrauens in die geliebte Annie hatte sie sich um ihre Zwillinge bisher noch nicht gesorgt. Aber jetzt, in dem engen Flugzeugsitz, sah sie das Foto einer jungen Frau an, die fast in Annies Alter war und die man des Mordes an einem Baby beschuldigte, eines Mordes, den sie begangen haben sollte, während dessen Mutter arbeiten war. O mein Gott, dachte sie, könnte ich je in die Situation dieser Mutter geraten? Immer noch atemlos von ihrem Spurt zum Flugzeug, überkam sie eine Panikwelle.

»Diese Geschichte erschreckte und erschütterte mich bis ins Mark«, sagte sie. »Obwohl ich sicher war, meine Mary Poppins gefunden zu haben, ging mir plötzlich dieser Gedanke durch den Kopf: Wie gut kennt eine Mutter denn ihr Kindermädchen wirklich?«

Sobald sie sich von ihrem Sicherheitsgurt befreien durfte, hastete Linda nach vorn ins Flugzeug, um zu telefonieren. »Ich steckte meine Visa Card in den Apparat, rief zu Hause an und wartete ängstlich. Annie nahm ab, und ich konnte meine kleinen Mädchen hören. Ich fragte Annie, ob es ihnen gut ginge, und sie versicherte es mir. Sie wunderte sich, daß ich sie aus dem Flugzeug anrief. Aber in dem kurzen Augenblick, bevor sie sich meldete, hatte ich Angst. Wir holen uns fremde Menschen ins Haus, damit sie auf unsere Kinder aufpassen, und ganz gleich, wie gründlich wir sie aussuchen, wir werden doch nie ganz genau wissen, was alles geschehen kann. Aber was bleibt uns denn übrig? Eine Frau in meinem Beruf kann ihre Babys nicht in einen Kindergarten geben. Die sind nur zu ganz bestimmten Zeiten geöffnet. Das ist lächerlich.«

Während sie in Florida ihre Interviews machte, dachte Linda fortwährend an das Baby, das in Thornwood, nur eine halbe

Stunde mit dem Auto von ihrem Haus in Connecticut, umgekommen war. Sie beschäftigte sich wie besessen damit, so daß es zu einer Art Übertragung kam und das Bild des angeklagten Au-pair-Mädchens mit dem Annies verschmolz. Später gab sie zu, daß ihre Angst als arbeitende Mutter ihre Objektivität als Journalistin überdeckt habe. Sie stellte sich vor, wie sie außer sich geraten würde, wenn Annie beschuldigt würde, sie hätte einem Kind ein Leid angetan, und wie sehr sie sich darum bemühen würde zu beweisen, daß ihr Kindermädchen unschuldig wäre. Eine Schuld war undenkbar, weil sie ihre eigene Urteilskraft und ihr eigenes Verantwortungsbewußtsein in Frage gestellt hätte. Deshalb mußte sie unbedingt erfahren, was sich im Fall Kristie Fischer wirklich zugetragen hatte, obwohl ihr auf einer unterbewußten Ebene klar war, welche Wahrheit dieser Geschichte sie hören wollte. Sie wollte eine andere Erklärung für den Tod dieses Babys finden als die, die in der Zeitung angedeutet wurde. Olivia sollte unschuldig sein.

Sie brauchte Olivias Unschuld jetzt sogar, um ihre eigene Entscheidung als arbeitende Mutter gutheißen zu können. Und sie sah sich in der Rolle der mutigen Journalistin, die die Wahrheit herausfand und dieses junge Schweizer Mädchen vor einer ungerechten Verurteilung bewahrte. Gleichzeitig würde diese Arbeit ihre Angst, was die Versorgung ihrer Zwillinge betraf, dauerhaft beschwichtigen.

»Ich wußte, daß ich, wieder zurück in New York, sofort in das Büro des Redakteurs gehen und ihm sagen würde: ›Ich muß diese Story machen‹«, erzählte sie. »›Das ist meine Geschichte. Es ist mir gleich, was Sie sonst noch für mich geplant haben.‹«

Sie erhielt den Auftrag.

Sie stellte genau wie alle anderen Reporter fest, daß die Bezirksstaatsanwaltschaft nicht bereit war, sich zu äußern. Polizeichef Paul Oliva ebensowenig – er hatte seiner Presseerklärung nichts hinzuzufügen. Er bestätigte nur noch einmal: Ja, die Polizei habe eindeutige Beweise für Olivias Schuld. Welcher Art, das wollte er nicht sagen. Er weigerte sich auch, ihr den Namen des jungen Mannes zu nennen, der kurz nach dem Ausbruch des Feuers in das Haus der Fischers gekommen war. Er verriet nur, daß er ein Freund von Bill Fischers älterer Tochter war und nicht verdächtigt wurde.

Laura Brevetti war ebenfalls zu keiner Stellungnahme bereit. Anrufe in ihrem Büro in Manhattan nahm ihre Sekretärin entgegen. Daß man die Journalistin wieder anrufen werde, konnte sie ihr nicht versprechen. Aber Linda Sawyer war hartnäckiger als andere.

»Alles deutete darauf hin, daß Laura Brevetti eine besessene Arbeiterin war. Also rief ich eines Abends um 19.00 Uhr in ihrem Büro an, weil ich vermutete, daß dann keine der Sekretärinnen mehr da sein würde. Und wie ich gehofft hatte, nahm sie den Hörer ab. Jetzt wußte ich: Das war meine Chance.

Es war klar, weshalb sie sich den Medien gegenüber nicht geäußert hatte. Polizeichef Paul Oliva sagte, Olivia Riners Schuld stände eindeutig fest. Er hätte die Beweise. Die Strafverteidigerin Laura Brevetti wußte noch nicht, was sie dagegen tun konnte. Sie mußte abwarten. Vielleicht kam dann plötzlich genau die richtige Journalistin zu ihr ins Büro. Und die war ich. Ich war reif für diesen Fall. Niemand konnte das besser bearbeiten. Niemand hatte so gute Gründe wie ich.

Ich erzählte ihr, weshalb ich unbedingt herausbekommen mußte, daß Olivia das Baby nicht getötet hatte. Das überzeugte sie. Sie bat mich, am folgenden Tag um zwei Uhr nachmittags zu ihr ins Büro zu kommen.«

Beider Besprechung zog sich über den ganzen Nachmittag bis zum Abend hin. Dann gingen sie zusammen essen, anschließend in ein Café. »Wir gingen mit ein paar Freunden von Laura, die ich faszinierend fand, in ein Nachtcafé. Einer der Freunde war ein Fernsehproduzent, den sie mir als ihren festen Freund vorstellte. Wir verstanden uns auf Anhieb. Wir saßen bis früh am Morgen da und redeten.«

Als Linda schließlich nach Hause fuhr, wußte sie, daß Laura Brevetti sich für sie entschieden hatte: Die freiberufliche Fernsehreporterin Linda Sawyer sollte Olivias Geschichte erzählen. Linda meinte, daß das vielleicht die wichtigste Aufgabe war, die sie je übernommen hatte. Jeder Reporter, der Tatsachen recherchiert, hofft, unbekannte Wahrheiten zu entdecken und dadurch, daß er sie publiziert, etwas Gutes zu bewirken. Linda nahm an, daß sie die Wahrheit schon kannte, bevor sie mit der Arbeit begann.

Linda Sawyer war emotional stark und unmittelbar an diesem Fall interessiert. In Laura Brevetti, die zehn Jahre älter war, glaubte sie, eine Freundin gefunden zu haben. Wichtiger noch: Auch Laura (wie sie sie sofort nannte) hatte in ihr eine Freundin gefunden. Linda hatte das Gefühl, daß sich hinter der selbstsicheren, prominenten Anwältin eine einsame Frau verbarg, die weder geheiratet hatte noch Mutter geworden und deshalb ohne Wurzeln war. Sie war in einer großen italoamerikanischen Familie in Brooklyn aufgewachsen, in der die Frauen ihre traditionelle Hausfrauenrolle spielten. Aber Laura hatte statt dessen eine Karriere gewählt. Jetzt war sie an einem Punkt angelangt, von dem aus es keine Rückkehr mehr in das vergangene Leben gab, und Linda schien es, als ob Laura nun jemanden brauchen konnte, der ihr Mut machte und Verständnis für sie aufbrachte. Hierfür war sie, Linda, ebenfalls eine Karrierefrau im harten Konkurrenzkampf in einem von Männern beherrschten Beruf, wie geschaffen: Sie war bereit, aufzumuntern und sich in sie hineinzufühlen.

In den folgenden Wochen erhielt Linda einen Einblick in die Arbeit einer Strafverteidigerin, die sich auf einen großen Prozeß vorbereitet. Zuerst richteten sich alle juristischen Winkelzüge darauf, Olivia aus dem Gefängnis herauszuholen. Eine Aufgabe, die höllisch schwer war, denn der Bezirksrichter von Westchester, Donald Silverman, hatte eine Kaution in Höhe von 500.000 Dollar festgesetzt. Einen so hohen Betrag hielt er für geboten, um zu verhindern, daß Olivia das Land verließ. In dieser Hinsicht war man sehr besorgt, da die Schweiz kein Auslieferungsabkommen mit den Vereinigten Staaten abgeschlossen hatte – ein ungewöhnlicher Faktor, der Olivia Riner, wie Laura Brevetti es ausdrückte, »zu einem Opfer der guten Absicht ihres eigenen Landes machte«. Die Polizei von Mount Pleasant und die Bezirksstaatsanwaltschaft fürchteten, daß Olivia in einem Schweizer Konsulat Zuflucht suchen könnte, das ihr den Rückflug nach Wettingen ermöglichen würde. Beamte des Schweizer Konsulats in New York waren empört, daß man ihnen so etwas zu unterstellen wagte. Sie erklärten, sie hätten keineswegs die Absicht, die Gesetze ihres Gastlandes zu mißachten. Aber die Tatsache, daß sie Kurt und Marlies Riner tatkräftig unterstützten, sorgte dafür, daß dieser Kleinstadtmordfall in die Arena der internationalen Diplomatie geriet.

Wenn die Kaution nicht aufgebracht werden konnte, mußte Olivia bis zur Gerichtsverhandlung – also noch einige Monate lang – im Gefängnis bleiben. Die deutschsprachigen Zeitungen in der Schweiz nahmen sich ihres Falles an und berichteten voller Anteilnahme. Bald meldeten sich mitfühlende Schweizer Bürger und boten den Eltern zinslose Kredite an, damit sie diesen hohen Betrag aufbrächten. Zuerst wurde über den Fall noch neutral berichtet: Es ging nur um Gerechtigkeit. Ganz gleich, was an jenem Nachmittag in Thornwood geschehen war. Aber es dauerte nicht lange, bis die gesetzliche Unschuldsvermutung für viele ihrer Landsleute zur Tatsache wurde.

Die Riners wurden als ein anständiges, ordentliches, gesetzesfürchtiges Ehepaar ohne nennenswerte Ersparnisse dargestellt. Mit dem Gehalt, das er als kleinstädtischer Amtmann bekam, plus ihrem Lohn als Angestellte in einem Autoreparaturbetrieb konnten sie sich ein bescheidenes Leben in einer gemieteten Wohnung leisten. Oberflächlich betrachtet, waren sie mustergültig: eine typische deutschschweizerische Mittelschichtfamilie, die von den nationalen Tugenden – Ehrlichkeit und fleißige Arbeit – geformt war, mit einer Tochter, deren Schul- und Arbeitszeugnisse tadellos zu sein schienen. In der deutschsprachigen Schweiz war man empört über die unglaublichen Anschuldigungen, die gegen Olivia Riner erhoben wurden.

Die Woge der Sympathie stieg und mit ihr erhöhte sich Olivias angebliche Qualifikation. Auf beiden Seiten des Atlantiks verliehen ihr die Zeitungen den Titel eines Kindermädchens, obwohl sie ja nur ein Au-pair-Mädchen war. Die Berufsbezeichnung Kindermädchen – zu englisch: nanny – blieb an ihr haften. Nanny, dieses Wort kannte man, man wußte, wie es ausgesprochen wurde, es paßte besser in eine Schlagzeile als Au Pair Girl. Unbeabsichtigt polierte man so ihr Image auf. Der Begriff Swiss nanny – Schweizer Kindermädchen – ist in den USA von einer mystischen Aura umgeben. Darunter stellt man sich eine stets um die ihr anvertrauten Kinder besorgte, lächelnde mütterliche Kraft mit gestärktem weißen Kragen vor. Hier handelte es sich aber um ein Mädchen von knapp zwanzig Jahren, das eher kindlich als fraulich war, in einer Berufsschule Arzthelferin gelernt hatte und über wenig praktische Erfahrung verfügte. Sie trug keine gestärkten weißen Kragen, sondern wie die meisten ihrer Generation Jeans und Sweatshirts. Sie war kein Kindermädchen.

Linda Sawyer sah hier aber keinen Unterschied: Für sie war Olivia ein Kindermädchen wie ihre Annie. Linda stand hundertprozentig auf ihrer Seite.

Am 24. Dezember gab Laura Brevetti eine Übereinkunft bekannt, die sie mit den Justizbehörden und über diplomatische Kanäle erzielt hatte: Die Kaution wurde auf 350.000 Dollar herabgesetzt. Dieser Betrag war bereits durch Kredite Schweizer Privatpersonen gedeckt. Olivia wurde freigelassen, blieb aber unter Aufsicht der Justizbehörden.

Ihre Mutter sollte bei ihr in den Vereinigten Staaten bleiben, um ihr Gesellschaft und gegebenenfalls Beistand zu leisten. Beide mußten ihre Pässe abliefern, die sie erst nach Beendigung des Prozesses zurückbekommen würden. Olivia mußte eine Erklärung unterschreiben, daß sie mit ihrer Auslieferung an die amerikanische Justizbehörde einverstanden war – dies für den Fall, daß sie verurteilt würde. Die Schweizer Behörden sagten zu, sie an die amerikanischen Justizbehörden auszuliefern, falls sie in ihrer Botschaft oder einem ihrer Konsulate Zuflucht suchen sollte. Bis zum Prozeß durfte sie das Gebiet von New York und Westchester County nicht verlassen. Sie war verpflichtet, ein elektronisches Armband zu tragen, das im Büro der Überwachungsgesellschaft einen Alarm auslösen würde, sollte sie die Grenze des ihr zugewiesenen Gebiets überschreiten. Laura Brevetti schlug diese letztere neuartige und etwas ungewöhnliche Bedingung vor, und damit war die Staatsanwaltschaft schließlich einverstanden.

Olivias Freilassung verzögerte sich noch um mehrere Tage. Richter Silverman bestand darauf, daß das »unwiderrufliche Akkreditiv« der Schweizer Bank, das Laura Brevetti ihm als Sicherheit bot, zuerst eingelöst und in Dollar umgewechselt wurde.

Die Silvesterausgaben der New Yorker Zeitungen brachten Olivias Foto, wie sie, von ihren Eltern begleitet, lächelnd aus dem Gefängnisgebäude trat.

Während der folgenden sechs Monate lebte sie mit ihrer Mutter unerkannt in einer Etage über dem Büro des Schweizer Hilfsvereins. Diese Wohltätigkeitsorganisation befand sich in einem alten braunen Sandsteinhaus in einer ruhigen Straße westlich des Central Park. Gelegentlich vermietete man die obengelegenen Räume an Studenten, aber das lohnte sich nicht mehr, und als Olivia und Marlies eintrafen, waren die meisten Studentenzimmer seit längerem unbenutzt. Man führte sie in ein schäbig möbliertes Doppelbettzimmer, das schon bessere Tage gesehen hatte, und in ein provisorisch für sie hergerichtetes Wohnzimmer im selben Stock. Abends, wenn die Bürokräfte unten das Haus verließen, waren die beiden gewöhnlich allein in diesem düsteren Bauwerk aus der Zeit der Jahrhundertwende. Eine Sicherungsanlage an der Haustür schützte sie vor ungebetenen Eindringlingen.

Die Reporter glaubten, Olivia befände sich noch immer in Westchester County. Sie klapperten die dortigen Motels ab, um sie aufzutreiben. Doch es war das Zentrum der größten amerikanischen Stadt, das ihr die besten Chancen zum Untertauchen bot. In ihrer zwanglosen, alltäglichen Kleidung, das elektronische Armband am Fußknöchel unter den Jeans verborgen, sah sie wie eine Studentin oder Besucherin von auswärts aus, und von denen liefen Zehntausende in New York herum.

Linda Sawyer wurde in das Geheimnis eingeweiht und durfte durch die mehrfach gesicherte Tür ins Haus hinein. Laura Brevetti sorgte dafür, daß sie mit Olivia zusammenkommen konnte, und gab ihr Informationen weiter, die sie für Olivias Verteidigung zusammentrug. Während der nächsten Wochen lernte Linda Olivia Riner kennen und entwickelte eine Zuneigung zu ihr. Sie wollte sie beschützen helfen. So lud sie sie in New Yorker Restaurants ein und erfuhr beim Essen von Olivias einsamer Kindheit, von ihrem rigiden Perfektionismus, ihrem drängenden Wunsch zu gefallen und ihrem Hang, sich selbst und andere zu kritisieren. Über das Feuer im Haus der Fischers und Kristies

Tod sprachen sie überhaupt nicht. Dieses Thema mieden sie sorgfältig. Es gab da zwar Fragen, auf die Linda brennend gern Antworten gehört hätte, aber die mußte sie, wie sie wußte, bis nach dem Prozeß verschieben. Und was würde sie dann für eine Story haben!

Es fiel ihr auf, daß zwischen Olivia und Marlies ein ungewöhnliches Verhältnis bestand. Sie konnte weder eine tiefe gefühlsmäßige Bindung noch eine Abneigung zwischen ihnen erkennen. Sie waren eher Bekannte als Mutter und Tochter. Marlies war im Nachteil, sie konnte sich nicht englisch unterhalten, und es fehlte ihr das Schulenglisch, das es Olivia erlaubte, ihre Sprachkenntnisse nach und nach zu verbessern. Olivia mußte für ihre Mutter dolmetschen, wenn sie in New York unterwegs waren. Das führte zu einer Art Rollentausch. Olivia kritisierte ihre Mutter bisweilen, daß sie Zigaretten rauchte, und Marlies kicherte dann wie ein schelmisches junges Mädchen. Als Linda ihnen bei diesem fröhlichen Geplänkel zusah, fand sie, daß es eine Ungeheuerlichkeit war, Olivia der Brandstiftung und des Mordes zu verdächtigen. Sie kam ihr so reif vor und schien dem Ausgang des Prozesses mit einer solchen Gelassenheit entgegenzusehen. Es war, als fühlte sie sich von ihrer Unschuldsaura beschützt.

»Ich habe so sehr an sie geglaubt, daß ich sie als Babysitterin für meine eigenen Kinder engagiert hätte«, sagte Linda einige Monate später. »Ich wollte ihr glauben, und ich habe es auch wirklich getan. Ich wollte sie unbedingt retten, ich hätte mein Blut für sie gegeben. Es war viel mehr für mich als eine Zeitungs- oder Fernsehgeschichte. Ich fand, daß sie unschuldig angeklagt war und daß ich das korrigieren konnte, wenn ich mich nur kräftig genug darum bemühte. Und ich war so sehr von dem, was sich da zugetragen hatte, betroffen. Ich dachte: Denise Fischer – das hätte ich sein können.«

Da sie kaum etwas zu tun hatten, außer auf den Prozeß zu warten, verbrachten Olivia und ihre Mutter die Zeit in New York mit touristischen Unternehmungen. Sie lebten wie Ferienreisende, die ihren Aufenthalt verlängert hatten und sich noch nicht entschließen konnten, wieder nach Hause zu fliegen. Kurt Riner war zu seiner Arbeit in die Schweiz zurückgekehrt, blieb jedoch telefonisch mit ihnen in Kontakt. Von Zeit zu Zeit wurde Olivia in Laura Brevettis elegantes Büro in der Anwaltskanzlei in jenem Wolkenkratzer gerufen, der gleich gegenüber, auf der anderen, östlichen Seite des Central Park aufragte. Sie beantwortete ein paar Fragen, dann durfte sie wieder gehen, während ihre Anwältin Abend für Abend bis spät nachts an ihrem Fall arbeitete.

Linda Sawyer forschte inzwischen auf eigene Faust in Thornwood und Umgebung und sammelte Material für eine Fernsehsendung, in der sie Olivias Unschuld zu beweisen und jene ganz andere Erklärung für den Mord an Kristie Fischer anzubieten hoffte, die irgendwo, noch nicht ganz faßbar, verborgen lag.

20

Ein frohes Weihnachtsfest gab es für die Fischers nicht. Barbara bemühte sich sehr, den Kindern – ihrem Enkel E. J., der fünfzehn Monate alt war, und Christopher, dem Sohn von Bob und Betsy – etwas zu bieten.

Sie hätten zu Weihnachten auf Festlichkeiten verzichten können, weil beide Kinder noch zu klein waren, als daß sie sich später noch daran erinnern würden. Aber in dieser Zeit nach Kristies Beerdigung suchten die Erwachsenen nach einem Grund, um wieder zusammenzukommen. Und sie wollten an diesem Brauch festhalten, der so tief in ihnen verwurzelt war. Es hatte immer ein Weihnachtsfest für die Fischer-Kinder in dem alten Haus gegeben. Es jetzt plötzlich wegfallen zu lassen, wäre ein Eingeständnis gewesen, daß die Familie auseinanderbröckelte.

Während E. J. und Christopher sich in ihre unschuldigen Spiele vertieften, gedachten die Erwachsenen der anderen beiden Kinder, die nicht mehr da waren. Der Weihnachtsbaum war geschmückt, und Fotos von Kimmy waren daran befestigt. Kristies schrecklicher Tod, der nur etwas über drei Wochen zurücklag, stand ihnen allen vor Augen.

»Das Weihnachtsfest war schwer für uns«, sagte Betsy. »Aber wir haben es ganz gut hinter uns gebracht, weil es für die Kinder wichtig war. Sie hatten ihren Spaß und wippten auf ihrem neuen Schaukelpferd. Denise, die ihnen zusah, bekam feuchte Augen. Sie saß in der Ecke von Barbaras Wohnzimmer auf der Couch mit Bill zusammen und rührte sich nicht. Barbara drückte immer wieder E. J. an sich. Obwohl es ihr schwerfiel. Sie sagte, sie wollte Weihnachten feiern, weil es ihr helfen würde zu vergessen. Und es lohnte sich dafür, die Augen der Kinder aufleuchten zu sehen.

Wir beschenkten einander alle. Troy hatte sich große Mühe damit gegeben, Bilderrahmen anzufertigen, alle verschieden. Manche waren verchromt, andere versilbert oder aus Holz. Alle gaben sich große Mühe, etwas zu den Geschenken zu sagen. Und alle näheren Familienangehörigen – die beiden Kinder, Barbara und Jim, Bill und Denise, Bob und ich, Debby und ihr Mann Rick, mein Schwiegervater Willie, Troy, Leah und John – waren da. Wir mußten zusammen sein.«

Nur einer von ihnen war kein Fischer: John Gallagher. Ohne ein Wort darüber zu verlieren, erkannte die Familie ihn als einen der ihren an.

Bills jetzige Familie – Denise, Leah, John und er selbst – war ein paar Tage vor Weihnachten aus Donnellys Haus in eine Wohnung mit drei Schlafzimmern umgezogen. Ein befreundeter Makler hatte sie ihm zur Verfügung gestellt, und sie konnten bis April dort bleiben. Sie lag am Rose Hill Shopping Center, nicht weit von dem Haus am West Lake Drive entfernt, so daß Bill bequem die Säuberung und Wiederherstellung beaufsichtigen konnte. Aber dem Gefühl nach war es fern ihrer Heimat.

Bill und Leah hatten so schöne Erinnerungen an dieses Haus, in dem es so ungewöhnlich hell und geräumig war. Dadurch, daß sich einige der Schlafzimmer im Erdgeschoß statt wie sonst üblich im ersten Stock befanden, hatte man oben ein großes Wohnzimmer, das zwischen den Bäumen zu schweben schien, zum Himmel hin offen und trotzdem wunderbar von der Außenwelt abgeschieden war. Es war dies die Jahreszeit, in der der Weihnachtsbaum bis oben zur kathedralenartigen Decke hinaufzuragen pflegte und dann aussah, als hätte man einen Teil des Waldes, der das Haus umgab, hereingeholt und zum Funkeln gebracht.

Sie würden vielleicht nie wieder in einem so ausgefallenen Haus wohnen. Leah konnte sich ein anderes Heim nicht vorstellen. Es war das einzige, was sie in ihrem Leben kennengelernt hatte. Hierher waren ihre Eltern in dem Jahr gezogen, in dem sie geboren worden war. Sowohl ihr als auch ihrem Vater fehlte es. Doch Denise, die keinerlei innere Bindung an das Haus verspürte, wußte, daß sie nicht zurück konnte.

Daß die Wohnung nur eine vorübergehende Unterkunft war, trug zu ihrer Entwurzelung bei. Es war keine schlechte Wohnung, aber Leah fühlte sich dort nicht wohl. Sie litt immer noch sehr und hätte sich auch sonst nirgendwo wohl gefühlt.

»Ich war fix und fertig«, sagte sie. »Ich fürchtete mich vor allem möglichen. In allen Häusern gibt es irgendwelche Geräusche, man gewöhnt sich daran. Aber hier knisterte und knackte es, und ich wußte nicht, was das war. Ich schaltete den Fernseher an, damit ich es nicht hören mußte.«

Es wäre ihr ein Trost gewesen, wenn sie die geliebten Katzen hätte mitnehmen können, aber die mußte sie mit Rücksicht auf den Hausbesitzer in der Garage lassen.

»Sie kratzten und schrien und versuchten, herauszukommen«, erinnerte sich Leah. »Es war furchtbar. Einfach furchtbar.«

Ihr Schlafzimmer hatte eine Tür, die nach draußen auf eine Terrasse führte. Das machte ihr Angst. Sie bildete sich ein, daß draußen jemand hockte, der darauf wartete, sich in ihr Zimmer zu schleichen, in ihrem Wandschrank zu verstecken und dann plötzlich über sie herzufallen. Oder vielleicht ihr Bett anzuzünden.

Der Parkplatz, auf den sie ihren Wagen stellte, war ein Stück von der Wohnung entfernt, und sie fürchtete sich immer vor diesem Weg, wenn sie ihn allein zurücklegen mußte, vor allem, wenn es dunkel war. Ihr grundsätzliches Gefühl der Sicherheit, ihr Vertrauen in die gewohnte Ordnung des Lebens waren so erschüttert, daß es lange dauerte, bis sie wieder etwas Ruhe fand.

Ihr Vater und Denise waren von ihrer eigenen Tragödie so schwer getroffen, daß sie Leah nicht helfen konnten. John versuchte, sie zu trösten, stand aber selbst immer noch unter Schock. Beide fanden sie eine Zuflucht in dem vertrauten, jedoch voll belegten Haus der Familie Gallagher in Mahopac. Sie fuhren immer öfter die fünfundzwanzig Meilen, um dort zu übernachten. Dann waren sie zu siebt dort – sieben Erwachsene in einem kleinen Haus mit nur einem Badezimmer, aber Leah fühlte sich dort gut aufgehoben.

Nach Olivias Ankunft hatte sie dort auch schon häufiger übernachtet – vor dem Feuer. Monatelang hatte John nach der Arbeit fast immer bei den Fischers übernachtet, weil er von da aus morgens schneller bei seiner Arbeit war. Aber als das Au-pair-Mädchen kam, hatten Bill und Denise ihm klargemacht, daß er nicht mehr weiter auf dem Sofa in ihrem Familienzimmer schlafen konnte. Das war der Teil des Hauses, den Olivia als Wohnzimmer benutzen sollte, und sie meinten, es wäre Olivia unangenehm, daß ein Mann dort nächtigte.

Leah erklärte: »Ich verstand den Grund für diese Bitte. John auch. Er ist sehr lieb und rücksichtsvoll und hat sich nie mit meinem Vater oder Denise gestritten. Aber wir waren danach öfter bei ihm zu Hause.«

Eines Morgens im Januar, nach einer Übernachtung in Mahopac, bereiteten sich Leah und alle Gallaghers auf die Abfahrt zu ihren jeweiligen Arbeitsplätzen vor. Es war gerade 6.45 Uhr und immer noch dunkel draußen. Wie immer, mußten auf der breiten Einfahrt erst Autos hin- und herbewegt werden, damit die, die zuerst loswollten, hinauskamen. Ein Wagen, den John repariert hatte, blockierte den seiner Mutter. Er wollte ihn beiseite fahren, stellte fest, daß das Türschloß zugefroren war und bemühte sich, es zu öffnen, als er mehrere andere Autos im Sand am Eingang der Einfahrt herumrutschen hörte. Es war ein unerwarteter scharrender Laut an dieser ruhigen, ländlichen Straße zu einer so frühen Stunde. Er blickte hoch und sah im trüben ersten Tageslicht die Umrisse mehrerer fremder menschlicher Gestalten, die aus ihren Wagen stiegen und auf ihn zukamen.

John rannte zurück zur Holzterrasse hinter dem Haus, um durch die dort befindliche Tür hineinzukommen, bevor die Fremden ihn einholen konnten. Leah, die das Ganze, hinter dem Lenkrad ihres geparkten Toyota sitzend, beobachtet hatte, stieg aus und lief auch zurück zum Haus. Ein Mann in dieser Gruppe, der ein Mikrophon hielt, rannte hinter John her und schrie außer Atem: »Ich möchte Ihnen eine Frage wegen Fischers Baby stellen. Nur ein paar Fragen, Mann. Ich meine, Sie sind ein Held, Sie waren doch da. Ich möchte Sie nur kurz etwas fragen. Eine Frage, Mann. Sie sind in das Zimmer reingegangen, stimmt's? Was haben Sie in dem Zimmer gesehen?«

Die Bezirksstaatsanwaltschaft hatte John gewarnt. Die Reporter könnten ihm auf die Spur kommen, herausfinden, wer er war, und versuchen, ihm Fragen zu stellen. Man hatte ihm gesagt, er solle sich den Medien gegenüber in bezug auf diesen Fall nicht äußern. Aber er war auf einen solchen Überfall nicht vorbereitet. Er war noch gar nicht richtig wach, es war fast noch Nacht, und mit Medien hatte er noch nie im Leben zu tun gehabt.

»Ich habe nichts dazu zu sagen«, erwiderte er, während er ängstlich an eine Glasscheibe der Hintertür klopfte und hoffte, daß ihm jemand öffnen würde.

Der Reporter fragte weiter: »Sie sagten, Sie sind reingegangen. Hat das Baby – konnten Sie das Baby in dem Zimmer sehen? Wieso wurde Ihr Name bisher nicht genannt? Sie haben doch eine richtige Heldentat vollbracht. Wieso hat noch niemand von Ihnen gehört, John, obwohl Sie doch ein Held sind?«

In diesem Augenblick öffnete Carol Gallagher ihrem Sohn die Tür. Leah kam die Treppe zur Veranda heraufgelaufen, auf ihn zu.

»Entschuldigen Sie mich, entschuldigen Sie bitte«, sagte sie zu einem Reporter, der ihr den Weg verstellte. Später wunderte sie sich, daß sie so höflich gewesen war. Ihr Herz pochte, als sie und John in die Küche entwischten.

»John, Sie sind der Held«, rief ihm der Reporter nach. »Sie sind der Held, Mann.«

Als er in das Haus sprang, sah John seinen Vater durch die Scheibe seines Schlafzimmerfensters starren und sich die Augen reiben. John erinnerte sich später an den verwirrten Gesichtsausdruck des alten Mannes, der zu überlegen schien, ob er von dieser auf seinen Besitz eindringenden Horde nur träumte, oder ob es Wirklichkeit war.

Carol Gallagher erinnerte sich: »Es waren zwei Kameraleute, ein Schwarzer und eine Weiße da. Sie alle ließen ihre Wagen so vor unserer Einfahrt stehen, daß sie sie blockierten. Michael und Renee und John und Leah und ich mußten zur Arbeit, aber keiner von uns konnte hinaus, weil unsere Autos blockiert waren. Wir baten die Reporter wegzugehen, aber sie sagten immer nur: ›Haben Sie nichts zu sagen?‹ Wir sagten nein, aber sie gingen nicht weg, sie blieben da. Einer von ihnen kam hinten auf die Veranda gerannt und versuchte, John und Leah durchs Fenster aufzunehmen, als sie im Wohnzimmer saßen.«

Die Frau in der Gruppe draußen war Linda Sawyer, und sie hatte einen ganz anderen Eindruck von dieser Verwirrung um sie herum – der zum Teil durch die rhetorische Frage gefärbt war, die ein Mitglied der Familie Gallagher stellte: »Wie zum Teufel haben sie herausgekriegt, wo wir wohnen?«

Carol erzählte: »Schließlich haben wir die Polizei von Commack angerufen. Man fragte, ob John als Zeuge geladen wäre, und wir sagten ja. Innerhalb von fünf Minuten waren zwei Streifenwagen da. Inzwischen war es 8.40 Uhr, und wir hätten längst zur Arbeit losgefahren sein müssen. Wir waren empört.«

Sie dachten, daß das alles wäre. Das Kamerateam, meinten sie, wäre ohne Aufnahmen wieder verschwunden. Auch daß es durch das Eingreifen der Polizei wohl nicht wieder zu einer solchen Belästigung kommen würde. Aber dieses Erlebnis hatte sie ziemlich erschüttert, und Leah wußte nun, daß sie auch bei den Gallaghers nicht mehr sicher war.

21

Der stellvertretende Bezirksstaatsanwalt George Bolen hatte so etwas befürchtet. Er sah sich als einen altmodischen Strafverfolger, der die Prozeßordnung verinnerlicht hatte. Es gehörte sich seiner Ansicht nach nicht, daß man die öffentliche Meinung unter Zuhilfenahme der Medien zu beeinflussen versuchte. Er hatte den Fischers und John Gallagher erklärt, weshalb er es nicht wünschte, daß sie mit Reportern redeten. Von dem Prozeß gegen Jean Harris und seinen Erfahrungen in Westchester County wußte er, was Leuten geschehen konnte, die in einen sensationellen Mordprozeß verwickelt waren: Eine beiläufige Bemerkung, die sie machten, konnte ihnen als Schlagzeile wieder ins Gesicht springen und sie verfolgen. Diese Bemerkung konnte verdreht oder falsch zitiert werden und dann sah ein Unschuldiger plötzlich wie ein Täter aus.

In den zehn Jahren seit dem Harris-Prozeß waren die Medien im allgemeinen und das Fernsehen im besonderen aufdringlicher geworden. Auch waren während dieser ersten Wochen des Jahres 1992 mehrere verbrecherische Kindermädchen in den Nachrichten aufgetaucht. Im Januar hatte ein sensationeller neuer Film, *The Hand That Rocks the Cradle* (Die Hand, die die Wiege schaukelt), Premiere gehabt und wurde in ganz Amerika zum großen Kassenerfolg. Dieser Erfolg hielt mehrere Wochen lang an, nicht weil der Film ein großes Kunstwerk gewesen wäre, sondern weil er in allen Eltern, die je ein Kind bei einem Babysitter gelassen hatten, einen empfindlichen Nerv berührte.

Der Film erzählt die bizarre Geschichte eines Kindermädchens, das Unheil über eine Familie bringt, um aus persönlichen Gründen mit ihr abzurechnen. Nachdem sie sich bei Mutter und Kindern beliebt gemacht hat, versucht sie plötzlich, deren Haus zu zerstören und sie zu töten. Die Geschichte ist eine Variation des Themas, das Patricia Highsmith in *Die Heldin* behandelte, und der prompte Erfolg des Films löste eine Flut von Zeitungs- und Zeitschriftenartikeln über die Gefahren und

Probleme aus, die auftreten konnten, wenn man seine Kinder einer bezahlten Hilfskraft anvertraute. Die Redaktionen bekamen Briefe, in denen Kindermädchen-Horrorstories vorgetragen wurden, und Ratgeber gaben Tips, welche Vorsichtsmaßnahmen Eltern treffen sollten. Vom sorgfältigen Überprüfen der Referenzen, die ein Kindermädchen vorlegt, bis zur Installation von Fernsehüberwachungsgeräten, so daß Kindermädchen ständig beaufsichtigt werden können, auch wenn man nicht im Haus ist.

Die arbeitenden Mütter Amerikas reagierten ungefähr so auf den Film, wie Linda Sawyer auf die Tragödie der Fischers reagiert hatte: Sie glaubten nicht, daß ihnen etwas Derartiges zustoßen könnte. Aber zwangsläufig erinnerte der Film an die Schlagzeilen des Vormonats und an Olivias Verhaftung. So kam diese Geschichte – mit allen ängstlichen Fragen, die sie aufwarf – ins öffentliche Bewußtsein zurück. Überall, wo *The Hand That Rocks the Cradle* gezeigt wurde, sprach man auch wieder über den »Swiss nanny case«, und auch die Amerikaner, die zuvor noch nichts von den Ereignissen in Thornwood gehört hatten, erfuhren nun davon.

Das Magazine *People* zog eine Parallele zwischen den bekannten Tatsachen von Kristies Tod und der fiktiven Filmstory und stellte fest: »Bis zu dem Prozeß, der irgendwann in diesem Jahr stattfinden wird, müssen die Fischers mit dem Schmerz dieses Verlustes und dem qualvollen Gedanken leben, daß sie, falls Riner in der Tat schuldig ist, ihre Tochter den Händen einer Mörderin ausgeliefert haben.«

Und das war kein Gedanke, mit dem sich junge Eltern und Großeltern gern beschäftigten. Der Film war ja schließlich nur eine Phantasiegeschichte. Welch eine Erleichterung würde es sein, zu erfahren, daß die Anklage gegen Olivia Riner in dieselbe Kategorie gehörte. Und daß es verbrecherische Kindermädchen ebenso wie Menschenfresser nur in der Welt der Märchen gab.

So sah die öffentliche Meinung aus, als am 14. Februar 1992, am Valentinstag, Geraldo Rivera die Hälfte seiner Sendung *Now It Can Be Told* dem Kristie-Fischer-Fall widmete.

Rivera, der sich zuerst als harte Schläge austeilender Reporter einen Namen gemacht hatte, war nun eher als Erfinder und Star einer Fernsehsendung, *The Geraldo Show*, bekannt. Das war eine tagsüber ausgestrahlte Interviewsendung, die allgemein als sensationellste Talkshow dieser Art galt. Riveras Fähigkeit, die amerikanischen Zuschauer Tag für Tag mit den unmöglichsten Leuten – Transsexuellen, Inzestopfern, Leihmüttern, aus künstlicher Befruchtung entstandenen Kindern, Frauen, die von den Freunden ihrer Mütter verführt worden waren, Frauen, deren Freunde die Mütter anderer Frauen verführt hatten – zu konfrontieren, schien unerschöpflich zu sein. Und all diese Leute waren bereit, ihre intimen Erlebnisse vor Rivera und der Kamera auszubreiten, wo doch die meisten Menschen gezögert hätten, so etwas auch nur ihren engsten Freunden zu beichten. Es war wie eine Massentherapie ohne Heilung. Statt dessen gab es dazwischen Pausen für die Werbung und das Versprechen: Morgen noch mehr.

Riveras neue Sendung, *Now It Can Be Told* war ähnlich strukturiert, aber inhaltlich ein wenig anders. Hier sollten exklusive Einsichten, Erkenntnisse vermittelt werden, die kürzlich gehörte, gelesene, gesehene Nachrichten betrafen. Rivera produzierte im Rahmen dieser neuen Sendung so viel, daß ein ganzes Team unterwegs war, um die nötigen Erkundigungen einzuziehen. Seine Darstellung des »Swiss nanny case« war eine Linda-Sawyer-Produktion und beruhte weitgehend auf Lindas Recherchen.

Einen oder zwei Tage vor der Ausstrahlung der Sendung bekam George Bolen, der Staatsanwalt, eine Kopie der Aufzeichnung von einem Reporter im Presseraum des Gerichts. Er rief die Fischers an und riet ihnen, sich die Sendung anzusehen. Er warnte sie: Sie würden daran Anstoß nehmen. Zuvor hatte jemand von Riveras Büro Staatsanwalt Bolen um ein Interview gebeten, und Bolen hatte abgelehnt. Diese Fragerei ärgerte ihn. Er hatte es ganz klar ausgedrückt: Seiner Ansicht nach seien die »sleaze merchants« (Händler zweifelhafter Nachrichten) scharf auf die Geschichte. Aber was dann am Abend des Valentinstages auf dem Fernsehschirm zu sehen und aus dem Lautsprecher zu hören war, übertraf die schlimmsten Erwartungen des Staatsanwalts.

Das Programm begann mit der schlichten Ankündigung Geraldo Riveras: »Heute, exklusiv, finden wir den Hauptverdächtigen eines grausamen Verbrechens, das den Schrecken eines der derzeit heißesten Filme des Landes spiegelt.«

Die Kamera fuhr an sein hageres, dunkles Gesicht heran, das eine gewisse Sorge ausdrückte.

»Es ist einer unserer schlimmsten Alpträume, unser Kind der Obhut eines Kindermädchens oder einer Babysitterin zu überlassen, die es schließlich vernachlässigt, mißhandelt oder sogar – Gott behüte! – ermordet«, vertraute er seinen Zuschauern an.

»Und gewiß war dies unser erster Eindruck in jenem Fall, bei jenem grauenerregenden Vorkommnis, das sich im vergangenen Dezember in einem wohlhabenden New Yorker Vorort zugetragen hat. Aber unser Alexander Johnson hat neues Beweismaterial entdeckt, das die Behörden offenbar zu ignorieren wünschen.«

Als Alexander Johnson auf dem Bildschirm erschien, erkannte die Familie Gallagher in ihm sogleich den Reporter, der John bis an die Hintertür seines Hauses gejagt und immer wieder gerufen hatte: »Sie sind ein Held, Mann ... Wieso hat noch niemand von Ihnen gehört, obwohl Sie ein Held sind?« Aber an diesem Abend erzählte er den Zuschauern eine andere Geschichte.

Er behauptete, er hätte exklusiv die Information erhalten, daß die Polizei von Mount Pleasant, nachdem sie Olivia verhaftet hatte, absichtlich die Möglichkeit außer acht gelassen habe, John Gallagher könne der Brandstifter gewesen sein. »Unsere Quellen besagen, es gebe da eine alte freundschaftliche Beziehung zwischen Polizeichef Oliva und der Familie Gallagher«, deutete Alexander Johnson an.

Auf diese nicht belegte (und unwahre) Behauptung folgten Ausschnitte aus dem Film *The Hand That Rocks the Cradle* und eine Polizeiaufnahme von Olivias Telefonanruf, in dem sie um Hilfe bat. Ihre Stimme, die zuerst ruhig war, hörte man dann hysterisch werden, als der Beamte erwiderte, ein Haus Nummer fünf am West Lake Drive gebe es nicht.

An diesen Eindruck polizeilicher Unfähigkeit schloß sich eine Bemerkung der Anwältin Laura Brevetti an, die zuversichtlich in ihrem mit langen Bücherreihen ausgestatteten Büro saß: »Man hört ihre Stimme in völliger Panik, als er sagte ›Es gibt keine solche Adresse.‹ Totale Verzweiflung, totale Angst, daß niemand kommen wird, um das Feuer zu löschen.«

Dann fuhr sie fort und beschrieb die Verhaftung ihrer Mandantin: »Eine überstürzte Aktion, man will sie verurteilen, ohne einen richtigen Grund zu haben, außer dem, daß es das Bequemste war, sie zu verdächtigen.«

Rivera führte aus: »Das Kindermädchen Olivia Riner dachte wirklich, daß sie mit der drei Monate alten Kristie Fischer allein wäre, als das fatale Feuer ausbrach. Bis jetzt haben das alle anderen, einschließlich der Polizei, auch gedacht. Aber wir haben eine schockierende Möglichkeit entdeckt. Es war vielleicht noch jemand dort.«

Szenenwechsel: das Haus der Gallaghers von außen, als sich das Fernsehteam am frühen Morgen Zugang verschafft. John Gallagher wird aufgenommen, als er sein Gesicht von der Kamera abwendet, während Alexander Johnson ihn fragt: »Sie sind in das Zimmer gegangen, stimmt's?«

Rivera stellt, im Studio sitzend, seine rhetorische Frage: »Wer ist dieser geheimnisvolle Mann, und warum will er nicht reden?«

Die Kamera fährt wieder an Johnson heran, der John fragt, was er in dem Zimmer des Babys gesehen habe, und John (noch immer mit dem Rücken zur Kamera) sagt, er wolle sich dazu nicht äußern.

Nach der Werbepause kehrte Johnson zurück, um diesen »geheimnisvollen Mann« in den vorangegangenen Aufnahmen zu identifizieren.

»Er heißt John Gallagher, und obwohl er fünfundzwanzig Meilen von dem Ort des Verbrechens entfernt lebt, hat er doch oft das Haus der Fischers besucht, um seine Freundin zu sehen. *Now It Can Be Told* hat exklusiv den Polizeibericht erhalten, in dem Olivia Riners Erklärung gegenüber den Beamten in der Brandnacht festgehalten ist. Sie sagte den Beamten, als sie hinausgelaufen sei, um Hilfe zu holen und das Baby zu retten, hätte draußen vor dem Haus der Fischers John Gallagher gestanden. Sie berichtete auch, daß Gallagher wieder hineingerannt wäre und das kleine Kind zu retten versucht hätte. Es gelang ihm zwar nicht, aber er handelte an jenem Abend wie ein Held. Nur ist seltsamerweise sein Name in keinem Zeitungsbericht über den Fall aufgetaucht. Zwei Monate nach dem Brand gelang es uns, John Gallaghers Wohnort zu ermitteln, und wir suchten ihn auf.«

So wurde John zum erstenmal öffentlich als der junge Mann identifiziert, der zuerst am Brandort eintraf. Aber man erzählte den Millionen von Zuschauern nichts von seinem Versuch, Kristies Leben zu retten, sondern daß er als Freund, als der Freund von Kristies Halbschwester einen Grund gehabt haben könnte, das Feuer zu legen.

Bevor die Kamera wieder zu der Szene vom frühen Morgen außerhalb des Gallagher-Hauses zurückkehrte, zeigte der Bildschirm die Kopie eines Dokuments. Es wurde nicht erklärt, aber mit einem Blick sah man, daß es Gallaghers Antrag auf einen Waffenschein für eine Pistole war. Was das im Zusammenhang mit den Bildern des brennenden Hauses der Fischers bedeutete, war klar: Dieser junge Mann konnte ein Mörder sein.

So bekam es einen Sinn, daß der Reporter John auf den Leib rückte, ihm Fragen stellte. Der Kameramann, der immer noch nicht sein Gesicht aufgenommen hatte, zeigte ihn schließlich, wie er zu dem Haus zurücklief: den Rücken eines jungen Mannes mit kurzem rötlichem Haar, der eine Skijacke trug. Die Tonspur zeichnete seine Stimme auf, und man sah eine Atemwolke in der Kälte des frühen Morgens wehen: »Ich habe nichts zu sagen.«

Die nächste Einstellung zeigte Leah, die mit ihm zusammen zur Hintertür eilte. Wenn man die beiden so erblickte, nahm man an, daß sie ein schlechtes Gewissen hatten.

Alexander Johnson stellte fest: »Wie sich herausstellte, war Gallagher ein sehr scheuer Held. Die Frau bei ihm ist Leah Fischer, die Stiefschwester des Babys Kristie. Diese beiden erscheinen auch auf einem Polizeivideo, das am Morgen nach dem tragischen Feuer aufgenommen wurde. Ihre Stimmen sind in einem alles anderen als tragischen Ton hörbar.«

Was jetzt folgte, war vernichtend.

Ein Teil von Bruce Johnsons Videoaufnahme wurde gezeigt,

dazu die Stimmen, die auf seiner Tonspur waren. Der Ton wurde John und Leah unterlegt, obwohl nicht sie diese Worte (über die Holzkohle für das Barbecue) gesprochen hatten. Es war eine Aufnahme von Leah und John draußen vor dem Haus zu sehen, wie sie in dem Gerümpel herumsuchen. Dann folgte eine Aufnahme von Leahs ausgebranntem Zimmer, dazu hörte man Leute reden, die im Bild nicht zu sehen waren. Diese Stimmen waren so undeutlich, daß das, was die eine von ihnen angeblich gesagt hatte und zu wem sie angeblich gehörte, in zwei Textzeilen auf dem Bildschirm zu lesen stand.

»John Gallagher: ›Du und ich, wir wohnen jetzt eine Zeitlang bei mir zu Hause und veranstalten Barbecues.‹«

Dann hörte man eine Frau lachen. Dieser Wortwechsel war natürlich in Wirklichkeit Jim Donnellys verzweifelter Versuch, einen Scherz zu machen, und Denises nervöse Reaktion. Allerdings hatte er es nicht so gesagt, wie es nun als Text John Gallaghers auf dem Bildschirm stand. Aber entscheidend war, daß dieser Wortwechsel (der Scherz und das Lachen) jetzt John und Leah untergeschoben wurde. Als ob sie über das verbrannte Haus und das tote Baby scherzten – sich hämisch freuten oder noch schlimmer: die Tat begangen hätten.

Die Gallaghers und die Fischers sahen sich die Sendung entsetzt an, jede Familie in ihrem Wohnzimmer.

»Mom, wie können sie das tun?« fragte Renee Gallagher ihre Mutter mit Tränen in den Augen.

»Sie können tun, was immer sie wollen«, lautete Carols bittere Antwort.

»Das nennt man Pressefreiheit.«

John war dreißig Meilen weit entfernt in Hawthorne und sah sich die Sendung mit ein paar Freunden an. Einer von ihnen, ein Streifenbeamter von der Polizei, der an diesem Fall nicht mitgearbeitet hatte, war genauso schockiert wie alle anderen auch. »Ich kann's einfach nicht fassen«, sagte er. John schüttelte nur den Kopf.

»Du solltest mit einem Anwalt darüber reden«, schlug sein Freund vor.

»Ja. Ich glaube, das muß ich tun.«

Aber er tat es nie. Genau wie seine Mutter kam er sich hilflos und überwältigt vor. Einen Anwalt zu nehmen und zu klagen, entsprach nicht ihrem Lebensstil, so etwas konnten sie nicht. Und ganz gleich, was sie jetzt unternahmen, es war zu spät. Es war bereits geschehen.

Leah sah die Sendung zusammen mit ihrem Vater und Denise, im Wohnzimmer der gemieteten Etage am Einkaufszentrum. »Mir war übel«, sagte sie.

Ihre Mutter Grada reagierte ebenso. Sie sah es in ihrem Apartment in Manhattan. Sie fühlte ihre Hilflosigkeit und war zornig, daß man ihre Tochter beleidigte. Sie zeichnete die Sendung für Troy auf ihrem Recorder auf. Aber er weigerte sich, sie anzusehen.

»Ich will es nicht sehen. Niemals«, sagte er ihr.

»Es ist ein Skandal. Manche dieser Fernsehleute tun so engagiert. Aber in Wirklichkeit füttern sie die Leute mit Dreck.«

Die Sendung endete mit einem Dialog zwischen Alexander Johnson und Geraldo Rivera. Er klang besorgt, aber einstudiert. Rivera fügte selbst noch ein paar Andeutungen hinzu.

»In Olivias Kleidung hat sich bei den Tests der Polizei keine Spur von Kohlenwasserstoffen gefunden. Was John Gallaghers Kleidung angeht, werden wir das nie erfahren«, sagte Johnson.

»Sie wurde nicht untersucht. Und was ist mit dem Motiv für dieses grauenhafte Verbrechen? Die Polizei sagt, sie habe eins: Heimweh nach ihrem Land, der Schweiz.«

Rivera fragte: »Sie meinen, das offizielle Motiv, das sie dem Kindermädchen unterstellen, ist, daß sie Heimweh hatte?«

»Heimweh«, wiederholte Johnson.

»Das ist ihre Erklärung?«

»Bisher.«

»Kein finanzieller Grund? Keine Affäre mit dem Familienvater? Nur Heimweh?«

»Genauso heißt es in den offiziellen Akten.« (In Wirklichkeit gab es keine »offiziellen Akten« über ein angebliches Motiv. Und niemand hatte im entferntesten eine Liaison zwischen Olivia und Bill vermutet. Diese Idee kam ganz allein von Rivera.)

»Wir klagen hier jetzt nicht diesen Gallagher an«, faßte Rivera zusammen.

»Die Tatsache, daß er vor der Kamera wegläuft oder die Tatsache, daß er am nächsten Morgen im Schutt herumsucht und lacht – wir wollen ihm keine Schuld zuweisen. Allerdings, die Tatsache, daß man ihn nicht vernommen hat – hat man ihn bisher vernommen?«

»Soweit wir wissen, nicht«, erwiderte Alexander Johnson. »Als wir ihn fragten, ob man ihn vernommen hätte, bekamen wir keine Antwort. Als wir zum Polizeichef gingen, wieder dasselbe. Er wollte nicht mit uns sprechen ... Unsere Quellen sagen uns, nein. Man hat ihn nicht als verdächtig betrachtet und auch nicht zum Verhör geholt.«

Wieder war keine Andeutung zu hören, wer diese Quellen sein könnten. Auf jeden Fall war die Behauptung falsch. In der Nacht des Feuers war John Gallagher sehr wohl von der Polizei vernommen worden.

»Verfolgen Sie das weiter«, drängte Rivera seinen Reporter. Und er schloß: »Wir rufen alle anderen Journalisten im Gebiet von New York City auf, sich diesen Fall noch einmal anzusehen. Ich habe das Gefühl, da ist was faul.«

Diese Bemerkung machte Jim Donnelly so wütend, der die Sendung in seinem Wohnzimmer verfolgte, daß er am liebsten etwas Hartes gegen seinen 26-Zoll-Schirm geschleudert hätte, doch Kimmys Porträt stand an dem gewohnten Platz. So beschränkte er sich darauf, dem gepflegten Bild Geraldo Riveras auf der Mattscheibe zu widersprechen.

»Dieses Gefühl habe ich auch«, schrie er. »Bei Ihnen ist etwas faul.«

Der größte Teil des Materials dieser Sendung war nicht für die Öffentlichkeit bestimmt. Bruce Johnsons Videos von dem Brandort waren der Bezirksstaatsanwaltschaft übergeben worden. Gemäß den Bestimmungen der Strafprozeßordnung hatte Laura Brevetti als Anwältin von dort Kopien bekommen. Diese Bestimmungen wurden im Staat New York strikt eingehalten. Falls die Staatsanwaltschaft der Verteidigung nicht jeden einzelnen Beweisfetzen zukommen ließ, konnte bereits die geringste Auslassung Grund für eine Einstellung des Verfahrens sein.

Auch hätte es einen schweren Verstoß gegen das juristische Ethos dargestellt, sollte eine Seite Beweismaterial vor dem Prozeß veröffentlicht haben, vor allen Dingen in dieser Art und Weise, die das Ergebnis des Verfahrens massiv beeinflußte. Dennoch – irgend jemand hatte Geraldo Rivera zwei der von Bruce Johnson aufgezeichneten Videobänder, dessen aufgezeichnetes Verhör Olivias unmittelbar nach ihrer Verhaftung, die Tonbandaufnahmen ihres verzweifelten Telefonanrufs bei der Polizei von Mount Pleasant und John Gallaghers Antrag auf Ausstellung eines Waffenscheins für eine Pistole (den er Monate zuvor ausgefüllt hatte, als er jagen gehen wollte) zur Verfügung gestellt. Der Antrag auf einen Waffenschein – den man als in keiner Weise relevant bezüglich des Mordes an Kristie Fischer betrachtete – war abgelehnt worden, offenbar weil in Computerdateien der Behörde gespeichert war, daß John sich ein paar Strafmandate zuviel wegen zu schnellen Fahrens eingehandelt hatte. All dies war von jemandem, der Zugang zu all dem vertraulichen, datengeschützten Material hatte, direkt oder über Kontakte, Geraldo Rivera zugespielt worden.

Wenn man diese Bruchstücke so präsentierte, wenn man dann zeigte, wie John den Reportern zu entkommen versuchte und wenn man ihm dann noch fälschlich die Bemerkung vom Brandort über die Holzkohle und das Barbecue zuschrieb, kam ein solcher Bericht einer Vorverurteilung gleich.

Über Nacht spürte man, wie sich die öffentliche Meinung änderte. Diejenigen, die die Fernsehsendung gesehen hatten, informierten die, denen sie entgangen war: »Der Freund hat es getan.« Und das hieß, daß Leah ihm geholfen hatte. Von dieser Annahme ausgehend, entwickelte man jetzt ein Szenario: eines, in dem die Tochter des Hauses und ihr Freund die neue Frau derart haßten und das neue Baby so sehr verabscheuten, daß sie sich schworen, das Leben der Mutter zu zerstören, indem sie das Kind beseitigten.

Diese Geschichte hatte ein paar offensichtliche Fehler. Weshalb sollte Leah die Zerstörung des Hauses gutheißen, das sie so sehr liebte, und die Vernichtung ihrer gesamten Habe wünschen? Wie konnte sie annehmen, daß ihre Beziehung zu ihrem Vater sich nach einer so schrecklichen Tragödie bessern würde?

Aber es war für viele leichter, diese Ungereimtheiten zu ignorieren, als die Möglichkeit einer Schuld Olivias anzuerkennen. Riveras Sendung bestätigte, was die meisten Eltern hören wollten: daß sie unschuldig war. Daß eine überall ausgestrahlte Fernsehsendung diese Meinung verbreitete, machte die These von der Unschuld des Kindermädchens glaubhaft. Unmittelbar nach dem Valentinstag redete man in Thornwood und Umgebung ganz anders als vorher über den Fall.

Leute, die nicht genannt werden wollten, boten ihre Meinung an.

»Viele meiner Kunden halten Olivia Riner für unschuldig«, erklärte ein Friseur in dieser Gegend. »Sie hatten das zuerst nicht gedacht, aber jetzt fragen sie sich, wieso sie, wenn sie das Feuer angezündet hat, im Haus geblieben ist, um die Feuerwehr anzurufen. Eine Frau sagte: ›Brandstiftung ist ein typisch amerikanisches Verbrechen. Ein europäisches Mädchen würde auf so etwas nicht kommen‹.«

»Die Leute, die in meinem Laden einkaufen, sind hundertprozentig auf ihrer Seite«, sagte der Eigentümer eines kleinen Lebensmittelladens. »Sie sehen nicht ein, wie oder warum sie so ein Verbrechen begangen haben soll. Sie ist nur ein einfaches kleines Mädchen von zwanzig Jahren, das aus einem anderen Land hergekommen ist, um zu arbeiten.«

Diese Gefühle waren weit verbreitet. Viele Familien in der Gegend von Thornwood stammten von deutschsprachigen Einwanderern ab, und Olivia Riner schien ihre eigenen fleißigen und manchmal mißverstandenen Vorfahren zu verkörpern.

Eine dieser Frauen, die im öffentlichen Leben eine Rolle spielte, brachte eine detaillierte Hypothese vor, die sie mit Freunden und Nachbarn ausführlich diskutierte: »Es ergibt einfach keinen Sinn zu sagen, das Mädchen hat es getan. Wenn sie in der Schweiz vorbestraft gewesen wäre, hätten die Schweizer sich nicht hinter sie gestellt. Wenn sie also dort drüben nichts verbrochen hat, wieso sollte sie dann hierher kommen und diese Feuer legen? Und warum war Gallagher so schnell da? Ich glaube ihm seine Geschichte nicht. Ich glaube, er und Leah hatten sich wegen Denise geärgert. Ich glaube, die brennbare Flüssigkeit wurde von außen durchs Fenster hineingeschüttet. Bill weiß im Grund seines Herzens, daß das Kindermädchen sein Baby nicht getötet hat. Bill braucht nur in den Delikatessenladen zu gehen und sich anzuhören, was geredet wird. Wir haben schon Feuer in dieser Gegend gehabt, bevor das Mädchen hier ankam. Nach dem Geraldo-Film haben sie beim Friseur alle drüber geredet. Alle sagen sie dasselbe: SIE HAT ES NICHT GETAN!«

22

Es war nicht nur, was der Geraldo-Rivera-Film über John Gallagher verbreitet hatte, sondern auch, was ungesagt geblieben war – die Einsicht in die zu erwartende Strategie der Verteidigung –, was George Bolen, dem Staatsanwalt, Kopfschmerzen bereitete.

Er wußte, daß nur Bruce Johnson im Besitz des Videobandes gewesen war, bevor er es an ihn, Bolen weitergegeben hatte, und er war sicher, daß die undichte Stelle, durch die es zu Rivera kam, nicht im Büro der Bezirksstaatsanwaltschaft zu suchen war. Er achtete peinlich genau darauf, seine Beweismittel zu sichern.

»Bruce hat mir das Videoband persönlich gegeben«, erinnerte er sich. »Gesetzlich war ich verpflichtet, eine Kopie an die Verteidigung weiterzureichen, und die Kopie ließ ich im Haus herstellen. Ich übergab sie Brevetti am 9. Januar 1992, und sie quittierte mir dafür. Fünf Wochen später war ich schockiert, es in der Sendung von Geraldo Rivera zu sehen, geschickt zerstückelt und mit falsch identifizierten Sprechern. Das Band ist nicht von mir oder von irgend jemandem aus meinem Büro gekommen. Auch nicht von irgendeinem der Polizeibeamten, die mit diesem Fall befaßt waren, dessen bin ich sicher.«

Die unvermeidliche Schlußfolgerung – zu der man sowohl bei der Polizei als auch bei der Bezirksstaatsanwaltschaft gelangte – war, daß es – ob mit ihrem Wissen oder ohne ihr Wissen – aus Laura Brevettis Anwaltskanzlei zu Geraldo Rivera geraten sein mußte. Daß sie sich selbst für die Sendung hatte interviewen lassen und die positive Art, in der man sie darstellte, ließen vermuten, daß sie von der Videoband-Weitergabe wußte. Und so begann George Bolen zu ahnen, welcher Methoden sich Laura Brevetti bedienen würde.

Er hatte schon damit gerechnet, daß sie John Gallagher als Täter hinstellen könnte. »Es ist eine typische Taktik der Verteidigung: den Verdacht vom Angeklagten abzulenken, indem sie mit dem Finger auf jemand anderen zeigt«, sagte Bolen. »Ich hatte

John und Leah bereits gewarnt, daß man ihn dieses Verbrechens beschuldigen könnte und sie als Mittäterin. Sie haben mir das wohl nicht geglaubt. Aber ich habe genug Strafverfahren erlebt, ich weiß, daß das immer wieder versucht wird.« Doch selbst er hatte nicht erwartet, daß ein großer Fernsehsender eine solche Beschuldigung ausstrahlen würde.

In Gesprächen mit Zeugen seine eigenen Gefühle durchschimmern zu lassen, war nicht George Bolens Art. Er empfand großes Mitleid mit der Familie Fischer, achtete aber sehr streng darauf, daß man es nicht spürte. Auf sie wirkte er pflichtbewußt und betroffen, jedoch auch verschlossen. Sie nannten ihn George, hatten aber nicht das Gefühl, ihn zu kennen oder je kennenzulernen. Nicht so wie Detective Bruce Johnson, mit dem sie schließlich wie mit einem Nachbarn sprechen konnten. Sie ahnten nicht, welche Qualen George Bolen jene Fernsehsendung bereitete – sowohl im Hinblick auf das, was man ihnen dadurch persönlich antat, als auch hinsichtlich seiner späteren Prozeßführung.

»Was mich ärgerte und quälte«, gab Bolen später zu, »war all das zusätzliche Leid, das diese Sendung über die Familie und John Gallagher bringen würde. Stellen Sie sich vor, was es für Bill und Denise bedeutete, daß alle um sie herum Leah und John verdächtigten.«

Er fürchtete, daß dieser Verdacht einen Riß in der Familie verursachen könnte. Er wußte nicht, wie fest die Beziehungen waren, die den Fischerclan zusammenhielt. Denise, die zuvor hinsichtlich ihres Platzes in der Familie unsicher gewesen war, spürte nun nach Kristies Tod ein stärkeres Zugehörigkeitsgefühl und sprach für sie alle, als sie sagte: »Wenn ich auch nur einen Augenblick gedacht hätte, daß John schuldig ist, hätte ich ihn mit bloßen Händen zu erwürgen versucht und selbst vor Gericht gestanden.«

Am Morgen nach der Ausstrahlung von *Now It Can Be Told* erhielt Bolen einen Anruf von Linda Sawyer. Sie fragte ihn, ob er im Rahmen der geplanten Fortsetzung dieser Sendung zu einer Äußerung bereit war. »The nanny case« war ein heißes Thema, und sie wollte dranbleiben. Er antwortete mit einer Gegenfrage: Woher sie das Videoband habe.

»Bitte, Sie wollen mich wohl auf den Arm nehmen«, sagte sie. »Ich kann doch nicht meine Quellen preisgeben.«

»Aber Sie müßten doch wissen, daß Sie die Stimmen falsch identifiziert haben«, sagte er ihr. »Das war weder John Gallagher noch Leah Fischer.«

»Wessen Stimmen waren es denn dann?« fragte sie.

Sie erinnerte sich: »Hätte er es mir gesagt, dann hätte ich einen Widerruf bringen können. Die Show lief an fünf Abenden in der Woche, ich hätte es noch am selben Abend korrigieren können. Aber er weigerte sich, mir mitzuteilen, wessen Stimmen es waren. Er erklärte, meine Frage sei einer Antwort nicht würdig. Und legte auf.

Ich dachte, was er mir gesagt hatte, wäre Blödsinn. Ich rief meinen Informanten an und wiederholte seine Worte. Mein Informant versicherte mir, die Information, die ich präsentiert hatte, wäre absolut korrekt.«

Linda sagte, dieser ungenannte Informant hätte ihr eine Kopie des Videobandes mit den Worten gegeben: »Können Sie das fassen? Das sind Gallagher und Leah Fischer. Sie wandern in den Ruinen herum und lachen und sagen, sie machen ein Barbecue.«

Linda fügte hinzu: »Ich hatte die Stimmen nach einem Vergleich mit anderen Stellen des Bandes auch als diejenigen Johns und Leahs identifiziert. Ich habe sie mir wohl hundertmal angehört. Die Stimmen waren undeutlich, aber wenn man den Ton laut aufdrehte, konnte man ihre Worte ganz klar hören.«

Ihre Vermutung hinsichtlich einer Verwicklung Johns und Leahs in diesen Mordfall schien durch den Klatsch bestätigt zu werden, den sie in der Gegend von Thornwood hörte: Einige junge Männer in Johns Alter waren dort in Kleinkriminalität verwickelt, und zwar laufend. Einen von ihnen verdächtigte man zahlreicher Brandstiftungsversuche, die die Gegend seit Monaten beunruhigten. Menschenleben hatte keiner der Brände bedroht, aber ärgerlich war es doch, wenn es andauernd in Mülltonnen und auf Abfallhaufen und einmal sogar in einer verlassenen alten Scheune nicht weit von dem Haus der Fischers brannte. Die Polizei von Mount Pleasant vermutete, daß sie alle das Werk ein und desselben jungen Mannes, eines bekannten Taugenichts waren, der einmal sogar so unvorsichtig gewesen war, in dem Schnee zwischen einer gerade angezündeten Scheune und seiner Haustür seine Fußspuren zu hinterlassen.

Die Polizei war sicher, daß das Feuer im Haus der Fischers nicht von ihm gelegt wurde.

Bruce Johnsons Kommentar: »Vergessen Sie den Kerl. Als Täter kommt er nicht in Frage. Er ist einfach nur ein Arsch und geht uns auf die Nerven. Schon als Junge fing er an, Ärger zu machen – Einbrüche, groben Unfug. Gestohlene Gegenstände fanden sich in seinem Besitz. Immer wieder festgenommen. Ich glaube, einige der kleinen Feuer gehen auf sein Konto, aber das hier war nicht seine Art. Er hat sie nicht alle, aber er ist kein Mörder. Er ist zu dumm, als daß er so eine vorsätzliche Tat auszuführen imstande wäre. Sie sollten die jungen Leute sehen, mit denen er herumhängt – da wir gerade von unintelligenten Menschen reden. Wenn wir es auch nur einen Augenblick für möglich gehalten hätten, daß einer von denen in den Tod von Kristie Fischer verwickelt war, meinen Sie nicht, daß wir sie alle liebend gern festgesetzt hätten?«

Linda Sawyer allerdings hatte die verschiedenen Geschichten, die man sich in Thornwood und Umgebung erzählte, aufgesammelt und miteinander verknüpft. Sie war meist spät nachts in gewissen Bars unterwegs gewesen, die allein aufzusuchen sie sich niemals hätte träumen lassen, wenn es nicht dieser Geschichte wegen erforderlich gewesen wäre. Nun wob sie aus diesem Garn eine Erzählung, die so logisch schien, daß sie sich eine andere Erklärung für das Feuer, in dem Kristie umgekommen war, gar nicht mehr vorstellen konnte. Sie erfuhr, daß John und dieser angebliche Brandstifter zusammen die High School besucht und dieselbe Vorliebe für Autorennen hatten, wodurch sie Freunde geworden sein konnten. Es war in den Bars auch davon die Rede, dieser junge Mann hätte John noch einen Gefallen geschuldet. Nichts von alledem ließ sich beweisen, aber die Bruchstücke fügten sich gut zu einem Komplott, in dem es um eine Abrechnung ging. Dazu kam die Eifersucht wegen der neuen Frau und wegen des Babys im Haus, die die Tochter des Hauses verdrängten und ihren Freund dazu.

Linda schlußfolgerte, daß sich eine derartige Tat ziemlich risikolos ausführen ließ, weil John ja mit dem Streifenpolizisten, der ihn in der Brandnacht verhörte, auf gutem Fuße stand und weil ihn auch der Lieutenant, der die Untersuchung leitete, gut kannte. Und dann hatte es keiner von diesen Beamten für nötig gehalten, ihn zum Polizeirevier mitzunehmen, als er den Brandort verließ. Man hatte weder seine Hände noch seine Kleidung auf Spuren einer brennbaren Flüssigkeit hin untersucht.

(Später gab die Polizei zu, daß sie das hätte tun sollen, und wenn auch nur zu ihrer eigenen und zu Gallaghers Absicherung. »Aber wissen Sie, was wir gefunden hätten?« sagte dazu ein höherer Polizeibeamter. »Benzin, Schmieröl, alle möglichen brennbaren Flüssigkeiten. Der Bursche hatte doch gerade einen Arbeitstag in einer Autowerkstatt hinter sich.«)

Eine direkte Verwicklung John Gallaghers, eventuell mit Hilfe eines Komplizen, erschien Linda Sawyer viel wahrscheinlicher als ein von Olivia begangenes Verbrechen. Er hatte vielleicht ein Motiv, Olivia hatte keines. Auf ihn paßte das Profil des typischen Brandstifters. Das war ein jüngerer Mann zwischen sechzehn und dreißig Jahren, der es in der Welt nicht sehr weit gebracht hatte. Man konnte sich gut vorstellen, daß Dorfpolizisten eine Ausländerin ergriffen, nur weil sie eine Ausländerin war. Und einen von ihren eigenen Leuten schützten.

Als Linda tiefer herumbohrte, stellte sie fest, daß John die West Lake High School im letzten Schuljahr ohne Abschluß verlassen hatte. Er war kein fleißiger Schüler gewesen, sondern hatte als jähzornig gegolten. Als Teenager hatte er mit anderen geboxt. Sie kam zu dem (falschen) Schluß, man habe ihn von der Schule gejagt. Und offensichtlich hatte er wegen des Brandes im Haus der Fischers ein schlechtes Gewissen, dachte Linda. Wieso saß er sonst in seinem Pickup in der Einfahrt des Hauses und wartete, während Kristie drinnen verbrannte? Während Olivia verzweifelt die Polizei anrief und um Hilfe bat. Es war doch eine Ungeheuerlichkeit, sie des Mordes zu beschuldigen und ihn zum Helden zu erklären. Ganz bestimmt war es umgekehrt gewesen.

Als Linda Sawyer den Fall aus dieser Perspektive betrachtete, kam sie zu der Überzeugung, daß sie der gerechten Sache diente, indem sie John Gallagher als den wahrscheinlicheren Täter darstellte. Sie sah sich in der Rolle der einsamen Reporterin, die mehr Zeit und Energie als sonst irgendwer in die Untersuchung dieses Falles steckte, und das stimmte ja auch. Als die Familie Fischer sich nicht äußern wollte und die Polizei außer den spärlichen Informationen zu Anfang nichts mehr von sich gab, hatten die meisten Journalisten erst einmal die Finger davon gelassen, um später, wenn der Fall vor Gericht kam, wieder einzusteigen. Nachdem Linda Sawyer allerdings in Geraldo Riveras *Now It Can Be Told* die Identität des fraglichen jungen Mannes und angeblichen ersten Zeugen am Brandort – John Gallagher – enthüllt hatte, setzte ein Ansturm von Reportern ein, die sich auf diese Sache warfen. Und so profitierte nicht nur Geraldo Riveras Show von ihren Recherchen, sondern all jene Fernseh- und Zeitungsjournalisten zwischen New York und Zürich griffen ihre Story auf. Sie nahmen an, daß sie zutraf. Und aufgrund dieser Annahme wurde Olivia Riners Unschuld in der Öffentlichkeit zur unumstößlichen Gewißheit.

»An dem Abend nach der Show rief mich Laura an«, erzählte Linda. »Sie sagte mir, ich hätte mein Versprechen sogar noch übertroffen, und sie werde mir ewig dankbar sein. Sie wisse, daß ich den Fall lösen und ihr genug in die Hand geben werde, um sie vor Gericht siegen zu lassen.«

Ein paar Tage darauf traf sich George Bolen im Polizeirevier von Mount Pleasant mit Bill und Denise, Leah, John und Jim Donnelly. Auch Bruce Johnson nahm an diesem Gespräch teil. Staatsanwalt Bolen wollte wissen, wer von ihnen den Satz mit der Holzkohle und dem Barbecue gesagt hatte, der auf dem Videoband zu hören war.

»Das war ich«, sagte Jim. »Ich wollte, daß Denise aufhörte zu weinen.«

Natürlich, es mußte Jim gewesen sein, dachte Bolen. Von denen, die an jenem Tag in den Trümmern herumsuchten, und nach einem Spielzeug fahndeten, das sie mit Kristies Leichnam zusammen begraben wollten, hatte nur Jim diesen Schmerz schon einmal durchlebt. Wenn er ihr nicht ein Lächeln zu entlocken versucht hätte, wären ihm selbst die Tränen gekommen. Und nun rief er, temperamentvoll wie er war, Bolen zu, er werde selbst alle Zeitungen und Fernsehstationen anrufen und öffentlich die Verantwortung für diesen – seinen – katastrophalen Versuch eines Scherzes übernehmen. Er wollte unbedingt etwas tun, damit dieser Verdacht von John Gallagher genommen wurde.

Der Staatsanwalt sah darin aber eine Gefahr: Dann würde der Schaden noch größer werden. Wenn Jim sich offenbarte, machte er auch sich angreifbar. Und vor allem würde es herauskommen, daß die *Mutter* des toten Babys gelacht hatte. Wie würde die Öffentlichkeit *das* wiederum interpretieren? Am besten ließ man also die Dinge auf sich beruhen. Hoffentlich war diese schreckliche Fernsehsendung vergessen, wenn der Prozeß begann. Darum hatte Bolen auch auf Linda Sawyers Frage »Wessen Stimmen waren es denn dann?« den Hörer aufgelegt. Und darum riet er den Fischers, sie sollten, so schwer es ihnen auch fallen mochte, der Presse gegenüber weiterhin jede Stellungnahme verweigern.

Die meisten von ihnen trauten seinem Urteilsvermögen. Jim wollte immer noch unbedingt seine öffentliche Erklärung abgeben, fügte sich dann aber dem Staatsanwalt. Er hatte das Gefühl, daß es nicht richtig war, den Mund zu halten. Er machte sich Vorwürfe wegen der öffentlichen Verurteilung, deren Opfer John wegen seiner, Jims, unbedachter Äußerung am Brandort geworden war. Er entwickelte den Medien gegenüber ein kräftiges Mißtrauen, sah sich im Fernsehen keine Nachrichtensendungen mehr an und glaubte nicht mehr all das, was die Zeitungen schrieben. Es vergingen Monate, bevor er es wagte, seinem Zorn Luft zu machen. Eines Tages hielt er es nicht mehr aus. In einem Massenblatt las er einen Bericht, in dem einerseits von Kristie als »Baby Fischer«, andererseits von »Karen« die Rede war. Wütend rief er die Zeitung an und brüllte ins Telefon: »Ich bin ein Mitglied der Familie Fischer, und das Baby, das gestorben ist, war weder Baby Fischer noch Karen Fischer. Sie hieß Kristie, bitte merken Sie sich das. Kristie Fischer war ein Mensch, ein lebendiger Mensch. Merken Sie sich das, verflucht noch mal.«

In Frieden gelassen wurden die Gallaghers und die Fischers nach der Geraldo-Rivera-Show nicht. Reporter und Fotografen lungerten vor Fischers Garage, dem Heim der Gallaghers in Mahopac und dem einzigen einem John Gallagher gehörenden Haus in der Stadt Mount Pleasant herum. Letzterer war Johns

Großvater, ein pensionierter Hausmeister der West Lake High School.

»Er ist der einzige Gallagher, den ich kenne«, erklärte Polizeichef Paul Oliva als Antwort auf Linda Sawyers Behauptung, er selbst stehe in einer engen Beziehung zu Johns Familie. »Und wenn ich ihn in vierzig Jahren zehnmal gesehen habe, dann ist das viel.«

Die anderen beiden John Gallaghers – der Sohn dieses alten Mannes und der Enkel – wurden mehrere Monate lang mit Telefonanrufen, persönlichen Nachstellungen und Belästigungen gequält.

»Es war eine schreckliche, schreckliche Zeit«, erzählte Carol Gallagher. »Man rief uns an und legte den Hörer auf. Man rief uns an und beleidigte uns. Jemand steckte unseren Briefkasten in Brand. Als das warme Wetter kam, konnten wir nicht draußen kochen, weil wir unseren eigenen Hof nicht benutzen konnten. Wir mußten hinter geschlossenen Türen sitzen und wagten es nicht hinauszugehen.«

Bei ihrer Arbeitsstelle als Lohnbuchhalterin hörte sie skeptische Bemerkungen, und man ging ihr aus dem Weg. Kollegen, die sie seit Jahren kannte und gern mochte, verdächtigten ihren Sohn des Mordes, »und es war schwer, das Tag für Tag auszuhalten.« Sie hatte sich von jener Fernsehsendung etwas ganz anderes erhofft. »Im Grunde hatte ich darauf gewartet, daß Geraldo sagen würde: ›Das ist der Junge, der versucht hat, das Baby zu retten.‹«

Statt dessen sah man John am nächsten Morgen bei der Arbeit schief an und sagte ihm: »Hab' dich gestern abend im Fernsehen gesehen. Sieht gar nicht gut für dich aus.«

Von da an hingen ihm alle Journalisten auf den Fersen, die an dieser Geschichte arbeiteten, und für die Fotografen war er Freiwild, weil er vor den Kameras des Rivera-Teams das Gesicht abgewandt hatte. Tag für Tag erwarteten sie ihn vor der Werkstatt des Jaguar-Händlers, wenn er gegen 9.30 Uhr früh dort eintraf, und dann wieder am Feierabend. Die Werkstatt lag am Ende einer Sackgasse, die von einer ländlichen Straße außerhalb der Stadt White Plains abzweigte, und man gelangte nur über diese eine Zufahrt hinein und wieder heraus. Jemandem am Eingang dieser Zufahrt zu entgehen, war unmöglich, selbst wenn man mit eingezogenem Kopf und einer Sonnenbrille im Gesicht vom Parkplatz aus hineinrannte.

»Nach der Geraldo-Show ging es nonstop, bei der Arbeit, zu Hause, überall, wo ich hinfuhr«, sagte John. »Eines Tages kamen Leute von den Channel-Four-Nachrichten zu meiner Arbeitsstelle und fragten die, die mich kannten: »Glauben Sie, daß John Gallagher es getan haben könnte?« An einem anderen Tag kam eine Frau von Channel Five und sagte dem Meister, sie hätte ein Interview mit mir vereinbart. Ich ging mit ihm zusammen nach vorn, um zu sehen, wer es war, und er fragte mich, ob ich sie kannte. Als ich verneinte und wieder nach hinten gehen wollte, nahmen sie mich auf, wie ich wegging, und zeigten es im Fernsehen. Manchmal sah ich draußen Reporter und Kameraleute und sagte es meinem Boß, Jim Westbrook, und er sorgte dafür, daß sie verschwanden. Er stand hundertprozentig hinter mir. Er wußte, daß ich sie nicht daran hindern konnte, mich zu schikanieren. Ich war vollkommen machtlos.«

Einmal fuhr ein Kollege aus der Jaguar-Werkstatt John in einem schwarzen Wagen mit schwarz gestrichenen Fenstern hinaus, der den Wagen auf der Straße testen wollte. John erzählte mit einem Schmunzeln: »Draußen vor der Werkstatt stand Channel Four. Channel Seven stand oben an der Straße. Wir fuhren einfach an ihnen vorbei, und sie wußten es nicht.«

Das war ein seltener Augenblick in einem Spiel, in dem John sonst immerzu verlor. Er wollte nicht, daß man ihn als Helden feierte, aber er hatte nicht damit gerechnet, daß man ihn hetzen und beleidigen würde. Manchmal wünschte er sich, er wäre in der Brandnacht irgendwo weit weg von dem Haus der Fischers gewesen. Er wollte diese Geschichte hinter sich bringen, aber die brennende Erinnerung kam immer wieder, gewöhnlich wenn er allein die Landstraße entlang fuhr und an etwas anderes dachte. Wenn es nicht diese unerwarteten, unguten Erinnerungen waren, dann waren es die Journalisten und Fotografen, die ihn belagerten und nicht zur Ruhe kommen ließen. Aber sie belagerten nicht nur ihn, sondern auch die Mitglieder der Familie Fischer.

Bill bedrängten sie in seiner Werkstatt und wollten Interviews, Kommentare, seine Meinung und Fotos von Kristie. Er sagte nein zu alledem und wäre am liebsten nicht mehr ans Telefon gegangen, aber das konnte er sich nicht leisten, weil sein Lebensunterhalt davon abhing.

»Ist dort Bill Fischer?« fing ein anonymer Anruf an. »Hängen Sie nicht auf. Ich möchte Ihnen etwas von John Gallagher erzählen. Wissen Sie nicht, daß er vor Jahren seine Brüder und Schwestern verbrannt hat?«

Es gab auch noch andere Anrufe dieser Sorte. Indem die Fischers sie hörten, lernten sie eine weitere dunkle Seite der menschlichen Natur kennen. Aber sie begriffen rasch, daß es sinnlos war, etwas darauf zu erwidern.

Troy fragte man an seiner Arbeitsstelle: »Was hältst du vom Freund deiner Schwester?«

»Hör zu: Nichts von alledem, was du im Fernsehen gehört hast, ist wahr«, schnauzte er den Frager an. »Und ich will nicht darüber reden.«

In dem Autoladen in White Plains, in dem Leah als Assistentin des Chefs arbeitete, hüllten sich die meisten ihrer Kollegen in ein bedenkliches Schweigen. »Sie mieden das Thema, und das war hart für mich«, sagte sie. »Sie wußten nicht, was sie davon halten oder dazu sagen sollten, also sagten sie gar nichts.«

Sie hätte sich gewünscht, daß sie sie nach John ausgefragt hätten, damit sie ihnen hätte erzählen können, was wirklich geschehen war. Auch ihre Freunde verhielten sich ganz unterschiedlich. Einige wenige versuchten, sie zu trösten und zu beruhigen, aber den meisten war das Thema offenbar peinlich, und sie entschuldigten sich mit einer hastigen Bemerkung wie »Ich weiß, daß du nicht darüber sprechen willst.«

»Aber das stimmte nicht«, sagte Leah. »Sie hatten keine Ahnung. Und dann gab es Freundinnen, enge Freundinnen von mir, von denen ich zu hören hoffte. Aber sie meldeten sich nicht. Und das tat weh.«

Es war ihr klar, daß diese jungen Frauen sich fragten, warum sie ihre Beziehung zu John nicht abgebrochen hatte. Und ob sie nicht mit ihm zusammen Kristie getötet hatte, da sie immer noch mit ihm zusammen war. Es war sinnlos, diesen Gerüchten zu widersprechen – zu erklären, daß es eine solche Verschwörung zwischen ihr und John mit dem Ziel, das Baby umzubringen, nicht gegeben hatte. Und als sie merkte, daß Freundschaften, die sie so hoch eingeschätzt hatte, so wenig Substanz besaßen, verstärkte sich ihr Gefühl des Verlusts noch.

So schloß sie sich John noch enger an als zuvor. Alle in der großen Familie der Fischers rückten dichter zusammen. Sie kamen sich wie Überlebende eines Schiffsunglücks vor, die sich in einer feindlichen Umwelt allein wiederfanden und sich aneinander und an den Trümmern ihres Lebens festklammerten. Eine einzige Hoffnung blieb ihnen, und die hielt sie aufrecht. In ein paar Monaten würde der Mordprozeß gegen Olivia stattfinden. Dann würde die Wahrheit herauskommen, meinten sie. Dann würde ein gerechtes Urteil gefällt werden.

Dritter Teil

DER PROZESS

23

»Natürlich haben wir *Now It Can Be Told* gesehen. Wir sind nicht dumm.« Eric Dardenne, der stellvertretende schweizerische Generalkonsul in New York, hielt diese Enthüllungen für »sehr wichtig«. Als Anwalt und Diplomat hatte er den Fall genau verfolgt und seiner Regierung darüber berichtet. Er war vorsichtig, wenn es darum ging, seine eigene Meinung zu Olivias Geschichte kundzutun. Er erklärte, er wolle »aus ethischen Gründen in dieser Frage sehr vorsichtig sein«. Aber es war klar, wem seine Sympathie galt.

In den Lokalzeitungen des Gannett-Konzerns, die in der Gegend erschienen, war im Anschluß an die Rivera-Sendung eine Geschichte abgedruckt worden, die ihn beeindruckt hatte. Diese Zeitungen bestätigten, es hätte im Polizeibezirk von Mount Pleasant eine ungewöhnliche Anzahl von »nuisance fires« gegeben, also von Feuern, die zwar keinen wirklichen Schaden angerichtet, aber trotzdem ein Ärgernis dargestellt hatten. In den vergangenen fünf Monaten hätte man elf solcher Feuer gezählt, und zwar alle in der Gegend der Nannyhagen Road, nahe dem Haus der Fischers. Nahe auch dem Haus des jungen Mannes, den man verdächtigte, der mehrfache Brandstifter von Thornwood zu sein (das allerdings stand nicht in dem Artikel).

»Die Behörde hat festgestellt, daß eine brennbare Flüssigkeit benutzt wurde, um die Feuer zu entzünden«, so hieß es in diesem Bericht. Damit wurde angedeutet, daß es zwischen den verschiedenen brennenden Abfallhaufen und dem Feuer, in dem Kristie umgekommen war, eine Beziehung gab. Eric Dardenne hielt es für bedeutsam, daß diese Brandstiftungsepidemie zwei Monate vor Olivias Ankunft in der Gegend ausgebrochen war und nach ihrer Verhaftung fortdauerte. Er erkundigte sich und erfuhr, daß es in dem Gebiet von Mount Pleasant in den vorangegangenen beiden Jahren insgesamt 26 Feuer gegeben hatte. Bei einem der Feuer war ein Restaurant verwüstet worden, eine

Brandstiftung hatte in diesem Fall offenbar nicht vorgelegen. Aber ein anderes Feuer, das einen Schaden in der Zentrale des örtlichen Sanitätskorps angerichtet hatte, ähnelte insofern in frappierender Weise der Brandstiftung im Fischerschen Haus, als auch dort mittels einer brennbaren Flüssigkeit ein Bett angezündet worden war. Davon abgesehen, unterschieden sich die beiden Brandstiftungen aber in ihrer Methode so sehr voneinander, daß die Polizei jede Möglichkeit eines Zusammenhanges ausschloß. Sie war der Ansicht, daß es sich bei dem Feuer im Ambulanz-Gebäude um das Werk eines enttäuschten freiwilligen Sanitäters gehandelt haben mußte. Von den verschiedenen Gebäuden, in denen es gebrannt hatte, war das Haus der Fischers das einzige, in dem sich bei Ausbruch des Feuers Menschen befunden hatten.

In dem Bericht der Gannett-Zeitungen wurden alle Feuer zusammengefaßt, als ob es sich um eine zusammenhängende Serie handelte, und Dardenne fand das überzeugend. In seinen Augen war diese Zahl von 26 Feuern »eine unglaublich hohe Anzahl« für eine halbländliche Gegend, verglichen mit dem, was ihm aus der Schweiz bekannt war, wo Brandstiftungen nur selten vorkamen. Seiner Ansicht nach sollte die Polizei auf den Zusammenhang zwischen dem Fischerschen Feuer und all den anderen Brandstiftungen in der Gegend achten, statt es als ein isoliertes Vorkommnis mit Olivia als einziger verdächtiger Person zu behandeln.

Dardenne war ein sehr korrekter und gewissenhafter europäischer Diplomat. Er war stets makellos gekleidet, trug meistens graue Anzüge, die gut zu seinem früh ergrauten Haar und dem hübsch getrimmten Bart paßten. Er entstammte anderen Kreisen als Olivia, trotzdem hatte er das Gefühl, sie zu verstehen, und war sich seiner Aufgabe, sie zu beschützen, voll bewußt. Er vermutete, daß die Polizei von Mount Pleasant voreilig ein Urteil über sie gefällt hatte, weil ihr Olivias Verhalten verdächtig erschienen war. Es kränkte ihn zu erfahren, daß man Olivias mangelnde gefühlsmäßige Reaktion in der Nacht ihrer Verhaftung als Gleichgültigkeit gegenüber Kristies Tod mißverstanden hatte, während er doch wußte, daß es ihr angeborener Gleichmut war.

»Deutschschweizer geben ihre Gefühle nicht preis«, erklärte er. »Es gibt da eine Kälte, die von ihrem Klima – inmitten der vielen Berge – kommt. Es ist nicht verwunderlich, daß Menschen, die nahe beim Schnee leben, so sind. Das ist normal.« Er selbst stammte aus dem französischen Teil der Schweiz.

Er brachte zu ihren Gunsten vor: »Als die Polizei sie befragte, war sie zur Mitarbeit bereit, ihre Antworten waren zusammenhängend und logisch, und ihr Bericht von dem, was geschehen war, immer derselbe. Nach meiner Erfahrung als Anwalt kann ich sagen: Wenn jemand die Wahrheit erzählt, erzählt er immer wieder dieselbe Geschichte, weil er sie so erlebt hat. Wenn aber jemand lügt, dann verändern sich die Einzelheiten ständig – außer der Betreffende hat ein Gedächtnis wie ein Elefant.«

Er konnte sich nicht vorstellen, daß sie die Brandstiftung begangen und gleich darauf die Polizei angerufen haben könnte. Alles an ihrem Verhalten zeugte, so fand er, von ihrer Unschuld. Er konnte sich sogar, was ihr unwahrscheinliches Verhalten in der Brandnacht anging, in sie hineinversetzen. Kürzlich war er mit seinem Auto in einen Unfall verwickelt worden. »Es war kein bedeutender Unfall, aber trotzdem war ich danach ein oder zwei Stunden lang in einem Schockzustand. Ich war nicht ich selbst. Hier ist ein Baby tot. Da ist ein junges Mädchen, sie ist neu hier im Land, sie spricht nicht gut englisch, und die Polizei stellt ihr Fragen. In so einem Augenblick verlangen Sie von ihr, daß sie sich normal verhält?«

Während der folgenden Monate beschäftigte sich Dardenne immer wieder mit dem Fall. Er fand die Widersprüche des amerikanischen Rechtssystems abwechselnd faszinierend und entnervend. Er hatte die Kautionsvereinbarung mit ausgehandelt und nahm an, daß sie wasserdicht war, aber ein paar Tage später fiel sie auseinander. Marlies Riner war mit einem 60-Tage-Visum in die USA gekommen. Ebenso wie seine Kollegen hatte er angenommen, daß diese zeitliche Beschränkung dadurch aufgehoben war, daß Richter Silverman von ihr als Bedingung für die Freilassung Olivias auf Kaution verlangte, daß sie bis zum Prozeß bei ihrer Tochter in New York City beziehungsweise Westchester County blieb. Aber als die 60-Tage-Frist ablief, drohte die US-Einwanderungsbehörde, sie abzuschieben. Wenn Marlies abgeschoben wurde, konnte das für Olivia bedeuten, daß sie wieder ins Gefängnis mußte, und Dardenne fand, daß es dies unbedingt zu vermeiden galt. Er fand es verwirrend, daß die verschiedenen amerikanischen Behörden einander derartig widersprechende Entscheidungen trafen.

Also beantragten das schweizerische Konsulat und Laura Brevetti eine Verlängerung des Visums für Marlies. Obwohl der Prozeß ihrer Tochter noch Monate entfernt war, verlängerte man es nur um 30 Tage. Damit lief es endgültig im März 1992 ab. Die US-Einwanderungsbehörde verfügte sofort die Abschiebung.

»Es war schrecklich«, erinnerte sich Dardenne. »Man benachrichtigte uns nicht von der Absicht, Frau Riner abzuschieben, sondern stellte uns vor vollendete Tatsachen.«

Man appellierte an Richter Donald Silverman, der ihnen erklärte, daß er als County-Richter gegen eine Entscheidung dieser Bundesbehörde nichts unternehmen könne. Es tat ihm leid, was Marlies und ihre Tochter erdulden mußten, aber er konnte ihnen nicht helfen. Schließlich mußte man die Chefetagen der internationalen Diplomatie bemühen, um die Entscheidung der Einwanderungsbehörde aufzuheben.

»Unser Botschafter in Washington schaltete sich ein«, berichtete Dardenne. »Er machte die höchste Autorität darauf aufmerksam, daß der Abschiebungsbeschluß unfair war.«

Jetzt erst erhielt Marlies die förmliche Erlaubnis, ihren Aufenthalt zu verlängern, bis Olivias Prozeß vorüber war. Damit diese Erlaubnis gültig werden konnte, mußte sie aber zuerst das Land verlassen und mit einem neuen Visum wieder einreisen. Sie entschloß sich, für drei Tage in die Schweiz zurückzukehren. Mit dem Richter war verabredet worden, daß sie mit ihrer kurzen Abwesenheit die Freiheit ihrer Tochter nicht gefährdete. Die Zeit, die man mit diesen Streitereien und Vereinbarungen verschwenden mußte, war für die Schweizer Konsularbeamten ein Ärgernis. Daß die Schweizer Behörden der Polizei von Mount Pleasant keine persönlichen Informationen über Olivia Riner zur Verfügung stellen konnten, fand Eric Dardenne hingegen völlig logisch.

»Die Privatsphäre des Individuums ist in der Schweiz geschützter als hier«, erklärte er. »In New York kann man eine Menge über einen Menschen herausbekommen, indem man seine American-Express-Karte in einen Computer steckt. In der Schweiz wäre das ein Skandal. Wenn Sie persönliche Informationen dieser Art über fünf Millionen Schweizer herauszubekommen versuchten, dann würden Sie fünf Millionen weiße Blätter erhalten.«

Olivias weißes Blatt war in seinen Augen ein weiterer Beweis für ihre Unschuld. »Ich hatte von Anfang an das Gefühl, daß dieser Fall Unsinn war, oder sie mußte geisteskrank sein«, sagte er. »Wenn sie geisteskrank gewesen wäre, so hätte sich das herausfinden lassen.« Offenbar hatten die Schweizer Behörden die Sache überprüft und wieder ein weißes Blatt erhalten.

Die Polizei von Mount Pleasant hatte in der Tat gehofft, ja erwartet, daß ihre Kollegen in Wettingen für sie Olivias Vorgeschichte prüfen würden, indem sie mit Leuten – ehemaligen Mitschülern, Nachbarn und Arbeitskollegen – sprächen, die sie kannten. Mount Pleasant wollte diese persönlichen Informationen sofort und ahnte nicht, daß die Schweizer eine solche Schnüffelei verabscheuten, vor allem, wenn die Ehre einer ihrer Bürgerinnen auf dem Spiel stand. Eine förmliche Anfrage, die über die Justizministerien beider Länder gegangen und dann durch die Schichten der Bürokratie zu ihr hinuntergeleitet worden wäre – ein Verfahren, das Wochen dauern konnte –, hätte die Polizei von Wettingen vielleicht beantwortet. Statt dessen hörten ihre Beamten Bruce Johnson am Telefon. Dieser unkonventionell direkte Stil, gefolgt von den Enthüllungen der Fernsehsendung Linda Sawyers, verstärkte im schweizerischen Konsulat den Eindruck, daß die Beschuldigungen der Polizei von Mount Pleasant und die Anklage der Bezirksstaatsanwaltschaft von Westchester County wahrscheinlich aus der Luft gegriffen waren.

Olivia wurde in vier Anklagepunkten des Mordes zweiten Grades (unerlaubtes Töten eines anderen mit bösem Vorgedanken, aber ohne Vorsatz und Vorbedacht) und in einem weiteren Anklagepunkt der Brandstiftung ersten Grades beschuldigt. Laura Brevetti plädierte auf unschuldig in allen fünf Punkten. Die vier verschiedenen Mordanklagen standen alternativ nebeneinander, und die Geschworenen sollten, wenn sie Olivia schuldig sprachen, entscheiden, ob sie Kristie absichtlich oder infolge einer Unachtsamkeit oder Bosheit getötet hatte, durch die sie das Leben des Kindes in Gefahr gebracht hatte.

Staatsanwalt Georg Bolen hatte seine Zweifel, ob er irgendeine dieser vier Mordanklagen durchbringen konnte. Ohne direkte Beweise würden die meisten Geschworenen nicht glauben wollen, daß ein junges, unverdorbenes Mädchen absichtlich getötet haben könnte. Die meisten Geschworenen versuchten, objektiv zu sein, aber sie wollten nachts auch noch schlafen können. Also würden sie nach einer anderen Erklärung suchen. Bolen nahm an, daß sie wahrscheinlich darin übereinstimmen würden, daß es sich um Brandstiftung handelte, aber sie würden zu der Ansicht neigen, daß Kristies Tod irgendwie zufällig eingetreten sei. Von den fünf Anklagepunkten meinte er, daß er mit »felony murder« (verbrecherischem Mord) und »first degree arson« (Brandstiftung ersten Grades) die besten Chancen hatte, eine Verurteilung zu erreichen. Er könnte sich glücklich schätzen, mit einer von beiden Erfolg zu haben. In beiden Anklagen war »arson«, Brandstiftung, das primäre Verbrechen, begangen in solcher Weise, daß dadurch absichtlich das Leben einer anderen Person in Gefahr gebracht wurde. In beiden Fällen beträgt das Strafmaß 25 Jahre bis lebenslänglich Haft, genau wie beim »second degree murder«. »Nur wissen das die meisten Geschworenen nicht«, erklärte Bolen. Die Zumessung der Strafe ist nicht ihre Sache.

Bolen zweifelte keinen Augenblick daran, daß Olivia die Feuer absichtlich entzündet hatte. Daß sie genau wußte, was sie tat und welche Gefahr sie heraufbeschwor. Woran es ihm fehlte – und was er vielleicht niemals finden würde –, war ein Motiv für ihre Tat. Als er sich auf den Prozeß vorbereitete, prüfte er mehrere Möglichkeiten, aber bei jeder Variante fehlte ein Stück des Puzzles. Die überzeugendste Theorie – jedenfalls für die Geschworenen – war, daß Olivia ein Feuer entzündet hatte, um Kristie daraus retten zu können; dann sah sie aber, daß das Baby schon an Rauchvergiftung gestorben war und entzündete die anderen Feuer, um die Spuren zu vernichten. Daß ihr Notruf bei der Feuerwehr durch einen Polizeisergeanten, der mit ihr über die Adresse stritt, aufgehalten werden würde, konnte sie nicht ahnen.

Bolen war von den Übereinstimmungen zwischen Patricia Highsmiths Geschichte *Die Heldin* und den bekannten Tatsachen dieses Falles beeindruckt. Diese Kurzgeschichte konnte den Geschworenen ein glaubhaftes Bild des Geschehens liefern. Er konnte sie erklären hören – beeinflußt von der Geschichte –, daß ein einsames, heimwehkrankes Mädchen sich vielleicht die ewige Dankbarkeit der Fischers damit verdienen wollte, daß sie ihr Kind vor einem Feuer rettete, das sie selbst entzündet hatte. Aber er konnte das Buch von Highsmith nicht als Beweismittel vorlegen – außer er bewies, daß es sich in Olivias Besitz befunden hatte.

»Es hätte als Indizienbeweis genügt«, sagte Bolen später, »wenn wir gesagt hätten, daß sie die Geschichte gelesen hatte. Aber dafür hätte ich von jener Kioskbesitzerin eine Aussage benötigt, daß das Buch in die Hände der Angeklagten gelangt war.«

Die Beschränkungen, denen ein Anklagevertreter unterworfen war, ärgerten ihn noch mehr als sonst: die aufschlußreichen Details, die er den Geschworenen nicht mitteilen durfte, während der Verteidiger den Fall öffentlich diskutieren konnte, was aber die berufliche Ethik dem Anklagevertreter verwehrte.

Zwar gab es Staatsanwälte, die diese Regeln manchmal ignorierten, Bolen aber beachtete sie immer strikt – zu strikt, wie manche seiner Kollegen fanden. Er gab Journalisten nur selten Interviews, und während sich ein Fall in der Schwebe befand, nie. Er hatte gelernt, daß es klug war, gelegentlich den Kopf in das Pressezimmer im Gericht zu stecken, aber er ging hinein, um zu hören, was im Gespräch war, nicht um Geheimnisse auszuplaudern.

Es erzürnte und verletzte ihn, daß Laura Brevetti, bevor der Prozeß gegen Olivia begonnen hatte, ihre Ansichten in einer Fernsehsendung verbreitet hatte, die von Millionen Amerikanern gesehen wurde – und dann auch noch mit dieser überdeutlichen Tendenz, daß John Gallagher der Mörder gewesen sein könnte. Bolen sah darin eine echte Verletzung des Code of Professional Responsibility der American Bar Association:

»Ein Anwalt, der in einer Straf- oder Zivilsache tätig oder daran beteiligt ist, soll außerhalb des Gerichtsverfahrens keine Erklärung abgeben, von der man vernünftigerweise erwarten kann, daß sie mittels öffentlicher Kommunikation verbreitet wird, wenn der Anwalt weiß oder vernünftigerweise wissen müßte, daß die Wahrscheinlichkeit einer materiellen Beeinträchtigung eines Gerichtsurteils hierdurch substantiell gegeben ist.«

Außerdem war da die Sache mit John Gallaghers Antrag auf einen Waffenschein, den man während der Rivera-Sendung auf dem Bildschirm gesehen hatte. Das war eine nicht zur Veröffentlichung bestimmte, unter Datenschutz stehende Information, die niemals an Journalisten herauszugeben war und nur Beamten der Justiz- und Polizeibehörden über die computergestützte Polizeistatistik des Staates New York zugänglich war. Jemand mußte sich da eingeschaltet und das Vorstrafenregister von John Gallagher überprüft haben, wobei er oder sie den Antrag auf den Waffenschein und eine Ansammlung von Strafmandaten wegen zu schnellen Fahrens entdeckt hatte, die der Grund für die Ablehnung des Waffenscheinantrags gewesen war. Die Weiterleitung an Geraldo Rivera zwecks Veröffentlichung im Fernsehen war ein so schweres Vergehen, daß Bruce Johnson bei der Behörde einen Strafantrag stellte. Johnson und Bolen konnten nur mutmaßen, wie diese Information durchgesickert war, aber Johnson bemerkte hierzu: »Da habe ich zum erstenmal gesehen, daß die Verteidigung eine hinterlistige Taktik benutzte.«

Bolen verbiß es sich, eine öffentliche Erklärung über die Verletzung der bürgerlichen Rechte John Gallaghers abzugeben. Er wollte nicht noch mehr auf diesen jungen Mann aufmerksam machen. Bolen ärgerte es, wie leicht es war, den Leuten die Theorie von Gallaghers Verwicklung in das Verbrechen aufzuschwatzen. Und er wußte, wie schwer es sein würde, Geschworene zu finden, die noch nicht davon gehört hatten.

In den Wochen vor dem Prozeß fanden die üblichen formlosen Diskussionen zwischen den Anwälten statt, um festzulegen, wie das Verfahren ablaufen sollte. In einem Gespräch mit Laura Brevetti schlug Richter Silverman ihr vor, auf Unzurechnungsfähigkeit zu plädieren.

Silverman hatte die polizeilichen Beweismittel und eine maßstabsgerechte Skizze des Erdgeschosses des Fischerschen Hauses studiert. Aufgrund der Nähe der Räume zueinander und ihrer geringen Größe fand er, daß Olivias Geschichte ziemlich unglaubhaft war. Er nahm an, daß die Geschworenen genau denselben Eindruck haben würden. Falls sich wirklich ein Eindringling neben ihr im Erdgeschoß befunden hätte, hätte sie es sehen müssen, wenn er Türen schloß und Feuer entzündete. Silverman erinnerte sich von der Renovierung seines eigenen Hauses her an den Geruch dabei und wunderte sich, wieso sie den Farbverdünner nicht gerochen hatte, als jemand diese Flüssigkeit nacheinander in den drei Räumen ausgoß.

Er wollte den Prozeß innerhalb weniger Wochen beginnen, Laura Brevetti aber bat um mehr Zeit zur Vorbereitung ihrer Verteidigung. Silverman war es gewöhnt, daß Anwälte sich beklagten, man setze sie unter Zeitdruck, aber er nahm an, daß es noch einen triftigeren Grund als üblich gäbe, als er ihre panikartige Erwiderung hörte.

»Ich hatte das Gefühl, daß sie sich mit dem Fall allein gelassen fühlte, daß sie niemanden hatte, mit dem sie über die Prozeßstrategie reden konnte«, stellte er fest.

»Ich rief sie in mein Beratungszimmer, weil ich ihr einen Rat geben wollte, den sie von niemand anderem bekommen konnte.«

Unter vier Augen in seinem bequemen Büro im Gerichtsgebäude sagte er ihr: »Ich möchte gern, daß wir uns die Fakten dieses Falles anschauen. Nehmen wir an, die Staatsanwaltschaft kann ein glaubhaftes Alibi für John Gallagher beibringen. Wenn Sie ihn nicht mehr in Ihrer Verteidigung haben, was bleibt Ihnen dann übrig? Es ist ein Indizienfall, aber die Indizien könnten sehr überzeugender Art sein. Und – sehen wir den Dingen ins Auge – wer auch immer dieses Verbrechen begangen hat, muß sehr krank gewesen sein. Wenn es Ihre Mandantin war, wäre es tragisch für sie, 25 Jahre im Gefängnis zu verbringen.

Vielleicht ist eine psychiatrische Verteidigung annehmbar für Sie. Denn auf Totschlag statt auf Mord können Sie nicht plädieren, weil Sie dann zugeben müssen, daß sie das Verbrechen begangen hat. Statt aber auf alles oder nichts zu setzen, 25 Jahre oder Freispruch, würden Sie ihr so die Chance auf eine viel kürzere Freiheitsstrafe eröffnen, vielleicht in einer Nervenheilanstalt und nicht in einem Gefängnis, und vielleicht nur für ein paar Jahre. Wenn Sie sich für diese Alternative entscheiden, wäre sie relativ leicht zu verkaufen.«

Er beendete das Gespräch, indem er ihr versprach: »Wenn Sie eine psychiatrische Verteidigung wählen, lasse ich Ihnen so viel Zeit, wie Sie brauchen, um sie zu entwickeln, und wir verschieben den Prozeßtermin.«

Er hatte fast wie ein Vater mit ihr gesprochen, obwohl er nur wenig älter als sie war: ein kleiner, dunkelhaariger Mann, fast einen Kopf kleiner als sie, entwaffnend formlos und fast jungenhaft in seiner Art. Er war erst seit drei Jahren Richter. Davor war er auch Strafverteidiger gewesen und hatte nicht vergessen, wie aufregend es war, das Establishment zu schlagen und einen schwierigen Fall zu gewinnen. Mit der Zeit erkannte er, daß es sich bei einigen seiner Triumphe um Pyrrhussiege gehandelt hatte und daß sein inneres Gerechtigkeitsgefühl nicht damit einverstanden war. Und schließlich sah er ein, »daß man nur selten einen völlig unschuldigen Mandanten hat und daß mein Ego es nicht länger nötig hatte zu gewinnen, daß es mich nicht befriedigte, Schuldigen zu helfen freizukommen, und daß ich nicht den Rest meines Lebens damit verbringen mochte, diesen Beruf auszuüben.«

Mit 41 Jahren ging er das Risiko ein, seine Zukunft auf ein unvorhersehbares Wahlergebnis zu setzen: Als liberaler Demokrat kandidierte er in einem weitgehend von den Republikanern beherrschten County um das Richteramt im Countygericht. Zuerst hieß es, er hätte verloren. Aber dann zählte man die Stimmen nach, und wie sich herausstellte, hatte er mit einem Vorsprung von einem Drittelprozent der Stimmen gewonnen. Obwohl er dieses Amt, wenn er wollte, noch sieben Jahre innehaben konnte, spielte er bereits mit dem Gedanken, für ein höheres Amt in der Justiz zu kandidieren. Aus ebenso selbstlosen wie ehrgeizigen Gründen war er gern Richter. Er konnte direkt und vorurteilslos Einfluß darauf nehmen, daß es gerecht zuging. Und so war er sein eigener Herr in dieser kleinen eigenen Welt. Das bevorstehende Verfahren des Volkes des Staates New York gegen Olivia Riner faszinierte ihn in mehrfacher Hinsicht: als Richter eines sensationellen Mordfalles, als Ex-Strafverteidiger, der eine rätselhafte Angeklagte auszuloten versuchte, und (diese Tatsache pflegte er nicht zu erwähnen) als Vater von Miranda, die fünf Monate früher als Kristie geboren war und die er und seine Frau einem südamerikanischen Kindermädchen anvertrauten. Das Kindermädchen hatte sich bisher tadellos verhalten. »Aber als sie zu uns kam, was wußten wir da über sie?«

All diese Faktoren veranlaßten ihn zu dem Angebot, das er Laura Brevetti machte, als er ihr vorschlug, sie solle die Art ihrer Verteidigung noch einmal überdenken.

Er erzählte: »Sie verließ mich an jenem Tag mit den Worten, sie werde mit ihrer Mandantin sprechen und ernsthaft über meinen Vorschlag nachdenken. Sie lehnte ihn nicht sofort ab. Sie bat mich um Bedenkzeit. Ich hatte das Gefühl, daß sie bei unserem Gespräch ein bißchen aufgeschreckt war. Ich schlug ihr aus zwei Gründen eine psychiatrische Verteidigung vor.

Erstens wollte ich mir einen Eindruck verschaffen, wie sicher sie sich im Hinblick auf die Unschuld ihrer Mandantin war.

Zweitens wollte ich sie aushorchen, um auf eventuelle Indizien für die Schuld ihrer Mandantin zu stoßen. Ich erlaubte mir nicht, sie zu fragen, was Olivia ihr erzählte, wenn sie über ihre Schuld oder Unschuld sprachen.

Wir setzten ein Datum fest für den Fall, daß sie wieder zu mir kommen wollte, um ihr Plädoyer (von »unschuldig« zu »unzurechnungsfähig«) zu verändern. Sie versuchte, Zeit zu gewinnen, als ich ihr sagte, sie solle Olivia für unzurechnungsfähig erklären. Dadurch wäre sie nicht unbedingt gezwungen gewesen, psychiatrisch zu plädieren, aber damit hätte die Staatsanwaltschaft das Recht bekommen, ihre Mandantin untersuchen zu lassen. Eine Weile blieb das Thema also offen, und sie bat mich, ich solle ihr mehr Zeit lassen. Zuletzt aber entschied sie sich, diese Unzurechnungsfähigkeitserklärung nicht einzureichen.

Ich stellte sie auf die Probe, um zu sehen, wie sie reagierte, und hoffte, daß es mir – persönlich – etwas sagen würde. Schließlich gewann ich den Eindruck, daß ihre Mandantin vielleicht doch unschuldig war. Denn wenn ich eine Mandantin hätte, die mir gegenüber zugegeben hat, daß sie dieses Verbrechen begangen hat, dann würde ich auf Unzurechnungsfähigkeit plädieren. Danach war ich ziemlich sicher, daß Olivia Riner ihrer Anwältin erzählte, sie sei unschuldig. Andernfalls wäre Laura Brevetti ein schreckliches Risiko eingegangen.«

24

Während Laura Brevetti ihre Verteidigung vorbereitete, stellte sie einige formale Anträge, um so viel gefährliches Beweismaterial wie möglich aus dem Verfahren auszuschließen. Weil es sich um einen Indizienprozeß handelte, hatte Richter Silverman versprochen, er werde all ihre Einwände prüfen, und setzte für Mitte Mai 1992 eine Vorverhandlung an. Ein paar Wochen zuvor gab er einige Gedanken über die ungewöhnliche Art dieses Falles von sich und verglich ihn mit einem anderen Mordfall, den er vor einiger Zeit verhandelt hatte.

»Da war ein junger Mann, der alle Benachteiligungen, die das Aufwachsen in einem Getto mit sich bringt, glücklich überwunden hatte. Er studierte mit einem Stipendium, gelehrt und sportlich. Eines Abends, als er eine Straße entlangging, trat ihm ohne guten Grund ein Fremder entgegen und tötete ihn. Das ist für mich eine Geschichte. Sie sagt uns eine Menge über die Gesellschaft, in der wir leben.

Dieses Verfahren (er bezog sich auf den bevorstehenden Prozeß gegen Olivia Riner) hat mit dem Leben der meisten Menschen nichts zu tun, es sagt nichts über die Lebensbedingungen unserer Zeit. Es ist eine Story, die Leute lesen so etwas gern, aber es ist eine bizarre Verirrung. Die meisten Leute haben keine Angst, daß jemand anderes ihrem Baby etwas antun könnte.«

Wie sich mit der Zeit herausstellen sollte, irrte er sich. Dieser Fall faszinierte die Leute – vor allen Dingen Frauen – nicht nur wegen seines sensationellen Charakters, sondern weil er Schuldgefühl und Angst berufstätiger Mütter ansprach. Der Richter dachte auf einer anderen Ebene, an Verbrechen von politischer und gesellschaftlicher Bedeutung – von der Art, wie er sie erlebt hatte, als er seine Laufbahn als Anwalt einschlug und sich auf Fälle spezialisierte, die von öffentlichem Interesse waren. Sogar als Vater eines kleinen Kindes, der mit einer Karrierefrau verheiratet war, entging ihm zuerst, was für eine große Wirkung dieser

Fall hatte. Erst später wurde das deutlich, als der Zuschauerraum des Gerichts sich mit Frauen füllte, mit Frauen, die sich im Laufe des Prozesses in ungewöhnlicher Weise zusammentaten, nicht so sehr aus Neugier, sondern weil sie genau wie Linda Sawyer an Olivias Unschuld glauben wollten. Weil sie eine Bestätigung für die Richtigkeit ihrer Wahl zwischen Kind und Karriere suchten. Ihrer Wahl, deren mögliche Konsequenzen ihnen Angst bereiteten.

Der wichtigste Punkt, den Laura Brevetti jetzt vorbrachte, war folgender: Olivias Verhaftung sei ein ungesetzlicher Akt gewesen. Sie habe die Miranda Warning nicht verstanden. Mit anderen Worten: Sie sei nicht, wie es gesetzlich vorgeschrieben war, über ihre Rechte belehrt worden. Also hätte sie während des langen Verhörs durch Bruce Johnson geantwortet, ohne zu wissen, daß sie das Recht hatte, die Aussage zu verweigern: In einer schriftlichen Erklärung an das Gericht wies Brevetti darauf hin, daß ihre Mandantin aus einer Gesellschaft kam, in der man der Polizei gehorcht und in der eine beschuldigte Person während eines polizeilichen Verhörs nicht das Recht hat, sich von einem Anwalt vertreten zu lassen. Olivia hatte »nie vorher Schwierigkeiten gehabt« und »verstand von den Rechten, die man ihr vorlas, oder von der mißlichen Lage, in der sie sich befand, sprachlich oder begrifflich wenig oder nichts«.

Man habe ihrer Mandantin auch nicht die Dienste eines Dolmetschers angeboten. Nachdem man sie des Verbrechens beschuldigt hatte, hätte man sie zwischen Mitternacht und drei Uhr früh »in eine Zelle gesteckt und ständig herausgeholt und wieder hineingebracht, immer wenn die Polizei zusätzliche Fragen hatte oder wenn ein neuer Polizist ankam, um vielleicht dadurch zu erreichen, daß sie zusammenbrach und gestand, eine Brandstiftung und einen Mord begangen zu haben.«

Sie warf der Polizei von Mount Pleasant auch vor, sie hätte den Tatort nicht abgeschlossen und verriegelt, bis Vertreter der Verteidigung Gelegenheit gehabt hätten, ihn zu untersuchen. Unter Hinweis auf Bruce Johnsons Videoaufnahme stellte sie fest, Leah und John sei es erlaubt worden, am Tag nach der Tragödie »unbeaufsichtigt am Brandort herumzusuchen«. Sie erklärte: »Es ist fast schon ein heiliger Grundsatz, daß die ersten 24 bis 72 Stunden nach einer Brandstiftung oder einem Mord von entscheidender Bedeutung sind und Gelegenheit bieten, Spuren zu entdecken, die dann noch vorhanden sind, später aber nicht mehr. Die Nachlässigkeit von Amts wegen Beteiligter verringert so diese Chancen; wenn sich Privatpersonen einmischen, werden sie gänzlich vernichtet.«

Die Formulierung dieser Anschuldigung enthält einen Fehler, der schon in *Now It Can Be Told* vorgekommen war: Die Aufnahmen von John und Leah, die in dem Gerümpel herumsuchten, stammten nicht, wie Brevetti angab, vom Tage nach dem Brand, sondern vom dritten Tag danach, als (wie das Videoband zeigte) Schnee am Erdboden lag, der gerade erst gefallen war.

Laura Brevetti stellte fest, daß es keine physischen Beweise – keine Fingerabdrücke, keine Spur einer brennbaren Flüssigkeit an ihrer Kleidung – gab, die Olivia mit dem Verbrechen in Beziehung brächten. »Und der Autopsiebericht besagt, daß das Kind an Rauchvergiftung und Verbrennungen starb. Es gibt keinen Beweis dafür, daß es verletzt, vergiftet, mißbraucht oder sonstwie geschädigt worden wäre.«

Sie kritisierte die Tatsache, daß die Polizei »aus bisher nicht erklärten Gründen« eine mögliche Täterschaft John Gallaghers ausgeschlossen und »von ihm keine der Verteidigung bekannten Beweismittel sichergestellt hat, obwohl er während des Feuers zugegen war«. Das war eine klare Warnung: In dem bevorstehenden Gerichtsverfahren wollte sie den Verdacht auf ihn lenken.

Was die Polizei als direkten, physischen Beweis sah – Olivias angesengte Wimpern – fand Brevetti lächerlich. »Es ist unglaubwürdig, daß Wimpern versengt werden, während ihre vollen Augenbrauen, ihr langes Haar (mit Pony), ihre Hände und Kleidung völlig unbeschädigt bleiben.«

Dieses Argument konnte Geschworenen durchaus einleuchten. Es bedurfte spezieller Kenntnisse der Verbrennungsdynamik, um die Bedeutung der Tatsache zu erkennen, daß Olivias Wimpern angesengt waren, während ihre Augenbrauen, ihr

Haar und ihre Kleidung keinen Schaden genommen hatten. Nachdem er Brevettis Schriftsatz gelesen hatte, gab Paul Oliva seinem Detective einen letzten Rat, bevor er in den Ruhestand ging: »Bruce, diese Wimpern sind ein sehr wichtiger Faktor in dem Fall. Deshalb haben wir sie verhaftet. Wir hatten all die Indizien drumherum, aber ihre Wimpern waren der entscheidende Umstand. Und bevor es zu dem Prozeß kommt, möchte ich, daß du mit George Bolen darüber redest und dafür sorgst, daß dieser Beweis so herauskommt, wie er herauskommen soll. Der ganze Fall hängt an diesen Wimpern.«

Sie waren in der Vorverhandlung, die sich um die Zulässigkeit anderer Beweismittel drehte, kein Thema. Solche Vorverhandlungen sind in den Vereinigten Staaten vor einem großen Prozeß üblich: Die Verteidigung versucht dabei, die Anklage möglichst abzuschwächen, bevor die Geschworenen sie zu sehen bekommen. Die Vorverhandlung bietet einen kleinen Ausblick auf den Prozeß selbst, und die Anwälte – Staatsanwaltschaft und Verteidigung – bekommen einen Eindruck davon, wie glaubwürdig gewisse Zeugen später wirken werden. Am Ende der Vorverhandlung fällt der Richter sein Urteil und bestimmt, wieviel von den bekannten Beweismitteln im Prozeß zugelassen wird. Laura Brevetti stellte den Antrag, alle Anklagepunkte zu verwerfen, ihre Mandantin also sofort freizusprechen und gar keinen Prozeß zu beginnen. Und erwartete, wenn auch nicht alles, so doch wenigstens etwas zu gewinnen.

Sie gewann fast nichts. George Bolen gestand ihr zu, daß Olivias Tagebuch und ihre persönlichen Fotografien nicht als Beweisstücke vorgelegt werden durften, aber Brevetti verlor in allen anderen Punkten. So wurde auch ihr Antrag, das aufgezeichnete Verhör durch Bruce Johnson nicht zu verwerten, weil ihre Mandantin die Miranda Warning nicht verstanden hätte, verworfen.

Olivia saß während der Verhandlung still und sittsam da. Sie trug eine schlichte weiße Bluse, eine marineblaue taillierte Jacke und einen dazu passenden plissierten Rock. Ihr langes Haar hing glatt ihren Rücken hinunter, ihre dichten, schwarzen Augenbrauen waren von ihrem Pony fast verdeckt.

Ihr einziges sichtbares Make-up bestand aus einer Spur rosa Lippenstift. Die seltsame kastenartige Form des an ihren linken Fußknöchel geschnallten elektronischen Senders lag kantig unter ihrem undurchsichtig dunkelblauen Strumpf verborgen. Marlies Riner saß in einer der vorderen Reihen des Zuschauerraums. Sie beobachtete die Vorgänge gespannt und wünschte sich, sie besser verstehen zu können. Sie war im selben Stil gekleidet wie ihre Tochter, mit kurzem Plisseerock und flachen Pumps, und sah nicht viel älter als Olivia aus.

Als Zeugen wurden in dieser Vorverhandlung nur Polizisten vernommen, die am Brandort gewesen waren. Der erste war Scott Carpenter, der junge Streifenbeamte, der vor allen seinen Kollegen am Ort eingetroffen und allein in das raucherfüllte Kinderzimmer gestolpert war, bevor der Polizeibeamte Miliambro ankam und sie noch einmal zusammen hineingingen. Carpenter diente erst seit zwei Jahren bei der Polizei. Es war dies seine erste Begegnung mit einem Mord und das erste Mal, daß er vor Gericht als Zeuge aussagen mußte. Man merkte ihm an, wie unangenehm ihm beides war. Die selbstbewußte, ruhige Art der älteren Beamten, die nach ihm aussagten, mußte er erst noch erlernen. Nach ihm kamen Lieutenant Louis Alagno, Sergeant Brian Dwyer und Detective Bruce Johnson. Zögernd beschrieb Carpenter, er hätte auf dem Fußboden des Kinderzimmers »einen schwer verkohlten Gegenstand« gesehen, »bei dem es sich um eine Puppe zu handeln schien. Dann sah ich, daß es ein Baby war«. Sogar jetzt fiel es ihm noch schwer, darüber zu reden, und das scharfe Kreuzverhör durch Laura Brevetti brachte ihn sofort durcheinander.

»Haben Sie die Tür der Zimmers, in dem sich das Baby befand, geschlossen?« fragte sie.

»Ich weiß es nicht. Ich wollte nichts als raus aus dem Haus. Ich glaube nicht, daß ich es getan habe ... Ich kriegte keine Luft mehr, und meine Augen brannten, als ich hinauslief.«

Er erzählte, er hätte draußen vor dem Haus Olivia gesehen. Sie hätte zuerst laut geweint und etwas über Katzen gesagt, in einer Sprache, die ihm fremd war. Dann hätte sie ihm auf englisch geantwortet.

»Haben sie auf ihre Kleidung geachtet, als Sie Olivia befragten?«

»Nein.«

»Und was ihre übrige Erscheinung anbetraf, erinnern Sie sich an nichts?«

»Nein.«

Er rutschte hin und her auf seinem Sitz im Zeugenstand und wünschte sich, er wäre anderswo. Er war schmal und blaß. Seine Kinnmuskeln spannten sich sichtbar. Im Gegensatz zu ihm schien Laura Brevetti vollkommen in ihrem Element zu sein. Sie trug ein elegantes, sanft drapiertes beigefarbenes Kleid mit einem Jackett sowie Perlenohrclips und eine eng anliegende goldene Halskette. Wenn sie nachdenklich im Gerichtssaal auf und ab ging, bevor sie zu ihrer nächsten Frage kam, machte das die Zeugen noch nervöser, als sie ohnehin schon waren. Das gehörte zu ihrer Taktik.

Nach einer solchen Pause kehrte sie zu dem traumatischen Augenblick zurück, in dem Carpenter das tote Baby sah.

»Ist Ihnen auf dem Fußboden eine verbrannte Fläche aufgefallen?«

»Ja.«

»Ist Ihnen mehr als eine aufgefallen?«

»Ich kann nicht sagen, ob da mehr als eine war. Es war eine ziemlich große, rund um das Baby.«

»Würde es Ihre Erinnerung auffrischen, wenn Sie sich den Bericht ansehen?«

»Ich nehme an, ja.«

Sie reichte ihm ein Blatt Papier. Auf seinem Gesicht erschien ein Ausdruck der Verwunderung, als er las. Dann sagte er: »Es war eine Fläche um den Tragesitz herum und eine andere etwas links von mir, aber es kam mir vor, als ob es alles eine einzige wäre ... Mir ist nur die Fläche um das Baby herum aufgefallen.« Sein Gesicht hatte einen schmerzlichen Ausdruck, als er sich daran erinnerte.

Wieder ging sie auf und ab, und der Ton ihrer Stimme veränderte sich etwas, als sie eine andere Erinnerung in ihm zu wecken versuchte.

»Ist Ihnen das Fenster aufgefallen, als Sie in dem Zimmer waren?«

»Nein.«

»Haben Sie in diesem Zimmer Rauch gesehen?«

»Nein.«

»Und da ist nur eine Wand, in der das Fenster sitzt, richtig?«

»Ja.«

»Haben Sie es untersucht?«

»Nein.«

Sie baute den Fall so auf, daß ein Eindringling durch das niedrig liegende Fenster in das Zimmer eingestiegen sein konnte und daß der erste Polizist, der am Brandort erschienen war, es versäumt hatte, auf Spuren zu achten, die dann vielleicht vernichtet oder verwischt wurden, bevor Dwyer und Johnson eintrafen und das von der Hitze des Feuers zersprungene Fensterglas sahen.

Sie stellte Carpenter weitere Fragen und brachte ihn schließlich so aus der Fassung, daß er herausplatzte: »Sehen Sie mal: Man sagt Ihnen, da ist ein Feuer, und es ist ein totes Baby da drin. Es ist der Schauplatz eines Verbrechens, und es herrscht völliges Chaos. Da sehe ich nicht hierhin und dahin, um nachzuprüfen, welcher Beamte was tut.«

Sie ignorierte seine Entrüstung und kam auf sein Gespräch mit John Gallagher im Streifenwagen zu sprechen, das stattfand, während das Haus der Fischers noch schwelte. Carpenters Antworten zeigten, daß er die Geschichte, die der Freund seines Bruders ihm erzählt hatte, nicht einen Augenblick angezweifelt hatte. Aus der Perspektive der Strafverfolgungsbehörde betrachtet, wurde klar, daß die Polizei einen Fehler begangen hatte, als sie Gallaghers Darstellung unbesehen glaubte, und daß die Beamten seine Hände und Kleidung hätten untersuchen müssen, um sich (und ihn) abzusichern, bevor sie ihn laufen ließen.

»Haben Sie irgend etwas von Gallagher genommen?«

»Nur eine Zigarette.« Als er merkte, daß irgend etwas faul war mit seiner Antwort, fügte er hastig hinzu: »Ich habe sie nicht gestohlen.«

Sie unterdrückte ein Lächeln und schloß die Befragung damit, daß sie ihn bat, er solle erzählen, wie es gewesen sei, als er später an dem Abend noch einmal in das Haus hineingegangen und darin herumgewandert sei. Zu diesem Zeitpunkt war Kristies Leichnam bereits entfernt und das Feuer völlig gelöscht. Brevetti fragte ihn, warum er das getan hätte, und er gab zu, daß er eigentlich keinen Grund dafür gehabt hatte, außer, daß er neugierig gewesen war.

»Sie sind auf Dinge getreten?« fragte sie, womit sie andeuten wollte, daß er bei seinem unnötigen nochmaligen Erscheinen Beweismittel zerstört haben könnte. Ihr Ton war höflich und kühl.

Er überlegte. »Ich bin da hingetreten, wo ich hingetreten bin«, erwiderte er streitlustig.

In diesem Augenblick dürfte Staatsanwalt George Bolen beschlossen haben, auf ein Erscheinen dieses Zeugen Carpenter bei dem kommenden Prozeß zu verzichten.

Detective Bruce Johnson war in Zeugenvernehmungen viel erfahrener. Einen ganzen Tag lang im Zeugenstand war sein Gesicht völlig ausdruckslos. Emotionen sah man ihm nicht an. Er ließ sich von Brevettis Fragen, mit denen sie darauf hinauswollte, daß er Olivia systematisch eingeschüchtert hätte, nicht aus dem Konzept bringen. Er beschrieb in allen Einzelheiten, was er am Brandort erfahren hatte, seine Unterhaltung mit Olivia im Fries'schen Haus und die lange Vernehmung in der Polizeidienststelle.

Laura Brevetti entlockte ihm die Information, daß er einen Meter achtundachtzig groß war und hundertzehn Kilo wog, während Olivia knapp einssechzig groß war und nur fünfundfünfzig Kilo wog. Ja, gab er zu, er hatte vielleicht die Hand auf ihren Arm gelegt, um sie zu seinem Wagen zu führen, als er sie zur Polizeidienststelle brachte. Und – ja – bei der Vernehmung in seinem Büro hatte er die Hand über den Schreibtisch hinweggestreckt und ihren Kopf angehoben, indem er sie unter dem Kinn berührte, mehrmals, weil sie den Kopf gesenkt hatte und er sie kaum hören konnte. Aber er habe sie erst nach der Festnahme beschuldigt, das Baby getötet zu haben. Davon ließ er sich nicht abbringen.

Seine Antworten gaben ein ziemlich genaues Bild, wer er

war: ein höherer Polizeibeamter, der die hinsichtlich der Behandlung einer tatverdächtigen Person gültigen Bestimmungen beachtete, seine Gefühle immer unter Kontrolle hatte und seine Gedanken sorgfältig vor Olivia verbarg. Genau wie Scott Carpenter hatte auch ihn der Anblick eines vorsätzlich bis zur Unkenntlichkeit verbrannten Babys tief erschüttert. Aber Olivia durfte von dieser seiner Reaktion nichts wissen. Erst spätabends, nachdem er sie in aller Form der Brandstiftung beschuldigt hatte, änderte sich sein Ton. Wie er privat zugegeben hatte: Während der ersten vier Stunden war er höflich und freundlich zu ihr, »und zwei Stunden lang benahm ich mich wie ein Hundesohn«.

Brevetti wollte alles über diese beiden Stunden wissen.

»Haben Sie ihr gesagt, sie solle lieber gleich zugeben, daß sie das Baby getötet hätte, weil am nächsten Tag eine Obduktion stattfinden werde? Und haben Sie eine ganze Reihe von Möglichkeiten erwähnt, wie ein Baby sterben könnte?«

»Ja.«

»Sie hat es abgestritten?«

»Ja.«

»All diese Möglichkeiten?«

»Ja.«

»Haben Sie ihr gesagt, man werde am Tatort Fingerabdrücke finden, die zeigen würden, daß sie das Verbrechen begangen hätte?«

Johnson überlegte. »Das ist möglich«, gab er zu.

»Inspektor Johnson, Sie sollten Ihre Erinnerung bemühen«, schalt sie ihn. »Ist es nicht eine Tatsache, daß Sie meiner Mandantin gesagt haben, es wären Fingerabdrücke da, die beweisen würden, daß sie das Verbrechen begangen hätte?«

»Ich erinnere mich nicht.«

»Und das alles – das mit den Fingerabdrücken und die verschiedenen Möglichkeiten, wie ein Baby sterben kann – haben Sie ihr aus einem einzigen Grund gesagt?«

»Ja.«

»Sie wollten ein Geständnis von ihr?«

»Richtig.«

»Und sie hat nicht gestanden?«

»Stimmt.«

Diese Vorverhandlung, die sich über fast zwei Wochen hinzog, nahm einen dramatischen Charakter an, als der Richter sich Johnsons Tonbandaufnahme des Verhörs vorspielen ließ. In der Brandnacht hatte Olivia seitlich neben dem Schreibtisch des Detective gesessen, in ihren Schoß hinuntergestarrt und ein durchweichtes Zellstofftuch betastet. Jetzt saß sie am Tisch ihrer Verteidigerin, wirkte geborgen und hellwach und lauschte über Kopfhörer ihrer eigenen piepsigen Stimme, mit der sie Johnsons Fragen beantwortete. Und diesmal war er es, den man als Zeugen befragte. Keiner von ihnen beiden schien den anderen wiederzuerkennen.

Weil Johnson das Tonbandgerät während des Verhörs auf die Fensterbank hinter seinem Schreibtisch gestellt hatte, kamen einige ihrer Antworten beim Abspielen des Bandes so leise heraus, daß der Richter eine Niederschrift verlangte und die Sitzung vertagte, bis ihm dieses zweiundvierzigseitige Dokument vorlag.

Laura Brevetti behauptete: »Meine Mandantin hat seine (Johnsons) Fragen nicht immer verstanden.« Der Richter aber fand Olivias Reaktionen aufschlußreich, wenn sie es nicht tat. Nachdem er die Niederschrift studiert hatte, lehnte er alle Anträge der Verteidigung ab und erklärte, seiner Meinung nach hätte Olivia die Miranda Warning voll und ganz verstanden. Das hätte sie dadurch bewiesen, daß sie nicht zu ängstlich oder verschüchtert war, die Befragung mit eigenen Fragen zu unterbrechen: »Was heißt remain? ... Was heißt court of law? ... The lawyer? ... Was heißt afford to hire? ... Decide?«

Richter Silverman erklärte: »Ihr Englisch ist nicht perfekt, aber ihre sprachlichen Fähigkeiten sind ausreichend. Sie hat ein einigermaßen gutes Vokabular und spricht in ganzen Sätzen. Ich finde es bemerkenswert, daß sie alles, was gesagt wird, verstanden zu haben scheint und daß sie, wenn sie auf ein Wort stößt, das sie nicht kennt, um eine Erklärung bittet.«

Er stellte fest, Olivia sei während der langen Vernehmung von Detective Johnson nicht genötigt oder bewußt eingeschüchtert worden. »Ob sie nun nicht schuldig oder schuldig war, ich habe jedenfalls das Gefühl, daß sie bereit war, mit der Polizei zusammenzuarbeiten. Sie hat zu keinem Zeitpunkt angegeben, daß sie nicht mehr dableiben oder keine Fragen mehr beantworten wollte.«

Laura Brevetti hatte zwar in allen Punkten verloren, unternahm aber trotzdem noch einen mutigen Versuch, die Entscheidung des Richters zu ihren und der Angeklagten Gunsten auszulegen. Nach der Verhandlung gab sie in der großen quadratischen Halle des Gerichts die erste ihrer informellen Pressekonferenzen. Munter erklärte sie den Reportern: »Wir müssen weiterkommen. Wir können nicht zurückblicken. Ein Verteidiger ist zwar enttäuscht, wenn ein Antrag abgelehnt wird, aber ich bin sehr zufrieden mit den Anmerkungen des Richters – er sagt, daß das Mädchen während der stundenlangen Vernehmungen voll zur Zusammenarbeit bereit war. Ein solches Verhalten ist für unschuldig Angeklagte ganz und gar typisch.«

Eine Woche später brachten die *Fox TV News* im Channel Five von New York einen überraschenden Beitrag. Er befaßte sich mit der großen Anzahl von Bränden in der Gegend von Thornwood und nannte einen Mann namens Eric Trimpe, der bei seinen Eltern an der Nannyhagen Road wohnte: Er werde von der Polizei von Mount Pleasant verdächtigt. Für sich betrachtet, war diese Meldung keiner Erwähnung in einer so wichtigen Nachrichtensendung wert. Aber die Reporterin, Rosanna Scotto, deutete darin eine direkte Beziehung zwischen diesen kleineren Brandstiftungen und dem Feuer im Haus der Fischers an – eine Möglichkeit, die die Polizei bereits verworfen hatte.

Rosanna Scotto nannte Trimpe »einen Freund von John Gallagher« und betonte, daß diese Serie von Feuern in der Gegend von Thornwood begonnen hatte, bevor Olivia dort erschienen war, und daß man keine Spuren einer brennbaren Flüssigkeit an ihren Händen oder in ihrer Kleidung gefunden hatte. Paul Olivas Nachfolger, der vorläufige neue Polizeichef, äußerte sich, hierzu befragt: »Wenn es sich um die Untersuchung der Brandstiftung handelt, gibt es keinen Kommentar«, und das konnte man in diesem Zusammenhang als polizeilichen Vertuschungsversuch verstehen.

Was dieser Bericht bedeutete, mußte man den Leuten nicht erst erklären, und das Gerede in Thornwood nahm noch weiter zu: Vielleicht hatte John Gallagher Trimpe den Auftrag gegeben, das Haus der Fischers anzuzünden. Oder sie hatten es zusammen getan. Vielleicht hatte John seinen Pickup an jenem Abend in der Einfahrt der Fischers geparkt, um aufzupassen, während der andere das Feuer legte. Verdächtig sah das ja nicht aus, weil die Nachbarn es gewöhnt waren, daß sein Wagen dort stand. Hatte John es für Leah getan, weil sie auf Denise und das Baby eifersüchtig war? Jedenfalls gab es hier einige Motive, von denen sonst und bei Olivia nicht die Rede sein konnte.

Für die Verteidigung kam dieser Fernsehbericht gerade im richtigen Augenblick. Es war ein Donnerstagabend, und der Prozeß gegen Olivia sollte am folgenden Dienstag beginnen. Die Auswahl der Jury war gerade beendet, und die zwölf Geschworenen und vier Stellvertreter genossen ihre letzten Tage in Freiheit, bevor sie die Disziplin eines großen Strafverfahrens auf sich nehmen mußten. Der Richter würde sie später noch davon unterrichten müssen, daß sie nichts, was mit diesem Fall zu tun hatte, lesen oder hören durften. Bis dahin durften sie natürlich noch alles hören und sehen und sich von anderen erzählen lassen, was diese gehört und gesehen hatten, einschließlich jenes Beitrags in den *Fox TV News.* Genau wie das im Fall von Geraldo Riveras Sendung *Now It Can Be Told* dreieinhalb Monate zuvor gewesen war. Trotzdem würden sie sich natürlich bemühen, vorurteilslos in die Verhandlung zu gehen. Nur hatte man ihnen jetzt bereits einen Verdacht eingepflanzt, der möglicherweise unterbewußt ihr Denken beeinflußte.

Im Polizeirevier von Mount Pleasant fragte man sich, wie die Nachricht von dieser geheimen, Eric Trimpe betreffenden Untersuchung durchgesickert sein konnte. Manche Beamte hatten einen Verdacht. Nach Paul Olivas Pensionierung war es zu einem Kampf um die Nachfolge gekommen, der bis dahin noch nicht entschieden war. In dieser vom Diadochenstreit gekennzeichneten Atmosphäre hatte Laura Brevettis Privatdetektiv Christopher Rush herumgeschnüffelt und mit im Unfrieden ausgeschiedenen, früheren Polizisten gesprochen. Was sie Rush erzählt hatten, wußte natürlich niemand genau. Beunruhigend war, daß die Geheimhaltung nicht funktionierte. Offenbar hatten sich mächtige Medien mit der Verteidigung auf eine gemeinsame Strategie geeinigt.

25

Olivia brauchte während des Prozesses einen Dolmetscher. Das bereitete zunächst unüberwindliche Schwierigkeiten. Für die Rechtmäßigkeit des Verfahrens war es wichtig, daß Olivia alles verstand, was gesagt wurde, und das hieß, man mußte einen Experten für Schweizerdeutsch finden, der in der Lage war, simultan zu übersetzen. Dem Gericht standen hierfür pro Tag nur achtzig Dollar zur Verfügung, was ein lächerlich geringer Betrag war, angesichts der erforderlichen Kenntnisse und Befähigung. Es bedarf gewisser sprachlicher Fähigkeiten, um ein Manuskript zu übersetzen, aber man kann Pausen einlegen, über die Nuancen eines Ausdrucks nachdenken oder ein Wörterbuch aufschlagen, um darin zu blättern. Wenn man aber schnell und flüssig das übersetzen soll, was ein anderer sagt und zugleich zuhören muß, wie er weiterredet, ohne etwas auszulassen und ohne ins Stocken zu kommen, dann erfordert das eine noch viel größere Sprachkenntnis und Konzentration. Wenige Übersetzer oder Dolmetscher können so schnell arbeiten und sich so intensiv konzentrieren.

Als das Gericht einen Dolmetscher suchte, fand sich zuerst eine ältere Dame, die freilich, obgleich im Deutschen fließend, den Schweizer Dialekt nicht sprach, auch nicht zu einer Simultanübersetzung fähig war, auch keine Notwendigkeit dafür sah und nicht sicher war, ob sie den Job überhaupt wollte. Sie sah den Richter schief von der Seite an, als er ihr erklärte: »Sie dürfen das, was ich sage, nicht frei wiedergeben. Jedes Wort, das aus meinem Mund kommt, muß zu der Angeklagten gesprochen werden.« Das war deutlich mehr, als sie leisten konnte.

Laura Brevetti bot an, sie werde eine qualifizierte Dolmetscherin besorgen, falls das Gericht das Honorar beträchtlich erhöhte. Der Richter war einverstanden, und damit gab er ihr einen psychologischen Vorteil. Die Dolmetscherin, die sie ausfindig machen würde, würde sich ihr gegenüber verpflichtet fühlen, obgleich der Scheck mit ihrem Honorar natürlich vom Gericht kam. Und so wurde Maya Hess engagiert.

Sie war eine 35 Jahre alte Schweizerin, die sich elf Jahre zuvor in New York niedergelassen hatte. Sie hatte zwei Koffer voll deutscher Lehrbücher mitgebracht und die Zuversicht, als Übersetzerin ihren Lebensunterhalt zu verdienen. Sie kam so gut ins Geschäft, daß sie kurz vorher eine eigene Agentur eröffnet hatte. Sie arbeitete in ihrem Apartment in der Gegend des Greenwich Village in Manhattan. Eines Nachmittags, als sie gerade bequem in Trainingshosen und Pullover gekleidet an ihrem Textcomputer saß, rief Laura Brevetti sie an und fragte, ob sie ganz schnell mal zu einem Einstellungsgespräch bei ihr im Büro vorbeikommen könne.

»Ich bin nicht für so etwas angezogen«, protestierte Maya.

»Das macht nichts. Kommen Sie, wie Sie sind«, sagte man ihr.

Sie legte ihre Arbeit beiseite und eilte ins Zentrum der Stadt. Auch die erhöhte Gerichtsgebühr lag weit unter ihrem regulären Tagessatz, und sie sah nicht ein, wieso sie eine Arbeit annehmen sollte, die sie für mehrere Wochen von ihrem Schreibtisch entfernen würde, noch dazu in einem Augenblick, in dem Hess Translations zu florieren begannen. Trotzdem, der Auftrag faszinierte sie. Fünf Monate zuvor hatte sie von Olivias Verhaftung gelesen, und weil sie selbst aus Zürich stammte und Wettingen ganz in der Nähe liegt, hatte sie diese Geschichte noch eigentümlicher als die meisten Leser berührt. Maya hatte dann nichts mehr von diesem Fall gehört, bis vor wenigen Tagen, als sie erfuhr, daß Olivias Prozeß bald stattfinden würde und daß ihre Anwältin eine Dolmetscherin suche. Maya Hess faxte ihren kurzgefaßten Lebenslauf, und dieser entscheidende Anruf war das Resultat.

Die Anwaltskanzlei Morrison, Cohen, Singer and Weinstein befand sich in drei großzügig bemessenen, üppig ausgestatteten Stockwerken eines neuerrichteten Wolkenkratzers, der in dem teuersten und besten Teil von Manhattans kostspieliger Eastside stand. Laura Brevettis Privatbüro war ähnlich wie das aller anderen Partner dieser Firma ziemlich klein und auf eine anonyme Art geschmackvoll möbliert. Sie trug einen maßgeschneiderten, senffarbenen leinenen Hosenanzug, der ihr ausgezeichnet stand, und sah wie eine Dame aus, die wußte, was sie wollte.

Maya war selbstsicher genug, sich nicht einschüchtern zu lassen. Sie brauchte den Job nicht. Wenn sie ihn nicht bekam, konnte sie es als interessanten Nachmittag abschreiben. Sie hatte eine Menge anderer Arbeit zu tun. Aber nach einem kurzen Gespräch, das, wie sie es empfand, gut verlief, rief Laura Brevetti ihre Mandantin an.

»Olivia muß darauf gewartet haben, denn sie war fünfzehn Minuten später bei uns«, erinnerte sich Maya. »Sie kam lächelnd, zwanglos in Jeans und Turnschuhen, ins Büro gehüpft. Ich sprach Schwytzerdütsch mit ihr und stellte ihr ein paar Fragen, woher sie war. Nach ein paar Minuten sagte Laura okay, und das war's. Ich war engagiert.«

Maya hielt Olivia für unschuldig. »Wenn jemand in ein Zimmer kommt und so sorglos und kindhaft aussieht wie sie, kann man sich schwer vorstellen, daß sie irgendein schlimmes Verbrechen begangen haben könnte, ganz zu schweigen vom Verbrennen eines Babys. Natürlich, als ich dann mehr über den Fall erfuhr, kamen mir einige Fragen zu ihrer Geschichte in den Sinn. Doch ich hatte große Schwierigkeiten damit, die Anklage mit dem Mädchen vor mir in Einklang zu bringen.«

Ihre Annahme verstärkte sich, als sie Olivia näher kennenlernte und sich an das einsame junge Mädchen erinnerte, das sie selbst gewesen war, als sie sich in New York niedergelassen hatte. Sie hatte ein Foto von damals aufbewahrt, als ihr Haar noch heller und länger und glatter und ihr Gesicht noch kindlicher gewesen war: Das Mädchen auf diesem Foto sah fast wie Olivia aus. Inzwischen hatte Maya geheiratet, ein Kind zur Welt gebracht, sich scheiden lassen. Jetzt verdiente sie für sich und ihre sechsjährige Tochter Ita den Lebensunterhalt, hatte einen Beruf, der sie ausfüllte, und einen Kreis interessanter Freunde. Sie war gebildeter als Olivia und wirkte sympathischer, als Olivia je wirken würde, war herzlich und lebhaft. Ihr Gesicht leuchtete auf, wenn sie sprach. Olivia hatte sich diszipliniert, um ihre Gefühle zu verbergen. Maya war von einer Direktheit und Selbständigkeit, daß man sie sofort gern hatte.

Ohne sich dessen bewußt zu sein, galt sie von Anfang an als

zum Team Laura Brevettis gehörig. Nicht, daß man sie danach gefragt hätte oder daß sie es sich so ausgesucht hätte. Man nahm das einfach an. Sie schlüpfte leicht in diese Rolle, aus einem natürlichen Mitgefühl für dieses verletzliche junge Mädchen, das sie an ihre eigene Vergangenheit erinnerte. Zwar waren sie einander zuvor noch nie begegnet, aber sie kannten dieselben Orte und hatten ein paar gemeinsame Bekannte. Olivia hatte sogar in Zürich die Schule besucht, an der Maya für kurze Zeit unterrichtet hatte. Deshalb schien es ganz natürlich, daß Maya, bevor der Prozeß begann, fragte, ob sie täglich mit Olivia und ihrer Mutter zusammen zu dem Gericht in Westchester County fahren könnte und ob den beiden ihre Gesellschaft angenehm wäre. Es war etwa eine Stunde Fahrt mit dem Auto von Manhattan bis in den ländlichen Vorort, und Laura Brevettis Büro hatte eine Limousine für die Fahrten gemietet. Maya mußte nun zwar noch über 60 Blocks quer durch Manhattan mit der Untergrundbahn bis zu den Riners fahren, aber das war besser als eine Fahrt mit den öffentlichen Verkehrsmitteln bis ganz hinaus. Sie saß immer neben dem Fahrer und vermied es, über den Prozeß zu diskutieren. Aber durch die leichte Konversation, die sie mit den Riners pflegte, lernte sie die beiden gut kennen.

Gleich zu Anfang fiel ihr auf, daß Olivia ihre Mutter anscheinend nicht als eine Autoritätsperson betrachtete oder die Notwendigkeit verspürte, Rücksicht auf sie zu nehmen. Marlies war einfach da und versuchte, ihre Tochter zu unterstützen, die allein und ohne sie zufrieden zu sein schien. Beide Frauen verbargen ihre Gefühle, aber der Mutter merkte man ihre Befürchtungen, was den Ausgang des Prozesses betraf, mehr an. Olivia gab sich zuversichtlich – weil sie unschuldig war, wie ihre Anwältin erklärte –, trotzdem war diese ihre Zuversicht seltsam, wenn man bedachte, was sie mit der amerikanischen Polizei und Staatsanwaltschaft für Erfahrungen gemacht hatte und wie schwer die gegen sie gerichtete Anklage war. Wie konnte sie nach dem langen, harten Verhör bei der Polizei in Mount Pleasant und fast einem Monat im Gefängnis ein so großes Vertrauen in die Justiz dieses fremden Landes haben, daß sie mit einem baldigen Freispruch rechnete?

Äußerlich sah Olivia anders aus als das Mädchen, das Maya in Laura Brevettis Büro kennengelernt hatte, und das war beabsichtigt. Linda Sawyer war mit ihr einkaufen gegangen. Sie waren in das Kaufhaus Bloomingdale's gegenüber der Anwaltskanzlei gegangen, und Linda hatte drei Ausstattungen für Olivia gewählt, um das Bild zu erzeugen, das Laura Brevetti haben wollte: das eines sehr korrekten und gehorsamen Schulmädchens. Das marineblaue Kleid, das Olivia während der Vorverhandlung trug, hatte sie sich selbst ausgesucht, und es war nicht ganz richtig gewesen. Die Jacke saß schlecht, hing ihr häßlich von den Schultern. Sie wirkte darin wie ein armes Waisenkind. Das mußte anders werden. Sie mußte in dieser Art Kleidung, die sie normalerweise nicht trug, aussehen, als ob sie sich darin wohl fühlte.

Linda stellte Röcke und Jacketts in gedeckten Farben und von klassischem Schnitt zusammen, in denen Olivia gut aussah – je ein Complet in Dunkelblau, Hellbraun und einem silbrigen Grau –, dazu die passenden Pumps mit flachen Absätzen. »Ich habe sie mit Lauras Kreditkarte gekauft und 800 Dollar dafür ausgegeben«, sagte sie.

Ein wichtiger Bestandteil der Verteidigungsstrategie war auch ihre Frisur: Olivia sollte ihr Haar lang hinunterhängend tragen, mit einem Pony fast bis zu ihren Augenbrauen. »Das Mädchen sollte es abschneiden lassen oder Zöpfe daraus flechten«, hörte man später eine Frau im Zuschauerraum sagen. Sie hatte recht, verstand aber nicht, worum es ging. Solange die Geschworenen all das Haar um Olivias Gesicht herum sahen, konnte Laura Brevetti Bruce Johnsons Angaben bezüglich ihrer angesengten Wimpern für unbedeutend erklären, vielleicht sogar lächerlich machen. Wie konnten denn ihre Wimpern angesengt sein und nicht ihr Haar? Wenn die Geschworenen hierzu einen Experten anhören mußten, würde das Vorhandensein von so viel nicht versengtem Haar auch dessen Glaubwürdigkeit in Frage stellen. Indem Olivia ihr Haar lang und locker hinunterfallen ließ, bot sie den Geschworenen ständig den Beweis an, daß sie sich nicht in der Nähe einer Flamme befunden haben konnte, was der Polizist Johnson ja behauptete. Nur am Wochenende, wenn das Gericht Pause machte, flocht sie sich einen dicken Zopf aus ihrem Haar und ließ ihn über die Schultern nach hinten hinunterhängen, so wie sie es oft im Haus der Fischers getan hatte.

Die Geschworenen und die Zuschauer im Gericht ahnten nichts von dieser anderen Olivia. Sie sahen nur die jungfräuliche Dame, die wie ein kleines Mädchen angezogen war und die ihr langes Haar gebürstet hatte, bis es glänzte und leuchtete wie ihr Gesicht. Als die ersten Fotos dieses neuen Wesens namens Olivia in den Zeitungen und im Fernsehen auftauchten, erkannten die Fischers sie fast nicht wieder. Vom Anfang des Vorverfahrens an sah außer Linda, Maya und dem Verteidigungsteam niemand mehr die junge Frau namens Olivia, die Bill und Denise gekannt hatten – und die es am Ende eines Verhandlungstages kaum erwarten konnte, sich wieder in ihre zerknitterten Jeans und das Sweatshirt zu hüllen. Linda drückte es so aus: »Sie sah entweder schlampig und ungekämmt oder geschrubbt und süß aus, so wie ich sie für das Gericht anzog.«

Abends lud Linda sie manchmal zum Essen ins Restaurant ein. Linda, stets elegant gekleidet, stieß bei Olivia auf Ablehnung, wenn sie sie bat, sich ausgehfertig anzuziehen – was sie doch sowohl in ihrem eigenen als auch in Olivias Interesse für nötig hielt.

»Ich sagte ihr dann immer rechtzeitig im voraus: ›Wir gehen in ein nettes Restaurant. Zieh dir was Hübsches an.‹ Aber dann kam sie in Jeans und einem bauchigen Sweatshirt an und immer ohne eine Spur von Make-up.«

Bei einem dieser Essen fragte Linda Olivia, ob sie einen Freund, einen Boyfriend, hätte. Die Antwort war ein entschiedenes Nein, das sie mit einem Kopfschütteln unterstrich.

»Ich bin eine Jungfrau«, stellte sie fest.

»Du bist nie mit einem Mann zusammengewesen?«

»Absolut nicht.« Olivia schien sehr stolz auf ihre Keuschheit zu sein. Linda, die pragmatischere Vorstellungen hatte, fand, sie sei »screwed up about sex« – sexuell verschroben. Aber die Naivität dieses Mädchens, was das weltliche Treiben anging, ließ die Beschuldigungen, die man gegen sie erhob, nur um so widersinniger und lächerlicher erscheinen.

Ihr ganzes Verhalten war das eines zutraulichen Kindes, das

keinen Augenblick daran zweifelte: Die Leute würden einsehen, daß sie unschuldig war. Nachdem die Vorverhandlung in der dritten Maiwoche abgeschlossen war, fragte sie, ob sie rechtzeitig zu den Sommerferien nach Hause komme. So wie sie es sah, hatte die Staatsanwaltschaft ihre Anklage nicht bewiesen, und der Richter würde den Prozeß bald einstellen. Da sie aus einem Land kam, in dem Urteile nicht von Geschworenen gefällt wurden, sondern wo Richter die Beweise prüften und das Urteil sprachen, dachte sie, daß mit der polizeilichen Beweisführung vor dem Richter Silverman das Verfahren beendet war.

»Honey, rechne lieber nicht damit, daß es keinen Prozeß geben wird«, sagte ihr Linda. Es tat ihr leid, wie verletzlich dieses Mädchen war.

Olivia wußte nicht, was für eine mühevolle Arbeit ihre Anwältin geleistet hatte, um ihre Verteidigung vorzubereiten. Sie ahnte nicht, wie kompliziert so etwas war. Linda wußte es. Ihre Freundschaft mit Laura Brevetti vermittelte ihr einen Einblick in diese diffizile Materie. Sie durfte an den Gesprächen hinter verschlossenen Türen teilnehmen, zu denen Journalisten gewöhnlich keinen Zutritt haben. Dafür brachte sie Informationen mit. Zum Beispiel, welche Gerüchte sie über John Gallagher gehört hatte. Und daß gewisse junge Männer, von denen man sagte, daß sie seine Freunde seien, an illegaler Betätigung beteiligt wären. Lauter Dinge, die man gebrauchen konnte, um den Verdacht von Olivia Riner abzulenken.

Dies war Lindas erste Erfahrung mit der eigentümlichen Gesellschaft der Anwälte, und sie ließ sich in der naiven Annahme darauf ein, daß Strafverteidiger Leute sind, die fest an die Unschuld ihrer Mandanten glauben. Sie mußte erst lernen, daß Strafverteidiger nicht dazu da sind, Urteile über ihre Mandanten zu fällen. Sie sollen nur dafür sorgen, daß der oder die Angeklagte einen fairen Prozeß bekommt. Die entscheidende Frage »Haben Sie es getan?« wird ein Strafverteidiger vielleicht lieber nicht stellen. Über Schuld und Unschuld sollen die Geschworenen urteilen. Und während die Staatsanwaltschaft ihre Anklage »beyond a reasonable doubt« beweisen muß (so schlüssig und vollständig, daß ein normaler Mensch keinen vernünftigen Zweifel mehr haben kann), fällt der Verteidigung die in vielerlei Hinsicht leichtere Aufgabe zu, andere Möglichkeiten darzulegen, um unter den Geschworenen Zweifel zu säen.

Eines Tages war Linda neugierig und fragte Laura: »Wenn du in diesem Fall die Staatsanwältin wärest, könntest du ihn dann gewinnen?«

»Ja, absolut«, lautete Laura Brevettis Antwort. Linda kam darüber ins Grübeln, denn dieser Gedanke war ihr unangenehm. Linda war sich dabei nicht darüber klar, daß Laura von ihrer Geschicklichkeit im Gerichtssaal sprach. Daß die Frage, ob Olivia unschuldig oder schuldig war, für sie keine so große Rolle spielte.

Wieder war Linda überrascht und ein wenig erschüttert, als sie in dem Konferenzzimmer des Anwaltsbüros, etwa einen Monat vor der Vorverhandlung, einer Art Theateraufführung beiwohnte, einem Scheintribunal.

»Laura spielte den Staatsanwalt und ihre Assistentin, Elan Gerstmann, spielte die Strafverteidigerin«, erinnerte sie sich. »Ich saß da, wußte, was ich wußte, und hörte ihre Zusammenfassung. Sie kam auf die Details zu sprechen, wie klein dieses Haus war, wie schwierig es für jemanden gewesen wäre, einzubrechen und all diese Feuer zu entzünden, ohne daß Olivia es gemerkt hätte – wer anders als sie selbst konnte das Verbrechen begangen haben! Ich dachte: Heiliger Strohsack! Wenn man sich das so anhört, muß das Mädchen schuldig sein. Aber keiner von uns wollte es glauben.

Es waren etwa dreißig Leute in dem Raum, und danach teilten wir uns in Gruppen und diskutierten den Fall. Ich erinnere mich an einen älteren Mann in meiner Gruppe, der sagte: ›Ich kann mir nicht vorstellen, daß dieses Mädchen nichts gehört oder gesehen oder gerochen hat. Farbenverdünner stinkt.‹ Und trotzdem, als wir alle gebeten wurden, ein Urteil zu fällen, stimmten wir alle für: *Nicht schuldig*, weil es keine eindeutigen Beweise gab. Wir wollten glauben, daß sie es nicht getan hat, ich noch mehr als alle anderen.«

Selbst nachdem sie das Beweismaterial der Staatsanwaltschaft gelesen hatte und ihr gewisse Zweifel an Olivias Unschuld gekommen waren, wollte Linda trotzdem weiter Partei für sie ergreifen.

»Eines Tages lag ich in Lauras Büro auf dem Fußboden und ging das Beweismaterial durch. Ich kam an die Stelle, wo es heißt, daß ein Babyphon im Kinderzimmer war. Ich sagte: ›Laura, da war ein Babyphon. Weißt du, was das bedeutet? Olivia muß gehört haben, was in dem Kinderzimmer vor sich ging.‹

Zuerst hat sie nicht darauf geantwortet. Dann sagte sie, ›Vielleicht war das Mikrophon abgeschaltet.‹ – Ich habe das selbst oft gemacht, also weiß ich, wie das funktioniert: Wenn man das Mikrophon abschaltet, bekommt man ein lautes Rauschen im Empfänger. Und der Empfänger war in Olivias Zimmer.«

Von allen, die damals vor der Vorverhandlung die Beweismittel der Staatsanwaltschaft studierten, war Linda wahrscheinlich die einzige mit einer noch frischen Erfahrung als junge Mutter. Und so stieß sie auf einen weiteren gravierenden Widerspruch, der allen entgangen war, einschließlich der Polizei. Bruce Johnson hatte Olivia im Laufe seines Verhörs nach der Kleidung Kristies befragt, bevor sie sie zum letztenmal zum Schlafen in das Kinderzimmer gesetzt hatte, etwa eine halbe Stunde, bevor das Feuer ausbrach. Olivia hatte einen hellgrünen einteiligen Anzug beschrieben, den das Baby über einer Windel und einem weißen Unterhemd getragen hätte. Sie hatte sich sehr genau erinnert, sogar an grün-weiß-gestreifte Rüschen an den Handgelenken. Linda fiel auf, daß man auf dem verbrannten Leichnam keinen Fetzen dieses grünen Anzugs mehr entdeckt hatte, obwohl jene Teile der Kleidung, die sich zwischen Kristie und dem Sitz befanden – die Rückseite ihres Unterhemds und der rückwärtige Teil ihrer Windel –, unversehrt geblieben waren. Daher auch der nicht verbrannte, aber offenbar mit Farbenverdünner getränkte Windelteil, der vom Leichnam herunterfiel, als der Assistent des Gerichtsmediziners den Leichnam am Brandort aus dem Kindersitz hob. Wenn Kristie den von Olivia beschriebenen oder überhaupt irgendeinen Strampelanzug getragen hätte, als das Feuer ausbrach, hätte sicherlich auch davon ein Teil übrigbleiben müssen.

Daß dieser Fetzen nicht gefunden wurde, warf ein paar beunruhigende Fragen auf. Hatte Olivia an einem feuchten Dezembernachmittag, der immerhin so kalt war, daß sie selbst im Haus ein langärmeliges Sweatshirt trug, ein kleines Baby nur mit einer Windel und einem Unterhemd bekleidet zum Schlafen hingesetzt, ohne irgendeine Bedeckung? Hatte sie den grünen Anzug mit den Rüschen erfunden, um ihre Nachlässigkeit zu vertuschen? Oder schlimmer noch: Hatte sie beschlossen, daß dieses Kind sterben sollte, so daß es keine Rolle mehr spielte, wie es bekleidet war? Die einzige andere Erklärung für das fehlende Kleidungsstück wäre, daß ein Eindringling im Haus erschienen war, der sich aus irgendeinem obskuren Grund die Zeit nahm, Kristie aufzuheben, ihr den Strampelanzug auszuziehen, ehe er sie dann wieder in ihren Sitz zurücklegte und den Teppich um sie herum in Brand stecke. Und daß währenddessen weder der Brandstifter noch das Baby irgendein Geräusch von sich gaben, das Olivia, die ein paar Meter entfernt davon war, ob mit oder ohne Verstärkung durch ein Babyphon gehört hätte.

Linda wollte sich nicht vorstellen, daß Olivia eine so komplizierte Lüge erfunden hatte. Aber ihre journalistische Neugier verlangte eine Erklärung.

»Der Jumper, Laura!« sagte sie, womit sie den grünen Anzug meinte. »Was ist mit dem Jumper geschehen?«

Sie verstand die Antwort so, daß der Jumper wohl einfach verbrannt wäre.

»Ich weiß, daß ich mit ihrer Erklärung wegen des Babyphons und des Jumpers nicht zufrieden war«, erzählte Linda. »Aber ich war psychologisch so mit Olivia verbunden, daß ich es dabei bewenden ließ.«

Sie verließ die Anwaltspraxis mit diesen Zweifeln im Hinterkopf und fuhr dann wieder nach Westchester, wo ein Gerücht über diese oder jene jungen Leute aus John Gallaghers Bekanntschaft zum nächsten führte und wo düstere Andeutungen fielen von Einbrüchen und dunklen Geschäften und Rachemotiven. All das schien auf die Möglichkeit zu deuten, daß der Brandstifter jemand anders als Olivia war.

»Es waren Teile eines Puzzles, aber es war das falsche Puzzle«, gab Linda Monate später zu. Damals allerdings spürte sie das Kribbeln, die Aufregung der Detektivin, der Journalistin, die einen Feldzug für die Gerechtigkeit führt und Olivia befreit.

»Ich bekam mehr für Laura heraus als die Privatdetektive, die sie engagiert hatte«, erzählte Linda. »Sie gab Zehntausende von Dollar für sie aus, aber ich brachte ihr laufend mehr Material.« Dafür würde Linda, sobald der Prozeß vorbei war, ein exklusives Interview mit Olivia fürs Fernsehen machen dürfen. In Anbetracht der Aufmerksamkeit, die dieser Fall erregte, ein traumhaftes Angebot für jeden Journalisten.

Einstweilen recherchierte sie weiter. »Ich fuhr hinaus in die Kleinstadt Mount Pleasant und saß dann dort die Nächte hindurch bis morgens in allen möglichen Bars herum. Immer mit dem Blick nach hinten über die Schulter. Und wenn ich nach Hause fahren wollte, fürchtete ich mich davor, die Zündung meines Wagens einzuschalten. Ich hörte nämlich mehr, als für meine eigene Sicherheit gut war, über die Korruption und die Drogenszene in dieser Gegend. Aber ich dachte, es wäre das Risiko wert, wenn ich so dem Mörder eines unschuldigen Babys auf die Schliche käme.«

Seit sie ihre Zwillinge geboren hatte, hing sie sehr an ihrer Arbeit. Wie sie es ausdrückte: »Ich habe mehr als je zuvor einen Grund, Gutes in meinem Beruf zu leisten. Vorher tat ich es um meiner persönlichen Befriedigung willen. Jetzt hat es damit zu tun, daß ich abends nach Hause komme und vier kleine Augäpfel erblicke, die zu mir emporschauen, und diese Kinder denken, ich sei wer weiß was. Jetzt aber bin ich immer auch für sie unterwegs, ganz gleich, hinter welcher Geschichte ich her bin. Und das hier habe ich auch für mein Kindermädchen getan. Und für alle Kindermädchen. Ich dachte unentwegt an den Film *The Hand That Rocks the Cradle* und an all die Angst und Paranoia, die er hervorgerufen hatte, und ich wollte etwas dagegen tun.«

Ihrem Temperament nach wie auch geographisch hatten Linda Sawyer und Maya Hess verschiedene Wurzeln. Und dieser Fall zog sie aus voneinander verschiedenen Gründen an. Maya fühlte sich nicht so betroffen und war trotzdem eine Zeitlang fast ebenso stark engagiert. Als sie merkte, daß die Familie Riner durch ihren erzwungenen Aufenthalt in New York finanziell in große Schwierigkeiten geriet, wandte sie sich an den Schweizerischen Hilfsverein und an das Schweizerische Konsulat, und man startete zusammen eine Hilfsaktion. Schweizer Bürger, die in der Gegend von New York lebten, spendeten Geld. Maya verfaßte sogar einige Bettelbriefe. Während der folgenden Monate kamen mehr als 20.000 Dollar zusammen.

»Die Riners taten mir schrecklich leid, weil sie nicht viel Geld hatten, und sie mußten so viel für ihren Lebensunterhalt ausgeben«, erklärte Maya.

Sie fühlte sich zu Olivia hingezogen. Sie entdeckte hinter ihrer dunklen, ernsten Schale eine gewisse Lieblichkeit und Freundlichkeit sowie einen bitteren, sarkastischen Humor, den sie durch sanfte Aufmunterung hervorlocken konnte. Sie bewunderte an Olivia auch, wie sie den enormen Streß des Mordprozesses aushielt. Ob es Gleichmut oder ein inneres Abrücken war, schien gleichgültig, ihre Haltung war eindrucksvoll. Es hätte gefühllos geschienen, sich ihrer nicht anzunehmen. Laura Brevetti gestattete es Maya, die Riners an Wochenenden zu sich nach Hause einzuladen und kleine Ausflüge mit ihnen zu unternehmen.

Linda und Maya waren nicht die einzigen, die sich in Olivia hineinfühlten. Der Prozeß lockte eine ungewöhnliche Schar von Hilfswilligen an, die sich aus verschiedenen Gründen dieses Falles annahmen. Tag für Tag belegten sie die meisten Zuschauerplätze im Gerichtssaal und lächelten Olivia aufmunternd zu.

Mindestens zwei von ihnen waren Schweizerinnen, sie demonstrierten ihre Solidarität mit der Landsmännin.

Dann war da ein junger Mann, der ernste Absichten mit einem schweizerischen Au-pair-Mädel hatte und sichergehen wollte, daß nicht eines von ihnen zu einem so schrecklichen Ver-brechen fähig war. Ein pensioniertes irisch-amerikanisches Ehepaar schien Olivia als eine Art Ersatzenkelin zu betrachten und sich selbst als ihre engagierten Unterstützer. Eine Frau war da, die schrecklich unter ein paar häßlichen Scheidungen gelitten hatte und nun dafür sorgen wollte, daß nicht noch einmal eine Frau der Justiz zum Opfer fiel. Und eine Engländerin namens Margaret Alborne, die 26 Jahre zuvor als Au-pair-Mädchen in die Vereinigten Staaten gekommen war und noch immer die schmerzlichen Erinnerungen eines einsamen jungen Mädchens in einem fremden Land mit sich herumtrug.

Ihr Mitgefühl war stark und sehr persönlich. »Ich wurde psychologisch auf diesen Fall fixiert, sobald ich in den Zeitungen davon zu lesen anfing. Es war nicht nur so ein Gefühl, so eine Wut im Bauch. Es war mehr als das. Es ging tief in meine Seele hinein. Ich wußte: Wenn dieses Mädchen schuldig gesprochen wurde, verlor es zwanzig Jahre seines Lebens, und ich hatte keinen Zweifel an seiner Unschuld. Überhaupt keinen Zweifel.«

Alle, die sich so für Olivia einsetzten, hatten irgendeine persönliche Geschichte, die sie dazu veranlaßte; sonst wäre ihr bedingungsloses Eintreten für sie unverständlich gewesen. Eigentlich war es unwahrscheinlich, daß man ihr so viel Sympathie entgegenbrachte: Sie war eine Ausländerin und eine Fremde, die eines ganz gemeinen Mordes angeklagt war. Trotzdem sahen viele Leute, beeinflußt von Fernsehberichten und ihren eigenen Gefühlen, in ihr, schon bevor der Prozeß begann, ein Opfer. Und sie kamen zum Gericht, um die Gerechtigkeit siegen zu sehen. Sie waren ehrlich davon überzeugt, daß sie freigesprochen werden mußte.

Mittlerweile ignorierte man die wirklichen Opfer, die Eltern des Babys. Sie waren dem Rat des Staatsanwalts George Bolen gefolgt und hatten es abgelehnt, sich auf die Medien einzulassen.

Infolgedessen wußten die Leute nicht, wer sie waren oder was Kristies Tod ihnen angetan hatte. Zahlreiche Reporter hatten sich in Fischer's Garage gemeldet und um ein Foto von Kristie oder einen Kommentar von Bill gebeten, und er hatte das kategorisch abgelehnt.

Er und Denise hätten es nicht ertragen, das Bild ihres lebendigen, lächelnden Babys in sensationeller Aufmachung auf Zeitungsseiten zu sehen. Ebensowenig wollten sie über ihren Tod reden. So kam es zu keiner Berührung der Fischers mit der Öffentlichkeit, sie wurden nie zu wirklichen Personen, erzählten nirgendwo ihre Geschichte und alle Sympathie, die eigentlich ihnen gehört hätte, fiel Olivia zu.

26

Der Prozeß gegen Olivia sollte am 2. Juni 1992, genau sechs Monate nach Kristies Tod, beginnen. Die übliche Wartezeit im Countygericht von Westchester betrug ein Jahr. Aber hier gab es gute Gründe, das Verfahren zu beschleunigen: Marlies Riner wurde von ihrem Mann, ihrem Zuhause und ihrer Arbeit ferngehalten. Die Schweizer Behörden hatten gehofft, daß man es Olivia bis zum Beginn des Prozesses gestatten werde, unter irgendeiner Art Aufsicht in der Schweiz zu leben. Da das nicht in Frage kam, lag es im allgemeinen Interesse, sich ihres Falles so schnell wie möglich zu entledigen.

Die Fischers sahen der Zerreißprobe des Prozesses hoffnungsvoll entgegen. Sie erhofften sich eine Lösung, die es ihnen gestatten würde, ihren Schmerz zu überwinden und allmählich wieder Mut zu fassen. Keiner von ihnen hatte je als Zeuge vor Gericht gestanden, aber mehrere von ihnen fieberten danach, es jetzt zu tun.

Jim Donnelly wollte zu Protokoll geben, daß er es gewesen war, der den Witz über die Holzkohle und das Barbecue gemacht hatte. Nicht John Gallagher. Jan Menting wollte erzählen, was er von dem Haus am West Lake Drive wußte, das er selbst erbaut hatte. Daß es viel kleiner war, als es von außen wirkte; daß Schritte auf den Vinylfliesen, die direkt auf den Betonfußboden geklebt waren, laut hallten; daß wegen der großen Fenster weder draußen noch drinnen ein Eindringling herumschleichen konnte, ohne daß man ihn sah. Grada, die länger als sonst irgendwer in diesem Haus gelebt hatte, wollte von den Schiebefenstern im Erdgeschoß berichten. Wie laut sie in den Schienen knirschten, wenn man sie öffnete – ein Geräusch, das sich nicht verhindern ließ.

Sie sahen alle ungeduldig dem Prozeß entgegen. Aber die Staatsanwaltschaft konnte fast nichts von dem, was sie ihr anboten, gebrauchen. George Bolen wollte nicht einmal Geraldo Riveras Sendung erwähnen. Er hielt gar nichts davon, daß man den

Leuten verriet, wessen Stimmen auf dem Videoband zu hören waren. Jan Menting und seine Tochter Grada hatten vor langer Zeit in dem Haus gelebt, so daß ihre Aussagen nicht mehr von Bedeutung sein konnten. Bolen sah Laura Brevetti schon vor sich, wie sie Menting ansah und ihn dann fragte: »Wann haben Sie denn das Haus zuletzt besichtigt, Mr. Menting?«

Es war schwer, den Verwandten der Fischers begreiflich zu machen, daß er mit ihren Aussagen nichts anfangen konnte. Es stand für ihn von Anfang an fest, daß aus der Familie, wenn überhaupt, nur Bill, Denise, Leah und John als Zeugen auftreten sollten. Persönlich mochte er sie alle, aber er machte sich Sorgen, was für einen Eindruck sie im Gericht hervorrufen würden. Bill, so nahm er an, war der wichtigste von den vieren. Er wußte als einziger über die Vorräte an Farbverdünnern und anderen brennbaren Flüssigkeiten in seinem Materialschrank Bescheid und konnte bezeugen, wieviel davon nach dem Brand fehlte. Er hatte auch als letzter Familienangehöriger Kristie lebendig gesehen. Er war ein Mann, der strikt die Wahrheit sprach, und das spiegelte sich in seinem Gesicht wider.

Denise war komplizierter: intelligent, analytisch denkend, aber durch den Tod ihres Babys völlig gebrochen. Während der drei Monate, die Kristie gelebt hatte, hatte sie die Fischers mit einer Herzlichkeit und Zärtlichkeit überrascht, die zuvor hinter ihrer Schüchternheit verborgen gewesen war. Diese Zartheit mit einem Hauch von Trauer würde bei den Geschworenen sicherlich Sympathie hervorrufen. Es war damit zu rechnen, daß sie im Zeugenstand Tränen vergießen würde. Bolen konnte sich nicht dazu entschließen, sie nur um der dramatischen Wirkung willen der Öffentlichkeit zu präsentieren. Ein vielleicht allzu zögerliches Verhalten des Staatsanwalts in Anbetracht der Taktik, derer sich die Verteidigung bediente, und wenn man bedachte, wie willig Denise war, vor Gericht auszusagen. Aber Bolen dachte nicht nur an die emotionale Wirkung. Der Wert ihrer Aussage hing mehr von ihren Worten ab als von ihrem Verhalten. Und über die Ereignisse, die zu dem Feuer geführt hatten, wußte sie nichts. Wenn er es sich durch den Kopf gehen ließ, was für Fragen Brevetti ihr stellen und was Denise darauf antworten würde, kamen ihm Bedenken. »Und vor dem Feuer: Waren Sie zufrieden mit Olivia?« hörte er sie sagen. »War ihre Arbeit zufriedenstellend? Ihr Benehmen? Ihr Verhalten? Ist sie zärtlich mit dem Baby umgegangen? Vorsichtig? Hatten Sie das Gefühl, daß Sie sie mit Kristie allein lassen konnten?« Und Denise, die bis zu der Brandnacht geglaubt hatte, sie hätte eine perfekte Babysitterin gefunden, müßte auf alle Fragen mit einem Ja antworten. Ihre Aussagen würden eher der Verteidigung als der Staatsanwaltschaft helfen. Bolen beschloß, die Entscheidung, ob er sie als Zeugin aufrufen wollte, bis nach Beginn des Prozesses zu verschieben.

Leah, so nahm er an, würde beherrscht und geradlinig sein. Aber daß sie so unbeirrbar zu John hielt, brachte eine ernste Gefahr mit sich. Sie war eine herzliche, großzügige Person, darauf bedacht, den Schmerz zu lindern, den er durch ihre Familie erfahren hatte. Aber wenn es Brevetti gelang, den Geschworenen John Gallagher als potentiellen Mörder zu präsentieren, konnte Leah wegen ihrer engen Beziehung zu ihm in den Verdacht der Mittäterschaft geraten, und das konnte für sie beide böse Folgen haben.

Auf Richter Silvermans Anordnung hin fand die Auswahl der Geschworenen hinter verschlossenen Türen statt. Das Ergebnis war eine Gruppe aus sieben Männern und fünf Frauen zumeist mittleren Alters, einige von ihnen hatten schon Enkelkinder. Von wenigen im Ruhestand befindlichen Personen abgesehen, handelte es sich um berufstätige Menschen. Es war genau die Art von Geschworenen, die Laura Brevetti sich erhofft hatte: intelligente, ältere Leute. Jüngere Geschworene, so hatte man ihr gesagt, würden sich in der Frage der Kinderbetreuung eher mit Bill und Denise identifizieren und dazu neigen, Olivia die Schuld zu geben. Ältere Geschworene hatten vielleicht nicht so viel für eine Mutter übrig, die sich so bald nach der Geburt ihres Kindes wieder einer Berufstätigkeit zuwandte; außerdem würden sie eher zögern, ein junges Mädchen ins Gefängnis zu schicken. Vielleicht würden sie auch den Fischerschen Lebensstil anstößig finden.

Die Staatsanwaltschaft hatte noch ein Problem: Nach außen hin wirkte Bill wie ein traditioneller, sogar konservativer Ehemann und Vater. Aber er hatte ja ein sehr unorthodoxes Leben geführt. Es war schwer vorherzusehen, was die Geschworenen von einem Vater halten würden, der offensichtlich damit einverstanden war, daß seine Tochter ihren Freund regelmäßig über Nacht in seinem Haus beherbergte. Der dann eine Frau zu sich nahm, ohne sie zu heiraten und das Versäumte erst zwei Monate vor der Geburt ihres Babys nachholte. Um dann dem Freund seiner Tochter zu sagen, er müsse ausziehen, weil man Platz für ein Kindermädchen brauche. Mit einer solchen Situation konfrontiert, konnten den Geschworenen allerhand Geschichten einfallen, was sich in diesem Haus abgespielt haben könnte. Daß der hinausgeworfene Freund der Tochter das Feuer angezündet hatte, um das Baby und damit auch die Notwendigkeit eines Kindermädchens aus der Welt zu schaffen, sich selbst aber als Helden feiern zu lassen und siegreich in den Schoß der Familie zurückzukehren, war die wahrscheinlichste Interpretation.

Aus der Perspektive der Staatsanwaltschaft betrachtet, lag hier eine große Gefahr. Geschworene können sich unmöglich alle Details der Zeugenaussagen merken, die sie zu hören bekommen, und was sie hören, ist niemals die ganze Geschichte. Also versuchen sie, sich aus dem Material, das man ihnen vorlegt, etwas zusammenzureimen und verknüpfen die zusammenhanglosen Tatsachen zu einer vernünftigen Geschichte. Wenn direkte Beweise nicht vorhanden sind und ein Motiv fehlt, versuchen die Rechtsanwälte, die den Fall bearbeiten, ihnen eine Geschichte nahezulegen. Laura Brevetti hatte ihre Erklärung für die mysteriösen Vorgänge in dem Haus der Fischers durch ihre Hinweise auf John Gallagher bereits angedeutet. George Bolen konnte dergleichen aber nicht anbieten. Wäre Kristie bei Ausbruch des Feuers bereits tot gewesen, dann hätte man Olivia ein Motiv zuordnen können: Von Panik ergriffen, entzündete sie das Feuer, um die Spuren ihrer Nachlässigkeit zu beseitigen. Der Obduktionsbericht schloß diese Möglichkeit aber aus. Wäre der Gerichtsmediziner doch noch in jener Nacht am Tatort erschienen ... Dann hätte er vielleicht etwas an dem Leichnam entdeckt, an der Art, wie er dalag, so daß man einen besseren Einblick in das Tatgeschehen erhalten hätte.

Bolens Schwierigkeit bestand darin, daß »das Profil einer typischen Kriminellen nicht auf Olivia paßte. Sie war eine junge Frau, und es gab einen verdächtigen Mann. Irgendwie hatte ich die Geschworenen über dieses Hindernis hinwegzubringen, damit sie sich all die vielen kleinen Glieder der Beweiskette ansahen, die auf Olivia hindeuteten.«

Er gab zu: »Die Staatsanwaltschaft braucht zwar kein Tatmotiv vorzuweisen, aber trotzdem: Die Leute wollen wissen, warum.« Und darauf konnte er selbst keine Antwort finden.

»Hatte sie die Absicht, dieses Kind zu töten?« fragte er sich. »Oder ist irgend etwas anderes in dem Haushalt geschehen, durch das Olivia absichtlich oder zufällig den Tod verursacht hat? Vielleicht hat das Baby in einem anderen Zimmer eine Rauchvergiftung erlitten. Vielleicht hat Olivia ein Feuer angesteckt, um das zu vertuschen. Vielleicht ist das das wahre Geschehen, wahrscheinlich können die Geschworenen so etwas nachvollziehen.«

Auch Bill Fischer hatte diese Theorie schon entwickelt. Das Haus wurde mit einem Heißluftsystem beheizt, ein Lüftungsstutzen befand sich in jedem Zimmer. Die meisten befanden sich auf Höhe des Fußbodens. Vor einiger Zeit, als Bill den Wandschrank in Leahs Zimmer erweitert hatte, hatte er einen der beiden Lüftungsstutzen in diesem Zimmer weiter nach oben, zur Decke hin versetzt, »weil sonst kein Platz mehr war«, wie er erklärte. Wenn, wie Bruce Johnson glaubte, das Feuer in Leahs Zimmer zuerst entzündet worden war, konnte, so überlegte Bill, der aufsteigende Rauch oben an der Decke leicht in das Entlüftungsrohr eingedrungen sein. Die nächste Öffnung des Systems befand sich nebenan im Kinderzimmer, nicht weit von der Stelle, an der Kristie lag. Also konnte sie fast sofort an Rauchvergiftung gestorben sein. Bill klammerte sich an diese Vorstellung, weil er an die Möglichkeit, daß sie lebendig verbrannt war, nicht denken mochte. Wer auch immer das Feuer entzündet hatte, wollte sie nicht töten, wollte sie vielleicht retten. Geriet dann aber in Panik, als er oder sie sah, daß Kristie im Koma lag oder tot war. Und in diesem Zustand, dem Wahnsinn nahe, konnte der Täter dann alles weitere getan haben.

Als Bill diese Erklärung vortrug und dabei Olivia als Täterin bezeichnete, kannte weder er noch sonst jemand in seiner Familie die Geschichte *Die Heldin*. Als Leah sie schließlich las, sagte sie: »Sie kam dem, was bei uns geschehen war, so nahe, daß wir es nicht fassen konnten.«

George Bolen fand auch, daß diese Geschichte eine Art Vorbild gewesen sein könnte und hätte sie dem Gericht gern unterbreitet. »Aber um eine Aufnahme dieses Buches unter die Beweismittel zu erreichen, hätte ich nachweisen müssen, daß Olivia ein Exemplar gekauft hatte«, erklärte er. »Wenn ich hätte beweisen können, daß die Kioskbesitzerin Olivia das Buch verkauft hatte, hätte das als indirekter Beweis genügt, um zu belegen, daß sie dadurch beeinflußt worden war. Ohne diesen Nachweis durfte ich das Buch nicht erwähnen.«

Bolen kam bisweilen ins Grübeln: »Man behauptet, ein Gerichtsprozeß sei eine Suche nach der Wahrheit. Doch stimmt das? Die Geschworenen verfügen nur über beschränkte Informationen. Manche Beweismittel sind nicht zulässig, weil es sich um Hörensagen handelt oder weil sie Vorurteile enthalten. Ein Staatsanwalt darf selten die ganze Geschichte erzählen.«

Den Fischers sagte er nichts von seinen Sorgen. Das war nicht seine Art. Sie sollten nicht die Zuversicht verlieren, daß die Gerechtigkeit siegen würde.

Vor und während des Prozesses hatten Bill, Denise, Leah und John in Marianne Walsh, die das Programm zur Hilfe nach Kapitalverbrechen der Victims Assistance Services in White Plains leitete, eine mitfühlende Ratgeberin. Diese bildschöne blonde Frau Ende dreißig oder Anfang vierzig war früher Investmentberaterin gewesen, und sie hatte diese ungewöhnliche und schwierige Aufgabe übernommen, nachdem ihr Vater sechs Jahre zuvor nahe bei seinem Haus überfallen und mit einem Messerstich getötet worden war. Als sie und ihre Angehörigen den Eindruck bekamen, daß die Polizei nicht genug unternahm, um des Mörders habhaft zu werden, stellten sie eigene Nachforschungen an. Sie gaben eine Pressekonferenz, schrieben Zeitungsartikel und veranstalteten Treffen in ihrer Gemeinde. Ihre Hartnäckigkeit führte zu Identifizierung und schließlich Verhaftung des Mörders (allerdings wegen eines anderen Verbrechens)

– und damit zu Mariannes einschneidender beruflicher Veränderung. Sie nahm Kurse in Strafrecht, Verfassungsrecht, Polizeirecht und Beratungstheorie. Dann entwarf sie das neuartige Programm, das sie jetzt leitete und das speziell für die Familienangehörigen von Mord- und Totschlagopfern bestimmt war.

Sie schloß sofort einen engen Bund mit den Fischers, half ihnen durch die polizeiliche Untersuchung und Prozeßvorbereitung hindurch, hörte sich an, welche Schmerzen und Ängste sie ausstanden. Sie sagte ihnen, sie hätten Glück, daß George Bolen sie vertrete (»ein ehrenwerter Mann, der sich an die Vorschriften hält«), aber sie fand es nicht richtig, daß er ihnen Äußerungen gegenüber der Presse verbot.

»Schon Wochen vor dem Prozeß habe ich ihnen gesagt: So wie der Fall jetzt dargestellt wird, werden die Medien ein Urteil fällen, und zwar ganz gleich, ob sie sich ihnen gegenüber äußern oder nicht«, erzählte sie. »Ich riet ihnen, sich in den Medien nach einer Person umzusehen, der sie vertrauten und ihr die Geschichte zu erzählen, die sie zu erzählen hatten. Und dann sollten sie sich öffnen und Besuch empfangen und Außenstehenden einen Einblick in ihr Leben geben.

Statt dessen zeigten die Fotos, die man von ihnen hatte, Leute, die vor etwas wegrannten. Nach der Geraldo-Rivera-Sendung versuchte ein Fernsehreporter, mit John zu sprechen und man sah ihn zurück in seine Garage laufen. Auch Bill wurde im Fernsehen gezeigt, wie er vor den Reportern weg in seine Werkstatt lief. Das sah schlecht aus, und ich riet den Fischers, etwas gegen diesen falschen Eindruck zu unternehmen. Ich sah, daß Brevetti sich der Presse bediente, und wußte, daß das eskalieren würde, wenn der Prozeß begann.

Von dem Baby war gar nicht mehr die Rede. Ich riet Denise und Bill, ein Foto von ihr herauszugeben. Ich wußte, daß sie keine Interviews geben würden. Aber sie sagten nein, und ich verstand sie sehr gut. Nachdem mein Vater tot war, haben wir Plakate angefertigt, und wir mußten uns entscheiden, ob wir ein Foto von ihm darauf abbilden wollten. Und ich habe auch nein gesagt, weil ich dachte: Es ist möglich, daß einige der Plakate herumgeworfen werden und daß Leute darauf herumtrampeln.

Das wäre mir wie eine Schändung vorgekommen. Aber irgendwann hätte man den Leuten zeigen müssen, wer Kristie war.«

Später machte sie sich Vorwürfe, daß sie nicht deutlich genug mit ihnen geredet hätte. Sie wußte, wie es in Gerichtssälen zuging und daß die Gerechtigkeit verdreht werden konnte. Manchmal mußte man dem zuvorkommen und diese Möglichkeit umgehen. »Aber in unserer Agentur gehen wir sehr behutsam vor, weil wir die Arbeit der Staatsanwaltschaft nicht unterlaufen können, da sie es ja ist, die unsere Klienten unterstützen soll.«

Die Fischers, denen diese Feinheiten nicht vertraut waren, verließen sich auf die Justiz. »Sie dachten, sobald der Prozeß anfinge, würden all diese häßlichen Gerüchte verschwinden, und die Leute würden die Wahrheit erkennen«, erzählte Marianne.

In dieser Erwartung verließ Bill Fischer, der ein weiteres Mal mit seiner Familie umgezogen war, am Morgen des 2. Juni 1992 seine wiederum nur zeitweilige Behausung, um als erster Zeuge der Staatsanwaltschaft auszusagen.

27

In den sechs Monaten seit dem Brand war nur noch sehr wenig über das Geschehen am Nachmittag des 2. Dezember herausgekommen. Die Polizei hatte alles, was sie zu sagen hatte, innerhalb der Woche nach Olivias Verhaftung gesagt. George Bolen hatte es abgelehnt, über den Fall zu reden. Alle Versuche – selbst die der Schweizer Reporter –, mit Kurt und Marlies Riner zu sprechen, waren gescheitert. Niemand hatte herausbekommen, wo Olivia nun lebte. Die Fischers gaben keine Erklärung ab. Reportern, die sich Bill in seiner Werkstatt näherten, kehrte er demonstrativ den Rücken zu. Kein Reporter wußte, wo Denise arbeitete oder wie sie aussah. Laura Brevetti war die einzige wirkliche Hauptperson in diesem Fall, von der man etwas erfahren konnte, und sie sprach nur mit wenigen Reportern. Die spärlichen Informationen, die aus ihrem Büro drangen, besagten, daß man eine unschuldige Person verdächtigt und angeklagt habe – die Medien sollten doch einmal John Gallagher unter die Lupe nehmen. Der aber war ebensowenig zu sprechen wie Bill Fischer, was allerdings den Eindruck entstehen ließ, er habe etwas zu verbergen.

Ein Journalist fragte Laura Brevetti: »Was hat John Gallagher denn zur Zeit des Feuers im Haus der Fischers getan?«

»Das ist eine gute Frage«, erwiderte sie spitz. Und ließ es dabei bewenden.

Reporter versuchen mit offenen Augen durch die Welt zu gehen, aber sie spekulieren auch aufgrund der Tatsachen, von denen sie wissen. So sahen sie in diesem Vorkommnis weniger die Geschichte einer mörderischen Babysitterin als vielmehr ein familiäres Eifersuchtsdrama mit unheilvollem Ende. Und die Tragikomödie einer unfähigen Provinzpolizei, die sich auf eine unschuldige Ausländerin gestürzt hatte. Die Polizei hatte wohl Angst gehabt, jemanden zu überprüfen, der ihren Beamten gut bekannt war und sich deshalb allzu bequem an Olivia Riner gehalten. Vielleicht würden ja einige bisher noch sorgfältig verheimlichte Tatsachen im Gerichtsverfahren herauskommen. Wenn ja, würde das »nanny trial« eine tolle Geschichte hergeben.

So waren am Dienstagmorgen, dem 2. Juni 1992, die Pressebänke in Silvermans Gerichtssaal mit amerikanischen und Schweizer Reportern, Fernsehkommentatoren und (wegen des Fotografierverbots) Pressezeichnern gefüllt. Es war ein relativ kleiner, einfacher Raum im vierzehnten Stock eines modernen weißen Büroturms, der in seinem Entwurf so zweckmäßig war, daß er, wenn die Fenster kleiner gewesen wären, als ein Gefängnis hätte gelten können. Die Aufzüge waren nie groß genug für die Menschenmengen, die sich auf dem Weg in die verschiedenen Gerichtssäle befanden, und an diesem Tag herrschte ein besonders starkes Gedränge, weil mehrere sensationelle Fälle in verschiedenen Stockwerken verhandelt wurden. Prozesse zu besuchen, war in White Plains ein beliebtes Hobby. Die Vorverhandlungen gegen Olivia Riner war zeitlich mit den letzten Tagen des sensationellen Prozesses gegen Carolyn Warmus zusammengefallen, eine attraktive, in Westchester County lebende Lehrerin, die wegen der Erschießung der Ehefrau ihres Geliebten verurteilt wurde. Jetzt hatte man die Wahl zwischen einem auf Video festgehaltenen Geschlechtsakt (die Geschworenen sollten entscheiden, ob es sich um etwas Freiwilliges oder um eine Vergewaltigung gehandelt hatte) und der Eröffnung des »nanny trial«. Manche Leute wanderten von einer unwahrscheinlichen Episode zur anderen wie zu Hause vorm Fernseher beim Umschalten mit der Fernbedienung. Draußen ging die fleißige, moderne Stadt von White Plains ihren Geschäften nach. Drinnen im Gerichtsgefängnis dagegen dieses Kaleidoskop menschlicher Konflikte.

Richter Silverman hatte den Geschworenen schon in der Woche zuvor die übliche Belehrung erteilt: »Die Angeklagte muß als unschuldig gelten. Sie braucht nicht auszusagen. Wenn sie es nicht tut, wird es nicht zu ihren Ungunsten angerechnet werden ... Die Beweislast obliegt der Strafverfolgungsbehörde. Die Strafverfolgungsbehörde muß beweisen, daß die Angeklagte schuldig ist, bis kein berechtigter Zweifel mehr möglich ist. Tut sie das nicht, muß das Urteil Freispruch lauten. Wenn die Beweise Sie ohne jeden Zweifel befriedigen, müssen Sie sie für schuldig erklären, wenn nicht, müssen Sie sie freisprechen.«

Den Vormittag des ersten Verhandlungstages füllte George Bolen mit seiner Eröffnungserklärung aus. Er begann damit, daß er den Geschworenen klipp und klar mitteilte, daß die Staatsanwaltschaft sich ausschließlich auf Indizienmaterial stützte. »Sie werden kein Geständnis hören. Sie werden keine Videoaufzeichnungen von dem begangenen Verbrechen sehen ... Kein Zeuge, keine Zeugin wird berichten, was sich an diesem trüben, regnerischen, trostlosen Dezembertag des Jahres 1991 abgespielt hat. Aber gegen Ende der Verhandlung werden sich die Teile des Puzzles zusammenfügen, und dann werden Sie ohne berechtigten Zweifel wissen, daß diese Angeklagte Kristie Fischer ermordet hat.«

Das war für einen Staatsanwalt gute Rhetorik. Bolen fuhr fort, indem er in allen Einzelheiten die Bauweise des Fischerschen Hauses und dessen Umgebung beschrieb. Nach dem Feuer, sagte er, »war kein Anzeichen für ein gewaltsames Eindringen zu erkennen. Kein Türschloß war mit einem Dietrich geöffnet, es war keine Fensterscheibe eingedrückt, nichts ... Dieses Haus hatte weder einen Keller noch einen Dachstuhl. Die Fensterbänke der Schlafzimmer im Erdgeschoß dieses Hauses lagen tiefer als die Taille eines davorstehenden Menschen. In der Gegend gibt es Waschbären. Also wurden die Fenster geschlossen und verriegelt gehalten ... Es gab nur einen Eingang zu diesem Haus, und zu beiden Seiten war vom Boden bis zur Decke Glas.

Sie gehen durch die Eingangstür hinein und kommen in einen großen Raum – das ist das Spielzimmer, Familienzimmer, Wohnzimmer. Rechts ist ein Kamin mit einer Couch und einem Fernsehsessel. Links Kacheln und eine Reihe von Schränken zum Aufbewahren von verschiedenen Dingen. Dort befanden sich Mr. Fischers Angelgeräte, sein Werkzeug, Behälter mit Terpentin, Farbenverdünner, Feuerzeugbenzin. Außerdem hing an der Wand – unübersehbar – ein Feuerlöscher ... Bill Fischer ist ein ordentlicher Mann, alles war peinlich sauber und aufgeräumt. Alles stand an seinem Ort, und das galt vor allen Dingen für diesen Wandschrank. Wenn er den Farbenverdünner benutzt hatte, dann wurde er wieder fest zugeschraubt und zurückgestellt.«

Bolen beschrieb die Bewohner dieses Hauses: »Bill Fischer, ruhig, ordentlich und ein geschickter Handwerker ... geschieden, mit zwei erwachsenen Kindern. Denise lernte er kennen, als sie in seine Reparaturwerkstatt in North White Plains kam. Sie hatte ein College absolviert. Bill hatte früh zu arbeiten angefangen. Denise ist Buchhalterin, sie beschäftigt sich mit Steuerangelegenheiten ... Leah ist 22, sie ist Sekretärin in einem Autosalon in White Plains. Seit mehreren Jahren war sie eng mit John Gallagher befreundet, und sie verbrachten ihre Zeit bei ihr und bei ihm zu Hause. Gallagher arbeitet als Autoschlosser bei einem Betrieb in Greenburgh ... Kristie, das Baby, entwickelte sich normal und war gesund.«

Er erklärte, wie es kam, daß die Fischers Olivia als Au-pair-Mädchen zu sich nahmen (»ruhig, einigermaßen intelligent, mit einigermaßen guten englischen Sprachkenntnissen«) und wie Bill ihr sein Haus einschließlich des Inhaltes seines Wandschranks und des Regals am Kamin im ersten Stock zeigte, in dem er seine Streichholzschachteln aufbewahrte. Sie erfuhr auch, was in einem Notfall zu tun war: Es waren drei Feuerlöscher, drei batteriebetriebene Rauchmelder und sechs Telefone mit einer Liste der Notrufnummern vorhanden. In Kristies Zimmer gab es ein Babyphon mit einem Empfänger im Elternschlafzimmer und einem zweiten in dem Au-pair-Zimmer auf der anderen Seite des schmalen Ganges gegenüber dem Kinderzimmer. Bolen fuhr fort und beschrieb nun die neue, aus zwei äußeren Schichten bestehende, aber im Innern hohle Kinderzimmertür, die aus unerklärlichen Gründen von innen verschlossen gewesen war. »Mit einem Schlag hätte man ein Loch hineinhauen können. Wenn Sie einen Feuerlöscher nehmen würden und den dagegenhauten, könnten Sie ein Loch durch die Tür schlagen.«

Das alles war der Presse und dem Publikum neu. Zum erstenmal hörten sie von der Streichholzschachtel, die man auf dem Fußboden des Kinderzimmers gefunden hatte und die halbleer war, was hieß, daß jemand die Hälfte des Inhalts verbraucht hatte. Daß diese Streichholzschachtel mit der, die aus dem Regal am Kamin fehlte, identisch war. Sie erfuhren von der Plastikflasche, die ursprünglich Sodawasser enthalten hatte und die nun von der Hitze verformt war. Und daß sie einigen der leeren Sodaflaschen in der Recyclingtonne im Wäschezimmer aufs Haar glich, abgesehen davon, daß jemand sie mit einer brennbaren Flüssigkeit gefüllt hatte.

Bolen behauptete, Olivia habe dem Wandschrank brennbare Flüssigkeiten entnommen, aus der Recyclingtonne eine Plastikflasche gefischt, einen Teil der Flüssigkeit hineingefüllt, von oben Streichhölzer geholt und in drei verschiedenen Zimmern im Erdgeschoß Feuer entzündet, dann die Tür des Kinderzimmers und die von Leahs Zimmer hinter sich abgeschlossen.

Bolen erklärte: »Olivia war so geistesgegenwärtig, den Feuerlöscher zu holen und das Feuer in ihrem Zimmer zu löschen. Ja, sie war so geistesgegenwärtig, die Feuerwehr herbeizurufen. Aber was war mit Kristie? Sie sagt, sie habe die Kinderzimmertür zu öffnen versucht, aber sie sei verschlossen gewesen. Sie hatte sie doch aber offen gelassen.« Vorher allerdings, »in einem unbedachten Augenblick«, hatte sie Bill Fischer gesagt, sie habe sie selbst abgeschlossen.

Was wirklich geschehen ist, so erklärte er, war: »Zwischen vier und fünf Uhr beging die Angeklagte absichtlich, wissentlich und mutwillig verschiedene Handlungen, die mit Mord und Brandstiftung endeten. Niemand sonst war in dem Haus. Niemand kam in das Haus durch Eindrücken des Fensters, Öffnen eines Schlosses mit einem Dietrich oder Einsteigen in ein Dachfenster oder Oberlicht. Niemand warf etwas, das man einen Molotowcocktail nennen könnte, hinein. Kurz, die Angeklagte war außer dem kleinen Kind Kristie der einzige Mensch im Haus, und sie goß absichtlich, wenn auch unerklärlicherweise eine brennbare Flüssigkeit auf sie.«

Bolen erklärte, Olivia hätte die Feuerwehr nicht in der Hoffnung angerufen, das Baby zu retten, »sondern aus anderen Gründen, wohl auch aus einem Schuldbewußtsein heraus, wegen der Tat, die sie begangen hatte.«

Er warf Olivia durch den Gerichtssaal hindurch einen Blick zu. Sie trug die sittsamste ihrer neuen Ausstattungen: das dunkelblaue Kostüm mit der schlichten weißen Bluse. Bolen rief aus: »Wenn Sie Olivia Riner ansehen, wie sie gekleidet ist, ihr anscheinend engelhaftes Gesicht, werden Sie sich fragen: Warum? Sie werden denken: Sie kann es nicht gewesen sein. Es muß Bill gewesen sein. Es muß Denise gewesen sein. Es muß Leah gewesen sein – sie war eifersüchtig. Oder sonst irgendein unbekannter Mörder, irgendein unbekannter Brandstifter.«

Bevor die Sitzung an diesem Tag begonnen hatte, war Bill Fischer, der auf dem Korridor vor dem Gerichtssaal wartete, zum erstenmal seit der Brandnacht, als sie ihm auf dem Platz vor dem Haus weinend von der Kinderzimmertür erzählt hatte, die sie abgeschlossen hätte, wieder Olivia begegnet. Er hatte sie nie wiedersehen wollen, und jetzt, als er so nahe bei ihr zu sitzen gezwungen war, fühlte er sich brüskiert. Sein ganzer Zorn richtete sich auf ihren gezielt veränderten Kleidungsstil. Bolen nahm diesen Faden auf.

»Die Deutschen haben ein Sprichwort«, erklärte er den Geschworenen. Und dann sprach Bolen diesen deutschen Satz, den er gleich auf englisch wiederholte: »Kleider machen nicht Leute: Clothes do not make the person. Wir haben in englisch dasselbe: Appearances are deceptive. (Der Schein trügt.)«

Olivia machte ein verwundertes Gesicht. Das taten auch die Schweizer Reporter. Bolen hatte die Redensart umgekehrt. In Wirklichkeit lautete sie – die auch Titel einer bekannten Erzählung aus dem neunzehnten Jahrhundert war – Kleider machen Leute, also genau anders herum: Clothes can make people. Aber diese Verdrehung der deutschen Redensart schadete Bolen nicht. Die Zeitungen zitierten am nächsten Tag einen anderen Satz von ihm: »Manche Verbrechen sind so unmenschlich, so irrational, daß es schwerfällt sich vorzustellen, was für ein Motiv ihnen zugrundeliegen könnte.«

Bolen hatte eine kräftige, überzeugende Darbietung geliefert. Während der Mittagspause bemerkte ein amerikanischer Reporter gegenüber einem Kollegen: »Bis heute früh war ich der Überzeugung, daß Olivia Riner es nicht getan hat. Aber wenn ich mich jetzt, auf der Grundlage dessen, was George Bolen gesagt hat, entscheiden müßte, würde ich ›schuldig‹ sagen.«

Laura Brevetti mußte sich jetzt sehr anstrengen. In der vorangegangenen Woche, als man die letzten der zwölf Geschworenen ausgesucht hatte, war sie darum bemüht gewesen, einen der schwächsten Punkte ihrer Verteidigungslinie zu stärken – Olivias Versäumnis, Kristie aus dem Zimmer zu retten.

Sie hatte die Geschworenen gefragt: »Wie viele Leute hier verstehen, daß es Situationen gibt, in denen man verzögert auf etwas reagiert? Daß Sie zurückblicken und sagen, Sie hätten dies tun müssen oder Sie hätten das tun müssen, aber in der Panik, in der Sie sich befanden, haben Sie es nicht getan?«

Sie ließ die Frage im Raum stehen und kam nicht wieder darauf zurück. Jetzt, als der Prozeß begann, konzentrierte sie sich darauf, die Schuldbehauptung des Staatsanwalts anzugreifen. An diesem ersten Prozeßtag war Brevetti konservativer als sonst gekleidet. Sie trug ein dunkelblaues maßgeschneidertes Kostüm, dazu eine auffallende Perlenbrosche und passende Ohrclips. So sah sie wie eine Haute-Couture-Version ihrer Mandantin aus. Sie mußte sich sehr sorgfältig überlegt haben, welchen Eindruck sie erzielen wollte. Sie wirkte immer sehr selbstsicher und überzeugt von der Richtigkeit ihrer Sache. Aber an diesem ersten Prozeßtag war ihr eine gewisse Nervosität anzumerken. Manchmal sprach sie so leise, daß die Geschworenen ihr Gehör anstrengen mußten, um ihre Worte trotz der summenden Klimaanlage zu verstehen, die sich unmittelbar hinter ihren beiden Stuhlreihen befand.

»Sie werden feststellen«, sagte sie ihnen, »daß die Polizei vom ersten Augenblick an nicht bemüht war, das Verbrechen aufzuklären, sondern Olivia Riner anzuklagen ... Mr. Bolen hat Ihnen von einer Streichholzschachtel und einer Plastikflasche erzählt, die einmal Sodawasser enthalten hatte, daß Türen verschlossen und Fenster geschlossen waren. Hören Sie sich an, was er für einen Schluß daraus gezogen hat: Sie hat es getan. Ohne jeden Zweifel. Schluß. Aber es wird keinen Experten, keinen Zeugen geben, der Ihnen jenseits allen Zweifels sagt, daß diese Dinge aus dem Haus stammen. Und es war nicht dieses Mädchen allein, das Zugang zu diesen Sachen hatte.«

Sie wies auf Olivias bereitwilliges Verhalten in der Brandnacht hin – daß sie nach Hilfe telefoniert und oben im Haus das Licht angeschaltet hatte, damit die Löschzüge der Feuerwehr zu dem Haus hinfanden, und wie respektvoll und zuvorkommend sie in den sieben Stunden intensiver Befragung gewesen war. War das die Handlungsweise einer Verbrecherin?

Brevetti deutete an, daß die Polizei selbst an ihrer Theorie von

Olivias Schuld zweifelte. Sie zitierte Bruce Johnsons ungeschickte Fragen: Ob sie irgend jemanden decke? John Gallagher vielleicht? »Das«, so erklärte Brevetti zynisch, »fragt er diejenige Person, von der die Polizei sicher ist, sie sei die Täterin! Und trotzdem nehmen sie sie zwei Stunden nach der Verhaftung in die Mangel: Ob sie nicht einen Komplizen gehabt hätte, oder ob jemand anderes der Täter wäre.«

Ihre Argumentation war stichhaltig, aber trotzdem machte sie damit keinen großen Eindruck. Sie faßte sich kurz und setzte sich abrupt hin, erschöpft von der Anstrengung. Dann rief der Staatsanwalt seinen ersten Zeugen auf, William Fischer, und die Geschichte, auf die so viele Leute gespannt waren, wurde ihnen erzählt.

28

Diejenigen, die ihn zum ersten Mal sahen, waren überrascht, als Bill steif zum Zeugenstand hinaufschritt, und wie behutsam er auftrat, als er sich dem Tisch der Verteidigung näherte, an dem Olivia saß. Daß er Besitzer einer Autowerkstatt war, die seit drei Generationen von derselben Familie geführt wurde, hätte man nicht vermutet. Davon abgesehen, daß er sich in dem Straßenanzug, den er anhatte und der im Stil leicht veraltet, aber kaum getragen war, offensichtlich nicht wohl fühlte, sah er wie ein gewöhnlicher Geschäftsmann aus. Ihm fehlte gänzlich die stämmige Jovialität, die normalerweise einen Mann seines Gewerbes auszeichnete. Er war ein sehr zurückhaltender, stoischer und einsamer Mensch, der dennoch seinen Schmerz nicht zu verbergen vermochte. Der Ausdruck in seinen ungewöhnlich hellblauen Augen war der einer solchen Verletztheit, daß jeder Funken Lebensfreude aus ihm geschwunden zu sein schien. Es war unmöglich, ihn anzusehen, ohne Mitleid mit ihm zu empfinden.

Während der nächsten drei Tage erzählte er seine Geschichte. Von George Bolen einfühlsam befragt, erwies sich Bill Fischer als ein fürsorglicher Ehemann und Vater. Als ein Hauseigentümer, der prompte Antworten auf einen Schwall von Fragen wußte, bezüglich sämtlicher Tür- und Fensterverschlüsse, der Position aller Lüftungsstutzen seines Heizluftsystems und des Inhaltes seines Materialschranks sowie der Anzahl seiner Büchsen mit Farbenverdünner, flüssigem Holzkohlenanzünder, Terpentin und anderen brennbaren Flüssigkeiten einschließlich der ungefähr darin befindlichen Mengen. Er stellte fest, diese Büchsen würden stets ordentlich zurück ins Regal gestellt, niemals unverschraubt oder umgekippt auf der Seite liegen gelassen, wie sie ja aber zum Teil von der Polizei aufgefunden worden waren. Er konnte somit glaubhaft angeben, welche brennbaren Flüssigkeiten dem Materialschrank entnommen worden waren und um welche ungefähren Mengen es sich dabei handelte. Er vermochte sich im Hinblick auf den fehlenden Farbenverdünner genau zu äußern, weil er ihn erst zehn Tage zuvor beim Lackieren der Kinderzimmertür benutzt hatte. Nach so vielen präzisen Angaben wirkte es untypisch, daß Bill Fischer ebendiese Tür derartig eingehängt hatte, daß der Verriegelungsmechanismus kaum das Schließblech erreichte, so daß man sie leicht aufstoßen konnte. Aber vom Standpunkt der Staatsanwaltschaft aus betrachtet, war das schlechtsitzende Schloß ein zufälliger Mangel, der betonte, wie leicht Olivia die Tür hätte öffnen können, wenn sie es versucht hätte.

Bill beschrieb seinen Tagesablauf: Um 5.30 Uhr stand er auf und trainierte in einem Gymnastikzentrum, bevor er dann zwei Stunden später in seiner Werkstatt eintraf. Dort blieb er gewöhnlich bis sechs Uhr abends, aber gegen 13.30 Uhr machte er seine Mittagspause. Er fuhr dann oft nach Hause, um dort etwas zu essen. An dem Tag des Feuers, erinnerte er sich, hatte er zu Olivia »hi« gesagt, als er in das Haus kam, und »See you later«, als er ging. Die 45 Minuten dazwischen verbrachte er allein oben in der Küche, während sie im Erdgeschoß bei dem Baby blieb. Seine Version ihrer kurzen Begegnung deutete ihre gegenseitige Unbeholfenheit im Umgang miteinander an. Sie zeigte auch, wie isoliert Olivia war, allein mit dem Baby in einer ländlichen Gegend, in der sie keine Freunde hatte, die Nachbarn nicht kannte und wo das einzige Familienmitglied, das tagsüber nach Hause kam, nicht sehr gesprächig war.

»Denise pflegte sich mit ihr zu unterhalten«, erklärte Bill, als ob das Olivias Bedürfnis nach Unterhaltung hätte abdecken können. Olivia erschien ihm »akzeptabel und gehorsam«, und er »sah überhaupt keinerlei Problem« in ihrem Verhältnis zu denen, die mit ihr zusammen in seinem Haushalt wohnten. Aber er schien sie nicht wirklich zu kennen. Es war Denises Idee gewesen, ein Au-pair-Mädchen zu nehmen, sagte er, und sie zog alle Erkundigungen ein. E. F. Au Pair schickte ein schriftliches Profil und Referenzen, aber niemand von der Agentur hatte sie in ihrem Haus am West Lake Drive besucht.

Während ihres ersten Monats bei den Fischers hatte Olivia während des Tages viel freie Zeit, und dann ging sie manchmal zum Shopping-Center. Aber als Denise in der Woche vor dem Feuer wieder zu arbeiten anfing, mußte Olivia mit dem Baby zu Hause bleiben. Sie hatte, abgesehen davon, daß sie für Kristie sorgen und die Katzen füttern mußte, keine Haushaltspflichten, und Bill sah, daß sie alle Tiere liebte.

Er wurde gefragt, ob er seinen Haustürschlüssel benutzte, als er am 2. Dezember zum Mittagessen heimkam. Nein, sagte er, er ging einfach hinein. Die Tür war tagsüber nie abgeschlossen. Er nahm an, daß Olivia ihn die Tür öffnen oder vielleicht seinen Pickup in die Einfahrt einbiegen gehört hatte. Jedenfalls schien sie nicht überrascht zu sein, als er in das Kinderzimmer kam, wo sie auf dem Fußboden saß und Babysachen zusammenfaltete. Am Ende dieses ersten Verhandlungstages sorgte Laura Brevetti dafür, daß den Geschworenen nicht entging, was diese unverschlossene Haustür bedeutete.

»Dieses Haus ist nicht die Festung, als die man es hingestellt hat«, hatte sie schon in der Mittagspause auf dem Korridor vor dem Gerichtssaal einer Gruppe von Journalisten gegenüber bemerkt. »Nicht nur Bill Fischer, jeder konnte in das Haus hineinspazieren, ohne daß sie es merkte.«

Sie kam dann während des gesamten Prozesses immer wieder auf diesen Satz zurück. »Das Haus war keine Festung.« Es hatte zwar niemand direkt behauptet, daß es eine Festung war, aber ihre Verneinung wirkte so, daß man annahm, die Staatsanwaltschaft hätte eine solche unhaltbare Hypothese aufgestellt. Es war eine geschickte Strategie, die die Geschworenen derartig faszinierte, daß sie eines der besten Argumente der Staatsanwaltschaft kaum noch zur Kenntnis nahmen und am Ende des Prozesses buchstäblich vergessen hatten. Nämlich die Behauptung George Bolens: Zwar wäre es einem Eindringling möglich gewesen, das Haus zu betreten, aber niemand hätte sich darin umherbewegen können, ohne daß man ihn gesehen oder gehört hätte. Laura Brevetti wiederholte ihren Satz »Das Haus war keine Festung« so oft, daß es bald wie ein Mantra klang: »Das Haus war keine Festung. Jeder konnte hereinkommen und diese Feuer entzünden ...« Und als die Kompliziertheit der familiären Verhältnisse Bill Fischers herauskam, regte dies die Phantasie an, solche Möglichkeiten in Erwägung zu ziehen.

Bill erklärte in seiner Zeugenaussage, daß Grada im Herbst 1987 ausgezogen war und daß er ihr die Haushälfte, die ihr gehörte, abgekauft hatte, als sie 1989 geschieden wurden. Leah hatte weiter dort bei ihm gewohnt, aber Troy war nach Manhattan gezogen. Denise zog im Sommer 1990 zu ihm. Sie heirateten im Juli 1991, und Kristie wurde im September geboren. Bill sagte, Leah hätte sich über das Baby gefreut. Aber er gab zu, daß sie und Denise »nicht immer völlig übereingestimmt« hätten und daß Leah, als Olivia in den Haushalt kam und als er John sagte, er könne nicht mehr wie bisher bei ihnen übernachten, die Nächte öfter in Mahopac bei der Familie Gallagher verbracht hätte. Die beiden jungen Leute seien zwar schon seit langer Zeit fest miteinander gegangen, es hätte aber auch bei ihnen stürmische Zeiten gegeben. Bill erinnerte sich an einen Abend im vorangegangenen November, als Leah nach einem Streit mit John wütend und verärgert nach Hause gekommen war. Bill fügte hinzu, die Streitigkeit sei dann bald beigelegt worden.

Man fragte ihn nach einem anderen Grund für eine Mißhelligkeit in der Familie.

»Haben Sie geraucht?« fragte ihn Bolen.

»Ich habe nie geraucht«, erwiderte er.

»Hat Ihre Frau geraucht?«

»Nein, Sir, hat sie nicht.«

»Wußten Sie vor dem 2. Dezember, ob Leah Zigaretten rauchte?«

Nach einer peinlichen Pause murmelte Bill: »Sie gab es nicht zu, aber sie hat geraucht.«

»Haben Sie sie rauchen sehen?«

»Nein.«

Außerhalb des Gerichtssaals deutete Laura Brevettis Privatdetektiv und Hauptrechercheur Christopher Rush Journalisten gegenüber an, es gäbe noch weitere, ernstere Spannungen in der Familie Fischer. Niemand hätte bisher auch nur die Hälfte gehört, sagte er. Rush, ein stämmiger Kerl mit irischen

Vorfahren, der früher Polizist in New York gewesen war, bot auch seine Theorie an, wieso Olivia von dem Eindringling nichts mitbekommen hätte: »Das war ein Mädchen, das konnte sich derart in etwas vertiefen, daß man hinter ihr eine Bombe hätte zünden können, und sie hätte es nicht gehört.«

Als Bill sich am zweiten Tag dem Ende seiner Zeugenaussage näherte, bat ihn Bolen, ein Foto zu identifizieren.

»Erkennen Sie, was das ist?«

Bill antwortete mit erstickter Stimme: »Ja, der Kindersitz meiner Tochter Kristie.« Er meinte damit, die Babywippe, die im Auto als Kindersitz diente, und in der Kristie gestorben war. In der Babywippe lag wie in einer Wiege das lachende Baby und erinnerte ihn an das letzte Mal, als er sie gesehen hatte, aber er brachte es nicht einmal über sich zu erwähnen, daß sie auf dem Foto zu sehen war. Bolen wollte, daß das Foto als Beweismittel angenommen wurde, er wußte, daß es eine Wirkung auf die Gefühle der Geschworenen haben würde. Laura Brevetti erhob aus demselben Grund Einwände dagegen, und der Richter lehnte die Aufnahme als Beweismittel ab. Er fragte Bolen, welchem Zweck das Foto dienen solle, und Bolen gab ihm diese gewundene Antwort: »Um zu zeigen, welche Teile des Babys von dem, womit sie verbrannt worden ist, betroffen wurden.«

»Es ist doch im Grunde nicht strittig, woran das Baby gestorben ist«, erklärte Richter Silverman. Und so bekam die Jury keinen Eindruck davon, wie Kristie ausgesehen hatte. Also blieb sie für die Geschworenen ein abstrakter Gedanke, ein ihnen unbekanntes Kind, das in einem Feuer umgekommen war. Damit veränderte sich der Akzent dieses Prozesses, und es wurde mehr ein Fall von Brandstiftung als von Mord. Es war angenehmer, so daran zu denken und darüber zu reden, wie Bill selbst wußte. Er brauchte noch viele Monate, bis er es über sich bringen konnte zu sagen: »Kristie ist nicht in einem Feuer umgekommen. Kristie wurde in Brand gesteckt!« Und als er endlich fähig war, diese Wirklichkeit hinzunehmen und auszusprechen, erschrak er vor dem Klang seiner eigenen Worte.

Mit Bills Zeugenaussage begann die regelmäßige Fernsehberichterstattung über das »nanny trial«. Ein neuer Journalistentyp trat auf: schlanke junge Frauen, makellose Erscheinungen, die ebensoviel Zeit für die Vorbereitung ihres Auftritts vor den Kameras wie auf den Pressebänken im Gerichtssaal zu verbringen schienen. Manche von ihnen hatten Assistenten, die vormittags für sie auf den Bänken saßen und sich die Zeugenaussagen anhörten, während sie selbst erst am späten Nachmittag erschienen, gerade noch rechtzeitig, um sich mit ihren Kamerateams in die große leere Eingangshalle im Erdgeschoß des Gerichtsgebäudes zu stellen und auf Laura Brevetti zu warten. Manchmal sah man sie mit Lippenstift und Wimperntusche an ihrem Äußeren arbeiten, während sie warteten. Wenn Brevetti dann mit einem Schwarm von Helfern und Anhängern auf den Fersen sich wichtiggebend aus dem Aufzug trat, setzte ein Gedränge und Geschiebe ein: Mikrophone wurden ihr vors Gesicht gehalten, Kameras fuhren auf sie zu. Bald lernte auch sie, wie wichtig es war, immer zuerst an die Vervollständigung des Makeups zu denken, um stets so frisch und gestriegelt wie ihre Befragerinnen zu erscheinen. Die Damentoilette im vierzehnten Stock gleich neben dem Saal des Richters Silverman entwickelte sich am Ende eines jeden Sitzungstages zu einem Bienenkorb.

Diese tägliche Fernsehberichterstattung gab Brevetti eine prächtige Gelegenheit, dem großen Publikum, das geradezu hungrig auf die Einzelheiten dieser unglaublichen Geschichte war, ihre Version zu präsentieren. Die buchstäblich die Nachrichten beherrschte, da George Bolen sich seinen Vorschriften entsprechend den Medien fernhielt.

Nach Bills zweitem Tag im Zeugenstand berichtete eine Fernsehnachrichtensendung, Leah wäre eifersüchtig auf das neue Baby gewesen – genau das Gegenteil hatte Bill gerade vor Gericht ausgesagt. Aber niemand von der Staatsanwaltschaft bemühte sich darum, diesen Eindruck zu korrigieren.

Laura Brevetti arbeitete mit ihrem Stab bis tief in die Nacht hinein. Sie analysierten Bills Zeugenaussagen, verglichen das, was er vor Gericht gesagt hatte, mit seinen Aussagen vor der Grand Jury knapp sechs Monate zuvor. Etwas seltsam ist die amerikanische Strafprozeßordnung in dieser Hinsicht durchaus: Obwohl die Verhandlung der Grand Jury (jener Gruppe von Geschworenen, die entscheidet, ob das Beweismaterial der Strafverfolgungsbehörde zu einer Anklageerhebung ausreicht) geheim bleiben muß, dürfen dennoch einige bei dieser geschlossenen Sitzung abgegebene Erklärungen in einem darauf folgenden Prozeß zitiert werden. Als Laura Brevetti Bill Fischer ins Kreuzverhör nahm, entdeckte sie in seiner Aussage mehrere kleinere Unstimmigkeiten, die dennoch genügten, um Zweifel an dem Bild zu wecken, das Bolen so sorgfältig gezeichnet hatte, von dem Eigenheimbesitzer, der wußte, wo jedes Schräubchen in seinem Häuschen saß.

Sie erinnerte ihn daran, daß er während der Verhandlung der Grand Jury nicht sicher gewesen war, wie viele Streichholzschachteln sich in der Nähe des Kamins im ersten Stock befanden. Jetzt behauptete er, sicher zu sein, daß es vier gewesen waren. Der Grand Jury hatte er erzählt, es hätten sich drei Flaschen Farbenverdünner in seinem Materialschrank befunden. Jetzt sagte er »zwei, drei oder vier.«

Bill versuchte zu erklären: »Ich glaube nicht, daß es alles Farbenverdünner waren. Es waren verschiedene Chemikalien im Haus.«

Richter Silverman schaltete sich ein: »Halten Sie Terpentin für einen Farbenverdünner?«

»Ja«, erwiderte Bill. »Beim ersten Mal habe ich das Terpentin mitgerechnet.« Dann erinnerte er sich: »Da ist eine große Flasche Farbenverdünner, eine kleine Flasche Terpentin und eine kleine Flasche – ich weiß nicht, was das war.«

Inzwischen machten die meisten Geschworenen ein verwirrtes Gesicht. Aber auch Bills Unsicherheit ließ kaum Zweifel daran, daß jemand sich unbefugt in seinem Materialschrank zu schaffen gemacht und eine beträchtliche Menge an brennbaren Flüssigkeiten daraus entfernt hatte.

Eine Frage gab es, die George Bolen ihm jetzt gern gestellt hätte, die er aber vermied, weil Bill sie während der Grand-Jury-Verhandlung mißverstanden hatte. Jetzt würde er sie korrekt beantworten, und was er zu sagen hatte, war ein wichtiges Detail in der Indizienkette, aber Laura Brevetti würde unweigerlich darauf hinweisen, daß sie nicht mit seiner früheren Aussage übereinstimmte, und dann konnte es sein, daß die Wahrheit wie eine Lüge aussah. Ursprünglich war es nur ein kleiner Irrtum Bill Fischers gewesen, ähnlich wie bei seiner Erinnerung an die Streichholz- und Farbenverdünnermengen zu einer Zeit, da er sich in einem Schockzustand befunden hatte. Aber die Geschworenen würden es wahrscheinlich anders sehen.

Traurig erzählte Bill Monate später, wie es gewesen war.

»Die Streichhölzer, die ich zum Anzünden des Barbecue-Grills benutzte, befanden sich in dem Bücherschrank im ersten Stock nahe beim Kamin. In der Grand-Jury-Verhandlung wurde ich gefragt: ›Subsequent to the fire were all the boxes of matches still there? (Waren nach dem Feuer noch alle Streichholzschachteln da?)‹ und ich sagte: ›Ja‹. Ich bin über das Wort ›subsequent‹ gestolpert. Es ist kein Wort, das ich benutzen würde. Danach fragte mich Denise: ›Was heißt subsequent?‹ Ich sagte: ›Es heißt vorher.‹ Sie sagte: ›Nein, es heißt das Gegenteil.‹ Später, während der Verhandlung, machte ich wieder diesen Fehler. Also konnte mich Bolen bei der Verhandlung nicht nach den fehlenden Streichhölzern fragen, weil Brevetti ihn auf den Widerspruch aufmerksam gemacht hätte, und dann hätte es so ausgesehen, als ob auch alles andere, was ich gesagt hatte, unsicher war. Aber als ich am Tag nach dem Feuer in den Schrank sah, wußte ich, daß eine Diamond-Streichholzschachtel fehlte.«

Bill befand sich mehrere Stunden lang im Zeugenstand. Wenn er geradeaus sah, fielen seine Augen fast genau auf Olivia. Trotzdem vermied er die ganze Zeit jeglichen Blickkontakt mit ihr. Aber sie hob dann und wann den Kopf und sah ihn kühl an. Sein Schmerz war nicht zu übersehen, schien sie aber nicht zu berühren. Es war, ob sie ihm und seinem Baby nie begegnet wäre. Als läge die Tragödie, die er beschrieb, so weit außerhalb ihrer Erfahrungen, daß sie sich nicht im geringsten in ihn einfühlen könnte. Sie saß nur ein paar Meter von ihm entfernt, rechts von ihm und etwas tiefer. Maya Hess saß neben ihr und flüsterte ihr die Übersetzung ins Ohr. Auf den anderen beiden Stühlen am Tisch der Verteidigung saßen Laura Brevetti und ihre juristische Assistentin Elan Gerstmann. Während die drei oft auf ihren Stühlen umherrutschten, ihre Rücken von den harten Lehnen weg nach vorn bewegten, saß Olivia Stunde für Stunde kerzengerade da, die Füße nebeneinander auf dem Fußboden, die Hände im Schoß wie ein gehorsames Kind, das auf die nächste Belehrung wartet. Ihre Nervosität wurde nur durch ein einziges äußeres Zeichen verraten, und niemand auf den Pressebänken oder im Zuschauerraum saß nahe genug, um es zu bemerken. Die Hände, die von ferne betrachtet ruhig gefaltet schienen, waren in Wirklichkeit niemals still, ihre Finger wanden sich ständig umeinander, so biegsam, als ob sie aus Gummi wären. Sie waren klein im Verhältnis zu ihrem übrigen Körper, und ihre ganze Körpersprache konzentrierte sich in der ständigen Bewegung dieser kindlichen Hände. Sonst war sie eine statuenhafte kleine Person, die fast zu gut aussah, um echt zu sein.

Um diesen Aspekt ihrer öffentlichen Wirkung waren ihre Leute ständig bemüht. Ihre Haartracht, ihre Kleidung, ihr Benehmen ließen sie jung und unschuldig aussehen, aber ihr Mangel an Gefühlsäußerungen gab Grund zur Besorgnis. Linda Sawyer riet ihr, sich so zu verhalten, als wäre sie schmerzlich von Kristies Tod berührt. Linda war besorgt, weil Olivia nicht zu begreifen schien, wie sehr das Urteil von dem Eindruck abhing, den sie auf die Geschworenen machte. In einer Fernsehaufnahme, die sie – nach Bills Zeugenaussage – beim Verlassen des Gerichtssaals zeigte, sah sie fast glücklich aus.

An jenem Abend nahm Linda sie beiseite. »Ich setzte mich hin und sah Olivia in die Augen und beschwor sie, im Gericht mehr Gefühl zu zeigen. Ich sagte ihr, sie dürfte sich nicht länger wie eine Schweizerin benehmen. Denn sie hätte es jetzt mit amerikanischen Geschworenen zu tun, die das nicht verstehen würden. Ich weinte, als ich es sagte. Ich sagte: ›Wenn du das Gefühl hast, daß du weinen könntest, solltest du es tun.‹ Ich sagte ihr, ihre Freiheit stände auf dem Spiel. Sie hörte mir zu, als wäre sie eine Schülerin, die einer Autoritätsperson lauscht. Sie zeigte keine Gefühlsäußerung. Aber ihre Mutter war in der Nähe, und die wußte, wovon ich sprach. Sie sagte zu ihr: ›Eine Träne, und du kannst nach Hause.‹«

Am folgenden Nachmittag wurden die Tonbandaufnahmen von Olivias beiden verzweifelten Telefongesprächen mit dem Beamten im Polizeirevier von Mount Pleasant als Beweismittel 79 und 80 der Staatsanwaltschaft zu Protokoll genommen und den Geschworenen vorgespielt. Sie hörten Olivia jetzt zum erstenmal sprechen. Es war eine seltsame Situation, sie da so ruhig sitzen zu sehen, während ihre geisterhafte Stimme immer drängender und hysterischer wurde, als sie den Polizeibeamten zu überzeugen versuchte, daß West Lake Drive Fünf tatsächlich existierte und daß es dort brannte. Plötzlich schien Olivia, am Tisch der Verteidigung sitzend, von dieser Wiedergabe ihres eigenen angsterfüllten Hilferufes überwältigt zu sein. Sie weinte, und ihre Anwältin brachte sie hinaus. Als sie ein paar Minuten später wieder hereinkam, herrschte wohlwollendes Schweigen.

Dieses Ereignis verwandelte sich am nächsten Tag in Schlagzeilen – Kindermädchen schluchzt, als sie Tonband ihres Anrufs hört – und Bills Aussage trat kurz zusammengefaßt in den Hintergrund. »Es war einfach zuviel«, erklärte Laura Brevetti den Reportern. »Sie hat sehr, sehr stark auf dieses Tonband reagiert.«

Das nächste Beweisstück der Staatsanwaltschaft war noch theatralischer: ein Zwanzigminutenfilm von dem Feuer selbst. Es war ein Amateurfilm. Die einzelnen Sequenzen waren mit unvermittelten Schnitten aneinandergereiht, weil der Mann, der sie aufgenommen hatte, Henry Flavin, sein Videogerät ein- und ausgeschaltet hatte, als er um das brennende Haus herumgegangen war. Wenn er gewußt hätte, daß man seinen Film als Beweismittel vor Gericht benutzen könnte, hätte er seine Kamera vielleicht vorsichtiger bewegt. Aber Flavin, ein Ausbilder bei der freiwilligen Feuerwehr der Westchester County Fire

Services, hatte den Film einzig und allein für seine eigene Sammlung aufgenommen, mit dem Gedanken, ihn seinen Schülern während einer Unterrichtsstunde vorzuführen.

Er hatte sich in der Feuerleitstelle des County befunden, als am Nachmittag des 2. Dezember der Alarm schrillte. Er nahm eine Videokamera aus seinem Büro, eilte zum Brandort, und es gelangen ihm einige dramatische Aufnahmen, während sich das Feuer auf seinem Höhepunkt befand. Dann war sein Videoband zu Ende, und der Film hörte abrupt auf.

Es wurde ein großes Fernsehgerät in den Saal gerollt. Man verdunkelte den Raum, so daß der Richter und die Geschworenen den Film verfolgen konnten. Was sie sahen, half ihnen nicht dabei, die Brandursache oder auch nur das Ausmaß des Schadens zu bestimmen, aber sie sahen das Drama der Männer, die tapfer gegen ein Feuer kämpften, das außer Kontrolle zu geraten drohte. Auf den Gesichtern einiger Geschworener spiegelten sich ihre eigenen ängstlichen Gefühle wieder: Es könnte mein Haus sein, das dort brennt. Olivias Mutter, die sich von ihrem Sitzplatz im Zuschauerraum erhoben und zu der gegenüberliegenden Wand hin begeben hatte, um die Vorführung besser verfolgen zu können, hob instinktiv eine Hand zu ihrem Gesicht auf und legte sie dann über ihren Mund, als ob sie sich selbst zum Schweigen zu bringen versuchte.

Der Film selbst war ein Durcheinander von Flammen, Lärm, dichtem Qualm, Lichtkegeln, die in die Finsternis stachen, Feuerwehrleuten, die ihre Schläuche um das Haus herum schleppten. Die mit Äxten auf das Gebäude einschlugen, einander Warnung und Befehle zuriefen: »Leute, nehmt einen Schlauch und spritzt hier hinein ...« An einer Stelle in dem Film, als das Feuer schon unter Kontrolle zu sein schien, schoß eine große, orangefarbene Flamme aus der Seite des Hauses heraus – es war der bis dahin noch nicht bemerkte Brand in Leahs Zimmer. Sonst schien sich dieses Feuer nicht von anderen derartigen Bränden zu unterscheiden. Aufnahmen, die das Innere des Hauses zeigten, gab es nicht. Den Zuschauern im Saal wurde der Anblick von Kristies Leichnam und dem ausgebrannten Kinderzimmer erspart. Insgesamt gab es auf diesem

Videoband keine wichtige Information zu entdecken. Das war der allgemeine Eindruck, als das Gerät abgeschaltet wurde und der nächste Zeuge seinen Eid sprach.

Später sollte Henry Flavins Film zu einem der entscheidenden Beweise in diesem Prozeß werden.

29

Bevor man John Gallagher in den Zeugenstand rief, wurde in unbeholfener Weise sein Alibi nachvollzogen. Die Fischers waren schockiert, daß er eines brauchte. Sie standen voll hinter ihm, und es war ihnen peinlich, daß sein Versuch, Kristie zu retten, so unangenehme Folgen für ihn hatte. Trotzdem mußte man den Geschworenen beweisen, daß er das Haus der Fischers nicht so früh erreicht haben konnte, daß er darin drei Feuer hätte entzünden (oder hätte Wache stehen können, während ein anderer sie anzündete), bevor Olivia um 17.10 Uhr an jenem Nachmittag die Polizei anrief. Er hatte der Polizei erzählt, er sei direkt von der Arbeit aus hingefahren und dort gegen 17.15 Uhr eingetroffen. Da man mit dem Auto von der Jaguarwerkstatt in Elmsford zum West Lake Drive in Thornwood fünfzehn Minuten brauchte, mußte die Staatsanwaltschaft beweisen, daß er seinen Arbeitsplatz vor fünf Uhr nicht verlassen hatte.

Hier nahm der Prozeß eine bizarre Wendung, als der Chef der Jaguarvertretung, James Westbrook, sich über die eigenartige Funktionsweise der Stechuhr seiner Firma ausließ. Als Detective Bruce Johnson ihn ein paar Tage nach dem Feuer aufgesucht hatte, um auf Johns Stempelkarte den 2. Dezember zu prüfen, war Johnson aufgefallen, daß dort der falsche Tag und die falsche Uhrzeit standen. Nun befand sich James Westbrook im Gericht, um zu erklären, daß das alles sehr wohl seine Richtigkeit hatte, man es nur erst einmal verstehen mußte. Er stellte fest: Am Anfang eines jeden Jahres müsse man einen neuen Datumsstempel (des neuen Jahres) in den Stechuhrmechanismus einfügen. Der Stempel koste rund 200 Dollar, und der Einbau sei ein schwieriger Vorgang. Deshalb hätte der Betrieb während der vergangenen beiden Jahre keine neuen Stempel mehr bestellt, und so stand im Jahr 1991 auf allen Stempelkarten 1989. Außerdem wäre die Uhr auf 31-Tage-Monate programmiert. Am Ende eines jeden Monats, der weniger als 31 Tage hatte, müsse man sie manuell vorwärtsbewegen. Das hätte man am 30. November tun müssen, aber das war ein Sonnabend gewesen, und an dem war die Werkstatt geschlossen gewesen. Nachdem die Uhr den nichtvorhandenen 31. November aufgezeichnet hatte, schaltete sie auf den 1. November zurück. Das wurde bei Wiederaufnahme der Arbeit am Montag, dem 2. Dezember, nicht berichtigt, so daß das schicksalhafte Datum auf Gallaghers Karte als »1. November 1989« erfaßt war.

Es gab noch eine Komplikation. Zur Berechnung des Stundenlohns waren die Stunden der Uhr nicht in sechzig, sondern in hundert Segmente eingeteilt. Deshalb mußte man den Stempel anders lesen als eine normale Uhr: Was auf der Stempelkarte wie fünfzig Minuten aussah, waren in Wirklichkeit nur dreißig. Nachdem das alles erklärt worden war, zur Verwirrung derer, die sich im Gerichtssaal befanden, stellte man fest, daß John Gallagher am 2. Dezember um 8.05 Uhr bei seiner Arbeitsstelle eingetroffen, von 12.18 Uhr bis 13.27 Uhr zum Mittagessen fort gewesen war und den Arbeitsplatz laut Stempelaufdruck um 16.42 Uhr verlassen hatte. So viel und nicht mehr konnte Westbrook in der Frage des Alibis von John Gallagher bestätigen. Es blieben immer noch die achtzehn Minuten zwischen 16.42 Uhr und 17.00 Uhr offen.

Nun betrat John Sunseri, ein Kollege von John Gallagher in der Jaguarwerkstatt, den Zeugenstand und bestätigte die Geschichte, die John der Polizei erzählt hatte – daß er nach dem Stempeln noch mit drei Kollegen herumgestanden und sich unterhalten hätte. Einer von ihnen hatte den Tag in der Ausbildungsstätte des Betriebes »draußen in Jersey« verbracht und war gegen 16.45 Uhr zur Werkstatt zurückgekehrt. Er hatte seinen Wagen in die Werkstatt gefahren, die Motorhaube geöffnet und den Motor geprüft. John Gallagher und der andere Mechaniker hatten mit ihm geredet, während er ihn geprüft hatte. Dann, sagte Sunseri, »drehte ich den Kopf herum, und sie waren beide weg. Ich nahm an, daß sie zusammen weggegangen waren.« Der Zeitpunkt wäre ungefähr 17.00 Uhr gewesen. »So genau auf die Minute kann ich das nicht sagen.«

Keiner von John Gallaghers anderen Kollegen wurde als Zeuge bestellt, um diese Geschichte zu belegen. Der Mann, der vermutlich gegangen war, stand nicht auf der Zeugenliste. Die

Bestätigung, wann John vom Arbeitsplatz weggefahren war, beruhte ausschließlich auf Sunseris Erinnerung. Und Sunseri, der sagte, er kenne John seit mehreren Jahren, wirkte nicht unbedingt überzeugend. Er war ein schlanker junger Mann mit glattem, dunklem Haar. Man hatte den Eindruck, daß es ihm nichts ausmachen würde, einem Freund mit einer guten Geschichte zu helfen. Vielleicht war es eine zu gute Geschichte – die etwas ans Absurde grenzte. Er sprang kopfüber hinein, als man ihn über John Gallaghers Fahrstil befragte. Sunseri grinste, diese Frage gefiel ihm.

»Wir haben manchmal unseren Spaß mit ihm gehabt, weil er wie ein Opa fährt«, sagte er.

Man fragte ihn, was er meine. »Langsam«, sagte er.

Minuten später gab er zu, daß John manchmal Rennen fuhr. Wie ein Opa? Aber Sunseri ließ sich durch die Frage nicht aus seinem Konzept bringen. »Ich glaube, den Pickup prügelt er nicht. Rennen, das ist was anderes.«

Bewegung entstand im Saal, als der nächste Name aufgerufen wurde: John Philip Gallagher III., der Zeuge, auf den alle im Publikum und auf den Pressebänken gespannt waren. Fast niemand hatte eine Vorstellung, was für eine Art Mensch das sein würde. Auf den wenigen Aufnahmen, die man von ihm zu Gesicht bekommen hatte, war er ein schemenhaftes Wesen in einer Arbeitskluft gewesen, das sich vor den Fotografen wegduckte. Jetzt erschien ein gepflegt aussehender junger Mann in einem silbriggrauen Anzug mit einem weißen Hemd und einer konservativen Krawatte, die er extra zu dieser Gelegenheit gekauft hatte. Er zog sich selten so gut an. Er wollte einen guten Eindruck machen, und all seine Ausgehsachen waren in Leahs Schrank verbrannt. Alle, die in dem Gerichtssaal waren, starrten ihn an, als er seinen Platz im Zeugenstand einnahm. Sie sahen einen großen, schmalen Jungen mit einem blassen Gesicht und dichtem rotgoldenem Haar, das vorn auf der Stirn etwas zurückwich und das er im Nacken lang trug.

Bolen fing sanft mit seinen Fragen an, kam dann auf einige widersprüchlichere Dinge in seinem Leben zu sprechen. Brevetti würde ihn mit Sicherheit in die Zange nehmen, und so war es zu empfehlen, daß die Staatsanwaltschaft die kritischen Fragen zum Teil vorwegnahm. Da war die Tatsache, daß Lieutenant Louis Alagno von der Polizei von Mount Pleasant ihm zwölf Jahre zuvor, als er vierzehn gewesen war, Schwimmunterricht erteilt hatte. Es war ein bedeutungsloses Detail, aber die Verteidigung konnte es als wichtig hinstellen.

Bolen kam auf Johns Abgang von der West Lake High School zu sprechen. Zuerst erzählte John dem Gericht, er hätte dort seinen Abschluß gemacht. Dann rutschte er verlegen auf seinem Stuhl herum und korrigierte seine Aussage. Bolen fragte ihn, wieso er die Anstalt im letzten Schuljahr vorzeitig verlassen hätte.

»Man bat mich darum«, erwiderte er.

»Man bat Sie darum, die Schule zu verlassen?« Bolen gab ihm Gelegenheit, seine Antwort anders zu formulieren. Man hatte John nicht von der Schule geworfen. Die Schule hatte ihn nicht interessiert. Er war mit siebzehn abgegangen, weil ihn das Leben eines Automechanikers mehr reizte. Diese Wahl war ganz natürlich, auch sein Vater übte diesen Beruf aus. Und John hatte ihn bei sich zu Hause bereits zu erlernen angefangen. Niemand in der Familie Gallagher konnte sich vorstellen, daß Schulbildung etwas nützte, wenn man Geld verdienen wollte. Sie alle waren Handwerker. Laura Brevetti hatte Johns Schulzeugnisse in die Liste der Beweismittel aufnehmen lassen. Daraus ging zwar hervor, daß er den Unterricht ständig geschwänzt hatte, aber Gründe für einen Hinauswurf hatte das nicht ergeben. John erklärte das nicht, sondern sagte nur: Ja, man hätte ihn gebeten, die Schule zu verlassen.

Bolen versuchte es wieder. »Wurden Sie hinausgeworfen? Was haben Sie getan?«

»Gefehlt.«

Das schien kein ausreichender Grund für einen Hinauswurf zu sein. So blieb der Eindruck, daß der Zeuge Gallagher irgend etwas verbrochen haben mußte, das die Staatsanwaltschaft zu vertuschen suchte. Bolen kam auf weitere biographische Einzelheiten zu sprechen.

Er ließ John erzählen: Zwei Jahre vor dem Feuer war seine Familie von Mount Pleasant, wo die Gallaghers seit mehreren Generationen gelebt hatten, nach Mahopac in Puttenham County, unmittelbar nördlich von Westchester County gezogen. Damals war er schon mit Leah Fischer zusammen gewesen. Sie hatten sich 1987 kennengelernt, dann hatten sie sich 1988 für sieben Monate getrennt, und von da an, nach der Trennung, waren sie wieder zusammen gewesen. John gab zu, daß es in diesen über viereinhalb Jahren »viel Auf und Ab« und »eine Menge Kräche« gegeben hätte, unter anderem auch den Streit in dem Monat vor dem Feuer, von dem Bill bereits gesprochen hatte.

»Wie ernst ist diese Beziehung?« fragte Bolen.

»Eine ernste Beziehung«, erwiderte John.

Bolen stolperte bei der nächsten Frage über seine eigene Verlegenheit. »Würden Sie sagen, daß Sie und Miss Gallagher intim gewesen sind? Verstehen Sie, was ich mit intim meine?«

John sah überrascht aus. »Miss Gallagher?« fragte er.

Bolen verbesserte sich. »Miss Fischer. Waren Sie intim?«

»Ja.«

Carol Gallagher, die hinten im Gerichtssaal saß, wurde rot. Sie mochte Leah sehr. Aber die Gallaghers waren Katholiken, und sie hatten strengere Ansichten als die Fischers, was Sex vor der Ehe betraf. Auf gar keinen Fall durfte man es zugeben. »Du kannst immer nach Hause kommen«, hatte Carol zu John gesagt und gewußt, daß er es nicht tun würde, als er nach dem Feuer zu den Fischers gezogen war. Trotzdem war sie stolz auf ihn und seinen mutigen Versuch, Kristie zu retten. Carol hatte sich bei ihrer Arbeitsstelle frei genommen, um im Gericht zu sein. Sie war immer da, wenn er als Zeuge vernommen wurde. Ihr Mann war nicht mit ihr gekommen. Er sagte, er hätte Angst, seine irische Geduld zu verlieren und etwas zu sagen, das er hinterher bedauern könnte. Er hatte das gleiche rötliche Haar wie sein Sohn, aber er war untersetzter und kräftiger. Carol schien der Dreh- und Angelpunkt dieser Familie zu sein.

»Ich bin für dich da, Honey, ganz gleich was das kostet«, hatte sie John schon vor dem Tag seiner Zeugenaussage gesagt.

Bolen fuhr fort mit seinen Fragen: Was für Autos er besäße;

den Ford Pickup, mit dem er immer zur Arbeit fuhr, und einen 1989er Ford Mustang, den er sich mit einem seiner beiden Brüder teilte. Der Bruder fuhr manchmal Rennen damit, aber John sagte, er hätte das Hobby aufgegeben. Er besaß auch einen Dodge Dart, den er seit vier Jahren nicht gefahren hatte. »Der steht nur da. Aufgebockt. Das ist so eine Art Hobby.«

Er sagte, er rauche Zigaretten und zünde sie manchmal mit Streichhölzern an. Wenn er in dem Pickup saß, in dem er gewöhnlich eine Packung über dem Fahrersitz liegen hatte, nahm er den Anzünder. Bei seinen Eltern zu Hause durfte er rauchen, bei Leahs nicht. Das schien die Wahrscheinlichkeit zu verringern, daß er mit einer Schachtel Streichhölzer in der Hand zu Fischers ins Haus kam. Bolen fragte ihn, ob Leah rauche. Nein, sagte er. Ob sie je geraucht hätte? Ja.

Er arbeitete in der Jaguar-Werkstatt, seit sie im Juni 1991 eröffnet hatte. Davor hatte er in zwei anderen Jaguar-Werkstätten gearbeitet. Seine Arbeitszeit war von acht Uhr morgens bis fünf Uhr nachmittags, montags bis freitags. Wenn er bei den Fischers zu Hause schlief, parkte er seinen Pickup immer in deren Einfahrt. Und er ließ ihn da, wenn er und Leah über Nacht zu seinen Eltern nach Mahopac fuhren. Dann nahmen sie ihren Toyota Corolla, weil er weniger Sprit verbrauchte. Es war ein 1989er Modell mit Knüppelschaltung.

»Was für einen Art Fahrerin ist Leah?« fragte Bolen.

»Anständige Fahrerin«, antwortete er. Aber wenn sie zusammen fuhren, saß immer er am Steuer.

Am Sonntag, dem 1. Dezember, hatten er und Leah die Nacht in Mahopac verbracht. Am nächsten Morgen fuhr er sie nach Hause und kam dort zwischen 6.45 Uhr und 7.00 Uhr an. Er sagte, er hätte sie nicht ins Haus gebracht, sondern sei in seinen Pickup gestiegen und direkt zur Arbeit gefahren.

Das ergab eine Lücke in seiner Erzählung. Brevetti würde, wenn sie ihn befragte, sicher darauf zu sprechen kommen. Angesichts der Tatsache, daß John Gallagher um 8.04 Uhr an seinem Arbeitsplatz erschienen war und für den Weg dorthin fünfzehn Minuten brauchte, blieb eine ganze Stunde unerklärt offen.

Bolen befaßte sich nicht mit diesem Problem, sondern ließ John erzählen, was er ab fünf Uhr nachmittags getan hätte, als seine Arbeitszeit beendet war. John war zum West Lake Drive zurückgekehrt. Er fuhr die Auffahrt hinauf. Da sah er eine Flamme durch ein Loch in der Fensterscheibe des Kinderzimmers schlagen, rannte zum Haus, nahm Olivia den Feuerlöscher aus der Hand, schrie ihr eine Frage wegen der geschlossenen Kinderzimmertür zu, aber weil er ihre Antwort nicht verstehen konnte, trat er dagegen, und sie sprang auf.

»Das Baby lag vor mir auf dem Fußboden«, erzählte er. »Es brannte.«

Es dauerte eine Zeit, bis er weiterreden konnte. Trotzdem beherrschte er sich so sehr, daß seine Erzählung dieser Geschichte fast leidenschaftslos wirkte. Je grauenhafter die Einzelheiten wurden, um so schwerer fiel es, seinen Gesichtsausdruck zu deuten. Schließlich beschrieb er, wie er sich neben den Überresten von Kristie hingekniet und aus dem Feuerlöscher in den Feuerkreis, der um sie herum war, Schaum gesprüht hatte. »Aber ich wußte, daß es zu spät war. Dann bin ich zurückgewichen und raus.«

»Was veranlaßte Sie, den Raum zu verlassen?« fragte Bolen.

»Der Rauch«, erwiderte John. »Und der Geruch des brennenden Babys.«

Bolen hatte keine weiteren Fragen. Das war ein günstiger Augenblick, den Zeugen zu entlassen, jetzt konnten sich die Geschworenen diesen schrecklichen Augenblick einprägen. Es war ein paar Minuten nach zwölf, ein Freitag, und wenn Richter Silverman jetzt wie immer die Mittagspause ankündigte, würde Laura Brevetti am Nachmittag mit ihrem Kreuzverhör beginnen. Bevor das Wochenende begann, sollte John Gallagher es überstanden haben. Statt dessen erklärte der Richter unerwartet, er schließe hiermit die Sitzung für diesen Tag.

»Es ist etwas geschehen, das eine Fortsetzung der Verhandlung nicht möglich macht. Wir wissen noch nicht, ob wir sie am Dienstag fortsetzen können«, sagte er. (Montags fanden keine Gerichtsverhandlungen statt.) Es wurde keine Erklärung abgegeben, aber später sagten einige der Helfer Laura Brevettis, daß sie krank geworden war. Es hieß, sie hätte aufgrund einer Virusinfektion Fieber und Schmerzen.

Die Verhandlung wurde erst am Mittwoch fortgesetzt.

Am Dienstagnachmittag waren die Fischers und die Gallaghers schockiert und entsetzt, als sie in Geraldo Riveras Sendung *Now It Can Be Told* eine Wiederholung des Beitrags von Linda Sawyer sahen, in dem angedeutet wurde, John wäre verdächtig, in den Mord an Kristie verwickelt zu sein.

»Willst du mir erzählen, daß SO ETWAS erlaubt ist???« fragte Jim Donelly außer sich vor Zorn seinen Schwager. Sie hatten nicht geahnt, daß dieser Beitrag noch einmal gesendet werden könnte. Zu Hause in Mahopac schalteten die Gallaghers zufällig ein.

»Was zum Teufel tun die da?« fragte John senior. Er war so wütend, daß man ihn davon abhalten mußte, den Fernsehsender mitten in der Sendung anzurufen und zu verlangen, daß sie sie sofort abbrachen.

»Das können wir nicht tun, Honey«, sagte Carol zu ihm »Wir dürfen die Nerven nicht verlieren.« Aber sie war genauso empört.

Also hatte man John Gallagher an dem Abend, bevor er noch einmal in den Zeugenstand mußte, wiederum als den Mann dargestellt, der Witze über Barbecues riß, während er in der Asche des Feuers herumsuchte, in dem Kristie umgekommen war – und wieder in dieser populären Fernsehsendung. Wieder hieß es, das nervöse Lachen, das man im Hintergrund vernahm, stamme von Leah Fischer. Und wieder mußten die Fernsehzuschauer Riveras Andeutungen über »diesen Kerl, Gallagher« und seine Aufforderung an die Polizei und die Presse, sie sollen sich mal lieber ihn genauer ansehen und nicht immer nur Olivia Riner, über sich ergehen lassen.

(Später erklärte Linda Sawyer: »Nachdem meine Sendung im Februar zum erstenmal ausgestrahlt worden war, wurde die Show *Now It Can Be Told* mitten in der Saison eingestellt. Das war im April und die Verträge mit den Sendern liefen bis September. Also mußten sie Wiederholungen bringen, um die Sendezeit zu füllen. Am 9. Juni beschlossen die Geraldo-Leute, weil sie dachten, da der Prozeß lief, wäre das ein geeignetes Thema, noch einmal eine Zusammenfassung des Kindermädchen-Falles zu bringen und meinen Zwölf-Minuten-Beitrag mitzuverwenden. Die Entscheidung haben sie ganz allein getroffen. Ich arbeitete damals nicht mehr für sie.«

Das war noch nicht alles. Als ob es verabredet worden wäre, brachte am nächsten Morgen *Newsday*, eine in White Plains sehr verbreitete New Yorker Tageszeitung, einen großen Artikel ihrer Kolumnistin Carole Agus mit dem Titel: »Ein Kindermädchen gegen einen Lügner: Wem glauben?« Darin wurde John als Lügner bezeichnet. Als Beweis zitierte die Autorin seine erste, falsche Angabe über seinen Schulabgang. Der Artikel begann mit der herausfordernden Frage: »Der Mann, der heute im Nanny Trial in den Zeugenstand tritt, ist John Philip Gallagher III., ein Automechaniker. Ist auch er des Mordes verdächtig?« Diese Zeitung wurde in White Plains auf der Straße und am Zeitungsstand im Gerichtsgebäude verkauft, bevor die Verhandlung an diesem Tag wieder begann.

Und so, erneut massiven Verdächtigungen ausgesetzt, erregt, wütend und mit aller Macht darum bemüht, seine negativen Gefühle im Zaum zu halten, kehrte John in den Zeugenstand zurück.

Offenbar wieder gesund, begann Laura Brevetti ihr Kreuzverhör mit einer solchen Schärfe, wie man sie bei ihr zuvor noch nicht erlebt hatte. Mit Bill Fischer war sie eher sanft umgegangen. Aber John Gallagher war ein Zeuge, den sie in Mißkredit bringen wollte, und sie wußte genau, wie sie das machen mußte.

Wenn man ihn von der Schule verwiesen hatte, wieso hatte er dann zuerst gesagt, er hätte einen Abschluß gemacht, wollte sie wissen.

»Es war ein Fehler von mir«, erwiderte John. Er trug wieder seinen einzigen Anzug, mit einer anderen Krawatte. Olivia trug ihr cremefarbenes Kostüm. Das, das sie seltener trug. Es war eine unpraktische Farbe. Aber die Blässe hob den Goldton ihres Haares hervor und betonte die Bleichheit ihres Teints. (Weiß hätte ihr nicht gestanden, wäre zu hart für sie gewesen.) Und so war sie von einer unberührbaren Reinheit, wie es schien. Zufall?

Oder trug sie dieses Kostüm nur an Tagen, an denen es besonders darauf ankam, die Geschworenen von ihrer Reinheit zu überzeugen?

Brevetti rang John das Eingeständnis ab, man hätte ihn der Schule verwiesen, nachdem er »vier- oder fünfmal« gefehlt hatte. Das unterschätzte er bei weitem.

»Sonst nichts?« fragte sie. Nach einer Pause, die sie einlegte, um die Geschworenen an ihrer Skepsis teilnehmen zu lassen, begann sie, eine weitere zweifelhafte Phase in seinem Leben zu untersuchen.

Es ging da um die Versicherung seines Pickup. Als hauptsächliche Fahrerin war nämlich Leah eingetragen. Obwohl es als geschäftlich genutztes Fahrzeug zugelassen war. Nach unablässiger Befragung gab John zu, daß er Leah wegen seiner Verkehrssünden bei der Versicherung vorgeschoben hatte. Er »erinnerte sich nicht« daran, selbst die Versicherung beantragt zu haben und abgelehnt worden zu sein, bis Brevetti Papiere vorlegte und bewies, daß er in fünf Jahren fünf Strafmandate eingesammelt hatte, wegen zu schnellen Fahrens, Nichthaltens an einem Stopschild und Fahrens, während sein Führerschein ihm vorübergehend entzogen war. Er sagte ihr, er hätte »vergessen«, diese Strafmandate auf seinem Vesicherungsantrag anzugeben, wie das Gesetz es verlangte.

»Sir, wissen Sie, daß Freunde von Ihnen sagen, Sie führen wie ein Opa?«

Er lächelte. »Ja.«

»Wissen Ihre Freunde, daß Sie schneller fahren, als die Polizei erlaubt und Stopzeichen nicht beachten?«

»Ja.« So viel zu John Sunseris Hilfe, mit der er ihm eine Ausrede hatte verschaffen wollen.

Auf Bolens Fragen hatte John deutlich und prompt geantwortet. Jetzt, als er nicht mehr wußte, was man ihm für Fragen stellen würde, wurde er rot und kam durcheinander.

Carol Gallagher am anderen Ende des Saals machte ein ängstliches Gesicht. An diesem Tage waren zwei ihrer drei Kinder bei ihr, Shawn und Renee, außerdem ihre Schwägerin. Alle zitterten sie, als John während des Kreuzverhörs durch Brevetti diese Patzer machte. »Johnny war schon nervös, bevor er in den Zeugenstand trat«, erklärte Carol. »Er ist im Zimmer auf und ab gegangen. Ich hatte ihn noch nie so etwas tun sehen.«

Sie wußte vielleicht besser als er, was jetzt mit ihm geschah. »Das ist ein ganz normaler Junge. Er ist von der High School herunter und hat gleich als Mechaniker zu arbeiten angefangen. Er kennt die großen langen Worte nicht, die Hundert-Dollar-Worte. Er hört sie nicht jeden Tag. Und wenn ihm eine Anwältin, die es verdammt gut weiß, wie sie ihn anklagen kann, statt Olivia, wenn eine solche Anwältin ihm Hundert-Dollar-Worte an den Kopf wirft ... wie glauben Sie denn, daß er da reagiert?«

Auf der anderen Seite des Mittelganges, von den Gallaghers aus betrachtet, saßen in mehreren Reihen Olivias vorwiegend weibliche Anhänger und tauschten wissende Blicke aus, als er immer tiefer in seiner Verwirrung versank. Seine häufigsten Antworten lauteten: »Ich weiß es nicht«, »Ich erinnere mich nicht«, »Das kann ich nicht mehr sagen.« Er erinnerte sich nicht einmal mehr daran, daß Denise Einwendungen gegen seine Übernachtungen erhoben hatte, bis Laura ihn daran erinnerte, daß dies der Grund der großen Auseinandersetzung im letzten November gewesen war, als Leah sich mit Denise gestritten hatte. Was seine eigenen Gefühle Denise gegenüber anging: »Es war keine großartige Beziehung, aber ich kam mit ihr aus.« Den ersten Teil des Satzes hätte er sich lieber sparen sollen.

Brevetti nahm ihn sogleich beim Wort: »Sie hatten nicht viel miteinander gemein?«

»Nein, hatten wir nicht.« Staatsanwalt Bolen, nach außen hin ungerührt, krümmte sich innerlich zusammen.

Sie fragte John, was er getan hätte, am Tag vor dem Feuer, am Sonntag, dem 1. Dezember. Er sagte, er sei am frühen Nachmittag bei den Fischers angekommen. Die Haustür war nicht verschlossen, wie gewöhnlich. Er ging hinein und fand Leah allein. Er hatte mit ihr zum Brunch hinausfahren wollen, aber sie saßen herum und redeten, bis es zu spät wurde für eine Mahlzeit in einem Restaurant. Statt dessen fuhren sie zu ihm nach Hause, wo sie über Nacht blieben.

Brevetti führte ihn zu den Ereignissen des folgenden Morgens, wo bereits die Falle auf ihn lauerte. Sie bat ihn, ihr zu sagen, was er in der einen fraglichen Stunde getan hätte. Nachdem er Leah zu Hause abgesetzt und bevor er um vier Minuten nach acht die Stechuhr in der Jaguar-Werkstatt betätigt hatte. Obwohl er an dem vorangegangenen Freitag ausgesagt hatte, er hätte an dem Morgen das Haus nicht betreten, ließ er sich nun von ihr zu der Aussage drängen, es sei »möglich«, daß er doch hineingegangen sei und eine Tasse Kaffee getrunken habe, während Leah sich duschte und etwas anderes anzog. Das hätte er früher manchmal getan. Er gab auch zu, daß er es gewohnt war, in Leahs Zimmer zu gehen. Diesmal »glaubte« er, er sei nicht drin gewesen und habe das Haus verlassen, bevor sie mit dem Duschen fertig war.

Wieder war ihm Laura Brevetti mehrere Schritte voraus. Sie schuf gerade die Grundlagen für eine Theorie: Am frühen Morgen des 2. Dezember, allein in Leahs Zimmer, konnte er den Riegel ihres Fensters öffnen, damit später am selben Tag er oder jemand anders unentdeckt in das Haus einsteigen konnte. Er hatte eine ausgezeichnete Gelegenheit. Leah duschte. Bill war fort zu seiner Arbeit. Denise bereitete sich gerade zur Abfahrt in ihr Büro vor. Olivia war noch nicht auf.

»Haben Sie nicht am Freitag gesagt, Sie seien am Haus der Fischers angekommen, in ihren Pickup umgestiegen und direkt zur Arbeit gefahren?« fragte ihn Laura Brevetti.

John lief rot an und rutschte auf seinem Stuhl herum. »Ich erinnere mich nicht«, sagte er.

Nach dem Prozeß erklärte er: »Als ich sagte, ich erinnerte mich nicht, konnte ich mich wirklich nicht mehr erinnern. Nach dem Feuer konnte ich nicht mehr sagen, was wann gewesen war. Manchmal, wenn Brevetti mit mir redete, ging mir alles, was an dem Abend in Kristies Zimmer geschehen war, im Kopf herum, und da saß diese Mörderin fünf Schritte von mir entfernt, und ich wollte sie fragen: ›Was zum Teufel haben Sie getan?‹ Aber ich konnte es nicht. Ich wollte nicht durchdrehen. Ich wollte meine Wut im Zaum halten.«

Bei dem Versuch, seine Gefühle zu verbergen, nahm sein Gesicht einen Ausdruck an, der manchmal wie Anmaßung wirkte. Brevetti hackte auf ihm herum, und es gefiel ihm nicht, daß diese schlaue Advokatin ihn hereinlegte. Als sie seine Wut spürte, hetzte sie ihn erbarmungslos weiter. »Haben Sie an diesem Morgen mit Miss Fischer irgendwelche Pläne geschmiedet?«

»Nein, ich erinnere mich nicht, irgendwelche Pläne mit ihr geschmiedet zu haben.« Er schien die Verabredung bei seiner Mutter vergessen zu haben, die Leah und er zum Abendessen besuchen wollten, bevor sie am nächsten Tag ins Krankenhaus mußte.

»Haben Sie sie während der Mittagspause angerufen?«

»Es ist möglich, daß ich es getan habe, möglich, daß ich es nicht getan habe.«

Jetzt machte er wirklich keinen guten Eindruck mehr. Und so ging es weiter, bis sie ihn zu dem Geschehen mit dem Feuer befragte, die er nun wieder mit bemerkenswerter Klarheit wiedergeben konnte. Er kannte jedes Detail im Zentrum seiner seelischen Wunde. Vom Rest wußte er nichts mehr. Und dieser Rest war es, der sie interessierte. Sie nahm ihn in die Mangel, aber so, daß sie jede Anspielung auf seine Heldentat an diesem Abend vermied. Sie bestand darauf, daß er sich genau an die Frage erinnerte, die er ihrer Mandantin zugebrüllt hatte. War es »Warum ist die Tür des Babyzimmers verschlossen?« Oder war es »Warum haben Sie die Tür des Babyzimmers abgeschlossen?« Sie tat, als ob dieser Unterschied von entscheidender Bedeutung wäre. Als ob er sich in jenem Augenblick der Panik eine Formulierung hätte überlegen können.

»Ich erinnere mich nicht«, sagte er.

»Keine Erinnerung mehr daran, welche dieser beiden Fragen Sie ihr gestellt haben?« Sie sah ihn kühl und abschätzig an.

»So ist es.«

Sie wollte wissen, ob er Olivia den Feuerlöscher aus der Hand gerissen hätte, oder ob Olivia ihm den Feuerlöscher gegeben hätte. Als er sagte, er hätte ihn von ihr übernommen, da erinnerte ihn Laura Brevetti daran, daß er der Polizei gesagt hatte, er hätte ihn ihr weggerissen. Er gab zu, daß das Wort weggerissen »ein bißchen stark war«.

Schließlich setzte sie das Gericht davon in Kenntnis, wie viele Polizeibeamte er in Mount Pleasant kannte. Scott Carpenter und dessen Bruder Jeff. Und natürlich Louis Alagno, der ihm das Schwimmen beigebracht hatte. (»Er hat Ihnen nicht viele Fragen gestellt, oder?«) Sie erwähnte den kürzlich in den Ruhestand getretenen Polizeichef Paul Oliva, der seinen Großvater kannte. (Mußte er ja, weil der ältere John Gallagher der Pförtner der einzigen in der Stadt vorhandenen High School gewesen war.) Und – ihr Triumph – den vorläufigen neuen Polizeichef: Anthony Provenzano. »Sie nennen ihn Onkel Tony?« fragte sie mit einem bedeutungsvollen Blick.

Er gab es zu. All diese Beziehungen waren Kleinstadtkram. Provenzano war schon ein Freund von Johns Eltern gewesen, bevor er Polizeibeamter geworden war. John hatte ihn als Dreikäsehoch Onkel Tony genannt, aber die Freundschaft zwischen den beiden Familien war geschwunden, als die Gallaghers nach Mahopac gezogen waren. Jetzt sollte es so aussehen, als ob sie alle zu sehr unter einer Decke steckten, als daß die Gerechtigkeit ihren Lauf hätte nehmen können – obwohl Provenzano den Fall Olivia erst übernommen hatte, als das Gerichtsverfahren schon eingeleitet war. Aber der Hinweis auf eine Vertuschungsaktion der Polizei war gegeben, und Laura Brevetti würde auf diesen Punkt zurückkommen, wenn die Polizeizeugen auftraten.

An diesem zweiten Tag, an dem John aussagen mußte, waren alle Plätze im Zuschauerraum besetzt. Zwei Reihen waren immer für Leute reserviert, die zur Verteidigung gehörten, was hieß, daß immer Platz für Marlies Riner und für Freunde und Kollegen von Laura Brevetti einschließlich Linda Sawyer vorhanden war. Aber die Fischers und die Gallaghers mußten oft mit dem normalen Publikum zusammen in der Schlange stehen. Manchmal mußte sich Bill sogar um Einlaß in den Saal bemühen, obwohl es ihm natürlich, nachdem er seine Aussage gemacht hatte, gestattet war, dem restlichen Verfahren beizuwohnen, und er wollte keinen Augenblick davon versäumen. An diesem Tag befand er sich auf seinem gewohnten Sitzplatz in der letzten Reihe. Aber nach der Mittagspause verwehrte der uniformierte Gerichtsbeamte, der die schwere Schwingtür bewachte, Carol Gallagher die Rückkehr in den Saal, obwohl sie schon den ganzen Vormittag darin gesessen hatte.

»Sie müssen sich in die Wartereihe stellen«, erklärte er ihr. Die meisten Plätze im Zuschauerraum waren schon besetzt, und draußen im Korridor stand noch eine Schlange von Leuten. Manche von ihnen erkannten Carol Gallagher.

»Ich hoffe, Sie lassen *die* nicht wieder hinein«, sagte eine Frau laut genug zu dem Gerichtsbeamten, daß Carol es hören konnte.

»Entschuldigen Sie, ich bin die Mutter des jungen Mannes, der jetzt im Zeugenstand steht«, erklärte Carol und wich nicht zurück.

»Es ist mir gleich, wer Sie sind«, sagte die Frau. »Sie müssen sich in die Schlange stellen wie wir alle.«

Durch die Glasscheibe in der Tür sah Carol, daß die Nachmittagssitzung jeden Augenblick beginnen konnte. Der Gerichtsbeamte gab ihr nicht den Weg frei. Sie fing an zu weinen. Shawn und Renee führten sie zu einer Bank, die im Korridor stand. Schließlich wurden die drei in den Gerichtssaal geführt, gerade noch rechtzeitig zu Bolens Kreuzverhör. Er machte es kurz und beendete es dramatisch.

»Man hat Sie zu Ihrer Beziehung mit Leah Fischer befragt. Nachdem Olivia ins Haus gekommen war, haben Ihnen eines Tages Bill und Denise gesagt, es wäre besser, wenn Sie nicht mehr bei ihnen übernachteten?«

»Richtig«, erwiderte John.

»Haben Sie sich lange mit diesem Thema beschäftigt?«

»Nein.«

»Derart, daß Sie in das Haus gekommen sind, drei verschiedene Feuer entzündet, ein kleines Kind mit einer brennbaren Flüssigkeit übergossen und sie angezündet haben? Haben Sie das getan, Sir?« Er schrie ihn jetzt an.

»NEIN«, antwortete John und schrie fast zurück.

Es war ein theatralischer Effekt, Bolens verzweifelter Versuch, den verlorenen Boden zurückzugewinnen, aber ein Teil davon war unwiederbringlich verloren. Barbara Donnelly, die nahe bei ihrem Bruder – und zum erstenmal in einem Gerichtssaal – saß, erkannte das als eine der ersten in der Familie, immer enttäuschter über das Auseinanderklaffen zwischen dem, was sie im Gericht hörte, was die Medien präsentierten und dem, was sie für die Wahrheit hielt.

»Ich glaube, wir haben den Prozeß verloren, als John im Zeugenstand saß«, erklärte sie später. »Er wurde rot und konnte sich an eine Menge Dinge nicht mehr erinnern. Ich glaube, George Bolen hat es danach aufgegeben.«

Was Bolen anging, irrte sie sich. Er war ein zu sturer Staatsanwalt, als daß er hätte aufgeben können. Aber er schien jetzt eine andere Richtung einzuschlagen. Von jetzt an schien er John Gallagher zu verteidigen, anstatt Olivia Riner anzuklagen.

30

Die nächsten drei Zeugen waren Männer der freiwilligen Feuerwehr. Sie beschrieben, wie es am Brandort ausgesehen hatte, bevor die polizeiliche Untersuchung begonnen hatte. Thornwoods zweiter stellvertretender Feuerwehrchef Joseph Rod bestätigte: Als er eingetroffen war, war das Fenster von Olivias Zimmer geschlossen gewesen. Das widersprach Olivias Angaben gegenüber der Polizei, sie hätte es mehrere Zentimeter weit geöffnet vorgefunden, als sie das Feuer auf ihrem Bett gelöscht hatte. Daß es dann von ihr geschlossen worden wäre, hatte sie nicht gesagt. Nach Aussagen der Feuerwehrleute waren alle Fenster des Hauses geschlossen gewesen, bevor sie anfingen, Türen und Fenster zu öffnen, um den Rauch hinauszulassen. Die Fenster der Waschküche und des Badezimmers waren nicht nur verschlossen, sondern auch verklemmt gewesen, und es hätte gewisser Anstrengungen bedurft, sie zu öffnen. Die Männer hatten mit Äxten Türen und Fenster eingeschlagen, um des Feuers Herr zu werden.

Rod erzählte davon, wie sie Leahs Tür eingetreten hatten, worauf eine Stichflamme herausgeschossen war und er und James Lawrence in den Korridor zurückgerannt waren. Staatsanwalt George Bolen fragte: »Was bedeutet es, wenn eine solche Stichflamme aus einem Raum herausgeschossen kommt?«

»Das bedeutet«, erwiderte Rod, »daß in dem Raum nicht genügend Sauerstoff vorhanden war, daß das Feuer weiterbrennen konnte. Es flammt wieder auf, wenn man frischen Sauerstoff hineinläßt, indem man die Tür öffnet. Und dadurch kommt es zu einer Explosion, die die Fenster hinausdrückt.« Das war ein wichtiger Punkt, hinsichtlich der späteren Ergebnisse des Prozesses.

Die Aussagen der Feuerwehrleute ließen keinen Zweifel daran: Dadurch, daß sie das Haus zu retten versuchten, das ohne ihren Einsatz niedergebrannt wäre, wurden am Tatort etwa vorhandene Indizien, die bei der Klärung des Verbrechens hätten helfen können, weitgehend vernichtet oder unbrauchbar.

»Wieviel Wasser wurde in das Haus gespritzt?« fragte Richter Silverman Joe Rod, der seit fünfzehn Jahren bei der freiwilligen Feuerwehr war.

»Eine Menge«, erwiderte er.

»Wieviel ungefähr?«

»Wir haben etwa drei Stunden lang mit drei Schläuchen gearbeitet. Aus denen kommen pro Minute hundertzehn Liter heraus.«

Der Polizeibeamte Robert Miliambro erzählte seinen Teil der Geschichte: Er fand die Kinderzimmertür von innen verschlossen. Und zwar so, daß sie wiederum verschlossen war, als er sie beim Hinausgehen hinter sich zumachte. Er roch Farbenverdünner an dem einzigen Stück von Kristies Windel, das das Feuer übriggelassen hatte. Er stellte fest, daß mehrere Behälter mit brennbaren Flüssigkeiten in Bills sonst ordentlich aufgeräumtem Wandschrank fast geleert und achtlos wieder hineingestellt worden waren – unter ihnen befand sich auch eine Zwei-Liter-Plastikflasche für Farbenverdünner, die jemand auf der Seite hatte liegen lassen. Wiederum führte Laura Brevetti den Zeugen vom Kernpunkt seiner Aussage fort und hin zu allerlei Details am Rande.

Nachdem Miliambro die Beweisstücke beschrieben hatte, die er an jenem Abend am Brandort aufgelesen hatte – die teilweise geschmolzene Plastikflasche, die angekohlte Streichholzschachtel, den Windelrest aus dem Kinderzimmer, dazu die Behälter mit Farbenverdünner, Coleman-Campingkocher-Brennstoff und Holzkohlenanzünder für Barbecues aus Bills Materialschrank –, fragte ihn Brevetti, was er außerdem noch gesucht hätte? Menschliches Haar? Blutflecke? Entfernte er den Türknauf von der Kinderzimmertür? Nein, antwortete er auf diese drei Fragen.

»Haben Sie, bevor Sie gingen, den Tatort gesichert?«

»Nein, dafür war ich nicht verantwortlich.« Er war ein guter Zeuge, aber sie stellte ihn als einen unfähigen Beamten hin.

Man hatte ihm gesagt, er solle nur die Fragen beantworten. Sonst nichts. Er war seit fünf Jahren Polizeibeamter, sagte aber jetzt zum erstenmal vor Gericht aus. Er hielt sich streng an die Regeln. Tat er das nicht, würde sie mit Sicherheit protestieren. Was er sagen wollte, war: Er hatte den Tatort deshalb nicht gesichert, weil man diese Aufgabe anderen Polizeibeamten übertragen hatte. Ein Polizist sollte das Haus nämlich die ganze Nacht lang bewachen. Nach menschlichem Haar oder Blutflecken zu suchen, war im Dunkeln in einem von Wasser überschwemmten Haus sinnlos. Diese Untersuchung würde am Morgen darauf beginnen. Dann würde man auch die Türschlösser und andere Gegenstände dieser Art am Tatort sicherstellen. Bis dahin konnte niemand etwas daran verändern oder sie beseitigen. Man hatte ihm den Auftrag gegeben, Sergeant Brian Dwyer so gut er konnte beim Sammeln von Beweismitteln zu unterstützen, und er hatte seinen Auftrag so gut er konnte erfüllt. Er hatte nur eines bedauert – und darin ging es ihm ebenso wie Detective Bruce Johnson: daß er Kristies Tragesitz in den Trümmern des Kinderzimmers zurücklassen sollte. Obwohl Joe Butler diesen Gegenstand als Beweis für eine Brandstiftung nicht brauchte, hätte er oder ein anderer Beamter ihn doch als Beweis für einen Mord mitnehmen sollen.

Nachdem Miliambro ausgesagt hatte, wurde dieser Kindertragesitz in den Gerichtssaal gebracht und vor Richter Silvermans Tisch gestellt. Von ihm dazu aufgefordert, erhoben sich die Geschworenen und schritten in einer Reihe hintereinander schweigend um den Gegenstand herum. Was sie sahen, bevor sie erschrocken den Blick davon abwandten, war ein schmutziges Gewirr aus Metall und Plastik, mit einem Stück verbranntem Teppich verschmolzen, das noch immer daran klebte. Der stark verformte Griff des Babysitzes war kaum noch zu erkennen. Im übrigen war der Gegenstand so sehr verbrannt, daß sich weder Farbe noch Form mehr feststellen ließen, die er ursprünglich gehabt hatte. Von dem Polizeifoto abgesehen, das zeigte, wie die tote Kristie ausgesehen hatte, und das der Richter als Beweisstück zugelassen hatte, vermittelte nichts anderes ein so drastisches Bild von dem, was mit diesem Baby geschehen war, wie dieser Kindersitz. Als man das Beweisstück fortnahm, blieb eine Aschespur auf dem beigefarbenen Teppich des Gerichtssaals zurück. Olivia wandte die Augen ab.

Der nächste Polizist, der aussagte, war Sergeant Brian Dwyer. Er hatte Miliambro beim Sammeln der Beweise geholfen. Dwyer, groß und schlank, mit ergrauendem Haar, einem gut geschnittenen Gesicht und einer soldatischen Haltung, wirkte überaus kompetent. Er war 47 Jahre alt, gehörte praktisch sein ganzes Erwachsenenleben lang der Polizei von Mount Pleasant an, während er zugleich bei der freiwilligen Feuerwehr Dienst leistete. Infolgedessen verfügte er über weit mehr Erfahrung als die meisten anderen Polizeibeamten, was die Beurteilung von Brandstiftungsfällen anbetraf. Er war am 2. Dezember als einer der ersten Feuerwehrleute am Brandort eingetroffen und hatte dort später wieder seine polizeiliche Tätigkeit aufgenommen. Dwyer bestätigte Miliambros Aussagen und beschrieb, wie er das tote Baby durch das Kinderzimmerfenster erblickt hatte. Er bemerkte keine Anzeichen für den Versuch eines Eindringens, es fiel ihm aber auf, daß die Fensterscheibe zersprungen und daß ein Loch darin entstanden war, durch das Bruce Johnson den Kopf steckte, um hineinzublicken. Später, so sagte Dwyer, hätte er den Rest des Fensters mit einer Klappleiter herausgeschlagen, um Luft in den Raum und den Rauch hinaus zu lassen.

Staatsanwalt Bolen fragte ihn nach dem Loch in der Fensterscheibe. Hätten sich, als er es erblickte, Glasscherben in dem Kinderzimmer oder draußen auf dem Erdboden befunden? Es war eine entscheidende Frage. Wenn das Fenster infolge der Hitze des Feuers zersprungen war, mußten Scherben nach draußen geflogen sein. Hatte ein Eindringling das Bersten verursacht, hätte man die Scherben im Zimmer finden müssen.

Dwyer sagte, sie hätten im Zimmer gelegen. Verblüfft wiederholte Bolen die Frage und erhielt dieselbe Antwort. Als Dwyer spätnachmittags den Gerichtssaal verließ, fiel ihm ein, daß er vorübergehend durcheinandergeraten war: Er hatte an die Glasscherben gedacht, die er später, nach dem Einschlagen des Fensters mit der Klappleiter gesehen hatte. Ihm waren die Bilder im Kopf durcheinandergeraten. Das war ein beschämender Fehler für einen so erfahrenen Polizeibeamten. Er begab sich sofort in das Büro des Staatsanwalts Bolen im zweiten Stock des Gerichtsgebäudes.

»George, ich bin durcheinandergekommen«, sagte er. Er mußte seine Aussage am folgenden Morgen vor Gericht korrigieren. Sie überlegten, in welcher Form das geschehen sollte. Die Versuchung war groß, das Detail unter den Tisch fallen zu lassen, statt die allgemeine Aufmerksamkeit darauf zu lenken und der Sache der Staatsanwaltschaft noch mehr zu schaden. Aber seine Ehre erlaubte ihm nicht, einen anderen Weg als den des vollen Eingeständnisses zu gehen.

»Es war hart für mich«, sagte er später. »Ich sollte meine Aussage widerrufen, wußte, was die Medien daraus machen und daß meine Kinder es im Fernsehen miterleben würden. Ich habe zwei in der Highschool und eins im College. Meine Frau ist Lehrerin und die Leute in ihrer Schule würden sie mit Fragen bestürmen. Aber ich würde nie eine Lüge erzählen, um eine Verurteilung durchzusetzen.«

Daß Laura Brevetti versuchen würde, so viel wie möglich aus seinem Fehler herauszuschlagen, war ihm natürlich klar. Und das tat sie bereits, während Dwyer noch mit Staatsanwalt Bolen redete. Sie gab den Journalisten unten in der Halle ihre übliche kurze Pressekonferenz und wies auf Dwyers Aussage hin. Diese Aussage war für die Verteidigung sehr wichtig.

»Die Staatsanwaltschaft hat behauptet, das Fenster sei nicht dadurch zerbrochen, daß jemand von außen eingedrungen ist. Aber die Aussage, die der Staatsanwalt seinem Zeugen selbst entlockt hat, widerspricht der Behauptung der Anklagevertretung. Die Verteidigung ist der Ansicht, daß es sich hier nicht um ein Zerspringen der Scheibe infolge einer Hitzeeinwirkung, sondern infolge mechanischen Drucks gehandelt hat.« Und das habe Brian Dwyer bestätigt, fügte sie triumphierend hinzu.

Am folgenden Morgen vor Gericht gab sich Dwyer große Mühe, den Fehler in seiner Aussage zu korrigieren. Er erklärte, er habe sich, was das Kinderzimmerfenster anginge, geirrt. Das zerbrochene Glas habe sich außerhalb des Hauses, auf dem Erdboden vor dem Fenster befunden.

»Wer oder was hat Ihr Gedächtnis aufgefrischt?« fragte Brevetti.

Dwyer erwiderte: »Als ich gestern abend aus dem Gericht

ging, dämmerte es mir. Ich begriff, daß das, was ich ausgesagt hatte, falsch war.«

Sie starrte ihn ungläubig an. »Dämmerte es Ihnen, weil Ihnen die Bedeutung dessen klar wurde, was Sie gesagt hatten – daß es kein Hitzebruch war, weil das Glas im Zimmer lag? Ist es das, was Ihnen dämmerte?«

»Mir dämmerte, daß ich einen Fehler gemacht hatte.«

Er hatte sich bemüht, seinen Fehler zu korrigieren, aber der Schaden war bereits angerichtet. Die Medien griffen die Geschichte auf und stellten sie so dar, wie er befürchtet hatte. Eine über vier Spalten reichende Schlagzeile in *Newsday* lautete »Kindermädchen-Prozeß: Polizist widerruft Aussage«. Man zitierte Laura Brevetti: Dwyers berichtigte Aussage komme »allzu gelegen«. Und das war es, was man weithin glaubte: Dwyers ursprüngliche Aussage über die Glasscherben sei zutreffend gewesen. Es hätte also tatsächlich Anzeichen für ein Eindringen von außen gegeben. Jetzt aber wolle die Polizei diese Tatsache vertuschen.

Sonst berichtete man recht wenig, was Dwyers Aussage betraf. Als Dwyer Monate später an den Prozeß dachte, sagte er: »Ich befand mich an dem einen Tag vier Stunden lang im Zeugenstand. Am nächsten Tag waren es acht Stunden. Die Zeitungen brachten aber nichts als diese Meldung, daß ich meine Aussage berichtigt hatte. Wichtig war doch ganz etwas anderes, nämlich, daß jemand diese Behälter im Materialschrank durcheinandergebracht hatte. Daß der Farbenverdünner in der Babywindel war. Und daß jemand die brennbare Flüssigkeit um das Baby herum ausgegossen hatte. Was alles bewies, daß es jemand getan haben mußte, der im Haus war. Daß es nicht durchs Fenster geschehen sein konnte.

Brevetti warf der Polizei vor, sie hätte nicht mehr Beweismittel gesichert. Aber man kann keine Beweismittel sichern, während man einen Brand bekämpft. Es ist ein Chaos, in dem man sich da abmüht. Im großen und ganzen weiß jeder, was er zu tun hat, aber man muß überall zugleich sein. Die Jungs haben an dem Abend gute Arbeit geleistet. Das Haus hätte völlig abbrennen können. Fenster wurden herausgerissen, das ist normal. Möbel wurden ruiniert. Und es gab starke Rauchschäden. Aber innerhalb einer Stunde war das ganze Feuer gelöscht. Dann gab es sehr viel aufzuräumen. In diesem Durcheinander sollten wir Fingerabdrücke suchen? Selbst wenn wir es getan hätten – was hätte das bewiesen? Daß Olivia Riner und John Gallagher im Haus waren? Das wußten wir schon.«

Sein Hinweis auf die in einem Brandstiftungsfall unvermeidliche Vernichtung von Beweismitteln kam während des Prozesses nicht klar genug heraus. Laura Brevetti gelang es, mittels weiterer Zeugenbefragungen ihre Behauptung zu untermauern, daß die Polizei schlampig gearbeitet hätte. Sie nützte die Fehler der Polizei aus. Den Fehler, daß man nicht den Kindersitz mitgenommen hatte; daß so viel Zeit verstrichen war, bis man das Material zur Untersuchung ins Labor geschickt hatte; die Zeitvergeudung des Beamten im Polizeirevier, der am Telefon die Adresse, die Olivia ihm gab, angezweifelt hatte – und auf der Tonbandaufzeichnung ihres Telefongesprächs hatte Olivias Stimme verzweifelt geklungen, während der Polizist offensichtlich seiner Aufgabe in keiner Weise gewachsen gewesen war. Das wurden Brevettis Leitmotive während des Prozesses: Die Polizei, so behauptete sie, sei unfähig. Und das Haus sei »keine Festung« gewesen. Das war alles, was die Medien brauchten, um diese Geschichte, die filmreif wirkte, immer wieder aufzugreifen. Brevetti konnte nicht verlieren.

Auch spielte ihr in einer Weise, die sie nicht voraussehen konnte, das Schicksal in die Hände. Die Moral der in den Fall verwickelten Polizeibeamten erreichte einen Tiefpunkt. Sie hatten gedacht, sie hätten gute Arbeit geleistet und könnten sich auf die Unterstützung jenes Mannes verlassen, der während der gesamten Untersuchung ihr Chef gewesen war: Paul Oliva. Er war Ende März – mehr als zwei Monate vor Prozeßbeginn – in den Ruhestand getreten und hatte erwartet, daß einer seiner beiden Lieutenants, Louis Alagno oder Michael Mahoney, seine Nachfolge antreten werde. Sie waren die beiden einzigen Beamten in seiner Dienststelle, die für diese Position qualifiziert waren, denn sie hatten die Prüfung bestanden, die im Staat New York für angehende Polizeichefs vorgeschrieben war. Aber diese durch die Prüfung erworbene Qualifikation der beiden besaß nur bis Ende Juli Gültigkeit. Deshalb hatte Oliva seinen Posten schon lange vorher geräumt: um einen glatten Wechsel zu gewährleisten. Oliva hatte das langfristige Ziel im Auge, sonst wäre er so lange in seinem Amt geblieben, bis der Riner-Prozeß vorüber war.

Oliva sah nicht voraus, daß sein alter Gegenspieler, der Stadtdirektor Robert Meehan, seine Empfehlung verwerfen, einen vorläufigen Polizeichef ernennen und diesen so lange im Amt halten würde, bis er die staatliche Prüfung ablegen und den Posten endgültig übernehmen konnte. Bis dahin würden die Qualifikationen der beiden Lieutenants ungültig geworden sein. Meehan suchte sich einen Kandidaten aus, der sich ihm gegenüber loyal verhalten würde, statt an der von Paul Oliva geprägten Tradition festzuhalten. Meehan beförderte also einen Sergeanten, Anthony Provenzano, zum Polizeichef – an den beiden Offizieren, den Lieutenants vorbei. Es war ein völliger Bruch mit der Tradition Olivas, Beförderungen schrittweise, Rang für Rang vorzunehmen, und wirkte auf die höherrangigen Polizeibeamten demoralisierend.

Provenzanos Ernennung wurde bei einer Versammlung des Stadtrats Anfang April bekanntgegeben. Oliva und seine Anhänger reagierten darauf erbittert und lautstark. Mehrere folgende Sitzungen in dieser politisch sehr gespaltenen kleinen Stadt zeichneten sich durch lärmenden Wortstreit und offene Gehässigkeit aus. Bei einer dieser Sitzungen erklärte Paul Oliva – nun als Privatmann – Robert Meehan ganz genau, was er von ihm hielt, und Meehan zahlte in gleicher Münze zurück. Es war dies nicht einfach ein Streit zwischen zwei politischen Parteien. In Mount Pleasant gab es im Grunde nur eine Partei. Das war die Republikanische Partei, und diese war an der Macht. Aber deren Splittergruppen waren durch tiefe Gräben voneinander getrennt, wobei es sich um uralte Streitigkeiten handelte. Die Auseinandersetzung war so rachsüchtig wie eine antike Blutfehde geworden.

In diesem Zustand befand sich das Polizeirevier von Mount Pleasant, als der Prozeß gegen Olivia Riner begann. Den Polizisten, die als Zeugen der Anklage auftreten sollten, fehlte der Rat und die Ermutigung ihres alten Chefs oder eines Nachfolgers, der mit diesem Fall vertraut war. Zornig machte sie, was sie gerüchteweise vernahmen. Einige Anhänger Robert Meehans äußerten sich privat dahingehend – und Meehan selbst sollte es bald öffentlich behaupten –, daß Paul Oliva deshalb vor Prozeßbeginn in den Ruhestand getreten wäre, weil ihm die mangelhafte Arbeit seiner Untergebenen peinlich war. Das schien Laura Brevettis Behauptung zu bestätigen, die Polizei habe sich als unfähig erwiesen. Laura Brevetti schlug auch aus den unklaren Verhältnissen bei der Polizei Kapital. In einer ihrer informellen Pressekonferenzen fragte man sie, wie denn das Polizeivideo in die Geraldo-Rivera-Sendung geraten sei. Da Staatsanwalt Bolen bestritten hatte, daß es aus seinem Amt zum Fernsehen gelangt wäre, sollte nun Laura Brevetti Farbe bekennen.

»Mr. Bolen sollte mal seine eigenen Leute unter die Lupe nehmen«, erklärte sie. »All diejenigen, die bei der Polizei und anderswo mit seiner Vorgehensweise in diesem Fall unzufrieden sind. Dann würde er vielleicht erfahren, woher dieses Video stammt.« Der Eindruck, den sie unter den Reportern mit ihrer Erklärung hervorrief, war der einer Meuterei in den Reihen der Polizei. Daß sie auf die ihr gestellte Frage gar nicht geantwortet hatte, blieb fast unbemerkt.

Olivias Eltern, Marlies und Kurt Riner, im Polizeipräsidium von Mount Pleasant, kurz nach ihrer Ankunft aus der Schweiz (»GANNETT SUBURBAN NEWSPAPERS«, ARCHIVFOTO)

Olivia und ihre Mutter Marlies im Gerichtshof von Westchester County am ersten Tag der Verhandlung. Hinter ihnen Linda Sawyer (»GANNETT SUBURBAN NEWSPAPERS«, ARCHIVFOTO).

Laura Brevetti, in Begleitung ihres Privatdetektivs Christopher Rush, bei einem Interview während der Beratungen der Geschworenen (»GANNETT SUBURBAN NEWSPAPERS«, ARCHIVFOTO)

Richter Donald N. Silverman (MARY MEENAN)

Der stellvertretende Bezirksstaatsanwalt George Bolen (MARY MEENAN)

Detective Bruce Johnson (STEPHEN LONGMIRE)

Die triumphale Pressekonferenz der Verteidigung am Abend nach der Urteilsverkündung. Olivia, in ihrer hellbeigen Garderobe, sitzt in der Mitte, ihr Vater Kurt Riner steht hinter ihr. Links Laura Brevetti. Rechts Patricia Meier, eine Freundin der Familie Riner, die als Übersetzerin fungierte. Die beiden anderen Herren auf dem Bild zählen zu Brevettis Stab (»GANNETT SUBURBAN NEWSPAPERS«, ARCHIVFOTO).

Jan Menting, der das Haus Nummer fünf am West Lake Drive entworfen und erbaut hat (STEPHEN LONGMIRE).

John Gallagher und Leah Fischer (FAMILIENFOTO)

Denise und William Fischer am Tag vor der Urteilsverkündung beim Verlassen des Gerichtssaals (»GANNETT SUBURBAN NEWSPAPERS«, ARCHIVFOTO).

31

»Die Strafverfolgungsbehörde hatte keine Chance«, beklagte sich George Bolen nach dem Prozeß. »Keine.«

Die Verteidigung war in der Vorverhandlung mit keinem Antrag durchgekommen, aber dieser anfängliche Vorteil war Bolen bald verlorengegangen. Laura Brevetti hatte sowohl finanziell wie organisatorisch die besseren Möglichkeiten. Hunderttausende von Dollar wurden für die Vorbereitung der Verteidigung ausgegeben. Berater wurden engagiert und massenhaft Untersuchungen in Auftrag gegeben. Nichts blieb dem Zufall überlassen. Im Norden des Staates New York fand man ein zum Abriß bestimmtes Haus. Dort stellten Brandstiftungsexperten das verhängnisvolle Feuer so detailgetreu nach, daß sie eine Möblierung und Teppiche ähnlich denen des Fischerschen Hauses unter Verwendung derselben brennbaren Flüssigkeiten in Brand steckten. Das ganze wurde gefilmt, wofür eine Schauspielerin engagiert wurde, die in etwa Olivias Größe und Gewicht hatte. Diese Wiederholung wurde zeitlich entsprechend dem tatsächlichen Brandgeschehen nachvollzogen, so daß man nachprüfen konnte, ob das Feuer so gebrannt und sich ausgebreitet haben konnte, wie Olivia es beschrieb.

Man brachte Henry Flavins Film in ein Vorführstudio und studierte ihn im Zeitlupentempo, Bild für Bild, immer wieder, in der Hoffnung, irgendeine Einzelheit zu entdecken, die der Staatsanwaltschaft entgangen war.

Als der Prozeß begann, zog die Mannschaft der Verteidigung in ein Hotel nach White Plains, nicht allein um die tägliche Fahrzeit zu sparen, sondern auch, um täglich mehrmals zusammenkommen und die Strategie den neuesten Aussagen und Entwicklungen im Gericht entsprechend weiter entwickeln zu können. Den Berichten über ihre gesundheitlichen Probleme zum Trotz war Laura Brevetti ununterbrochen imstande, bis spät in die Nacht zu arbeiten und am nächsten Morgen, wenn sie ins Gericht zurückkehrte, frisch, gepflegt und ausgeruht auszusehen.

»Es war wie Gethsemane«, erzählte Chris Rush. »Sie konnte immer noch ackern, nachdem wir alle um sie herum schon eingeschlafen waren. Sie leistete die Arbeit von fünf Anwälten. Ich habe sonst noch nie für jemanden wie sie gearbeitet.«

Sein Arbeitstag begann um sechs Uhr früh. Er war für die Sicherheit des Teams zuständig und überprüfte die Gegend rund um das Hotel, bevor Brevetti mit ihren Helfern das Hotel verließ. »Mit Carmine sollten Sie lieber keinen Streit anfangen«, erklärte Rush: Einer der Leibwächter fuhr immer mit Brevetti zum Gericht. Rush wartete dort auf die Limousine, die Olivia aus Manhattan brachte, und blieb den ganzen Tag in ihrer Nähe. Auf den meisten Fotos von ihr, die beim Prozeß aufgenommen wurden, sieht man ihn an ihrer Seite: einen stämmigen Burschen mit Sonnenbrille, der sich wie ein Fels in der Brandung zwischen sie und wen auch immer stellt, der ihr sonst zu nahe kommen könnte. Er entwickelte ihr gegenüber eine onkelhafte Beschützerhaltung und nannte sie »the kid«, die Kleine. Mit ihm legte man sich besser auch nicht an.

Olivia nahm nie an den Strategiebesprechungen teil. Sie wurde nicht gebraucht, und sobald der Prozeß nachmittags endete, brachte man sie nach Manhattan zurück, wo sie am besten aufgehoben war. Die Limousine stand immer bereit, Chris Rush empfing sie und Marlies, verstaute sie beide, schloß die Türen, ließ sie abfahren und sah ihnen nach. Manchmal versuchten Reporter, ihnen zu folgen, hofften den Aufenthaltsort der Riners herauszubekommen, aber die von Brevettis Anwaltskanzlei engagierten Fahrer, waren geübte Leute, die ihnen stets entkamen. Olivia zog es immer zurück in ihre Wohnung in Manhattan, weil jeden Abend um sechs Uhr (Mitternacht in Wettingen) ihr Vater dort anrief. Sie schien ihm näherzustehen als ihrer Mutter. Zweimal während des Prozesses kam er für ein paar Tage nach New York geflogen, und ihr Gesicht leuchtete auf, wenn sie ihn sah: Papis kleines Mädchen.

Olivias einzige Aufgabe bei der Darstellung ihres Falles bestand darin, ein Bild der Unschuld zu bieten. Brevetti hatte nicht vor, sie aussagen zu lassen. Chris Rush belehrte sie, wie sie sich im Gericht benehmen sollte: »Zeigen Sie nicht Ihre Gefühle, wenn über das Thema gesprochen wird, ganz gleich ob für oder gegen Sie, denn die Leute beobachten Sie. Es ist ein so gemeiner Fall, daß man ein Lächeln in Ihrem Gesicht zur falschen Zeit mißdeuten kann. Sie brauchen einfach nur wie eine Dame dazusitzen und zuzuhören.«

Es war ein Teil der Verteidigungsstrategie, daß ihre Englischkenntnisse als minimal erscheinen sollten. Man hatte ja schon im Vorverfahren behauptet, sie hätte die Miranda Warning nicht verstanden. Also war man ziemlich bestürzt, als sie eines Tages im Korridor vor dem Gerichtssaal eine *New York Times* aufhob und darin den neuesten Bericht über ihren Prozeß zu lesen begann. Sofort sagte ihr einer der Helfer Brevettis, sie solle die Zeitung weglegen.

Was ihr Verhalten im allgemeinen betraf, gab Rush zu: »Manchmal regte uns ihr Mangel an Gefühl auf, aber wir konnten ja nicht beides gleichzeitig haben.«

Linda, die immer noch mit der Verteidigung zusammen arbeitete, gab es nicht auf. Während des Prozesses fragte Maya Hess Laura Brevetti, ob sie Olivia am Wochenende einmal zu sich nach Hause zum Essen einladen dürfe – als Erholung von dem Streß im Gericht –, und Linda steuerte einen eigenen Vorschlag bei. Sie bat Maya, einen Film auszuleihen und Olivia zu zeigen, und zwar *A Cry in the Dark*, die wahre Geschichte eines australischen Ehepaars, dessen Baby während eines Campingausflugs spurlos verschwand. Die Mutter, im Film gespielt von Meryl Streep, behauptete, ein wilder Hund hätte das Baby weggeschleppt. Man glaubte ihr nicht und verurteilte sie trotz ihrer Beteuerungen, sie sei unschuldig, als Mörderin ihres Babys. Hauptsächlich, weil ihr Verhalten in der Öffentlichkeit so gefühllos war, daß man sie für schuldig hielt. Nachdem sie einige Zeit im Gefängnis verbracht hatte, stellte sich heraus, daß sie nicht gelogen hatte. Linda sah darin eine Lektion für Olivia.

Maya lieh den Film aus. Sie nahm Olivia auch zum Washington Square Park nahe bei ihrer Wohnung mit. Sie saßen an einem schönen Sommertag dort und erinnerten sich an ihre Kindheit in der Schweiz. Olivia fühlte sich in Mayas Gesellschaft wohl und befreit vom Streß des Gerichts. Sie sprach frei und natürlich und erweckte den Eindruck einer sich selbst beobachtenden jungen

Frau, die sich bisweilen unerreichbare Ziele setzte, ihre Unzulänglichkeit bedauerte, wenn sie sie nicht erreichte, und ihre mädchenhafte Ungewißheit noch nicht überwunden hatte, was sie mit ihrem Leben anfangen sollte. Sie schien etwas zu suchen und nicht zu wissen was. Sie erinnerte Maya an ihre eigene Jungmädchenzeit.

»Als ich sie kennenlernte, löste das bei mir Erinnerungen an meine eigene Geschichte aus, an mein Aufwachsen, an meine Schweizer Herkunft. Ich konnte verstehen, warum sie nach Amerika gekommen war, sie war vielleicht weggelaufen, und ich verstand sie.«

Sie glaubte weiter an Olivias Unschuld, wenn auch nicht mit der bedingungslosen Leidenschaft Linda Sawyers, die ihre persönlichen, gefühlsmäßigen Gründe hatte, einen Freispruch zu erhoffen. Bei Maya war es mehr ein ruhiges, tiefes Wissen. Oder vielmehr: Glauben.

Brevetti nahm sich auch an den Wochenenden nicht frei. Statt in ihre Wohnung in Manhattan zurückzukehren, blieb sie in ihrer Hotelsuite und arbeitete wie eine Gehetzte. Dieser Fall war ihr durch ihre Beziehung zu einem Anwalt von E. F. Au Pair in den Schoß gefallen, und es war von Anfang an klar, daß er im ganzen Land Aufsehen erregen würde. Strafverteidiger träumen von solchen Fällen, die sie über Nacht berühmt machen. Angespornt von der Herausforderung, sorgte Brevetti dafür, daß sie täglich bestens auf die Verhandlung vorbereitet war, und sie arbeitete mit Besessenheit für den Erfolg.

Man konnte sich keine verschiedenartigeren Gegner vorstellen. Sie war aggressiv, Bolen war in sich gekehrt. Sie nutzte unablässig klug und kühn die Medien und fütterte die Journalisten mit Informationen, die ihr am meisten Vorteile brachten. Er ging nur mit sich selbst zu Rate, scheute die Medien und machte sie sich sogar zu Feinden. Wenn sie Zeugen vernahm, war sie hartnäckig, scharf und so geschickt, daß sogar die störrischsten Zeugen mehr ausplauderten, als sie hatten verraten wollen. Seine Fragen waren so verwickelt, daß, wer ihm zuhörte, leicht den Faden verlieren konnte. Bolen genoß einen einmaligen Ruf im Gericht des Westchester County, den eines geschickten Staatsanwalts, eines der besten, der dennoch durch seine sprunghafte Befragungsmethode die Zeugen durcheinander bringen konnte, weil er ohne erkennbaren Grund von einem Thema zum anderen hüpfte. Er war wie ein Zauberer, der mancherlei Dinge aus seinen Ärmeln und den Taschen anderer Leute zog und Bruchstücke von Informationen hervorholte, die nicht zusammenzupassen schienen, bis er geduldig genügend davon zusammengetragen hatte, so daß sie miteinander verbunden zumeist einen erstaunlichen Sinn ergaben.

Er schien diese labyrinthische Reise auch durch diesen Prozeß zu unternehmen, seine Kreuzverhöre schoben sich über verschlungene Wege durch Zeit und Orte, manchmal durch eine quälende Ausdrucksweise erschwert, die die Prozeßbeobachter »Bolenspeak« tauften. Gelegentlich stoppte ihn der Richter, um für ihn zu übersetzen, so wie er es nach Bolens Frage an Bill Fischer wegen der Kinderzimmertür tat: »Während der Zeit, in der Sie sie kauften, während Sie daran arbeiteten und während des Aufhängungsprozesses, waren Sie da fähig, die Tiefe der Innen- und Außenseite in bezug auf den dazwischen befindlichen Hohlraum zu bestimmen?«

»Wie dick war die Tür?« übersetzte Richter Silverman.

Während die Verteidigung über beträchtliche Möglichkeiten verfügte, war Bolen auf eine Polizeidienststelle und eine Bezirksstaatsanwaltschaft mit einem beschränkten Etat und ebensolchem Vorstellungsvermögen angewiesen. Während Laura Brevettis Team die Vorgeschichte aller Zeugen, insbesondere die John Gallaghers erforscht hatte, klagte Bolen eine ihm völlig unbekannte Person an. Er wußte nichts über Olivia Riner, als er den Prozeß gegen sie eröffnete. Der Bezirksstaatsanwalt Carl Vergari hatte der Schweiz öffentlich einen Mangel an Zusammenarbeit vorgeworfen, aber in seinem eigenen Büro verfügte man bereits über Material, an Hand dessen George Bolen besser über die junge Frau, die er anklagte, informiert gewesen wäre, als er es war.

Olivias Tagebuch, das die Polizei an Bolen weitergeleitet hatte, umfaßte ein ganzes Jahr. Aber genauso wie die Polizei übersetzte auch das Bezirksstaatsanwaltschaftsbüro nur ihre

Eintragungen des letzten Monats – von ihrem Eintreffen in den Vereinigten Staaten an. Darin kam ihre Begierde, mehr über das Land zu erfahren, ihr Heimweh, ihre Ungeduld mit der Art, wie die Fischers Kristie verwöhnten und ihre eigene wachsende Zuneigung zu ihr zum Ausdruck. Aber anderes Material aus früherer Zeit, das Bolens Anklage hätte stützen können, blieb unübersetzt. Zum Beispiel diese Bemerkung über einen Arzt in der Schweiz, bei dem Olivia gearbeitet hatte:

»Er ist manchmal unerträglich, und ich hoffe jeden Tag, daß er einen schweren Unfall hat und daß wir frei bekommen. Das ist nicht nett, aber trotzdem. Wenn ich an Gott glaubte, würde ich sogar dafür beten! Aber bisher ist nichts passiert. Leider.«

Bolen schien auch den Inhalt des kurzen Telefongesprächs zwischen Olivia und ihrem Vater am Morgen nach ihrer Verhaftung nicht zu kennen. Kurt Riners Anruf bei der Polizei von Mount Pleasant wurde automatisch aufgezeichnet. Aber eine schriftliche Übersetzung davon hat man offenbar nicht anfertigen lassen. Monate nach dem Prozeß kam heraus, daß Riner seine Tochter gefragt hatte: »Wie hast du das Feuer bemerkt?«

Schluchzend antwortete sie: »Ich weiß nicht, wie das Feuer sich ausgebreitet hat, aber irgendwie war da eine Flüssigkeit.«

»Jemand hat eine Flüssigkeit hineingeworfen?«

»Ja«, sagte sie ihm.

Es ist möglich, aber unwahrscheinlich, daß sie in den wenigen Stunden seit ihrer Verhaftung von der Verwendung der brennbaren Flüssigkeit erfahren hatte. Bruce Johnson war sicher, daß er ihr während der langen Vernehmung, die zu ihrer Festnahme geführt hatte, nichts davon gesagt hatte. Trotzdem hat die Staatsanwaltschaft nicht die Aufnahme dieses Tonbandes in die Liste der Beweismittel beantragt oder die Frage zur Sprache gebracht, woher Olivia wußte, wie der Brandstifter vorgegangen war.

Die Staatsanwaltschaft verpaßte auch die Gelegenheit, den Geschworenen das größte und aufschlußreichste Beweisstück zu zeigen. Bolen versuchte, Richter Silvermans Zustimmung für eine Besichtigung des Fischerschen Hauses durch die Geschworenen zu gewinnen. Nur dann könnten sie richtig begreifen, wie klein das Erdgeschoß war und wie nah die Räume beieinanderlagen. Man hatte einen Grundriß im Gerichtssaal aufgehängt, aber daraus erfuhr man nichts über die Akustik der Räume und wie sie aussahen. Der Erbauer des Hauses, Jan Menting, verfolgte im Gerichtssaal den ganzen Prozeß und war verzweifelt, daß er es den Geschworenen nicht zeigen durfte.

»Es genügte nicht, daß sie diesen Grundriß sahen«, sagte er. »Nur wenige Menschen können sich an Hand eines Grundrisses ein Haus dreidimensional vorstellen. Ich habe dieses Problem mit meinen Kunden. Ich zeige ihnen Skizzen, aber sie können sich kein Bild machen.«

Bolen wußte das auch. Eines Morgens, nachdem man die Geschworenen entlassen hatte, sprach er mit Richter Silverman und teilte ihm mit, es sei für die Prozeßführung der Staatsanwaltschaft unerläßlich, daß die Geschworenen »sich einen richtigen, umfassenden Eindruck von dem verschaffen, was nach Ansicht des Volkes (d. h. der Anklagebehörde) ein einzigartiges Haus mit einem einzigartigen Grundriß darstellt ... Ohne es mit eigenen Augen zu sehen, wird es den Geschworenen schwerfallen zu begreifen, wie offen dessen Bauweise ist ... Es ist wichtig, daß sie Gelegenheit erhalten, die Zusammengehörigkeit und die Anordnung dieser Räume zu sehen.«

Er schien Brevettis Einwand nicht vorauszusehen, daß es sich bei dem gerade wieder instandgesetzten Haus nicht mehr um den Tatort handelte. Anderes Baumaterial war verwendet worden. Bill hatte sich dafür entschieden, Leahs Zimmer zu vergrößern, indem er den Korridor verkürzte. Die Form ihres Wandschrankes hatte sich verändert. Die neuen Fensterrahmen unterschieden sich von den alten. Der neue Fußbodenbelag veränderte den Klang der Schritte. Von außen betrachtet, hatte sich das Haus nicht verändert, aber im Innern war so viel erneuert worden, daß Richter Silverman den Antrag des Staatsanwaltes ablehnen mußte.

»Wenn wir den Geschworenen dieses neue Haus vorführen«, räumte der Richter ein, »ist das gefährlich. Sie sehen nicht, wie es damals aussah. Statt dessen lassen wir sie spekulieren, wie es ausgesehen haben könnte. Ich wollte, das wäre nicht so. Ich glaube, daß es von Vorteil gewesen wäre, den Tatort nicht zu verändern, aber da das nun einmal geschehen ist, kann uns jetzt eine Besichtigung nichts mehr nützen.«

Bill Fischer, der auf seinem gewohnten Platz in der hintersten Reihe des Zuschauerraums saß, war entsetzt. Warum hatte ihm das denn niemand gesagt? Wenn er geahnt hätte, daß er durch diese kleinen Umbaumaßnahmen die Arbeit der Staatsanwaltschaft behindern würde, hätte er sie niemals vornehmen lassen. Dann hätte er sich unendlich viel Mühe gegeben, das Haus bis zur letzten Schraube am letzten Fensterriegel exakt so wiederherzustellen, wie es vor dem Brand ausgesehen hatte. Er bezweifelte, daß er und Denise je wieder in diesem Haus würden wohnen wollen. Er hatte es nur in der Hoffnung, einen Käufer zu finden, so attraktiv wie möglich machen wollen. Jetzt warf er sich vor, was er getan hatte – und Bolen, daß er es zugelassen hatte.

Das war wieder eine Niederlage für den Staatsanwalt, vielleicht die entscheidende. Als ob das nicht genügte, hatte er von einem wichtigen Beweisstück – einer in brennbare Flüssigkeit getauchten Windel, die sich unter Olivias Bett gefunden hatte –, erst kurz vor dem Prozeß erfahren. Denn nicht die Polizei hatte sie dort entdeckt.

Nachdem man in der Nacht des 2. Dezembers alle Flammen gelöscht hatte, waren die Feuerwehrleute durch das Fischersche Haus gegangen und hatten die Möbel hochkant gestellt, um nachzusehen, ob nicht noch etwas darunter schwelte. Das ist das normale Vorgehen nach einem Brand. Es fand sich eine teilweise verbrannte Windel auf Olivias Bett, die zu Boden fiel, als man das Bett zur Seite kippte. Die Windel wurde so unter der hochgekippten Matratze verborgen. Die Polizei fand sie nicht, und sie blieb dort liegen, bis Laura Brevettis Team mehrere Tage später das Haus betreten durfte. Man entdeckte die Windel, untersuchte sie und stellte fest, daß sie mit Farbenverdünner getränkt war. Vorschriftsgemäß leitete Laura Brevetti die Windel an die Bezirksstaatsanwaltschaft weiter, die ihrerseits eine weitere Laboranalyse in Auftrag gab. Hierbei stellte sich aber nicht nur das Vorhandensein eines Farbenverdünners, sondern auch eines

Holzkohlenanzünders heraus – derselben Art, wie Bill sie in seinem Materialschrank verwahrte.

Das war ein weiteres Indiz dafür, daß jemand, der zum Haus gehörte, die Tat begangen haben mußte. Bis dahin hatte die Polizei in dem aus dem Kinderzimmer entnommenen Material nur Farbenverdünner gefunden. Daran, aus Leahs Zimmer, in dem der Brandschaden am größten war, Proben von dem Bettzeug und dem Teppich mitzunehmen, hatte man nicht gedacht. Dort waren vielleicht andere brennbare Flüssigkeiten verwendet worden. Im ersten Augenblick schien es auszureichen, Beweise für eine Brandstiftung zu sichern. Erst später, zu spät, sah man ein, wie wichtig es gewesen wäre nachzuweisen, daß die Brände mit den Bills Wandschrank entnommenen Flüssigkeiten entzündet worden waren. Einen Farbenverdünner allein hätte ein Eindringling mitbringen können. Die Holzkohleanzünder-Flüssigkeit in der Windel in Olivias Zimmer hätte ein Geschenk für die Staatsanwaltschaft sein können, nur hätte George Bolen dann die Zeugen der Verteidigung bemühen und sie hätten für ihn aussagen müssen, wo sie diese Windel gefunden hatten. Das wäre nicht nur peinlich für ihn gewesen, sondern auch unergiebig, weil sie das Vorhandensein von Holzkohleanzünderflüssigkeit in der Windel bestritten hätten. Wer wußte, was sie sonst noch vorbringen würden? Es war immerhin damit zu rechnen, daß sie die Gelegenheit benutzen würden, auf die Unfähigkeit von Polizei und Staatsanwaltschaft hinzuweisen und Laura Brevetti in die Hände zu arbeiten.

»Die Verteidigung war klassisch, wie aus dem Lehrbuch: Kritisiere immer die Polizei!« erklärte Paul Oliva.

»Was blieb ihr auch sonst zu kritisieren übrig?«

Oliva wohnte nach seiner Pensionierung weiterhin in der Gegend und verfolgte die Entwicklung des Falles gespannt. Auf die Arbeit der Polizei, die er so lange auf seine Art geführt hatte, ließ er nach wie vor nichts kommen. Selbst jetzt war ein Angriff auf die Polizei von Mount Pleasant für ihn noch wie ein Schlag in die Magengrube.

Er, Bruce Johnson und George Bolen waren davon überzeugt, daß die in brennbare Flüssigkeit getauchte Windel der Gegenstand gewesen war, der in der Mitte der verbrannten Fläche auf

Olivias Bett gelegen und ein tieferes Eindringen des Feuers an dieser Stelle verhindert hatte. Olivia hatte Johnson erzählt: Als sie Kristie zum letztenmal zum Schlafen hingelegt hatte, hätte sie eine frische Gazewindel zusammengerollt und damit den Kopf des Babys seitlich gestützt.

Das konnte dieselbe Windel gewesen sein, Olivia hatte sie vielleicht aus dem Kindersitz herausgezogen, nachdem sie die Flüssigkeit kreisförmig um sie herum ausgegossen und dann später angezündet hatte. Vielleicht benutzte sie die Windel beim Anfassen der Büchsen mit den brennbaren Flüssigkeiten, um keine Fingerabdrücke auf diesen zu hinterlassen. Oder als Brandfackel – und warf sie dann, während sie noch schwelte, in ihrer Panik auf das Bett in ihrem Zimmer.

Wenn Olivia die Brandstifterin gewesen war, erklärte sich daraus auch das am wenigsten verständliche der drei Feuer, dasjenige in ihrem Zimmer. Das Feuer, das den geringsten Schaden anrichtete. Das einzige, das sie zu löschen versucht hatte.

Joe Butler ließ sich nicht von seiner Meinung abbringen, der Kindersitz hätte an der Stelle auf Olivias Bett gestanden, die nicht so stark wie das Umfeld verbrannt war, und dort hätte das Baby auch die tödlichen Verbrennungen erlitten. Diese Theorie paßte aber zu keiner der Geschichten, die Polizei oder Staatsanwaltschaft glaubwürdig erschienen.

Butler konnte keine Erklärung dafür geben, wie Olivia den brennenden Kindersitz ins Kinderzimmer hätte tragen können. Es war nicht seine Aufgabe, sich dazu etwas zusammenzureimen. Ihm oblag es zu beschreiben, was er gesehen hatte und was er glaubte, daß sich ereignet hatte. Bolen machte sich Sorgen, Butlers Theorie könnte mehr Fragen aufwerfen als lösen. Bolen wünschte sich auch, daß er die Geschworenen von der Holzkohleanzünder-Flüssigkeit unterrichten könnte, die seine Experten in der Windel entdeckt hatten. Und dann hätte er gerne Betrachtungen darüber angestellt, welchem Zweck diese Windel wohl gedient hatte.

Statt dessen durfte er während des Kreuzverhörs Butler nur die Frage stellen, ob der Gegenstand auf Olivias Bett eine zusammengefaltete Windel gewesen sein konnte.

»Ja, das könnte sie gewesen sein.«

Ob sie nach ihrer Größe die geschützte Stelle in der Mitte der Decke bedeckt haben könnte.

»Ja, das könnte sie haben«, gab Butler zu.

Weiter durfte Bolen seiner Ansicht nach nicht gehen. Und damit war er noch ziemlich weit von dem Punkt entfernt, auf den er hinauswollte.

32

Joseph A. Butler junior war einer jener Zeugen des Prozesses, die in Erinnerung blieben. Seine Erfahrung als Brandexperte ging über ein halbes Jahrhundert zurück und war so vollständig dokumentiert, daß George Bolen etwa zwanzig Minuten brauchte, um mit ihm die Liste seiner persönlichen Zeugnisse und öffentlichen Ämter durchzugehen. Beim letzten seiner Ämter handelte es sich um seine Bestallung zum Leiter der Untersuchungsbehörde für verbrecherische Brandstiftungen bei der Bezirksstaatsanwaltschaft von Westchester County. Ein anderer Zeuge hätte seine Aussage vielleicht in der Hälfte der Zeit geschafft, aber jemand mußte vor langer Zeit Joseph Butler in der Kunst der Zeugenaussage unterrichtet haben: Sage niemals einfach nur ja oder nein, sondern formuliere deine Antwort aus. Verbreite dich nicht darüber, sondern warte auf die nächste Frage. Sage nicht mehr und nicht weniger, als wonach du gefragt worden bist. Sprich laut und deutlich. Murmele nicht, und vor allem: Haste nicht.

Es mochte ermüden, ihm zuzuhören, aber wenigstens verstand man ihn deutlich. Sein Stil war noch aus einer anderen Zeit. Aus der Zeit vor der Erfindung des Mikrophons und der Stenographie. Seine Stimme war laut, um die schlechte Akustik des Saals zu überwinden, seine Aussprache war sehr deutlich, und er sprach sehr langsam. Es war, als ob ein tauber Mann einer Sekretärin etwas diktierte, die es in Langschrift zu Papier brachte. Das war ein Geschenk für die Reporter und für Maya Hess, die eine Erholung von dem Bolenspeak brauchte.

Butlers feuertechnische Kenntnisse waren enzyklopädischer Art. Die ersten Stunden im Zeugenstand verbrachte er damit, das Gericht in die Grundlagen der Wissenschaft von der Dynamik des Brennvorgangs, der Entzündung von Gasen und der Bewegungsweise des Rauches einzuweihen. Er beschrieb die Vorgänge im Fischerschen Haus Zimmer für Zimmer und bestätigte, daß von innerhalb des Hauses in den drei im Erdgeschoß befindlichen Schlafzimmern – aber nicht in dem sie verbindenden Gang – Feuer entzündet worden waren. Er schilderte einen »sehr stechenden Geruch« einer brennbaren Flüssigkeit auf dem Babysitz, dem Kinderzimmerteppich und dem Kind selbst.

Seine Erwähnung des Kindersitzes berührte eine weitere Schwäche der staatsanwaltschaftlichen Position. Es kam im Laufe des Prozesses heraus, daß man den Kindersitz, als man ihn endlich vom Brandort holte, in einem Korridor des Polizeigebäudes abstellte, in dem er über einen Monat lang unbewacht war, bevor man ihn in das Countylabor schickte. Der nachlässige Umgang mit diesem besonders anschaulichen Beweisstück war ein taktischer Fehler, obwohl eine Untersuchung des Gegenstandes wenig Erfolg versprach. Eine ätherische Flüssigkeit hinterläßt auf Plastik keine Spuren, sondern nur auf porösem Material wie den Windel-, Teppich- und Bettdeckenfragmenten, die die Polizei mitgenommen hatte. Aber man konnte nicht erwarten, daß die Geschworenen das wußten.

Butler bestätigte, daß jemand, der nahe bei dem Baby stand, aus einem Behälter ähnlich der Plastikflasche, die auf dem Kinderzimmerfußboden lag, eine brennbare Flüssigkeit auf den Teppich rund um den Babysitz gegossen hatte. Hätte jemand die Flüssigkeit durch das Zimmer oder zum Fenster hineingeschleudert, wäre die Brandstelle auf dem Teppich von fächerförmiger Gestalt gewesen. »Aber wenn Sie sie ausgießen, bekommen Sie einen mehr oder weniger perfekten Kreis.« Und den hatte er gesehen.

Er bestätigte die Aussage von Brian Dwyer: Die Beschädigung der Scheibe des Kinderzimmerfensters war auf ein Platzen infolge der Hitzeentwicklung zurückzuführen und nicht durch Einschlagen verursacht. Butler sagte, er hätte »wegen der Menge von Trümmern« nicht vorgeschlagen, Proben aus Leahs Zimmer zwecks Laboruntersuchung zu entnehmen. Außerdem hätte er die Brandstiftung in ihrem Zimmer als den anderen beiden gleichartig eingeschätzt. Er sah den Tatort als Experte für Brandstiftung (nicht Mord): »Wir besaßen ja bereits von den anderen beiden Brandstellen ungewöhnlich aufschlußreiches Beweismaterial, besseres Material, als wir es Leahs Zimmer hätten entnehmen können.«

Beim Kreuzverhör brachte Brevetti die Tatsache heraus, daß Butler am Brandort keine Notizen anfertigte. Er verließ Thornwood um Mitternacht und schrieb seinen Bericht am folgenden Morgen. Später erklärte er es: »Aufgrund jahrelanger Erfahrung kann ich es leicht aus der Erinnerung heraus aufschreiben. Ich habe ein ausgezeichnetes Gedächtnis. In jener Nacht gab es keine richtige Beleuchtung, und es regnete in Strömen, sogar in das Haus hinein. Wenn ich mir Notizen gemacht hätte, wären sie wahrscheinlich unleserlich gewesen.« Außerhalb des Gerichtssaals deutete Brevetti an, auf das Gedächtnis eines so alten Mannes könne man sich nicht verlassen. Reportern gegenüber sagte sie: »Es ist bezeichnend, daß die ganze Untersuchung allein von diesem einen Mann ausgeführt wurde, der sich weder Notizen machte noch Fotos aufnahm und sich einzig und allein auf sein Gedächtnis verließ. Wenn man diese Beweisaufnahme sorgfältig dokumentiert hätte, stände jetzt nicht meine Mandantin, sondern jemand anders vor Gericht ...«

Als die Fernsehkameras auf Laura Brevetti gerichtet waren, holte sie wieder zum Angriff gegen John Gallagher aus. Das machte sich gut in den Abendnachrichten. Die Fernsehreporter waren in Scharen gekommen, um Butlers Aussagen zu hören, schienen aber weniger an ihnen selbst interessiert als an Lauras Brevettis Interpretation und fügten dann noch ihren eigenen Kommentar hinzu. »Olivia?« fragte Channel Four und hielt der angeklagten jungen Frau ein Mikrophon entgegen, als Chris Rush sie am Ende des Verhandlungstages aus dem Gerichtssaal führte. »Wie halten Sie das aus, Olivia?« Sie hatte es inzwischen heraus, wie man mit den Medien umgehen mußte, und genoß ihre Prominenz.

An seinem zweiten Aussagetag erklärte Butler, er hätte zwar Rückstände des Feuerlöschmittels in Olivias Zimmer, jedoch nicht im Kinderzimmer entdeckt. Er sagte, das sei nicht unbedingt von Bedeutung. »Der Rückstand ist ein trockenes Pulver, das fortgeblasen oder fortgeschwemmt worden sein kann.«

In ihrer nächsten improvisierten Pressekonferenz wählte Brevetti dieses Thema.

»Die Wahrheit wird herauskommen«, sagte sie zu den Reportern, die sich vor der Nachmittagssitzung mit dem Zeugen Butler in der Lobby des Gerichts um sie scharten. »Erst hat man uns erzählt, John Gallagher hätte mit dem Feuerlöscher im Kinderzimmer herumgesprüht, aber jetzt hören wir, daß man dort keinen Rückstand des Löschmittels gefunden hat. Vielleicht ist das Feuer von selbst ausgegangen. In der Nacht hat eine Hysterie geherrscht, und man hat meine Mandantin ungerechtfertigterweise beschuldigt, obwohl keinerlei Beweise gegen sie vorhanden sind. Mr. Butler war der Spezialist am Ort. Dem Staatsanwalt bleibt nichts anderes übrig, als ihm zu glauben. Aber wir haben heute feststellen müssen, daß seine Ansichten nicht auf gerichtsverwertbar gesicherten Spuren beruhen, sondern seine Meinung darstellen, und aufgrund dieser Meinung sitzt meine Mandantin heute im Gerichtssaal. Darüber rege ich mich auf.«

Es war wieder einmal eine Inszenierung für die Kameras. Für sich dachte sie anders über Butler. »Er ist ein netter Mensch. Ein anständiger Beamter«, hatte sie kurz zuvor an jenem Nachmittag gesagt. Auf der menschlichen Ebene respektierte sie ihn. In der Öffentlichkeit mußte er logischerweise als Zielscheibe für ihren neuesten Angriff herhalten.

Inzwischen hatte sich Butler von dem erhabenen Punkt des Zeugenstandes aus seine eigenen Gedanken gemacht. Wenn er seinen Blick etwas senkte, sah er seitlich Olivia sitzen. Und es gab einen Augenblick, in dem sie ihn anschaute. »Sie warf mir einen schiefen Blick zu«, sagte er. »Es war nur ein kurzer Moment, aber ich hatte das Gefühl, daß sie nicht normal war. Sie hatte ein völlig ausdrucksloses Gesicht, ein Gesicht ohne Gefühl und ohne jede Regung. Es war mehr wie eine Gipsmaske als wie lebendige Haut. Sie paßte zu dem Verbrechen. Absolut.«

Butler hatte in mehr Gerichtssälen ausgesagt als irgendein anderer der Zeugen, und dennoch war dieser Prozeß für ihn eine einmalige Erfahrung.

»Es kam mir vor, als wäre es der leichteste Fall, den ich je gehabt hatte«, erinnerte er sich. »Es gab absolut keinen Zweifel daran, daß es Brandstiftung war. Es waren drei einzelne Feuer, offensichtlich von einem Amateur verursacht. Eine verdächtige Person war vorhanden, und die Beweise für ihre Schuld schienen unwiderlegbar zu sein. Trotzdem büßten wir im Gerichtssaal jeden Tag an Boden ein. Die Medien waren gegen uns. Es haute mich um, daß es Brevetti gelang, einen anderen Verdächtigen zu präsentieren, an den vorher niemand gedacht hatte. Aber dieser Fall lief von Anfang an verkehrt, von der Verzögerung während des Anrufs des Au-pair-Mädchens bei der Polizei bis zu meiner verzögerten Ankunft am Tatort, weil ich meinen Boß zu erreichen versuchte. So ging es den ganzen Prozeß hindurch weiter. Es war ein narrensicherer Fall, und trotzdem ist er uns um die Ohren geflogen.«

Wenn es einen Augenblick gab, in dem George Bolen zu verzweifeln anfing, dann muß es in der Mitte von Joe Butlers Aussage gewesen sein, als Bolen seinem Zeugen den Rücken zukehrte, die Presse und die Zuschauer ansah, die Augen zur Decke erhob und in einer Geste der Hoffnungslosigkeit die Hände ausstreckte. Weder der Richter noch Butler sahen es. Diejenigen, die es sahen, spürten immer mehr, was vor sich ging. Bolen mußte ständig von der Linie seiner Anklage gegen Olivia Riner abweichen, um die Risse seiner Argumentation zu flicken.

Sein nächster Zeuge war ein 26jähriger Mann von der freiwilligen Feuerwehr, Thomas Kelsey, der sich den Finger an der zerbrochenen Scheibe des Kinderzimmerfensters geschnitten hatte. Es war keine schlimme Verletzung gewesen, sie hatte nur mächtig geblutet und die Mullbinde, die ihm ein Sanitäter herumgewickelt hatte, durchgeweicht. Zwei Wochen nach dem Feuer fanden die Spezialisten der Verteidigung eine Blutspur am Pfosten der Kinderzimmertür – wieder ein möglicher Hinweis, der der Polizei entgangen war – und behaupteten, es könne sich dabei um das Blut eines Eindringlings handeln. Sie wußten, daß es nicht Olivias war, weil sie von den Sanitätern am Brandort untersucht worden war. Wieder mußte die Staatsanwaltschaft abschweifen und Tom Kelsey vernehmen, der von seinem verletzten Finger erzählte und wie er nach der Behandlung durch den Sanitäter wieder zu seiner Löscharbeit zurückgekehrt war.

Dann befragte der Staatsanwalt Mary Eustace, die Gerichts-Chemikerin, die man gebeten hatte, eine Probe des Blutflecks am Türpfosten zu analysieren. Das Büro des Bezirksstaatsanwalts hatte sie ihr am Ende eines kleinen Holzstabs mit einer Wattespitze, in einem braunen Papierumschlag überreicht. Der Staatsanwalt kam noch stärker in Verlegenheit, denn sie erklärte nunmehr dem Gericht, die Probe sei nicht groß genug gewesen, als daß sie irgend etwas hätte bestimmen können, außer daß es Blut gewesen sei. Sie war nicht einmal sicher, ob es menschliches war.

Laura Brevetti stocherte auch hier noch herum und wollte wissen, was mit der Probe und dem Stäbchen mit dem Wattebausch geschehen wäre. Die Zeugin sagte, sie hätte sie weggeworfen. Das war so üblich. Brevetti rief mit einem drohenden Ton: »Haben Sie denn nie daran gedacht, daß andere Leute diese Probe vielleicht würden untersuchen wollen?«

Leise abwehrend erwiderte Mary Eustace: »Es hätte unmöglich jemand anders mehr feststellen können.«

Eine weitere Lücke in der Untersuchung kam zu Tage, als Christopher Chany, der Spezialist für Brandstiftung im Gerichtslabor von Westchester County, erklärte, daß, als der verbrannte Kindersitz – über einen Monat nach dem Feuer – in einem braunen Plastiksack bei ihm im Labor eingetroffen wäre, »abgesehen davon, daß man ihn in Augenschein genommen habe, keine weitere Überprüfung« stattgefunden habe. Er hielt es für sinnlos, noch etwas zu unternehmen. Wieso nicht, vergaß man den Geschworenen zu erklären.

Chany bestätigte aber, daß auf Brian Dwyers Geruchssinn Verlaß war: Die Überbleibsel von Kristies Windel und Unterhemd enthielten in der Tat Rückstände eines Farbenverdünners. Spuren des Farbenverdünners hatte er auch in der teilweise geschmolzenen Plastik-Sodaflasche gefunden. »Grundsätzlich dieselbe Flüssigkeit« wie in der Flasche in Bill Fischers Schrank, an der sich jemand zu schaffen gemacht hatte. Eine sichere Identifikation war aber nicht möglich. Wieder konnte die Staatsanwaltschaft nicht ganz schlüssig beweisen, daß man es mit der Handlung von jemandem aus dem Haus zu tun hatte. Wieder waren es diese Lücken, von denen die Massenblätter berichteten – das Versäumnis der Polizei, den verbrannten Kindersitz zu untersuchen, und daß man keine brennbare Flüssigkeit in der Kleidung hatte finden können, die man Olivia sieben Stunden nach dem Brand abgenommen und erst mehrere Tage später beim Labor zwecks Untersuchung abgegeben hatte.

Ein typischer Bericht von den Zeugenaussagen dieses Tages trug die Schlagzeile: »Zeugen deuten an, Polizei hat gepfuscht.« (*Newsday*)

Das war noch nicht das Schlimmste. Am selben Abend zeigte eine weitere landesweit ausgestrahlte Fernsehsendung, *Hard Copy*, Bruce Johnsons Videoband vom Brandort mit derselben Interpretation wie in Geraldo Riveras Sendung *Now It Can Be Told*: John und Leah hätten gelacht und gesagt, sie wollten ein Grillfest veranstalten, als sie in den Ruinen ihres Hauses herumsuchten. Zum drittenmal lief im Fernsehen dieser rufschädigende Film, zum zweitenmal seit Anfang des Prozesses. Die Absicht war klar: Die Zuschauer sollten die Überzeugung gewinnen, daß Olivia unschuldig war.

»Es ist noch viel zu früh, um zu sagen, wie die Geschworenen diesen Fall entscheiden werden«, erklärte der Reporter dieser Sendung, Doug Ruttner. »Aber jene, die den Prozeß von Anfang an verfolgt haben, scheinen überzeugt zu sein, daß die falsche Person wegen Mordes angeklagt ist.«

Und wieder wurde John Gallagher als wahrscheinlicher Verdächtiger genannt. Auf die Frage, warum man ihn noch nicht verhaftet hätte, bemerkte Ruttner, John habe »gute Beziehungen zu der Polizeidienststelle, die in diese Brandstiftung mit Todesfolge für das Baby Kristie verwickelt ist«.

Erstaunlicherweise sah man auch Laura Brevetti in dieser Sendung. Sie behauptete, die Anklage gegen Olivia sei unfair, und fügte noch ein paar eigene dunkle Andeutungen, was John anging, hinzu.

»Es hat in dem Haus Streitigkeiten darüber gegeben, daß er da war«, sagte sie. »Als meine Mandantin ankam, wurden plötzlich die Regeln geändert ... alles änderte sich, Gewohnheiten mußten umgestellt werden, also ... das Haus war keine Festung, und man hat sich gestritten in dem Haus.«

Die Sendung endete mit drei nicht namentlich genannten Frauen. Man hatte sie offenbar zufällig ausgewählt. Sie wurden gefragt, wie ihrer Meinung nach dieser Prozeß enden werde. Ihre Ansichten gaben die nun vorherrschende öffentliche Meinung wieder: »Ich glaube, man wird sie für unschuldig erklären. Bestimmt.«

»Ich bin überzeugt, daß man ihr eine Falle gestellt hat. Jemand hat sie als Sündenbock benutzt.«

»Ich weiß nicht, wie es zu so etwas kommen konnte. Sie haben die falsche Person angeklagt.«

Der Prozeß näherte sich dem Ende der dritten Woche. Als George Bolen am folgenden Morgen im Gericht eintraf, sah er nachdenklich und wütend aus. Zu dieser Zeit, gegen neun Uhr, waren die Fahrstühle immer gedrängt voll. Das lästige Warten in der Halle gab im allgemeinen Gelegenheit zu einer freundlichen Bemerkung oder zu einem müden Witz. Sogar Bolen, der eher verschlossene Mensch, pflegte normalerweise Journalisten, die über seinen Fall berichteten, zumindest mit einem knappen Nicken oder einem dünnen Lächeln zu grüßen. Aber nicht an diesem Tag.

»Was ist denn los?« fragte einer von ihnen auf der Fahrt hinauf in den vierzehnten Stock. Ein paar Minuten später, im Gerichtssaal, bevor die Geschworenen hereingerufen wurden, beantwortete Bolen die Frage mit einer gegen die Medien gerichteten Tirade. Er konzentrierte sich auf Geraldo Riveras Interpretation des Videobandes der Polizei und behauptete, es sei voll »ausgesprochener Lügen und Verdrehungen«. Seine Stimme erhob sich zu einem Brüllen, als er die Wiederholung eines Teils dieser Sendung während des Prozesses als einen »unglaublichen Akt von seiten eines Teils der Medien bezeichnete, ohne jeden Versuch, die Behauptungen nachzuprüfen«.

Er fügte hinzu: »Ich möchte feststellen, daß es sich bei den fraglichen Stimmen und dem Lachen nicht um diejenigen John Gallaghers und Leah Fischers handelt.«

Das war in den vier Monaten seit der ersten Ausstrahlung der Rivera-Sendung das erste öffentliche Dementi. Bolens ursprünglicher Entschluß, sich auf nichts derartiges einzulassen, war ein Fehler gewesen. Jetzt war er wütend. Zeitweilig kehrte er dem Richter den Rücken zu und wandte sich direkt an die Reporter. Er warf ihnen »Falschdarstellungen, Verdrehungen und Lügen« vor. Dann sah er wütend Laura Brevetti an und fügte hinzu: »Ich beiße mir auf die Zunge, um nicht auszusprechen, was ich vermute.«

Richter Silverman erklärte sich bereit, die Geschworenen einzeln nacheinander zu befragen, ob sie die Fernsehsendung vom Vorabend gesehen hätten. Nachdem sie ihm erklärt hatten, das hätten sie nicht, wiederholte er seine Warnung: Sie dürften nichts über den Prozeß lesen oder sehen und mit niemandem darüber sprechen: »Die beste Information über diesen Fall kommt aus diesem Gerichtssaal. Es wird nichts verschwiegen. Es wurde nichts unterdrückt.« Vielleicht, so deutete der Richter dem Staatsanwalt an, konnten die Reporter und Zuschauer die Wahrheit, was das Videoband anging, nicht erkennen, »wegen der Haltung, die Sie eingenommen haben« – indem er sich geweigert hatte, Interviews zu geben. Er forderte Bolen auf, das Paar zu identifizieren, das dort in den Ruinen des Hauses zu scherzen schien. »Das hängt ganz allein von Ihnen ab.«

Es war ein Spiel juristischer Strategien geworden. Das Ansehen von Personen, die die Polizei und Staatsanwaltschaft nicht verdächtigte, wurde angegriffen, sie wurden beleidigt und buchstäblich zerstört, als es darum ging, die Anklage gegen Olivia Riner zu entkräften. Das nächste Opfer war Eric Trimpe. Ihn konnte man leichter treffen als John Gallagher, insbesondere aufgrund seiner zahlreichen Verhaftungen wegen kleinkrimineller Handlungen, hauptsächlich Einbrüchen. Aber obwohl die Polizei ihn mit den Bränden in alten Scheunen und Mülltonnen rund um Thornwood in Verbindung brachte, war er nie formell einer Brandstiftung beschuldigt worden.

Nachdem man die Geschworenen hinausgeschickt hatte, erklärte Brevetti vor Richter Silverman, Zeugenaussagen zu jenen anderen Feuern in der Gegend gehörten in diesen Prozeß. Genauso wie das Feuer bei den Fischers waren die meisten anderen nach Einbruch der Dunkelheit unter Verwendung einer brennbaren Flüssigkeit entzündet worden. Die meisten hatten allerdings nur geringen Schaden angerichtet, und keines hatte eine Gefahr für menschliches Leben bedeutet. Obwohl Brevetti keinen Beweis dafür hatte, daß Trimpe direkt dafür verantwortlich war, nannte sie ihn einen »pathologischen Brandstifter«, der mit mindestens einem Komplizen als Aufpasser zusammenarbeite. Laura Brevetti deutete eine enge Beziehung zwischen Trimpe und John Gallagher an, darauf beruhend, daß beide dieselbe Highschool besucht hatten und daß beide sich für Autorennen interessierten. Sie stellte Vermutungen an: John Gallagher könnte Trimpe, der drei Jahre älter war, »benutzt« haben, das Haus der Fischers anzustecken. Sie nannte mehrere andere junge Männer aus der Gegend, die auch Probleme hätten, und schloß daraus, sie kämen ebenfalls für eine Beteiligung an der Brandstiftung in Frage.

Dann erhob sie die direkte Anklage: »Wir behaupten und haben Grund dazu, daß Eric Trimpe an dem Feuer am West Lake Drive Fünf beteiligt war und daß es eine Beziehung zwischen Trimpe und Gallagher gibt.«

Es war eine kühne Behauptung, die den Stab des Bezirksstaatsanwalts auf eine neue Reise schickte. Nun galt es, den Hintergrund von Eric Trimpe und anderen Kleinkriminellen zu untersuchen, die von Zeit zu Zeit den Frieden von Mount Pleasant gestört hatten, auf deren Verwicklung in diesen Fall aber nichts hindeutete. Es war eine mühevolle Aufgabe. Laura Brevettis Behauptungen konnte man jedoch nicht so einfach ignorieren. Erneut wurde George Bolen von seiner Linie abgelenkt. Es fiel ihm nun immer schwerer, sein eigenes Ziel zu verfolgen.

Ein Mann im Zuschauerraum des Gerichtssaals nahm diesen Verfahrensstreit sehr ernst. Eric Dardenne, der Schweizerische Vizekonsul aus New York, war an den meisten Tagen anwesend, still und lauernd, während er den Prozeß beobachtete. Wenn er dem Verfahren nicht beiwohnen konnte, übernahm ein Kollege seinen Platz. Dieses starke, fortwährende Interesse eines Konsulats war höchst ungewöhnlich. Aber Dardenne betrachtete diesen Fall auch als sehr ungewöhnlich. Die Jugend der Angeklagten und die Überzeugung derer, die sie in der Schweiz gekannt hatten, sie sei eines Gewaltverbrechens nicht fähig, trieben ihn um. Vom ersten Augenblick an, da er den Telefonanruf Kurt Riners empfangen hatte, hatte er das Gefühl gehabt, daß hier die Gerechtigkeit untergraben wurde.

Dardennes Ansicht nach hätte man die Zunahme der mutwillig entzündeten, Schaden verursachenden Feuer rund um Thornwood, die mehrere Monate vor der Einreise Olivias in die Vereinigten Staaten zu verzeichnen gewesen war, bei diesem Verfahren in Betracht ziehen müssen. Er fand auch, daß man sich Eric Trimpe und John Gallagher als mögliche Verdächtige näher hätte anschauen müssen. Im Laufe einer solchen Überprüfung, so vermutete Dardenne, hätte man womöglich eine Verbindung zwischen dem Fischerschen Feuer und anderen in der Nachbarschaft festgestellt, wodurch Olivia entlastet worden wäre.

Richter Silverman lehnte Laura Brevettis Antrag ab, eine Untersuchung der anderen Feuer in Auftrag zu geben und die Ergebnisse im Rahmen dieses Prozesses zu prüfen. »Nach unserem Rechtssystem muß mehr als ein bloßer Verdacht vorhanden sein, es muß echte Beweismittel geben, die eine dritte Person mit dem Verbrechen in Verbindung bringen«, erklärte Silverman, als ob er dabei an Dardennes Zweifel dachte. Aber damit waren sie nicht aus der Welt. Silverman wies darauf hin, daß es sich bei einem der schlimmsten der von Brevetti genannten Brände – in der Ambulanz am Orte – wahrscheinlich um die Tat von jemandem gehandelt hatte, der dort ein und aus ging, so daß Trimpe hier überhaupt nicht als Täter in Frage käme. Silverman erklärte, er sähe in der Arbeitsweise des Brandstifters der anderen Feuer keine Beziehung zu dem Feuer im Fischerschen Haus. Falls die Verteidigung hier eine Beziehung nachweisen könnte, würde er ihrem Antrag aber stattgeben, sagte Silverman. Seiner Ansicht nach war ihr das nicht gelungen, so daß er mit dem Prozeß fortfuhr.

All das wurde zweifellos der schweizerischen Regierung, in seiner Tragweite beurteilt, berichtet. Zugleich wurden die Schweizer von ihren Zeitungen mit einer populären Version von Olivias Prozeß gefüttert. Allerdings ist die Schweizer Presse weniger scharf und aufdringlich in ihrer Berichterstattung als die amerikanische.

Schweizer Journalisten müssen gewußt haben, was die amerikanischen Reporter erst nach dem Prozeß erfuhren – daß Kurt Riner als Zivilschutzstellenleiter Erfahrung mit Feuerbekämpfung und Feuerverhinderung hatte. Er war einer der führenden Feuerwehrleute in seinem Kanton, ein Mann, den Kunst und Technik seines Berufes faszinierten. Wie viele solche Enthusiasten, hatte er in seiner Wohnung Feuerlöschgerätschaften ausgestellt. Sie hingen an den Wänden eines Gästeschlafzimmers. Da

Olivia als Einzelkind, das dem Vater nahestand, in diesem Haushalt aufwuchs, dürfte sie mehr als andere Kinder über Brandstiftungsmethoden und Feuerverhütung erfahren haben. Vielleicht war das der Grund dafür, daß sie den Feuerhydranten vor dem Haus der Fischers mit einem Schnappschuß ihrer Kamera festhielt, wie er da aus dem welken Laub herausragte. Ihren Vater hätte dieser Gegenstand, der mit seinem Beruf zu tun hatte, sicherlich ebenfalls interessiert. Vielleicht schaltete Olivia nach dem Brand das Licht oben im Haus an, um den Löschfahrzeugen den Weg zu weisen, weil sie es so von ihrem Vater gelernt hatte. Die meisten Menschen würden nicht an so etwas denken. Die Tochter eines Feuerwehrmannes war hierin kundiger.

All das hätte Anlaß zu Fragen gegeben, die die Schweizer Journalisten nicht stellten. Sie faßten statt dessen die gegen Olivia gerichtete Anklage als eine Beleidigung ihres Nationalstolzes auf. Indem sie Fingerzeige der amerikanischen Medien aufnahmen, konzentrierten sie sich auf die Lücken in der polizeilichen Untersuchung, außerdem auf die Spekulationen über eine mögliche schuldhafte Verwicklung von John Gallagher und Leah Fischer in den Fall. Typische Schlagzeilen in den deutschschweizerischen Zeitungen lauteten: »Riner-Anwältin kritisiert Polizei«, »Riner-Prozess – Neue Widersprüche«, »Au-pair-Prozeß bringt viel Polizeischlamperei zutage«, »Alles läuft für Olivia«.

Laura Brevetti achtete darauf, daß die Riners von keinen Reportern – nicht einmal schweizerischen – interviewt wurden.

Daß Olivia schuldig sein könnte, wurde nie ernsthaft in Betracht gezogen. »Schweizer Mädchen würden so etwas nicht tun«, behauptete eine Schweizer Journalistin während des Prozesses. »Sie kommen aus einer sorgfältiger behüteten Umgebung als die Amerikanerinnen.«

Während Joe Butler aussagte, befand sich Kurt Riner, der einen Teil seines Urlaubs hierauf verwandte, für kurze Zeit in White Plains. Laura Brevetti hatte eine weitere Dolmetscherin für ihn besorgt, die bei ihm und Marlies im Gerichtssaal saß. Sie neigten die Köpfe zu ihr hin und lauschten jedem ihrer Worte.

Riners innere Anspannung zeigte sich lediglich in den rhythmischen Bewegungen seiner Kinnmuskeln. Die Kleidung, die er trug, paßte nicht zusammen, das Jackett war zu kurz für amerikanische Verhältnisse, er sah wie ein Schuljunge aus, der aus dem Jackett hinausgewachsen war. An den Schultern war es zudem zerknittert, als hätte man es in großer Eile im Koffer verstaut gehabt. Der düstere Gesichtsausdruck ähnelte demjenigen Bill Fischers, der ein paar Reihen weiter hinten, jenseits des Mittelgangs, saß. Sie sahen einander nicht an. Aus solcher Nähe betrachtet, fiel ihre große Ähnlichkeit auf – nicht, daß sie wie Spiegelbilder oder auch nur wie Verwandte aussahen, aber im Typ waren sie einander gleich –, beide blond, muskulös, in sich gekehrt, beherrscht, zuverlässig und hartnäckig-stur.

Ein nagender Gedanke: Als Bill zum Lunch nach Hause kam, erwartete Olivia da von ihm, daß er sich wie ihr Vater benahm? Daß er sie mit einem Gespräch aufheiterte? Wurden ihre Einsamkeit und ihre Sehnsucht nach zu Hause noch unerträglicher, weil er es nicht tat?

33

Denise Fischer fuhr während des Prozesses jeden Tag mit ihrem Mann zusammen zum Gericht. Sie trafen gegen 8.30 Uhr dort ein, parkten ihren Wagen in der unterirdischen Garage des Gebäudes, nahmen einen Fahrstuhl zu den Räumen der Bezirksstaatsanwaltschaft im dritten Stock, saßen da eine Weile beieinander und trennten sich dann. Bill fuhr weitere elf Stockwerke hinauf zu Silvermans Gerichtssaal, Denise blieb in dem für die Zeugen der Staatsanwaltschaft reservierten Raum und wartete. Vorgeladene Zeugen dürfen, bevor sie ihre Aussage vollständig gemacht haben, nicht in den Gerichtssaal, und George Bolen sagte, er wollte sich Denises Aussage bis zum Schluß aufheben. Sie nahm an, daß er sich davon eine dramatische Wirkung versprach: Die Geschworenen würden sich zur Beratung zurückziehen, und die Tränen der Mutter würden ihnen keine Ruhe lassen. Sie vertraute einer Verwandten an, sie sei bereit, eine Darstellung zu liefern, derer Sarah Bernhardt sich nicht hätte schämen brauchen.

Den ganzen Tag über konnte sie wenig tun, außer in den juristischen Büchern der Bibliothek der Bezirksstaatsanwaltschaft zu lesen, auf und ab zu gehen und Kaffee zu trinken. Selbst wenn Freunde vorbeikamen, um mit ihr zu plaudern, schleppten sich die Minuten drückend hin. Sie sehnte sich sehr danach, endlich an diesem Prozeß teilzunehmen, und fand es ungerecht, daß man sie ausschloß. Marianne Walsh von den Victims Assistance Services versuchte, Denises Angst zu beschwichtigen, indem sie zwischen dem Gerichtssaal und dem Warteraum hin und her pendelte und von den neuesten Zeugenaussagen berichtete, aber das hieß, daß sie selbst viel davon versäumte und sich in die Schlange stellen mußte, wenn sie wieder hineinwollte.

»Sie hat mir so leid getan«, sagte Marianne. »Sie hatte ständig das Gefühl: ›Ich muß für Kristie kämpfen‹. Doch man erlaubte ihr noch nicht einmal zu hören, was die Zeugen sagten.«

Als Tochter eines Mordopfers und als Mutter verstand sie Denises Schmerz. Manchmal fragte sie sich, wie diese Frau und ihr Ehemann morgens aufstehen konnten, um sich wieder durch so einen kummervollen Tag hindurchzuquälen und nicht zu wissen, wie dieser Prozeß ausgehen würde; außerdem von Menschen umgeben zu sein, die glaubten, John Gallagher und Leah Fischer hätten ihr Baby umgebracht, und nicht einmal mehr ein wirkliches Heim zu haben, in das sie zurückkehren konnten. Es war so ungerecht. Bill und Denise waren »so ein liebes Ehepaar, ein richtiges nettes Pärchen«. Einmal, als sie sie in ihrem Büro besuchten, nahm Denise für kurze Zeit ihre im Pilotenstil gehaltene Sonnenbrille ab, die ihr Gesicht verdeckte. Zum erstenmal sah Marianne ihre leuchtend blauen Augen. Es war ein anderes Blau als das der Fischers und genauso überraschend. Der Gedanke blitzte ihr durch den Kopf: »Kristie muß ein hübsches Baby gewesen sein.«

Ihre Trauer wurde zu Zorn, wenn sie sah, wie die Gerichtsbeamten die Familie Fischer behandelten. Jeden Tag kamen einige von Bills Verwandten ins Gericht und genau wie Carol Gallagher wies man sie an, sich in eine Schlange mit Leuten zu stellen, die keinen Grund hatten, dort zu sein, außer ihrer Neugier. Wenn sie dann unerkannt in der Menge in der Lobby im vierzehnten Stock warten mußten, manchmal eine Stunde oder zwei, ließ es sich nicht vermeiden, daß sie die Leute über Menschen sprechen hörten, die sie ganz anders kannten.

»Es war entsetzlich«, erinnerte sich Jim Donnelly. »Wir mußten da stehen und uns anhören, was das allgemeine Publikum sagte. Daß John Gallagher dieses Verbrechen begangen hätte, weil er keinen Sex mehr mit Leah haben durfte, was absolut lächerlich war.«

Marianne Walsh stimmte ihm zu: »Die Leute haben schreckliche Sachen erzählt. Ich habe nie erlebt, daß man die Angehörigen von Opfern so schlecht behandelt hat.«

Als es an Leah war, in den Zeugenstand zu treten, kam die Familie besonders zahlreich herbei. Mehrere Tage lang hatte

Leah mit Denise zusammen auf den bedeutungsvollen Telefonanruf aus dem vierzehnten Stock gewartet: »Sie sind in ein paar Minuten dran.« Er kam am Ende der dritten Woche des Prozesses, später als sie erwartet hatte, und ihre Furcht war mit der Zeit gewachsen. Inzwischen war sie so blaß und angespannt, daß Marianne ihr riet: »Werden Sie ein bißchen rot, bevor Sie zum Gericht hinauffahren.« Sie stiegen zusammen in den Fahrstuhl, und man sagte ihnen, sie sollten auf einer Bank im Korridor Platz nehmen, bis Leahs Name aufgerufen werde. Als Leah die Zuschauerschlange entlangsah, erschrak sie, weil sie zwei junge Frauen sah, die sie von der Highschool her kannte. Es waren keine Freundinnen von ihr. In ihrer Panik packte sie Marianne beim Arm.

»Mein Gott, die sind nur hier, um mich anzustarren«, sagte sie.

Sie hatte sich für ihren Tag im Gericht sorgfältig angezogen. Zu einem dunkelblauen Kostüm trug sie eine weiße Bluse mit V-Ausschnitt, der aus ihrer Jacke hervorlugte, unauffälligen Schmuck und hochhackige dunkelblaue Lederpumps. Ihr leicht gewelltes braunes Haar, das ihr etwas über die Schulter hinwegreichte, war straff zurückgebürstet und mit einer weißen Schleife hoch an ihrem Hinterkopf befestigt. Sie wirkte damenhaft und konservativ, wie für ein Vorstellungsgespräch angezogen. Sie sah älter als zweiundzwanzig aus und einer anderen Generation als Olivia zugehörig, die, obwohl nur zwei Jahre jünger als sie, mehr Kind als Frau war. Später sollte sich Laura Brevetti damit brüsten, daß sie das Bild ihrer Mandantin in der Öffentlichkeit »von einer Mörderin im Dezember zur Heidi im Juli« verändert hätte. Leah Fischer hätte sich nie so verwandeln können. Sie sah wie die Person aus, die sie immer gewesen war: eine attraktive junge Frau der Mittelschicht aus einer kleinen amerikanischen Stadt.

Sie war nervös und dachte an ihr Aussehen, wie es auf andere wirken würde, als sie ein paar Minuten vor elf Uhr vormittags den Gerichtssaal betrat. Zum ersten und einzigen Mal während des Prozesses hatte sie mit George Bolen im selben Fahrstuhl gesteckt, der in jedem Stockwerk anhielt, um Leute aus- und einsteigen zu lassen. Die lange Reise schien ewig zu dauern, und sie lächelte ihn an, um die Spannung abzubauen. Er machte eine Geste mit der Hand, damit sie aufhörte, und danach sagte er ihr: »Lächeln Sie nie so in der Öffentlichkeit. Jemand von den Geschworenen könnte es sehen.« Sie verstand, fühlte sich aber sehr gehemmt. »Wir hatten alle Angst, irgend etwas zu sagen oder irgendein Gefühl zu zeigen.«

Bolen hatte auch John Gallagher geraten, sich nicht mehr im Gericht sehen zu lassen, nachdem er seine Zeugenaussage gemacht hatte. »Er wollte, daß die Geschworenen ihn vergaßen«, sagte Leah. »Aber John wollte meinetwegen und unser aller wegen da sein, also kam er trotzdem.«

Er saß während der ganzen Zeit, in der sie aussagte, hinten im Gerichtssaal, zusammen mit Bill und Leahs Mutter Grada sowie Gradas Eltern, Jan Menting und Ann Scheller: zwei geschiedenen Ehepaaren, die die Sorge um diese junge Frau im Zeugenstand einte.

Bolen begann mit seiner Befragung, indem er auf die unglückliche Sache mit der Versicherung von Johns Pickup zu sprechen kam. Er wollte, daß auch das aus der Welt geschafft wurde.

»Miss Fischer, Ihr Freund John Gallagher fährt einen Pickup, nicht wahr?«

»Ja.«

»Auf wessen Namen ist er zugelassen?«

»Er ist auf meinen Namen zugelassen.«

»Trotzdem ist er der hauptsächliche Fahrer dieses Wagens?«

»Ja.«

»Trotzdem wurden Sie im Zusammenhang mit der Versicherung als die Fahrerin des Wagens genannt?«

»Ja.«

»Als Sie es aus irgendeinem Grund versäumt haben, ihn als Fahrer zu nennen, wußten Sie da, daß er es sein würde?«

»Ja.«

»Und Sie haben es seither korrigiert?«

»Ja, das habe ich.«

Damit, so hoffte Bolen, war Johns und Leahs Trick, eine billigere Versicherung zu bekommen, vom Tisch. Doch die

Geschworenen hatten von ihnen nun den Eindruck, daß es ihnen nichts ausmachte, ein bißchen zu betrügen. Bolen wechselte auf das sichere Feld von Leahs Lebenslauf hinüber.

In dem Haus am West Lake Drive Fünf aufgewachsen, hatte sie sich nach dem Auszug ihrer Mutter 1987 entschieden, dort bei ihrem Vater wohnen zu bleiben.

»Ich wollte nicht umziehen«, erklärte sie.

Sie schien Denises Einzug in das Haus zwei Jahre später hingenommen zu haben und erwähnte die Babysachen, die sie ihrer neuen Stiefmutter gekauft und kurz vor Kristies Geburt geschenkt hatte. Es sei ihre eigene Idee gewesen, sagte sie.

Sie hatte dieselbe Highschool wie John besucht, planmäßig ihren Abschluß gemacht und nahm außer ihrem Vollzeitberuf als Sekretärin zu dieser Zeit an drei Abenden in der Woche Collegekurse an der Pace University in White Plains. Viele Leute im Gerichtssaal wunderten sich über den Unterschied zwischen ihrer und Johns Ausbildung, aber diejenigen, die sie kannten, verstanden das und nahmen es hin. Es war dies eine Beziehung, die auf einer anderen Ebene gedieh. Bruce Johnson hatte die beiden zusammen gesehen und die – übrigens freundlich gemeinte – Bemerkung »stupid in love« (benommen-verliebt) von sich gegeben. Marianne Walsh fand es rührend, wie zärtlich John gegenüber Leah war, wie er ihr wie ein verliebtes Hündchen folgte und den Nacken massierte, wenn sie im Streß war. Die Geschworenen, die von alledem nichts wußten, durften sich fragen, was diese beiden einander denn nun wirklich bedeuten mochten.

Bolen befragte Leah über ihren üblichen Tagesablauf und ob sie, wenn sie das Haus verließ, gewöhnlich ihre Schlafzimmertür schlösse. Nein, sagte sie, sie ließe sie immer ein kleines Stück weit offen, für den Fall daß sich eine der Katzen darin befände. Das widersprach Olivias Behauptung, Leahs Tür wäre geschlossen gewesen. Früh am Morgen des 2. Dezember, erzählte Leah, sei sie von ihrem Übernachtbesuch bei den Gallaghers mit John zusammen zurückgekommen, um zu duschen und sich umzuziehen. Sie traf gegen 8.30 Uhr in ihrem

Büro ein und verließ es nachmittags um zehn Minuten nach fünf. Als sie gegen 5.25 Uhr oder 5.30 Uhr nach Hause kam, sah sie Löschfahrzeuge der Feuerwehr auf dem Grundstück vor dem Haus. John stand in der Zufahrt und wartete auf sie. Ihr Vater und Olivia befanden sich auf dem Platz vor dem Haus.

Bolen fragte, ob sie ihren Vater irgend etwas zu Olivia hätte sagen hören. Brevetti erhob Einwand gegen diese Frage, doch der Richter ließ sie zu.

»Mein Vater fragte sie, was geschehen wäre«, erzählte Leah. »Sie sagte, sie hätte die Katzen gefüttert und die Tür des Kinderzimmers geschlossen, damit die Katzen nicht hineinkönnten, weil das Baby auf dem Fußboden gewesen sei. Sie klang hysterisch ...«

Leah erinnerte sich besser an diesen Augenblick als ihr Vater: Olivia hatte nicht nur gesagt, daß sie die Kinderzimmertür geschlossen hätte, sondern auch, warum sie es getan hatte. Es war ein wichtiges Detail in der Beweiskette, das fast unbemerkt blieb.

Laura Brevetti hatte kaum mit ihrem Kreuzverhör begonnen, als der Richter die Mittagspause verkündete. Während dieser Mittagspause steigerte sich Leahs Angst. Der Nachmittag würde sehr unangenehm werden. Bill und Grada versuchten, ihr Mut zu machen.

Marianne bot ihr Trost: »Brevetti kann nicht zu hart mit Ihnen umspringen.«

Ihre Erfahrung in Prozessen, in denen sie Opfer betreut hatte, hatte sie gelehrt, daß die Verteidigerin es nicht wagen würde, die Geschworenen gegen sich aufzubringen, indem sie Leah so rüde behandelte, wie sie es mit John getan hatte. John war Freiwild. Mitglieder der Familie mußte sie schonen.

Aber Leah kam sich schon wie ein Opfer vor. Seit der ersten Geraldo-Rivera-Sendung vier Monate zuvor hatten die Leute sie offen oder versteckt fühlen lassen, wessen sie sie und John verdächtigten. In der Kleinstadt, in der sie ihr Leben lang zu Hause gewesen war, starrte man sie an und redete über sie. Wann immer sie mit John in der Öffentlichkeit erschien, spürte sie, daß die Leute aufhörten zu sprechen. Trotzdem fühlte sie sich in Johns Gegenwart am sichersten, weil ihnen zusammen etwas widerfahren war, das niemand anders verstehen konnte.

Leah war wütend auf Laura Brevetti, weil sie John derartig behandelt hatte, gleichzeitig hatte sie Angst, der Sache des Staatsanwalts zu schaden, wenn sie ihren Zorn im Gerichtssaal zeigte. Oder – die schlimmste Demütigung –, daß Brevetti sie mit ihren stichelnden Fragen zum Weinen bringen könnte. Sie hatte viel geweint, seit Kristie gestorben war. Sie mußte sich an diesem Nachmittag zusammenreißen.

Bill, der selten aus sich herausging, tätschelte ihre Hand, bevor er den Warteraum verließ, um zur Nachmittagssitzung in den vierzehnten Stock hinaufzufahren.

Die Menschenmenge vor dem Saal war am Nachmittag noch größer als zuvor. Man hatte erfahren, daß Leah in den Zeugenstand treten würde, und der Gerichtssaal füllte sich schon früh. An der Doppelschwingtür hielt ein Gerichtsdiener Marianne und Bill Fischer auf und weigerte sich, beiseite zu gehen. Sie erklärte ihm, wer sie war und weshalb sie da war, aber er wollte sie nicht hineinlassen.

»Es ist kein Platz«, erklärte er.

»Augenblick mal«, sagte sie mit fester Stimme.

»Wollen Sie mir erzählen, daß der Vater dieses toten Babys nicht im Gerichtssaal sein darf, während seine Tochter im Zeugenstand ist? Wollen Sie mir sagen, es gibt keinen Platz für Mr. Fischer?«

»So ist es«, erwiderte der Gerichtsdiener.

Das war zuviel. Sie verlor die Geduld. »Lassen Sie mich Ihnen eines sagen: Wenn Sie ihn nicht hineinlassen, werde ich an diese Türen hämmern und so einen Aufruhr veranstalten, daß der Richter ihn entweder einläßt oder mich verhaften läßt.«

Widerwillig ließ man Bill hinein. Grada war mit ihren Eltern hineingekommen, nachdem sie die ganze Mittagspause hindurch in der Warteschlange gestanden hatte. Leah, wieder im Zeugenstand, saß, aufs äußerte gespannt, kerzengerade da und wartete auf Laura Brevettis Angriff.

Er begann beinahe sanft, wie ein Gespräch von Frau zu Frau, nur daß Brevetti das Heft in der Hand hatte. Sie ging mit Leah zusammen die Zeit durch, seit Leahs Eltern sich getrennt hatten. Es war schon viel davon die Rede gewesen, aber Brevetti wollte, daß die Geschworenen sich einprägten, wie sich das Leben dieser Familie seit Denises Einzug verändert hatte und daß es einen Grund zur Eifersucht für die Tochter und ein Rachemotiv für deren Freund gegeben haben konnte.

Leah beantwortete Brevettis unverfrorene Fragen und erklärte: Ihr Vater hätte ihr, als Denise einzog, ein großes Bett (sein eigenes? – das wurde nicht klar) überlassen. Später durfte sie in das große Zimmer (das ehemalige Elternschlafzimmer) ziehen und sich darin einrichten, nachdem ihr Vater im ersten Stock für sich und Denise ein neues Schlafzimmer eingerichtet hatte. Brevetti verweilte bei den Details des großen, flachen Bettes mit der Schaumstoffmatratze, das dann Leahs war, achtete darauf, daß die Geschworenen es sich möglichst deutlich vorstellen konnten.

Dann kam sie auf Johns Übernachtungen im Fischerschen Haus zu sprechen. An vier oder fünf Nächten in der Woche hatte er dort geschlafen, bis ihr Vater und Denise nach Olivias Ankunft fanden, daß das aufhören müsse.

Brevetti fragte, wo John geschlafen hätte.

»Er schlief auf der Couch«, erwiderte Leah.

»Nie irgendwo sonst?«

»Nein.«

»Sind Sie verlobt?«

»Nein.«

»Werden Sie ihn heiraten?«

Leah fühlte sich durch diese Frage beleidigt. »Vielleicht«, erwiderte sie ärgerlich.

Ihre Feindseligkeit kam allmählich zum Vorschein. Die Anwältin redete genauso, wie es die Klatschmäuler in Mount Pleasant taten, nur daß es hier in aller Öffentlichkeit geschah und die Reporter es mitschrieben. Als sie sich dagegen wehrte, klangen ihre Worte bissig und scharf. Hinten im Zuschauerraum litten ihre Eltern und Großeltern mit ihr.

»Als ich Leah da oben im Zeugenstand erblickte, sah ich ein Mädchen, das große Qual ausstand«, sagte Grada später. »Sie hatte ihre Schwester verloren, man hatte ihren Freund beschuldigt, und nun beschuldigte man auch sie. Die Presse hatte sich über sie hergemacht. Brevetti hackte auf ihr herum. Sie war verletzt, wütend und versuchte, sich zu beherrschen. Und angesichts von alledem, wie erwarten Sie, daß ein junges Mädchen reagiert?«

Grada war ebenso verzweifelt wie ihre Tochter.

»Alles, was man seinen Kindern beibringt, über Moral und Wahrheit, und daß man gut zueinander sein soll, geht in einer solchen Situation drauf ...«

Es war eine starke Ähnlichkeit zwischen Mutter und Tochter vorhanden: dasselbe glatte braune Haar, dieselbe reine Haut und dasselbe ovale Gesicht, ein Gesicht, das auf eine vage Weise holländisch aussah. Im allgemeinen strahlten sie beide Wärme und eine offene Herzlichkeit aus. Aber je länger Brevetti bohrte, um so verschlossener wurde Leah.

Brevetti fragte sie über das Ende seiner Übernachtungen bei ihr aus, nachdem Kristie geboren war. Ob sie sich an irgendeinen Streit von damals erinnere.

»Möglich«, erwiderte Leah.

»Erinnern Sie sich, daß Sie eines Abends vor dem Erntedankfest nach Hause kamen und sehr wütend waren?«

»Das ist möglich. Ich erinnere mich nicht.« Ihre Antworten klangen nun immer mehr wie die ihres Freundes John Gallagher.

»Sie beide, Sie und John Gallagher, rauchten?« fragte Brevetti.

»Zeitweilig, ja.«

»John benutzte Streichhölzer und ein Feuerzeug?«

»Ja, das stimmt.«

»Ihr Vater erlaubte nicht, daß in seinem Haus geraucht wurde?«

»Richtig.«

»Aber Sie haben in Ihrem Schlafzimmer geraucht, nicht wahr?«

»Nein.«

»Sie haben das Fenster geöffnet, um zu rauchen, stimmt das?«

»Nein.«

Es hätte ein Dialog zwischen einem entnervten Elternteil und einem störrischen Teenager sein können. Als Antwort auf Brevettis Frage erklärte Leah, sie hätte ihr Schlafzimmerfenster immer verschlossen und das Rollo heruntergezogen. Sie war nicht sicher, ob John am Morgen des 2. Dezember im Haus gewesen sei, während sie duschte. »Er muß nicht dagewesen sein«, erklärte sie schließlich.

»Haben Sie, als Sie an jenem Morgen das Haus verließen, nachgeprüft, ob das Fenster verriegelt war?« fragte Brevetti.

»Nein.«

Und was war mit ihrer Schlafzimmertür? Ließ sie sie wirklich wegen der Katzen offen? Oder schloß sie sie, damit Denise sie nicht wegen ihrer Unordnung schimpfte? »Sie verschlossen die Tür, damit man Ihre Unordnung nicht sah«, beschuldigte Brevetti sie.

Sie fragte Leah über den Tag vor dem Brand aus. John hatte von einem geplanten Brunch gesprochen, dann seien sie beide aber sitzen geblieben, bis es zu spät war, in ein Restaurant zu gehen.

»Am Sonntag, dem 1. Dezember, kam John zu Ihnen nach Hause, um mit Ihnen essen zu gehen, richtig?«

»Ja.«

»Stimmt es, daß Sie an diesem Tag zu Hause geblieben sind?«

»Nein, wir sind ausgegangen.«

Wohin? Ohne zu zögern antwortete Leah, sie hätten im Travelers Rest in Millwood, einem eleganten Restaurant auf dem Lande, gegessen. Nicht die Art von Restaurant, die junge Leute mit wenig Geld regelmäßig besuchen konnten. Wieso hatte John dieses Essen vergessen? Jetzt saß er wie versteinert im Zuschauerraum. »Als Brevetti mich danach fragte, konnte ich mich einfach nicht mehr daran erinnern. Nach dem Feuer fand ich das alles nicht mehr so wichtig.«

Erbarmungslos folgte eine Frage auf die andere. Bald kam Brevetti auf die Versicherung von Johns Pickup zurück. Leah gab zu, daß sie ihn auf ihren Namen versichert hatte, »um Geld zu sparen«. Sie »erinnerte sich nicht«, bestätigt zu haben, daß der Fahrer des Wagens in den letzten fünf Jahren keine Strafmandate erhalten hatte, bis Brevetti eine Kopie der von Leah unterschriebenen Erklärung hervorzog. Als sie sie ihr zeigte, gab Leah es zu. »Okay, ich hab' es getan.«

George Bolen benutzte dieselbe Taktik, die er schon bei seinem Kreuzverhör mit John Gallagher angewandt hatte. Unvermutet – er hatte sie nicht gewarnt – fuhr er sie mit zwei letzten Fragen an. Der Schock zeigte sich in ihrem Gesicht.

»Haben Sie Ihre Halbschwester ermordet?«

»Nein, das habe ich nicht.«

»Haben Sie Ihr eigenes Haus angezündet?«

»Nein!«

Es war eine schlimmere Tortur gewesen, als sie befürchtet hatte. Sie verließ den Zeugenstand, ging den Mittelgang entlang durch den Saal, an den Reihen der Geschworenen, Reporter und Zuschauer vorbei bis zu der Schwingtür. Alle sahen sie an. Sie hielt den Kopf hoch, und ihr Gesicht war versteinert. Es kam ihr wie der längste Weg der Welt vor.

Abends, nach dem Ende der Sitzung, teilte Laura Brevetti draußen vor dem Gericht einer kleinen Gruppe von Reportern ihre Eindrücke mit. Jetzt waren keine Fernsehkameras auf sie gerichtet, und sie mußte nicht unbedingt auf ihr Image Rücksicht nehmen, also drückte sie sich unumwunden aus.

»Das Mädchen muß einem leid tun. Sie hängt an diesem Mistkerl. Manche Widersprüche in den Aussagen der beiden sind so kraß. Für sich genommen sind sie nicht so schlimm, aber wenn man es zusammenfaßt, dann sieht man ein Pärchen, das sich abgesprochen hat, was für eine Geschichte es erzählen will. Aber trotzdem kommen die Widersprüche heraus. ›Ich erinnere mich nicht‹, hat er immer wieder geantwortet. Und sie? Dasselbe. Ebenfalls ›Ich erinnere mich nicht.‹ Aber wie kommt es, daß keiner von beiden sich an den Tag erinnern kann, an dem diese Sache passierte – und ob John an dem Morgen ins Haus gekommen ist –, obwohl das doch von entscheidender Bedeutung ist?

Wieso bewahrt er seine Kleidung in ihrem Schrank auf, obwohl er nicht mehr dort schläft? Und dann, was das Essengehen am Sonntag betrifft: Gallagher war nicht sicher, ob es Mittagessen oder Brunch war und sagte, sie hätten zu lange gezögert, dann sei es zu spät gewesen. Aber dann kommt sie und sagt nicht nur, sie seien zusammen ausgegangen, sondern gibt mir sogar noch das Travelers Rest an. *Sie gibt mir das Travelers Rest!* Ich hätte das Mädel küssen können.«

34

Leah und John verließen das Gebäude Hand in Hand, und alle starrten sie an. Jan Menting eilte zu den Telefonzellen vor dem Gerichtssaal, um seine Frau Mary anzurufen, dort warteten aber schon mehrere Reporter vor ihm, also mußte auch er warten. Es tat ihm weh, deren Darstellung der Aussage seiner Enkelin zu hören. Es war mehr der Ton ihrer Worte und die lässige Ausdrucksweise, die ihm auffiel, als sie ihren Kollegen in den Redaktionen ihren Eindruck vermittelten: Es sehe immer mehr danach aus, daß dieses Pärchen das Verbrechen verübt haben könnte. Als Leah jenen Mittelgang heruntergekommen war, hätte er am liebsten den Arm um sie gelegt, um sie zu beschützen, aber die aufmerksamen Blicke der Gerichtsbeamten schüchterten ihn ein, er fürchtete, sie könnten Hand an ihn legen; nicht, daß er um sich selbst besorgt war, aber er wollte es nicht zu einer Szene kommen lassen, die die Peinlichkeit, in der sie sich befand, noch vergrößerte. Aber jetzt wünschte er sich, er hätte seinem Impuls nachgegeben.

Monatelang verfolgten ihn und seine Angehörigen die Erinnerungen an Leahs Qual. »Das war ein schlimmer Tag, als George Bolen sie fragte: ›Haben Sie Ihre Schwester ermordet?‹« erinnerte sich ihre Großmutter Ann Scheller. »Es war schrecklich. Grada erlitt beinahe einen Nervenzusammenbruch. Johns Mutter versuchte, sie zu trösten. Trotzdem war ich sicher, daß die Wahrheit herauskommen würde, daß Olivia schuldig war.«

Alle hielten an diesem Glauben fest. Es war der einzig logische Schluß der Geschichte, so wie sie sie kannten. Als Beteiligte sahen sie sie ganz anders, als sie der Außenwelt erschien. Und George Bolen war da, der ihnen Mut machte und immer wieder Hoffnung in ihnen weckte.

Troy, der nicht zum Prozeß erschien, weil er nicht freibekam, erzählte: »Ich rief ab und zu meinen Vater an. Er erzählte mir, der Prozeß liefe gut, Brevetti stelle lächerliche Fragen und verhalte sich anstößig, aber die Staatsanwaltschaft hätte alles im Griff. Er sagte, es werde wohl ein harter Kampf werden, aber Bolen werde ihn gewinnen. Nach dem, was ich aus den Medien mitbekam, sah es allerdings ganz anders aus. «

Barbara war fast jeden Tag im Gericht und litt immer noch unter dem Verlust ihres eigenen Kindes. Es störte sie, daß man sich so viel mit der Entwicklung des Feuers und so wenig mit dem Mord an Kristie befaßte. Man hatte die wesentliche Wahrheit dieses Falles heruntergespielt und sogar umgangen – die grausame Tatsache, daß jemand vorsätzlich ein Baby in Brand gesteckt hatte. Davon wollte niemand reden, noch weniger damit zu tun haben. Nicht einmal das Foto von dem ausgebrannten Kinderzimmer durften die Geschworenen unzensiert sehen: Quer über die Stelle, wo die tote Kristie lag, war ein brauner Streifen geklebt worden.

»Rufen Sie Denise in den Zeugenstand«, drängte Barbara immer wieder den Staatsanwalt George Bolen. Sie hoffte, daß die Aussage der Mutter diese Mauer des Wegsehens durchbrechen würde.

Statt dessen wurde als nächster Zeuge der Anklage ein Angestellter der Concord Beverage Company, John Marble aus Philadelphia, vernommen, der die in dem Kinderzimmer gefundene, teilweise geschmolzene Plastikflasche identifizierte. Ja, es handele sich um die Marke Vantage seiner Firma. Das transparente Plastik hatte sich in der Hitze in ein milchiges Weiß verwandelt, aber die immer noch lesbare Codemarkierung bewies, daß es sich um eine von Tausenden äußerlich identischer Flaschen handelte, die man in den wenigen Wochen vor dem Feuer in New York und Umgebung abgesetzt hatte. Der einzige erkennbare Sinn dieser Zeugenaussage war: Bolen wollte zeigen, daß diese Flasche aus der Recyclingtonne in Fischers Waschküche stammen konnte. Aber ebensogut konnte sie auch von anderswoher sein, aus irgendeinem Ort im Umkreis von etlichen Meilen. Statt die Fäden seines Falles zusammenzuziehen, schien sich George Bolen an Strohhalme zu klammern.

Als nächste erschien Marie Solimando, die angestellte Dispatcherin bei der Polizei von Mount Pleasant, die Olivia in der Nacht ihrer Verhaftung bewacht hatte. Man hatte sie gerufen, weil sie Bruce Johnsons Beobachtung hinsichtlich der versengten Wimpern Olivias bestätigen sollte. Alles andere, was sie aussagte, half jedoch eher der Verteidigung.

Sie war eine angenehme Frau mittleren Alters, ein etwas aufgeregter Muttertyp. Es hatte ihr vor dieser Verhandlung gegraut, sie hatte noch nie vor Gericht gestanden, und man sah es ihr an. Sie erklärte, sie hätte Olivia beim Entkleiden zugesehen, aber weder Verletzungen an ihrem Körper noch Flecken an ihrer Kleidung gesehen. Olivias Wimpern waren das einzige Anzeichen ihres Kontakts mit dem Feuer. Laura Brevetti ließ dann in ihrem mehrere Minuten währenden, scharfen Kreuzverhör diese Wimpern als ein – verglichen mit der Behandlung ihrer Mandantin durch die Polizei – unwichtiges Detail erscheinen. Die Einrichtung einer polizeilichen Verwahrzelle, die für nur eine Übernachtung des Inhaftierten gedacht ist, zeichnet sich durch spartanische Einfachheit aus, in Mount Pleasant und überall sonst. Aber infolge der Fragen, die Laura Brevetti ihr stellte, mußte Marie Solimando ein brutales Bild zeichnen.

Sie sagte aus, daß Olivia, nachdem sie etwa um drei Uhr morgens eingesperrt worden war, auf dem Bauch gelegen habe, so daß man ihr Gesicht nicht sehen konnte.

»Sie hatte ihr Gesicht auf dem Kissen?« fragte Brevetti.

»Da ist kein Kissen.«

»Nur eine Matratze?«

»Eine Bank.«

»Sie hat geschluchzt?«

»Nein, sie war still.«

Und am folgenden Morgen: »Durfte meine Mandantin duschen?«

»Wir haben keine Dusche.«

»Durfte sie auf die Toilette gehen?«

»In der Frauenzelle ist eine Toilette mit einem Wandschirm, der die Intimsphäre wahren soll.«

Ob schuldig oder nicht, es fiel schwer, nicht Mitleid mit dem ausgewachsenen Kind am Tisch der Verteidigung zu haben, das heute sein dunkelblaues Kostüm trug, in dem es fast wie ein Schulmädchen aussah.

Kristies Obduktionsbericht legte Dr. Kunjlata Ashar, eine Gerichtsmedizinerin des Westchester County, vor. Sie war keine Pathologin, wie man sie sich vorstellen würde, sondern trug den Zopf mit ihrem dichten schwarzen Haar auf indische Art im Rücken, in einem sonderbaren Kontrast zu ihrem sportlichen Glencheck-Kostüm. Ihre sanfte Art milderte die gräßlichen Einzelheiten ihres Berichts: Zwischen 80 und 85 Prozent des Babykörpers waren schwer verbrannt. Der einzige nicht verkohlte Teil ihrer Haut fand sich an ihrem Nacken und Rücken, diese waren durch den Tragesitz geschützt, an dem auch noch ein Teil ihres Unterhemdes verblieben war. Sie sei ein gesundes, wohlgenährtes Baby gewesen, habe 30 Pfund und 50 Unzen gewogen und sei siebzig Zentimeter groß gewesen.

Bolen fragte, ob Kristie vor dem Feuer eine Verletzung erlitten hätte. Dr. Ashar erklärte, sie könne über Abschürfungen oder Prellungen nichts sagen, weil ein so großer Teil der Haut zerstört gewesen sei, aber Knochenbrüche seien nicht vorhanden gewesen. Das Kind war infolge der Verbrennungen und auch durch Ersticken aufgrund des Einatmens von kohlenmonoxydhaltigem Rauch gestorben. Sie hatte eine tödliche Menge dieses Gases eingeatmet, was bedeutete, daß sie noch geatmet hatte, als das Feuer begann.

Manche Geschworenen machten ein schmerzerfülltes Gesicht, als sie diese nüchterne Beschreibung eines qualvollen Todes hörten. Richter Silverman fragte: »Wenn das Baby zu diesem Zeitpunkt noch lebte, war es aber vielleicht nicht mehr bei Bewußtsein?« Es klang, als ob ein besorgter Vater eine beruhigende Antwort hören wollte, aber in Wirklichkeit wollte er wissen, ob das Baby geschrien hatte. Doch darauf gab es keine Antwort.

»Das stimmt«, erwiderte sie.

Bolen schloß sich mit einer Frage an: »Durch Kohlenmonoxyd kann eine Bewußtlosigkeit eintreten, aber das muß nicht sofort geschehen?«

»Das ist richtig.« Ob das Baby an Brandwunden oder durch Ersticken gestorben war, blieb also offen. »Beides könnte den Tod verursacht haben, das eine oder das andere oder beides zusammen«, stellte Dr. Ashar fest.

»Ist es möglich, daß ein Baby von dieser Größe nach ein oder zwei Atemzügen das Bewußtsein verliert?« fragte Richter Silverman.

»Ja.«

Ihre Antwort stärkte Bills Hoffnung, daß Kristie so gestorben war. Noch ein paar rasche Atemzüge, dann nichts mehr. Er versuchte, den Rest des Obduktionsberichts zu vergessen. Er war froh, daß Denise nicht im Gerichtssaal war und daß ihr das erspart blieb.

Sie wußten sicher, daß er Denise nicht mehr in den Zeugenstand rufen würde. Sein letzter und für die Beweislage wichtigster Zeuge sollte Bruce Johnson sein.

Johnsons Aussagen zogen sich über vier Tage hin. Er sprach länger als irgendein anderer Zeuge. Wie in der Vorverhandlung war er ruhig, kooperativ und sachlich. Er trug einen Straßenanzug, das Statussymbol des Police Detective, und sein Gesichtsausdruck war wie immer unergründlich. Er war so groß, daß er den Zeugenstand auszufüllen schien, aber es war nichts Aggressives an ihm. Man erinnerte sich später an ein Mondgesicht mit milden blauen, beharrlich geradeaus gerichteten Augen, die Olivias aufmerksamen und starren Blick mieden.

Er erinnerte sich an den Rat seines einstigen Chefs. Die angesengten Wimpern sollten als einziger echter Beweis richtig herauskommen: »Der ganze Fall hängt an den Wimpern.« Johnson war mit den Fotos, die er bei der Verhaftung von Olivia geknipst hatte, nicht zufrieden. Auf dem Schwarzweißfilm waren ihre beschädigten Wimpern auch nicht besser als auf dem Polaroidfoto herausgekommen. Aber man hatte seine und Maries Aussage, und er hatte George Bolen beschworen, er solle einen Augenarzt als Sachverständigen vernehmen, damit festgestellt würde, daß sich brennbare Gase in den Augenhöhlen sammeln, bevor sie Augenbrauen und Haare angreifen. Johnson fand, es sei vernünftiger, einen solchen Zeugen zu laden als einen Mann aus einer Flaschenfabrik. Wenn nicht, wollte er es den Geschworenen selbst erklären, vorausgesetzt, daß man ihm die nötigen Fragen stellte. Zeugen dürfen während einer Verhandlung ja nicht ungefragt Erklärungen abgeben.

Das Kreuzverhör begann, wie er erwartet hatte, mit einer detaillierten Beschreibung von Thornwood und Umgebung. Dann kam man auf Bauweise und Grundriß des Fischerschen Hauses zu sprechen und darauf, was er dort am späten Nachmittag des 2. Dezember sah, nachdem man ihn an den Brandort gerufen hatte. Auf die Frage nach den Fenstern erklärte Johnson, als er ein zweitesmal, zwischen 19.00 und 19.30 Uhr abends zu dem Haus gekommen sei, hätten sich die Riegel des zerbrochenen Kinderzimmerfensters und des Fensters in Leahs Zimmer in verschlossener Position befunden. Das Fenster von Olivias Zimmer war (offenbar von den Feuerwehrmännern) weit geöffnet worden. Alle Fenster im ersten Stock waren geschlossen.

Von hier an bewegten sich Bolens Fragen, den zeitlichen Ablauf mißachtend, sprunghaft von einem Thema zum anderen. Es war schwer zu sagen, ob er einen bestimmten Gedanken verfolgte oder einen suchte. Ob Johnson Thomas Kelsey als Mitglied der freiwilligen Feuerwehr gekannt hätte? Ob es in der unmittelbaren Nähe des Fischerschen Hauses Baumhäuser gebe? Was hatte ein diensthabender Polizist bei der Polizeiwache von Mount Pleasant zu tun und zu beachten? Hatte man am Tag des Feuers in der Umgebung irgendwelche verdächtigen Kraftfahrzeuge gesehen? Wann hatte Johnson seine drei verschiedenen Videoaufnahmen von dem Brandort gemacht? Dann: »Wie ist Ihr Gehör?«

»Gut«, sagte Johnson überrascht.

Nun weiter zu der entscheidenden, in Bolenspeak ausgedrückten Frage: »Ich möchte, daß wir zu einem Zeitpunkt zwischen 11.30 Uhr und 12.00 Uhr Mitternacht zurückkehren, als Sie sich in der Kriminalabteilung mit Marie Solimando befanden – hatten Sie um diese Zeit Gelegenheit, einen bestimmten Kameratyp zu benutzen?«

Johnson antwortete, er hätte ein oder zwei Polaroidaufnahmen von den Wimpern der Gefangenen gemacht. Die Wimpern seien angesengt gewesen.

»Stellt dieses Bild akkurat das dar, was Sie an diesem Abend sahen?«

»Nein«, gab Johnson zu. »Das Bild ist zu dunkel, die Wimpern waren nicht sichtbar.«

Er wollte mehr über diese Wimpern sagen. Statt dessen fragte Bolen, wer sonst in dem Detectives Office gewesen wäre, als er das Foto machte. War das Betsy Hoagland, die Dispatcherin? Nein, erwiderte John und wunderte sich, warum Bolen das Thema gewechselt und ob er vergessen hatte, daß zu diesem Zeitpunkt schon Marie Betsys Stelle eingenommen hatte. Die nächste Frage handelte von der Miranda Warning, und dann sagte Bolen: »Jetzt möchte ich zum Brandort zurückkehren ...«

Olivias versengte Wimpern wurden erst wieder gegen Ende des folgenden Tages erwähnt, nachdem Johnson Olivias Geschichte in all ihren Variationen wiedergegeben hatte. Von dem Augenblick an, da sie im Wohnzimmer oder vielleicht auch in der Waschküche gewesen war, als ein verängstigter Kater sie auf das Feuer aufmerksam gemacht hatte, das auf ihrem Bett brannte. Schließlich hatte Johnson Gelegenheit zu sagen: »Ich fragte sie, ob sie wüßte, wie sie sich ihre Wimpern versengt hatte. Sie sagte, sie wüßte es nicht. Dann dachte sie eine Weile nach und sagte, das hätte sie wahrscheinlich getan, als sie das Feuer auf ihrem Bett gelöscht hätte. Ich fragte sie, ob sie das Feuer vom Fußende oder von der Seite her gelöscht hätte. Sie sagte, vom Fußende ...«

Er hatte Bolen damit eine Gelegenheit gegeben weiterzufragen, damit es herauskam, was die Stellung am Bett für eine Bedeutung hatte. Daß sie sich nicht weit genug über das kleine Feuer gebeugt haben konnte, um sich ihre Wimpern zu versengen, wenn sie am Fußende gestanden hatte, weil das Fußbrett im Weg war. Aber Bolen ging zum nächsten Thema über, und der einzige direkte Beweis, den die Polizei für Olivias Täterschaft hatte, der entscheidende Punkt, der ihre Verhaftung bewirkt hatte, fiel zwischen die Ritzen dieser staatsanwaltschaftlichen Vorgehensweise.

Während Bruce Johnson sich im Zeugenstand befand, spielte man das Tonband mit Olivias Aussagen ab, und wieder hieß es: Psst! als man ihre hohe, dünne Stimme erzählen hörte, wie sie sich am letzten Nachmittag im Leben dieses Babys um Kristie gekümmert hatte: »Und dann ist sie, ein klein wenig hungrig, und ich gebe ihr die Flasche ... und dann mache ich das Licht an.

Es ist nicht sehr hell, und sie mag es, und dann spiele ich mit ihr, rede mit ihr, wechsle die Windeln ...« Und so weiter, durch eine Masse genau erinnerter Trivialitäten bis zu dem geheimnisvollen Feuer auf ihrem Bett und der verschlossenen Kinderzimmertür, und dann wurde ihre Stimme mit jedem Mal lauter, wenn sie es wiederholte: »Und ich versuche es. Sie ist verschlossen. Ich versuch's. Sie ist verschlossen ...« Dann später: »Und ich habe die Tür nie geschlossen ... Ich weiß nicht, wie das Feuer entstand.«

Wie in der Vorverhandlung hörte sich Johnson das Tonband im Zeugenstand an und Olivia an ihrem Platz am Tisch ihrer Verteidigerin. Schließlich sah er zu ihr hin. Sie saß immer noch gerade da, die Füße auf dem Fußboden, die Ellbogen ruhten leicht auf den Armlehnen ihres Metallrahmenstuhls, ihre Hände lagen im Schoß, in derselben Position, in der sie vom Anfang des Verfahrens an gelegen hatten.

Nachdem die Aufnahme abgespielt war, begann Laura Brevetti ihr Kreuzverhör und bat Olivia aufzustehen. »Würden Sie sagen, daß sie noch ebenso wie am zweiten Dezember aussieht?«

»Im wesentlichen ja«, erwiderte Johnson. Außer, erinnerte er sich, daß ihr Haar damals hinter ihre Ohren gesteckt war. »Das Haar ist jetzt länger, vielleicht einen Zoll.«

Olivia sah ihn ernst an, als erwarte sie ein Lob von ihm.

»Die Augenbrauen noch im wesentlichen dieselben?« fragte Brevetti.

»Ja.«

»Als Sie sie sahen, trug sie eine Freizeithose?«

»Ja, eine schwarze lange Hose, ein purpurrotes Top und Tennisschuhe.«

»Ist Ihnen an ihrer Kleidung irgend etwas Ungewöhnliches aufgefallen?«

»Nein.«

»Haben sie den Geruch einer brennbaren Flüssigkeit an ihr festgestellt?«

»Nein.«

Nachdem sich die Geschworenen Olivia einmal richtig hatten ansehen können, was sicherlich der Zweck dieser Übung war, ließ Brevetti sie wieder Platz nehmen und fing an, Johnsons Erinnerung an sie zu zerpflücken. Johnson hatte schon erzählt, daß

Olivia zu ihm gesagt hatte: »Wäre irgend jemand im Haus gewesen, hätte ich ihn von überall da unten gehört oder gesehen.« Das widersprach der Behauptung der Verteidigerin, es sei ein Eindringling im Haus gewesen. Jetzt versuchte Brevetti seine Erinnerung an einen solchen Ausspruch Olivias herunterzuspielen. Sie fragte ihn, ob das der genaue Wortlaut wäre.

Johnson antwortete: Ja, das wäre der genaue Wortlaut. Ob er sicher wäre, daß dieselbe junge Frau, die gesagt hatte: »Ich entzünde keine Feuer«, so einen grammatisch überkorrekten Satz gesprochen hätte? Ja, er sei dessen sicher.

Sie sah ihn mit zweiflerischem Gesichtsausdruck an. »Inspektor Johnson, haben Sie sich diesen Satz notiert?«

»Nein.«

»Also stützen Sie sich auf Ihr Gedächtnis?«

»Ja.« Aber er ließ sich nicht aus der Ruhe bringen. Laura Brevetti hatte eine Art, in sich hineinzulächeln. Sie preßte die Lippen zusammen, ihre Mundwinkel waren ein wenig hochgezogen. Dieses Lächeln schien innere Befriedigung auszudrücken. Als hätte sie Zugang zu einer wichtigen Information, die allen anderen verwehrt war.

Ein paar Minuten später, während der Nachmittagspause, wurden fünf Fernsehgeräte in den Gerichtssaal gerollt. Das Brevetti-Team hatte größere und neuere Apparate angemietet als den einen Fernseher, auf dem George Bolen Henry Flavins Videoband von dem Feuer gezeigt hatte. Es wurden jetzt vier Geräte mit 27-Zoll-Bildschirmen gezielt so aufgestellt, daß alle – der Richter, die Geschworenen, die Reporter und die Zuschauer – das Bild gut sehen konnten. Einen fünften, kleineren Apparat stellte man unmittelbar vor den Zeugenstand, damit Bruce Johnson den Film aus nächster Nähe verfolgen konnte.

Nachdem Brevettis Mitarbeiter Chris Rush für das Aufstellen der Geräte gesorgt hatte, und die Rollos an den Fenstern des Saals heruntergelassen waren, kündigte Laura Brevetti an, sie werde nun Flavins Elf-Minuten-Film zeigen. Sie erinnerte das Gericht daran, daß er aufgenommen worden war, bevor Bruce Johnson zwischen 7.00 und 7.30 Uhr abends zurückkam, um sich den Schaden noch einmal anzusehen, und nachdem er Olivia bei den Fries im Haus gelassen hatte. Auf diesen besseren

Geräten sah das Feuer erschreckender und überwältigender aus als bei Bolens Veranstaltung. Aus einem riesigen Loch in Leahs Schlafzimmer sah man ein orangefarbenes Inferno sprühen. Im Hintergrund zeichneten Scheinwerfer vor dem nächtlichen Himmel die dünnen Äste kahler Bäume heraus. Brevetti, die mit der Fernbedienung in der Hand mitten im Gerichtssaal stand, hielt den Film plötzlich an. Nun sahen sie alle Leahs Fenster, das von den drinnen wütenden Flammen erleuchtet war. Sie hatte diese Vorführung einstudiert, und ihr Timing war perfekt.

An Bruce Johnson richtete sie in diesem Moment die Worte: »Jetzt konzentrieren Sie sich bitte auf Miss Fischers Fenster und zwar besonders auf die mittleren Leisten des Rahmens. Wenn Sie sich jetzt die mittleren Rahmenleisten dieses Fensters ansehen, würden Sie mir dann sagen, in welcher Position sie sich zueinander befinden?«

Er schluckte. Was er auf dem Bildschirm sah, war nicht, was er sich gesehen zu haben erinnerte. Und das war nach dieser Videoaufnahme gewesen. Damals hatte er den Eindruck gehabt, daß dieses Paar Schiebefenster so fest verschlossen war, daß sich der mittlere Hebel in der geschlossenen Position befand und daß die Rahmen beider Fenster innen bündig anlagen. Jetzt sah er auf dem Videobild einen Spalt zwischen den beiden Glasscheiben, als ob die eine drei oder vier Zoll weit über die andere geschoben wäre.

»Ich weiß nicht«, sagte er zögernd. »Sie sehen aus, als ob sie Rücken an Rücken, aber auseinander sind.«

Es war ein täuschender Eindruck. Auf den ersten Blick sahen die Fenster geschlossen aus. Dann waren sie etwas geöffnet. Er starrte den Film an, das Bild war nicht scharf wegen des Rauches und Feuers und weil Flavins Handkamera zu unruhig war. Als sie sich diesen Film das erste Mal, zu einem früheren Zeitpunkt in der Verhandlung und durchgehend, angesehen hatten, hatten die Fenster geschlossen ausgesehen. Aber je länger er auf dieses Bild starrte, um so mehr glaubte er, in der Mitte den Spalt zwischen den beiden Scheiben zu sehen.

»Wenn Sie sich die beiden Fenster jetzt ansehen, Inspektor Johnson, erscheinen sie Ihnen auseinandergerückt?« bestand Brevetti auf ihrer Frage.

»Ja«, stimmte er zu.

Richter Silverman wandte sich an den Gerichtsstenographen und sagte: »Notieren Sie: Es ist ein Zwischenraum zwischen den beiden Rahmen, doch man weiß nicht, ob sie nebeneinander oder Rücken an Rücken oder ob sie offen stehen.«

Brevetti ließ den Film jetzt langsam hin und her wandern und zeigte immer wieder das Bild von Leahs leicht geöffnetem Fenster vor den im Inneren des Zimmers flackernden Flammen. Sie genoß das Unbehagen des Zeugen.

»Wer hat das Fenster geschlossen, Inspektor Johnson?«

»Ich weiß es nicht.«

»Es war offen, bevor Sie es sahen?« Sie formulierte es als Frage, aber sie sagte es als Feststellung.

»Ich kann Ihnen nur sagen, was ich gesehen habe«, erwiderte er. Er sah sehr unglücklich aus.

Sie ließ den Film bis zum Schluß laufen. Aber sie war noch nicht mit Bruce Johnson zu Ende.

»Wer hat in jener Nacht die Fenster geöffnet und geschlossen?« verlangte sie zu erfahren.

Nachdem er Zeit zum Nachdenken gehabt hatte, fiel ihm ein, daß die beiden Holzrahmen sich infolge der Hitzeeinwirkung auseinandergebogen haben könnten.

»Das Feuer«, sagte er.

Sie machte ein ungläubiges Gesicht. »Das Feuer öffnete und schloß Fenster? ... Als Sie das Fenster sahen, war da der mittlere Rahmen geschlossen?«

»Ja.«

»Als Sie also um sieben Uhr diese Beobachtung machten, hatten Sie keine Vorstellung davon, in welcher Stellung sich die Fenster zur Zeit des Feuers befanden ... und als Sie angaben, das Fenster wäre geschlossen und verriegelt gewesen, konnten Sie nicht wissen, ob es vor dem Feuer geschlossen und verriegelt war – ist das richtig?«

Ihre Stimme hatte sich zu einem Triumphschrei gesteigert. Es war der einzige Laut im Gerichtssaal. Alle lauschten ihr hingerissen. Die vielen Stunden, in denen Chris Rush diesen Film immer wieder angeschaut hatte, langsam, Bild für Bild, hatten sich gelohnt. Rush hatte dieses eine Bild mit dem Spalt in Leahs Fenster entdeckt, und alle Mitarbeiter der Verteidigung hatten den Mund gehalten und gehofft, daß niemand auf seiten der Staatsanwaltschaft dieselbe Beobachtung machen würde. Bei einem normalen Durchlauf des Videobandes war dieser Spalt nicht zu sehen, dann blieb nur ein Eindruck von schneller Bewegung und unscharfen, verwischten Bildern zurück. Laura Brevetti hatte es klugerweise erst dann den Geschworenen gezeigt, als ihr Kreuzverhör ergeben hatte, daß Leah am Morgen des 2. Dezember die Verriegelung ihres Fensters nicht überprüft hatte – und daß John, während sie duschte, in ihr Zimmer gegangen sein konnte. Nun brauchten Geschworene und Reporter nicht mehr viel Phantasie, um sich den Rest vorzustellen.

Johnson war beschämt. »Als ich Leahs Fenster auf dem Video sah, war mir, als hätte mir jemand einen Schlag in die Magengrube versetzt«, gab er später zu. »Ich bin hundertprozentig sicher, daß der Riegel zwischen 7.00 und 7.30 Uhr in der geschlossenen Position war. Die einzige Erklärung, die mir einfällt, ist, daß der Haken geschmolzen ist, so daß die Fenster dann durch die Hitze des Feuers aufgingen und die Feuerwehrleute vielleicht einen Schlauch hineingeschoben und den Spalt erweitert haben. Aber der Riegel blieb in der geschlossenen Position. Und nachdem Leahs Feuer gelöscht war, bevor ich zum zweitenmal dort hinkam, müssen die Fensterrahmen wieder zusammengedrückt worden sein. Was ich in dem Video sah, war wie eine optische Täuschung. Zuerst sah das Fenster geschlossen aus, dann, ungefähr in der Mitte des Films, war es offen, und am Ende sah es wieder geschlossen aus. Leahs Zimmer war ein solches Inferno, daß die Hitze das alles verursacht haben kann.«

Das war keine Erklärung, die die Geschworenen und Reporter gelten lassen würden. Wenn sie das Erinnerungsvermögen eines Detective mit der Beweiskraft eines Fernsehbildes abwogen, würden sie zu dem Ergebnis kommen, daß das Fenster die ganze Zeit offen gestanden hatte. Es war das Fenster, das ein Eindringling, der das Haus kannte, wählen würde – niedrig über dem Erdboden, an der Rückseite des Hauses, das Fenster des einen Zimmers, in dem Olivia wahrscheinlich nicht sein würde. In Leahs Zimmer konnte sich der Täter gut verstecken, bis er unbemerkt eine Tür weiter in das Kinderzimmer gehen konnte. Alles, was der Täter brauchte, war die Hilfe von jemandem, der Zugang zu dem Haus hatte und den Fensterriegel öffnete. Henry Flavins Film schien zu bestätigen, daß es sich so zugetragen haben konnte.

Die Fernsehgeräte wurden hinausgerollt, und Brevetti setzte ihre Befragung fort. Das Skript, das sie sich geschrieben hatte, war makellos ausgearbeitet. Sie führte Johnson sofort zu dem Thema John Gallagher zurück.

»Nachdem meine Mandantin verhaftet war, haben Sie sie da gefragt, ob sie jemanden decke, der den Mord begangen hätte? Haben Sie den Namen John Gallagher erwähnt?«

»Ich glaube, ja«, murmelte Johnson. Er wünschte sich von Herzen, er hätte es nicht getan.

»Haben Sie sie gefragt, ob sie jemand anderem geholfen hätte und ob dieser andere John Gallagher wäre?«

»Ja.«

»Und die Antwort war nein, richtig?«

»Ja.«

»Wurde an jenem Abend irgend jemand sonst zur Vernehmung zur Polizeidienststelle gebracht?«

»Meines Wissens nicht.« Er hatte alles gesagt, was er sagen sollte.

Johnson hatte vom Beginn seiner Zeugenaussage an, jedesmal, wenn der Richter eine Pause ansagte, und wenn er, Johnson, den Mittelgang hinunter durch den Saal und zur Tür hinausging, Bill Fischer zugenickt. Es war mehr als ein freundlicher Gruß. Das Nicken sollte bedeuten, daß der Fall für die Staatsanwaltschaft gut lief. Am Ende dieses Nachmittags mied Johnson zum erstenmal Bills fragenden Blick und schritt geradewegs durch die Schwingtüren und in die Lobby hinaus.

Am folgenden Morgen versuchte George Bolen Bruce Johnsons Deutung des Films von Flavin zu demonstrieren. Aber statt der fünf hochmodernen Geräte, die die Verteidigung mitgebracht hatte, konnte er nur das eine, vom Gericht zur Verfügung gestellte, anbieten. Der Schirm war klein. Darauf sah das Bild von Leahs Schlafzimmerfenster wieder undeutlich und verschwommen aus.

»Können Sie ein oder zwei Bilder zurückgehen?« fragte Richter Silverman. Bolen fummelte ungeduldig an den Knöpfen herum. Brevetti hatte genau gewußt, wo sie den Film mit der Fernbedienung stoppen mußte – auf allen fünf Mattscheiben zugleich war das Bild stehen geblieben, sie hatte es, in der Mitte des Saales stehend wie eine Schauspielerin in der Hauptrolle, mit einem leichten Schlenker getan. Bolen hatte sich auf sein eines Knie hinabgelassen und versuchte, dieses eine ältere Gerät durch gutes Zureden dazu zu bewegen, daß es den Film bei dem einen gesuchten Bild anhielt, sichtlich indigniert über die Peinlichkeit der Situation, während alle im Gericht ihn anstarrten.

»In der Mitte des Fensters sehen Sie zwei Rahmen. Sind sie auseinander?« fragte der Richter.

»Nein«, erwiderte Bruce Johnson und kniff die Augen vor dem Bildschirm zusammen. »Das ist die Reflexion, Euer Ehren.«

Man konnte nur Mutmaßungen anstellen. Jan Menting war überzeugt davon, daß es sich bei dem Spalt in der Mitte um eine optische Täuschung handelte, die durch den Blickwinkel der Kamera und die kleine Überlappung der Gleitbretter des Fensters hervorgerufen wurde. Es handle sich hier um das Phänomen, daß die Kamera auch lügen kann. Er hatte diese Fenster selbst zusammengebaut und konnte sich vorstellen, wie es dazu kam.

Wenn es eine kontinuierliche Sauerstoffzufuhr durch einen Fensterspalt gegeben hätte, würde sich in Leahs Zimmer gewiß kein Schwelbrand entwickelt haben, der dann nach dem Eintreten der Tür zu einem Inferno aufgeflammt wäre. Darauf ließ sich erwidern: Der Spalt in dem Fenster sei nicht groß genug gewesen, um ausreichend Sauerstoff hineinzulassen. Die Auseinandersetzung könnte man unbegrenzt fortsetzen, und die von der geschickt vorgehenden Verteidigung gelegte Spur würde niemals enden. Später sagte man: Bolen hätte sich immer streng an die Regeln gehalten, und als man die Regeln plötzlich verändert hätte, sei er verloren gewesen. Letztlich hing aber alles von den Beweismitteln Bruce Johnsons ab.

Das Gericht war auf Laura Brevettis Erklärung, die Verteidigung rufe keine eigenen Zeugen auf, nicht vorbereitet. »Die Verteidigung schließt den Beweisvortrag«, sagte sie und überreichte nur ein Blatt Papier als Beweismittel, den Bericht des Sanitäters, der Olivia am Brandort kurz untersucht hatte. Darauf stand, sie hätte einen Puls von 120, sei hysterisch und hyperventiliere.

Brevettis kühner Entschluß stand fest, so erzählte sie Reportern, »als ich Detective Johnson gehört hatte. Er war Bolens stärkster Zeuge, aber im Kreuzverhör wurde er ein Zeuge für die Verteidigung.«

Sie fügte hinzu: »Ich habe eine Menge Zeugenladungen gespart, weil die Staatsanwaltschaft die meisten Zeugen geladen hat, die ich geladen hätte. Was sie auszusagen hatten, war ausgesprochen günstig für meine Mandantin. Etwas anderes können sie nicht sagen, weil es keinerlei Beweis gibt, daß sie dieses Verbrechen begangen hat.«

35

Wenn ein großer Prozeß diesen Punkt erreicht hat, kommt es zu einem merklichen Wechsel des Tempos. Die Zeugen entspannen sich, sie haben ihre Pflicht getan. Ihre ganze Spannung geht auf die Anwälte über, die sich nun auf die letzte Phase des Marathons vorbereiten. Ihre Schlußplädoyers müssen irgendwie das Wesentliche des Falles einfangen und herausarbeiten. Und zwar in so knappen, prägnanten und kraftvollen Worten, daß sie den entscheidenden Eindruck hinterlassen, der die Geschworenen von der Richtigkeit ihrer Argumentation überzeugt. Kein Geschworener kann sich noch an alles, was in den vorangegangenen Prozeßwochen gesagt wurde, erinnern. Die in den letzten Tagen abgegebenen Erklärungen, einschließlich der Plädoyers der Anwälte sind es, über die die Geschworenen zur Urteilsfindung am meisten diskutieren. Wenn die Zeit der Entscheidung näherkommt, werden die Geschworenen wieder zu Individuen, und alle zwölf haben sie ihre ganz bestimmten Überzeugungen und voneinander abweichenden Meinungen. Sie sind nun nicht mehr die einheitliche Masse, als die sie während all der endlosen Tage im Gericht dagesessen und gezappelt haben und gelegentlich eingenickt sind.

Das und noch viel mehr geschah, als der Prozeß gegen Olivia Riner sich dem Ende näherte. Im Zuschauerraum fanden sich spontan ihre Anhänger zusammen, Wildfremde, geeint in dem Glauben an ihre Unschuld und in der Sehnsucht, daß sie bewiesen würde. Sie begannen, sich miteinander bekannt zu machen und zusammen in dem großen Einkaufszentrum The Galleria auf der anderen Straßenseite zu Mittag zu essen. Sie tauschten Geschichten aus, und als sich die Spannung vor der Urteilsverkündigung steigerte, sprachen sie sogar davon, daß sie weiter miteinander in Kontakt bleiben sollten, was sie später auch taten. Sie gaben sich sogar einen Namen: The Fifth Estate (nach The Fourth Estate, der Vierte Stand, für die Journalisten). Sie trafen sich weiter, Wochen nachdem der Prozeß geendet hatte, in demselben Restaurant, gaben einander das zu lesen, was sie für sich über diesen Fall geschrieben hatten, Schriften, in denen ihre jeweils eigenen Bedürfnisse zum Ausdruck kamen, an Olivia zu glauben. In diesen letzten Tagen des Prozesses brachten manche von ihnen Blumen mit und versuchten, sie Olivia vor dem Gerichtsgebäude zu überreichen. Zwei hübsche Sträuße fing Chris Rush ab, bevor Olivia sie entgegennehmen konnte. Er hielt sie vorsichtig von sich weg, als ob sie explodieren könnten. Er hätte sich keine Sorgen zu machen brauchen. Die Schenker eines großen Straußes pfirsichfarbener Nelken hatten sogar noch eine nicht unterschriebene Karte mit dem Satz: »Wir sind immer bei dir!« beigefügt – und meinten ihn so.

Auf der anderen Seite des Gerichtssaals setzten sich die Verwandten der Fischers um, als Denise endlich zu ihnen hinein durfte. Als Bolens geladene Zeugin hatte sie die ganze Zeit draußen warten müssen, und nun war alles umsonst gewesen. Weder sie noch ihre Anverwandten konnten George Bolens Entscheidung verstehen, sie nicht in den Zeugenstand zu rufen. Sie widersprachen ihm vehement, vertrauten aber dennoch darauf, daß er die losen Enden der staatsanwaltschaftlichen Indizienkette nach Bolen-Mainer doch noch zusammenfügen und den Prozeß zu einem erfolgreichen Abschluß bringen werde.

Linda Sawyer wechselte nicht nur symbolisch die Seite. Sie löste sich von der Verteidigung und saß nun auf der anderen Seite des Ganges bei den Journalisten und den Verwandten der Familie Fischer. Sie hatte ihnen, und sie hatten ihr wenig zu sagen. Mit Laura Brevetti war es zu irgendeinem Streit gekommen und das exklusive Fernsehinterview, mit dem Linda gerechnet hatte, schien in weite Ferne gerückt zu sein. Sie war verletzt und wütend und kam sich verraten vor. Sechs Monate ihres Lebens hatte sie in diese Geschichte gesteckt, und nun glitt sie ihr aus den Händen. Aber sie war fest entschlossen, nicht lockerzulassen.

Kurt Riner war zum drittenmal aus der Schweiz gekommen und saß mit Migliedern aus Laura Brevettis Mannschaft zusammen. Er und Marlies hatten nicht wenig Geld für Transatlantikflüge ausgegeben, für die aber Schweizer Bürger aus New York und Umgebung mit Spenden aufkamen. Es war eine merkwürdige Zeit für Marlies gewesen, in der sie an einem Ort leben mußte, an dem sie sich nicht verständigen konnte. Innerlich machte sie sich um ihre Tochter Sorgen; doch sogar jetzt, da Olivias Schicksal am seidenen Faden hing, schien sie unfähig zu sein, ihr näherzukommen. In den Prozeßpausen gab es keine aufmunternden Umarmungen, und nur gelegentlich warf man einander Blicke zu. Marlies verbrachte die Zeit oft auf der Hintertreppe bei den anderen Zigarettenrauchern und suchte dort auf ihre eigene Art Trost. Wenn Kurt in der Stadt war, schien Olivia ihrer noch weniger zu bedürfen.

Olivia hatte sich seit ihrer Verhaftung verändert. Ihre Pummeligkeit war verschwunden. Sie war sich jetzt ihrer neuen, schlanken Figur bewußt. Diese junge Frau, die ihre Einsamkeit mit Marshmallows und Schokolade auszufüllen versucht hatte, beschränkte sich jetzt auf ein halbes Sandwich zum Mittagessen und machte sich um ihr Gewicht Sorgen. Doch hatte sie stets einen Vorrat an Schweizer Schokolade dabei, um die Mitglieder der Verteidigung zu versorgen.

Auch im Leben des Richters Silverman war eine Veränderung eingetreten. Eines Tages, als Bruce Johnson im Zeugenstand saß, wurde bekanntgegeben, daß er für ein Richteramt im Obersten Gericht des Staates New York kandidieren würde. Als County-Richter mit etwas über vierzig Jahren hatte er schon allerhand erreicht und hätte noch ein paar Jahre in dieser Position ausharren können, doch der Ehrgeiz trieb ihn voran. Als Demokrat in einem stark von den Republikanern geprägten Bezirk mußte er sich in seiner Kampagne mächtig anstrengen, aber er hatte es ja schon einmal geschafft. Die Chance des Vorwärtskommens schien ihn mit Energie zu erfüllen. Vielleicht war ihm bereits bewußt, wie sehr ihm seine Bekanntheit als Richter des »nanny trial« in seiner Karriere nützen konnte. Für ihn war die Aufmerksamkeit der Medien eine positive Sache, die gefördert werden mußte.

Bruce Johnson sah das, als er seine Zeugenaussage beendete, ganz anders: »Wir waren bei den Medien alle Wasserleichen. Wenn ich mir die Geschworenen ansah, wußte ich immer gleich: Sie hatten die Zeitung gelesen.«

Am Donnerstag, dem 2. Juli, einen Monat nach Prozeßbeginn, waren alle Zeugenaussagen gehört und alle Anträge der Anwälte behandelt. Die Anklage wurde auf drei Arten von Mord und auf Brandstiftung reduziert. Der Prozeß wurde wegen des Feiertags am 4. Juli vorläufig ausgesetzt und sollte am darauffolgenden Montag, dem 6. Juli, weitergehen. Die Geschworenen wurden noch einmal ermahnt, nichts über diesen Fall zu lesen und mit niemandem darüber zu sprechen.

Die für Olivia eintretenden Journalisten setzten aber über das lange Wochenende ihre Kampagne in den Medien fort. Mike Taibbi und Carole Agus, die während des ganzen Prozesses in engem Kontakt mit dem Brevetti-Team gestanden hatten, brachten exklusive Berichte heraus, ein Chefreporter beim CBS-Fernsehen hatte einige für Olivia günstige Auszüge aus deren Tagebuch erhalten, die er am Donnerstag abend um elf Uhr in den *National News* zitierte. Bis dahin hatte man das Tagebuch geheimgehalten. In der Beweisliste kam es nicht vor, und die einzigen bekannten Kopien hatten George Bolen und Laura Brevetti. Taibbi überraschte die Zuschauer damit, daß er drei Passagen aus der jüngeren Zeit zitierte. Die eine drückte Olivias wachsende Zuneigung zu Kristie aus, die zweite handelte von ihrem Heimweh, und die dritte lautete schlicht: »Ich bedaure keinen Augenblick, daß ich hier bin.«

Sein Bericht enthielt auch ein kurzes Interview mit Olivia, das sie an jenem Nachmittag beim Verlassen des Gerichtssaals gegeben hatte. Es war das erste, das Laura Brevetti ihr erlaubte. Taibbi, der Bill Fischer und John Gallagher monatelang gejagt hatte, war ausgesprochen freundlich, als er mit Olivia sprach. Er stellte ihr nur eine Frage und in dieser setzte er ihre Unschuld voraus. »Sind Sie wütend über das, Miss Riner, was mit Ihnen geschehen ist?«

Nachdem sie einen Augenblick überlegt hatte, sagte sie – auf deutsch: »Nein.«

Am folgenden Montag war die ganze Titelseite von Newsday mit einer Großaufnahme von Olivia ausgefüllt. Sie sah frisch und hübsch und nachdenklich aus. Daneben stand in fetten Schlagzeilenlettern ein Zitat aus ihrem Tagebuch: *»I Feel Closer and Closer to Her ... I Really Do Love Her.«* – Ich fühle mich ihr immer näher … Ich liebe sie wirklich. Eine Innenseite war mit weiteren Tagebuchauszügen über ihre zärtlichen Gefühle gefüllt, die sie für Kristie empfand. Dazu hatte Carole Agus eine Einleitung geschrieben. Dieser Teil der Geschichte trug den Titel: *Das Tagebuch des angeklagten Kindermädchens wird geöffnet – doch nicht für die Geschworenen.* Theoretisch stimmte das. Aber alle Geschworenen, die an diesem Morgen auf dem Weg zum Gericht an einem Zeitungsstand vorbeikamen, müssen Olivias Foto gesehen und ihre Worte gelesen haben, wie sehr sie das Baby liebte.

Die Schlußplädoyers der Anwälte nahmen fast den ganzen Tag in Anspruch. Die wichtigsten Beteiligten an diesem Drama hatten sich dem Ereignis entsprechend angezogen. Nur Olivia nicht, sie trug wieder einmal das tristere ihrer beiden dunkelblauen Kostüme. Laura Brevetti war so elegant gekleidet wie immer: in einen doppelreihigen dunkelblauen Blazer mit Goldknöpfen. Aufgefrischt durch einen dunkelblauen Hosenrock mit weißen Punkten und mit einer großen, aber dennoch dezenten Perlenbrosche an ihrem Hals. George Bolen trug die unveränderliche Anwaltstracht, weißes Hemd und grauen Anzug, und alles stand ihm gut, weil er groß und schlank war und sich gerade hielt. Nur die Wahl seiner Krawatte war Ausdruck seiner Persönlichkeit. Heute war es eine rote mit Paisleymuster, eine seiner farbigsten.

Brevetti verbrachte den ganzen Vormittag damit, Olivias Unschuld darzulegen und auf die wahrscheinliche Schuld John Gallaghers hinzuweisen. Es war eine durchsichtige, jedoch wirksame Strategie. Sie behauptete, sie hätte »von Anfang an« gewußt, daß das Beweismaterial der Anklage die Unschuld ihrer Mandantin zeigen und »Hinweise auf andere, Bekannte und Unbekannte, liefern« würde.

Ein großer Teil dieses Beweismaterials, erklärte sie noch einmal deutlich, entbehre der Substanz. »Man erzählt Ihnen, das Fenster wäre geschlossen gewesen, in Wirklichkeit war es offen, etwas wäre oben gewesen, aber es war unten … und man möchte Ihnen einreden, eine Beschuldigung sei gleich Schuld … Die Polizei hat sich nie darum bemüht, ein Verbrechen aufzuklären. Es ging ihr darum, Olivia Riner zu belasten.«

Brevetti wies darauf hin, daß Bill Fischer keinerlei Probleme in bezug auf Olivia Riner gesehen hatte. Hätte er ihr sonst sein Baby anvertraut? »Natürlich nicht. Olivia war ein nettes, junges Mädchen, undenkbar, sie sich als Mörderin vorzustellen.« Außerdem hatte sie kein Motiv. Bruce Johnson muß nach einem Motiv gesucht haben, als er sie fragte, ob sie sexuelle Beziehungen mit irgend jemandem hätte und ob sie John Gallagher decke. »Zwei Stunden, nachdem er dieses Mädchen festgenommen hatte, dachte er, daß jemand anders der logisch Verdächtige war und es getan hatte. Und sie decke ihn!«

Damit begann sie ihren Angriff auf John. »Das ist ein Mann, der, wenn er die Versicherung nicht so abschließen kann, wie er es will, auf dem Antragsformular lügt. Doch kein Problem. Er hat Miss Fischer, die ihn deckt, damit er einen Pickup mit kommerziellen Nummernschildern fahren kann. Warum fährt er ohne Führerschein? Weil er alle Polizisten kennt. Carpenter fragt ihn gemütlich im Streifenwagen aus, raucht eine Zigarette. Er kennt Carpenter. Er kennt Alagno, seinen alten Schwimmlehrer. Und er kennt den neuen Polizeichef, Onkel Tony …

Das ist ein Mann, der vergißt, daß man ihn aus der Highschool geworfen hat, dann erinnert er sich wieder daran. Wer aber wird heutzutage aus der Highschool hinausgeworfen, nur weil er vier- oder fünfmal geschwänzt hat? Was wird uns da verborgen? Warum braucht Mr. Gallagher eine Ausrede?«

In Beantwortung ihrer rhetorischen Frage erfand Brevetti eine neue Geschichte. Sie tat, als habe John zugegeben, daß er am Morgen vor dem Verbrechen »in Leahs Zimmer war, daß er dort wartete, während sie duschte«. (In Wirklichkeit hatte er ausgesagt, er bezweifle, daß er an diesem Morgen in ihr Zimmer gegangen sei.) »Ja, und was hat er in dieser Zeit getan, während Leah duschte?« Brevetti gab zu verstehen, daß er das Fenster geöffnet hätte.

Sie spann ihre Geschichte noch etwas weiter aus und stellte sich eine Episode vor, um die geschmolzene Plastikflasche am Boden des Kinderzimmers zu erklären. Die Staatsanwaltschaft hatte letztlich nicht darlegen können, wieso Olivia, wenn sie die Brandstifterin war, den Farbenverdünner aus einer Büchse, die sie Bills Wandschrank entnahm, in eine Plastikflasche füllte.

Warum hatte sie nicht einfach die Büchse genommen und ausgegossen? Brevetti hatte eine treffliche Erklärung. Und damit beschuldigte sie John Gallagher. Farbenverdünner, stellte sie fest, sei eine durchsichtige, klare Flüssigkeit. Die Plastikflasche, der Recyclingtonne in der Waschküche entnommen, wurde »benutzt, um ihn aus dem Haus hinauszuschaffen und dann wieder hineinzubringen, ohne daß irgend jemand wußte, daß es Farbenverdünner und nicht Mineralwasser war«. So, schlußfolgerte sie, hatte John hereinkommen können, ohne einen Verdacht zu erregen. Offen hatte er sein gestohlenes Brandstiftungsmaterial hereintragen können.

Sie wiederholte, der West Lake Drive Fünf sei »keine uneinnehmbare Festung«, und behauptete, die Staatsanwaltschaft habe beweisen wollen, »daß kein anderes menschliches Wesen das Haus hatte betreten können«. Wieder ging sie leichtfertig mit der Wahrheit um. Aber sie schloß damit, daß sie offen Olivias Versagen, das Baby zu retten, anging.

»Meine Damen und Herren, sie ist keine Heldin. Sie ist nur einfach nicht des Mordes schuldig, das ist alles. Sie ist keine Superfrau, die sich durch Mauern und Türen kämpft. Sie tat, was sie unter diesen Umständen tun konnte ... Es sind reichlich Beweise vorhanden, daß Olivia Riner das Kind geliebt hat, sie hat es gut behandelt und war hilfsbereit. Und etwas ist faul, wenn die Polizei nicht über den Tellerrand hinausblickt, wenn sie ihre erste Handlung auf etwas stützt, das eine wilde Spekulation zu sein scheint.«

Georg Bolen hatte eine hübsche Einleitung zu seiner Schlußrede, ein Zitat aus Sir Arthur Conan Doyles klassischen Detektivgeschichten, *A Study in Scarlet*. Sherlock Holmes, der seinen ergebenen Schüler Dr. John Watson belehrt, erklärt: »Wie oft habe ich Ihnen gesagt: Wenn Sie das Unmögliche ausgeschlossen haben, muß das, was bleibt, so unwahrscheinlich es auch sein mag, die Wahrheit sein?«

Es war dies Bolens Strategie während des gesamten Prozesses gewesen: das Unmögliche auszuschließen. Die Größe der Aufgabe überwältigte ihn. Sie zu erfüllen, wäre zudem nicht einmal nötig gewesen. Ob Fischers Haus nun eine Festung war oder nicht, ob Leahs Fenster offen war oder ob die Polizei John Gallaghers Kleidung untersucht hatte – nichts von alledem war für diesen Fall so bedeutsam wie die Unwahrscheinlichkeit der Geschichte, die Olivia erzählt hatte. Wenn man ihrer Geschichte glauben wollte, war ein Fremder ungehört und ungesehen in dieses kleine Haus gekommen, hatte einem Regal im ersten Stock Streichhölzer und einem Wandschrank im Erdgeschoß Farbenverdünner entnommen, Türen und Fenster geöffnet und geschlossen, war die Treppe hinauf- und hinunter- und den Korridor entlanggegangen, hatte mit brennbaren Flüssigkeiten, deren Geruch das Haus durchdrungen haben muß, drei verschiedene Feuer entzündet und schließlich in Hörweite eines Babyphons, das jeden Laut verstärkte, einen Brand um ein lebendiges, gesundes Baby herum entfacht – all das, während Olivia nur ein paar Meter davon entfernt entweder im Wohnzimmer oder in der Waschküche war und nichts von alledem bemerkte. Dazu kamen ihre eigenen widersprüchlichen Behauptungen, daß sie keine Ahnung hätte, wie die Feuer entstanden wären, daß sie allein mit dem Baby gewesen sei und bemerkt hätte, wenn jemand anders im Haus gewesen wäre.

Statt die Unglaubwürdigkeit dieser Geschichte hervorzuheben, argumentierte Bolen defensiv. Er war sogar nahe daran, für einige seiner Zeugen um Entschuldigung zu bitten. Von den Feuerwehrleuten sagte er: »Ganz gleich, was Sie über diesen Fall sagen, darüber, was sie getan oder nicht getan haben, sie haben alle ihr Bestes versucht.«

Von seinem Brandstiftungsexperten: »Ich will zugeben, daß Joe Butler keine Aufzeichnungen angefertigt hat. Ich weiß nicht, wie alt er ist, er ist schon ziemlich lange dabei, aber er hat ein verdammt gutes Gedächtnis.«

Von Sergeant Dwyers korrigierter Aussage: »Wir machen alle Fehler.«

Über Brevettis Mineralwasserflaschen-Theorie lachte man, aber Bolen ging diese Frage ernsthaft an, womit er zugestand, daß er die Geschichte plausibel fand. »Will Brevetti etwa behaupten, Gallagher würde sich eine Dose Farbenverdünner holen, in eine durchsichtige Plastikflasche gießen, nach der Arbeit in das Haus gehen, ein Feuer entzünden, durch Olivia Riners

Fenster aussteigen, sich wieder in den Pickup setzen und dann aussteigen und nach vorn zur Haustür gehen? Das hat sie unterstellt. Aber wenn Sie sich die restliche Flüssigkeit in dem Behälter mit dem Farbenverdünner ansehen, dann stellen Sie fest, daß sie nicht durchsichtig ist, sie ist gelb. Nehmen Sie sie mit in das Geschworenenzimmer ...«

Nachdenklich, als ob er sich immer noch selbst mit der Frage beschäftigte, fragte er: »Wenn Sie wirklich ein Haus anstecken wollten, würden Sie da nicht Benzin nehmen? Farbenverdünner ist ein bißchen ausgefallen für so etwas. Gallagher ist Automechaniker. Wenn Gallagher das wirklich tun wollte, würde er da nicht Benzin nehmen?

Oh ja, Sie sagen: Er wollte Miss Riner das Verbrechen in die Schuhe schieben. Aber wenn er es ihr in die Schuhe hätte schieben wollen, hätte er dann nicht gesagt, er hätte sie Farbenverdünner auf die Babywindel schütten sehen?«

Wieder war er in die Falle gestolpert, die Brevetti schlau für ihn aufgestellt hatte. Er war so darin verwickelt zu erklären, wieso John als Schuldiger nicht in Frage kam, daß er Olivia anzuklagen vergaß.

»Niemand«, gab er zu, »kann einen logischen Grund für das gehabt haben, was in diesem Fall getan wurde ... Aber ich versichere Ihnen, meine Damen und Herren, daß die Polizei keinen anderen Verdächtigen übersehen hat. Es muß Miss Riner gewesen sein.«

Die meisten Mitglieder der Familie Fischer waren mit George Bolens Rede zufrieden. Sie waren mit ihrer eigenen Art Unschuld zu diesem Prozeß gekommen. Sie glaubten, daß Bolen für Wahrheit und Gerechtigkeit stände, daß Brevetti der Feind war, daß Olivia Kristie ermordet hatte, daß die amerikanische Justiz ausgewogen wäre und daß das Recht siegen werde. Ein schreckliches Unrecht war ihnen angetan worden, und sie erwarteten von George Bolen und seinem Gericht, daß er ihnen Befriedigung und Frieden verschaffte. Sie schätzten seine Bemühungen, Johns Ehre zu retten. Sie fanden, daß er John das schuldete und daß die Geschworenen, sobald sie erst einmal von Johns Unschuld überzeugt wären, automatisch Olivia schuldig sprechen würden.

»Wir dachten alle, wir müßten den Prozeß gewinnen«, sagte Leah. »Was wir hatten, waren aber nur die fehlenden Streichhölzer, der fehlende Farbenverdünner, ihre Wimpern, die Bauweise des Hauses und die Tatsache, daß sie allein da war. Wer sonst hätte diese Feuer anzünden können?«

36

Am Dienstagmorgen, dem 7. Juli, begannen die Geschworenen mit der Beratung. Gewarnt, daß man sie nicht nach Hause lassen werde, bis sie ein Urteil gefunden hätten, brachten sie Taschen mit Dingen mit ins Gericht, die sie über Nacht brauchen würden. Es war ein heißer Tag, und wie die meisten Zuschauer bei dem Prozeß kamen sie bequem angezogen, auf eine lange Sitzung vorbereitet. Olivia hingegen trug ihr förmliches Kostüm, das cremefarbene, mit passenden Schuhen und Strümpfen. An ihrer Bluse war ein Hauch Rosa. Sonst sah sie wie ein Engel aus. Die Geschworenen würden sich sehr schwer tun, ein Mädchen schuldig zu sprechen, das so augenfällig rein aussah. Ihre Anhänger waren in großer Zahl da und füllten den Zuschauerraum.

Bill, Denise, Leah und John saßen wieder in der hinteren Reihe, begleitet von Marianne Walsh und Reverend Steven Yagerman, dem Pfarrer der Episkopalkirche, der Kristies Begräbnis geleitet hatte und der jetzt wieder da war, um der Familie Mut zuzusprechen.

Richter Silverman erklärte die Anklagen im Detail: drei Anklagen wegen Mordes zweiten Grades und eine wegen Brandstiftung ersten Grades. Die ersten beiden Anklagen waren Alternativen, von denen die eine rücksichtsloses Verhalten, die andere ein absichtliches Verhalten unterstellte, das zum Tode eines Menschen geführt hatte. Die dritte war eine »felony murder«-Anklage. Das hieß, daß im Verlauf einer vorsätzlichen Brandstiftung ein Mensch getötet worden war. Die vierte, die schwerwiegendste aller Brandstiftungsanklagen, die, auf die Bolen seine Hoffnungen setzte, bedeutete, daß die Angeklagte ein Feuer entzündet hatte und wußte, daß es eine gefährliche Bedrohung für einen anderen Menschen darstellte.

»Es wird dies eine der wichtigsten Entscheidungen sein, die Sie vielleicht je in Ihrem Leben zu fällen haben werden«, sagte Richter Silverman zu den Geschworenen. »Ich möchte Sie dringend bitten, sich Zeit zu nehmen. Seien Sie geduldig miteinander

... Nehmen Sie sich ein paar Minuten oder ein paar Stunden. Das spielt hier keine Rolle.« Um 10.47 Uhr vormittags zogen sie sich in das Geschworenenzimmer zurück.

Um 11.50 Uhr schickten sie dem Richter eine Notiz und verlangten mehrere Beweisgegenstände vom Brandort. Bruce Johnsons Tonbandverhör mit Olivia, eine Vorführung von Henry Flavins Film vom Feuer und eine Verlesung großer Teile der Zeugenaussagen. Offenbar würden sie noch Stunden brauchen, bis sie zu einem Urteil kamen.

Als die Mittagspause begann, beschloß Denise, ihr Schweigen zu brechen. Sie hatte die Zeit sorgfältig gewählt: zu spät, als daß man sie beschuldigen könnte, die Geschworenen beeinflussen zu wollen, und zu einem Zeitpunkt, da Reporter da waren, die sonst nicht viel zu tun hatten. Sie suchte sich ein paar aus, denen sie vertraute, und ging, begleitet von Bill, Leah und John, mit ihnen in den Warteraum im dritten Stock. Dort erzählte sie ihnen, was sie über die andere Seite von Olivia wußte: über die fehlende Babykleidung und die Lüge, die sie erzählt hatte, wem sie am Tag nach dem Erntedankfest begegnet wäre und was sie getan hätte.

»Sie ist nicht so untadelig, wie sie aussieht. Nicht so lieb und nett, wie Sie vielleicht meinen ... Sie hat Babykleidung gestohlen, eine ganze Einkaufstüte voll. Man hat sie nach dem Feuer in ihrem Schrank gefunden.« Denise war den Tränen nahe. Es fiel ihr immer noch zu schwer, über das Verbrechen selbst zu reden. Sieben Monate lang hatte sie George Bolens Rat befolgt und geschwiegen. Jetzt konnte sie nicht mehr an sich halten, und was aus ihr herauskam, während es in ihr kochte, war ein hilfloses Gestammel. Die Ermordung ihres Babys und ihre Qual, daß sie selbst es der Person anvertraut hatte, die sie nun für die Mörderin hielt – all das war zu schmerzlich, als daß sie es in Worte hätte fassen können.

Ein Reporter fragte, ob sie Olivia für schuldig hielte.

Bill antwortete für sie beide: »Absolut. Niemand sonst hätte ohne ihr Wissen ins Haus kommen können. Und sie hat nicht versucht, das Baby herauszuholen.«

»Sie ist vor dem Feuer weggerannt«, fügte Denise hinzu. »Das Baby war vier Meter von ihr entfernt, und sie hat es nicht geholt ... Niemand kann verstehen, was wir empfinden, da wir Kristie verloren haben. Die Menschen können mitfühlen, aber sich nicht in uns einfühlen ... Ich würde gerne den Geschworenen etwas sagen. Ich würde gerne ihre Sympathie wecken, aber es wäre nicht fair.«

»Das Urteil sprechen in diesem Fall die Medien«, beklagte sich Bill. »Und wir haben deshalb nicht mit den Medien geredet, weil wir wollten, daß das Gericht das Urteil spricht.«

Alle versicherten sie, daß es keinen Zank im Haus gegeben hätte. »Wir sind eine glückliche Familie«, sagte Leah. »Wir haben normale Meinungsverschiedenheiten, aber keine eigentlichen Probleme«, fügte Denise hinzu und machte deutlich, daß sie hierin John einbezog.

Den Tränen nahe, sprach Leah für ihn. »Man sitzt da und sieht zu, wie ein Mann durch den Dreck gezogen wird ... Brevetti hat ihn als einen Idioten hingestellt – wegen nichts.«

John stand da und sah verzweifelt aus. »Sie hat sich da eine große Geschichte über mich ausgedacht«, sagte er.

»Was würden sie Brevetti gern sagen?« fragte ihn ein Reporter.

»Ich würde gerne aufstehen und ihr eine aufs Maul hauen«, erwiderte er.

John hielt sich nicht an Bolens Rat, sondern kehrte nach der Mittagspause mit Leah zusammen in den Gerichtssaal zurück. Dafür war Mut erforderlich: Am Tag davor hatten sie ihn mit Buhrufen aus dem Gebäude vertrieben, und Olivias Anhänger hatten hinter ihm hergebrüllt.

»Wie können Sie nachts schlafen? Wir alle wissen, daß Sie es getan haben!« schrie eine Frau.

Das lange Warten auf den Urteilsspruch wurde durch das Eintreten der Geschworenen in den Saal unterbrochen, die sich wieder auf ihre Plätze setzten, um sich noch einmal verschiedene Passagen aus den Zeugenaussagen anzuhören. Der Gerichtsbeamte Steven Sacripanti las sie ihnen schnell mit monotoner Stimme vor. Dann kehrten sie in das Geschworenenzimmer zurück, um weiterzudiskutieren. Während der Wartestunden stellten die Zuschauer Mutmaßungen an, um welche Punkte sich die Jury gerade stritt. Das ließ sich aufgrund des Materials, das geprüft wurde, ungefähr einschätzen. Zuerst verlangten die Geschworenen die Aussage des Feuerwehrmanns Joseph Rod. Dann die des Polizeibeamten Robert Miliambro und des Sergeanten Brian Dwyer. Dann die Tonbandaufzeichnung von Olivias Anruf bei der Polizei mit ihrem ängstlichen Schrei »Feuer!« und der schrecklichen Antwort des Beamten: »Es gibt kein Haus am West Lake Drive fünf.«

Kurt und Marlies saßen mit vorgestreckten Köpfen in der ersten Reihe des Zuschauerraums. Sie versuchten, die Sprache und die juristischen Vorgänge zu verstehen, die ihre Tochter betrafen. Olivia saß wie immer stocksteif, aufrecht und unbeweglich, bis auf ihre sich windenden Finger, auf ihrem Stuhl. Laura Brevettis Spannung machte sich in ihren Fußspitzen bemerkbar. Sie fing an, damit schnell und rhythmisch auf dem Fußboden herumzutrommeln, dann schlug sie die Beine an den Knien übereinander und zog mit dem herabhängenden linken Fuß kleine schnelle Kreise. Sie veränderte die Position, hinauf – hinunter – herum und herum, als ob sie unterhalb der Fußknöchel eine mechanische Kraft antrieb, die ihrem übrigen Körper unbekannt war.

Kurz vor sieben Uhr abends wurde der Gerichtssaal für eine nochmalige Vorführung des Videofilms von Flavin vorbereitet, denn die Geschworenen hatten zu verstehen gegeben, daß sie das Bild sehen wollten, das den Spalt zwischen Leahs Fensterrahmen zeigte. Brevettis Füße, die jetzt auf und ab wippten, besänftigte das, sie verlangsamten ihr Tempo. Es sah gut für die Verteidigung aus.

Wie auf ein vorher abgesprochenes Signal hin erschienen wieder die fünf hübschen gemieteten Fernsehgeräte. Eine kleine Aufmerksamkeit von Laura Brevetti. Sie verließ sich lieber nicht auf den alten Kasten des Gerichts. Wieder war sie es, die die Fernbedienung drückte. Und wieder lächelte sie selbstgefällig mit zusammengepreßten Lippen, als sie den Film auf Anhieb an der richtigen Stelle zum Stehen brachte. Nun durften alle so lange daraufstarren, wie sie wollten. Die Leute reckten die Hälse und begutachteten das Bild mit den beiden Schiebefensterteilen, die sieben oder acht Zentimeter auseinanderzustehen schienen. Der Richter erhob sich und trat vor einen der großen Bildschirme, um noch besser sehen zu können. »Sieht offen aus, finde ich«, bemerkte er. Brevetti lächelte weiter.

Shannett Yancy, die Obfrau der Geschworenen, sagte später: »Ich hatte von Anfang das Gefühl, daß sie nicht schuldig war, und nach dem Film mit dem Feuer stand das Urteil für mich irgendwie fest.« So wie Paul Oliva die angesengten Wimpern Olivias als den entscheidenden Umstand bezeichnet hatte, der zu ihrer Verhaftung führte, so war der Spalt zwischen Leahs Schiebefenstern der entscheidende Umstand für die Geschworenen. Um 7.40 Uhr schickten sie dem Richter eine Notiz: »Wir nähern uns der Entscheidung und glauben, daß wir noch heute abend unser Urteil fällen können.«

Wieder riet ihnen Richter Silverman, sich Zeit zu lassen. »Wenn Sie das Gefühl haben, daß Sie die Nacht hindurcharbeiten müssen, dann werden wir die Nacht über hierbleiben. Es ist eine zu wichtige Entscheidung, als daß man sie übereilt fällen dürfte. Niemand sollte sich bedrängt fühlen.« Er betonte diesen Punkt, indem er eine Pause fürs Abendessen bis 9.30 Uhr ankündigte.

Mehrere Journalisten fuhren weg, weil sie merkten, daß die Meldung über Olivias Schicksal es nicht mehr in die Morgenausgabe der Zeitungen schaffen würde. Im Korridor gab der Richter den verbleibenden Journalisten gegenüber einen überraschend formlosen Kommentar ab. Er sagte, wenn die Geschworenen Olivia schuldig sprächen, würde er das Urteil wahrscheinlich aufgrund unzulänglicher Beweise verwerfen.

Die Fischers, denen es erspart blieb, das mitanzuhören, verließen das Gebäude und gingen ziellos die Straße hinunter. Vom Streß erschöpft und ausgelaugt, brauchten sie alle einen Szenenwechsel und etwas frische Luft. Inzwischen hatten sich Barbara und Jim ihnen angeschlossen. Obwohl keiner von ihnen Appetit verspürte, wären sie trotzdem gern in ein Restaurant gegangen, um gemütlich beisammenzusitzen, sie befürchteten aber, dort Fotografen in die Falle zu gehen. Das war ihnen schon widerfahren. So schlenderten sie statt dessen lieber an den Geschäften des Einkaufszentrums vorbei: In dieser in sich geschlossenen Fußgängerzone war es abends ruhig, und niemand erkannte sie, als sie sich unter freiem Himmel in eines der großen Fast-Food-Cafés setzten. Von Marianne dazu gedrängt, bestellten sie Kaffee und Zimtbrötchen.

»Ich hatte das alles schon durchgemacht«, erinnerte sie sich, »und wußte, daß sie etwas mit Zucker darin brauchten. Es wäre gut möglich gewesen, daß sonst jemand ohnmächtig geworden wäre.«

Als sie immer noch Zeit totschlagen mußten und nirgendwo sonst hinkonnten, kehrten sie in das Büro der Bezirksstaatsanwaltschaft zurück, das jetzt bis auf die Putzkolonne fast verödet war. Georg Bolen eilte den Korridor herunter und sah beschäftigt aus.

Er nickte Jim Donnelly zu, der sich von den anderen getrennt hatte. Keiner von beiden würde es je erwähnen, aber in der 8.00-Uhr-Messe am vorangegangenen Sonntag hatte Jim zu seiner Verwunderung George Bolen allein neben sich knien sehen. Er hatte ihn nie zuvor in der Kirche Holy Name erblickt. Sie lag von Bolens Wohnung etwas entfernt, ließ sich für ihn aber über einen kleinen Umweg, wenn er ins Büro fuhr, leicht erreichen, und er hatte über das lange Wochenende des 4. Juli hinweg gearbeitet. An jenem Sonntagmorgen entdeckte Jim an dem Staatsanwalt, der selten das Visier hochklappte, eine für ihn neue Seite: Er suchte Trost in seinem Glauben, angesichts der schrecklichen Verantwortung, eine junge Frau des Mordes anzuklagen.

»Jim, ich freue mich, daß Sie hier sind«, sagte Bolen, als sie einander im Korridor der Staatsanwaltschaft begegneten: »Falls ich keine Gelegenheit mehr bekommen sollte, es den anderen selbst zu sagen: Der Richter bittet sie, nach dem Urteil sitzen zu bleiben. Ganz gleich, wie es ausfällt. Er möchte mit der Familie sprechen.«

Jim konnte sich denken, worum es ging. Marianne ebenfalls: Falls das Urteil »schuldig« lautete, würde der Richter es wahrscheinlich aufheben. Und dann wollte er seine Gründe darlegen.

»Bis zu diesem Augenblick hatten wir alle noch gehofft. Aber jetzt fing ich an, Bill und Denise auf das Schlimmste vorzubereiten«, erinnerte sich Marianne. »Ich sagte ihnen, es sähe nicht gut aus, und da wurden sie sehr nervös. Wir gingen im dritten Stock auf und ab und hörten nichts mehr von dem, was oben vor sich ging. Also schlug ich vor, hinaufzufahren und nachzusehen.«

Es war immer noch etwas Zeit bis 9.30 Uhr, und sie erwarteten nicht, oben viele Leute anzutreffen. Aber als sie aus dem Fahrstuhl stiegen, bot sich ihnen ein Bild, das sie erstaunte und schockierte.

Marianne erzählte: »Es war ein Tisch im Gerichtssaal aufgestellt, gleich neben dem Schild, auf dem ›Essen und Trinken nicht erlaubt‹ stand. Und darum waren zwölf bis fünfzehn Personen versammelt, die tranken und aßen. Es sah wie eine Party der Verteidigung aus.«

Sie irrte sich. Es war keine Siegesfeier. Brevettis Gruppe hatte sich Pizza und Mineralwasser kommen lassen. Auch sie wollte sich nicht in einem Restaurant sehen lassen. Sie waren alle genauso vom Streß zermürbt wie die Fischers. Aber der Anblick dieser Leute, die Normalität vortäuschten, brachte die in Marianne und ihren Begleitern kochende Wut zum Ausbruch.

»Wir waren empört«, sagte sie. »Wir hatten kaum etwas heruntergebracht, und sie feierten eine Party. Wir mußten, um etwas zu essen, hinausgehen, uns vor den Medien verstecken, und ihnen brachte man das Essen ins Haus. Irgend jemand hatte das erlaubt. Jemand hatte ihnen gestattet, diesen Gerichtssaal zu benutzen, während er allen anderen verschlossen war. Ich war bleich vor Zorn, völlig bleich. Wir fuhren in den dritten Stock zurück und warteten.«

Um 9.30 Uhr waren alle Anzeichen der Mahlzeit des Verteidigungsteams beseitigt. Der Zuschauerraum füllte sich erneut. The Fifth Estate war entschlossen auszuharren, bis es vorüber war – entweder um Olivias Freispruch zu erleben oder um zu protestieren, falls man sie nicht freisprach.

Um 10.10 Uhr betraten die Geschworenen den Saal, um sich noch einmal einen Teil der Aussage John Gallaghers anzuhören. In all diesen Monaten hatte John Denise und Leah die Einzelheiten dessen, was er gesehen hatte, als er die Tür des Kinderzimmers eingetreten hatte, erspart. Jetzt hörten sie es zum erstenmal. Der Gerichtsbeamte las es in seiner eiligen, tonlosen Sprechweise vor. John selbst hatte das Gebäude verlassen.

»Ich hatte ihm diesen Rat gegeben«, sagte Marianne. »Ich fürchtete, daß die Menge sich nach dem Urteilsspruch gegen ihn wenden könnte, und dann hätte er keinen Grund mehr, sich zu beherrschen.«

Sie ging zur Hintertreppe hinaus, um eine Zigarette zu rauchen, und traf dort auf Raucher von beiden Seiten des Gerichtssaals. Sie qualmten gespannt und sprachen fast nicht. Unter ihnen Marlies Riner, Linda Sawyer und Barbara Donnelly. Während sie dort herumstanden, näherte sich ihnen ein Reporter und wollte ihre Ansichten wissen.

»O bitte«, sagte Marianne und ging, um sich wieder der Familie anzuschließen.

Um elf Uhr abends zogen sich die Geschworenen zu einer letzten Besprechung zurück. Es war eine nachdenkliche Gruppe von Leuten. Sie hatten eine gute Schulbildung und standen zumeist in einem Alter, in dem sie Olivia als Tochter, in manchen Fällen sogar als Enkelin betrachten konnten. Die Obfrau, Shannett Yancy, die einzige Schwarze unter den Geschworenen, war Großmutter und arbeitete als Sekretärin. Sie verteidigte Olivia in fast allen Gesprächen der Jury energisch.

»Zwei von den Männern warfen die Frage auf, warum sie nicht irgendwie versucht hätte, mit Gewalt in das Kinderzimmer einzudringen. Ich sagte, sie sei nur ein kleines, ängstliches Mädchen und hätte zu helfen versucht, so gut sie konnte, indem sie Hilfe rief. Ein Mann regte sich darüber auf, daß sie der Feuerwehr nicht gesagt hätte, daß sich ein Baby in dem Haus befand, und ich sagte ihm: ›Dadurch wären sie auch nicht schneller hingekommen.‹«

Mit mehreren anderen Geschworenen zusammen zweifelte Mrs. Yancy alle Aussagen Johns und Leahs an. »Niemand hat so oft wie sie ›Ich erinnere mich nicht‹ gesagt, und damit waren, was mich betraf, ihre Angaben disqualifiziert. Ich konnte nichts mehr von dem glauben, was sie gesagt hatten.«

Schon früh während ihrer Diskussion sprachen sich zehn Geschworene für einen Freispruch aus. Die beiden, die für eine Verurteilung stimmten, waren Männer. »Sie hielten sie für schuldig, weil sie allein im Haus war und weil sie dachten, es hätte niemand anders hineinkommen können«, sagte Alfred Carapella, ein Geschworener, der bis zu seiner kurz zuvor erfolgten Pensionierung Studienrat an einer großen öffentlichen Highschool gewesen war. »Wir anderen sagten ja, das wäre wahrscheinlich wahr, aber es muß ›ohne berechtigten Zweifel‹ feststehen. Uns hat die Aufzeichnung ihres Anrufs bei der Polizei beeindruckt. Ihre Stimme klang sehr besorgt. Und dann sahen wir uns noch einmal den Film an, auf dem Leahs offenes Fenster zu sehen war. Die einzige Angabe, daß Olivias Fenster geschlossen gewesen sei, stammte von der Polizei.

Es gab so viele Lücken in der Geschichte. Wir wollten wissen: Wenn ihre Wimpern angesengt waren, warum dann nicht auch ihr Haar? Konnte Gallagher wirklich die Flammen aus dem Kinderzimmer schlagen sehen, indem er sich bückte? Es waren Bäume dazwischen. Ich versuchte es bei mir zu Hause, von meiner eigenen Einfahrt aus. Wenn ich mich bückte, konnte ich nur die oberen Teile von Gebäuden sehen. War das unbedeutend, oder war es wirklich wichtig? Warum hat die Polizei nicht Gallaghers Pickup untersucht? Warum brauchten die Feuerwehrleute so lange, um das Feuer in Leahs Zimmer zu entdecken? Warum wurden weder Lieutenant Alagno, der der verantwortliche Beamte am Brandort war, noch Scott Carpenter vernommen, der als erster Polizist eintraf? Wieso hat man George Fries nicht befragt, der sofort nach John Gallagher im Haus war? Warum hatte es die Polizei so eilig, Olivia zu verhaften? Wenn sie den Farbenverdünner benützt hatte, wieso fand man an ihr dann keine Spuren davon? Warum ist sie, als das Feuer ausbrach, nicht zu den Nachbarn gelaufen, um Hilfe zu holen? Warum hat die Staatsanwaltschaft niemand in die Schweiz geschickt, um mehr über ihren Geisteszustand zu erfahren?

Es hat alle Geschworenen gestört, daß wir mit jeder unserer Fragen in eine Sackgasse gerieten. Nachdem wir uns die Aussagen angehört hatten, fielen den meisten von uns mehrere mögliche Abläufe gleichzeitig ein, die aber sämtlich falsch sein konnten. Ich weiß nicht, wie je ein Mensch diesem Fall auf den Grund kommen kann, ich weiß es wirklich nicht, außer daß Olivia sich vielleicht irgendwann in der Zukunft entschließt, eine Erklärung abzugeben.«

Die Fragen der Geschworenen reichten bis hin zu den letzten Einzelheiten des Fischerschen Haushalts. Eine Geschworene fragte: »Warum ein Baby auf den Boden legen? Mit Katzen im Haus?« Diese Frage machte ihr ernsthaft Sorgen.

Mehrere Geschworene erfanden eigene Geschichten: Ein Eindringling betrat das Haus, als Olivia gerade durch irgendein anderes Geräusch – vom Fernseher oder von der Waschmaschine – abgelenkt war. In den Aussagen war von solcher Ablenkung allerdings nicht die Rede gewesen. Mrs. Yancys Version sah so aus: »Wer auch immer in das Haus eingedrungen ist, stieg durch Leahs Fenster, als Olivia sich in der Waschküche befand. Der Eindringling wartete, bis sie die Maschine eingeschaltet hatte, dann ging er in das Zimmer des Babys, schloß die Tür hinter sich ab und entzündete dort das Feuer. Die Windel, die neben dem Kopf des Babys gesteckt hatte, wurde, noch brennend, auf Olivias Bett gelegt. Dann verließ der Täter Olivias Zimmer durchs Fenster, stieg wieder zum Fenster in Leahs Zimmer ein, entzündete dort das Feuer und verließ das Zimmer auf dem Weg, den er gekommen war.« Ein Motiv vermochte sie sich nicht vorzustellen und sah es als ein ungelöstes Verbrechen an. Der Täter war noch nicht entdeckt.

Die Diskussion der Geschworenen konzentrierte sich auf die Brandstiftungsanklage. Wenn Olivia nicht der Brandstiftung schuldig war, waren die drei Mordanklagen gegenstandslos.

»Über das Baby selbst wurde nie gesprochen«, gab ein Geschworener zu. »Das Baby war tot, und wir sprachen nicht darüber. Wir konzentrierten uns darauf, ob Olivia die Feuer entzündet hatte oder nicht.«

Um 11.10 Uhr schickte man dem Richter eine Nachricht: Die Geschworenen waren zu einem Urteil gelangt.

Als die Geschworenen um 11.25 Uhr in den Gerichtssaal zurückkehrten, war Laura Brevetti so gespannt, daß ihr Atem krampfhaft und stoßweise ging. Richter Silverman sah von seinem erhöhten Platz, der sich fast direkt vor ihr befand, mit sorgenvoller Miene zu ihr hinunter. Hinten im Zuschauerraum nahmen sich Bill und Denise an den Händen. In einer Kettenreaktion faßten sich die ganze Familie Fischer und ihre wenigen Anhänger an den Händen, um sich gegen das zu wappnen, was sie jetzt gleich hören würden.

Langsam wurden die drei Mordanklagen verlesen.

»Nicht schuldig ... nicht schuldig ... nicht schuldig«, antwortete Shannett Yancy.

Dann die Brandstiftungsanklage, die wahrscheinlichste, die Anklage, die auf Messers Schneide stand.

»Nicht schuldig.«

Im Zuschauerraum stand eine grauhaarige Frau in einem orangefarbenen Kleid auf, stieß einen Jubelschrei aus und klatschte in die Hände. Alle, die um sie herum saßen, stimmten in den Beifall ein. Richter Silverman verlangte Ruhe, aber der Applaus war ohrenbetäubend, also lächelte er und ließ es geschehen. Laura Brevetti umarmte Olivia, und Olivia war plötzlich in eine strahlende junge Frau mit blitzenden Augen und einem fröhlichen Lächeln verwandelt. Richter Silverman ging hinunter, um ihnen beiden zu gratulieren.

Die, die in der letzten Reihe saßen, hielten einander weiter an den Händen. Sie sahen sich nicht an. Denise sackte sichtbar in sich zusammen, ihre letzte Kraft hatte sie verlassen. Bill sah ausdruckslos geradeaus, geschockt. Das alles hatte in ihm die Erinnerung an ein anderes Trauma geweckt, bei dem ihn einige Jahre zuvor während eines Besuchs in New York drei Männer überwältigt und mit vorgehaltener Waffe gezwungen hatten, die Brieftasche herauszugeben. »Was mich am meisten wütend gemacht hat, war, daß Leute vorbeigingen, auf mich zeigten und sagten: Der Mann wird ausgeraubt. Aber nichts getan haben, um mir zu helfen.« Der Jubel von Olivias Anhängern war für ihn genauso wie die Abgebrühtheit und Gleichgültigkeit jener Passanten, und er kam sich hilflos und ausgeliefert wie damals vor. Es war eine Qual, dort zu sitzen und die begeisterten Rufe der Menschen zu hören, während er sich klarzumachen versuchte, daß der Mord an seinem Kind vielleicht niemals gesühnt werden würde.

Richter Silverman entließ die Geschworenen und erlaubte Olivia, den elektronischen Sender von ihrem Fußgelenk zu entfernen. Sie bückte sich, um ihn loszuschnallen, und lächelte wieder erleichtert, als sie sich davon befreit hatte. Während die Zuschauer hinausgingen, fragte sich Denise, ob Laura Brevetti wohl jetzt zu ihnen herüberkommen und ihnen ihr

Mitgefühl wegen Kristies Tod ausdrücken würde. Eine solche Begegnung wäre Denise zwar nicht leicht gefallen, aber sie hätte trotzdem die Geste zu schätzen gewußt. Aber weder Brevetti noch sonst jemand von der anderen Seite des Gerichtssaals hatte ihr irgend etwas zu sagen. Es herrschte ganz einfach nur eine festliche Stimmung. Bitter erklärte Denise: »Die Leute scheinen vergessen zu haben, daß ein Baby ermordet worden ist.«

Sie wäre jetzt hinausgegangen, hätte der Richter die Familie nicht gebeten, zu warten. Er war in sein Beratungszimmer gegangen, um die Robe auszuziehen, und sie nahmen an, daß er wiederkommen würde. Marianne Walsh und Steven Yagerman warteten mit ihnen. Als Olivias Anhänger aufzubrechen begannen, sah Marianne zu ihrem Entsetzen eine Frau, die Leah mit gebleckten Zähnen und geballten Fäusten anstarrte. Sie hatte noch nie in dem Gesicht eines Menschen einen solchen Haß gesehen und war froh, daß Leah gerade in ihren Schoß hinunter starrte.

Eric Dardenne hatte pflichtgetreu bis zum Ende ausgeharrt. Selbst nach diesem langen, heißen Tag im Gericht sah er in seinem perlgrauen Sommeranzug kühl und makellos aus. Ein musterhafter europäischer Diplomat. Er nahm seine Aktentasche, warf einen Blick auf die Armbanduhr und sagte traurig: »Heute hat meine Frau Geburtstag.« Er hatte ein kleines Fest für sie geplant, aber nun war der Abend dahin, und bis er zu Hause anlangte, würde der Tag vorbei sein.

Der Gerichtssaal leerte sich und die Fischers blieben auf ihren Plätzen sitzen, warteten auf die Rückkehr des Richters.

»Sie müssen gehen«, sagte ihnen ein Gerichtsdiener.

Sie erklärten ihm, weshalb sie warteten. »Es tut mir leid, davon weiß ich nichts«, erwiderte der Gerichtsdiener. »Man hat mir gesagt, ich soll Sie hinausbegleiten.«

Denise stand auf. »Ich habe genug«, sagte sie. »Laßt uns hier rausgehen.«

Unten im Büro der Bezirksstaatsanwaltschaft trafen sie George Bolen. Er sah erschöpft und traurig aus.

»Es tut mir sehr leid«, sagte er. »Wenn Sie irgend jemandem Vorwürfe machen wollen, dann richten Sie sie an mich.«

Er tat Marianne leid. »Dieser Fall wurde nicht im Gericht entschieden«, sagte sie zu ihm.

»Ich nehme an, das stimmt«, sagte er. Auf dem Weg hinaus fügte er hinzu: »Jetzt muß ich den Reportern mein lächelndes Gesicht zeigen ...« Und fort war er.

Steven Yagerman versuchte, der Familie Trost zuzusprechen. »Sie haben diesen Fall nicht verloren«, sagte er. »Die Justiz hat Ihnen gegenüber versagt.«

»Kommen Sie, Steve, lassen Sie uns mit dem religiösen Zeugs in Ruhe«, sagte Denise. Er dachte nicht, daß er etwas Religiöses gesagt hätte, aber er verstand ihren Zorn. Er hatte sie schon einmal so gesehen – sieben Monate zuvor, in dem Gespräch über Kristies Beerdigung.

Barbara weinte. »Wir hätten uns der Medien bedienen sollen. Vielleicht wüßten die Leute dann, was wir durchgemacht haben. Was dieses Mädchen uns angetan hat. Im Gerichtssaal ist das nicht herausgekommen. Wir hätten mit den Reportern sprechen sollen.« Jim legte den Arm um sie, wollte sie trösten.

»Die Fischers haben kein Glück«, schluchzte sie. »Gar kein Glück.« Wieder dachte sie an ihre eigene Tragödie.

Leah wiederholte immerzu: »Es ist nicht fair, einfach nicht fair. Wir tun alles, was wir tun sollen, und seht euch an, was dann geschieht.«

Marianne versuchte, sie zu trösten. »Ich weiß, daß Ihnen das jetzt nicht einleuchten wird, aber man sagt doch: Was herum geht, kommt herum. Ich glaube das wirklich.«

Denise sah sie mit einem seltsamen Ausdruck im Gesicht an. »Was meinen Sie?«

»Ich rede nicht vom Jenseits«, antwortete Marianne. Sie dachte an den Mann, dem man aufgrund unzureichender Untersuchungsmethoden den Mord an ihrem Vater nicht hatte nachweisen können, der aber später wegen eines bewaffneten Raubüberfalls ins Gefängnis gekommen war. »Ich glaube, daß wir noch von Olivia Riner hören werden.«

»Sie meinen: Sie wird jemand anderem etwas antun?« Denise sah sie verzweifelt an.

»Nein, das nicht. Ich dachte an etwas, das ich in anderen Fällen einschließlich meines eigenen gesehen habe. Ich kann nicht den Finger darauf legen, aber in irgendeiner Art und Weise gibt es eine Gerechtigkeit. Vor diesem Gericht nicht, aber irgendwann wird es sie geben.«

Sie waren jetzt bereit fortzugehen und warteten nur noch auf Leah, die von einem der Telefone im Büro aus John in der Autoschlosserei eines Freundes anrief, in der er zu dieser späten Stunde noch arbeitete, um nicht an den Prozeß zu denken.

»Sie haben das Urteil gefällt«, sagte Leah zu ihm.

»Ja?«

»Sie haben sie nicht schuldig gesprochen.«

»Was???«

»Nicht schuldig.« Sie wartete auf eine Antwort, doch sie kam nicht. »Ich sagte: Nicht schuldig.«

»Mußte ja so kommen«, sagte er. Er wandte sich zu seinem Freund um und teilte es ihm mit.

»Nach allem, was ihr durchgemacht habt, lassen sie sie laufen!« rief der Freund aus.

Leah legte auf und die Gruppe, die sich im Büro der Bezirksstaatsanwaltschaft versammelt hatte, bereitete sich zum Aufbruch vor. Ihre Wagen standen in der Garage im Untergeschoß. Das bedeutete, daß sie im Erdgeschoß vom Fahrstuhl auf eine Rolltreppe umsteigen mußten. In der großen Halle mußten sie an einer triumphalen Pressekonferenz vorbei, die Laura Brevetti, an einem Tisch unter einer Batterie von Fernsehscheinwerfern sitzend, veranstaltete. Olivia saß an ihrer Seite.

Brevetti sagte ein letztes Wort über die Polizei von Mount Pleasant: »Sie sollte die Akten dieses Falles nicht schließen. In der Gemeinde läuft ein Brandstifter herum, und morgen früh um neun sollten sie wie gute Polizisten anfangen zu arbeiten, um dieses Verbrechen aufzuklären.«

Als man Olivia die Frage stellte, wie sie sich nun nach diesem Urteil fühle, ließ sie ihre Antwort durch eine Freundin der Familie Riner übersetzen. Es war keine unparteiische Übersetzerin, wie Maya Hess es gewesen war, sondern eine Frau, die ihre eigene Interpretation der einsilbigen Antworten Olivias lieferte.

»Sie ist glücklich. Sie ist sehr erleichtert ... Sie sagt, sie habe die beste Verteidigerin gehabt, die es gibt ... Sie hat eine Menge von der netten Seite Amerikas mitbekommen. Viele Leute haben ihr geschrieben, um sie zu unterstützen, und sie ist vielen wunderbaren Leute begegnet.«

Was sie den Fischers gegenüber für Gefühle hätte. »Sie hat sie nicht mehr gesehen, seit es geschehen ist. Sie ist sehr traurig, daß sie ihre Tochter verloren haben.«

Von den Reportern, die vor dem Tisch der Verteidigerin standen, sahen nur zwei die Fischers vorbeieilen und folgten ihnen die Rolltreppe hinunter. Wieder die Frage: Was ist ihr Gefühl nach diesem Urteil?

Denise antwortete verbittert: »Ich habe ein Gefühl, als würden alle beim Begräbnis meines Babys jubeln.«

Mitternacht war vorbei, als die kleine Schar der Verwandten und Freunde in der riesigen dämmrigen Garage auseinanderging. Einzeln stiegen sie in ihre Wagen. An den meisten ihrer Windschutzscheiben hafteten Strafzettel.

37

Olivia kehrte als Heldin heim. Acht Tage nach dem Freispruch nahmen sie Verwandte und Freunde, Reporter und Fotografen, Beifall klatschend und mit Blumensträußen, am Züricher Flughafen in Empfang. Innerhalb von ein paar Wochen war sie zu einer Berühmtheit geworden von der Art, die man am Vornamen erkennt. *OLIVIA FREI!* schrie es die Hauptschlagzeile auf der Titelseite einer Züricher Zeitung hinaus und berichtete über ihren Freispruch. Alle deutschsprachigen Schweizer Zeitungen sahen in diesem Freispruch den Beweis ihrer Unschuld und bejubelten ihn. Olivia selbst hatte wenig zu sagen, außer daß »der Verdacht, Kristie Fischer getötet zu haben, völlig unwirklich, wie ein böser Traum war«, und daß sie dieses häßliche Erlebnis vergessen wollte.

In ihrer Heimatstadt Wettingen fuhren sie die Kollegen ihres Vaters in einem Feuerwehrwagen durch die Straßen und schienen sich gar keine Gedanken darüber zu machen, daß sie damit die amerikanische Familie beleidigen könnten, deren Baby in Olivias Obhut den Feuertod erlitten hatte. Diese Szene wurde auch in den USA in den Fernsehnachrichten gezeigt. So erfuhren die Fischers, die Polizei von Mount Pleasant und die Bezirksstaatsanwaltschaft von Westchester, daß Olivia die Tochter eines Feuerwehrmannes war. Sie waren schockiert.

Laura Brevetti flog mit den Riners zusammen nach Zürich und sorgte dafür, daß ihre Mandantin der Presse gegenüber so wenig wie möglich redete. »Ich habe ihr geraten, mit niemandem zu sprechen«, sagte sie. »Ich schütze ihre finanziellen Interessen.«

Obwohl Olivias Freispruch aus Mangel an Beweisen erfolgt war, wurde in dieser Klage ihre Unschuld als erwiesen vorausgesetzt. Richter Silverman erklärte, obwohl er einen Schuldspruch aus gesetzlichen Gründen wahrscheinlich für ungültig erklärt hätte, mache ihm dieser Fall doch noch immer Kopfzerbrechen.

»Es geht mir nur sehr selten so, daß ich am Ende eines Verfahrens nicht das starke Gefühl habe, daß die betreffende Person entweder schuldig oder unschuldig ist«, erklärte er. »Diesmal wußte ich es nicht. Ich habe mir sehr viel Zeit genommen, Olivia Riner zu beobachten, und ich habe nichts entdeckt, das mir irgendeinen Aufschluß hätte geben können. Ich habe besonders auf ihre Reaktionen auf gewisse Zeugenaussagen geachtet – was sie selbst, was das Baby und den Zustand des Babys betraf –, und sie war ausdruckslos. Bei manchen Leuten wäre das unheimlich, bei anderen aber nicht. Ich sah sie von Zeit zu Zeit an, dann und wann merkte sie es und schlug die Augen nieder. Es war kein Lächeln in ihrem Gesicht. Nichts.«

Während des Prozesses sahen die Presse und das Publikum nur Olivias Hinterkopf, die Geschworenen ihr Profil. Aber es gab jemanden, der sie immer wieder über sehr lange Zeit hinweg ziemlich genau von vorn und aus großer Nähe betrachten konnte: der Protokollführer des Gerichts, Steven Sacripanti. Er schrieb seit über zwanzig Jahren die Aussagen in den Prozessen mit, immer im Zentrum des Geschehens, immer nur wenige Meter von denen entfernt, die allerlei verschiedenartiger Verbrechen beschuldigt wurden.

»Wenn ich schreibe, brauche ich weder auf meine Hände noch auf das Papier zu achten, das ich beschreibe«, erklärte er. »Ich bin ein Beobachter. Ich sitze da und studiere die Körpersprache. Ich habe Olivia Riner über einen Monat lang an jedem Tag dieses Prozesses angestarrt und hatte ein ungutes Gefühl dabei. Ich könnte das nicht erklären oder beschreiben, aber was ich sah, war nicht normal. Ich habe einen Ausdruck an ihr bemerkt, den ich noch nie zuvor gesehen hatte, einen psychotischen Ausdruck.

Es gab in diesem Fall keines der üblichen Motive für einen Mord: Liebe, Haß, Rache oder Geld. Es war kein Racheakt, es war eine Wahnsinnstat. Und das heißt für mich, daß es kein Motiv zu geben braucht. Dieses Mädchen kommt aus einer Kleinstadt; es könnte sein, daß sie tiefsitzende psychische Probleme hatte, die niemand erkannt hat.«

Sacripanti empfand Mitleid mit dem Staatsanwalt George Bolen. »Er mußte die ganze Zeit gegen etwas ankämpfen, das stärker als er war. Er hatte keinen einzigen guten Tag. Die Beweislage in diesem Fall war derart schwierig. Es gab keinerlei Motiv. Und die öffentliche Meinung sagte, sie hätte es nicht getan. Ich habe nie zuvor einen so vertrackten Fall mitgeschrieben.«

»Laura Brevetti hat die Presse geschickt manipuliert«, stellte Richter Silverman fest. »Es ist ihr gelungen, ihre Mandantin ins öffentliche Blickfeld zu rücken. Und dann bekam dieser Fall einen gewissen Dreh, es gab eine Verzerrung: in der Familie gebe es einen großen Aufruhr. Genug, daß John Gallagher bei den Menschen, die ihn in ihrem Haus willkommen geheißen hatten, einen entsetzlichen Mord begangen haben soll – dabei war es nur eine Theorie. Es gab keinerlei Beweise, um sie zu untermauern. Brevetti verlangte die Herausgabe von Bergen von Material, und ich unterschrieb alles, was sie forderte. Gallaghers Schulzeugnisse wollte sie sehen, Unterlagen von Leuten, die im Prozeß nicht erwähnt wurden und von denen sie dachte, daß sie darin irgendwelche Anhaltspunkte finden könnte, die polizeilichen Akten über sämtliche Brandstiftungen, die in der Gegend vorgekommen waren. Sie hatte Ermittler, die rund um die Uhr für sie arbeiteten, und die finanziellen Mittel, um das durchzuführen. Sie bekam alles, was sie wollte.«

Nichts von all diesem Material enthielt, so Richter Silverman, irgendeinen brauchbaren Hinweis, daß es sich, wie sie behauptete, um eine Verschwörung mit dem Ziel gehandelt haben könnte, Kristie zu töten. Es ergab sich auch keinerlei Beziehung zu den anderen Bränden in der Gegend. »Es hatte eine außergewöhnlich hohe Anzahl von Bränden gegeben, aber dieses Feuer war ganz anders. Hier war eine Absicht vorhanden gewesen, ein Baby zu töten. Es hatte nicht jemand etwas durch ein Fenster hineingeworfen, sondern um das Baby herum war eine Flüssigkeit ausgegossen worden und es gab keine vernünftige Erklärung dafür. Niemand hat etwas davon. Niemand konnte sich an einem Baby rächen wollen. Aber wenn sich die Handlung nur gegen das Baby richtete, wozu dann die anderen Feuer im Haus? Warum die Gefahr eingehen, daß man beim Brändelegen erwischt wird?

All diese Tatumstände deuteten darauf hin, daß Olivia Riner es getan hat ... Aber Brevetti gelang es, die Sache so hinzudrehen, daß jemand anders das Verbrechen begangen haben könnte, wenn nicht alle Fenster in dem Haus geschlossen waren. Durch Riners Aussagen vor Gericht hätte Brevetti den Prozeßverlauf nur gefährdet, so daß sie sie niemals in den Zeugenstand rief.«

Der Richter drückte sich sehr kritisch hinsichtlich der Berichterstattung durch die Medien aus. »Die *New York Times* war sehr präzise, die Gannett-Zeitungen waren einigermaßen fair, *Newsday* war von Gefühlen geleitet. Die Fernsehleute aber waren verrückt. Sie haben sich kein bißchen bemüht, präzise oder objektiv zu berichten, sondern sahen die Story, die ihnen die Verteidigung lieferte, nur als packende Geschichte an, die sie bedenkenlos brachten, als ob es sich um Fakten handelte. Sie zerstörten John Gallaghers Ruf und zogen sich dann wieder ohne einen Gedanken an das, was sie angerichtet hatten, aus der Gegend zurück.«

Selbst nach Olivias Freispruch dauerten die Anfeindungen der Medien an. Die Kolumnistin Carole Agus veröffentlichte in *Newsday* eine außerordentlich gewagte Behauptung: Brevetti habe – nur »weil ihr guter Geschmack es ihr verbot« – über etwas geschwiegen, das sie ihr dann doch anvertraut hätte. Nämlich: In Henry Flavins Film gebe es eine Einstellung, die zeige, wie pietätlos Polizisten und Feuerwehrleute den Leichnam von Kristie Fischer behandelt hätten: Sie hätten ihn »wie einen alten Stuhl auf den Rasen hinausgeschleudert«.

Brevetti wiederholte diese Behauptung in einem Gespräch mit einem anderen Autor.

»Jedesmal, wenn ich diese Szene in dem Film sah, krampfte sich etwas in mir zusammen«, sagte sie. »Gegen Ende des Bandes sieht man mitten auf dem Rasen den Leichnam des Babys mit ausgestreckten Beinen, und ungefähr zehn Feuerwehrleute stehen darum herum und glotzen ihn an.«

Was sie in Wirklichkeit in diesem schlecht ausgeleuchteten Film sah, war nach Auskunft aller Feuerwehrleute, die sich dort befunden haben, eines ihrer Sauerstoffgeräte: eine längliche, an den Enden gerundete Form mit kurzen, in sonderbaren Winkeln herausragenden Gurten. Es war etwa so groß wie ein Baby. Alle, die in dem Zimmer zu tun gehabt hatten, haben bestätigt, daß

Kristies Leichnam unberührt in dem Kindersitz geblieben ist, bis der Mitarbeiter der Gerichtsmedizin kam – nachdem Flavins Film gedreht war. Dadurch, daß Brevetti diese Szene falsch interpretierte, erhielt sie wiederum Gelegenheit, die Polizeibehörde und die Feuerwehr zu geißeln. Sie vergrößerte damit auch den Schmerz der Opfer.

»Die Fischers *sollten* es erfahren«, erklärte Brevetti.

Die Familie hatte den größten Teil des Prozesses wie betäubt und ohne zu protestieren über sich ergehen lassen, aber nach dem Freispruch und diesen häßlichen Vorkommnissen, die sich darum rankten, brach ungewohnter Zorn aus ihnen heraus. Marianne Walsh, die wußte, wie groß der Schmerz und das Gefühl der Hilflosigkeit waren, unter denen sie litten, hatte sie vor dieser Phase gewarnt, durch die sie sich hindurcharbeiten müßten. Aber ihr Schmerz hatte noch eine weitere Dimension. Sie hatten nicht nur Kristie verloren, sondern auch den Glauben an die Menschen in ihrer Umgebung.

»Ich traue keinem Gericht mehr«, sagte Bill. »Ich traue den Medien nicht mehr. Ich traue niemandem mehr. Nicht Olivia hat vor Gericht gestanden. Uns hat man vor Gericht gestellt.«

Und Denise sagte: »Du vertraust jemandem dein Baby an und du wirst betrogen. Du vertraust den Medien, und sie betrügen dich. Der Bezirksstaatsanwalt, die ganze Justiz, sie alle betrügen dich. Es ist, als ob die Welt nicht mehr funktioniert.«

»So ein ähnliches Gefühl muß eine Frau haben, die vergewaltigt worden ist«, fügte Bill hinzu. »Niemand glaubt es ihr. Man hat ihr Gewalt angetan, aber die Leute deuten ihr an, daß sie wohl selbst schuld daran gewesen ist – daß sie es hätte verhindern können.«

Jim Donnelly litt mit ihnen. »Während dieses Prozesses hätte ich oft gern ausgerufen: ›Vergeßt Olivia! Denkt an meinen Schwager! Ihr könnt euch ja nicht vorstellen, was er und seine Frau durchmachen. Und es ist euch völlig gleichgültig!‹ Wenn ich an Johns Stelle gewesen wäre, hätte ich mir eine Kugel in den Kopf gejagt. Ich hätte das nicht ausgehalten. Er war ein Teil unserer Familie, und mir kann niemand einreden, daß er das Feuer gelegt hat. Aber man hat ihn gekreuzigt. Man hat ihn brutal auseinandergenommen.«

»Ich habe mit einer Verurteilung in diesem Prozeß gerechnet und nicht erwartet, daß Brevetti Johnny derart heruntermachen würde«, beklagte sich Carol Gallagher. »Sie hat seine ganze Lebensgeschichte ausgebreitet und ihn mit Dreck beworfen. Als er sagte, er würde ihr gern eins aufs Maul hauen, habe ich ihn sehr gut verstanden. Was hat er denn getan, daß sie ihn als einen so furchtbaren, grauenhaften Menschen hinstellen mußte?«

Es fiel ihr etwas ein, was sie viele Jahre zuvor in demselben Gericht gesehen hatte. »In die Rückseite einer dieser Bänke hatte jemand mit einem Messer die Worte ›Fuck Justice‹ (Scheißjustiz) eingekratzt.«

Während der folgenden Wochen luden die Fischers und die Gallaghers ihre Verzweiflung auf dem ab, der sich ihnen als Sündenbock angeboten hatte – auf dem Staatsanwalt George Bolen. Wenn er doch nur dieses oder jenes getan hätte, so sagten sie, dann wäre Olivia verurteilt worden. Bolen litt währenddessen auch an Selbstzweifeln.

»Ich habe eine Menge Indizienprozesse geführt«, erinnerte er sich. »Gewöhnlich läßt sich eine vernünftige Vorstellung von dem erarbeiten, was wahrscheinlich geschehen ist. Diesmal habe ich mir vergeblich den Kopf zerbrochen. Ich hoffte, daß die Geschworenen es unbegreiflich finden würden, daß Olivia Riner nicht gehört haben wollte, daß jemand ins Haus gekommen wäre und diese Feuer entzündet hätte. Ich hoffte, daß die Geschworenen irgendwann von Gallagher ablassen würden, ob ihnen sein Lebensstil nun gefiel oder nicht – daß sie ihn als anständigen Menschen, der sein Bestes versucht hatte, um das Baby zu retten, anerkennen würden. Und daß sie einsehen würden, daß nur sie, Olivia, es getan haben konnte, trotz der Tatsache, daß sie keinen Grund dafür entdecken konnten. Ich habe wirklich darauf gehofft.«

Für Bruce Johnson war der Freispruch ein harter Schlag. Als einsamer Detective in einer Untersuchung, an der er – darin waren sich sein ehemaliger und sein jetziger Chef einig – mindestens noch einen weiteren Kollegen hätte beteiligen sollen, fühlte er sich für das katastrophale Ergebnis voll verantwortlich. Es war der größte Fall, an dem er je gearbeitet hatte, er hatte mit einer Verurteilung gerechnet und nun hatte er den Fischers gegenüber versagt. Weil er sich vom Gefühl her mit ihnen verbunden sah, wurde seine Last noch größer.

In der vom politischen Streit zerrissenen Stadt Mount Pleasant mußte man damit rechnen, daß jemand aus dem Ergebnis des Prozesses Kapital schlagen würde. Durch Olivias Freispruch erhielt der Stadtdirektor Robert Meehan Gelegenheit, seine umstrittene Ernennung Anthony Provenzanos zum vorläufigen Polizeichef zu rechtfertigen. Hätte die Polizei unter seinem alten Gegner Paul Oliva effizienter gearbeitet, so argumentierten Meehans Anhänger, dann wäre dieser Mordfall gelöst worden. Falls auf Oliva ein Mann aus seinem Stab folgte, würden immer wieder derartige Fehler vorkommen. Bei einer der überfüllten Versammlungen der Bürgerschaft, die dem Prozeß folgten, erhob sich im Publikum denn auch ein untersetzter grauhaariger Mann und erklärte: »Wenn, Gott behüte, dieses Mädchen schuldig war, dann hat man sie aus dem Lande fortgelassen, weil irgend etwas nicht richtig gehandhabt worden ist, ganz gleich, ob das nun beim Bezirksstaatsanwalt oder bei der Polizei war. Und wenn sie unschuldig ist, dann sind meine Enkelkinder in Gefahr, weil immer noch ein Mörder in dieser Stadt herumläuft.«

Er erhielt hierauf lautstarken Beifall.

Meehan setzte durch, daß 50.000 Dollar aus öffentlichen Mitteln bereitgestellt wurden, um damit eine Untersuchung der eigenen Polizeibehörde durch unabhängige Gutachter zu finanzieren, und in den folgenden Monaten wurde diese ohnehin schon demoralisierte Einrichtung ausgeforscht, gestichelt und gespalten. Es kam sehr wenig bei dieser Übung heraus, abgesehen von einigen nützlichen Empfehlungen, wie die Arbeit der Polizei wirksamer gemacht werden könnte.

Der Prozeß hatte aber noch weitere politische Folgen. Vier Monate später wurde Donald Silverman in den Obersten Gerichtshof des Staates New York gewählt. Zum zweitenmal in seiner Richterlaufbahn gewann er nach einer erneuten Auszählung der Stimmen und um Nasenlänge. Zweifellos senkte sich die Waagschale aufgrund seiner neuerworbenen Prominenz als »nanny judge« und seiner in den Zeitungen von Westchester hochgelobten, geschickten Verhandlungsführung zu seinen Gunsten.

Laura Brevettis Karriere erhielt enormen Auftrieb. Man zitierte sie nun unter Juristen sehr häufig, und bald sah sie sich in der Lage, eine eigene Kanzlei in New York zu eröffnen.

George Bolen fiel, nachdem sein Chef und Mentor Carl Vergari in den Ruhestand getreten war, einer Neuorganisierung im Büro der Bezirksstaatsanwaltschaft von Westchester County zum Opfer. Man schob ihn auf einen weniger wichtigen Posten in dieser Behörde ab.

Nicht alle Medien blieben Olivia wohlgesonnen. In den Wochen nach ihrem Freispruch kamen einigen Journalisten, die sie anfangs für unschuldig gehalten hatten, gewisse Zweifel. Während des Gerichtsverfahrens hatten sie sich auf die täglichen Zeugenaussagen konzentriert. Als sie später darüber nachdachten, fielen ihnen die Widersprüche auf. Linda Sawyer, die sich vom Brevetti-Team getrennt hatte, beschäftigte sich mit Einzelheiten, über die sie zuerst achtlos hinweggegangen war. Das Babyphon fiel ihr ein, das Olivia nicht gehört haben wollte, und der grün-weiß gestreifte Strampelanzug, den Kristie nicht angehabt hatte und von dem Denise gesagt hatte, er gehöre ihr nicht. Die unglaublich große Menge Babynahrung, mit der Olivia Kristie gefüttert zu haben behauptete. Und als Linda über diese Dinge nachdachte, fand sie es ebenso einleuchtend, daß Olivia den Mord begangen haben könnte, wie sie früher von ihrer Unschuld überzeugt gewesen war. Und da begann sie sich die quälende Frage zu stellen: »Habe ich all diese Monate eine Schuldige verteidigt?«

Sie hatte eine Menge Zeit, Geld und Gefühl aufgewandt, um mit Laura Brevetti für Olivias Freispruch zu kämpfen. Jetzt verlangte es sie danach, die Wahrheit zu erfahren, und sie wollte nun so lange danach suchen, bis sie sie gefunden hatte. »Diese Geschichte läßt mir keine Ruhe«, gab sie zu. »Es ist fast wie ein Zwang.«

Die Riners hatten sie nach Wettingen eingeladen – sie sei ihnen jederzeit willkommen. So flog Linda nach Zürich und stand plötzlich bei den Riners vor der Tür. Diese waren überrascht, sie zu sehen, und so gastfreundlich, wie sie es ihr versprochen hatten.

In der Wohnung entdeckte sie sehr viel Feuerwehrgerät, das Kurt darin zur Schau stellte. Ein großer Teil davon hing an den

Wänden des Gästeschlafzimmers, in dem Linda untergebracht wurde. Aber die Gegenwart dieser Objekte war ihr so unheimlich, und sie hatte so große Angst, der wahre Grund ihres Besuchs könnte herauskommen, daß sie eine Feuerwehraxt von der Wand nahm und unter ihr Kopfkissen legte, um einschlafen zu können.

»Olivia freute sich, mich zu sehen«, erinnerte sich Linda. »Sie sah in mir eine Art Schwester, die ihr im Leben gefehlt hatte.« Abends saßen sie am Küchentisch zusammen und redeten stundenlang. Linda berichtete später, Olivia hätte hervorragende Kenntnisse offenbart, was Brände und die Verwendung von brennbaren Flüssigkeiten betraf, als sie sie diesbezüglich befragte.

»Sie weiß, daß ich es weiß«, sagte Linda. »Ich konnte es in ihrem Gesicht sehen.«

Während Linda sich in Wettingen aufhielt, versuchte sie, die beiden Schweizer Referenzen zu überprüfen, die Olivia E. F. Au Pair gegenüber angegeben hatte. Bei der einen von der Agentur angegebenen Adresse war der genannte Name unbekannt. Die andere Adresse gab es nicht. Linda suchte auch den Kiosk auf, dessen Besitzerin am Telefon mit Bruce Johnson gesprochen hatte. Linda erfuhr, daß Olivia dort häufig einkaufte. Aber ob sie ein Buch erstanden hatte, das Patricia Highsmiths Geschichte *Die Heldin* enthielt, ließ sich nicht mehr feststellen.

In die Vereinigten Staaten zurückgekehrt, teilte Linda Sawyer dem Ehepaar Bill und Denise Fischer mit, was sie herausbekommen hatte. Inzwischen war Linda von Olivias Schuld überzeugt und wollte Wiedergutmachung leisten. Denn als Laura Brevetti ein paar Monate zuvor John Gallagher als möglichen Täter hingestellt hatte, war Linda noch der stolze Gedanke durch den Kopf gegangen: »Diese Sicherheit verdankt sie mir.« Jetzt drängte es sie, den Schaden wettzumachen. Sie erklärte den Fischers, sie befände sich in einer einzigartigen Situation und könne ihnen zu ihrem Recht verhelfen. »Denn wenn ich nicht wie eine Besessene an Olivias Unschuld geglaubt hätte, wüßte ich das nicht, was ich jetzt weiß.« Sie überlegten, ob sie eine Klage gegen E. F. Au Pair einreichen sollten, und Linda setzte sich beredt dafür ein.

Nach ihrem außergewöhnlichen Seitenwechsel trat Linda mit Bill und Denise zusammen in zwei überregionalen Fernsehsendungen auf – und zwar in eben jener Maury-Povich-Show, an der sie in der Woche nach dem Brand nicht hatten mitwirken wollen. Inzwischen waren Bill und Denise bereit, mit ihrer Geschichte an die Öffentlichkeit zu gehen, obwohl es jetzt zu spät war, an dem Ergebnis des Prozesses etwas zu ändern. In der ersten der beiden Sendungen bat Linda John Gallagher öffentlich um Entschuldigung.

Für die zweite Sendung kehrte sie in die Schweiz zurück, um Olivia vor dem Wohnhaus, in dem sie lebte, aufzulauern, als sie mit ihrem Fahrrad heimkam. Diese Begegnung wurde mit einer Videokamera festgehalten.

Linda trat ihr nun mit schonungsloser Offenheit entgegen und wurde immer heftiger, während sie mit ihr sprach. »Ich muß dir Fragen stellen, Fragen, die mir keine Ruhe lassen«, sagte sie. »Hast du dieses Buch gekauft, Olivia? ...« (Sie hielt ein Exemplar des Buches mit der Geschichte *Die Heldin* in der Hand). »... Woher wußtest du, wie das Feuer entstanden war? Woher wußtest du, daß eine Flüssigkeit ausgegossen wurde, Olivia? Als du mit deinem Vater telefoniertest, wieso wußtest du, daß eine Flüssigkeit ausgegossen wurde? Waren das deine Fingerabdrücke auf den Flaschen mit der brennbaren Flüssigkeit, Olivia? Ja oder nein? ... Acht Monate meines Lebens habe ich mich für dich eingesetzt. Ich habe für dich recherchiert. Ich habe an dich geglaubt. Olivia, ich verdiene es, die Wahrheit zu erfahren. Olivia. Sag mir die Wahrheit, Olivia. Sag mir, was geschehen ist, Olivia. Was ist mit Kristie geschehen? Was ist geschehen, Olivia?«

Sie versuchte verzweifelt, ihr jenes Geständnis zu entreißen, um das sich schon die Polizei vergeblich bemüht hatte. Es wäre ein Bravourstück gewesen, wenn ihr das gelungen wäre – und auf dem Videoband hätte sie den Beweis gehabt. Aber diesmal hatte Olivia ihr nichts zu sagen. Während der gesamten Tirade ihrer ehemaligen Freundin Linda Sawyer hielt sie den Kopf gesenkt und beschäftigte sich damit, ihr Fahrrad abzuschließen, und als sie es getan hatte, ging sie ins Haus, ohne mit irgendeinem Zeichen zu erkennen zu geben, daß sie wußte, wer diese Frau war, die da mit ihr redete.

Nachdem Linda ihnen diese Hinweise geliefert hatte, beauftragten Bill und Denise einen Privatdetektiv, Olivias Referenzen zu überprüfen. In seinem Bericht hieß es: »Schon bei der oberflächlichsten Kontrolle« hätte es sich herausgestellt, daß sie fiktiver Art waren. Die Unterschriften auf beiden Referenzen schienen von derselben Person angefertigt zu sein, in einer Handschrift, die Olivias ähnelte. Eine Empfehlung war mit dem Namen Meier, die andere mit dem Namen Reinert signiert, beide ohne Vornamen. Bei Meier war als Anschrift ein Geschäftshaus angegeben, in dem der Name Meier nirgends auftauchte, aber die Telefonnummer war die des Arztes, bei dem Olivia zuletzt als Sprechstundenhilfe gearbeitet hatte. Dieser Arzt erklärte, sie sei sehr gut zu Kindern gewesen, hätte ihn aber nicht um eine Empfehlung ersucht.

Reinerts Anschrift gab es überhaupt nicht. Der Ermittler fand aber einen Mann mit einem ähnlichen Namen, der Olivias letzter Lehrer in der Realschule gewesen war. Auch er erklärte, daß sie ihn nicht um eine Empfehlung gebeten hatte, daß er ihr aber gern eine Empfehlung gegeben hätte. Sie hätte ihre Schularbeiten bei ihm gewissenhaft und zufriedenstellend erledigt. Es war unerklärlich, daß sie oder jemand anders sich der Gefahr ausgesetzt haben sollte, so ungeschickte Fälschungen zu begehen, während sie doch ganz leicht an echte Referenzen hätte herankommen können.

Auf dem Antragsformular von E. F. Au Pair hatten sich »Meier« und »Reinert« sogar in demselben naiven Englisch ausgedrückt, dessen sich Olivia selbst zu bedienen pflegte:

Auf die (englische) Frage »Warum sollte eine Familie die Bewerberin wählen und ihr die Pflege ihrer Kinder anvertrauen?« lauteten die Antworten auf den beiden Blättern wie folgt:

»She love children and can learn many .. She is perfect as an [sic] au pair.« (Unterschrift: »Meier«)

»Because she es a beautiful girl and she can learn many things from the family. (»Reinert«)

Auf dieselbe Frage, weshalb eine Familie sie wählen sollte, hatte Olivia selbst wie folgt geantwortet: »I want learn so many things and I can do that only as an au pair in a family. Because I know many things at about children and I think the children can learn many things from me. I work for a medical for children and I want work with children then that is my ›Dream Job‹.«

Am zweiten Jahrestag von Kristies Tod, dem 2. Dezember 1993, gaben Bill und Denise Fischer in einer von Linda Sawyer arrangierten Pressekonferenz – und mit dem von ihr beschafften Material versehen – bekannt, daß sie eine Klage auf Schadensersatz in Höhe von 100 Millionen Dollar gegen E. F. Au Pair eingereicht hätten. In dieser Klage hieß es, die Agentur hätte ihnen – im Gegensatz zu der in ihrer Werbung aufgestellten Behauptung, daß die Kandidatinnen rigoros überprüft würden – ein nicht qualifiziertes und psychisch labiles Au-pair-Mädchen geschickt, das den Tod ihres Babys verursacht hätte.

Mit einer raschen Entscheidung war in dieser Frage nicht zu rechnen.

38

Es änderte sich nichts an der Tatsache, daß die Familie Fischer zu gewissen Anlässen zusammenkam. So auch an Willies Geburtstag – am Nationalfeiertag, dem 4. Juli. Barbara veranstaltete dann immer eine große Party im Stammhaus der Familie. Kleinere Feste fanden an den Geburtstagen der Kinder statt, zu denen die Tanten und Onkel, Vettern und Kusinen erschienen. Und es gab natürlich die Tradition, daß man sich zu Weihnachten in dem einen oder dem anderen Haus versammelte. Dabei pflegte dann der joviale und wohlbeleibte Jim Donnelly einen freundlich strahlenden Weihnachtsmann zu spielen.

Aber nach dem Mord an Kristie veränderten sich in der Familie die Form und die Atmosphäre dieser Begegnungen. Willies 79. Geburtstag fiel auf das Wochenende, bevor sich die Geschworenen zur Beratung zurückzogen. Bill und Denise befanden sich in einem Zustand der Verzweiflung, der es ihnen nicht erlaubte, an der Geburtstagsfeier teilzunehmen, und die anderen waren so verkrampft, daß sie keine Freude dabei empfanden. Zwei Monate später war Kristies erster Geburtstag: ein so schmerzliches Datum für die Eltern, daß sie sich in die Einsamkeit nach Maine flüchteten, um nicht ständig an das denken zu müssen, was aus ihrem Kind hätte werden können.

»Wir haben den ersten Geburtstag irgendwie überstanden«, sagte Denise. »Man fühlt sich betäubt. Ich frage mich, ob sich das noch jemals ändern wird. Wie wird es am nächsten Geburtstag und an den darauf folgenden sein, wenn ich immer daran denken muß, wie alt sie jetzt wäre und was sie jetzt tun würde.«

In der Familie wußte man, daß Denise es nicht fertigbringen würde, an den Feiern zu E. J.s zweitem und Christophers drittem Geburtstag – etwas später im selben Monat – teilzunehmen. Wenn Kinder in der Nähe waren, kamen ihr oft die Tränen. Ein Jahr zuvor, und nur eine Woche nach Kristies Geburt, war sie zu Christophers letzter Feier gegangen und hatte dabei ihre winzige Tochter in einen Schal gehüllt, den sie sich über ihre eigenen schmalen Schultern gelegt hatte. Sie war unbefangen im Zimmer herumgegangen und hatte mit anderen Erwachsenen geplaudert, während sich ihr Baby schläfrig an ihre Brust geschmiegt hatte. Dies war eine Denise gewesen, wie sie keiner von ihnen je zuvor erlebt hatte, von ihrer Mutterschaft in eine zartfühlende, frohe Frau verwandelt, die Glück ausstrahlte. Zweieinhalb Monate später schien dieser Teil von ihr mit Kristie zusammen zu sterben. Sie hatte seither kaum einmal gelächelt, und oftmals stiegen ihr in Gegenwart der Kinder anderer Leute Tränen in die Augen. Die Familie ging behutsam mit ihr um, weil man ihren Schmerz nicht vergrößern wollte. Wer zu Besuch kam, brachte seine Kleinen entweder nicht mit oder hielt, wenn er es doch tat, seinen Besuch kurz. Die Familienmitglieder fanden es taktlos, in ihrer Gegenwart über Kinder zu sprechen und wählten statt dessen trivialere Themen. Die Fischers hatten es nie so richtig verstanden, mit ihren eigenen Gefühlen umzugehen. Aber jetzt spürte die ganze große Familie sehr heftig, was sie für einen Verlust erlitten hatte – aus dem Loch, das Kimmys Tod gerissen hatte, war ein Abgrund geworden. Kimmy und Kristie waren die einzigen Kinder gewesen, die diese Familie Fischer, Amerikaner in der dritten Generation, in der Mitte ihres Lebens gezeugt hatten – zärtlich geliebte Sprößlinge eines Stammbaums, der so unverwüstlich und unerschütterlich gewirkt hatte, bevor das alles geschehen war. Jenes alte Gefühl der Sicherheit und Beständigkeit würden sie ihr Lebtag nicht wiedererlangen.

Betsy erinnerte sich an den Heiligabend, der auf den Prozeß folgte: »Jim hatte sich zu der Feier in seinem Haus als Weihnachtsmann herausgeputzt. Barbara hatte den Baum geschmückt, und an vielen Verzierungen waren Bilder von Kimmy befestigt – so wie man sie von Schulfotos anfertigen lassen kann. Die meisten von uns waren dort – meine Mutter und Dad, Bob und ich, Debby mit ihrem Mann Rick, Jims Schwester und ihre Tochter und deren Mann. Und die Kinder, Christopher und E. J.

Um sieben Uhr abends ging die Haustür auf, der Weihnachtsmann kam mit ›Ho! ho! ho!‹ herein. Dann brach seine Stimme. Tränen liefen ihm über das Gesicht. Und Christopher, der drei Jahre alt war, fragte: ›Warum weint der Weihnachtsmann denn?‹

Ich sagte schnell: ›Er hat Ruß ins Auge bekommen, weil er die vielen Schornsteine herunterrutschen mußte.‹

Jim versuchte, seiner Stimme Herr zu werden, aber wieder versagte sie ihm, und dann ging er schnell aus dem Haus. Er kam in seiner gewöhnlichen Kleidung zurück und sagte: ›Es tut mir leid. Mir ist plötzlich Kimmy eingefallen.‹ Er hatte immer den Weihnachtsmann für sie gespielt.«

Am folgenden Weihnachtsfeiertag versammelte sich die Familie in Bills und Denises neuem Zuhause. Sie waren wieder umgezogen, diesmal in das endgültige neue Heim, eine geräumige moderne Eigentumswohnung mit einem danebenliegenden Apartment für Leah und John. Sie mußten sich wieder einrichten und entschieden sich für Möbel im Stil der neuen Sachlichkeit. Die Wohnung war zwar geschmackvoll und hübsch, aber es fehlten all die üblichen Kuriositäten und Andenken. Diese in vielen Jahren angesammelten Dinge waren mit Kristie zusammen verbrannt.

»Denise hatte den Baum sehr schön geschmückt«, erinnerte sich Betsy. »Sie hatten ihren ganzen Christbaumschmuck bei dem Brand verloren, also hatte sie ihn mit weißen Kerzen und roten Schleifen geschmückt.

Sie ging den Kindern nicht aus dem Weg. Es kamen ihr die Tränen, aber sie gab sich Mühe. Ich weiß nicht, wer ihnen Spielzeuggewehre geschenkt hat, aber irgendwann winselte E. J., Christopher schoß auf ihn, und E. J. sagte: ›Ich will nicht sterben.‹ Dann fing Bill an zu weinen und Willie auch.«

Als Denise in der Küche war und das Essen zubereitete, nutzte Jim die Gelegenheit, ihr etwas zu gestehen. Er hatte seit Monaten eine Gelegenheit dazu gesucht.

»Ich muß dir etwas sagen«, erklärte er ihr. »Ich möchte nicht, daß du denkst, ich hätte mich in dein Leben hineingedrängt, aber als ich dich mit Barbara in der Klinik besucht habe, habe ich Kristie getauft. Ich weiß nicht, warum ich es getan habe, aber ich hatte dieses Gefühl, es tun zu müssen.«

Sie ergriff seine Hand, und es standen Tränen in ihren Augen. Sie sprachen nicht mehr darüber. Andere kamen dann in die Küche, und der Augenblick ging vorbei. Jim spürte eine Erleichterung. Er hatte Angst gehabt, die Grenze des Erlaubten überschritten zu haben, er hatte sich Sorgen gemacht, wie sie reagieren würde. Aber es war okay. Sie verstand ihn.

Das Haus, das Jan Menting erbaut hatte, wurde wiederhergestellt, neu eingerichtet und zum Verkauf angeboten. Bill hätte vielleicht wieder darin leben können. Die Erinnerungen an die guten Jahre, die er darin verbracht hatte, hätten ihm vielleicht dabei geholfen, das Böse, das geschehen war, allmählich zu vergessen. Aber für Denise war es ein Haus der Finsternis und des Entsetzens, in dem ihr Baby verbrannt war und in das sie niemals mehr zurückkehren könnte.

Kaufinteressenten waren nicht vorhanden, also vermietete Bill den Besitz, bis er ihn würde veräußern können. Er mähte weiter den Rasen und schnitt und pflegte die Büsche und wünschte sich, er brauchte es nicht zu tun, weil es ihn an den Augenblick erinnerte, da er in der Dämmerung des späten Winternachmittags auf demselben Rasen gestanden und die Worte des Feuerwehrmanns gehört hatte: »Gehen Sie da lieber nicht hinein.«

Jan hatte gehofft, daß seine Enkelkinder dereinst das Haus erben würden; daß es weiterhin ein sicherer Zufluchts- und Versammlungsort der Familie sein würde – genau wie es für vier Generationen das Haus gewesen war, das sie jetzt »Barbara's Heim« nannten. Nach dem Brand versuchten weder Troy noch Leah Einfluß auf die Entscheidung ihres Vaters zu nehmen. Trotzdem kamen sie sich bei dem Gedanken, das Haus zu verlieren, in dem sie aufgewachsen waren, entwurzelt vor.

»Ich hatte nie gedacht, daß ich den Tag erleben würde, an dem jemand in der Familie das Haus verkaufen will«, sagte Troy.

Jan tat so, als mache ihm das überhaupt nichts aus – nicht, daß er es nicht mehr mochte, sondern weil stärkere Gefühle nun Vorrang hatten. Während des Prozesses – als die übrige Familie noch mit einer Verurteilung Olivias rechnete – hatte er bereits erkannt, daß die Anklagevertretung verloren hatte, und das erschütterte ihn zutiefst.

Er hatte in seinem Leben viel Ungerechtigkeit erlebt, die er nicht hatte verhindern können. Jetzt wollte er, daß die Wahrheit darüber herauskam, was in seinem alten Haus geschehen war. Er suchte nicht Rache an Olivia. Nein, er vermochte sogar Mitleid mit dieser jungen Frau zu empfinden, die, so stellte er es sich vor, derartiges Heimweh bekommen hatte, daß sie nicht mehr wußte, was sie tat. Besser als die meisten verstand er, was für ein mächtiges Gefühl Heimweh sein kann. Nicht, daß er selbst sehr stark darunter gelitten hätte, aber er wußte von einer Frau aus den Niederlanden, die es zu ihrem Unglück nach Kanada verschlagen hatte, wo sie buchstäblich vor lauter Gram gestorben war.

»Es war mein erster Gedanke, daß Olivia an Heimweh litt und vorübergehend wahnsinnig geworden ist«, sagte er.

Wenn es so gewesen war, konnte er ihr vergeben. Was er nicht ertragen konnte, waren die Lügen, die man sich über seine Enkelin Leah, über John Gallagher und über das erzählte, was in dem Haus, das er so gut kannte, geschehen sein mochte.

»Alles Lügen«, hatte er eines Tages zu einer Gruppe von Olivias Anhängern vor dem Gerichtsgebäude gesagt. Sie ignorierten ihn, und er ging enttäuscht davon. Es war nicht seine Art, Krach zu schlagen. Aber aufgeben wollte er auch nicht.

Nachdem das Urteil ergangen war, nutzte er jede Gelegenheit, die sich bot, um öffentlich darzulegen, wie dieser Prozeß seiner Meinung nach beeinflußt worden war. Olivia konnte nie mehr des Mordes an Kristie angeklagt werden, aber das war ihm weniger wichtig als ein öffentliches Eingeständnis dessen, was seiner Ansicht nach die Wahrheit war. Er setzte sich dafür ein, schrieb Briefe an Herausgeber und ermutigte die Verwandten der Fischers, ihre Sicht der Dinge für dieses Buch zu beschreiben. Besser als sie alle begriff er, daß nur dann das ganze Ausmaß der Ungerechtigkeit herauskommen würde, das dieser Familie widerfahren war, wenn man die ganze Familiengeschichte erzählte.

Grada, die nach ihrem Großvater hieß, den sie nie gekannt hatte, hat ihren Vater oft einen Humanisten genannt. In Anbetracht seiner Wertvorstellungen und seiner Lebenserfahrung war es unvermeidlich, daß er – obwohl nur ein entfernter Verwandter der Fischers – die Erforschung dieses Falles auf sich nahm. »Ich hätte nicht leben können, ohne mich intensiv damit zu beschäftigen«, erklärte er. »Ich kann nicht hinnehmen, was da geschehen ist. Ich kann hinnehmen, daß es da einen Mord gegeben hat, aber nicht, daß man die Wahrheit, die ich so gut kenne, verdreht. Das ist wie eine Geschichtsfälschung: Man weiß, daß das, was gesagt wird, nicht stimmt, aber man tut nichts dagegen.«

Er ließ sich den Prozeß ständig durch den Kopf gehen. »Warum haben die Geschworenen nicht begriffen, was Laura Brevetti tat?« fragte er sich. »All das Gerede über Leahs Fenster war bedeutungslos und sollte verwirren, denn man sollte denken, daß es da einen Eindringling gegeben hätte. Aber darauf deutete überhaupt nichts hin. Es war eine von der Verteidigung entwickelte und ausgeschlachtete Theorie.«

Während er sich damit beschäftigte, kam er auf den Gedanken, daß die Staatsanwaltschaft diesen Fall vielleicht verlieren sollte. Angeblich wurde hier ein einsames, hilfloses Mädchen von der Anklagevertretung verfolgt. In Wirklichkeit stand das Büro der Bezirksstaatsanwaltschaft den größeren Möglichkeiten einer gewinnträchtigen Au-pair-Agentur mit weitreichenden internationalen geschäftlichen Verbindungen gegenüber. E. F. Au Pair gehörte demselben Eigentümer wie ein Netz von Sprachschulen, E. F. Education Inc., das sich die größte private Bildungseinrichtung der Welt nannte. Bill Fischers Nachforschungen ergaben, daß der einzige Gesellschafter dieser miteinander verflochtenen Gesellschaften ein Mann war, der finanzielle Beteiligungen an vierzig anderen Firmen in der Schweiz besaß. Jan fragte sich, ob sich das ungewöhnliche Interesse des schweizerischen Konsulats an Olivias Prozeß vielleicht von daher erklärte. Er machte sich auch Gedanken darüber, daß irgendwelche Mächte, die hinter Laura Brevetti standen, geholfen haben mochten, diesen Freispruch zu erreichen.

Carl Vergari, George Bolens Vorgesetzter während des Prozesses, drückte es so aus: »Die schweizerischen Behörden haben hier eine Art Wagenburg gebaut. Sie waren sehr vorsichtig, was irgendwelche Auskünfte anbetraf. Sie behaupteten, sie hätten sich bereitwillig verhalten, aber wir konnten nur wenig über die Vorgeschichte dieses Mädchens erfahren. Zum Beispiel haben wir erst nach dem Verfahren davon Kenntnis erhalten, daß ihr Vater ein Feuerwehrmann war. Andere Gesellschaften der freien Welt sind sehr offen, aber in der Schweiz gehört die Geheimhaltung zum Nationalcharakter.«

Vergari zweifelte nicht daran, daß die richtige Person des

Mordes angeklagt worden war. »Aber es gab kein Motiv. Man hielt es für ausgeschlossen, daß eine junge Frau ein Baby anzünden könnte. Und ich kann mich nicht erinnern, je zuvor eine solche öffentliche Kampagne für einen Angeklagten erlebt zu haben wie bei diesem Verfahren.«

Im schweizerischen Konsulat stellte Eric Dardenne fest: »Um in einem Haus drei Feuer zu entzünden, muß der Täter schon einige Erfahrung in Brandstiftungen und Einbrüchen haben. Und wenn man solche Feuer legt, ruft man nicht die Polizei an.« Im übrigen wollte er sich nicht festlegen.

»Ich habe Miss Brevetti nie die Frage gestellt: Was ist wirklich geschehen? Ob sie ihre Mandantin für schuldig hielt oder nicht. Das ist die Aufgabe der Strafverfolgungsbehörde, und da mische ich mich nicht ein. Meine Aufgabe war es, darauf zu achten, daß Olivia Riner einen fairen Prozeß bekam.«

In ihrer neuen Wohnung angekommen, fingen Bill und Denise an, sich ihr Leben wieder aufzubauen – ein mühsames Unterfangen. Ihre Gefühle kommen in einem Brief zum Ausdruck, den Denise achtzehn Monate nach Kristies Tod geschrieben hat: »In meinen Gedanken wiederholen sich diese Ereignisse ununterbrochen wie bei einer zerbrochenen Schallplatte, die sich nicht mehr instandsetzen läßt. Meine Hände haben Worte niedergeschrieben, die aus einer anderen Welt zu kommen scheinen, von einem elenden, gequälten Wesen, dessen Schmerzensschreie ich im Schlaf höre. Ich will niemals, niemals vergessen, was geschehen ist. Ich habe nur gelernt, mit einem höheren Schmerzpegel zu leben.«

Bill vermied es, über den Fall zu sprechen. Genau wie sein Vater, behielt er seine Schmerzen für sich. Was sich in seinem Gesicht abgezeichnet hatte, während er vor Gericht Zeugnis ablegte, glättete sich in den folgenden Monaten ein wenig, aber dann schien es von seinem übrigen Körper Besitz zu ergreifen, aus dem es nicht mehr verschwand.

Leah verlor ihre Arbeit, die sie drei Jahre lang gehabt hatte. Ihr Arbeitgeber sagte ihr, sie hätte zuviel gefehlt, um dem Prozeß beizuwohnen. Sie nahm an, daß unausgesprochen der Verdacht, den man ihr gegenüber hegte, auch eine Rolle dabei spielte.

Der Schock der Entlassung zwang sie, sich noch einmal gründlich über ihre Karriere Gedanken zu machen. Sie ging zum College zurück, um eine Ausbildung als Sozialarbeiterin zu beginnen.

»Ich möchte gern etwas tun, um Menschen zu helfen, wie Marianne Walsh es tut«, erklärte sie. Es war eine neue Möglichkeit, für die sie hart zu arbeiten bereit war, und das tat sie auch: das einzige positive Ergebnis ihres langen Alptraums.

Die Geschichten, die man über sie und John verbreitet hatte, traten zwar etwas in den Hintergrund, aber sie verschwanden nicht. »Die Leute reden immer noch darüber«, bemerkte Betsy Monate später. »Sie glauben immer noch, daß John es war. Im Kindergarten sagte eine neue Mutter, die nicht wußte, was ich mit dem Fall zu tun habe: ›Wie gut, daß man das Mädchen freigesprochen hat. Wir wußten alle, daß ihr Freund der Täter war.‹ Mütter brauchen diesen Glauben, daß ihre Kinder bei einer anderen Frau sicher aufgehoben sind.«

»Wenn ich daran denke, was mir widerfahren ist«, sagte John, »überlege ich, ob es nicht besser gewesen wäre, wenn ich in jener Nacht draußen geblieben wäre. Aber wenn ich Kristie hätte retten können, hätte ich es immer wieder auf mich genommen, nicht nur das Feuer, sondern auch alles andere danach, wenn es nur geholfen hätte.«

Er fügte hinzu: »Ich zögere immer noch, bevor ich in ein fremdes Haus hineingehe. Wenn ich Leute treffe, die ich lange nicht gesehen habe, ist mir unbehaglich zumute, und ich frage mich, was sie denken. Die Wut ist immer noch da, aber nicht mehr so stark wie damals.«

Bei Familientreffen bemühten sich die Fischers langsam, über andere Dinge zu sprechen. Dennoch waren das keine angenehmen Stunden. Leah gab eine Muttertagsparty für ihre Mutter und ihre Großmutter. Denise versprach, mit Bill zu kommen, aber sie tat es nicht. Bill fand sie in ihrem Zimmer, wo sie hysterisch schluchzte. Und E. J.s dritter Geburtstag war ebenso spärlich besucht wie sein zweiter, weil das Datum den Geburtstagen von Kimmy und Kristie so nahe lag. Jede Feier schien an den Schmerz zu erinnern.

»Es wird nie aufhören«, stimmte Bills Bruder Bob zu. »Es

wird immer weiter und weiter und weiter gehen. Eines Tages wird jemand einen Film darüber drehen. In zehn Jahren, wenn du meinst, du bist drüber hinweg, sitzt du zu Haus, siehst fern, spätabends kommt der Film, und dann ist alles wieder da.«

»Man denkt andauernd daran«, sagte auch Jim. »Jedesmal, wenn einem Kindermädchen etwas passiert, erwähnen die Zeitungen diesen Fall. Es wird nie aufhören. Es wird uns ewig verfolgen. Bis ins Grab.«

Vierter Teil

HEIMWEH UND VERBRECHEN

39

»Es gibt ein Motiv, aber wir kennen es nicht. Vielleicht war sie wütend auf mich. Oder sie war wütend auf Bill. Vielleicht war sie wahnsinnig oder manisch depressiv. Vielleicht hat man sie als Kind mißbraucht, und es war irgendein verrückter Gedanke in ihr, daß sie dieses Baby vor einem Mißbrauch bewahren wollte. Wir werden es vielleicht niemals erfahren. Aber es *gibt* ein Motiv.«

– Denise Fischer

Das Motiv war das fehlende Glied in der Beweiskette, und ohne ein solches war der Rest nicht zu verstehen. Da es aber kein Motiv gab, mußte George Bolen verlieren, und Laura Brevetti konnte eine Geschichte zurechtspinnen, mit der sie einen Freispruch herausschlug. Ihre Theorie vom Eindringling hielt einer näheren Überprüfung nicht stand, aber die Leute konnten sie leichter hinnehmen als den Gedanken, daß ihre Mandantin schuldig sein könnte. Nicht einmal in einer so gewalttätigen Gesellschaft wie der amerikanischen vermochte man sich vorzustellen, daß ein schüchternes Mädchen, das gern mit Babys umging, wie sie sagte, etwas so Berechnendes und Schreckliches tun konnte, wie ein kleines Kind in Flammen zu stecken.

Wenn Kinder mißhandelt werden, geschieht es gewöhnlich aus Zorn oder aus Ungeduld. Gerichtsmedizinern sind solche Fälle nur zu gut bekannt, in denen ein Elternteil oder Babysitter den Tod eines Kindes durch Fallenlassen, Schlagen oder wütendes Schütteln verursacht hat. Hier handelt es sich um impulsive Handlungen, die der Täter wahrscheinlich nicht begehen würde, wenn er in einem solchen Augenblick der blinden Frustration noch genug Verstand besäße, um einzuhalten und nachzudenken. Aber wer auch immer Kristie Fischer ermordet hat, tat es überlegt, und beabsichtigte, sie zu töten.

Weder die Polizei noch die Staatsanwaltschaft hat je in ihrer Einschätzung geschwankt, daß Olivia Riner den Mord begangen hat. Stolpern mußten die Anklagebehörde, die Öffentlichkeit und die Presse über die unschuldige Erscheinung der angeklagten jungen Frau und den unglaublich brutalen Akt. Trotzdem war es sehr seltsam, daß sie auf den Tod des Kindes, das sich in ihrer Obhut befunden hatte, in keiner wahrnehmbaren Weise reagierte. Niemand sah, daß es sie schmerzte, daß sie sich Vorwürfe machte oder Kummer empfand. Keinerlei Bedauern, daß sie das Baby nicht zu retten versucht hatte. Niemals äußerte sie einen solchen Wunsch: »Ach, hätte ich es doch versucht!«

Und dann hielt sie an einer Geschichte fest, die völlig unglaubhaft war. Es war, als ob ein kleines Kind ein Märchen erzählte von einer Vase, die »einfach vom Tisch gefallen ist«. Die Feuer im Haus der Fischers waren einfach so entstanden: Sie hatte sie nicht entzündet, sie wußte nicht, wer es getan hatte, und obwohl sie mit dem Baby allein im Haus war, mußte jemand von einem Zimmer zum anderen gegangen sein und sie gelegt haben. Genau wie in der Ausrede eines kleinen Kindes widersprach auch hier alles den anerkannten Gesetzen der Physik. Trotzdem konnte man sie nicht widerlegen, weil es keine Zeugen gab.

Was auch immer sich an jenem Wintertag im Haus der Fischers zugetragen haben mochte, es war unbegreiflich. In den fünfundzwanzig Jahren seiner Tätigkeit als Bezirksstaatsanwalt von Westchester County hatte Carl Vergari von keinem Verbrechen gehört, das diesem auch nur im mindesten geähnelt hätte.

»Es ist wirklich ein außergewöhnlicher Fall«, sagte er. »Es ist Gott sei Dank einmalig. Und warum es geschehen ist, werden wir, glaube ich, nie erfahren.«

Es fällt schwer, es dabei zu belassen. Monate nach Olivias Freispruch stießen wir bei den Recherchen zu diesem Buch auf eine ungewöhnliche Sammlung alter Geschichten. Es handelte sich um Fälle, die den ihr angelasteten Verbrechen auf schockierende Weise ähnelten. Wir möchten auf diese ungewöhnlichen Fälle aufmerksam machen, aber zugleich darauf hinweisen, daß Ähnlichkeiten mit dem Fall von Olivia nur einen hypothetischen Wert haben können.

Diese Fallgeschichten wurden bereits 1907 in Deutschland veröffentlicht, und zwar als Grundlage einer Doktorarbeit des

Mediziners und späteren Philosophen Karl Jaspers. Sie wurden niemals ins Englische übersetzt, aber man findet sie in allen großen Bibliotheken des deutschsprachigen Raums, darunter auch der Zentralbibliothek in Zürich. In dieser Arbeit beschäftigt sich Jaspers mit dem im achtzehnten und neunzehnten Jahrhundert nicht seltenen Phänomen, daß junge Mädchen, die man von zu Hause fortschickte, damit sie in einer fremden Familie als Kindermädchen dienten, in deren Haus Feuer legten und die ihnen anvertrauten Kinder umbrachten. Es waren genügend dieser absonderlichen Geschichten aufgezeichnet worden, daß Jaspers sich mit den darin vorkommenden Ähnlichkeiten beschäftigen und einige Schlüsse daraus ziehen konnte. Was ihn verblüffte, war der offensichtliche Widerspruch zwischen dem naiven und unschuldigen Benehmen dieser Mädchen und der diabolischen Art der Morde, die sie begangen hatten. Jaspers faßte die Motive dieser Mädchen unter dem Titel *Heimweh und Verbrechen* zusammen.

Als diese Arbeit veröffentlicht wurde, fand sie in Fachkreisen große Beachtung. Das Thema war ungewöhnlich, aber aufschlußreich. Jaspers hatte seine Doktorarbeit in Heidelberg geschrieben. Auch dort war die Psychopathologie damals noch eine junge Wissenschaft. Als sie sich weiterentwickelte und als sich vor allem die Lebensverhältnisse der Bevölkerung dramatisch änderten, büßte diese Untersuchung von Karl Jaspers über die mörderische Einsamkeit von Kindermädchen unter fremden Dächern ihre Bedeutung ein. Mit dem Fortschritt des zwanzigsten Jahrhunderts verlor sich der Brauch, unreife junge Mädchen ins Haus zu holen, damit sie ohne Anleitung für kleine Kinder sorgten. Es wurden keine neuen Fallgeschichten mehr bekannt, weil diese Fälle selbst Geschichte geworden waren. Jaspers wurde später Professor der Psychologie in Heidelberg und wandte sich einer philosophischen Karriere zu, die ihn als einen führenden existentialistischen Denker und Schriftsteller international bekannt machte. Dennoch zählte er seine frühen psychiatrischen Arbeiten, darunter auch *Heimweh und Verbrechen*, zu seinen bedeutendsten. Er verbrachte sein späteres Leben als Professor an der Universität von Basel und starb dort 1969.

Die alte Beschäftigungspraxis, die er in *Heimweh und Verbrechen* beschrieb, war riskant und ausbeuterisch. Die meisten Mädchen, die per Vertrag in fremde Familien gegeben wurden, waren selbst noch Kinder. Ihre Eltern, die sie fortgaben, brauchten sie nicht mehr durchzufüttern und hofften ihren Töchtern so vielleicht auch eine bessere Chance im Leben zu geben. Die Mädchen aber wußten, daß sie nicht nach Hause zurück durften. Wenn sie es doch versuchten und fortliefen, zurück nach Hause, würden ihre Eltern sie bestrafen und wieder dorthin schicken, wo sie so unglücklich gewesen waren.

Das heutige Au-pair-System ist viel freier, und doch gibt es einige auffallende Parallelen. Heute wie damals kommen junge Frauen, die sich in der Welt noch nicht gut auskennen, in eine ihnen völlig unbekannte Umgebung, um dort, von der emotionalen Unterstützung durch ihre Familienangehörigen und Freunde abgeschnitten, als Kindermädchen zu arbeiten. Oft läßt man sie stundenlang mit den kleinen Kindern, die man ihnen anvertraut hat, allein, und sie haben wenig zu tun und niemanden, mit dem sie reden können. Bei den Au-pair-Mädchen kommt außerdem die Einsamkeit in der kulturellen und sprachlich fremden Umgebung hinzu.

Das Au-pair-Programm setzt in der zur Zeit in den USA genehmigten Form einen für beide Seiten verbindlichen Jahresvertrag voraus. Einem Mädchen, das sich nach seinem Zuhause sehnt, kommt eine so lange Verpflichtung dann leicht wie eine nicht enden wollende Sklaverei vor. Theoretisch braucht sie sich zwar nur an ihre Agentur zu wenden und zu sagen, daß sie aufhören möchte. In der Praxis aber bedeutet das: Sie muß es der Familie mitteilen, die sie aufgenommen hat. Sie verliert ihr Gesicht. Sie gesteht ein, daß sie eine »Versagerin« ist. Zu einer solchen Entscheidung ringt sich eine disziplinierte junge Frau nicht leicht durch. Sie hat eine Vereinbarung getroffen, und man erwartet von ihr, daß sie sich daran hält.

»Selbst wenn ich perfekt wäre, würde ich immer noch mit mir unzufrieden sein«, vertraute Olivia ihrem Tagebuch an. Sie schrieb darin, daß sie am Abend nach ihrer Ankunft in Thornwood die Versuchung überkam, sich umzudrehen und nach Hause zurückzukehren. Und sie schrieb, daß sie oft lange weinen mußte, bis sie schließlich einschlafen konnte. Daß sie sich aber verpflichtet fühlte, das versprochene Jahr lang dort auszuhalten, weil ihr Vater enttäuscht von ihr sein würde, wenn sie ihren Vertrag nicht erfüllte. Und die Anerkennung ihres Vaters war ihr überaus wichtig. Ähnlich wie die Mädchen, von denen Jaspers in seiner Studie berichtete, verbarg sie ihr Heimweh und fand, daß ihr nichts anderes übrig blieb, als in dem fremden Hause auszuharren.

Dies waren ihre Gefühle an ihrem dritten Tag als Kristies Kindermädchen: »Mein Zuhause fehlt mir, mein Zimmer, einfach alles. Oder nichts? Was soll's, ich bin nun mal hier und sollte das Beste daraus machen, oder …?« Sie ließ die Frage unausgesprochen und fuhr zornig fort: »Manchmal habe ich alles satt, das Freundlichsein, das schrecklich verhätschelte Baby! Es braucht nur zu schreien, und schon kommt die ganze Familie angerannt, um es zu füttern, seine Windel zu wechseln und mit ihm zu spielen oder um es in den Schlaf zu wiegen, weil es ja sonst nicht einschläft. Verdammt!«

Karl Jaspers war vom krankhaften Verhalten dieser jungen Kindermädchen fasziniert, die vor lauter Heimweh und aus dem Gefühl ihrer Gefangenschaft heraus auf diese eigenartigen und schrecklichen Lösungen verfielen. Die Sehnsucht, nach Hause zurückzukehren, war so überwältigend stark, daß sie ihre Arbeit einfach für immer ausschalteten, entweder indem sie das Haus der Familie in Brand steckten, bei der sie in Dienst standen, oder indem sie die Kinder töteten, die man ihnen anvertraut hatte. Manche Mädchen taten beides. In den verstreuten Siedlungen des alten Deutschen Reiches dürfte keines dieser Mädchen von dem gewußt haben, was andere vor ihr getan hatten, und trotzdem begingen sie alle spontan und voneinander unabhängig gemeine, tückische Verbrechen, die einander in erstaunlicher Weise ähnelten – als ob sie demselben primitiven Impuls folgten. Es war immer dieselbe Geschichte: Sie litten vom ersten Tag ihrer neuen Tätigkeit an unter Heimweh und begingen ihre Verbrechen innerhalb der ersten Wochen ihrer neuen Beschäftigung.

Vor dieser verbrecherischen Tat hatten all diese Mädchen einen gehorsamen, willfährigen, in der Gemeinschaft engagierten und zuverlässigen Eindruck gemacht: ideale Kindermädchen. Keines von ihnen war schon einmal mit dem Gesetz in Konflikt geraten. Die meisten arbeiteten gewissenhaft und nahmen sich der Kinder, die man ihrer Obhut überließ, liebevoll an. Manche erfreuten sich in der Familie, in die sie gekommen waren, eines höheren Lebensstandards, als sie es von zu Hause gewöhnt waren, und sie wurden gut behandelt. Alle schämten sich ihres Heimwehs und verbargen, wie unglücklich sie waren. Trotzdem war die Sehnsucht nach ihrem Zuhause so stark, daß sie alles andere – Vernunft und Moral – über den Haufen warfen.

Diese Mädchen töteten die ihnen anvertrauten kleinen Kinder auf verschiedene Art und Weise. Sie verbrühten sie mit kochendem Wasser. Sie erstickten sie. Sie vergifteten sie. Sie ertränkten sie. Wenn sie Feuer legten, taten sie es zum Beispiel dadurch, daß sie glühende Kohlen in eine mit Heu gefüllte Scheune trugen. Oder sie stiegen mit einem brennenden Stecken eine Leiter hinauf und bohrten ihn in das Strohdach. Zwar handelte es sich um spontan begangene Verbrechen, trotzdem waren sie meistens – und zwar oft schon Tage zuvor – sorgfältig geplant. Aber die Folgen wurden gewöhnlich dem Zufall überlassen. Weil diese Mädchen nicht raffiniert genug waren, sich ein glaubwürdiges Alibi auszudenken, stritten die meisten von ihnen jegliche Kenntnis dieser Verbrechen ab und erzählten irgendeine unglaubliche Geschichte. Es war ganz so, als ob sie nicht weiter denken konnten als bis zu dieser Tat, durch die sie sich aus ihrer Gefangenschaft befreiten, und als ob sie sich das Gefängnis nicht vorzustellen vermochten, das ihnen zur Strafe drohte. Diejenigen von ihnen, die schließlich ein Geständnis ablegten, erklärten mit einer kindlichen Art von Logik, sie hätten es tun müssen, um nach Hause zurückzukommen. Einen anderen Weg als diesen, das Haus niederzubrennen oder das Baby umzubringen, hatten sie nicht gesehen. So einfach war ihr Motiv, und in all diesen Fällen war es immer dasselbe. Solch ein Mädchen, so drückte es Jaspers aus, »treibt in ihrem trostlosen Zustande, in ihrer unsagbaren Traurigkeit«.

Er zitierte aus einer älteren Quelle: Um das Jahr 1840 herum hatte eine Neuneinhalbjährige in Österreich innerhalb von fünf Tagen zwei Kinder ermordet und ein Haus angesteckt. Schließlich gestand sie: »Ich sehnte mich nach meinen Eltern, ich wußte, daß ich nach dem Tode des kleinen Kindes nach Hause gehen dürfe, daher würgte ich es mit einem Tuche, bis es ganz blau wurde.« Aber ihre Tat zeitigte nicht die beabsichtigte Wirkung. Die Eltern des toten Knaben dachten, ihr Sohn wäre von selbst erstickt. Als die Neunjährige nach Hause zurückkam, nahm ihre Mutter sie keineswegs wieder auf, sondern schickte sie zu einer neuen, noch weiter entfernt liegenden Arbeitsstätte. Das Mädchen gestand: Dort »legte ich Feuer im Stadel neben unserem Hause in der Hoffnung, daß diese Leute kein Kindsmädchen mehr brauchten, wenn Haus und Kind verbrannt sein würden. Da ich dadurch meinen Zweck nicht erreichte, legte ich den kleinen Knaben aufs Bett, bedeckte sein Gesicht mit Polstern und setzte mich darauf, bis er sich nicht mehr rührte.«

Jaspers' Berichte sind erschreckend. Obwohl in der Sprache des Klinikers abgefaßt, handelt es sich doch um so grausame Tatsachen, daß man einen beklemmenden Eindruck von Generationen unglückseliger junger Mädchen und hilfloser Babys bekommt, die ihnen zum Opfer fielen. Einer der jüngsten Fälle in Jaspers' Doktorarbeit betraf ein 1892 geborenes junges Mädchen namens Apollonia. Er kannte sie persönlich, weil sie – teils, um so für ihre Tat zu büßen, teils, weil man sie dann genau beobachten konnte – als Dienstmädchen in der psychiatrischen Klinik in Heidelberg arbeitete, während Jaspers dort weilte. Dadurch machte er sich in allen Einzelheiten mit ihrer Geschichte vertraut.

Sie war Tochter eines Steinmetzen, eines von neun Kindern. Schon früh half sie bei der Versorgung ihrer jüngeren Geschwister, die alle sehr an ihr hingen, und wenn beide Eltern arbeiteten, erledigte sie den Haushalt. Ihre Lehrer beschrieben sie als durchschnittlich, manchmal trübsinnig und launenhaft, im übrigen aber sehr schüchtern, empfindlich und gut erzogen. Weil ihre Eltern arm waren, ging sie mit vierzehn von der Schule ab, und man gab sie sofort als Hausmädchen in eine wohlhabende Familie mit drei Kindern. Genau wie es heute viele Au-pair-Mädchen tun, nahm sie die Arbeit gern an und freute sich auf dieses Abenteuer.

Dennoch litt sie vom ersten Tag an unter furchtbarem Heimweh, weinte sehr viel und zeigte Anzeichen einer tiefen Depression. Sie wäre fortgelaufen, wenn sie sich nicht an die Schläge erinnert hätte, mit denen ihr Vater ihren Bruder Eugen empfangen hatte, als dieser aus der Lehre nach Hause gerannt war. Der Gedanke, den kleinen, ihr anvertrauten Knaben umzubringen, kam ihr, als seine Mutter ihr sagte, sie dürfe ihm nicht mehr als einen Löffel Medizin geben. Wenn sie ihm zwei gäbe, würde er sich davon vielleicht nie mehr erholen. Apollonia gab ihm mehrere Löffel voll. Was die fehlende Medizin anging, log sie der Frau etwas vor: Sie hätte sie verschüttet. Als Apollonia nach mehreren Tagen feststellte, daß die erhoffte Verschlimmerung im Befinden des Knaben nicht eintrat, beschloß sie, ihn zu ertränken. Sie stand mitten in der Nacht auf, zog sich an, schlich sich in das Schlafzimmer der schlafenden Eltern, nahm den Knaben aus dem Kinderbett und rannte mit ihm zum Fluß hinunter. Sie warf ihn hinein, lief ins Haus zurück, zog sich aus und legte sich wieder ins Bett.

Als der Vater des kleinen Jungen erwachte und schrie, jemand hätte seinen Sohn gestohlen, beteiligte sich Apollonia an der Suche. Der Leichnam wurde gefunden. Man verdächtigte die Eltern, daß sie ihr eigenes Kind beseitigt hätten und sperrte den Vater und die Mutter ein. Apollonia bekam Gewissensbisse und legte ein Geständnis ab. Als man sie fragte, warum sie es getan hätte, erklärte sie: »Ich will heim.« Das war alles, was sie dazu sagen konnte.

In der psychiatrischen Klinik, in der sie später arbeitete, stellte man fest, daß sie sehr schüchtern und Stimmungen unterworfen war. Sie war niedergedrückt, aber sie arbeitete wie ein Pferd und gehorchte aufs Wort. Von den zurückliegenden Fällen gab es keine Aufzeichnungen über die weitere Entwicklung dieser Mädchen. Auch in diesem Fall konnte Jaspers natürlich nur beobachten, was sich unter den streng geregelten Verhältnissen des Klinikalltages mit Apollonia tat. Jaspers stellte aber fest, daß die Mädchen, die er in seiner Studie beschrieb, so gut wie kein Schuldbewußtsein besaßen. Und er sagte voraus, daß sie wahrscheinlich auch in ihrem späteren Leben Anzeichen psychischer Erkrankungen zeigen würden.

Einen der abscheulichsten Morde, die Jaspers beschrieb, hatte 1836 eine Sechzehnjährige namens Marie Katharina begangen. Sie wurde in einen mehrere Wegstunden von ihrem Zuhause entfernt liegenden Haushalt zum Arbeiten geschickt. Dort gab es zwei Kinder, ein einjähriges und ein sechsjähriges, und sie sollte für das Baby sorgen. An den meisten Tagen ließ man sie mit den Kindern allein. Dann mußte sie stundenlang in einem stickigen Zimmer des Hauses an der Wiege des kleinen Kindes sitzen und spinnen.

Sie fühlte sich immer elender, aber sie verbarg ihre Gefühle vor ihren Arbeitgebern. Wenn sie gefragt wurde, warum sie so finster dreinblicke, gab sie lachend irgendeine Erklärung ab. Als sie von den Eltern erfahren hatte, daß zwei ihrer Kinder gestorben waren, kam Marie Katharina der Gedanke, das Baby zu töten. Sie dachte mehrere Tage darüber nach und überwand ihre Skrupel dadurch, daß sie sich einredete, das Kind werde ja wohl ohnehin sterben.

Jaspers schreibt: »Es fiel ihr ein, daß sie einmal in ihrer Heimat gehört habe, man würde von Vitriolöl sterben, und sie wollte davon dem Kinde geben. Das Vitriolöl kam ihr nur aus einer dunklen unbestimmten Erinnerung her in den Sinn, sie kannte es durchaus nicht näher, sie dachte sich unter demselben ein Mittel, durch welches das Kind friedlich einschlafen und sterben werde.«

Sie versuchte das Gift in einer nahegelegenen Apotheke zu kaufen; man wies sie ab, aber in einer zweiten Apotheke verkaufte man ihr etwas. Am folgenden Morgen goß sie etwas von dieser Flüssigkeit in den Mund des Babys und war entsetzt von der Wirkung der ätzenden Säure und schrie Nachbarn zu Hilfe herbei. Es blieb nichts mehr zu tun, und das Kind starb einen qualvollen Tod. Marie Katharinas Erklärung für dieses Vorkommnis war die übliche Mischung aus Halbwahrheiten und unglaubwürdigen Märchen: Das Kind hätte geschrien, und da hätte sie ihm in dem Glauben, es handle sich um ein Beruhigungsmittel, diese Flüssigkeit eingeflößt. Dafür, daß das Gift im Haus war, wußte sie keine Erklärung. Später, als sie das Verbrechen gestand, sagte sie, ihr Heimweh hätte sofort aufgehört, als sie das Baby getötet hatte. Man nahm an, daß sie sich mit der Gewalttat von ihrem Gefühlsstau befreit habe. Man kam zu dem Ergebnis, daß sie sich am Rande des Wahnsinns befunden hatte und verurteilte sie zu vier Jahren Zuchthaus.

In einem anderen Fall hatte ein fünfzehndreiviertel Jahre altes Mädchen namens Eva Barbara ein erst wenige Wochen altes Baby auf drei verschiedene Arten zu töten versucht. Zuerst mit einer Nadel, dann mit heißem Öl und schließlich, erfolgreich, mit kochendem Kaffee. Auch bei Eva Barbara stellte man eine extreme Form von Heimweh fest und schickte sie für zwei Jahre ins Gefängnis.

Diese relativ milden Urteile in einer streng auf Strafe ausgerichteten Zeit sind ein Zeichen dafür, welche Bedeutung das zum Verbrechen führende Heimweh während des neunzehnten Jahrhunderts im deutschsprachigen Raum angenommen hatte und wie gut man daher die Beweggründe verstand. Zum erstenmal aufgefallen war es bereits 1795, als ein Forscher feststellte, daß die meisten Feuer von jungen Mädchen gelegt würden, die von ihren Eltern aus dem Haus in fremde Dienste gegeben worden waren: ein völlig anderes Brandstifterprofil als das des unzufriedenen jungen Mannes, der es im Leben zu nichts Vernünftigem gebracht hat und der sich deshalb an der Gesellschaft rächt, wie wir es im Amerika von heute kennen. Die Mädchen, die Feuer legten, taten es mit Materialien, die sie im Haus fanden, gewöhnlich mit glühenden Kohlen oder einem brennenden Stück Holz, das sie dem Herd entnahmen, und sie zündeten das an, was am schnellsten Feuer fing: einen Heuboden, Möbel, in einem Fall das Bett eines Knechts.

Während des neunzehnten Jahrhunderts wurde von einer solchen Zahl mörderischer und brandstiftender Kindermädchen berichtet, daß die Forscher, vor allem in Deutschland, nach einer Erklärung für dieses Phänomen suchten. Zuerst gingen sie von der vagen Annahme aus, daß irgendwelche mysteriösen Kräfte in den Mädchen diese zu derart sonderbaren und bösartigen Taten zwängen, obwohl sie sonst gar nicht durch irgend ein abnormes Verhalten in Erscheinung getreten waren. Man suchte nach einem der gängigen Motive – Haß, Neid, Rachsucht –, fand aber nichts dergleichen. Schließlich zog ein Forscher 1830 den Schluß, daß diese Mädchen nur nach Hause wollten und keinen anderen Ausweg wußten als den, das Haus ihrer Arbeitgeber niederzubrennen oder deren Kind zu töten und so das Arbeitsverhältnis zu beenden.

Gegen Mitte des neunzehnten Jahrhunderts waren die Motive der mörderischen Kindermädchen genügend erforscht, so daß die Gerichte im deutschsprachigen Raum ein gewisses Verständnis dafür aufzubringen vermochten, wieso aus gut erzogenen jungen Mädchen plötzlich Verbrecherinnen werden konnten. Mehrere solche Fälle aus der zweiten Hälfte des neunzehnten Jahrhunderts waren von medizinischen Experten begutachtet worden, und infolge der Urteile dieser Ärzte hatte man die Mädchen oft nur zu einer sehr kurzen Gefängnisstrafe verurteilt. Die Mediziner sprachen von verminderter Zurechnungsfähigkeit infolge eines Heimwehs, das diesen Mädchen vorübergehend den Verstand geraubt habe. Jaspers schrieb, es sei hier ein gewaltiger Fortschritt gegenüber dem gerichtsmedizinischen Denken vom Anfang des Jahrhunderts festzustellen, als man nämlich in einem 1801 aufgezeichneten Fall ein vierzehnjähriges Landmädchen, das zwei Arbeitgebern hintereinander das Haus angesteckt hatte (ein sonstiges Verbrechen wurde nicht erwähnt), zum Tode verurteilt hatte. Ihre Erklärung war gewesen: Einen anderen Weg, um wieder nach Hause zu kommen, habe sie nicht gewußt.

Jaspers versuchte, eine Art gemeinsamen Nenner für all diese Mädchen zu finden, und stellte fest: Sie alle wirkten in ihrer körperlichen Erscheinung und in ihrem Verhalten noch sehr kindlich. Die meisten schienen geistig und seelisch gesund zu sein, waren recht intelligent und planten ihre Verbrechen mit einer gewissen Raffinesse. Aber ihr Verstand hatte sich nicht richtig entwickelt, mit ihrem übrigen Reifeprozeß nicht mithalten können. Ihr logisches Denken war das kleiner Kinder. In einem 1855 aufgezeichneten Fall prügelte eine Dreizehnjährige, die zwar als geistig gesund, aber als noch sehr kindlich beschrieben wurde, ein Baby auf brutale Weise tot, um nach Hause zu kommen. Zu dem Prozeß lernte sie ein Kirchenlied auswendig und sagte dem Richter die Verse in dem naiven Glauben auf, daß er dann sehen werde, was für ein gutes Mädchen sie wäre, und sie freiließe.

Jaspers wies darauf hin, daß man diese Kindlichkeit in einigen der früheren Fallgeschichten wahrscheinlich als geistige Zurückgebliebenheit fehlinterpretiert hatte. Er schrieb hierzu: »Nicht Schwachsinn ist es, sondern ein durch Erziehung und Umgebung eng gebliebener Horizont, nicht Unmoral, sondern Begrenztheit der Gefühle auf kindliche Lebensgebiete, die man bei den Heimwehverbrecherinnen findet.«

Hier sah er den Unterschied zwischen einem normalen Heimweh und dem »pathologischen Heimweh«, das er in seiner Studie behandelte. Jaspers begriff deutlicher als alle früheren Erforscher dieses Gebiets, daß nicht das Heimweh an sich das verbrecherische Verhalten bewirkt, sondern daß es der Auslöser sein kann, der einen bis dahin nicht bösartigen Gemütszustand zu einer gewaltigen Explosion bringt.

Da die Fallgeschichten aus einer Zeit stammen, in der die moderne Psychiatrie noch nicht entwickelt war, geben sie uns so gut wie keinen Einblick in den seelischen Zustand der Mädchen vor dem Antritt der Stellung in dem jeweiligen fremden Haus. Trotzdem lassen einige der anekdotenhaften Beschreibungen vermuten, daß sie schon daheim unter gewissen Störungen wie Niedergeschlagenheit, Angst und angeborenen Abnormitäten gelitten haben. Diese Mädchen wären vielleicht ohne ernste Schwierigkeiten durchs Leben gegangen, wenn man sie nicht unvorbereitet und ohne eine innere Unterstützung in eine fremde Umgebung geschickt hätte, aus der es, wie sie es sahen, kein Entkommen mehr gab. Diese beiden Zustände – ihr innerer und der äußere – mußten zusammentreffen, um die Explosion auszulösen, so wie auch das Dynamit erst explodiert, wenn das Feuer der Zündschnur mit ihm in Berührung kommt.

Anfangs freuten sich einige der älteren Mädchen sogar auf die Arbeit in dem fremden Haus, aber als die Wirklichkeit dann nicht mit ihren Erwartungen übereinstimmte, verzweifelten sie und wollten wieder zurück, dorthin, wo sie sich heimisch fühlten. Vielen Arbeitgebern dieser Mädchen fiel ihre trübsinnige Stimmung auf und daß sie sich in sich selbst zurückzogen, ganz anders als sie sich zuerst verhalten hatten; was sie für eine immer größer werdende Faulheit hielten, könnte indes sehr wohl eine schwere Depression gewesen sein. Karl Jaspers bewies in der

Analyse der Symptome, daß er seiner Zeit voraus war. Er verglich das Kind mit einer jungen Pflanze. Beide sind, um zu überleben, auf die Umgebung angewiesen, die ihnen vertraut ist. Wenn man sie in eine fremde Umwelt verpflanzt, gehen sie ein, weil nichts mehr von dem da ist, was sie brauchen. Ein Kind kann sich in seiner Familie geborgen an neue Verhältnisse gewöhnen. In einer unbekannten Umgebung hingegen fühlt es sich bedroht und verloren und bekommt Angst. Die mörderischen Kindermädchen in Karl Jaspers' Studie töten nicht, weil sie etwas Böses tun wollen. Vielmehr geschieht das alles in einer Art Kampf um Leben und Tod. In einem Ringen um ihre eigene geistige Gesundheit.

Wenn wir uns nach diesem Exkurs wieder Olivia Riner zuwenden, könnte man einiges an ihr in einem anderen Licht sehen. Auch sie hatte sich darauf gefreut, ein Jahr fern von daheim zu verbringen. Bevor sie sich um die Au-pair-Stellung bewarb, hatte sie mit dem Gedanken gespielt, als freiwillige Rotkreuz-Helferin nach Afrika oder Südamerika zu gehen, aber ihre Eltern hatten ihr davon abgeraten, hatten gesagt, das wäre zu gefährlich. Ihr nächster Wunsch war es dann, in die Vereinigten Staaten zu gehen – Disney-World und New York hatte sie ja schon besucht. Sie stellte sich vor, daß sie mit diesem Jahr in Amerika ihren Horizont erweitern würde und ahnte nicht, daß das eintönige Leben, das sie in Thornwood erwartete, viel weniger zu bieten hatte als ihre Heimatstadt Wettingen, von der es nicht weit nach Zürich war.

Während des ersten Monats war sie immer mit Denise zusammen, die sie zum Einkaufen und zum Essen mitnahm und ihr die Gegend zeigte. Danach sollte Olivia dann aber den ganzen Tag lang allein mit dem Baby sein, ohne ein Auto zur Verfügung zu haben und in einer ländlichen Gemeinde, in der die meisten ihrer Nachbarn zur Arbeit fort waren. Abends, wenn sie frei hatte, wußte sie nicht, wohin sie allein gehen sollte, und es gab niemanden, dem sie sich anvertrauen konnte – nur ihr Tagebuch. Daß sie in diesem ersten Monat fünfmal ihre Angehörigen in der Schweiz angerufen hat – wofür sie aus eigener Tasche bezahlen mußte –, zeigt, wie sehr sie sie vermißte. In ihrem von der US-

Regierung geförderten Au-pair-Vertrag hieß es phantasievoll, es handele sich um ein studentisches Austauschprogramm. Man verlangte von ihr, daß sie nicht nur 45 Wochenstunden Kinderbetreuung leistete, sondern sich auch noch in irgendeinem Kurs fortbildete. Olivia wollte einen Englischkursus besuchen, aber jetzt war es mitten im Semester, und nach einem Monat in Thornwood hatte sie immer noch keinen passenden Kurs gefunden. An dem Tag vor dem Feuer bemühte sie sich, einen positiven Gedanken zu fassen.

»Ich habe mich fest dazu entschlossen, hier alles in vollen Zügen zu geniessen«, schrieb sie, »weil man nur einmal im Leben eine solche Gelegenheit bekommt, und dann muss man sie ergreifen oder sie ist fort, und dann tut es einem das ganze Leben lang leid.«

Am nächsten Tag fing Denises erste volle Arbeitswoche an. Da erst wird Olivia schlagartig bewußt geworden sein, in welch einer Situation sie sich befand: Nun würde sie die nächsten elf Monate während des größten Teils der Zeit, die sie nicht schlafend verbrachte, mit Kristie zusammen in dieses Haus eingesperrt sein. Es war etwas ganz anderes als das, was sie sich unter ihrem Amerika-Aufenthalt vorgestellt hatte.

In glücklicheren Augenblicken schien sie von einer großen Zärtlichkeit zu Kristie erfüllt und entzückt von ihren Fortschritten zu sein. Wegen dieses Babys war sie ja schließlich nach Amerika gekommen. Aber ihre Gefühle waren zweischneidiger Natur. Einerseits sorgte sie sich um sie und versuchte, sie zu behüten, andererseits ärgerte sie sich über sie. Die Liebe, die die Eltern diesem Kind erwiesen, brachte Olivia ihre eigene Einsamkeit um so mehr zu Bewußtsein. Aus ihrem Tagebuch wird ersichtlich, daß sie darüber gebrütet hat. Sie war von dem Augenblick an deprimiert, als sie im Haus der Fischers ankam.

»Ich bin heute zwanzig geworden!« schrieb sie an ihrem vierten Tag in Thornwood. »Eigentlich ein Grund zum Feiern, aber wer feiert? Ich nicht. Kristie ist ein verzogener, verwöhnter Tyrann. Meistens schreit sie aus unbekanntem Grund. Ich würde sie einfach schreien lassen, aber die Mutter will es nicht. Na und? Wenn sie zur Arbeit fort ist, kann ich sie einfach eine Weile schreien lassen. Niemand wird sie hören ausser mir. Gut.«

Dieser untergründige Zorn an ihrem Geburtstag erklärt sich natürlich aus ihrem unerfüllten Wunsch, den Tag mit Leuten zusammen zu verbringen, die *sie* verwöhnten, statt daß nur immer Denise ihre Tochter Kristie verwöhnte. »Warum habe ich keine Kinder? Warum habe ich keine Liebe?« wollte sie wissen.

Einen anderen Hinweis auf ihr Denken liefert jene sonderbare, ihren früheren Arbeitgeber, den Arzt betreffende Eintragung, dem sie gar einen tödlichen Unfall wünschte (»Wenn ich an Gott glauben würde, würde ich sogar dafür beten.«) Es war eine extreme Reaktion auf eine unerfreuliche Situation. Sicherlich hätte sie einen anderen Job finden können. Aber sie war nicht der Mensch, der eine andere Möglichkeit in Betracht zog. Sie sah nur diese eine Lösung: Der Arzt sollte rasch, sogar eines gewaltsamen Todes sterben, so daß ihre Arbeit als seine Sprechstundenhilfe beendet sein würde.

Da Olivia es abgelehnt hat, sich für dieses Buch interviewen zu lassen, haben wir Handschriftenproben von ihr dem New Yorker klinischen Psychologen und Handschriftenexperten Dr. Herry O. Teltscher vorgelegt, der viele Bücher und wissenschaftliche Abhandlungen über Handschriftenanalysen verfaßt hat. Mat hat ihn auch als Gutachter zu vielen Strafprozessen hinzugezogen. Dr. Teltscher blickt auf eine fünfzigjährige Erfahrung in der Erforschung und Anwendung von Handschriften als diagnostisches Mittel zurück und meint, sie seien ein sicherer Schlüssel zur Persönlichkeit, weil das Nervensystem seine Impulse direkt in die Finger schicke: »Man sollte sie Gehirnschrift und nicht Handschrift nennen.«

Dr. Teltscher also wurde gebeten, einige Handschriftenproben von Olivia zu begutachten. Sie sind in deutscher Sprache und in Olivias sehr ordentlicher Schrift geschrieben, die einer Druckschrift ähnelt. Was die Identität der Person anging, wurden Dr. Teltscher gegenüber keine Angaben gemacht. Er erfuhr nur, daß es sich um eine zwanzig Jahre alte deutschsprachige Frau handelte. Sein Urteil lautete wie folgt: »Allgemein habe ich den Eindruck, daß sie starrsinnig ist. Sie könnte am besten in einer vorgeschriebenen, strukturierten Situation arbeiten. Wenn die Arbeit sie interessiert, wird sie sich große Mühe damit geben. Aber sie rebelliert insgeheim gegen manche Sachen, die sie tun muß. Nach außen hin kann sie sehr freundlich und höflich sein, aber was sie ausdrückt und was sie empfindet, kann ganz etwas anderes sein. Es steckt eine Menge Zorn in ihr, den sie im Zaum hält.

Ihre Handschrift zeigt emotionale Unsicherheit. Es sind sehr viele Gefühle des Abgewiesenwerdens und Angst davor vorhanden. Es wäre wichtig zu erfahren, was für eine Beziehung sie als Kleinkind zu ihrer Mutter gehabt hat. In den ersten Lebensjahren hängt ein Kind völlig von seiner Mutter ab. Vielleicht fühlte sie sich abgewiesen, und diese Gefühle sind geblieben. Sie ist deprimiert, und es ist keine vorübergehende Depression, wie sie bei Heranwachsenden häufiger vorkommt, sondern sie scheint schon seit längerer Zeit bestanden zu haben, insbesondere, da sie sich nach außen hin beherrscht gibt und es nicht wagt, ihren Unwillen auszudrücken.

Sie ist die Art Mädchen, die Ihnen nur so viel erzählen wird, wie sie für richtig hält. Es gibt Dinge, die sie für sich behält.

Sie besitzt ein gewisses Maß an Kreativität und Originalität, aber ihr emotionales Wachstum bleibt hinter ihrer intellektuellen Fähigkeit zurück. Ihre Arbeit füllt sie nicht aus. Sie ist sehr intuitiv. Es gibt da eine gewisse Herzlichkeit und Liebe und auch eine gewisse Sinnlichkeit. Sie ist unterdrückt, aber vorhanden.«

Dann wurde Dr. Teltscher – immer noch, ohne zu wissen, wessen Handschrift er studierte – gefragt: »Könnte die Depression dieser jungen Frau sehr ernster Art sein?«

»Ich glaube, sie könnte sehr ernster Art sein«, erwiderte er. »Vor allem, wenn es ihr schwerfällt, einen Ausweg zu finden. Erinnern Sie sich an das, was ich über ihren Starrsinn gesagt habe.«

»Was für einen Ausweg würde sie suchen? Angenommen, sie befindet sich in einer unerträglichen Situation.«

»Plötzlich ist sie nicht mehr zwanzig. Sie ist sechs. Sie würde versuchen, einen Halt an anderen Leuten zu finden und sich an sie zu hängen.«

»Und wenn niemand da wäre, an den sie sich hängen könnte?«

»Wenn sie eine kreative Ader hätte, etwas, in das sie ihre kreative Energie lenken könnte, würde ihr das vielleicht helfen.«

»Und wenn sie keine solche Ader hätte?«

»Wenn sie völlig allein wäre, und es wäre niemand da, an den sie sich wenden könnte, ich glaube, dann könnte sie etwas Verzweifeltes tun. Es steckt dieser riesige innere Zorn in ihr.«

Noch lange nach dem Prozeß konnte Maya Hess Olivias winzige, sich windende Hände nicht vergessen. Sie hatte sie Tag für Tag nur Zentimeter entfernt vor sich gesehen, während sie im Gericht saß. Diese Hände schienen nicht zu dem übrigen Körper des Mädchens zu gehören, es schien, als wären sie ihr aus ihrer Kindheit geblieben. »Von ihrem ganzen Körper bewegten sich nur ihre Hände. Es war, als ob sie ein Eigenleben führten«, sagte Maya. »Der Rest ihres Körpers war katatonisch.«

Die Versuchung war groß, hypothetisch Überlegungen anzustellen, ob das die Hände waren, die die brennbaren Flüssigkeiten ausgegossen und die Streichhölzer entzündet hatten, und wenn ja, ob das Kind in ihr diese Handlungen begangen und genau wie ein Kind deren Folgen nicht recht verstanden hatte.

Bill Fischer spekulierte weiter darüber, daß Olivia die Heldin hatte spielen wollen und daß Patricia Highsmiths Geschichte das Samenkorn gewesen sein konnte, aus dem dieser Gedanke gekeimt war. Es war quälend zu sehen, wie genau diese Geschichte in vielerlei Hinsicht zu dem Geschehen in dem Haus am West Lake Drive paßte, nur in diesem einen Detail nicht: daß Olivia – im Gegensatz zu dem Kindermädchen in *Die Heldin* – nicht in das brennende Kinderzimmer einzudringen versuchte.

Als einziger in der Familie hielt Jan Menting an dem Gedanken fest, der ihm am Morgen nach dem Feuer gekommen war, als er in das verbrannte und verwüstete Kinderzimmer trat und als er die kreisförmige Brandstelle auf dem Teppich sah, die die verkohlten Überreste von Kristies Tragesitz umgab. Er wußte nichts von Karl Jaspers' Doktorarbeit, aber er wußte, was Heimweh war.

»Ich hatte Olivia Riner nie kennengelernt«, sagte er, »aber keine der anderen Theorien, wie etwa die, daß sie eine Heldin sein wollte, leuchtete mir ein. Das Feuer um das Baby herum war ein Akt des Wahnsinns. Und Heimweh kann so ein starkes Gefühl werden, daß man den Verstand verliert. Und dann tut man etwas, an das man im normalen Zustand niemals denken würde.«

Andere hatten gelegentlich auch von dieser Möglichkeit gesprochen, sie wurde jedoch rasch wieder verworfen. Es schien einfach unvorstellbar, daß ein unglückliches Kindermädchen eher einen Mord beging, als einfach zu kündigen.

Personenregister

G

H

R

S

T

V

W

Y